COLLECTION
FOLIO CLASSIQUE

Aristophane

Théâtre complet

TOME II

LES OISEAUX, LYSISTRATA
LES THESMOPHORIES, LES GRENOUILLES,
L'ASSEMBLÉE DES FEMMES,
PLUTUS

Texte traduit,
présenté et annoté
par Victor-Henry Debidour

Gallimard

COMMENT TRADUIRE ARISTOPHANE ?

Tout le monde le sait : traduire c'est toujours trahir. Mais tout le monde sait aussi que c'est le privilège et en quelque sorte le droit souverain de toute œuvre vraiment grande de déborder les limites de lieu et de temps qui furent celles de son apparition, pour trouver audience en d'autres siècles et en d'autres pays... Telles sont les deux évidences contradictoires qui président à n'importe quelle tâche de traduction.

Il y a sans doute des cas où le passage d'une langue dans une autre peut se faire de façon relativement fidèle et satisfaisante. Ce sont ceux où une certaine parenté existe entre les idiomes, les mentalités, les usages de deux peuples. Encore ce passage n'est-il vraiment exact que lorsque les textes ont, comme a dit Valéry, un caractère strictement utile, *et n'ont d'autre raison d'être que d'être* compris : *langage de pure « prose » et de fonction purement informatrice et documentaire. « Nicole, apportez-moi mes pantoufles et me donnez mon bonnet de nuit » doit pouvoir se rendre parfaitement en anglais ou en italien (mais déjà beaucoup plus mal en latin ou en grec).* Baum *et* tree, *tous les dictionnaires nous le disent, équivalent à* arbre, arbor *ou δένδρον. Un avis comme celui qui se lit dans les voitures du métro parisien : « Le train ne peut partir que les portes fermées : ne pas gêner leur fermeture » peut passer aisément dans toutes les langues modernes. Mais celui qui se sera aperçu que cette objurgation comporte — par hasard, sans nul doute — une cadence très bien marquée (celle d'un alexandrin suivi d'un octosyllabe) qui fait penser à la morale d'une fable de La Fontaine, et qu'ainsi elle a une façon de se fixer dans la mémoire qui ne serait pas du tout celle d'un libellé comme : « Ne gênez pas la fermeture des portes : il faut qu'elles soient fermées pour que le train parte » —, celui-là sentira la difficulté, l'impossibilité peut-être d'obtenir une équivalence à cela hors du français... Et pour peu que* arbre *ou* tree *soit employé non plus dans un document administratif des Eaux et Forêts*[1] *mais par un poète, qui les place dans tout un « contexte » de sensibilité, un réseau de sonorités qui ne peuvent « chanter » qu'à ses compatriotes et à ses contemporains, alors jamais* arbre *ne « voudra dire la même chose » que* tree.

Ce qui se découvre de sérieux derrière ces exemples volontairement forcés et paradoxaux, c'est la grande vérité que voici : dès qu'un langage est chargé, en soi, de caractéristiques affectives, imaginatives, musicales, pittoresques, bref littéraires et poétiques, toute traduction en est mauvaise : dans les cas les plus difficiles, elle est impossible, dans les meilleurs elle n'est qu'un pis-aller.

*

Qu'en sera-t-il donc s'il s'agit de faire passer dans le français du XXe *siècle les puissances de vitalité d'une langue comme celle d'Aristophane ? Il semble que tous les obstacles soient réunis. Les énumérer tous et en rendre compte dans la forme concrète qu'ils revêtent, cela reviendrait à présenter un commentaire continu — linguistique, historique, esthétique — des onze comédies, car ils se dressent à chaque vers. Contentons-nous d'esquisser les aspects principaux, avec quelques exemples pour chacun d'eux.*

Ce langage baigne dans des institutions et coutumes qu'il exprime tout naturellement, et qui nous sont devenues radicalement étrangères[2]. *Les objets mêmes — cailloux de vote, corde vermillonnée pour canaliser les citoyens vers l'Assemblée, niches d'Hécate — sont comme d'un autre monde. Aristophane tire des effets comiques de l'utilisation burlesque d'une « claie à pourceaux d'Hestia »* (Guêpes, *v. 844-846) qui ne peut que nous laisser perplexes et stupides. Ne fallait-il pas imaginer, par analogie, l'emploi saugrenu de quelque autre accessoire de la vie urbaine moderne ?*

Une foule de termes sont sans équivalent. Pour traduire ἱερομνήμων (Nuées, *v. 624), on n'a le choix qu'entre « hiéromnémon » qui est démission pure et simple, et « représentant chargé de la défense matérielle des dispositions légales afférentes aux intérêts d'une amphictyonie », ce qui est un pesant commentaire, et nécessiterait d'ailleurs qu'on précisât ce qu'était une*

1. Mais « Eaux et Forêts », c'est déjà si l'on y songe une bien belle locution, et peut-elle se traduire ? Je veux dire qu'en dehors du français il faudra choisir sans doute entre son sens administratif et son charme d'évocation sauvage.

2. Et jusqu'aux goûts culinaires : choisirions-nous la raie (*Guêpes*, v. 510) comme exemple de poisson délectable et coûteux ?

amphictyonie. Quand une traduction semble s'imposer, c'est peut-être pire aux yeux d'un esprit rigoureux. Ce que nous mettons dans le mot Conseil (ou Sénat), *dans le mot* Assemblée, *est très différent de ce que les Athéniens voyaient dans βουλή et ἐκκλησία. Quant au mot πόλις, qu'il faut bien traduire tantôt par* ville, *tantôt par* citadelle, *ou* cité, *ou* État, *tout helléniste qui sait vraiment ce qu'il représentait pour les Grecs est tenté de le « traduire » par* polis. *Il est alors assuré de ne rien fausser, mais aussi de n'être compris que de ses pairs, c'est-à-dire de ceux qui peuvent lire le grec en grec...*

A ces difficultés générales, qui existent pour n'importe quelle traduction de grec ancien, s'ajoutent pour Aristophane celles qui viennent de ce que sa langue joue, avec une étonnante richesse, des trois claviers : familier, bouffon et poétique.

Et d'abord une foule de locutions et de tours sont de la langue quotidienne du petit peuple. Il est d'ailleurs souvent malaisé de savoir dans quelle mesure il en est ainsi dans les cas d'espèce, cette langue tout orale nous étant nécessairement mal connue[1] *; et par suite, de décider quel degré de « familiarité » il convient de donner à la traduction. Et ce « ton » du grec peut d'ailleurs être différent selon les endroits pour la même locution. Telle formule noble mise dans la bouche de l'Eschyle des* Grenouilles *appelle une traduction aussi grave et digne que possible. Mais si elle, ou sa sœur, est prononcée par Euripide ou par Agathon dans* Les Thesmophories, *il faudra forcer l'expression française jusqu'à l'emphase pour faire apparaître l'accent parodique.*

Un exemple précis de ces différences de niveau est offert par les interjections νὴ Δία, νὴ τὸν Ποσειδῶ, etc. Lorsqu'il s'agit d'une véritable invocation, adressée intentionnellement à un dieu précis, surtout si la personnalité de celui-ci est directement intéressée dans ce moment du dialogue, il faut évidemment conserver littéralement ces appels (par exemple, Nuées *v. 1239-1241). Mais très souvent ce n'est là qu'une façon de soutenir énergiquement quelque affirmation ; neuf fois sur dix, en disant μὰ τὸν Δία, le personnage ne pense pas plus à Zeus qu'on ne pense à Dieu chez nous, en s'écriant : mon Dieu ! La traduction juste est alors un simple* parbleu ! *ou* morbleu ! *ou* ma foi ! *La richesse du panthéon hellénique permet d'ailleurs une variété et un pittoresque qui donneraient envie de recourir à la gamme des*

1. En ce domaine (mais seulement à propos des images, domaine d'importance capitale, à vrai dire) des services inappréciables nous ont été rendus par l'ouvrage admirable de précision, de science et de flair, de Jean Taillardat, *Les Images d'Aristophane, Études de langue et de style,* Éd. des Belles Lettres, Paris, 1962.

jurons gascons : tentative à laquelle il faut résister, car ce ne serait pas donner un écho correct à ce qu'était pour un Athénien sa langue familière que de se mettre à patoiser en français[1]. *Du moins me suis-je permis quelques calembours, lorsqu'une occasion s'offrait d'avoir une formule vive qui rappelât narquoisement l'expression grecque : au lieu d'un* par Artémis ! *qui crée, par exactitude, une sorte d'accroc dans le tissu des paroles, j'ai glissé un* Pardianne ! *Et* Vin-dieu ! *au lieu de* par Dionysos ! *et* Mors-dieu ! *pour* par Posidon ! *dans un passage* (Nuées, *v. 83) où celui-ci est invoqué sous son aspect de patron des cavaliers.*

Ces deux derniers exemples prêtent le flanc à un grave reproche, j'en conviens : l'intention du traducteur n'est sensible qu'au lecteur, par l'orthographe ; elle échapperait totalement au spectateur. Je n'ai rien à répondre[2]. *Et je suis d'autant plus sensible à cette objection que j'ai constamment cherché un style qui eût le « corps » et la spontanéité de « ce qui se dit » et non pas de ce qui s'écrit, car la langue d'Aristophane est doublement orale : ses acteurs* parlent *un grec* oral, *alors que ceux de Racine et de Marivaux* parlent *un français* écrit. *Les bizarreries elles-mêmes, chez Aristophane, sont conformes au génie de la langue, et il faut en tenir compte. Lorsque Socrate ou Strepsiade* (Nuées,

1. Le langage de l'archer scythe des *Thesmophories,* le parler béotien de l'homme de Mégare dans *Les Acharniens,* dorien des Spartiates de *Lysistrata* posent des problèmes particuliers. Le premier ne cherche qu'un effet burlesque de charabia : un feu roulant de barbarismes, de solécismes et de fautes de prononciation suffit à le rendre. Pour la langue du Mégarien, qui ajoute à des traits linguistiques sûrement exacts un certain saupoudrage de fantaisie, j'ai cru pouvoir m'abriter derrière l'exemple analogue du parler « paysan » conventionnel que prête Molière au « Pierrot » de *Dom Juan.* Pour le dialecte laconien de Lampito dans *Lysistrata,* c'est encore différent : Aristophane ne cherche nullement à le ridiculiser. Pour suggérer quelque chose de ce que cette langue a de savoureux, en même temps que de sympathique, et rappeler combien elle tranche sur celle des autres personnages, je me suis risqué à en teinter la traduction de provençalismes. Cet artifice, qui, à la lettre, est indéfendable, est de moindre inconvénient, je crois, que le nivelage : il évite d'anéantir le charme et l'originalité que ce rôle tire des particularités dialectales. En revanche, dans le noble chant final du Spartiate à la gloire des deux cités maîtresses, conserver des provençalismes eût été une faute aussi grave que si l'on en plaçait dans un chœur de tragédie. Pourtant, quand les Athéniens entendaient ces chants en dorien, l'effet devait être un peu semblable à celui d'un hymne en provençal en guise d'intermède dans une pièce française. Mais cela ne se fait pas dans notre théâtre, alors que cette bizarrerie était de règle et de tradition normales en poésie grecque.

2. Sinon qu'au lieu de tout perdre, j'ai voulu sauver du moins la moitié de la mise...

v. 626, 814) jurent Μὰ τὴν Ἀναπνοήν, μὰ τὸ Χάος, μὰ τὸν Ἀέρα, μὰ τὴν Ὁμίχλην, ces mots sont assez proches d'invocations courantes comme μὰ τὴν Ἀφροδίτην ou μὰ τὸν Δία. On ne saurait les rendre littéralement par O Respiration ! ô Chaos ! ô Air ! ô Brouillard ! qui « sonnent » très mal. C'est une question d'oreille : j'ai donc été amené à étoffer légèrement la traduction que j'en ai donnée.

Bref, l'idée fondamentale c'est qu'écouter Aristophane, c'était, pour le public de son temps, tremper en pleine vie quotidienne. Le traducteur doit donc s'imposer un effort constant pour ne pas laisser son texte prendre pour le lecteur et le spectateur modernes une allure savante, « archéologique » qui l'empêcherait de se sentir chez lui. C'est la raison des nombreux anachronismes et « anatopismes » adoptés ; par exemple : Shah de Perse, pour Grand Roi ; Valaques, pour Odomantes ; Ostrogoth, pour Triballe ; bouse-chevaux, pour ἱπποκάνθαρος (Paix, v. 181) ; Carnaval, pour Adonies (Paix, v. 420), etc. Je n'y ai pas recouru automatiquement : lorsque toute une pièce roule sur la célébration des Thesmophories, fêtes strictement féminines dédiées à Déméter et à Coré, il était indispensable de respecter cette donnée. Mais quand l'Injuste raille les idées de son adversaire comme « dignes des Dipolies, des Bouphonies » (Nuées, v. 984-985), la seule raison qu'il a de citer ces fêtes surannées est d'ordre symbolique et proverbial, pour marquer que l'autre n'est pas à la page, ce qui peut se rendre à peu près par : « Ça remonte au temps des Croisades, du Bœuf gras ! » Qui songerait à traduire : « to have other fish to fry » par « avoir d'autre poisson à frire » et non pas « avoir d'autres chats à fouetter » ? Si tout le monde est d'accord pour admettre que, dans le cas des proverbes, la traduction vraie est rarement la traduction exacte, il y a bien des applications à faire de cette loi à la langue largement proverbialisante d'Aristophane[1]. C'est pourquoi, afin de conserver une expression aussi coulante que possible, j'ai adopté soit des transpositions, soit parfois des termes volontairement plus flous qu'en grec, non pas certes pour limer les aspérités du texte, mais pour qu'il grippe le moins possible, dans son déroulement, pour notre oreille à nous. Ainsi ai-je procédé pour les termes de monnaie, de mesure, éliminant les oboles, les dariques et les talents, les conges et cotyles, et les stades, en les remplaçant par des sous ou des millions, par des litrons, des pintes, des chopines, des lieues, quitte à ne conserver qu'approximativement les ordres de grandeur.

Dernier point épineux : la langue familière, normale des

1. Par exemple *Plutus*, v. 1002 ; et pour des locutions comme « lait d'oiseau » (*Guêpes*, v. 508 et *passim*), etc.

bonnes gens d'Athènes admettait l'emploi tout naturel pour les fonctions sexuelles et digestives de mots propres qui nous semblent choquants. Ce que nous avons pour y correspondre appartient soit à un argot de la plus basse vulgarité, soit au vocabulaire savant et médical. Or ni l'un ni l'autre de ces deux registres ne peuvent convenir : ils trahissent tous deux la bonhomie épaisse, mais directe, saine et de bon aloi, d'une civilisation où les gosses jouaient aux osselets sous la protection des emblèmes ithyphalliques dressés à tous les coins de rues, et où tout le monde buvait sans rougir dans des vases que leur décor nous force à confiner dans les « enfers » de nos musées. Il m'a fallu naviguer au moins mal entre le trop ignoble, le trop pudique et le trop pédant : je ne me flatte pas d'y avoir toujours réussi.

Aristophane est un comique, et l'un des aspects principaux de ce comique est dans les manipulations burlesques auxquelles il se livre sur les mots : calembours, contrepèteries, assonances, dérivations ou étymologies saugrenues, substitutions bouffonnes, fabrication de vocables truculents ou aberrants qui ne se trouvent que chez lui, « macaronades » ou « fatrasies », comme on disait en notre Moyen Age[1]. C'est par excellence le domaine où peuvent se multiplier les notes découragées, décourageantes : « Intraduisible en français. » Il faut pourtant s'évertuer à l'impossible, sous peine de laisser s'évaporer une part essentielle de la saveur du texte. Dans quelle mesure peut-on tirer son épingle de ce jeu difficile ? C'est une question d'ingéniosité, de patience, de chance, et le lecteur en jugera. Voici seulement quelques exemples. L'emploi du verbe παφλάζειν, appliqué à la fureur du Paphlagonien (Cav., v. 921), propose de lui-même paphlagonir. L'expression καρίδων ἀδελφοί (Guêpes, v. 1522) — littéralement « frères des crevettes » — au lieu de χαρίτων — qu'on attendait pour célébrer les grâces des danseurs fils de Carcinos (dont le nom signifie le Crabe), suggère : « A vous le bouquet ! » Quand Aristophane fabrique, avec le suffixe usuel des verbes de maladies, les mots σιβυλλιᾶν (Cav., v. 61), ou μαθητιᾶν (Nuées, v. 183), il ne reste rien de cette forgerie verbale dans : « il déraisonne comme une sibylle » ou « je brûle de m'instruire » ; bien préférables, justement parce que saugrenues,

1. Voir à ce propos la précieuse étude, qui est en même temps une anthologie étonnamment riche et amusante, de Robert Garapon, sur *La Fantaisie verbale et le Comique dans le théâtre français, du Moyen Age à la fin du XVIIe siècle*, A. Colin, Paris, 1957.

des inventions telles que : « il est sibyllitique » ou « j'ai l'écolite ». Quant aux composés monstrueux, le plus stupéfiant est celui de L'Assemblée des femmes (v. 1169-1175) : il ne compte pas moins de soixante-dix-huit syllabes, avalanche de termes culinaires[1]. Ce serait aplatir de façon impardonnable l'effet qu'un bon clown pouvait en tirer que de le rendre par une simple énumération des plats qu'il brasse dans son étourdissant potpourri[2]. Le français étant rebelle aux composés multiples, si naturels en grec ou en allemand, j'ai dû me rabattre, pour en garder quelque chose (et quitte à modifier largement le menu, mais qu'importe ?), sur une enfilade à tiroirs du type bien connu : « Comment vas-tuyaudpoêlagratterébenthine... »

Le cas des noms propres, dans l'usage comique ou sérieux qu'en fait Aristophane, pose un problème analogue à celui des jurons. Les deux bouts de la chaîne sont solides : il en est qu'il faut évidemment conserver, ce sont ceux des personnages historiques bien connus, Socrate, Euripide, Périclès, Cléon, etc. Il en est qu'il faut absolument « traduire ». Ce sont ceux que le poète fabrique en toute fantaisie en y impliquant un sens : Ἀνθράκυλλος, Εὐφορίδης, Πρινίδης : Charbonnard, Portesac, Boisdechêne (Ach., v. 612) ; Τιμόκλεια, Λύσιλλα, Σωστράτη : Honorade, Finette, Opportune (Thesm., v. 374-375), etc. C'est aussi le cas pour les personnages mêmes de la comédie, chaque fois que leur nom laisse voir une intention. Les « équivalents » sont souvent bien imparfaits, mais il faut laisser voir la racine Χρεμ- (cracher, tousser) dans les noms des vieillards Χρέμης et Χρέμυλος, à plus forte raison l'idée de vendange dans Τρυγαῖος, de fin des combats dans Λυσιστράτη[3], de juste cause politique dans Δικαιόπολις, d'efficacité entraînante dans Πραξαγόρα, etc., idées essentielles à chacun de ces rôles.

Il est curieux d'observer que le nom du général athénien Lamachos offre à lui seul les deux cas limites. Dans Les Acharniens, je l'appelle Vatenguerre, car il n'est que le symbole caricatural des traîneurs de sabre, avec calembour sur -μαχος (combat). Mais quand il est fait allusion à lui dans Les Thesmophories quinze ans plus tard, je garde évidemment son nom, comme je le ferais en traduisant Thucydide, puisqu'il est

1. On lit des mots du même genre dans Rabelais, particulièrement *Quart Livre*, chap. XV.

2. Voir aussi *Guêpes*, v. 505 ; *Ois.*, v. 491 ; *Gren.*, v. 966, etc.

3. D'autant que, si on ne le fait pas, on étouffera des facéties qui sont dans le texte même : τρυγήσομεν αὐτήν (*Paix*, v. 1339), Λυσιμάχαι (*Lys.*, v. 554) — A vrai dire il y a peut-être aussi dans le nom de Λυσιστράτη l'idée de présenter l'héroïne comme une combattante victorieuse (féminin du nom glorieux de Λυσίστρατος). Cette ambiguïté-là est vraiment, cette fois, intraduisible.

alors cité avec honneur et respect après sa mort glorieuse en Sicile[1].

Mais il y a une foule de cas intermédiaires : personnages peu connus, ou inconnus[2]. *Ce qu'il pouvait y avoir de sel dans les facéties qui les concernent a perdu toute saveur, le lecteur ne s'en apercevra que trop. Il m'a paru alors excusable d'imaginer quelquefois, à tout hasard, quand c'était possible, que le poète joue avec le sens de ces noms propres, comme il le fait si volontiers en mainte occasion*[3] *: Σθένελος :* Fortiche (Guêpes, *v. 1313*)*; Γέρων :* Barbon (Ass., *v. 848*), *etc. ; ou bien de substituer des noms de fantaisie qui soient « parlants » dans le sens du contexte : ὁ Σέλλου, οὐκ τῶν Κρωβύλου :* fils de Gandin, petit-fils d'Artaban ; *ἦπερ Ἀντιφῶν* : comme un vrai Claquedent (Guêpes, *v. 1268-1270*). *Ce n'est rien enlever, au contraire, aux fantômes inconsistants que sont ce Sellos, ce Crobylos, cet Antiphon-là, que de les affubler d'un nom qui ait un peu plus de corps : ce n'est pas attenter aux droits que pourrait avoir sur eux l'Histoire, qui les ignore.*

*

Enfin la langue d'Aristophane est poétique. Elle ne l'est souvent qu'en esprit de parodie, pour railler les « beautés poétiques » d'Euripide et de divers autres. Je me suis astreint à donner, pour que cela saute aux yeux, une cadence d'alexandrins français aux nombreux passages qui sont marqués de ce sourire-là — sans m'interdire de semer çà et là des rappels de vers ou d'hémistiches malherbiens, cornéliens, raciniens, lamartiniens, hugoliens, baudelairiens[4]*, parce que ces traits-là peuvent porter sur un lecteur français normalement cultivé, ce qu'il serait imprudent d'espérer pour les allusions euripidéennes ou pindariques.*

1. Même chose pour Cinésias, selon qu'il s'agit du poète (*Ois.*, v. 1372-1409) ou d'un personnage de farce (*Lys.*, v. 845-979) qui doit probablement ce nom à l'application ironique qui peut se faire de κινεῖν (au sens érotique) à la situation où il se trouve ; d'où ma « traduction » : *Chaulapin.*

2. Il est assez fréquent que les scoliastes nous donnent sur ceux-ci des explications sans valeur aucune : on devine qu'ils ne sont pas mieux informés que nous, et tirent — parfois très sottement — les renseignements qu'ils nous offrent du passage même qu'ils sont censés éclaircir.

3. Par exemple Φιλόξενος (*Guêpes*, v. 83-84).

4. Par ex. : *Ach.*, v. 435, 485, 1171 ; *Guêpes*, v. 308, 754 ; *Paix*, v. 836 ; *Ois.*, v. 1247, 1396, 1452 ; *Lys.*, v. 664, 883 ; *Thesm.*, v. 192, 724, 1107, etc.

Quant à tout ce qui relève de l'authentique poésie d'Aristophane lui-même, son charme est fait de malice, à la façon de Marot ou de La Fontaine en leurs bons moments ; ou de pittoresque et de vivacité cordiale et fraîche pour évoquer la nature et la vie campagnarde, comme chez Ronsard ; mais aussi, comme chez un autre Ronsard, de grandeur éloquente dans les élévations politiques et religieuses. Il importait de le faire sentir, avec, jusque dans les rythmes même, la variété d'accent ou de débit que le grec obtient non seulement par le style, mais par la métrique. J'ai donc tourné tous ces passages en vers, pairs ou impairs, réguliers ou inégaux, carrés ou dansants, parfois même rimés ou assonancés, en essayant de respecter le caractère des divers passages. Et j'ai mis un point d'honneur à sauvegarder exactement le rigoureux équilibre métrique du grec entre strophes et antistrophes.

Reste la poésie de pur cliquetis sonore, où les mots s'attirent entre eux par une sorte d'électricité propre des timbres et des cadences ; le sens précis *n'y est pas plus engagé que dans les kyrielles rabelaisiennes, dans le tohu-bohu des verbes qui « décrivent » Diogène manœuvrant son tonneau au prologue du* Tiers Livre. *Il est donc plus important de faire jouer certains effets de sonorités que de serrer la signification de chaque terme : par exemple pour les dix-huit espèces d'oiseaux que Lahuppe présente à ses visiteurs humains (*Ois., *v. 302-304), ou les vingt et une variétés de canailleries énumérées par Tourneboule (*Nuées, *v. 445-451).*

*

Voilà bien des libertés, dira-t-on. Mais si je les ai prises, c'est en esprit d'obéissance et de fidélité à la verve d'Aristophane, et non pas d'indépendance, et moins encore pour m'arroger je ne sais quel droit de l'accommoder à mon goût. Ce n'est pas sans irritation que je vois certains de nos contemporains faire endosser au vieux comique, en lui empruntant un canevas, des pièces où le travail d' « adaptation » a consisté à faire disparaître systématiquement les attaches qui enracinent si profondément un tel auteur dans son temps et dans son lieu. Ce n'est pas le respecter que de faire de lui, sous prétexte qu'il fait souvent penser à nos chansonniers, le paravent de tentatives théâtrales liées aux données politiques et sociales, aux tendances de goût les plus étroitement modernes. Ce genre de « résurrection » est doublement fallacieux : d'abord par cette sorte d'abus de confiance qui s'y décèle, ensuite parce que c'est le condamner à revieillir, en peu d'années, avec les faits de modes et d'actualité auxquels on l'a attelé.

Mes libertés sont d'un esprit tout autre, pour ne pas dire opposé. Ma traduction est littérale, rien n'y est ajouté ni sauté. Avec les erreurs d'interprétation, les solutions discutables dont je ne me flatte pas qu'elle soit exempte, elle peut être un instrument de travail pour ceux qui me feront l'honneur de la prendre ainsi. Mais elle veut être fraîche. Qui me le reprocherait ? Alors, qui veut la fin veut les moyens ; qui accepte un principe d'ensemble ne doit pas regimber contre les conséquences concrètes qu'il implique dans le détail.

Je ne pouvais, dans une édition comme celle-ci, exposer ni discuter au fur et à mesure toutes les raisons de tous les choix que j'ai faits. Du moins ai-je tenu à avoir la loyauté envers Aristophane, et envers le lecteur, d'indiquer en note le sens littéral chaque fois que je m'en suis écarté. Je n'ignore pas qu'en procédant ainsi je me rends vulnérable : je tends moi-même aux esprits critiques les armes qu'ils m'opposeront (si je ne l'avais pas fait, combien auraient eu la patience de les chercher eux-mêmes ?) et je les aiguillonne à découvrir de meilleures solutions que moi. Mais je l'entends bien ainsi, et de très bon cœur. En tout cas, je ne me serais jamais permis tant de libertés, si je n'avais su pouvoir compter sur les notes. Elles semblent accuser *mes hardiesses ? Je pense au contraire qu'elles les* excusent, *mieux : qu'elles les* autorisent, *parce qu'elles sont sans pitié pour tout ce qui pourrait être poudre aux yeux, escamotage des difficultés et des précisions.*

Je souhaite, bien sûr, que cette version d'Aristophane paraisse neuve au lecteur de nos jours, et je l'ai faite pour cela. Mais à y bien réfléchir, est-elle si nouvelle ? si hétérodoxe ? Une traduction « sérieuse » comme celle d'Hilaire van Daele suit toujours la littéralité des mots et des idées ; c'est dans les notes qu'elle explique — trop peu — les procédés comiques du grec ; de même, en étudiant Aristophane, un professeur scrupuleux est nécessairement amené à suggérer à ceux qui l'écoutent des équivalents et rapprochements amusants pour vivifier la traduction serrée qu'il leur présente. Je n'ai fait qu'intervertir les choses, dans tous les cas où la littéralité ne pouvait qu'étouffer ou brider le plaisir du lecteur : c'est dans le texte même, qu'on lit d'abord, que j'ai donné la parole à l'Aristophane où-l'on-rit, et le mot à mot ne vient qu'en commentaire, en quelque sorte, de cette verve. J'ai voulu offrir d'emblée le corps vivant, avec sa chaleur, sa grâce et son élan, autant que je l'ai pu. Le squelette qui soutient cette vie et ce mouvement, les anatomistes le trouveront au bas de la page.

Ai-je eu tort de m'adresser d'abord aux amoureux et aux amateurs ? Et pourquoi les anatomistes ne consentiraient-ils pas à être aussi et d'abord des amateurs et des amoureux ? C'est bien le conseil en tout cas que leur donne Aristophane d'un bout à l'autre de son théâtre, s'ils veulent être aussi joyeux et clairvoyants que son Lavendange et son Justinet, et ne pas ressembler à son Socrate, à son Euripide, ces doctes coupeurs de cheveux en quatre.

Victor-Henry Debidour

Les Oiseaux

INTRODUCTION

La Paix se terminait par un hymne de joie et de confiance. Elle était revenue, la bien-aimée d'Athènes, et toute l'Hellade l'avait retrouvée, pour toujours — ou pour cinquante ans, ce qui, à vue humaine, revient au même... Grâce au fantasmagorique exploit de Lavendange (et en réalité à la clairvoyante habileté de Nicias) était promise à toute une génération une vie tranquille, et douce, et digne... Hélas ! cette paix bénie n'a fait qu'effleurer le monde grec de son aile : ce n'était qu'une trêve, mal installée, mal respectée, et les hostilités continuaient çà et là, à travers un tissu serré de manœuvres diplomatiques, de combinaisons politiques, de coups fourrés et de coups de force pour s'assurer la meilleure position en vue d'une reprise des hostilités que l'on préparait parce qu'on la jugeait fatale, et qu'on rendait fatale parce qu'on la préparait. Les Athéniens réprimèrent en 416 avec une atroce rigueur la défection de l'île de Mélos, et décidèrent de porter la guerre en Sicile « avec l'intention, nous dit Thucydide, de la soumettre tout entière à leur pouvoir, mais en masquant ce dessein sous le prétexte d'un soutien à donner à leurs amis de là-bas ». L'expédition, décidée dans l'enthousiasme, partit sous de fâcheux auspices, au lendemain d'un scandale inouï : une nuit, les Hermès, saintes effigies dressées un peu partout dans les rues d'Athènes, avaient été systématiquement mutilés par des inconnus. L'opinion publique, violemment secouée, exigea le châtiment exemplaire de ce qu'elle considérait non pas seulement comme un acte de vandalisme stupide, mais comme un sacrilège. Un flot de dénonciations et de condamnations, de haines et de terreurs déferla sur la ville.

A cette situation malsaine, *Les Oiseaux*, joués au début de 414, ne font guère d'allusions directes. C'est, dirions-nous, une pièce peu « engagée » sur le plan politique, infiniment moins que *Les Cavaliers* et *La Paix* naguère, ou que *Lysistrata* bientôt. Mais peut-être est-ce parce que l'horizon était trop sombre, l'amertume d'Aristophane trop vive, après ses espoirs de réconciliation entre cités et entre citoyens, qu'il a choisi de s'évader ?

C'est en tout cas le choix que font ses deux héros, Ralliecopain et Belespoir. Malgré le nom de ce dernier, il y a quelque chose de désespéré dans leur résolution : pour ces deux bons citoyens, la vie est devenue totalement impossible dans leur patrie. Il n'y a plus qu'une chose à faire : secouer sur Athènes la poussière de leurs sandales, et aller s'installer ailleurs, n'importe où

> où d'être homme d'honneur on ait la liberté...

et aussi d'être heureux. Alceste a tort, dans son « noir chagrin », et la satisfaction morose qu'il trouvera dans son désert sera moins la récompense de sa force d'âme que la punition de son intransigeance pessimiste. Mais nos deux bonshommes ont raison, eux. Et la récompense les attend : dans le « désert » des forêts escarpées et sauvages où ils émigrent, ils trouveront des êtres qui vivent joyeusement, paisiblement, au rythme des saisons, et selon l'ordre de leur nature, et de la Nature : les Oiseaux. Que ceux-ci les accueillent, les admettent comme étant des leurs, mieux, consentent à les prendre pour chefs et pour conseillers, et voici s'ouvrir la voie du salut. Ralliecopain, oiseau de tout son cœur, mais gardant son astuce d'homme, révèle à ses frères ailés l'étendue de leurs droits et de leur pouvoir. Les hommes sont fous, stupides et méchants, les dieux qui les laissent faire sont égoïstes et tyranniques : l'iniquité des uns vient à la rencontre de l'injustice des autres. Hors de cette odieuse solidarité, et pour la briser, les Oiseaux n'ont qu'à fonder une cité de justice, nourrie du bon droit et de bonne force. Sa place est toute trouvée : *sous le ciel,* mais non pas *sur la terre :* ce sera Coucouville-les-Nuées. Et la comédie, qui commençait dans l'angoisse et le dégoût, s'épanouit dans une merveilleuse Utopie : le triomphe d'une troisième race, celle des vrais et libres rois des airs, des champs, des prés, des forêts et des mers, des Oiseaux sauvés des misérables traitements que leur infligent les hommes, de la frivole indignité où les confinent ces usurpateurs du ciel que sont les dieux ; et leur bonheur sera aussi celui des braves gens qui ont su, d'un vaillant coup d'aile, s'affranchir du pandémonium d' « ici-bas » comme du panthéon de là-haut.

Sur un tel thème, on conçoit que *Les Oiseaux* soient la comédie la plus grave peut-être dans son fond, la plus sceptique et la plus impie d'Aristophane — et dans sa forme, la plus fraîche, la plus gracieuse...

Tous les hommes qui y paraissent, sans exception (sauf les deux transfuges), sont des canailles ou des imbéciles, des malfaisants ou des malfaiteurs : ils ne défilent que pour se faire ridiculiser, chasser ignominieusement, pour dessiner, par contraste en somme, ce que sera la cité heureuse : une communauté sans procès, ni exactions, sans délateurs, sans politiciens, sans imposteurs exploitant la crédulité publique, sans poètes prostituant leur art, sans législateurs vendant leur pacotille de décrets, sans adolescents cyniques, sans planificateurs délirants. Nulle part le tableau de toutes les « plaies » d'Athènes n'est plus complet, plus accablant — mais nulle part plus jovial, puisque ces personnages funestes sont vaincus d'avance, qu'on est déjà, à Coucouville, délivré d'eux, et que leurs bravades et menaces, leurs marchandages et quémandages ne peuvent que se heurter à une inflexible fin de non-recevoir.

Les dieux ne sont pas moins cruellement traités : leur charmante et hautaine messagère est bafouée ; leurs ambassadeurs sont une royale ganache, un goinfre aussi fort en gueule que faible en cervelle, et une sorte de pithécanthrope d'une stupidité proprement surnaturelle : dignes délégués d'un Zeus qui n'a plus rien d'autre à faire que de résigner sa Souveraineté entre les mains du nouveau prince de l'univers. Quand on songe que le plus lourd grief que fasse Aristophane à Socrate et à Euripide, c'est leur impiété à l'égard des dieux, cela ne manque pas de piquant...

Mais si les dieux et les hommes sont ainsi traînés dans la boue, c'est pour rehausser le rayonnant prestige, la plénitude de *grâce* qui est le privilège des Oiseaux ; toute la pièce est pleine de leurs gazouillements, de leurs trilles, de leurs froufrous d'ailes. Idée géniale, dans une de ces comédies où la musique et la danse tenaient un rôle si éminent, que d'avoir porté la scène chez ces musiciens délicieux, aux farandoles infatigables. Leur plumage bigarré, leurs becs, leurs aigrettes, leur babil, pour lequel le poète trouve dans les sonorités grecques et les onomatopées de si pétulantes correspondances, leurs évolutions collectives, leur joie d'étourneaux devenus sages, fiers et disciplinés, et jusqu'à la kyrielle piaillante de leurs noms, tout cela est poésie pour les yeux, pour l'oreille et pour le cœur.

Alors s'efface toute l'amertume qui a pu dicter à Aristophane l'évasion vers ce paradis aérien. Il ne s'agit plus de faire la leçon aux hommes ni aux dieux ; ce n'est plus une allégorie qui se dessine : c'est une sorte d'adoption bienheureuse, toute gratuite, que nous apporte, pour une heure, l'imagination rédemptrice du poète. En vérité, c'est à nous qu'Aristophane, par les mains de son généreux luron, donne des ailes, à pleins paniers ; et sous le burlesque du jeu d'images qui se développe autour du voltigeant poète Cinésias, jamais on n'aura mieux fait sentir à nos corps pesants, à nos cœurs lourds, qu'une strophe, comme le veut l'étymologie, c'est une roulade, et c'est une virevolte. Aristophane aurait trouvé prétentieux le symbole de l'albatros ou celui du pélican : sa poésie à lui est ivre comme une caille, malicieuse comme une pie, effrontée comme un moineau — et gaie comme un pinson.

ANALYSE

Ralliecopain [Pisthétaïros], avec son ami Belespoir [Evelpidès], à l'orée d'une forêt, est à la recherche de Lahuppe [Epops] (v. 1-29). Ils espèrent que l'oiseau leur indiquera un coin où ils puissent s'établir loin de leurs absurdes compatriotes (v. 30-48). A force d'appeler, ils obtiennent qu'un serviteur de Lahuppe aille quérir son maître (v. 49-91). Il apparaît. La première émotion passée, Ralliecopain lui dit son dégoût d'Athènes (v. 92-111) et l'espoir qu'il met en lui (v. 112-142). Tout compte fait, n'est-ce pas chez les Oiseaux qu'on mène la vie la meilleure ? S'ils fondaient une cité à eux, ce serait un paradis (v. 143-193), Lahuppe accepte de leur proposer la chose (v. 194-208) et en deux couplets allègres appelle sa compagne Rossignolette et tous ses frères ailés (v. 209-262).

Les Oiseaux affluent de toutes parts (v. 263-314). D'abord indignés de voir Lahuppe mettre sa confiance en deux représentants de cette race humaine qui est leur ennemie jurée, ils se préparent à leur faire un mauvais parti (v. 315-365), puis consentent à se laisser amadouer (v. 366-436) et à écouter Ralliecopain (v. 437-459). Celui-ci, dans une longue harangue, leur révèle l'antiquité et la dignité de leur race, qui devrait régner sur les dieux comme sur les hommes (v. 460-547), bien incapables les uns et les autres de s'opposer à leur autorité (v. 548-635). L'accord se fait : les deux compères sont adoptés par les Oiseaux (v. 636-675).

Chœur des Oiseaux, qui célèbrent leur propre gloire (v. 676-722) et la joie de vivre qui est la leur, et qu'ils promettent à tous ceux qui seront leur loyaux sujets (v. 723-800). Ralliecopain et Belespoir reviennent, habillés en oiseaux : on prend les dispositions pour les rites de fondation de la ville qui s'appellera Coucouville-les-Nuées (v. 801-861). Un prêtre prononce les prières (v. 862-903). Survient un Poète famélique qui veut se faire payer l'éclat que sa muse saura donner à la nouvelle cité (v. 904-958) ; puis un Diseur d'oracles que l'on chasse avec dérision (v. 959-991) ; puis le géomètre Méton qui propose ses plans d'urbanisme nuageux (v. 992-1020). A peine Ralliecopain s'est-il débarrassé de lui qu'un Inspecteur, en mission à l'étranger, puis un « Légiscolporteur », marchand de décrets, essaient d'introduire à Coucouville-les-Nuées les mœurs et manies athéniennes auxquelles son fondateur a justement voulu échapper : il les expulse (v. 1021-1057).

Chœur des Oiseaux : malédiction et mort pour leurs ennemis, bénédiction et félicité à leurs amis (v. 1058-1117). Un Messager vient rendre compte des travaux de construction de Coucouville, menés avec une miraculeuse diligence (v. 1118-1167). Mais un second Messager annonce que les dieux d'Olympe ne respectent pas la frontière (v. 1168-1198). De fait, Iris arrive, descendue du ciel, pour signifier un ultimatum de la part de Zeus. Ralliecopain brave ces foudres et la renvoie ignominieusement (v. 1199-1270). Un Héraut signale que les hommes, eux, vont accourir en foule pour jouir du bonheur de Coucouville (v. 1271-1336). Le premier postulant est un jeune cynique qui espère y bénéficier du droit légal de se débarrasser de son père : on le refoule (v. 1337-1371) ; puis le poète Cinésias prétend, sans succès, y importer ses cantates (v. 1372-1409) ; enfin un délateur est expulsé sans ménagements (v. 1410-1469).

Après un petit intermède chanté par le Chœur (v. 1470-1493), Prométhée vient annoncer que les dieux, réduits à la famine, sont prêts à négocier (v. 1494-1552). De fait, voici la délégation olympienne : Posidon, Héraclès, et un dieu barbare et crétinoïde. Entre deux intermèdes du Chœur (v. 1553-1564 et 1694-1705), Ralliecopain leur tient la dragée haute. Ils capitulent. Zeus renoncera à son sceptre et à sa Souveraineté (v. 1565-1693). Sitôt dit, sitôt fait : Ralliecopain réapparaît dans toute sa gloire. C'est lui qu'une cantate finale célèbre, dans la liesse générale, comme le suprême dieu des dieux (v. 1706-1765).

PERSONNAGES :

BELESPOIR (Evelpidès). } citoyens d'Athènes
RALLIECOPAIN (Pisthétaïros) }

UN SERVITEUR DE LAHUPPE.

LAHUPPE, qui fut homme, sous le nom de Térée, avant d'être changé en oiseau.

CHŒUR des Oiseaux.

UN PRÊTRE de Coucouville-les-Nuées, cité des Oiseaux.

UN POÈTE famélique.

UN DISEUR D'ORACLES.

MÉTON, géomètre.

UN INSPECTEUR, venu d'Athènes.

UN LÉGISCOLPORTEUR qui vend à l'étranger des décrets, principale production d'Athènes.

DEUX MESSAGERS.

IRIS, courrière de Zeus.

UN HÉRAUT.

UN GARNEMENT, qui voudrait tuer son propre père.

CINÉSIAS, poète.

UN DÉLATEUR athénien.

PROMÉTHÉE, antique ennemi de Zeus.

POSIDON.

HÉRACLÈS.

UN DIEU OSTROGOTH (Triballe).

Un troisième MESSAGER.

COMPARSES : Oiseaux, Serviteurs.

[*La scène représente un lieu escarpé, semé de buissons à l'entrée d'une forêt. Deux hommes arrivent, l'air très fatigué, portant sur le poing l'un un choucas, l'autre une corneille*]

BELESPOIR [*à son choucas*]

Tout droit ? c'est ça que tu dis ? cet arbre qui se dresse, c'est par là ?

RALLIECOPAIN

Marche ou crève ! [*Faisant mine de consulter sa corneille*] La voilà encore qui craille : « Demi-tour ! »

BELESPOIR [*s'arrêtant*]

Mon pauvre vieux ! A quoi bon trimarder par monts et par vaux ? A force d'aller devant nous sans arriver nulle part, ça nous tuera !

RALLIECOPAIN

Voilà ce que c'est, de me fier à une corneille ! Malheur ! ça fait quarante lieues de route, et plus, à tournailler !

BELESPOIR

Voilà ce que c'est, de me fier à un choucas ! Misère ! Je me suis usé les ongles des arpions jusqu'à la racine !

RALLIECOPAIN

Où diantre est-ce que nous sommes ? Je ne sais même plus, moi !

BELESPOIR

D'ici, tu serais capable de retrouver quelque part ton pays, toi ?

RALLIECOPAIN

Eh non, morbleu ! D'icicaille, Exekestidès[1] lui-même ne trouverait pas le sien !

BELESPOIR

Oh ! là là[2] !

RALLIECOPAIN

Bon pour toi, mon vieux ! vas-y donc !

BELESPOIR

Eh bien ! il nous a drôlement possédés, le type de la Halle-

1. Un étranger, dont il sera de nouveau question, et qui prétendait s'impatroniser comme citoyen à Athènes. En principe, dans ce lieu sauvage où se trouvent les deux émigrants, Exekestidès devrait sentir, barbare qu'il est, l'« air du pays ».

2. Ralliecopain feint de prendre ce cri pour une indication de direction à prendre.

vers 1-13

aux-oiseaux, le sombre maboul, derrière son étal, Philocratès ! Il prétendait que ces deux volailles nous indiqueraient Térée-Lahuppe[1], celui qui est devenu oiseau oisellissime ! Il nous a vendu cet enfant à Fierculot, ce choucas, contre bon argent[2] ! et celle-là [*Montrant la corneille*] pour trois fois plus ! Et tu vois, ils ne savent rien ni l'un ni l'autre — que mordre ! [*Au choucas*] Et alors, te voilà le bec ouvert à présent ? Où est-ce que tu vas encore nous mener par ici, à la dégringolade au bas des rochers ? de ce côté-ci, y en a pas, de chemin !

RALLIECOPAIN

Ma foi non : pas le moindre sentier nulle part de ce côté-ci !

BELESPOIR

Et la corneille ? est-ce qu'elle te dit quelque chose sur le chemin à prendre ?

RALLIECOPAIN

Ma foi, elle ne craille pas la même chose maintenant que tout à l'heure.

BELESPOIR

Et qu'est-ce qu'elle te dit pour le chemin ?

RALLIECOPAIN

Ce qu'elle me dit ? qu'elle finira par me dévorer les doigts à force de les becqueter : un point, c'est tout !

BELESPOIR

C'est formidable tout de même ! nous ne demandons qu'à prendre une volée et à être branchés[3], nous y sommes fin prêts — et puis, pas moyen de trouver comment y arriver ! C'est que — écoutez bien, vous tous ici présents ! — le mal qui nous travaille, c'est tout le contraire de celui de Salbou-

1. Térée, roi de Thrace, époux de l'Athénienne Procné, dont il eut un fils, Itys. A la suite d'un sombre drame de famille où fut mêlée la sœur de Procné, Philomèle, l'épouse tua son fils pour se venger de son mari. Les dieux, intervenant, changèrent Térée en huppe, et les deux femmes en rossignol et en hirondelle.

2. *Litt. : ce choucas-là, fils de Tharrélidès, pour une obole.* Tharrélidès est un nom qui évoque l'idée d'imprudence.

3. *Litt. : nous ne demandons qu'à aller aux corbeaux,* locution qui équivaut à : « aller au diable, nous faire pendre », et qui prend ici valeur de calembour.

gre[1] : lui, il n'est pas de notre cité, et il fait des pieds et des mains pour en être. Et nous, dont les attaches et la naissance sont au-dessus de tout soupçon, nous, citoyens entre des citoyens, et contre qui personne ne songe à jouer du chasse-mouches, à tire-d'aile nous avons tricoté des jambes pour quitter le sol de nos pères. Si nous l'avons en grippe, cette fameuse cité, ce n'est pas que la nature ne l'ait faite grande, et heureuse, et ouvrant à tous largement ses trésors... pour y verser leurs amendes. Mais enfin, les cigales, elles ne lancent leur chanson qu'un mois ou deux dans leurs chambres de verdure[2] : les Athéniens eux, ils n'arrêtent pas de chanter la leur, dans leurs chambres de justice, tout au long de leur vie. Et voilà pourquoi vous nous voyez, chemineaux cheminants avec une corbeille, un chaudron, des branches de myrte[3] : nous voguons à la recherche d'un endroit sans histoires où nous pourrions fixer nos pénates pour y finir nos jours : nous mettons le cap sur Térée-Lahuppe, pour lui demander de nous dire s'il a vu une cité de ce genre dans ses voyages à vol d'oiseau.

RALLIECOPAIN

Dis donc !

BELESPOIR

Quoi ?

RALLIECOPAIN

La corneille... voilà un moment qu'elle indique quelque chose là-haut.

BELESPOIR

Et le choucas aussi, tu vois ? il bée du bec vers le haut, comme s'il voulait me montrer quelque chose. Pas de doute : il y a des oiseaux dans les parages. On va savoir ça tout de suite, il n'y a qu'à faire du bruit.

1. *Litt. : Sacas,* sobriquet donné au poète tragique Acestor, cf. *Guêpes,* v. 1221.

2. *Litt. : perchées sur des branches,* et plus loin : *perchés sur des procès.* Allusion à la manie processive qui empoisonnait la vie à Athènes.

3. Objets nécessaires au sacrifice qui marquait la fondation d'une colonie : dans la corbeille, des bandelettes, un couteau, des grains d'orge ; dans le chaudron des braises allumées au foyer de la métropole.

RALLIECOPAIN

Bon. Tu vas... sais-tu quoi ? cogner du genou sur le rocher.

BELESPOIR

Ouais ! Et toi, cogne donc de la tête, pour que ça fasse double bruit !

RALLIECOPAIN

Alors prends un caillou pour taper.

BELESPOIR

D'accord, à tes ordres. [*Il frappe sur le rocher*] Hep ! Hep !

RALLIECOPAIN

Hein ? qu'est-ce que tu dis ? tu cries : Hep ! hep ! pour Lahuppe ? Ce n'est pas : hep, c'est : Hup ! hup ! qu'il faudrait crier !

BELESPOIR

Hup ! Hup ! [*Le fourré reste sans réponse*] Eh bien ? tu vas cor' me faire encore cogner ? Hup ! Hup !

LE SERVITEUR DE LAHUPPE [*se montrant brusquement hors du bosquet*]

Qui va là ? qui appelle mon patron ?

[*Il garde le bec ouvert, inspectant et menaçant*]

RALLIECOPAIN [*saisi de frousse devant cette apparition*]

O divine Providence [1], quel abîme béant !

LE SERVITEUR

Misère de moi ! que vois-je ? deux chasseurs d'oiseaux !

BELESPOIR

Brr ! c'est à frémir !... et si on ouvre la bouche, ça sera encore pire !

LE SERVITEUR

Vous n'en reviendrez pas vivants !

BELESPOIR

Mais nous ne sommes pas des hommes...

LE SERVITEUR

Et quoi alors ?

1. *Litt. : Apollon préservateur !*

BELESPOIR

Moi, je suis un Pétochard, un oiseau des tropiques[1].

LE SERVITEUR

Balivernes !

BELESPOIR [*montrant à ses pieds les malodorants effets de la peur*]

Et pourtant, interroge le témoignage déposé à mes pieds...

LE SERVITEUR

Et lui, quel oiseau c'est-il bien ? [*A Ralliecopain*] Vas-tu parler ?

RALLIECOPAIN

Moi ? un Çacadoès, un oiseau du Caucase[2].

BELESPOIR

Et toi, quel diantre d'animal es-tu, bons dieux ?

LE SERVITEUR

Moi ? un oiseau-vassal.

BELESPOIR

Tu as été battu dans un combat de coqs ?

LE SERVITEUR

Non : c'est que le jour où mon maître devint Lahuppe, il pria le ciel de me faire devenir oiseau, pour me garder à ses côtés et à son service.

BELESPOIR

Ah ? même un oiseau ça a donc besoin de se faire servir ?

LE SERVITEUR

Lui, oui. Je pense que c'est parce qu'il était homme dans le temps. Alors, des fois il a envie de manger des anchois du Golfe[3] : je prends l'écuelle, et je cours aux anchois. Ou bien il a faim de bouillie, il faut une casserole et une louche : jambes à mon cou, je cours après la louche.

BELESPOIR

C'est un Couroucou[4], cet oiseau-là ! Dis, Couroucou, sais-tu ce que tu vas faire ? Appelle ton patron.

1. *Litt. : de Libye.*
2. *Litt. : du Phase.* Les oiseaux « du Phase » étaient les faisans.
3. *Litt. : de Phalère.*
4. *Litt. : un trochilos* (roitelet), dont le nom se rattache à τρέχω, courir.

LE SERVITEUR

Mais il est tout juste en train de faire la sieste, je te jure, le jabot plein de myrtilles et de moustiques.

BELESPOIR

Quand même ! éveille-le !

LE SERVITEUR

Il va être furieux, sûr et certain ! Mais je ferai ça pour vous : soit, je vais l'éveiller.

[*Il rentre dans le fourré*]

RALLIECOPAIN [*soulageant son cœur*]

Mort à toi, et male mort ! Ce que tu m'as fait crever de peur !

BELESPOIR

Zut ! pauvre de moi ! et mon choucas aussi qui a filé ! il a eu peur !

RALLIECOPAIN

Sacré poltron ! animal ! c'est parce que tu as eu peur, toi, que tu as lâché ton choucas !

BELESPOIR

Dis donc, et toi ? tu n'as pas lâché ta corneille quand tu as eu les genoux coupés ?

RALLIECOPAIN [*faisant comme Panurge, « le bon compagnon » une fois le péril passé*]

Moi ? non parbleu !

BELESPOIR

Et alors, où est-elle ?

RALLIECOPAIN

Elle s'est envolée.

BELESPOIR

Sans que tu l'aies lâchée ? Eh bien, mon ami, tu n'as pas froid aux yeux[1] !

LAHUPPE [*Apparaissant à la « porte » du fourré. Son déguisement d'oiseau ne comporte qu'un grand bec devant la figure, et une triple aigrette sur la tête.*]

Tire-moi le vert houx[2], que je sorte une bonne fois !

1. Double sens : « rien ne te fait peur ! » et « tu as un rude culot ! ».
2. *Litt. : ouvre la forêt !* Le mot ὕλη fait à-peu-près avec πύλη, qui signifie « porte » en style noble.

BELESPOIR [*à part*]

Bonté divine[1] ! Qu'est-ce que c'est bien que cet animal-là ? En voilà un plumage ! en voilà une façon de porter la triple aigrette !

LAHUPPE

Qui est-ce qui me demande ?

BELESPOIR

On dirait bien que toutes les puissances du ciel[2] se sont coalisées pour te mettre à mal.

LAHUPPE [*dignement*]

Vous vous moquez de moi en voyant mon plumage ?
Je fus homme, oui bien, messieurs mes visiteurs !

BELESPOIR

Ce n'est pas de toi que nous rions.

LAHUPPE

Alors, de qui ?

BELESPOIR

C'est ton bec qui nous fait rire, rien qu'à le voir.

LAHUPPE

Il n'y a pas de quoi rire : c'est la disgrâce que m'inflige Sophocle, sur la scène tragique, à moi Térée[3].

BELESPOIR

Térée ? c'est donc toi ? Tu es un oiseau pour de bon, ou si c'est un canard[4] ?

LAHUPPE

Un oiseau, bien sûr.

BELESPOIR

Et alors, où sont tes ailes ?

LAHUPPE

Elles sont tombées.

BELESPOIR

Comment ça ? Tu as été malade ?

LAHUPPE

Non ; mais l'hiver tous les oiseaux perdent leurs plumes et après il nous en repousse d'autres. Mais dites-moi donc qui vous êtes tous les deux ?

1. *Litt. : O Héraclès !*
2. *Litt. : les douze dieux* de l'Olympe.
3. Sophocle avait fait une tragédie sur Térée.
4. *Litt. : un oiseau, ou un paon ?* Un « paon » en langue familier, c'est un vantard, qui raconte des blagues pour se faire valoir.

BELESPOIR

Nous ? des mortels.

LAHUPPE

Natifs de quel pays ?

BELESPOIR

Du pays des beaux vaisseaux de guerre.

LAHUPPE

Ah, ah ! vous ne pensez qu'à enfiler des procès[1] !

BELESPOIR

Mais non ; tout le contraire : à nous en défiler !

LAHUPPE

Vrai ? il pousse des gens comme ça, là-bas ? Graine rare[2] !

BELESPOIR

Tu en trouverais bien un peu, en cherchant dans la campagne[3] !

LAHUPPE [*solennel*]

Et quel besoin vous point, pour venir en ces lieux ?

BELESPOIR

Nous voulons un entretien avec toi.

LAHUPPE

A quel propos ?

BELESPOIR

D'abord parce que tu as été un homme, comme nous deux dans le temps ; et que tu as eu des dettes, comme nous deux dans le temps ; et que tu étais bien aise de ne pas les payer, comme nous deux dans le temps ; et qu'ensuite tu as endossé la condition d'oiseau, voltigeant sur terre et sur mer à la ronde, et que tout ce qu'homme, tout ce qu'oiseau peut avoir dans la cervelle, tu l'as. Voilà pourquoi nous sommes venus à toi jusqu'ici, pour te supplier — si tu pouvais nous indiquer une ville bien moelleuse pour nous y coucher comme sur un bon édredon douillet ?

1. Lahuppe comprend tout de suite que la cité des beaux navires, c'est Athènes. Mais cette ville est aussi celle où foisonnent les procès (cf. v. 41 n., *Guêpes, passim*, etc.). D'où sa réplique.
2. *Litt. : On sème cette graine-là, là-bas ?*
3. Comme toujours, Aristophane fait l'éloge des ruraux.

LAHUPPE

Alors comme ça, tu cherches une ville qui soit plus grande que ton antique patrie[1] ?

BELESPOIR

Plus grande ? pas du tout ; mais qui convienne mieux à nos goûts.

LAHUPPE

Je vois : tu lorgnes du côté des aristos.

BELESPOIR

Moi ? pas de danger ! Même que Laristot[2], je le vomis !

LAHUPPE

Alors quelle ville habiteriez-vous le plus volontiers ?

BELESPOIR

Une ville où les pires aventures qui me guetteraient seraient de ce genre-ci : Qu'à ma porte, de bonne heure, un copain s'amène en me disant : « Pour l'amour du Ciel, je t'en prie, débrouille-toi pour être des nôtres avec ta marmaille, avancez l'heure du bain : je donne un repas de noces. Et ne me fais pas faux bond, sans quoi ne t'avise pas de venir me trouver quand je serai dans le malheur[3] ! »

LAHUPPE

Fichtre ! quelles tristes mésaventures tu as à cœur ! [*A Ralliecopain*] Et toi ?

RALLIECOPAIN

Moi aussi, c'est de ce côté-là que va mon cœur.

LAHUPPE

Précise ?

RALLIECOPAIN

Une ville où, en m'abordant, le père d'un jouvenceau en fleur vienne me reprocher, avec un air vexé : « Tu en fais de belles à mon fils, vieux Flambard ! Tu le rencontres sortant du bain, à la porte du gymnase, et pas de baiser, pas de compliment, pas d'accolade, pas de petit pelotage intime — toi qui es mon ami depuis le berceau ! »

LAHUPPE

Pauvre souffre-douleur ! à quels malheurs tu as le cœur enclin ! Mais j'y pense ! une ville comme vous dites, une cité

1. *Litt. : la cité des Cranaens*, cf. *Ach.*, v. 75 n. Cranaos était un souverain légendaire d'Athènes.

2. *Litt. : le fils de Skellias*, qui s'appelait Aristocratès.

3. C'est-à-dire : je te dispense de tous les devoirs de l'amitié à l'avenir.

du bonheur, il y en a une sur la côte de Coromandel[1] !

BELESPOIR

Oh là là ! jamais de la vie ! pour qu'un beau matin on voie pointer du nez, avec un huissier à bord, la galère officielle[2] ! Une ville qui soit grecque, tu n'en as pas une à nous indiquer ?

LAHUPPE

Eh bien, pourquoi n'allez-vous pas à Léprosie en Élide pour y habiter ?

BELESPOIR

Pourquoi, morbleu ? Connais pas, moi, Léprosie — mais elle me fait vomir, rien qu'à voir Mélanthios[3].

LAHUPPE

Il y en a une autre, en Locride, Oponte : c'est là qu'il faut vous installer.

BELESPOIR

Mais il y a moi qui, pour un pont d'or, n'irais pas m'opontifier[4]. Mais de votre côté, quelle existence est-ce qu'on mène, chez les oiseaux ? Tu sais exactement ce qu'il en est, toi !

LAHUPPE

Elle n'est pas sans charme, quand on s'y est frotté. La première règle c'est qu'on y vit sans porte-monnaie.

BELESPOIR

Autant de gagné sur tout ce qui est de faux aloi dans la vie.

LAHUPPE

Et nous trouvons provende dans les jardins : sésame blanc, baies de myrte, graines de pavot et brins de menthe.

BELESPOIR

C'est une vraie lune de miel, je vois, votre vie ![5]

1. *Litt. : sur la mer Rouge,* terme qui, pour les Grecs, englobait l'océan Indien. *Cav.*, v. 1088 n.

2. *Litt. : la Salaminienne,* un des deux bâtiments d'État (avec *la Paralienne*) qui servaient pour les missions officielles.

3. Mélanthios (cf. *Paix*, v. 804, 1009) avait une maladie de peau qui le faisait appeler : le galeux ou le lépreux.

4. *Litt. : pour un talent d'or, je ne deviendrais pas Opontios* (personnage dont on ne sait rien de sûr ; cf. v. 1294).

5. Les mariés mangeaient un gâteau de noces où entraient ces ingrédients.

RALLIECOPAIN [*avec une mimique d'inspiration*]

Oh oh ! Je vois pointer un grand dessein pour la gent ailée, une puissance... Ça pourrait se réussir, si vous vous laissiez persuader...

LAHUPPE

Persuader de quoi ?

RALLIECOPAIN

De quoi persuader ? eh bien, d'abord, de ne plus virevolter partout le bec ouvert : en voilà un travail ! ça manque de tenue ! Tenez, là-bas, chez nous, si tu demandes à nos voltigeurs : « Dis, toi, qu'est-ce que c'est qu'un oiseau[1] ? » Téléas te dira : « Un oiseau, c'est un homme instable, virevoltant, sur qui on ne peut pas compter, parce qu'il ne reste jamais en place ! »

LAHUPPE

Vin-dieu[2] ! Là, ton reproche tombe juste. Alors, qu'est-ce que nous devons faire ?

RALLIECOPAIN

Fondez une cité qui vous réunisse tous !

LAHUPPE

Fonder une cité, nous les oiseaux ? et de quel genre ?

RALLIECOPAIN [*parodiant l'indignation tragique*]

Parole absurde, en vérité, que tu profères !

Regarde en bas !

LAHUPPE

Oui-da, je regarde.

RALLIECOPAIN

Maintenant, regarde en haut !

LAHUPPE

Je regarde.

RALLIECOPAIN

Fais pivoter ton cou.

LAHUPPE

Morbleu ! la belle aubaine si je prends un torticolis !

RALLIECOPAIN

Tu as vu quelque chose ?

1. Je ponctue : « Τίς ὄρνις, οὗτος ; » Le sens de ce passage est très controversé.

2. *Litt.* : *Par Dionysos*, cf. *Arch.* v. 189 n., etc.

LAHUPPE

Les nuages et le ciel.

RALLIECOPAIN

Eh bien, du peuple ailé n'est-ce pas là l'essieu[1] ?

LAHUPPE

L'essieu ? qu'est-ce que tu veux dire ?

RALLIECOPAIN

Comme qui dirait le milieu de la vie... Mais, attendu qu'il est dans les cieux, et que c'est l'axe de toutes choses, on l'appelle à présent l'essieu. Si vous l'organisez en cité fortifiée, du coup, sur cet essieu, Messieurs, roulera le char d'un État, et vous régnerez sur les hommes et sur les sauterelles ; quant aux dieux vous les aurez, à la faim des faims[2] !

LAHUPPE

Comment ça ?

RALLIECOPAIN

L'air est bien en tampon entre la Terre et eux, je pense ? Alors, tout comme nous autres, si nous voulons aller au sanctuaire de Delphes, nous demandons passage aux Béotiens, de la même façon quand les hommes sacrifieront aux dieux, si les dieux ne vous versent pas des droits pour le transit en territoire étranger et à travers le vide, vous intercepterez la fumée des gigots.

LAHUPPE

Bravo ! Terre et glu, mille millions de maillons de tramails[3] ! Une idée plus ravissante que celle-là, je n'en ai jamais entendu encore ! En foi de quoi, je la fonderais bien avec toi, cette cité, si les autres oiseaux étaient d'accord.

RALLIECOPAIN

Mais qui est-ce qui pourrait leur expliquer le coup ?

LAHUPPE

Toi-même ! Avant, ils ne savaient que jargonner ; mais moi je leur ai appris la parole, depuis le temps que je vis avec eux.

1. *Litt. : l'axe* (πόλος, mot pris souvent en poésie au sens de ciel, et qui permet un jeu de mots, plus loin, avec πόλις, cité).
2. *Litt. : Vous les ferez périr par une famine mélienne !* Athènes, deux ans avant, avait réduit l'île de Mélos par la famine.
3. *Litt. : Par la Terre ! par les pièges ! par les rêts, par les filets !*

RALLIECOPAIN

Bon, mais comment les convoquer ? tu t'en chargerais ?

LAHUPPE

C'est bien facile ! Je vais tout de suite m'enfoncer dans le fourré, réveiller ma rossignolette, et nous les appellerons. Dès qu'ils entendront le duo de nos voix, ils vont accourir à toutes jambes !

RALLIECOPAIN

Alors vas-y, mon bijou ailé ! Ne reste pas là perché ! Je t'en supplie, enfonce-toi dans le fourré et va réveiller ta rossignole ! [*Lahuppe entre dans le fourré*]

LAHUPPE [*chantant*]

Compagne de mon nid,
sus, c'est assez dormi !
Donne l'essor aux trilles
des saintes mélodies
où ta voix s'égosille,
divine, pour gémir
le deuil qui nous unit[1],
la complainte d'Itys,
quand ta gorge palpite,
vibrante, en vocalises
et gammes cristallines !
Si purs, dans le taillis où bouclent les festons
du liseron,
montent les sons, jusques auprès du Tout-puissant,
de tes accents !
Phébus aux boucles d'or les écoute d'en haut :
il fait écho
(pinçant sa lyre aux clés d'ivoire) à ta romance,
et lance en danse
le chœur des Immortels, mêlant à tes motifs
les chants plaintifs
que, pour donner réponse en leur béatitude
à ton prélude,
la voix divine de leurs lèvres
élève !

[*Un air de flûte lui répond, imitant le chant du rossignol*]

1. Cf. v. 16 n.

BELESPOIR

Grand dieu ! Quelle voix il a, l'oisillon mignon ! C'est du miel ! tout le fourré en a été baigné !

RALLIECOPAIN [*à voix basse, le rabrouant*]

Dis donc, toi !

BELESPOIR

Eh bien ?

RALLIECOPAIN

Vas-tu te taire ?

BELESPOIR

Pourquoi ?

RALLIECOPAIN

Lahuppe ! il se prépare à filer un autre couplet !

LAHUPPE

Epopopoï popoï, popopopoï popoï
io io ito ito
ici, tous ici, arrivez, mes frères
de la gent ailée,
qui sur les labours de nos paysans
levez votre dîme en bonnes semences !
vous toutes, les mille escadrilles qui
pillez l'épi d'orge et grugez le grain,
qui voltigez vif et jasez joli !
Drillantes cohortes,
qui, dans les sillons, houspillez les mottes
en piaillant menu à voix guillerette :
tio tio tio tio tio tio tio tio !
Et vous tous à qui les touffes de lierre
offrent, aux jardins, perchoir et pitance !
vous, ceux des montagnes,
et vous, tous ceux qui
picorez l'olive et piquez l'arbouse
dépêchez-vous vite ! ici ! tire-d'aile !
mon chant vous appelle !
Trioto ! trioto ! totobrix !
Et vous qui, le long des berges humides
gobez le moustique au museau de vrille,
et vous qui hantez les riches herbages
et les ravissants prés de Marathon,
et toi, dans ton bel habit rutilant,

bartavelle, oh bartavelle !
Et vous enfin qui
au-dessus des flots de la houle, en mer,
croisez votre vol avec l'alcyon
venez m'écouter, venez aux nouvelles !
Vous les cols-tendus ! Tous, de toute plume !
Nous sonnons ici le rassemblement !
Il nous est venu un vieux plein d'astuce :
son idée est neuve, et neuve l'affaire
qu'il veut prendre en main.
Venez, mes oiseaux, pour la discuter !
tous ici, par ici, tous ici, par ici !

LE CHŒUR DES OISEAUX
[*qu'on entend pépier en tumulte avant de le voir*]

Toro toro toro torotix !
Kikkavoû ! kikkavoû !
Toro toro toro toro lililix !

RALLIECOPAIN

Tu vois un oiseau ?

BELESPOIR

Non, jour de dieu ! pas la queue d'un ! Pourtant je m'écarquille à scruter le ciel !

RALLIECOPAIN

On dirait bien qu'il a fait buisson creux, Lahuppe, en s'enfonçant dans le fourré et en piaillant comme une chanterelle[1] !

UN OISEAU

Torotix ! Torotix !

RALLIECOPAIN

Mon bon, cette fois, oui... c'est bien un oiseau qui s'amène !

[*On voit s'avancer un figurant vêtu d'un « plumage » rutilant*]

BELESPOIR

Ma foi oui, un oiseau, c'est sûr ! Mais lequel ? Ce n'est pourtant pas un paon...

RALLIECOPAIN [*avisant Lahuppe, qui réapparaît*]

Il va nous le dire, lui. [*A Lahuppe*] Quel oiseau est-ce ?

1. *Litt. : en imitant un pluvier.*

LAHUPPE

Celui-là ? Oh ! ce n'est pas un de ces oiseaux de tous les jours que vous êtes habitués à voir : il vit dans les marais.

RALLIECOPAIN [*admiratif*]

Hou là là ! ce qu'il est beau ! couleur de flamme !

LAHUPPE

Tout juste : c'est pour ça qu'on l'appelle Flamant.

BELESPOIR [*très excité*]

Dis donc ! hé, l'ami !

RALLIECOPAIN

Quoi ? en voilà des cris !

BELESPOIR

Un autre oiseau, là !

[*Apparaît un second oiseau, somptueusement vêtu, qui grimpe sur un rocher*]

RALLIECOPAIN

Bon dieu, c'est vrai, un autre !
Et celui-là non plus n'est point de nos climats !
Qui ça peut-il bien être, ce cocoricoracle ? quel oiseau baroque ! il escalade les rocs !

LAHUPPE

Lui ? son nom, c'est : Bédouin[1].

BELESPOIR

Un bédouin ? Ventrebleu[2] ! Et comment ça se fait qu'il ne soit pas monté à dos de chameau pour voler jusqu'ici, si c'est un bédouin ?

RALLIECOPAIN

Encore un autre ! Il s'en est payé une aigrette, cet oiseau-là !

BELESPOIR

En voilà un phénomène ! [*A Lahuppe*] Tu n'es donc pas le seul de ton nom, Lahuppe ? Il y en a un autre, tu vois ?

LAHUPPE

Lui ? c'est un fils Dehuppe, mais il est issu des œuvres de Philoclès, je suis son grand-père. C'est comme quand tu

1. *Litt. : Mède.*
2. *Litt. : par Héraclès !*

distingues Létournot, qui est le fils Delœuf, et Létournot qui est le père Delœuf[1] !

BELESPOIR

Ah ! c'est Létournot, cet oiseau-là ? Il perd drôlement ses plumes !

LAHUPPE

Bien sûr ! un fils de famille ! Les parasites le plument, et en plus il y a les femelles qui lui effilochent le paletot !

BELESPOIR

Fichtre ! Encore un autre oiseau, tout peinturluré ! Comment est-ce qu'on l'appelle ?

LAHUPPE

Lui ? un Gouliafre !

BELESPOIR

Gouliafre ? Y en a donc un autre que Cléonyme[2] ?

RALLIECOPAIN

Allons ! si c'était Cléonyme, il aurait planté là... sa crête !

BELESPOIR

Mais voyons, à quoi ça rime, cette crête que se plantent les oiseaux ? Est-ce qu'ils sont venus pour la course en casque[3] ?

LAHUPPE

Non : ils font comme les gens du maquis[4], mon bon : ils utilisent la crête militaire pour être plus en sûreté.

RALLIECOPAIN

Sainte Mer ![5] tu ne vois pas cette avalanche ? une vraie cohue d'oiseaux !

1. *Litt. : Celui-ci est [fils] de Philoclès, [le Philoclès] de la huppe. Moi je suis son grand-père, comme si tu disais : Hipponicos fils de Callias, et Callias fils d'Hipponicos.* A Athènes le petit-fils portait souvent le nom de son grand-père. Notre Lahuppe, qui est l'authentique *Térée* de Sophocle (cf. v. 100), a eu par l'intermédiaire de Philoclès un descendant peu glorieux : c'est le *Térée* que Philoclès, médiocre tragique, a « pondu » et qui descend (très bas...) de celui de Sophocle. — Callias, riche et dévergondé, se ruina ; c'est chez lui que se déroulent le *Protagoras* de Platon et le *Banquet* de Xénophon.

2. Cf. *Cav.*, v. 958. Cette fois, Cléonyme est accusé de s'être débarrassé, pour mieux s'enfuir, de son casque à aigrette.

3. *Litt. : la course du double stade* pour laquelle les athlètes portaient tout l'équipement militaire.

4. *Litt. : comme les Cariens,* combattants habiles à utiliser les défilements qu'offrent leur pays montagneux.

5. *Litt. : Par Posidon !*

BELESPOIR

Seigneur ! jour de dieu ! Quelle nuée ! Oh là là ! On ne peut même plus voir l'entrée, avec ce rideau d'ailes !

RALLIECOPAIN

Ici, une Perdrix !

BELESPOIR

Et là, une Bartavelle, ma foi !

RALLIECOPAIN

Ici, une Macreuse !

BELESPOIR

Et là, un Alcyon !... Mais derrière lui, qu'est-ce que c'est ?

LAHUPPE

Celui-là ? un Rase-l'eau[1] !

BELESPOIR

Ça existe, un oiseau-raseur ?

RALLIECOPAIN

Tu parles ! il y a Sporgilos !

LAHUPPE

Celle-ci, c'est une Chouette.

BELESPOIR

Tu dis ? Chouette ! C'est la tournée des grands-ducs[2] !

LAHUPPE [*présentant les Oiseaux au fur et à mesure*]

Fauvette ! Alouette ! Pluvier ! Épervier ! Sarcelle ! Tourterelle ! — Hibou ! Marabout ! Hulotte ! Gelinotte ! Milan ! Goéland ! — Chevêche ! Pic-épeiche ! Halbran ! Cormoran ! Pigeon ! et Plongeon[3] !

RALLIECOPAIN

Pi you ! quelle volière !

BELESPOIR

Youpi ! quelle brochette !

1. *Litt. : un Keirylos.* Le nom de *kérylos* (alcyon-mâle) est déformé pour y introduire la racine de κείρω, raser. Sporgilos était un barbier. Je lis, au v. 300 ἔστι accentué, les deux fois.

2. *Litt. : Que dis-tu ? Qui a amené une chouette à Athènes ?* formule proverbiale. Elle correspond, à strictement parler, à notre « ajouter de l'eau à la mer ».

3. Les dix-huit noms d'oiseaux du grec ne sont pas exactement traduits. Il a paru préférable de sauvegarder une cadence plutôt que chercher une littéralité qui l'aurait rompue.

RALLIECOPAIN

Ce qu'ils piaillent, ce qu'ils cavalent de-ci, de-là en jacassant !

BELESPOIR [*soudain inquiet*]

Dis donc ? C'est des menaces contre nous ?

RALLIECOPAIN

Oh là là ! ils nous font un sale bec, grand ouvert, et des yeux... pauvres toi et moi !

BELESPOIR

Ça m'en a bien l'air à moi aussi.

LE CORYPHÉE

Ouiti, ouiti, ouiti, ouiti, où est-il celui qui nous a appelés ? Où est-ce qu'il niche ? en quel coin ?

LAHUPPE

Présent ! Il y a bel âge que je suis là, et je ne lâche pas mes amis.

LE CORYPHÉE

Ké ké ké ké ké ké qu'est-ce que tu as bien à nous dire en ami ?

LAHUPPE

Une idée qui nous intéresse tous, avec toutes garanties, juste, agréable et profitable ! Deux hommes, astucieux et subtils, sont venus me trouver.

LE CORYPHÉE

Où ? par où ? Couâc tu dis ?

LAHUPPE

Je dis qu'il est venu nous trouver, de chez les hommes, deux vieux. Ils ont avec eux le plan d'une entreprise monstre.

LE CORYPHÉE

Scélérat ! tu dépasses tout ce que j'ai vu depuis ma première becquée ! Qu'est-ce que tu dis ?

LAHUPPE

Attends un peu avant de t'effaroucher de ce que je dis.

LE CORYPHÉE [*pathétique*]

Quel coup tu m'as porté !

LAHUPPE

J'ai fait accueil à deux hommes qui brûlent de convoler avec nous.

LE CORYPHÉE

Vrai ? tu as fait chose pareille ?

LAHUPPE

Vrai, je l'ai faite, et je m'en félicite.

LE CORYPHÉE

Vrai, ils sont déjà par ici chez nous ?

LAHUPPE

Comme j'y suis moi-même !

[STROPHE] LE CHŒUR

Holà ! Holà !
Crime abominable !
de quelle traîtrise
nous voici victimes !
Celui qui pour nous était un ami,
notre compagnon qui trouvait sa vie
à côté de nous, par les champs, il a
trahi nos statuts immémoriaux,
trahi les serments du clan des oiseaux !
Son appel n'était qu'un piège : il nous livre
à l'abominable engeance
qui depuis qu'on l'a vue naître
s'est toujours donné pour loi
de guerroyer contre nous !

LE CORYPHÉE [*montrant Lahuppe*]

Avec celui-là, c'est un compte que nous réglerons plus tard. Mais pour ces deux birbes, je propose qu'ils subissent leur peine sur l'heure[1] : qu'ils soient déchiquetés par nos soins !

RALLIECOPAIN

Eh bien, ce coup-ci, on est fichus !

BELESPOIR

Le responsable du désastre pour nous deux, c'est quand même toi, et rien que toi ! [*Pleurnichant*] Pourquoi m'as-tu entraîné loin de chez nous ?

RALLIECOPAIN

Pour que tu viennes avec moi !

BELESPOIR

Pour que je pleure toutes mes larmes, tu veux dire !

1. Je lis : δοῦναι νῦν δίκην.

RALLIECOPAIN

Là, tu dérailles, et en plein ! Pleurer ? Comment tu feras, une fois qu'ils t'auront fait sauter les billes ?

[ANTISTROPHE] LE CHŒUR

Taïaut ! Taïaut !
Alerte ! à l'assaut !
à l'attaque, aux armes !
Chargez l'ennemi !
Faites un carnage ! Étendez vos ailes
de tous les côtés ! cernez ! encerclez !
Ces deux-là, il faut leur faire payer
bien cher leur audace ! Il faut que leur viande
nous offre ripaille à fouiller du bec !
Pour eux, point d'asile où nous échapper !
Ni sous-bois dans les montagnes,
ni nuage dans les cieux,
ni mer aux flots écumeux
ne les sauveront de nous !

LE CORYPHÉE

Allons, il n'y a plus à barguigner : scalpons-les ! déchirons-les ! Où est donc le chef d'escadron [1] ? qu'il déclenche l'assaut à droite !

BELESPOIR

Ça y est ! où me sauver, pauvre de moi ?

RALLIECOPAIN

Dis donc, toi, reste ici !

BELESPOIR

Pour me faire mettre en charpie par ces gens-là ?

RALLIECOPAIN

Et comment comptes-tu te sauver de leurs pattes ?

BELESPOIR

Comment ? Je voudrais bien le savoir !

RALLIECOPAIN

Eh bien, moi je vais te le dire. Il faut rester sur place, et les repousser avec notre batterie... en bons maîtres coqs [2] ! [*Il commence à déballer leurs ustensiles de cuisine*]

1. Dans tout le passage qui suit, il y a une parodie de commandements en usage dans l'armée athénienne.
2. *Litt. : et soutenir le combat en prenant nos marmites.*

BELESPOIR

A quoi ça nous servira ?

RALLIECOPAIN

Il y a au moins la poule[1] qui ne nous foncera pas dessus.

BELESPOIR

Oui, mais ceux-là, avec leurs serres crochues ?

RALLIECOPAIN

Attrape la broche, et puis plante-la en terre pour les tenir en respect !

BELESPOIR

Et pour les yeux, quoi ?

RALLIECOPAIN

Prends là-dedans une saucière ou une écuelle, et colle-la toi en visière !

BELESPOIR

Tu es le roi des malins ! Bravo ! quelle trouvaille ! Vrai, tu es un chef ! Tu peux l'envoyer se rhabiller, Nicias[2], avec tout son génie !

LE CORYPHÉE [*donnant le signal de la charge à sa troupe*]

Alattacalattaque ! En avant, bec au vent ! on n'a que trop tardé ! Pille, houspille ! Cogne ! Éborgne ! Fracasse en premier la marmite !

LAHUPPE [*s'interposant*]

Voyons, satanées sales bêtes que vous êtes, qu'est-ce qui vous prend de vouloir massacrer deux hommes qui ne vous ont rien fait, et les mettre en morceaux, des gens qui sont parents et alliés de ma femme[3] ?

LE CORYPHÉE

Ah oui ? on va s'en priver ! on ferait plutôt grâce à des loups ! Sais-tu pires ennemis dont nous pourrions nous venger ?

LAHUPPE

Et si, tout en étant par la race vos ennemis, ils sont par le cœur vos amis, venus ici pour nous enseigner quelque chose d'utile ?

1. *Litt. : la chouette.* La marmite contient de la braise allumée au foyer sacré d'Athènes : la chouette, oiseau d'Athéna, la respectera.
2. Cf. v. 640 n.
3. Cf. v. 15 n.

LE CORYPHÉE

Et comment ces gens-là nous révéleraient-ils ou nous enseigneraient-ils quoi que ce soit d'utile ? Ce sont nos ennemis héréditaires !

LAHUPPE

Mais voyons, de nos ennemis il y a beaucoup de leçons à recevoir, quand on est sage ! Précaution, en toute chose, c'est ce qui sauve. Or ce n'est pas d'un ami qu'on peut attendre de quoi nous persuader de ça, tandis qu'avec l'ennemi c'est vite fait, et par force ! Ainsi les cités humaines, ce sont leurs ennemis — pas leurs amis, certes — qui leur ont appris à s'évertuer pour élever de hautes murailles, et à posséder des vaisseaux de guerre ! Et cette leçon-là, c'est la sauvegarde pour les enfants, les foyers, les biens.

LE CORYPHÉE

Ma foi, commencer par entendre leurs raisons, ça peut être utile, à mon avis. Possible qu'il y ait en effet quelque sage leçon à prendre, même de nos ennemis.

RALLIECOPAIN

Leur fureur se relâche, on dirait. Trois pas en arrière, marche !

LAHUPPE [*au Chœur*]

Vous avez bien raison ; et moi, j'ai droit à votre reconnaissance.

LE CORYPHÉE [*amadoué*]

Après tout, ç'aurait bien été la première fois qu'on se serait dressé contre toi.

RALLIECOPAIN [*à Belespoir*]

Les voici plus accommodants...
Alors, à mon commandement :
le coquemard, au pied !
la broche en main : c'est notre lance !
et faisons les cent pas
sans sortir de la place d'armes
dont l'extrême bord de la marm-
ite fait l'avant-poste, inspectons les parages :
il ne saurait s'agir pour nous de décrochage !

BELESPOIR

Mais, tout de bon, dis, si nous y restons,
où diable donc nous enterrera-t-on ?

vers 373-394

RALLIECOPAIN

Nous aurons notre place au carré des héros[1] !
Pour avoir un tombeau par les soins de l'État
nous saurons dire aux généraux :
nous sommes morts à l'ennemi, en plein combat,
victimes de ses voltigeurs[2] !

LE CORYPHÉE [*à ses troupes*]

Au temps ! En arrière, marche ! Réintégrez vos rangs ! Déposez... hargne ! Désarmez vos... furies, et formez les faisceaux[3] ! Renseignons-nous sur ces gens-là : qui sont-ils donc ? d'où est-ce qu'ils viennent, et qu'est-ce qu'ils ont en tête ?... Hé, Lahuppe, c'est à toi que je m'adresse !

LAHUPPE

A moi ? et que veux-tu savoir ?

LE CORYPHÉE

Qui sont ces gens et d'où ils sont.

LAHUPPE

Deux émigrés, fils de la sage Hellade.

LE CORYPHÉE

Mais la raison de leur venue
chez les Oiseaux ? par quel hasard ?

LAHUPPE

Férus de votre vie et de votre régime,
ils veulent avec vous
avoir séjour commun et commune existence
en tous points !

LE CORYPHÉE

Que dis-tu là ? Quel langage est le leur ?

LAHUPPE

A n'en pas croire ses oreilles — et c'est peu dire !

LE CORYPHÉE [*montrant Ralliecopain*]

Voit-il, à s'installer avec nous à demeure,
quelque profit qui vaille, et sur lequel il table

1. *Litt. : au Céramique,* où étaient ensevelis les soldats morts au combat.
2. *Litt. : nous sommes morts à Ornées,* cité dont le nom signifie « Villoiseau ».
3. *Litt. : Rentrez à votre place dans le rang, baissez-vous et déposez votre... hargne à côté de... votre colère, comme des hoplites.* Parodie des commandements de manœuvre militaire.

pour pouvoir vaincre un ennemi,
ou bien pour servir ses amis ?

LAHUPPE

Il parle de félicité
immense, indicible, incroyable :
l'univers vous appartiendra,
ici, là-bas, en haut, en bas ;
oui, à vos pieds il le mettra
par le secret qu'il vous dira.

LE CORYPHÉE

Allons ! c'est du délire !
Il est timbré ?

LAHUPPE

Équilibré
plus qu'on ne saurait dire !

LE CORYPHÉE

Il a la cervelle à l'endroit ?

LAHUPPE

C'est le plus fin renard qui soit !
tout astuce et débrouillardise,
quintessence de roublardise !

LE CORYPHÉE

Qu'il parle donc, qu'il parle !
Dis-le-lui de ma part !
En écoutant ce que tu me révèles,
je sens que j'ai des ailes !

LAHUPPE [*à deux serviteurs*]

Allons, toi, et toi aussi, enlevez-moi cette panoplie ! emportez ça et accrochez-le — avec une pensée pour la Providence — dans la cheminée, près du trépied.

[*On emporte les ustensiles dans la « maison » de Lahuppe. — A Ralliecopain*]

Et toi fais-leur la communication pour laquelle je les ai rassemblés : explique-leur, instruis-les.

RALLIECOPAIN

Eh non ! Jour de dieu ! rien à faire, tant qu'ils n'auront pas signé un pacte avec moi, comme le macaque avec sa femme —

vous savez, le coutelier[1] : « défense de me mordre, de me tirailler les couilles, de me tarauder... »

BELESPOIR

Hein ? quoi ? pas le... [*Geste vers son postérieur*]

RALLIECOPAIN

Je veux un serment.

LE CORYPHÉE

J'en fais le serment — à condition qu'on me donne le prix : jury et public, à l'unanimité[2].

RALLIECOPAIN

Soit c'est entendu.

LE CORYPHÉE

Et si j'y manque, j'entends... avoir le prix quand même, à trois voix contre deux.

LAHUPPE

Silence au communiqué ! Ordre à tout fantassin, exécution immédiate : rompre les faisceaux, rentrer dans ses foyers, et surveiller les tableaux d'affichage pour décisions ultérieures !

[STROPHE] LE CHŒUR [*à Ralliecopain*]

Insidieuse, en toute circonstance,
en tous ses procédés est la nature humaine...
Toi, cependant, dis-nous à quoi tu penses ?
Tu tomberas peut-être juste, pour mon bien
en m'indiquant quelque fait qui m'échappe[3] *?*
ou quelque atout, qui puisse accroître ma puissance,
inaperçu de ma sotte cervelle ?
Expose-nous quelles sont donc tes vues
débattons-les ensemble, et s'il advient
que grâce à toi, cela tourne à mon bien,
nous en profiterons ensemble !

1. Allusion burlesque qui reste obscure.
2. Le Coryphée, comme souvent, parle au nom du poète.
3. Je lis παρορᾶτ'[αι] ἤ....

LE CORYPHÉE

Allons, cette affaire à propos de laquelle tu es venu, nous sommes d'accord, nous acquiesçons, expose-la, n'aie pas peur : tu peux compter que nous ne prendrons pas l'initiative[1] de rompre le traité.

RALLIECOPAIN

Eh bien justement, parbleu, j'en bous d'envie. J'ai là une de ces harangues... elle est toute brassée, je vais vous la servir[2], pas d'objection. [*A un esclave*] Petit, apporte une couronne[3] ! et qu'on aille chercher bien vite de l'eau pour me verser sur les doigts !

BELESPOIR

Alors ? il s'agit de dîner ? ou bien quoi ?

RALLIECOPAIN

Non pas, certes ! de parler. Et je cherche depuis un bout de temps quelque forte parole, à gros gabarit, pour enfoncer la porte de leur âme... [*Brusquement, se tournant vers le Chœur*] C'est un tel crève-cœur pour moi de vous voir, vous qui jadis, en rois que vous étiez...

LE CORYPHÉE

Nous, rois, et de quoi ?

RALLIECOPAIN

Oui, vous — de tout ce qui existe, à commencer par moi, ici présent[4] ! Vous êtes nés bien avant Zeus lui-même ; avant que Cronos ne fût, et les Titans, et la Terre, vous êtes !

LE CORYPHÉE

Et la Terre ?

RALLIECOPAIN

Oui, jour de dieu !

LE CORYPHÉE

Ma foi, première nouvelle !

RALLIECOPAIN

C'est que tu es un ignorant fieffé, sans un brin de curiosité. Tu n'as donc pas potassé ton Ésope ? Il disait bel et bien, lui,

1. Je lis πρότεροι.

2. *Litt. : toute délayée, rien ne m'empêche de la pétrir.* (L'image est empruntée à la boulange.)

3. Pour les repas d'apparat, les convives se mettaient une couronne sur la tête.

4. Je ponctue : ἐμῶ πρῶτον τουδί, καί τοῦ Διὸς αὐτοῦ ἀρχαιότεροι.

que le premier de tous les êtres qui soit apparu, c'est l'alouette, un oiseau ! Oui, avant la Terre ! Et alors son père tomba malade, et mourut ; comme il n'y avait pas de terre, ça faisait quatre jours qu'il restait sans sépulture. Quel embarras ! comment se débrouiller ? alors elle s'est creusé la tête, et elle y a fourré son père !

BELESPOIR

Et voilà ! ci-gît Père-alouette, le premier des entêtés[1] !

RALLIECOPAIN

Eh bien donc, si les oiseaux ont droit d'aînesse sur la Terre et d'aînesse sur les dieux, par primogéniture, la royauté n'est-elle pas à eux, en bonne règle ?

BELESPOIR

Mais oui, sacrebleu ! [*Au Coryphée*] Alors tâche de te faire un rude bon bec, à présent !

LE CORYPHÉE

Mais crois-tu qu'on voie de sitôt Zeus rétrocéder son sceptre au piquebois[2] ?

RALLIECOPAIN

Ce n'étaient pas les dieux, non, qui commandaient aux hommes en souverains, dans le temps : c'étaient les oiseaux. Les preuves ne manquent pas : d'abord et pour commencer, voyez le Coq... Il était roi, maître et seigneur chez les Perses, lui le premier, avant tous les Darius et autres Mégabazes. C'est pour ça qu'on dit qu'il a le cri persan[3] : ça lui reste du temps où il régnait là-bas.

BELESPOIR

C'est donc pour ça qu'il se pavane comme un empereur, et qu'il est le seul de toute la volaille à porter sa tiare bien droite[4] ?

RALLIECOPAIN

Et il était alors de force, et de taille, et d'envergure... à tel point qu'à présent encore, par un effet de cet antique pouvoir, dès qu'il sonne seulement la diane au point du jour, les uns bondissent au travail, les maréchaux, les potiers, les tanneurs, les cordonniers, les garçons de bains, les débitants de

1. *Litt. : enterré à Céphalées,* bourg d'Attique, dont le nom signifie « Les Têtes ».
2. J'attribue au Coryphée ce vers 480, en lisant : μῶν ἀποδώσει...
3. *Litt. : qu'on l'appelle « oiseau de Perse ».*
4. Privilège du roi de Perse.

farine, les forgéculuthébénistes ; les autres se chaussent, et en route dans la nuit !

BELESPOIR

Ne m'en parle pas ! Une pèlerine en bonne laine mérinos[1] que j'ai perdue, pauvre de moi, à cause de cet oiseau-là ! Oui, un jour, on m'avait invité à un festin de relevailles : je viens en ville, je picole un peu en douce et je m'octroie tout juste un petit somme... Ils n'en étaient pas encore à souper, les autres, que cet animal-là se met à chanter ! Moi, je crois que c'est le matin, et je repars pour ma banlieue[2]... J'avais tout juste mis le nez *extra muros*, voilà qu'un apache me matraque par-derrière ! Je tombe, je veux appeler au secours... : il m'avait déjà soutiré ma pelure !

RALLIECOPAIN [*négligeant cet intermède vulgaire*]

En ces temps-là, chez les Grecs, c'était la Corneille[3] qui régnait.

LE CORYPHÉE

Chez les Grecs ?

RALLIECOPAIN

Et c'est même de son règne que datent nos sursauts cornéliens !

BELESPOIR

Vin-dieu ! Ce qu'il y a de sûr c'est qu'un jour je bayais aux corneilles : alors, à force de redresser ma tête la bouche ouverte, j'ai avalé mes sous[4] ; je n'avais plus qu'à rentrer chez nous, en halant un bissac vide.

RALLIECOPAIN [*même jeu*]

Quant à l'Égypte et à toute la Syrie, c'est le Coucou qui en était le roi. Et quand le Coucou disait : coucou ! c'était le signal de la moisson pour tous les fellahs : blé, orge, au long des sillons.

1. *Litt. : de laine de Phrygie.*
2. *Litt. : pour Halimonte,* à six kilomètres d'Athènes.
3. *Litt. : le milan.* Plus loin : *c'est lui qui nous a appris à faire la galipette devant les milans.* Et : *Je faisais la galipette devant les milans...* Il s'agit d'un rite par lequel on saluait le printemps, annoncé par la venue des milans.
4. Cf. *Guêpes,* v. 609 n. Belespoir partait pour acheter de la farine au marché.

BELESPOIR [*avec un sous-entendu polisson*]

Ah ! c'est donc de là, pour de bon, que vient ce qu'on dit : « Coucou ! manches retroussées ! au sillon[1] ! »

RALLIECOPAIN [*même jeu*]

Les oiseaux gouvernaient : c'est si vrai que, même s'il y avait des gens qui régnaient sur les cités grecques, un Agamemnon, un Ménélas, ils avaient un oiseau perché sur leur sceptre pour prendre sa part des gratifications qu'ils touchaient !

BELESPOIR

Eh bien ça, j'ignorais, moi ! Et, ma foi, j'étais tout ébaubi quand je voyais, chez les Tragiques, un Priam venir en scène avec son oiseau ! Je comprends : il était perché là pour épier la gratte à Lysicrate[2] !

RALLIECOPAIN

Mais le plus fort de tout, c'est que Zeus, présentement régnant, se dresse à nos yeux avec un aigle sur le chef : emblème de royauté. Et sa fille, avec une chouette ; et Apollon, qui n'est que son commis, avec un gerfaut.

BELESPOIR

Ah ! bonne Mère[3] ! tu as raison. Et pourquoi est-ce qu'ils ont ces oiseaux-là ?

RALLIECOPAIN

C'est pour quand on fait un sacrifice : on met au dieu les viscères dans la main, et alors, eux, ils font, avant lui, prélèvement desdits viscères... Quant aux serments, en ces temps-là, pas un humain n'invoquait un dieu : toujours des oiseaux !

BELESPOIR

C'est ce que fait encore aujourd'hui Lampon[4] : il jure « Foi d'oie ! » quand il dit un mensonge !

RALLIECOPAIN

Et voilà comment vous tous vous aviez jadis prestige de grandeur, de sainteté. Mais on vous traite à présent

en peuple de vils marauds,
de goitreux et de nigauds,

1. Équivoque obscène (sur le double sens de κριθαί comme de πεδίον, l'un pour le sexe masculin, l'autre pour le sexe féminin, cf. *Lys.*, v. 88 n.), rendue tant bien que mal.
2. Inconnu.
3. *Litt. : par Déméter !*
4. Devin.

qu'on traque à coups de cailloux
désormais, comme les fous,
jusque dans les clos sacrés !
N'importe quel oiseleur
tend contre vous ses lacets,
ses pièges, gluaux, collets,
réseaux, filets, trébuchets !
On vous rafle, et l'on vous vend,
à la douzaine, aux clients ;
on vous palpe en marchandant ;
mais, si l'envie leur en prend,
ils vous servent autrement
qu'en rôti tout simplement :
du fromage ils vont râpant,
et font un coulis savant
d'huile, vinaigre et safran[1],
ou bien quelque autre liant
onctueux et succulent,
et vous le versent, brûlant,
sur le corps, en vous traitant
comme charogne puante !

[ANTISTROPHE] LE CHŒUR

C'est trop ! c'est trop ! Ah ! quels mots accablants
tu viens de proférer, homme ! Ah ! certes, je pousse
d'amers sanglots, en voyant la carence
de nos pères, à qui nos ancêtres avaient
transmis le legs de ces prérogatives ;
ils nous en ont frustrés, les laissant devenir
caduques ! Mais, par grâce singulière,
et par rencontre heureuse du hasard
te voici là pour être mon sauveur !
Mes oisillons et ma propre personne,
je te les confie : à tes ordres !

Mais qu'est-ce qu'il faut faire ? Tu es là : explique-nous ! Vois-tu, ce n'est plus la peine de vivre, pour nous, si nous ne recouvrons pas coûte que coûte notre souveraineté !

RALLIECOPAIN

Eh bien ma foi, voici mes consignes : *Primo :* création d'un État des Oiseaux-Unis. *Secundo :* pour encercler tout le pourtour de l'espace aérien, là, entre ciel et terre, construc-

1. *Litt. : silphium,* dont on aromatisait la cuisine.

tion d'un rempart de grosses briques cuites au four, comme à Babylone.

LAHUPPE

O titanique, ô gigantale[1], ô formidable forteresse !

RALLIECOPAIN

Et quand ce mur sera debout, sommation à Zeus d'avoir à abdiquer. S'il dit non, s'il refuse, s'il ne vient pas immédiatement à résipiscence, déclaration de guerre sainte contre lui ; interdiction aux dieux d'aller et venir à travers votre zone, raides comme pal, comme autrefois quand ils descendaient embrocher leurs garces, Alcmène, Alopé, Sémélé et compagnie ! S'ils persistent à pousser leur pointe, mettez-la-leur sous scellés, pour qu'ils ne puissent plus les tromboner, celles-là ! Quant aux hommes, je vous invite à leur adresser d'autre part un oiseau en ambassade, pour leur signifier que les oiseaux ont repris le pouvoir : aux oiseaux donc, dorénavant, leurs sacrifices — et seulement ensuite, subséquemment et secondairement, aux dieux ; et ce, non sans associer aux dieux, comme de juste, les oiseaux qui leur sont appropriés, chacun à chacun : sacrifice à Aphrodite ? des glands pour l'oiseau-Rouge-queue[2] ! sacrifice d'une brebis à Posidon ? offrande de grains de blé pour le Plongeon ! Sacrifice à Héraclès ? des massepains au miel pour l'Engoulevent ! Enfin sacrifice d'un bélier au roi des dieux ? eh bien, il y a le Roitelet, ce mâle petit oiseau qui mérite bien qu'on lui immole, en priorité sur Zeus lui-même, un moucheron bicouillard !

LAHUPPE

Ça me plaît, ce moucheron immolé ! Qu'il y vienne avec son tonnerre, à présent, le grand Zan[3] !

LE CORYPHÉE

Mais comment les hommes nous reconnaîtront-ils pour dieux, et non pas simples choucas, avec nos ailes et nos voltiges ?

1. *Litt. : O Cebrionès ! ô Porphyrion !* nom de Géants, invoqués ici à la fois comme constructeurs de murs « cyclopéens » et comme ennemis des dieux de l'Olympe.

2. *Litt. : des grains d'orge pour l'oiseau Phalaris* (double équivoque obscène)... ; plus loin : *au Canard* (Posidon règne sur les eaux)... *au Cormoran* (parangon de voracité, comme Héraclès).

3. Aristophane emploie ici la forme dorienne du nom de Zeus.

RALLIECOPAIN

Balivernes ! Sacrebleu, Hermès vole bien, lui aussi, tout dieu qu'il est, et il porte des ailes ; et des flopées d'autres dieux ! Tiens, sans aller plus loin, la Victoire, elle a deux ailes d'or, et elle vole ! et l'Amour aussi, sacrebleu ! Et Iris ! Homère disait qu'elle ressemble à une timide colombe.

BELESPOIR

Et Zeus, est-ce qu'il ne va pas, avec un coup de tonnerre, nous lâcher sa foudre dessus ? elle a des ailes aussi !

LE CORYPHÉE

Et si les hommes ne veulent quand même rien savoir, et nous comptent pour zéro, en continuant à reconnaître pour dieux les gens de l'Olympe ?

RALLIECOPAIN

Alors il faut que s'élève une nuée de moineaux et d'oiseaux picoreurs pour dévorer les semences dans leurs champs ! Après ça, que Déméter[1] leur fasse des répartitions de blé quand il y aura la famine !

BELESPOIR

Elle ne voudra pas, pour sûr ! Tu verras les faux-fuyants qu'elle mettra en avant !

RALLIECOPAIN

Autre chose : que les corbeaux s'attaquent aux bêtes qu'ils attellent pour labourer la terre, et à leurs moutons ! Qu'ils leur crèvent les yeux, pour voir ! Et après ça, qu'Apollon les guérisse, lui le guérisseur !... Mais il ne travaille pas à l'œil[2] !

BELESPOIR

Attendez d'abord que j'aie vendu ma paire de bouvillons !

RALLIECOPAIN [*s'adressant tour à tour à plusieurs oiseaux du Chœur*]

Et alors, s'ils admettent qu'en toi sont la Divinité et la Vie[3], en toi les forces de la Terre, en toi celles du Temps, en toi

1. Déesse des moissons. Allusion aux distributions de blé par les soins de l'État, qui soulevaient bien des mécontentements.
2. Le jeu de mots n'est pas dans le texte, qui dit seulement : *il se fait payer.*
3. *Litt. : que tu es dieu, et Vie, et toi Terre, et toi Cronos, et toi Posidon.*

celles de la Mer, ils seront comblés de toutes faveurs.

LE CORYPHÉE

Quelles faveurs ? Cite-m'en une !

RALLIECOPAIN

D'abord les sauterelles ne dévoreront pas la fleur de leurs vignes : un seul escadron de chouettes et de crécerelles saura les estourbir. Ensuite les pucerons et les fourmis ne se relaieront plus pour dévorer leurs figues : pour les ratiboiser tous et faire place nette, il suffira d'une seule bande de grives.

LE CORYPHÉE

Mais la richesse ? où la prendrons-nous pour la leur donner ? ils en sont entichés !

RALLIECOPAIN [*montrant un groupe d'oiseaux*]

En voilà qui, entre autres dons précieux[1] dont ils feront bénéficier les consultants, indiqueront au devin les voyages lucratifs : comme ça, pas un marchand ne se perdra en mer.

LE CORYPHÉE

Personne ne se perdra ? Comment ça ?

RALLIECOPAIN

Chaque fois un oiseau renseignera à l'avance le consultant sur la traversée : « Ne prends pas la mer aujourd'hui, il y aura tempête ! » — « Aujourd'hui, prends la mer, tu y trouveras profit ! »

BELESPOIR [*à part*]

J'achète un rafiot et je l'affrète : pfuit ! je vous ai assez vus !

RALLIECOPAIN

Et les magots que les anciens ont enfouis, tous ces argents, ils les leur révéleront ! Ils sont renseignés, tout le monde le dit : « Mon magot ? ni su ni connu... sauf un oiseau, s'il m'a vu ! »

BELESPOIR [*à part*]

Je vends mon rafiot, j'achète une pioche, et je déterre les marmites !

1. Je lis : τὰ μὲς ἄλλ' αὐτοῖς.

LE CORYPHÉE

Et la santé ? comment faire pour la leur donner ? C'est chez les dieux qu'elle gîte.

RALLIECOPAIN

Si ça va bien pour eux, ce n'est pas un gros atout pour la santé, ça ?

BELESPOIR [*sentencieux*]

Mets-toi bien ça dans la tête : c'est toujours quand ça va mal pour un bonhomme qu'il ne va pas bien — il n'y a pas à tortiller !

LE CORYPHÉE

Mais comment atteindront-ils la vieillesse, dis ? Car enfin, elle aussi, elle habite l'Olympe. Est-ce qu'ils sont voués à mourir en bas âge ?

RALLIECOPAIN

Non, parbleu ! Trois cents ans, voilà ce que les Oiseaux leur allongeront en rabiot !

LE CORYPHÉE

Sur quel capital-vie ?

RALLIECOPAIN

Lequel ? le leur ! Tu ne sais pas que
« Cinq âges d'homme vit la corneille criarde » ?

BELESPOIR

Fichtre ! Ils vaudront beaucoup plus que Zeus, pour nous, ces suzerains-là !

RALLIECOPAIN

Autrement mieux, pas vrai ?
D'abord, il ne nous faudra pas
leur bâtir des temples en marbre
avec portes d'or pour les clore !
Non : ils auront leur domicile
sous les fourrés, les chênes verts !
Quant aux Oiseaux les plus augustes,
un arbre, l'olivier, leur servira de temple.
Et nous n'aurons plus à nous rendre
jusqu'à Delphes, ni près d'Ammon,
pour y faire des sacrifices :
parmi les arbousiers, parmi les oliviers,
debout, levant nos mains vers eux
pour leur offrir des grains de blé,

c'est d'eux que nous implorerons
notre part de bienfaits : et voici qu'aussitôt
nous en serons comblés
pour quelques grains de blé
que nous aurons jetés !

LE CORYPHÉE

Ah ! c'est toi que je chéris plus que personne, et de loin, mon vieux — après t'avoir détesté plus que personne ! Pas question que je prenne jamais sur moi de me détourner de tes avis !

LE CHŒUR

Fort de ce que tu me dis,
je fais sonner mon défi
avec serment à l'appui :
si l'esprit de bon accord
qui te range de mon bord
est juste, loyal, pieux ;
si, pour attaquer les dieux
le sentiment qui te tient
est à l'unisson du mien,
— ils n'ont plus longtemps, les dieux,
à tripoter dans leurs doigts
le sceptre qui n'est qu'à moi !

LE CORYPHÉE

Allons, tout ce qui doit se faire en force, ce sera notre rayon à nous ; mais tout ce qui doit se mûrir en finesse, c'est sur toi que ça reposera.

LAHUPPE

Bon. Eh bien, ce n'est plus le moment de nous endormir en lanterniciversations[1] ! A l'action, et en vitesse ! Et d'abord, entrez : je vous ouvre mon nid, fétus de paille et brindilles, sans façons ! Et vous, dites-nous votre nom.

RALLIECOPAIN

C'est la moindre des choses. Je m'appelle Ralliecopain ; et lui, Belespoir, il est de Crioa[2].

1. Terme forgé par Aristophane en mêlant l'idée d' « hésiter » avec le nom de Nicias, qui était tenu pour un homme de guerre trop indécis.
2. Dème attique, dont le choix doit répondre à une intention qui nous échappe.

LAHUPPE

Eh bien, salut à tous les deux.

RALLIECOPAIN

Merci à toi.

LAHUPPE

Entrez donc par ici.

RALLIECOPAIN

Allons-y. Introduis-nous : on s'en remet à toi.

LAHUPPE

Viens.

RALLIECOPAIN [*s'arrêtant brusquement*]

Hé ! Mais, il y a une chose... ! Demi-tour ! reviens par ici !... Dis voir, explique-nous comment nous vivrons avec vous autres, lui et moi... Vous volez, et nous nous ne volons pas !

LAHUPPE

Le mieux du monde.

RALLIECOPAIN

Regarde donc : dans les fables d'Esope, il y a une histoire qui dit comme quoi le Renard s'est mal trouvé d'avoir lié société avec l'Aigle.

LAHUPPE

N'aie pas peur : il y a une petite racine que vous n'aurez qu'à croquer pour avoir des ailes aux épaules.

RALLIECOPAIN

Dans ce cas, entrons. [*Aux deux esclaves qui les ont suivis*] Holà ! Xanthias ! Manodore ! prenez les bagages !

LE CORYPHÉE [*à Lahuppe*]

Hé, dis donc ! oui, c'est toi que j'appelle ! c'est à toi que j'en ai !

LAHUPPE

Tu m'appelles ? Pourquoi ?

LE CORYPHÉE

Eux, tu les emmènes avec toi, soit : sers-leur un bon déjeuner. Mais ta Rossignolette, dont les suaves accents sont un écho des musiques célestes, laisse-la-nous ! fais-la sortir ici, que nous prenions un peu de bon temps avec elle !

RALLIECOPAIN

Ça oui, ma foi, pour sûr ! accorde-le-leur ! Fais sortir du

buisson[1] ton oiseline ! Fais-la sortir tout de suite, que nous puissions la voir nous aussi, ta Rossignolette !

LAHUPPE [*après une légère hésitation*]

Eh bien, puisque c'est votre avis à tous les deux, je ne peux pas refuser. [*Appelant, tourné vers le taillis*]
Hé, Procné[2] ! Viens dehors ! montre-toi à nos hôtes !

[*Apparaît la Rossignole. C'est une gracieuse flûtiste couverte de bijoux, qui porte, fixée devant ses lèvres par une mentonnière, une flûte à deux tuyaux divergents. Elle est coiffée d'une sorte de casque qui figure une tête d'oiseau*]

RALLIECOPAIN [*ébloui*]

Dieu de majesté ! Qu'elle est jolie, l'oiseline ! et tendrette et blanchette ! Sais-tu bien que j'aurais plaisir à lui planter mon couteau entre les cuisses ?

BELESPOIR

Et toute cette orfèvrerie qu'elle porte ! On dirait une demoiselle ! Moi je lui prendrais bien un baiser, m'est avis !

RALLIECOPAIN

Mais, mon pauvre vieux, elle a un bec à double cisaille !

BELESPOIR

Eh bien, c'est comme un œuf à la coque, bon dieu ! Il faut lui faire sauter le capuchon, et après, comme ça, je le gobe !

[*Il s'approche de la jeune oiselle. Lahuppe s'interpose*]

LAHUPPE

En route !

RALLIECOPAIN

Soit, conduis-nous ; à la bonne chance !

[*Ils s'enfoncent dans le fourré. Le Chœur s'avance en dansant, et se met en place pour la Parabase*]

LE CHŒUR

Ma brunette, ô ma chérie,
très cher trésor de mon nid,

1. *Litt. : du butome* (ou jonc fleuri), plante de marais, dont la présence surprend ici.
2. Cf. v. 15 n.

qui tiens si bien ta partie
dans toutes mes mélodies,
rossignolette, m'amie,
tu te montres, te voici,
te voici ! tu me dédies
ton ravissant gazouillis !
Allons, toi dont le flûtis
chante le printemps joli
en des accents si exquis,
prélude à mon homélie !

[*Air de flûte*]

LE CORYPHÉE

Allons, vous autres que l'humaine nature confine dans un morne destin, pauvres vies frêles comme la feuille, faiblement palpitantes, pétries de fange ; vous, peuple impalpable d'ombres floues, misérables mortels, vous les sans-ailes, créatures d'un jour, pâles silhouettes évanescentes, vous les hommes, prêtez-nous bien l'oreille, à nous les immortels, à jamais subsistants, célestes, toujours jeunes, à nous qui méditons d'impérissables choses — en sorte que, dûment instruits par nous de ce qui se passe au firmament, dûment éclairés sur la nature des oiseaux, sur les origines des dieux, et des fleuves, et de la Ténèbre, et du Chaos, vous puissiez alors envoyer de ma part Prodicos [1] se faire pendre ailleurs.

Au commencement régnaient le Vide et la Nuit et la noire Ténèbre, et le vaste Tartare. N'étaient ni la Terre, ni l'Air, ni le Ciel. Et dans le sein illimité de la Ténèbre, dans les temps avant les temps, la Nuit au noir pennage gonfle un œuf virginal d'où la circonduction des âges fit éclore l'Amour qui tout attire à lui ; à ses épaules fulgurent deux ailes d'or ; il est comme le vent dans les tornades ouragantes. Nocturne, il épousa les rémiges du Vide, dans le vaste Tartare : ainsi donna-t-il à notre race de briser sa coquille et de venir au jour — la première ! Jusqu'alors n'existait point la race des Immortels, avant que l'Amour n'eût fait convoler tous les

1. Cf. *Nuées*, v. 361 n. Tout le morceau qui suit est une parodie des Cosmogonies et Théogonies poétiques inspirées de la tradition orphique.

principes ; de leurs épousailles mutuelles naquirent le Ciel et l'Océan, et la Terre, et toute la lignée impérissable des divinités bienheureuses. Ainsi est-ce nous qui avons droit d'aînesse, et de loin, sur tous les Bienheureux.

Oui, nous sommes de la lignée de l'Amour et bien des choses l'attestent : voyez nos ailes ! Et l'appui que nous donnons à ceux qui aiment ! Combien de soupirants, quand le déclin de leur verte saison rendait les beaux garçons rebelles, les ont fait s'ouvrir à leur pénétrant désir grâce au pouvoir que nous avons : en leur faisant cadeau « d'un' caill', d'un' tourterell', ou d'un' jolie perdrix[1] ! ».

Aux mortels, d'ailleurs, il n'est pas de services que nous ne rendions, et les plus éclatants ! D'abord, c'est nous qui leur marquons les saisons, printemps, frimas, temps des récoltes ; semailles, quand la grue en criaillant fait migration vers l'Afrique ; et elle annonce aussi au marin de désarmer sa barque et de prendre son repos, et puis elle invite Oreste[2] à se tisser un manteau pour s'épargner de grelotter en détroussant les gens. Le milan à son tour, le temps venu, fait son apparition : c'est l'autre saison qu'il inaugure, celle

« où se tond des moutons la toison printanière ».

Et l'hirondelle signale à partir de quand il faut se défaire de son manteau et se procurer une chemisette.

Nous sommes vos oracles : Ammon, Delphes, Dodone et Phébus Apollon, c'est nous, puisque vous commencez par avoir recours à ce que vous chantent les « signes[3] » pour toutes vos entreprises, pour faire du négoce, assurer votre gagne-pain, vous marier : « signe » est à vos yeux tout ce qui est décisif en fait de présage. Un bruit qui court ? vous dites : c'est un signe ; un éternuement ? un signe ; une rencontre ? un signe ; un mot qu'on entend ? un signe ; un serviteur qui entre ? un signe ; un âne qui brait ? un signe ! Vous voyez bien que nous sommes pour vous la Loi et les prophètes[4] !

1. *Litt. : d'une caille, d'une poule persane, d'une oie, d'un coq.* Par manière de galanterie, on offrait souvent des oiseaux, comme nous des fleurs.

2. Cf. plus loin, v. 1491 n.

3. *Litt. : Vous avez d'abord recours aux « oiseaux ».* Le mot grec signifie aussi « présages, augures » du fait que ceux-ci étaient souvent tirés du vol des oiseaux. D'où un jeu de mots, rendu ici tant bien que mal, avec « signe » qui peut se confondre avec « cygne ».

4. *Litt. : Apollon, dieu de la divination !*

Si vous faites de nous vos dieux,
vous aurez à votre service
des oracles mélodieux
pour tous les vents, pour tous les temps,
l'été, l'hiver et l'entre-deux !
Et vous ne vous verrez pas
filer là-haut, comme Zeus,
pour nous carrer, sourcilleux,
sur un trône, au fond des cieux !
Nous vous resterons présents
vous comblant de nos présents :
vous serez, vous, vos enfants,
les enfants de vos enfants,
opulents et bien portants !
Bonheur, abondance,
la paix, la jouvence,
rires, fêtes, danses :
un paradis sous l'aile des oiseaux [1] !
Oui, gavés à crever sous le faix des bienfaits,
votre sort sera d'or, et pour tous la vie douce !

[STROPHE] LE CHŒUR

Muse des bocages
aux mille roulades,
— tiotiotiotiotin'x —
avec toi je vais,
dans le creux des combes
comme au front des monts,
— tiotiotiotin'x —
juché sur un frêne
perruqué de feuilles,
— tiotiotiotin'x —
et m'égosillant
en trilles perlés,
lancer au dieu Pan
la musique sainte
de mes litanies !
Pour la Montagnarde,
pour la grande Mère [2]
ce seront de nobles

1. *Litt. : du lait d'oiseau.* Locution proverbiale qui évoque bombances et délices.
2. *Litt. : la déesse Cybèle.*

rondes liturgiques
— totototototo totototototin'x —
cueillies aux vergers
où, comme une abeille,
le barde inspiré[1]
butinait toujours,
miel impérissable,
les couplets suaves
de ses mélodies !
— tiotiotiotiotin'x —

LE CORYPHÉE

Si tel de vous, Messieurs les Spectateurs, veut parmi les oiseaux se tisser pour l'avenir une vie de délices, qu'il vienne donc me trouver ! Car tout ce qui est ici[2] réprimé par la loi, comme indigne, tout ça, chez nous autres les oiseaux, c'est excellent. Ici, la loi tient pour une indignité les voies de fait exercées sur un père. Eh bien, là-haut chez nous, c'est une excellente chose de foncer sur son père et de le rosser en lui disant : « Lève un peu ton ergot, si tu n'es pas une poule mouillée ! » Et celui qui parmi vous est marqué au fer pour avoir pris la clé des champs, chez nous on l'appellera Francolin marqueté ! Et si vous avez un lascar qui n'est qu'un sauvage[3] — comme Spintharos pas moins ! — ça sera un Canard sauvage, de la race à Philémon ! Et si c'est un rastaquouère marron, comme Exekestidès, qu'il vienne chez nous convoler avec une Demoiselle de Numidie, ça lui vaudra lettres de naturalisation[4]. Et si le fils de Pisias[5] veut ouvrir

1. *Litt. : Phrynichos*, cf. *Nuées*, v. 556 n., *Gren.*, v. 1300.
2. Il veut dire : à Athènes — inconséquence dont Aristophane se soucie peu. Pour l'idée, cf. *Nuées*, v. 1424 et suiv.
3. *Litt. : Si vous avez un Phrygien... il sera l'oiseau phrygilos* (pinson ?). Les Phrygiens, Lydiens et Cariens (souvent esclaves) étaient décriés à Athènes. Spintharos et Philémon sont inconnus. Il est possible que le nom du premier fasse calembour avec σπίνος, qui désigne un petit oiseau.
4. *Litt. : S'il est esclave et Carien... qu'il fasse souche de « grands-pères » de chez nous, et il sera reconnu comme inscrit à une phratrie »* (condition nécessaire pour être citoyen). Le mot πάππος, grand-père, s'applique aussi à un oiseau, d'ailleurs mal identifié. Pour Exekestidès, cf. v. 11 et 1527.
5. Cf. v. 1292. Pisias devait avoir trempé dans des combinaisons politiques du côté de Perdiccas, roi de Macédoine.

les portes aux individus frappés d'indignité civique, qu'il devienne perdrix, en bon poussin de son père : chez nous, il n'y a pas de honte à se remiser... chez Perdiccas !

[ANTISTROPHE] LE CHŒUR

Tels, dans l'unisson
des claquements d'ailes,
— tiotiotiotiotin'x —
et fondant leurs voix
les Cygnes entonnent
l'hymne d'Apollon,
— tiotiotiotin'x —
alignés aux rives
du fleuve nordique[1]
— tiotiotiotin'x —
Leur cri qui s'élève
franchit les espaces
de l'air et des nues,
les bêtes sauvages
vont, de toute robe,
se blottir au gîte ;
les flots s'assoupissent
sous l'haleine douce
d'un ciel pur et calme.
— tototototo totototototin'x —
Mais l'Olympe entier
résonne : une transe
emporte ses Princes...
toutes, en écho,
Grâces olympiennes
et divines Muses
lancent le répons
d'un alleluia !
— tiotiotiotiotin'x —

LE CORYPHÉE

Rien de mieux, rien de plus charmant que d'avoir des ailes qui vous poussent sur le dos ! Tenez, vous autres les spectateurs, imaginez qu'un de vous ait des ailes ! Il avait faim, les chants de tragédies l'assommaient[2], il aurait pris son vol, celui-là, il serait rentré chez lui déjeuner — et puis, bien repu,

1. *Litt. : l'Hébros*, fleuve de Thrace.

2. Pour les Dionysies, le spectacle commençait le matin par les tragédies.

de revoler se poser parmi nous ! Supposez qu'un Patroclidès[1], ici présent, ait la chiasse : au lieu de lâcher la bonde dans ses frusques, il aurait pris son vol, pétaradé un bon coup, soufflé un peu — et de revoler se rasseoir ici ! Supposez qu'un de vous ait une liaison galante ; il aperçoit le mari de la dame ici sur les gradins réservés au Conseil : lui aussi, déployant ses ailes, il vous aurait pris son vol, il aurait tiré son coup là-bas — et de revoler se rasseoir ici ! Rien de tel que d'avoir des ailes, hein ? Ça vaut tout ! Voyez Diitréphès[2] : il lui a suffi de ses ailes de fiasques pour qu'on le prenne comme capitaine, et ensuite comme général de cavalerie ! Si bien que, parti de rien, le voilà un grand personnage à présent : un hippocoq caracolant[3] !

[*Rentrent Ralliecopain et Belespoir, affublés d'ailes d'oiseaux, qui leur vont évidemment très mal*]

RALLIECOPAIN

Et voilà qui est fait[4] !

[*Pouffant de rire devant son camarade*]

Tonnerre ! Non, jamais de ma vie je n'ai rien vu de plus hilarant !

BELESPOIR

Qu'est-ce qui te fait rire ?

RALLIECOPAIN

Tes rémiges ! Sais-tu à qui tu ressembles avec ces ailes ? Exactement à un oison peinturluré au rabais !

BELESPOIR

Et toi, à un merle tondu au bol !

RALLIECOPAIN

Eh bien, en cette double caricature, nous appliquons les vers d'Eschyle :

Le coup qui nous atteint ne nous vient pas d'autrui :
Ces traits sont empennés avec nos propres plumes !

1. Inconnu.
2. Fabricant de bouteilles clissées, dont les anses étaient appelées « ailes » (nous dirions, nous, « oreilles »).
3. Cf. *Gren.*, v. 932, *Paix*, v. 1177 n.
4. Dans les quelques vers qui suivent, la répartition des répliques est différente de celle de Coulon ; au v. 805 je lis : σογγεγραμμένῳ.

LE CORYPHÉE

Or ça, qu'est-ce qu'il faut faire ?

RALLIECOPAIN

D'abord donner un nom à la ville, un grand, un fameux, et puis après, sacrifier aux dieux.

BELESPOIR

D'accord là-dessus.

LE CORYPHÉE

Eh bien voyons, quel nom portera-t-elle, notre ville ?

RALLIECOPAIN

Un grand nom ? j'ai votre affaire : vous voulez qu'on l'emprunte aux gens de Lacédémone, et qu'on l'appelle Sparte ?

BELESPOIR

Ventrebleu ! Moi, que j'accoutre ma ville en sparte ? Je ne le ferais pas même à mon châlit — tant que j'aurai de la sangle !

RALLIECOPAIN

Alors ? quel nom va-t-on lui donner ?

BELESPOIR

Prenons-le dans ce qui nous entoure ici, les nuages, les régions aériennes, quelque chose qui ne manque pas de souffle !

RALLIECOPAIN

Veux-tu Coucouville-les-Nuées ?

LE CORYPHÉE

Youpi ! Ça, c'est tout simplement épatant ! Comme grand nom, ça c'est une trouvaille !

BELESPOIR

Coucouville-les-Nuées ? C'est le pays où Eschine a tous ses biens au soleil, et Théogénès [1] la masse de ses trésors ?

RALLIECOPAIN

Non, ça serait bien plutôt Champs-Brûlés [2], où les dieux à coups de galéjades ont fait mordre la poussière aux Fils de la Terre !

1. Deux vantards insupportables, cf. *Guêpes*, v. 325 n ; cf. v. 1129 et *Paix*, v. 928 n. Ils se gonflent d'une opulence qui n'est que vent et fumée.

2. Les « Champs phlégréens », où les dieux écrasèrent les Géants, fils de la Terre.

LE CORYPHÉE

Cette histoire de ville, c'est mirobolant ! Et quelle divinité en aura le patronage ? Pour qui tisserons-nous le Voile[1] ?

BELESPOIR

Pourquoi ne pas garder Athéna comme patronne ?

RALLIECOPAIN

Et comment veux-tu que les choses tournent rond dans une ville où c'est le sexe faible qui est dieu, en la personne d'une femme qui se dresse armée de pied en cap, pendant que Clisthène fait des ouvrages de dame[2] ?

BELESPOIR

Mais qui donc régnera sur le mur cigognéen[3] de la citadelle ?

RALLIECOPAIN

Un oiseau.

LE CORYPHÉE

Un des nôtres ? de quelle espèce ?

RALLIECOPAIN

Le Coq. C'est lui qui a le renom d'être une terreur, partout, sous l'aile du Seigneur des Armées[4] !

BELESPOIR

O Maître Coq !

RALLIECOPAIN

Eh oui ! c'est le dieu idoine pour nicher sur des rochers. [*A Belespoir*] Allons, à présent, toi, prends la route — je veux dire : prends l'air ! Va prêter main-forte aux bâtisseurs du mur ! alimente-les en pierres, tombe l'habit et gâche le mortier ! monte-leur l'auge ! dévale de l'échelle ! poste des gardes ! fais des rondes, grelot en main, veille sur le feu, qu'il couve sans s'éteindre ! et reste là-haut pour la nuit ! Envoie deux estafettes, l'une en haut chez les dieux, et l'autre, qu'elle descende chez les hommes, en bas. Et de là, retour — à ma botte !

1. Cf. *Cav.*, v. 556 n.
2. *Litt. : tient la navette.* Cf. *Ach.*, v. 118 n. Cf. *Thesm.*, v. 571 et suiv.
3. *Litt. :* « *pélargique* ». Cf. v. 865 n. et 1139 n.
4. *Litt. : C'est un poussin d'Arès.* Il y a certainement là, ainsi que dans le cri de Belespoir (« *Seigneur-poussin !* ») et dans la réplique de Ralliecopain, une allusion comique qui nous échappe.

BELESPOIR

Et toi, tu restes peinard ! Tu la paieras, celle-là, — à ma botte !

RALLIECOPAIN

Va, mon brave, va où je t'envoie ! Sans toi rien ne sera exécuté de mes consignes !

[*Belespoir s'en va*]

Et moi, pour sacrifier aux dieux, je vais appeler le prêtre qui conduira la procession. [*A deux esclaves*] Petit ! petit ! allez prendre la corbeille et l'eau lustrale !

[STROPHE] LE CHŒUR

Je bats des mains et des ailes,
je t'approuve, et joins ma voix
pour souhaiter avec toi
qu'on aille, en processions
grandioses, solennelles,
rendre honneur aux Immortels !
Et, pour gagner leur faveur,
qu'on immole en même temps
quelque petit quadrupède !
Ah ! que vibre, vibre, vibre
notre cri d'ovation[1] *!*
et que Chaeris[2] *sur sa flûte*
fasse l'accompagnement !

[*Le flûtiste-corbeau continue sa ritournelle*]

RALLIECOPAIN [*très affairé*]

Suffit, toi ! assez soufflé ! [*Avisant le musicien*] Tonnerre ! Kekcekça ?... Eh bien, ma foi, j'en ai vu dans ma vie, et de toutes les couleurs, mais je n'avais encore jamais vu de muselière à un corbeau !

[*Au Prêtre — que l'on peut, en souvenir de Rabelais, imaginer déguisé en « papegaut » —*]

Mon Révérend, fais ton office : sacrifie aux nouveaux dieux.

1. *Litt. : pythique :* péan en l'honneur d'Apollon.
2. Flûtiste célèbre, mais qu'Aristophane juge très mauvais (cf. *Ach.*, v. 16 et 866). Pour lui Chaeris, c'est le musicien qui fait des « couacs » : d'où l'idée du flûtiste-corbeau. La flûte double était fixée devant les lèvres par une sorte de mentonnière.

LE PRÊTRE

Je vais le faire. Mais où est l'acolyte avec la corbeille ?... [*Solennel*] Priez, en demandant à la Dame-oiselle qui veille sur vos nids [1], à Gerfaut gardien de nos foyers ; aux Oiseaux olympiens et oiselles olympiennes, tous et toutes...

RALLIECOPAIN

Salut, Posidindon, prince de la Mer-acropoule !

LE PRÊTRE

... à l'Oiseau-lyre de Delphes et de Délos ; à Latone, qui a couvé cet oiseau du paradis : à Artémis l'Échassière...

RALLIECOPAIN

Ce n'est plus l'Artémis des chasses, c'est celle des échasses !

LE PRÊTRE

... au dieu Paon si bien empenné ; à la Grande-Mère-Autruche des dieux et des hommes...

RALLIECOPAIN

Dame Autruche, Cybèle-mère de Cléocrite !

LE PRÊTRE

... d'accorder aux gens de Coucouville la prospérité et le salut, ainsi qu'aux Chiotes [2]...

RALLIECOPAIN

Bravo ! Les Chiotes avec nous, toujours et partout !

LE PRÊTRE

... à nos héros de haute volée, et à leurs héroïques ni-

1. Toute cette prière est un feu roulant de calembours par à-peu-près, parodiant les invocations solennelles en usage à Athènes. Sans rendre compte de leur détail et de la façon dont on a tenté de les transposer, qu'il suffise de dire que la litanie rappelle, dans l'ordre : Hestia, Zeus, tous les dieux et déesses, Posidon (honoré à Sounion, et pour lequel le jeu de mots est triple : πέλαγος, mer ; πελαργός, cigogne ; Πελαργικόν (rempart « cyclopéen » de l'Acropole), Apollon, sa mère Léto, Artémis, Sabazios (dieu oriental, auquel on a ici substitué Pan) et Cybèle, « la Grande Mère ».

2. L'île de Chio fidèle alliée d'Athènes (mais elle allait faire défection l'année suivante) était toujours associée aux prières officielles. Cf. *Paix*, v. 171 n.

chées[1] : Pluvier, Pivert et Pélican ; Jabiru, Pintade et Faisan ; Fauvette, Sarcelle et Frégate, Héron, Fou de Bassan, Becfigue, Mésange...

RALLIECOPAIN

Aux freux, aux freux ! Assez ! n'en appelle plus ! Ouï-ouïou ! malheureux ! Y penses-tu ? quelle agape, pour y inviter balbuzards et vautours ! Tu ne vois pas qu'un seul milan pourrait happer le tout, et pfuitt ?... Laisse-nous, va-t'en, toi et tes fanfreluches ! C'est moi qui le ferai, ce sacrifice, moi-même et moi tout seul !

[*Il chasse le Prêtre et commence l'ablution rituelle*]

[ANTISTROPHE] LE CHŒUR

Donc mon rôle, je le vois,
c'est, une seconde fois
de t'accompagner encor,
pendant ton ablution,
de mes acclamations
aux accents saints et pieux !
d'invoquer les Bienheureux...
— mais un seul, c'est plus prudent,
s'il s'agit que le menu
soit suffisant ! Car la bête
qu'on immole devant nous
ce n'est, en tout et pour tout,
que du poil et que des cornes[2] !

RALLIECOPAIN

Procédons au sacrifice, prions les dieux volatiliens !

[*Entre un Poète vêtu de guenilles*]

LE POÈTE [*chantant*]

Sur Coucouville
heureux asile,
Muse, répands
hymnes et chants !

1. Plusieurs des oiseaux de cette énumération sont mal identifiés : on a adopté Jabiru, Fauvette, Sarcelle, Frégate, Fou de Bassan en s'aidant des savantes recherches de Rogers. Le Paon a été remplacé par le Faisan à cause de la « traduction » qui a été hasardée du v. 874.

2. Allusion comique au fait qu'on n'égorgeait évidemment pas sur scène de vrais animaux. Cf. *Paix*, v. 1022.

RALLIECOPAIN

D'où ça sort ? Dis donc, qui es-tu ?

LE POÈTE

Moi ? D'une langue au verbe melliflue
je distille les chants,
« en ardent zélateur des Muses mes maîtresses »
ainsi que parle Homère.

RALLIECOPAIN

Comment ça ? Tu es esclave et tu as les cheveux longs[1] ?

LE POÈTE

Tu n'y es pas : nous tous les chantres lyriques, nous sommes
« les-z-ardents zélateurs des Muses nos maîtresses »
ainsi que parle Homère.

RALLIECOPAIN

Pas étonnant que ta souquenille soit... lézardée !... Mais dis-moi, le barde, qu'est-ce que tu as eu le malheur de faire venir ici ?

LE POÈTE

En l'honneur de notre cité de Coucouville-les-Nuées, j'ai composé force belles rondes, cantates virginales, style Simonide[2]...

RALLIECOPAIN

Et quand est-ce que tu les as composées ? Depuis quand t'y es-tu pris ?

LE POÈTE

Longtemps, longtemps y a que je chante ces murs !

RALLIECOPAIN

Comment ? A l'instant même je procède au baptême de la ville[3], et c'est à peine si je viens de lui donner un nom, à cette nouveau-née !

LE POÈTE

C'est que le verbe des Muses
est aussi prompt que l'éclair
des coursiers dans leur galop...

1. Porter les cheveux longs était un privilège des hommes libres.
2. Cf. *Nuées*, v. 1357 n.
3. *Litt. : Je fais le sacrifice du dixième jour* [*après une naissance*], cérémonie des relevailles et d'imposition du nom à l'enfant.

Mais dis donc,
« Père fondateur d'Etna,
toi dont le nom porte écho
des mystères sacro-saints[1] »,
daigne, dans ta bienveillance
m'accorder, d'un clin de tête,
sur tes trésors, le cadeau
que tu voudras bien me faire !

RALLIECOPAIN

Ce poison-là va nous causer du tintouin si nous ne lui donnons pas quelque chose pour nous en dépêtrer ! [*A un esclave*] Hé, toi ! tu as un blouson de cuir en plus de ta tunique : ôte-le, et donne-le à ce savant poète ! [*L'esclave lui passe son blouson, qu'il donne au Poète*] Tiens, prends le blouson. Le fait est que tu m'as l'air tout à fait glacé[2] !

LE POÈTE

Ce présent, bien volontiers
ma Muse, en bonne amitié
l'accepte... Mais laisse-moi
proposer à ton esprit
ce précepte de Pindare...

RALLIECOPAIN

Ce type-là, on ne s'en décramponnera pas !...

LE POÈTE [*continuant*]

« Car chez les nomades Scythes
celui qui n'est pas possesseur... »
d'un habit de bon tissu
« se trouve au ban de la horde !
Inglorieux, périclite... »
le blouson, sans la tunique !
« Comprends bien ce que je dis ! »

RALLIECOPAIN

Compris ! Tu veux aussi te faire donner la tuniquette ? [*A l'esclave*] Enlève-la : il faut être serviable pour le poète. [*Au Poète*] Prends ça, et va-t'en.

1. Vers de Pindare, comme ceux que le famélique nourrisson des Muses mêlera à ses requêtes personnelles. Pindare s'adressait à Hiéron — fondateur de la ville d'Etna (Catane) — dont le nom dérive de ἱερός, sacré.
2. Jeu de mots, cf. *Ach.*, v. 11 n. et 140.

LE POÈTE

Je m'en vais ; et, après mon départ, ce que m'inspirera cette ville c'est des vers dans ce goût-ci :

Muse au trône d'or, dédie
tes couplets à la cité
grelottante et froiduleuse !...
J'ai poussé jusqu'aux climats
que flagellent les frimas,
aux espaces
sans impasses !
Tralala !

[*Il part en chantant et en dansant*]

RALLIECOPAIN [*le suivant des yeux*]

Mais voyons, tu es déjà bien à l'abri de cette froidure-là, ma foi, avec la tunique que tu t'es fait donner !... Ce poison-là, jamais, ma foi, je ne m'y serais attendu ! qu'il ait si vite entendu parler de notre ville !... [*A l'esclave*] Toi, fais de nouveau le tour avec l'eau lustrale. [*A tous*] Que règne le recueillement !

[*Entre un Diseur d'Oracles, un livre à la main*]

LE DISEUR D'ORACLES

N'entame pas le rite ! Laisse ce bouc !

RALLIECOPAIN

Hé ! toi, qui es-tu ?

LE DISEUR D'ORACLES

Moi ? Un débitant d'oracles.

RALLIECOPAIN

Alors, ça va barder !

LE DISEUR D'ORACLES

Malheureux ! ne fais pas si bon marché des choses divines ! Il y a un oracle de Vaticinard[1] ? qui concerne en droite ligne Coucouville-les-Nuées.

RALLIECOPAIN

Et alors ? Pourquoi ne le débitais-tu pas, ton oracle, avant que j'aie fondé cette ville ?

LE DISEUR D'ORACLES

La divinité me scellait les lèvres.

1. *Litt. : Bacis.* Cf. *Cav.*, v. 123 n.

RALLIECOPAIN

Eh bien, soit, le mieux est encore d'entendre ton couplet.

LE DISEUR D'ORACLES [*lisant*]

« Lorsqu'ensemble vivront loups et blanches corneilles
en zone franche, entre Corinthe et Sicyone [1]... »

RALLIECOPAIN

Eh ! qu'est-ce que j'ai à voir avec les Corinthiens ?

LE DISEUR D'ORACLES

Vaticinard, sous forme d'énigme, a voulu dire : dans les airs.

« qu'on immole d'abord à Pandore un bélier
à la toison de neige ; et qu'on fasse au premier
qui viendra de mes vues se rendre l'interprète,
présent d'un manteau propre et de neuves sandales ! »

RALLIECOPAIN

Elles y sont aussi, les sandales ?

LE DISEUR D'ORACLES

Prends et lis !

« qu'on lui donne une coupe, et tripes plein les mains ! »

RALLIECOPAIN

Donner les tripes, ça y est aussi ?

LE DISEUR D'ORACLES

Prends et lis !
« Si, divin jouvencel, tu fais ce que j'ordonne,
tu deviendras un aigle au sein des nues ; par contre
si tu ne donnes rien, ne seras tourterelle
ni grive, ni pivert ! »

RALLIECOPAIN

Ça aussi, ça y est dedans ?

LE DISEUR D'ORACLES

Prends et lis !

RALLIECOPAIN

Il ne concorde guère, cet oracle, avec celui que j'ai noté sous la dictée d'Apollon :

« Si, sans être invité, troublant le sacrifice,

1. Corinthe et Sicyone étaient limitrophes. « Entre Corinthe et Sicyone » est une expression proverbiale qui équivaut, pour l'espace, à ce qu'est notre « semaine des quatre jeudis » pour le temps.

arrive un charlatan qui veut s'entripailler,
boxez-lui, franchement, la zone stomacale ! »

LE DISEUR D'ORACLES

Tu veux blaguer, je pense ?

RALLIECOPAIN

Prends et lis !
« Pas de quartier, fût-il un aigle au sein des nues !
fût-il Lampon lui-même, ou le grand Diopithe[1] ! »

LE DISEUR D'ORACLES

Ça aussi, ça y est dedans ?

RALLIECOPAIN

Prends et lis ! Oust ! Envole-toi à tous les diables !

LE DISEUR D'ORACLES

Misère de moi !

RALLIECOPAIN

Va-t'en vaticiner ailleurs, non ? et au galop ?

[*Le Diseur d'Oracles déguerpit. Arrive Méton, chargé de divers instruments bizarres*]

MÉTON

Me voici venu à vous...

RALLIECOPAIN

Ça y est ! un autre poison ! Qu'est-ce que tu viens faire ?
De quel dessein as-tu mis au point les contours ?
Qu'est-ce que tu as dans la tête ?
Et sur quel noble pied t'es-tu mis en voyage[2] ?

MÉTON

Je veux procéder au métrage de votre air, et le diviser en arpents.

RALLIECOPAIN

Pour l'amour du ciel, qui es-tu donc ?

MÉTON

Qui je suis ? Moi ? Méton[3], bien connu dans la Grèce et dans mon quartier[4].

1. Cf. v. 521, et *Cav.*, v. 1085 n.
2. Le texte de ce vers est controversé ; le mot à mot donne : « *Quelle est l'intention, quel est le cothurne de ton voyage ?* »
3. Célèbre géomètre et astronome, auteur d'une réforme du calendrier qui est raillée dans les *Nuées* v. 615 et suiv.
4. *Litt. : à Colone,* banlieue d'Athènes.

RALLIECOPAIN

Dis-moi, qu'est-ce que c'est que cet attirail que tu as ?

MÉTON

Des équerres aérométriques. Pars de l'idée que l'air, dans la globalité de son contour, offre à peu près l'image d'un éteignoir [1]. Adonc, moi, en y appliquant par en haut l'équerre courbe que voici, après insertion d'un compas... tu me suis ?...

RALLIECOPAIN

Non, je n'y suis pas !

MÉTON

... je ferai mes mensurations, par application d'une équerre droite, en sorte que, tu vois, le cercle devienne quadrangulaire, et qu'au centre il y ait un rond-point, où aboutiront des rues rectilignes, exactement centripètes, et de l'exacte circularité duquel, comme d'une étoile, irradieront dans tous les azimuts des rayons rectilignes.

RALLIECOPAIN

Quel puits de science, ce type-là [2] ! Dis, Méton...

MÉTON

Quoi ?

RALLIECOPAIN

Je t'aime bien, tu peux te le dire ! alors, crois-moi : tire-toi du chemin en douce !

MÉTON

Qu'est-ce qu'il y a à craindre ?

RALLIECOPAIN

C'est comme à Sparte, ici : on traque les étrangers, il y a du remue-ménage ; ça cogne dru à travers la ville.

MÉTON

Il y a la révolution chez vous ?

RALLIECOPAIN

Non, parbleu, non !

MÉTON

Alors, comment se fait-il... ?

1. Cf. *Nuées*, v. 96.
2. *Litt. : C'est un Thalès, cet homme !*

RALLIECOPAIN

A l'unanimité, on a décidé de mettre les charlatans en bouillie.

MÉTON

Alors, si je filais en douce ?

RALLIECOPAIN

Sacrebleu ! je ne sais pas si tu ne vas pas être pris de vitesse. La rafale approche, la voilà !

[*Il le rosse*]

MÉTON

Oh ! là là ! pauvre de moi !

RALLIECOPAIN

Depuis le temps que je te le disais !... Veux-tu bien t'en aller exercer ailleurs — et sur tes propres abattis — ton arithmétontique[1] ?

[*Méton s'enfuit. Un autre personnage se présente, portant deux urnes*]

L'INSPECTEUR

Où se trouve le Consulat[2] ?

RALLIECOPAIN

Qu'est-ce que c'est que cet Olibrius[3] ?

L'INSPECTEUR

Je me présente : Inspecteur, désigné par tirage au sort, en mission à Coucouville-les-Nuées.

RALLIECOPAIN

Inspecteur ? Et qui t'a envoyé ici ? Je ne sais quelle paperasse de Téléas[4] ?... Voyons, veux-tu toucher ta paie sans avoir d'ennuis, et t'en retourner ?

L'INSPECTEUR

Parbleu ! Après tout, je ne demandais qu'à rester chez nous pour aller à l'Assemblée : il y a des affaires

1. *Litt. : Veux-tu aller prendre tes propres mesures.* (Méton qui se proposait de morceler scientifiquement l'aire de la nouvelle ville est invité à appliquer sa méthode à ses propres morceaux.)

2. *Litt. : les proxènes,* « correspondants » d'Athènes dans les villes étrangères, chargés de faciliter leur séjour aux Athéniens de passage.

3. *Litt. : ce Sardanapale.*

4. A la suite d'A.-M. Desrousseaux (Paris, Vrin, 1950), j'attribue ces mots à Ralliecopain. Pour Téléas, cf. v. 167.

qui ont été traitées par mon entremise avec le satrape Pharnace[1].

RALLIECOPAIN [*le rossant*]

Tiens donc ! et file ! Te voilà payé !

L'INSPECTEUR

Qu'est-ce là ?

RALLIECOPAIN

Commission exécutive : attrape, satrape[2] !

L'INSPECTEUR

Je prends des témoins : Je suis molesté dans mes fonctions d'inspecteur.

RALLIECOPAIN

Vas-tu déblayer, et emporter tes urnes ? [*L'Inspecteur disparaît*] C'est un peu fort ! Voilà maintenant qu'ils envoient des inspecteurs dans la ville sans même attendre la fin du sacrifice inaugural !

[*Entre un nouveau personnage, muni d'un étal portatif où son disposés des papiers. Il en lit un à haute voix*]

LE LÉGISCOLPORTEUR

... « En cas que le citoyen de Coucouville-les-Nuées porte préjudice à l'Athénien... »

RALLIECOPAIN

Qu'est-ce que c'est encore que ce poison-là, avec ses paperasses !

LE LÉGISCOLPORTEUR

Je fais du légiscolportage ! Lois et décrets bien frais ! Me voici dans vos murs pour vous en vendre !

RALLIECOPAIN

Par exemple !

LE LÉGISCOLPORTEUR

« Adoption par les citoyens de Coucouville-les-Nuées du système de poids et mesures et de monnaies[3] en usage chez les Hurluberlus[4]. »

1. Gouverneur perse de la province d'Asie Mineure proche des détroits. Il y a ici une allusion qui nous échappe.
2. *Litt. : Assemblée tenue sur l'affaire Pharnace.*
3. Je corrige ψηρίσμασι en νομίσμασι.
4. *Litt. : les Olophyxiens,* dont le nom n'est choisi que pour amener le calembour au vers suivant avec *Ototyxiens,* « *Lamentateurs* ».

RALLIECOPAIN

Et toi, tu vas adopter ceux des Hurlululants ! Ça ne va pas tarder !

LE LÉGISCOLPORTEUR

Dis donc, qu'est-ce qui te prend ?

RALLIECOPAIN

Remballe tes lois ! C'est moi qui vais t'en appliquer, à c't' heure, et des rossardes !

[*Il le chasse*]

L'INSPECTEUR [*revenant*]

J'assigne Ralliecopain à un mois d'ici [1], pour voies de fait.

RALLIECOPAIN

Vrai, mon lascar ? Tu étais donc encore là ?

LE LÉGISCOLPORTEUR [*revenant*]

... « En cas que les magistrats essuient rebuffade et fin de non-recevoir nonobstant les stipulations... »

RALLIECOPAIN

Oh là là ! Malédiction ! Toi aussi tu étais encore là ?

L'INSPECTEUR

J'aurai ta peau ! Je t'inscris pour un million [2] d'amende !

RALLIECOPAIN

Et moi, je vais pulvériser tes urnes !

LE LÉGISCOLPORTEUR

Rappelle-toi le soir où tu as chié sur le décret [3] !

RALLIECOPAIN

Boufre ! Qu'on l'empoigne ! Reste ici, toi !

[*Les deux individus s'échappent définitivement*]

Et nous, vidons les lieux, et rentrons bien vite dans la coulisse pour immoler aux dieux notre bouc !

[*Tout le monde rentre*]

[STROPHE] LE CHŒUR

C'est à moi désormais,
moi, Tout-voyant, moi Tout-puissant,
que les mortels vont dédier
sacrifices, vœux et prières !

1. *Litt. : au mois de Mounichion* (avril) : *Les Oiseaux* ont été joués en mars 414.
2. *Litt. : dix mille drachmes.*
3. *Litt. : sur la stèle* (qui portait un décret officiel).

Sous mon regard la terre entière
s'offre, et je préserve les fruits :
s'ils foisonnent, c'est que je tue
toute engeance de bestioles
qui, de leur dent insatiable,
arboricole ou souterraine,
font leur pâture de tout fruit
dès qu'il sort de son réceptacle
et qu'il grossit. Mais moi, je tue
tous ces ravageurs odieux,
tous ces dévastateurs des vergers embaumés
tout ce qui rampe et ce qui ronge !
tous tant qu'ils sont, je les massacre :
sous mes voltiges, tous
ils sont anéantis !

LE CORYPHÉE

Par les temps qui courent, on voit se multiplier les proclamations : « Vous êtes invités à mettre à mort Diagoras de Milo[1] : un million à toucher pour qui le fera ! » Ou : « Vous êtes invités à mettre à mort tel ou tel de nos défunts tyrans : un million à toucher pour qui le fera ! » Dans ces conditions, nous voulons, à cette heure et en ce lieu, proclamer nous aussi ce qui suit : « Vous êtes invités à mettre à mort Philocrate des Moineaux[2] : un million à toucher pour qui le fera ; et quatre pour qui le livrera vivant ! Motifs : il enfile les pinsons et les vend par brochettes à vil prix[3] ; *item,* les grives, il les gonfle et les expose ignominieusement sur son étal ; *item,* aux merles, il pique dans les trous de bec leurs propres plumes ; *item,* les pigeons qu'il a saisis au collet[4], il les tient reclus, et les réduit à servir d'appeaux, ligotés, sous un filet. » Voilà ce que nous voulons proclamer. Et si l'un de vous élève des oiseaux en réclusion dans sa cour, nous lui enjoignons de les mettre en liberté. Si vous n'obtempérez pas, c'est vous qui serez saisis au collet par les oiseaux, ligotés, et employés chez nous comme appeaux : chacun son tour !

1. Le poète Diagoras, récemment condamné à mort pour impiété, avait quitté Athènes : sa tête avait été mise à prix. Le vers suivant parodie les accusations portées par les démagogues contre les « suppôts de la tyrannie ».
2. Cf. v. 14.
3. *Litt. : à sept pour une obole.*
4. *Litt. : attrapés.* Mais le verbe grec est celui qu'on emploie pour l'arrestation d'un criminel. Il est repris quatre vers plus bas.

[ANTISTROPHE] LE CHŒUR

Heureux le peuple ailé !
Nous les oiseaux, n'avons, l'hiver,
manteaux pour nous emmitoufler ;
et dans les jours caniculaires,
sous l'Œil brûlant qui darde et flambe,
nous ne sommes pas accablés.
Les prés en fleurs sont nos domaines,
et c'est au sein des frondaisons
que nous avons notre retraite,
aux temps où l'insecte divin,
la cigale, ivre de soleil
dans la fournaise de midi,
vrille et fait vibrer sa chanson ;
l'hiver se passe au creux des antres
à folâtrer avec les nymphes montagnardes ;
au printemps nous mangeons les baies
du myrte blanc des fiancées —
et tout ce qu'on récolte
dans le jardin des Grâces !

LE CORYPHÉE

Aux juges du concours[1] nous voulons dire un mot quant à l'attribution du prix : que de faveurs, si c'est nous qu'ils désignent ! Nous leur prodiguerons à tous des présents qui dépasseront, et de bien loin, ceux dont fut comblé Pâris[2]. D'abord (et ça, c'est toujours le principal désir d'un juge) les cygnes[3] monétaires ne vous feront jamais défaut : ils feront leur nid dans vos maisons, ils couveront dans vos escarcelles, et feront éclore des petits, bien trébuchants. Et puis, par-dessus le marché, vous habiterez comme dans des palais : à vos corps de logis nous ajouterons des ailes[4]. Et s'il vous est tombé une petite charge à exercer, et qu'alors vous vouliez

1. Le Coryphée s'adresse aux juges qui, à l'issue du festival de comédie, classeront les trois concurrents.

2. Allusion au concours de beauté entre Héra, Athéna et Aphrodite, que le berger Pâris trancha en faveur de la dernière.

3. *Litt. : les chouettes du Laurion ;* c.-à-d. les pièces de monnaie, qui à Athènes portaient l'emblème de la chouette ; dans la montagne du Laurion étaient des mines d'argent.

4. *Litt. : comme dans les temples : nous mettrons à vos maisons un faîtage « à l'aigle »* (c.-à-d. un fronton triangulaire).

grappiller du fric, nous vous mettrons en main un friquet, un petit moineau finaud[1]. Et si vous dînez quelque part, nous prélèverons sur nos jabots de quoi vous ravitailler. Mais si vous ne donnez pas le prix, faites-vous façonner des garde-fiente en croissant de lune et munissez-vous-en, comme les statues : celui qui n'aura pas sa lune, le jour où vous serez en tunique blanche... c'est alors, oui-da, que nous aurons notre vengeance : tous les oiseaux du ciel vous encacaderont !

[*Rentre Ralliecopain, très affairé*]

RALLIECOPAIN

Oiseaux ! le sacrifice nous est favorable !... Mais quoi ? de la muraille
ne vient se présenter le moindre messager
pour nous faire savoir comment ça va là-haut ?
Ah ! en voici un qui accourt : il est essoufflé comme un champion olympique[2] !

LE MESSAGER [*qui a du mal à retrouver son souffle*]

Où où c'est-y, où où où c'est-y, où où où c'est-y, où où où c'est Ralliecopain qu'il est, notre chef ?

RALLIECOPAIN

Présent !

LE MESSAGER

C'est fait ! il est bâti, ton mur !

RALLIECOPAIN

Bonne nouvelle !

LE MESSAGER

Du beau travail, tout ce qu'il y a de plus magnifique ! En haut, sur la plate-forme, Proxénidès de Rodomontade et Théogénès[3] pourraient venir face à face avec deux chars attelés de bêtes grosses comme le Cheval de bois : c'est tellement large qu'ils se croiseraient !

RALLIECOPAIN

Bigre !

1. *Litt. : un petit épervier.* Mais peut-être le mot désignait-il un instrument du genre d'un grappin.
2. *Litt. : Il respire l'Alphée* (fleuve de la plaine d'Olympie) comme on dit : « Il respire la haine. »
3. Cf. *Guêpes*, v. 325 n., et *Paix*, v. 928 n.

LE MESSAGER

Et sa hauteur ! je l'ai mesurée moi-même : il fait cent toises !

RALLIECOPAIN

Saperlipopette ! Quelle taille ! Et qui est-ce, les maçons qui l'ont bâti, grand comme il est ?

LE MESSAGER

Des oiseaux, et personne d'autre. Pas de main-d'œuvre africaine[1] pour coltiner les briques, pas de maçon, pas de charpentier, les oiseaux ont tout fait de leurs mains, j'en suis ébaubi ! Oui, il y avait dans les trente mille grues[2] venues de Libye, qui avaient gobé des pierres pour les fondations ; les râles d'eau les taillaient à coups de bec ; et puis, pour faire les briques, dix mille cigognes[3] ! L'eau, ceux qui la montaient d'en bas jusque dans les airs, c'étaient les pluviers et autres oiseaux de rivière.

RALLIECOPAIN

Et le mortier, qui est-ce qui le leur apportait ?

LE MESSAGER

Les hérons, dans des baquets.

RALLIECOPAIN

Mais ce mortier, pour le charger, comment faisaient-ils ?

LE MESSAGER

Ça, mon vieux, c'est une astuce qu'ils ont imaginée : les oies s'y enfonçaient en pataugeant et leurs pattes leur servaient de pelles pour le charger dans les baquets.

RALLIECOPAIN

Ah ! quand on a de la patte, qu'est-ce qu'on ne réussirait pas !

LE MESSAGER

Et puis, parbleu, il y avait les canards, avec leur plastron, qui portaient les briques. Et derrière eux, la truelle au derrière, comme de bons petits compagnons, montaient à

1. *Litt. : d'Égyptiens,* grands spécialistes aux yeux des Grecs du métier de portefaix.

2. On croyait — et Aristote l'admet — que les grues avalaient des cailloux pour se « lester » au cours de leurs vols au long cours. Cf. v. 1429.

3. Allusion aux constructions très anciennes, dites « murs pélargiques ». Cigogne se dit en grec πελαργός.

tire-d'aile, avec[1] de pleines becquées de mortier, les hirondelles.

RALLIECOPAIN

Après ça personne ne voudra plus payer les tâcherons !... Mais voyons, ce n'est pas tout : et le boisage, pour ce rempart, qui l'a exécuté ?

LE MESSAGER

Des oiseaux spécialistes, des gens très calés, les pique-bois : avec leur bec, piquant-boisant, ils ont dressé et équarri les portes : Un vacarme ! Ça cognait de la cognée ! un vrai chantier naval ! Bref, à présent les mâchicoulis sont mâchicoulés, tout est barancIé, des guetteurs font les cent pas sur le chemin de ronde, patrouilles au grelot, sentinelles postées dans tous les coins, signaux optiques sur les tours... Mais je cours me débarbouiller. A toi le reste maintenant : c'est ton affaire !

[*Il s'en va. Ralliecopain semble hésiter au moment d'assumer ses responsabilités nouvelles*]

LE CORYPHÉE [*à Ralliecopain*]

Eh ! dis donc ? Qu'est-ce que tu fais ?... C'est l'ébahissement de voir le mur tout bâti comme ça si vite ?

RALLIECOPAIN

Eh oui, bons dieux ! Il y a de quoi ! Vrai, je croirais que ça a tout d'une galéjade !... Mais voilà un garde qui vient nous trouver de là-bas en estafette. Il galope... il a la mine d'un athlète militaire[2] !

LE SECOND MESSAGER [*entrant très excité*]

Ouïou ! ouïou ! ouïouïou !

RALLIECOPAIN

Qu'est-ce qu'il y a ?

LE MESSAGER

C'est épouvantable, le coup qui nous arrive ! Une des divinités de chez Zeus vient de forcer nos portes, à tire-d'aile, violant notre espace aérien ! elle a trompé la vigilance des choucas postés en sentinelles de jour !

RALLIECOPAIN

Noire scélératesse ! effroyable attentat !
Quelle divinité ?

1. Je lis καὶ πηλόν au lieu de τὴν πηλόν.
2. *Litt. : il a un regard à la « pyrrhique »* (danse guerrière en armes).

LE MESSAGER

On ne sait pas. Mais elle avait des ailes, ça on le sait.

RALLIECOPAIN

Pourquoi n'a-t-on pas lancé la patrouille à ses trousses, tout de suite ? Ça s'imposait !

LE MESSAGER

On a lancé trente mille archers croâtes à cheval[1] : des éperviers.
Tout le monde est en l'air, les griffes en harpon :
crécerelles, busards, vautours, chats-huants, aigles !
De leur essor fougueux, de leurs ailes sifflantes
ils battent l'éther en tous sens à la recherche de ce dieu.
Il n'est pas loin, il est quelque part ici, à l'heure qu'il est !

RALLIECOPAIN

Alors, il faut prendre des frondes, des arcs ! Sur pied tout le monde ! Ici ! Main-forte ! Tirez dessus ! tapez dessus ! qu'on me donne une fronde !

[STROPHE] LE CHŒUR

Il éclate une guerre
une guerre sans nom,
pour nous et pour les dieux !
Tout le monde aux aguets
pour surveiller les cieux
et leurs bancs de nuages
enfants de la Ténèbre !
Il ne faut pas qu'un dieu
vienne en catimini
traverser par ici !

LE CORYPHÉE

Scrutez tous à l'entour ! Ouvrez l'œil à la ronde !
C'est tout près, cette fois, qu'ici se fait ouïr
un remous d'aile, un bruissement
d'immortel voltigeant au vent !

[*Apparaît Iris, qui est censée voler : elle porte des ailes, un diadème « irisé » en demi-cercle autour de la tête, et d'amples voiles que gonfle le vent*]

1. *Litt. : des archers à cheval.* Mais ceux-ci étant en général des Thraces, il semble y avoir un calembour entre ἱέρακας, éperviers, et Θρᾷκας, Thraces.

vers 1175-1197

RALLIECOPAIN

Eh dis donc, toi ? Où t'en vas-tu tu tu volant ? Halte ! Fixe ! Repos ! Reste ici ! Ne bouge pas ! Stop ! Bloque ton élan ! Qui es-tu ? D'où es-tu ? Faudrait voir à dire d'où tu atterris !

IRIS

Moi ? De chez les dieux de l'Olympe.

RALLIECOPAIN

Et ton nom ? Balancelle ou Quichenotte [1] ?

IRIS

Iris la Courrière.

RALLIECOPAIN

Long-courrière, ou court-courrière [2] ?

IRIS

Qu'est-ce qui te prend ?

RALLIECOPAIN

Vous la voyez ! Qu'on l'arrête, quelqu'un ! Qu'on l'assaille, à la busarde [3] !

IRIS

Moi, m'arrêter ? Qu'est-ce que c'est que ce bazar ?

RALLIECOPAIN

Ça te coûtera rudement cher !

IRIS

C'est le monde à l'envers, cette affaire-là !

RALLIECOPAIN

Par quelle porte as-tu forcé nos murs, sale vermine ?

IRIS

Eh ! mon dieu ! je n'en sais rien, moi, par quelle porte !

1. *Litt. : Un navire ou une coiffure ?* Iris ressemble soit à « un beau vaisseau chargé de toile », soit à une coiffe à ailes comme celles que portaient les femmes dans certaines de nos provinces. Du moins est-ce ainsi que je voudrais « voir » ces deux mots — d'où ma traduction... Mais le sens propre de κυνῆ, c'est « casque ou bonnet en peau de chien »...

2. *Litt. :* Iris a répondu : *Iris la rapide.* Mais les [nefs] rapides sont à Athènes des trières : aussi Ralliecopain feint de croire qu'elle s'est donné un nom de navire (cf. v. 1203), et demande : « *La trière Paralienne* ou *la Salaminienne ?* » Cf. v. 147 n.

3. *Litt. : Qu'un busard lui fonde dessus.* Le mot grec τρίορχος fait penser, par calembour, à un assaut fort salace.

RALLIECOPAIN

Vous l'entendez, quelles simagrées ? T'es-tu présentée aux corbeaux-chefs ? Tu ne dis rien ? Tu as un visa des rossignols de murailles[1] ?

IRIS

Qu'est-ce que c'est que ce bazar ?

RALLIECOPAIN

Tu ne t'en es pas munie ?

IRIS

Tu n'es pas un peu malade ?

RALLIECOPAIN

Et tu n'as pas non plus rencontré un chef de colonne volante pour t'apposer un cachet ?

IRIS

Mon dieu non, personne ne m'a rien apposé, mon vieux !

RALLIECOPAIN

Et alors ? C'est comme ça que tu transvoles un État étranger, en fendant le vide ?

IRIS

Eh bien ? quel autre couloir de vol faut-il qu'ils prennent, les dieux ?

RALLIECOPAIN

Eh ! mon dieu ! je n'en sais rien, moi ! mais pas celui-ci en tout cas ! Et en l'espèce, tu es en infraction, présentement. Sais-tu bien que tu aurais dû, puisqu'on t'y a prise, être mise à mort — le plus légitimement du monde, tout Iris que tu es — si tu recevais le sort que tu mérites ?

IRIS

Mais je suis immortelle !

RALLIECOPAIN

N'empêche ! mise à mort ! Car enfin, m'est avis que nous serons dans de beaux draps, nous autres, si, tout le reste du monde étant à nos ordres, vous faites les récalcitrants, vous, les dieux, en vous attardant à ne pas comprendre que c'est à votre tour d'obéir aux plus forts. Mais dis-moi un peu : où diriges-tu ta croisière, à tire-d'aile ?

1. *Litt. : des cigognes,* cf. v. 1139 n.

IRIS

Moi ? chez les hommes. J'ai pris mon vol sur l'ordre de mon père, pour les inviter à sacrifier aux dieux de l'Olympe,
à immoler brebis et gros cheptel
sur le feu des autels,
et à remplir les rues de la fumée
de leur chair consumée !

RALLIECOPAIN

Tu dis ? De quel parage, ces dieux ?

IRIS

De quel parage ? Il s'agit de nous, les dieux du ciel.

RALLIECOPAIN

Vous, des dieux ?

IRIS

Tu en connais d'autres ?

RALLIECOPAIN

Les Oiseaux ! pour les hommes, c'est eux les dieux, à présent ! A eux seuls les sacrifices — et non à Zeus, nom de Zeus !

IRIS

Fol ! pauvre fol ! n'éveille point
l'ire des dieux : elle est terrible !
Veille à ne voir Zeus justicier
anéantir ta race entière
en l'abattant de sa cognée !
et réduire, avec ta personne,
les enceintes de tes palais
en fumée, en flammes, en cendres,
s'il lance ses carreaux... épiques[1] !

RALLIECOPAIN

Écoute, toi : trêve de boursouflures ! Reste tranquille. Allons, voyons, tu me prends pour un serin, ou pour un gobe-mouches[2], avec ces discours de croquemitaine ? Tu ne sais pas que si Zeus m'embête trop,

1. *Litt. : par ses traits licymniens.* Les menaces d'Iris sont empruntées à une tragédie. Le mot *licymnien*, remplaçant un autre adjectif qui devait figurer dans le véritable texte, fait allusion au *Licymnios* d'Euripide, où Zeus intervenait en décochant ses foudres.

2. *Litt. : un Lydien, ou un Phrygien ;* des régions montagneuses d'Asie Mineure provenaient nombre d'esclaves, que les Athéniens ne tenaient pas pour des foudres d'intelligence ni de vaillance.

mes aigles porte-flamme iront réduire en cendres
les murs de son palais et son Louvre superbe[1] ?

Contre lui, je lâcherai vers le ciel des porphyrions[2] : un effectif de plus de six cents oiseaux, vêtus en léopards ! Dans le temps déjà un seul Porphyrion lui a donné du fil à retordre ! Et toi, l'estafette, si tu m'embêtes... d'abord et d'une, je te mets les jambes en l'air ! et toi-même, en perce, fleur d'Iris ! Tu seras éberluée de l'abordage : grison comme tu me vois, je suis à la redresse, et trois fois plutôt qu'une !

IRIS

Tu es à écrabouiller, mon lascar, avec tes discours !

RALLIECOPAIN

Tu déblaies, oui ou non ? Et en vitesse ! Oust, tes cliques et tes claques !

IRIS

Je te le jure bien, mon père saura mettre
terme à ton insolence !

RALLIECOPAIN

Oh là là ! misère ! Va-t'en donc voltiger ailleurs, pour trouver un blanc-bec à réduire en cendres !

[*Iris, indignée, se retire*]

[ANTISTROPHE] LE CHŒUR

Bien bouclés par nos soins
les dieux, enfants de Zeus !
Nous leur faisons défense
de passer désormais
à travers notre ville !
Ainsi qu'à tout mortel
de faire par ici
monter jamais du sol,
vers eux, d'un sacrifice
la moindre fumerolle !

1. *Litt. : son palais et la demeure d'Amphion.* Vers de la *Niobé* d'Eschyle : dans la parodie qui en est faite ici, le nom d'Amphion vient comme un cheveu sur la soupe. On a essayé de rendre cet effet par un hémistiche de ton malherbien.

2. Autre nom de la poule sultane. Porphyrion était un des Titans qui avaient tenté de renverser Zeus. Il y a de plus un jeu de mots par chassé-croisé de voyelles entre πυρφόροισιν (porte-flamme) et πορφυρίωνας.

RALLIECOPAIN

C'est un peu fort ! Ce héraut qui est parti en mission chez les hommes, il ne reviendra donc jamais ?

[*Entre un Héraut — qu'on peut imaginer costumé en pigeon voyageur — une couronne d'or à la main*]

LE HÉRAUT

O Ralliecopain ! ô béni du ciel ! ô très sage ! ô très glorieux ! ô très sage ! ô très gracieux ! ô trois fois béni ! ô... [*Geste d'impatience de Ralliecopain*] à tes ordres !

RALLIECOPAIN

Qu'as-tu à dire ?

LE HÉRAUT

Voici une couronne d'or : marque d'honneur que, en considération de ta sagesse, placent sur ton front tous les peuples.

RALLIECOPAIN

Je l'accepte. Mais pourquoi les peuples me rendent-ils un tel honneur ?

LE HÉRAUT

D'une cité très glorieuse
au sein des airs, ô toi le Fondateur,
tu ne sais pas de quel honneur tu brilles auprès des hommes, et combien tu as d'amoureux épris des charmes de cette contrée ! Quand tu n'avais pas encore fondé cette ville, la spartomanie régnait sur toute l'humanité : longs cheveux, ventres creux ; la crasse et la socratasse, et le gourdin en main. A présent quel retournement ! C'est de l'oiseaumanie ! d'enthousiasme, ils modèlent en tout point leurs façons sur celles des oiseaux. Je les voyais d'abord qui, tous ensemble, au saut du nid, dès l'aurore s'envolaient comme nous pour soigner leur... régime [1] : et puis s'abattaient sur le menu du jour, avec des résolutions vendangeresses [2]. Et leur oiseaumanie était si éclatante que nombre d'entre eux étaient affublés

1. *Litt. : s'envolaient vers leur pitance* (avec calembour entre νομός, pâture, et νόμος, loi) ; *et puis ils s'abattaient sur les affiches* (qui donnaient l'ordre du jour des assemblées) *et alors, une fois là ils se gorgeaient de décrets votés.*

2. Suite de plaisanteries, qui visent, une fois de plus, la manie politicienne et processive des Athéniens.

vers 1268-1290

de noms d'oiseaux : Perdrix [1], c'était le nom d'un tavernier (il n'y en a qu'un comme lui : il tire le pié). Ménippe on l'appelait L'Hirondelle ; et Opontios : Corbeau-n'a-qu'un-œil ; Philoclès : La Mauviette ; Théogénès : Canard-Clabaud ; Lycurgue : L'Ibis ; Chéréphon : Ratepenade ; Syracosios : Caquet-bon-bec ; Midias, lui, on l'appelait La Caille : c'est qu'il avait tout d'une caille qui a pris une bonne dégelée sur le grelot. Ils portaient si bien les oiseaux dans leur cœur qu'ils chantaient tous les couplets dont l'héroïne était une hirondelle, ou une sarcelle, ou une oie, ou une colombe ; ou bien encore ils y avaient mis des ailes ; ou au moins un soupçon de plume. Voilà les nouvelles de là-bas. Et je te dis une chose : il va en arriver des mille et des cents de là-bas, tant et plus, en demandant à être appareillés d'ailes et de serres crochues. Ainsi, il te faut des ailes pour les immigrants : trouves-en quelque part !

[*Il se retire*]

RALLIECOPAIN

Hé bien, ma foi, je vois qu'il ne s'agit plus de rester plantés ! [*A ses serviteurs*] Allons, à toute vitesse !... toi, va t'en rassembler tous les cageots, tous les couffins et remplis-les d'ailes ! Manès, lui, m'apportera les ailes ici dehors. Et moi, ces gens-là, quand il s'en présentera, je les accueillerai.

[*Xanthias et Manès rentrent chez Lahuppe*]

[STROPHE] LE CHŒUR

Bientôt notre cité
méritera d'être qualifiée
de « multitude humaine » !
Suffit que la chance s'en mêle :
notre cité, tous sont férus d'amour pour elle !

1. Suite de sobriquets, réellement ou fictivement donnés à divers citoyens. Nous ne savons rien du tavernier, ni de Ménippe, ni de Lycurgue. Sur Opontios cf. v. 152 ; sur Philoclès v. 281 ; sur Théogénès, *Paix*, v. 298 (il est appelé ici, *litt. : oie-renard*, c.-à-d. tadorne, ou canard-terrier) ; sur Chéréphon, *Nuées*, v. 104, et plus bas v. 1564 ; Syracosios, tête de Turc des poètes comiques, aurait été l'auteur d'un décret — qui resta lettre morte — qui défendait de railler des citoyens sur la scène en les désignant par leur nom. Midias, politicien, entretenait une « écurie » de cailles de combat.

RALLIECOPAIN
[*à Manès, qui apporte un panier plein d'ailes*]

Apporte ! accélère ! entends-tu ?

LE CHŒUR

Quels trésors en son sein
n'offre-t-elle pas aux humains ?
qui voudront
la venir habiter ?
Sagesse, attraits d'Amour
et les Grâces immarcescibles,
et de l'accorte Quiétude
le doux visage : un rayon de soleil !

RALLIECOPAIN [*même jeu*]

Tu es bien mollasson dans le service ! Active ! Expédie !

[ANTISTROPHE] LE CHŒUR

Vite, que l'on apporte
d'autres corbeilles d'ailes ! [A Ralliecopain] *Toi,*
asticote-le donc,
celui-là ! tape-lui dessus,
comme ça ! Quel lambin ! paresseux comme un âne !

RALLIECOPAIN

Oui, Manès, c'est un tire-au-flanc !

LE CHŒUR

Et toi, commence donc
à classer en ordre ces ailes !
mets ensemble
les espèces Chanteuses,
puis les Vaticinantes
et les Marines ! Tâche ensuite
d'observer chaque postulant
pour l'emplumer de façon congruente !

RALLIECOPAIN [*s'apprêtant à rosser Manès*]

Mille millions de milans ! je ne me retiens plus ! que je te voie tirer au flanc et lambiner comme ça !

[*Il poursuit Manès, qui s'enfuit. Entre un jeune homme à la mine insolente et faraude*]

LE GARNEMENT [*chantant*]

Puissé-je devenir un aigle de haut vol
pour m'envoler dessus les eaux céruléennes
qui boursouflent la plaine où les moissons ne poussent !

RALLIECOPAIN

J'ai idée que le messager n'a rien inventé : vous allez voir ! Voilà un type qui s'amène en chantant à grands coups d'aigles !

LE GARNEMENT

Chouette ! rien de plus délectable que la voltige ! Oui, les oiseaux, j'en suis fou, et je m'envole, et je veux habiter chez vous, j'envie votre régime[1] !

RALLIECOPAIN

Quel aspect du régime ? Il est varié le régime des oiseaux !

LE GARNEMENT

Tout, mais surtout ceci : que les oiseaux tiennent pour bel et bon qu'on saute à la gorge de son père pour le déchirer[2].

RALLIECOPAIN

C'est ma foi vrai : nous tenons pour un vrai luron celui qui à peine sorti de l'œuf rosse son père

LE GARNEMENT

Voilà bien pourquoi j'ai porté ici mes pénates : j'ai envie d'égorger mon père — et à moi tout le magot !

RALLIECOPAIN

Oui, mais chez nous autres oiseaux, il y a une antique loi, inscrite au code des Cigognes : « Lorsqu'un père cigogne a mis, en les nourrissant, tous les cigogneaux en état de voler, il faut que les petits nourrissent à leur tour leur père. »

LE GARNEMENT

Sacrebleu ! le beau bénéfice que j'ai fait en venant ici, s'il faut encore que j'entretienne mon père !

RALLIECOPAIN

Aucune importance, mon brave ! Puisque tu es venu avec de bonnes intentions, je vais t'équiper comme un poussin pupille de la nation ; et puis rappelle-toi, blanc-bec, un conseil qui n'est pas mauvais ; je te le donne tout juste comme je l'ai reçu quand j'étais gosse : au lieu de voler dans les plumes à ton père, tiens, prends-moi cet aileron [*Il lui tend un bouclier*] ; à l'autre patte, cet éperon [*Il lui tend une épée*] ; colle-toi cette

1 Même calembour qu'au v. 1287 entre νομός et νόμος.
2. Cf. v. 755 et suiv. ; et *Nuées*, v. 1427 et suiv.

crête de coq sur la tête, compris ? [*Il lui tend un casque*] et monte la garde, fais campagne, entretiens-toi sur ta solde, et laisse ton père en vie. Puisque tu es si batailleur, envole-toi vers le front de Thrace, et va-t'en batailler là-bas[1] !

LE GARNEMENT

Vin-dieu ! d'accord, tu as raison, je vais t'obéir

[*Il s'en va*]

RALLIECOPAIN

Tu seras bien inspiré, ma foi !

[*Arrive avec de ridicules entrechats clopinants, le poète Cinésias*[2]]

CINÉSIAS

Je vole, aile légère
vers les cimes d'Olympe !
Mon vol échange et croise
ses voies mélodieuses !

RALLIECOPAIN

Ce numéro-là, il lui faut une cargaison d'ailes !

CINÉSIAS

Ame et corps intrépides
je me lance à la trace
de la troupe empennée !

[*Ralliecopain l'embrasse, en l'enveloppant de deux ailes qu'il a prises dans le panier*]

RALLIECOPAIN

Salut à Cinésias, le roseau dansant ! Quel vent t'amène, en voltes et virevoltes, belle jambe — et pied bot[3] ?

CINÉSIAS [*avec des jetés-battus et des mines de danseuse étoile*]

Un oiseau je veux être
rossignol, voix suave !

RALLIECOPAIN

Trêve de roulades : dis-moi ce que tu as à dire.

1. Cf. *Gren.*, v. 1532.

2. Cinésias, poète de dithyrambes, est maintes fois pris à partie par Aristophane, aussi bien sur son art, tenu pour dégénéré, que sur ses mœurs. Maigre et bancroche, il n'avait rien d'un Adonis.

3. *Litt. : Cinésias en bois de tilleul* (allusion à sa complexion fragile), *pourquoi viens-tu ici tourner en rond ton pied tortu ?*

CINÉSIAS

Je veux que tu me mettes des ailes et je m'élancerai en un céleste essor, capter dans les nuées des préludes nouveaux bercés par les autans et fouettés par les neiges !

RALLIECOPAIN

Ah ? Ce serait donc dans les nuées qu'on capte les préludes ?

CINÉSIAS

Oui. Et c'est même là qu'est suspendu notre art. Tout le brillant des hymnes héroïques est dans le vaporeux, le ténébreux, les bleuités lustrées et les bercements d'ailes. Écoute, tu vas te rendre compte !

RALLIECOPAIN

Moi ? rien du tout !

CINÉSIAS

Mais si, ventrebleu ! Je vais vagabonder pour toi aux quatre coins du ciel :

Formes qui voltigez
et filez dans l'éther,
oiseaux au col tendu...

RALLIECOPAIN [*le giflant d'une de ses ailes*]

Hop là !

CINÉSIAS [*il échappe et continue à danser*]

Balandansant ma danse,
que m'emportent vos souffles,
orageux aquilons !

RALLIECOPAIN [*se précipitant sur Cinésias*]

Morbleu, je vais te le couper, moi, le souffle !

CINÉSIAS [*il esquive par trois fois un coup d'aile*]

La brise du midi
tantôt m'attire à elle...
Et tantôt c'est Borée
qui me prend en écharpe...
je trace sans relâche
dans l'éther mon sillage...

[*A ce moment, l'autre lui fait un croc-en-jambe, l'empoigne et fait mine de lui tordre le cou*]

CINÉSIAS [*indigné*]

Ah ! c'est joli de ta part, mon vieux, d'avoir inventé cette invention-là !

vers 1382-1401

RALLIECOPAIN [*goguenard*]

N'est-ce pas que tu es content de ma berceuse empennée ?

CINÉSIAS

C'est comme ça que tu me traites, moi, le chantre des héroïques laisses, que tous les chœurs [1] se disputent ?

RALLIECOPAIN

Vrai ? Alors tu veux rester chez nous, enseigner une cantate, pour le compte de Joursanspain, à des oiseaux voltigeurs, la chorale de la Croâ des bois [2] ?

CINÉSIAS

Tu te paies ma tête, je vois ! Mais dis-toi bien que je n'aurai de cesse que je ne me sois donné des ailes pour cavalcader dans les airs.

[*Il s'en va. Arrive un délateur*]

LE DÉLATEUR [*chantant*]

Quels sont bien ces oiseaux ?
Ils n'ont rien dans les poches,
mais ils ont sur le dos
cent reflets d'arc-en-ciel !
— Dis, gente hirondelle,
dont l'aile s'effile
en reflets lustrés ?

RALLIECOPAIN

Comme calamité, c'est pas rien, ce qu'on a levé là ! En voilà encore un qui s'amène en gazouillant !

LE DÉLATEUR

Je répète :
dont l'aile s'effile
en reflets lustrés !

RALLIECOPAIN [*montrant le vêtement effiloché et rapiécé de l'individu*]

C'est rapport à son paletot qu'il chante son couplet, on dirait. M'est avis qu'il lui en faut des hirondelles, à celui-là !

1. *Litt. : les tribus :* chacune des dix tribus d'Athènes présentait un chœur au concours de cantates.

2. *Litt. : pour Léotrophidès* (qui était maigre comme un coucou, et comme Cinésias) *à un chœur d'oiseaux ailés, de tribu Crécopide ?* Je lis κρεκοπίδα — mot forgé, par parodie du clan athénien des Cécropides, à partir du mot κρέξ, râle des genêts.

LE DÉLATEUR

Qui est le distributeur d'ailes pour les arrivants de ce pays ?

RALLIECOPAIN

Présent ! C'est moi. Monsieur désire ? J'écoute.

LE DÉLATEUR

Des ailes, ah ! des ailes !
Il me les faut ! Pourquoi me le faire redire ?

RALLIECOPAIN

C'est-il que tu comptes prendre la voie des airs pour débarrasser le territoire [1] ?

LE DÉLATEUR

Mais non, voyons ! J'ai fonction d'instrumenter contre les gens des Iles [2] comme dénonciateur...

RALLIECOPAIN

Joli métier ! félicitations !

LE DÉLATEUR

... et traqueur-tracasseur. Alors, passe-moi une paire d'ailes : j'en ai besoin pour faire ma tournée d'assignations de ville en ville à la ronde.

RALLIECOPAIN

Des ailes te permettront de faire, sous leur manteau, des assignations plus savantes ?

LE DÉLATEUR

Ma foi non : c'est pour n'avoir pas d'ennuis du côté des pirates, et revenir des Iles dans le même convoi que les grues, le jabot lesté [3] d'une bonne quantité de procès.

RALLIECOPAIN

C'est donc ça la besogne que tu fais, dis ? Tu es dans la force de l'âge, et tu dénonces les étrangers ?

LE DÉLATEUR

Que veux-tu ? Je ne sais pas piocher la terre.

RALLIECOPAIN

Mais il y a d'autres besognes honnêtes, morbleu, pour

1. *Litt. : pour filer droit sur Pellène ?* Le choix de cette ville cache une allusion dont aucune interprétation n'est convaincante.

2. Ce sont les « alliés » de l'empire maritime d'Athènes. Les sycophantes choisissaient volontiers leurs victimes parmi les riches de ces cités vassales.

3. Cf. v. 1136 n.

permettre à un homme aussi bien développé que toi de gagner sa vie plus proprement qu'à appointer des procès !

LE DÉLATEUR

Holà ! sacré bonhomme ! pas de sermon : des ailes !

RALLIECOPAIN

Mais des ailes, c'est justement ce que j'essaie de te donner par mes paroles !

LE DÉLATEUR

Avec des paroles, tu mets des ailes aux gens, toi ? Et comment ça ?

RALLIECOPAIN

Les paroles, ça donne des ailes à tout le monde.

LE DÉLATEUR

A tout le monde ?

RALLIECOPAIN

Tu n'as pas entendu comment les pères parlent de leurs gars, tous les jours, chez le coiffeur ? « C'est inouï à quel point Diitréphès[1], rien qu'en parlant, a donné des ailes à mon garçon, pour faire du cheval ! » Et un autre : « Le mien, c'est la tragédie qui le fait planer à tire-d'aile en plein ciel ! »

LE DÉLATEUR

Alors, des mots, ça donne des ailes ?

RALLIECOPAIN

Comme je te dis ! Ils font que l'esprit prend essor, et que l'homme s'élève ! C'est comme ça que je veux te donner des ailes, moi, en te convertissant à une occupation légitime !

LE DÉLATEUR

Mais je ne veux pas !

RALLIECOPAIN

Et qu'est-ce que tu feras ?

LE DÉLATEUR

Au sang dont je suis né je ne saurais forfaire !
dénoncer, c'est ma vie : je tiens ça du grand-père.
Allons, équipe-moi : des ailes de type rapide, léger

1. Cf. v. 798 n. Les deux jeunes gens sont enthousiastes l'un de chevaux, l'autre de théâtre : leur passion les transporte « au septième ciel ».

— épervier ou gerfaut — pour aller outre-mer mettre sur pied mon accusation, être revenu ici[1] pour la soutenir, et me renvoler là-bas pour m'y abattre.

RALLIECOPAIN

Je comprends. Tu veux dire : pour que le type soit, ici, un homme condamné, avant même de s'être rendu à la citation !

LE DÉLATEUR

Compris ! Tu y es !

RALLIECOPAIN

Et alors, pendant qu'il est en mer pour venir ici, tu revoles là-bas pour ratisser son argent !

LE DÉLATEUR

Tu tiens la combine de A à Z. Il faut que j'aie tout d'un volant[2] pour les aller-retour.

RALLIECOPAIN

Un volant, compris. Eh bien, c'est une chance ! J'ai justement là deux excellentes raquettes, légères comme plume !

[*Il tire de son panier deux grandes rémiges dont il commence à le fouetter*]

LE DÉLATEUR

Misère de moi ! Ça cingle !

RALLIECOPAIN

Mais non, ça voltige ! Ah ! le beau tournis que je vais te faire prendre, à cette heure !

LE DÉLATEUR

Misère de moi !

RALLIECOPAIN

Vas-tu bien jouer des ailes ? Hors d'ici ! Vas-tu déguerpir, gibier de malheur ! Tu vas voir s'il va t'en cuire, d'être un tournicomouchard sans vergogne !

1. « Ici » c'est Athènes. Aristophane et ses personnages oublient qu'ils sont à Coucouville.

2. *Litt.* : pour tout ce passage : « *Que j'aie tout d'un sabot* (toupie que les enfants font aller et venir d'un coup de fouet) — RALL. *Un sabot, compris... j'ai justement deux ailes de Corcyre* (il tire un fouet à double lanière : Corcyre était renommée pour ses fouets, comme Perpignan naguère chez nous). — DEL. *Misère de moi ! c'est un fouet !* — RALL. *Non, des ailes, à l'aide desquelles je vais te « saboter »*.

[*Le Délateur s'enfuit*]

Nous autres, remballons nos ailes, et partons.

[STROPHE] LE CHŒUR

Ah ! nous en avons survolé
du nouveau et du mirifique !
Nous en avons vu, des choses étranges !
Un arbre, par exemple — on n'en voit certes pas
sous nos climats — le Cléonyme[1] *: il pousse loin*
du ciel de Cocardie ;
son bois n'est bon à rien, mais il ne laisse point
d'avoir le port altier
et le cœur... grelottant.
Chaque année, au printemps
on le voit qui bourgeonne,
il se couvre de noi...se[2] *et, quand revient l'automne,*
jonche le sol de... boucliers.

[ANTISTROPHE]

Autre chose : il est une terre
aux confins mêmes des Ténèbres,
un lieu désert, privé de lumignons.
Les fantômes errants y sont bons compagnons,
bons commensaux pour les mortels – mais pas le soir.
Car à cette heure-là
il n'est plus sans danger de tomber sur l'un d'eux.
Et lorsqu'il advenait,
la nuit, à quelque humain,
d'être sur le chemin
d'Oreste le fantôme[3]*,*
il en restait saisi... de ses habits — tout nu
et le côté droit tout perclus !

1. Cf. *Cav.* v. 958 n.
2. *Litt. : il sycophantise.* Le mot est composé avec σῦκον, figue. Et c'est aussi au figuier que fait penser l'allusion : « son bois n'est bon à rien ».
3. Il semble que cet Oreste ait été, non pas un brigand professionnel, mais un homme qui, lorsqu'il avait bu, s'amusait volontiers à rosser et à déshabiller ceux qu'il rencontrait sur son chemin de noctambule. Son nom, joint à cette particularité, permettait des plaisanteries faciles : Oreste le furieux ; Oreste, l'apparition rôdant dans la nuit (ἥρως signifie à la fois « héros » et « fantôme » ; les paralysies soudaines étaient expliquées par la rencontre d'un fantôme, d'où le double sens du dernier vers de ce couplet).

[*Entre Prométhée, encapuchonné, et se cachant sous son ombrelle*]

PROMÉTHÉE

Ah ! malheur ! Faudrait pas que Zeus me voie ! Où est Ralliecopain ?

RALLIECOPAIN

Hé là ? Keksekça ? Qu'est-ce que c'est que cet emmitouflage ?

PROMÉTHÉE

Les dieux... Tu n'en aperçois pas un par là à mes trousses ?

RALLIECOPAIN

Moi ? Non, ma foi ! Mais qui es-tu ?

PROMÉTHÉE

Hé ! Quelle heure est-il ?

RALLIECOPAIN

Quelle heure ? Midi un peu passé.

PROMÉTHÉE

L'heure de dételer ? ou plus tard ?

RALLIECOPAIN

Oh là là ! Tu m'assommes !

PROMÉTHÉE

Zeus, qu'est-ce qu'il fait ? Il disperse les nuages ? ou les amoncelle ?

RALLIECOPAIN

Tu vas dérouiller, et pas pour rire !

PROMÉTHÉE

Alors bon, je vais me démitoufler.

RALLIECOPAIN [*surpris et aimable*]

Tiens ? Ce cher Prométhée !

PROMÉTHÉE

Chut ! Chut ! Ne crie pas !

RALLIECOPAIN

Qu'est-ce que c'est ?

PROMÉTHÉE

Tais-toi ! ne m'appelle pas par mon nom. Je suis fichu si Zeus me voit ici, et ça sera ta faute ! Mais pour que je t'explique tout ce qui se passe là-haut, tiens, prends mon ombrelle, et lève-la bien au-dessus de moi, que d'en haut les dieux ne me voient pas !

RALLIECOPAIN

Bravo ! La bonne idée que tu as là, judicieuse et prométheuse ! Niche-toi là-dessous en vitesse, et comme ça, n'aie pas peur, parle !

PROMÉTHÉE

Écoute donc...

RALLIECOPAIN

J'écoute : parle.

PROMÉTHÉE

Zeus, il est claqué !

RALLIECOPAIN

Claqué ? vers les quelle heure ?

PROMÉTHÉE

Depuis que vous avez colonisé les airs. Des sacrifices ? Il n'y a plus un seul homme pour en offrir un seul aux dieux ! Plus un fumet de gigot pour monter vers nous depuis ce moment-là ! On jeûne ! C'est Carême pour nous, et sans marée[1] ! Les dieux barbaresques ont une faim de Pandours[2], ils craillent ! Ils disent qu'ils vont faire une descente en force contre Zeus, s'il n'obtient pas que les marchés leur soient ouverts pour se ravitailler en gras-double découpé !

RALLIECOPAIN

Il y a donc d'autres dieux, des barbares, par en dessus de chez vous ?

PROMÉTHÉE

C'est pas des barbares, ceux chez qui Exekestidès[3] a le dieu de ses pères ?

RALLIECOPAIN

Et leur nom, à ces dieux barbares, qu'est-ce que c'est ?

PROMÉTHÉE

Leur nom ? Les Ostrogoths[4] !

1. *Litt. : Nous jeûnons, comme aux Thesmophories, faute d'offrandes.* Le second jour du triduum des fêtes de Déméter était jour de jeûne.
2. *Litt. : comme des Illyriens.*
3. Cf. v. 11 n.
4. *Litt. : Triballes* (barbares des Balkans). Et ensuite : *C'est de là qu'est venue l'expression : va te faire étriper !* par jeu de mots sur ἐπιτριϐῆναι.

RALLIECOPAIN

Je comprends ! C'est de la même racine qu'on a fait : saligauds !

PROMÉTHÉE

Parfaitement. Mais je te dis une chose — sûr et certain : il va venir ici des délégués pour négocier un accord de la part de Zeus et des Ostrogoths de là-haut. Vous autres, ne signez pas, à moins que Zeus ne rétrocède aux oiseaux son sceptre et ne te donne en mariage sa Souveraineté !

RALLIECOPAIN

Qui est-ce, cette Souveraineté ?

PROMÉTHÉE

Une bien jolie fille, qui a la haute main sur la foudre de Zeus, et le reste, et tout et tout, les bons avis, les bonnes lois, la sagesse, les arsenaux, les vilipendages, le trésorier-payeur, les allocations[1].

RALLIECOPAIN

Tout ça ? C'est donc sa surintendante ?

PROMÉTHÉE

Oui-da ! S'il te la refile, tout est à toi. C'est pour ça que je suis venu, pour te mettre au courant : toujours gentil pour les hommes, voilà comme je suis, moi !

RALLIECOPAIN

Oui, le dieu auquel nous devons les grillades[2], c'est toi, et pas un autre.

PROMÉTHÉE

Je les hais tous, les dieux, comme tu sais.

RALLIECOPAIN

Mon dieu oui ! des dieux à toi, haine congénitale.

PROMÉTHÉE

Comme Timon[3], jusqu'aux moelles ! Mais il faut que je m'en retourne, et au trot... Passe-moi l'ombrelle, pour que si Zeus me voit d'en haut, j'aie l'air d'être l'accompagnatrice d'une demoiselle de procession[4].

1. *Litt. : les trioboles.* Cf. *Cav.*, v. 51 n.
2. Prométhée avait donné aux hommes le feu.
3. Timon, célèbre par sa haine et son mépris des hommes et des dieux, était contemporain d'Aristophane.
4. *Litt. : une canéphore,* porteuse de corbeille au défilé des Panathénées.

RALLIECOPAIN

Tiens, et prends aussi ce pliant pour compléter ta panoplie.

[*Prométhée s'en va. Ralliecopain rentre pour donner des ordres*]

[STROPHE] LE CHŒUR

Au pays des gens qui lèvent
le pied pour avoir de l'ombre[1],
il est un marécage où le crasseux Socrate
attire à lui les esprits.
C'est donc là-bas que Pisandre[2]
a filé pour retrouver
le souffle de ses esprits
qu'il a perdus, tout vivant,
[*tant il a peur de son ombre*[3]*...*]
En sacrifice idoine, en bêlante victime
il menait un dromadaire :
lui ayant tranché la gorge,
il s'écarte comme Ulysse :
alors du fond des Enfers,
vint à lui, pour se gorger
de sang caméléonin
Chéréphon-Ratepenade[4] *!*

[*Arrivent Posidon, Héraclès et le dieu Ostrogoth*]

POSIDON [*solennel*]

De Coucouville-les-Nuées
voici la citadelle : oui, sous nos yeux c'est elle,
but de notre ambassade...

[*A l'Ostrogoth, pour lui faire rectifier sa tenue*]

Dis donc, toi ! qu'est-ce qui te prend ? tu es bien malagauche dans ta façon de te draper ! Tâche qu'elle soit... à droite ; ramène ton manteau, comme ça !

1. *Litt. : chez les Sciapodes*, peuplade mythique du désert dont on racontait que pour faire la sieste ils se couchaient sur le dos, levant au-dessus d'eux leur pied unique, large comme une ombrelle. Socrate n'est qu'un absurde quêteur d'ombres.

2. Cf. *Paix*, v. 391 n. Ulysse, au pays des Ombres Cimmériennes, évoquait les âmes des morts qui montaient boire le sang des victimes. Pisandre à la recherche de son âme (car il a fui le combat, « mort de peur ») offre un dromadaire, symbole de fuite rapide.

3. Mots ajoutés pour la clarté du passage.

4. Cf. *Nuées*, v. 104 n.

[*L'autre, en essayant de se draper à droite, fait tomber l'étoffe sur ses talons*]

Eh bien, tu joues de malheur : tu as tout de Lespodias[1], alors ? Sainte Démocratie, où nous mèneras-tu ? quand on voit que c'est ce type-là que les dieux ont élu !

[*Essayant d'arranger l'étoffe*]

Reste un peu tranquille... Gare la gifle ! De tous les dieux que j'ai vus, tu es bien le plus homme des bois !

[*A Héraclès*]

Eh bien, Héraclès, comment procédons-nous ?

HÉRACLÈS

Je te l'ai déjà dit : je veux l'étrangler, qui qu'i soit, celui qui a fait le blocus des dieux avec son mur.

POSIDON [*diplomate*]

Mais voyons, cher ami, c'est pour arranger les choses qu'on nous a pris comme ambassadeurs !

HÉRACLÈS

Raison de plus pour lui serrer le kiki, à mon idée.

RALLIECOPAIN [*sortant, très affairé avec une broche où sont enfilées des grives*]

Qu'on me donne la râpe à fromage ! Qu'on me passe du fromage ! Porte du safran[2] ! Ravive les braises !

POSIDON [*solennel*]

A l'homme que tu es, les trois dieux que nous sommes apportent leur salut...

RALLIECOPAIN [*faisant mine de ne pas les voir*]

Bon ; que je râpe mon safran !

HÉRACLÈS [*alléché*]

Cette viande, à qui est-elle ?

POSIDON [*bas à Héraclès*]

Ça doit être une brochette de factieux, ennemis des ailés démocrates, et qu'on aura reconnus coupables.

HÉRACLÈS

Et alors comme ça, tu commences par les saupoudrer de safran ?[3]

1. Général et homme politique, qui, dit-on, essayait de cacher ses varices en faisant tomber jusqu'à terre le pan de son manteau.

2. *Litt. : du silphium,* dont on se servait pour rehausser toutes sortes de plats.

3. Cf. v. 534 n.

RALLIECOPAIN

Tiens, Salut, Héraclès ! Qu'y a-t-il ?

POSIDON

Nous sommes ici en négociateurs, mandatés par les dieux, pour mettre fin aux hostilités...

RALLIECOPAIN

De l'huile ! il n'y en a plus dans la burette.

HÉRACLÈS [*en connaisseur*]

Et pourtant la volaille demande à être bien arrosée.

POSIDON

...Car aux hostilités nous n'avons rien à gagner quant à nous, et vous, si vous étiez en bons termes avec nous autres dieux, vous auriez de l'eau de pluie dans vos flaques,
et tous vos jours seraient, oiseaux, de Paradis[1] !
Sur tout cela nous voici prêts à nous engager, avec pleins pouvoirs.

RALLIECOPAIN

Eh bien voilà : ce n'est pas nous qui avons jamais pris l'initiative des hostilités contre vous dans le passé ; et à présent, si vous le désirez — mais à condition que vous consentiez vous-mêmes enfin une bonne fois à nous faire droit — nous consentons à conclure la paix. Et le droit, le voici : que Zeus nous rende le sceptre, à nous les oiseaux. Si nous devons tomber d'accord là-dessus, j'invite les ambassadeurs à déjeuner.

HÉRACLÈS [*avec empressement*]

Moi, ça me suffit : je vote pour.

POSIDON

A quoi penses-tu, malheureux ! Tu n'es qu'un nigaud et un goinfre. Tu flanques ton père à bas de son trône ?

RALLIECOPAIN

Vraiment ? Mais vous n'en serez que plus puissants, vous les dieux, si c'est nous autres oiseaux qui commandons ici dessous ! A présent, à croupetons sous les nuages qui leur font écran, les mortels vous bafouent quand ils jurent. Mais si vous avez les oiseaux pour alliés, quand un type jurera : « Sacre-

1. *Litt. : des jours alcyoniens*, bercés d'un bonheur paisible, comme les nids d'alcyons sur les flots, d'après la légende.

bleu de sacredieu[1] ! » si c'est un faux serment le faucon rappliquera à tire-d'aile surprendre le coupable et lui faire sauter l'œil d'un coup de bec !

POSIDON

Par ma Sainte Mer ! C'est juste ce que tu dis là !

HÉRACLÈS

C'est aussi mon avis.

RALLIECOPAIN [*à l'Ostrogoth*]

Et toi, qu'est-ce que tu dis ?

L'OSTROGOTH

Ouan bracadabroc[2] !

HÉRACLÈS

Tu vois, lui aussi il dit que c'est très bien !

RALLIECOPAIN

Autre chose encore, écoutez, en quoi nous vous rendrons service : si un homme a fait vœu d'un mouton[3] à un dieu, et qu'ensuite il finasse un faux-fuyant, en disant : « Les dieux ne sont pas pressés ! », et qu'il vous frustre sordidement de votre dû, là encore, c'est nous qui le ferons payer !

POSIDON

Et comment ça, voyons ?

RALLIECOPAIN

Un beau jour, quand le type fera le compte de sa cassette chérie, ou sera assis dans son bain, un milan viendra s'abattre et lui rafler par surprise la valeur[4] de deux moutons, et la portera au dieu, là-haut !

HÉRACLÈS

Qu'on leur rende le sceptre ! Moi, je vote pour !

POSIDON

Et l'Ostrogoth ? Consulte-le.

HÉRACLÈS [*levant sa massue*]

Hé, l'Ostrogoth ! ton avis ? une raclée ?

L'OSTROGOTH

Touâ quouâ gourdincôgne ?

1. *Litt. : par le Corbeau et par Zeus !... Le corbeau rappliquera* (le « sacre » qui est le nom d'une variété de faucon permet une sorte d'équivalence).
2. Le dieu barbare parle un charabia informe.
3. *Litt. : une victime.* Mais la suite montre qu'il s'agit d'un mouton.
4. En lui volant son argent ou ses habits.

HÉRACLÈS

Il dit que j'ai absolument raison.

POSIDON

Eh bien, si c'est votre avis à tous les deux, c'est aussi le mien. [*A Ralliecopain*] Soit, voilà qui est entendu, pour le sceptre : ça sera fait.

RALLIECOPAIN

Sacrebleu ! il y a autre chose qui me revient à la mémoire ! Héra, bon, j'en laisse à Zeus la jouissance ; mais Souveraineté, sa donzelle, il faut qu'il me la donne pour femme.

POSIDON

Tu n'as pas l'amour de la paix. [*A ses deux collègues*] Brisons là : on rentre chez nous.

RALLIECOPAIN

A votre aise ! [*A un esclave*] Chef, il faut soigner la sauce : à s'en lécher les doigts !

HÉRACLÈS

Hé, Posidon, sacré bonhomme ! Quelle mouche te pique ? Nous, pour une femme, on va faire la guerre ?

POSIDON

Tu vois autre chose à faire ?

HÉRACLÈS

Autre chose ? oui : la paix !

POSIDON

Hein ? C'est à pleurer ! tu n'as pas encore compris, depuis le temps, que tu te fais rouler ? Et tu nuis toi-même à tes propres intérêts : si Zeus leur fait abandon de son pouvoir avant de mourir, c'est la misère pour toi, vu que tu es l'héritier de tous les biens que ledit Zeus laissera à son décès.

RALLIECOPAIN

Ah ! malheur ! Faut voir comme il t'entortille, le finaud ! Approche ici que je te dise un mot à l'oreille ! Il te mène en bateau, ton oncle, mon pauvre gars ! Les biens de ton père ? il ne t'en revient pas la plus petite miette, aux termes de la loi [1] : tu es bâtard, et non fils légitime.

1. Dans tout ce passage, il y a une application plaisante de la loi athénienne sur les héritages aux affaires de famille des Immortels.

HÉRACLÈS

Moi ? bâtard ? qu'est-ce que tu veux dire ?

RALLIECOPAIN

Oui, toi — par Zeus ! Puisque tu es né d'une étrangère ! Et comment diable Athéna pourrait-elle être son héritière, fille qu'elle est, si elle avait des frères légitimes ?

HÉRACLÈS

Mais si mon père me fait dévolution de ses biens, à moi, en apanage, à sa mort ?

RALLIECOPAIN

La loi ne l'y autorise pas. Et le premier qui fera opposition contre toi sur les biens de ton père, c'est lui, là, Posidon, lui qui te monte à présent la tête ! Il excipera du fait qu'il est son frère légitime. Je peux même te citer le texte de la loi de Solon :

« Le bâtard est exclu du droit de parenté, s'il y a des enfants légitimes ; s'il n'y a pas d'enfants légitimes, c'est aux plus proches collatéraux que les biens vont en partage. »

HÉRACLÈS

Alors, moi, rien ne me revient de la fortune de mon père ?

RALLIECOPAIN

De Zeus ? non, par Zeus !... Et dis-moi, ton père, est-ce qu'il t'a jamais fait enregistrer à l'état civil [1] ?

HÉRACLÈS

Moi ? non. Même que je trouvais ça bizarre, depuis le temps...

[*Il se livre à une mimique rageuse vers le ciel*]

RALLIECOPAIN

A quoi bon bayer au ciel en roulant des yeux de Fracasse ? Mets-toi plutôt avec nous. Moi je te ferai roi, et je te soignerai comme coq en pâte [2] !

HÉRACLÈS

Tu as raison — j'ai toujours été de cet avis — au sujet de la donzelle. Quant à moi, je te la donne.

1. *Litt. : inscrire dans sa phratrie.*
2. *Litt. : je te ferai boire du lait d'oiseau,* locution qui évoque le sommet des délices.

vers 1651-1675

RALLIECOPAIN [*à Posidon*]

Et toi, qu'est-ce que tu dis ?

POSIDON

Je vote contre.

RALLIECOPAIN

Et l'Ostrogoth ? c'est de lui que tout dépend. [*A l'Ostrogoth*] Qu'est-ce que tu dis, toi ?

L'OSTROGOTH

Gironda pitfi zouvrèn zosiodon'[1] !

HÉRACLÈS

Il dit de la donner !

POSIDON

Mais non, bon dieu ! Il dit de la donner... quand les hirondelles iront à pied !

RALLIECOPAIN

C'est bien ça : il dit de la donner aux hirondelles !

POSIDON

Eh bien allez-y, vous deux, faites l'accord de réconciliation. Moi, puisque c'est votre avis à tous les deux, je me tais.

HÉRACLÈS [*à Ralliecopain*]

Tope là ! Toutes tes conditions nous les acceptons. Allons, viens avec nous au ciel, pour être envoyé en possession, là-haut, de ta Souveraineté, et de tout le reste.

RALLIECOPAIN [*avec un geste vers la broche*]

Ça tombe bien qu'on les ait mis à mort, ceux-là : ça sera pour la noce.

HÉRACLÈS

Si vous voulez, moi je me charge de faire cuire le rôti en vous attendant ? Vous n'avez qu'à partir.

POSIDON

Faire cuire le rôti ? T'en empiffrer généreusement, tu veux dire ? Pas d'histoires : viens avec nous !

HÉRACLÈS

Ça m'aurait fait plaisir...

1. On peut identifier quelques mots estropiés : joli, souveraine, oiseaux, donne. D'où les exégèses contradictoires de Posidon et de Ralliecopain, sur le sens exact desquelles les hellénistes font à leur tour maintes hypothèses.

vers 1676-1692

RALLIECOPAIN

Allons, çà ! qu'on me donne la robe nuptiale !

[*Ils rentrent tous*]

[ANTISTROPHE] LE CHŒUR

Vers les champs Catalomniques,
la jungle des Procédures[1]
nourrit une peuplade, engeance scélérate ;
les Kissengraissakoudlang !
ces gens-là, par leurs moissons,
leurs semailles, leurs vendanges
n'utilisent d'autre outil
que leurs langues — et de même
pour la récolte des poires[2] *!*
Sous climats étrangers sont nés tous ces sauvages,
ce sont tous des... égorgias[3]
et autres philibustiers !
Et, savez-vous ? c'est à cause
de ces philibustiers-là,
ces Kissengraissakoudlang,
que partout, dans notre Attique
on coupe la langue à part[4] *!*

[*Entre un Messager*]

LE MESSAGER [*très solennel*]

O vous qui possédez toute félicité,
dans l'ineffable grâce et le bonheur sans prix
qui comble, Oiseaux ailés, votre communauté,
accueillez votre prince en vos riches pourpris !
Le voici qui s'avance : onc ne vit-on briller
sous la voûte céleste étincelante d'or
astre plus flamboyant ! Et le soleil, brasier
aux feux illimités, ne rayonne un essor
d'aussi vive splendeur que lui, tel qu'il s'avance.
Indiciblement belle, à son bras resplendit

1. *Litt. : à Phanes, près de la clepsydre.* Le premier mot évoque l'idée de délation, le second l'horloge à eau qui mesurait le temps de parole dans les débats. Nouvelle attaque contre les Sycophantes, qui s'engraissent à coups de langue.
2. *Litt. : des figues.* Cf. v. 1479 n.
3. *Litt. : des Gorgias et des Philippe,* orateurs sophistes. Gorgias était sicilien.
4. Rite en usage pour les victimes offertes en sacrifice. Cf. *Paix*, v. 1060.

son épouse ; et la foudre, arme de la vengeance
que Zeus faisait planer, c'est lui qui la brandit.
Une suavité qui baigne, inexprimable,
jusque dans ses lointains l'orbe des horizons,
s'élève ! Et les zéphyrs — ô spectacle admirable ! —
des vapeurs de l'encens dispersent les frisons...

[*Ralliecopain se montre, paré des attributs de Zeus, ayant à son côté Souveraineté, une fort jolie fille*]

Mais le voici qui paraît en personne !
Allons, il faut que saintement résonne,
sur ta lèvre divine et pure,
ô Muse, un chant de bel augure !

LE CHŒUR

Qu'on recule ! qu'on s'écarte ! qu'on se range !
qu'on se serre ! qu'on escorte
d'un essaim d'allégresse ce héros d'un destin
d'allégresse ! Oh ! là ho ! qu'il est beau ! quelle grâce !
Quelle noce d'allégresse dont jubile notre ville !

LE CORYPHÉE

Riches, riches trésors de bénédictions
sont répandus, grâce à cet homme
sur la nation des Oiseaux !
Par des chants d'hyménée et des épithalames
accueillez-les tous deux,
Lui, et sa Souveraineté !

[STROPHE] LE CHŒUR

Vers la couche olympienne
d'Héra fut jadis conduit
le Seigneur de majesté
qui trône au plus haut des cieux :
les divines Destinées
les escortaient en chantant
le cantique nuptial
que nous chantons à présent :
Noces, noces de liesse !

[ANTISTROPHE]

L'Amour aux ailes dorées
irradiant les époux
de sa double grâce, était
près d'eux sur le char, tirant
sur la bride des chevaux ;

vers 1714-1739

et c'est sous son patronage
qu'eut lieu la noce de Zeus
et d'Héra la bienheureuse.
Noces, noces de liesse !

RALLIECOPAIN

J'ai pris plaisir à vos hymnes,
pris plaisir à vos cantiques,
vos paroles font ma joie.
Mais à présent, invoquez
les tonnerres souterrains,
les étincelants éclairs
et la foudre redoutable,
éblouissante, de Zeus !

LE CHŒUR

O puissant, étincelant
zigzag doré de l'éclair,
fer de lance impérissable,
incendiaire, de Zeus !
O sourd fracas souterrain
qu'accompagnent les tonnerres
chargés d'averses ! [montrant Ralliecopain] *C'est lui*
qui vous déchaîne à présent
pour faire trembler la terre !
Car il est devenu maître
de tous les pouvoirs de Zeus !
Et sur Zeus il a aussi
conquis Souveraineté
qui siégeait à son côté
Noces, noces de liesse !

RALLIECOPAIN

Maintenant faites cortège
aux mariés, oui, vous tous,
peuples aux ailes battantes
devenus mes compagnons !
Allons vers le fief de Zeus
et vers le nid nuptial !

[A Souveraineté]

Toi, m'amie de paradis,
tends-moi les bras ! Oui saisis
mes rémiges,
et te lance

vers 1740-1761

dans la danse !
En voltige
je te cueille
t'enlevant
comme feuille
dans le vent !

LE CHŒUR

Ella ! Ella ! Alleluia !
Hourra pour le Victorieux,
pour le suprême dieu des dieux !

[Tous sortent en dansant joyeusement]

Vers 1761-1765

Lysistrata

INTRODUCTION

« Et voyez, comme ma muse est de bonne tenue! Elle ne s'est pas cousu, pour venir devant vous, une pendouille de cuir, vermillonnée du bout, bien dodue, pour faire rire les galopins... » Cette fière profession de décence et de dignité se trouve dans la parabase des *Nuées*. Il s'en faut que le théâtre d'Aristophane s'y soit toujours montré fidèle... L'impudent accessoire dont il est ici question, Mnésiloque et le Scythe l'arborent dans *Les Thesmophories*, pour ne citer qu'un exemple. En tout cas il n'est question que de lui, on ne voit que lui dans *Lysistrata*. Et Jules Lemaitre s'indignait de la « constante et entière obscénité » de cette pièce : « Il est étrange de penser que des millions d'hommes assistaient publiquement à ce spectacle, que les plus dépravés d'entre nous auraient peut-être quelque peine à supporter aujourd'hui en comité très restreint et dans quelque coin d'atelier. » Ne crions pas trop vite à la pudibonderie surannée. Un honnête public « tout-venant » éprouverait sans doute quelque malaise à se voir présenter de nos jours cette pièce-là toute crue : cela lui paraîtrait tenir de ces divertissements « spéciaux » qui s'organisent clandestinement pour une très basse « haute société ». On dira, bien sûr, qu'il faut plutôt songer aux esbaudissements de rapins ou de carabins en folie ? Mais eux aussi se déroulent à huis clos, et ne sont-ils pas eux-mêmes écœurants ? Pour « accepter » la crapuleuse grossièreté qui s'étale dans *Lysistrata*, le seul moyen est de la replacer en son temps. La comédie tirait directement son origine des rites phalliques, liés au culte de la fécondité humaine, animale et végétale; elle portait trace ainsi des temps où la fertilité, la continuation de la vie sont souci majeur pour les sociétés constituées : c'est un arrière-plan qui n'est pas sans noblesse, et qui confère une sorte de grandeur à ces « noces » triomphales par lesquelles s'achèvent les comédies[1], et dont les immenses et ardentes ré-épousailles de tous

1. Il est singulier de penser que les dénouements de Molière sont en dérivation lointaine, mais certaine, de cette donnée primitive.

les Grecs avec toutes les Grecques, à la fin de *Lysistrata*, ne sont que l'exubérante multiplication.

Il faut se dire aussi que ce qui fait le scandale à nos yeux est justement ce qui doit le détruire : étaler sans vergogne les délices et les supplices que les hommes doivent à leur sexe, ce n'est pas en cultiver les obsessions, c'est plutôt les exorciser : le grand soleil assainit tout ; ce qui est réellement dévoyé, dégradé, requiert les portes closes, et ce n'est que derrière les rideaux et les verrous que se font ces « chienneries » dont les chiens, eux, sont bien innocents. Si l'on ajoute que tous les comédiens d'Aristophane étaient des hommes, on verra que les simagrées de Minouche avec Chaulapin n'ont rien à voir avec un « strip-tease », et que le déshabillage de l' « actrice » et les émois de son partenaire ne pouvaient dilater, chez les spectateurs, que leur rate.

Au reste, il y a bien autre chose dans *Lysistrata*. Si l'on en a fait d'assez nombreuses adaptations modernes, ce ne fut pas seulement parce que c'est un spectacle où « il y a de la fesse » — ou bien où l'on peut en mettre — mais parce qu'on y trouvait de quoi servir des intentions idéologiques très sérieuses, pacifistes et antimilitaristes. Que la pièce ait pu être tirée dans ces deux sens si apparemment incompatibles, c'est un signe de plus de l'incroyable ouverture de compas dont témoigne le théâtre d'Aristophane. Toujours est-il que, contrairement à Lemaitre, Willems, lui, voit dans *Lysistrata* « avant tout un monument de patriotisme et de bon sens ». C'est en tout cas une pièce de brûlante et généreuse propagande politique.

Nous sommes au début de l'an 411, dix-huit mois après l'épouvantable désastre par lequel s'est soldée l'expédition de Sicile. Les contrecoups diplomatiques de cette déroute et les manœuvres d'Alcibiade ont encore affaibli Athènes, saignée par la mort ou la capture de tant de ses enfants... Tous les moments sont bons, aux yeux de qui hait la guerre, pour tenter d'en finir avec elle : Signez la paix, sur la lancée de vos succès ! prêchait Aristophane il y a dix ans. Signez-la sous le poids de vos revers avant qu'ils ne deviennent sans remède, prêche-t-il aujourd'hui. (Que de rapprochements ne pourrait-on pas faire, comme Thibaudet dans sa *Campagne avec Thucydide*, avec telles situations dramatiques des grands conflits armés de ce siècle !) Et, sous le ton de farce, on sent à tout moment un accent de conviction pathétique pour réveiller tout ce qui pourrait venir enrayer l'engrenage infernal des hostilités : restauration d'un sentiment fraternel entre des hommes qui sont de même race et qui ont les mêmes dieux ; solidarité du bien commun profond, qui est d'abord de survivre ; générosité vraie, qui est d'abord de ne pas tuer ;

révolte du cœur et du simple bon sens devant l'immense carnage qui est un immense suicide.

Mais, plus précisément, *à qui* en appeler ? C'est ici que se rejoignent l'idée politique et l'idée comique. C'est par la faute de deux catins, déclarait jadis Aristophane [1], que la guerre a été déclenchée ? eh bien, ce sont d'honnêtes femmes qui l'arrêteront. Puisque les hommes sont fous, elles les forceront bien à redevenir sages, en les rendant fous d'une autre manière : en faisant la grève du devoir conjugal et des ébats charnels tant que la guerre durera. Ils toucheront ainsi du doigt ce qu'ils ne veulent pas voir : qu'ils ne peuvent pas vivre sans la paix, pas plus qu'ils ne peuvent vivre sans les femmes. En liant les deux choses d'une façon apparemment si loufoque, les conjurées font entendre une vérité très haute : que toutes les forces naturelles de *vie*, saines et saintes, vont dans le même sens. Et puisque les hommes ont étouffé ou perverti en eux l'instinct de paix, qu'il soit reveillé, redressé par cet autre instinct de vouloir-vivre, de vouloir-durer, qui est inscrit en eux par leur sexe, et qui, lui, ne saurait s'endormir ni prendre le change. C'est un des thèmes les plus constants d'Aristophane que toutes les authentiques joies humaines sont sœurs : celles du lit et celles de la table, celles de l'amour et de l'amitié, celles du travail et du repos — et celles de la paix qui les permet toutes et les exalte toutes.

Voilà ce qu'il y a derrière les turgescences bouffonnes qui tourmentent les mâles de *Lysistrata*. Et si Aristophane exploite celles-ci à fond pour les besoins de la farce, s'il semble tout ramener là, ne nous y trompons pas. Bien sûr l'opération « trou-mesdames » et les suites de cette famine sexuelle provoquée (qui leur sont d'ailleurs presque aussi cruelles qu'à ces messieurs) occupent le devant de la scène. Mais quand Démobilisette expose son programme, quand elle argumente contre le Commissaire, quand elle sermonne les plénipotentiaires, que de hautes idées, que de sentiments émouvants et nobles ! Voici la douleur solitaire et injuste des épouses délaissées, des filles qui n'auront jamais de maris, voici, en face de la « gloire » militaire, la vraie gloire des femmes, au nom de laquelle elles peuvent parler, et qui est la maternité. Voici leur sagesse de fourmis et d'abeilles dans le « ménage » de la vie quotidienne, leur sens de l'intimité, de la continuité, de l'équilibre, du « tous-les-jours » contre la jactance, les entêtements, les entraînements masculins.

Démobilisette parle déjà comme parleront les Troyennes dans Giraudoux, non seulement pour cracher à Démokos que

1. *Ach.*, v. 526 et suiv.

le visage de la guerre ressemble à un cul de vieille guenon, mais aussi pour faire entendre à Priam « ce que toutes les femmes du monde lui disent par leur voix : Où est la pire lâcheté ? Paraître lâche vis-à-vis des autres, et assurer la paix ? Ou être lâche vis-à-vis de soi-même et provoquer la guerre ? Mourir pour son pays ? Mais quand on a vécu en lui digne, actif et sage, c'est pour lui aussi qu'on meurt. Les tués ne sont pas tranquilles sous la terre, Priam. Ils ne se fondent pas en elle pour le repos et l'aménagement éternel... » Mais, comme la guerre de Troie « a eu lieu », malgré Hécube et Andromaque, malgré Hector, comme celle de 1939 a eu lieu, malgré Giraudoux, la guerre du Péloponnèse a continué malgré les femmes d'Athènes et de Sparte et malgré Aristophane. La leçon est la même : elle est très belle, et elle est très triste. Plutarque a menti, une fois de plus, en prétendant, comme le traduit Amyot, que « sa poésie [d'Aristophane] est une putain passée qui veut contrefaire la femme de bien mariée ». Ce « vil bouffon », dans la plus « ignoble » de ses pièces, a voulu parler au nom des épouses et des mères, opposer aux fausses fatalités (vraies aussi, hélas) de la guerre le cri de leur instinct, de leur cœur, de leur raison. Il a montré, au moins ce jour-là, qu'il en était digne. Et si l'Histoire, d'âge en âge, est restée sourde à cette voix, si ce n'est pas encore aujourd'hui que les hommes ont su abjurer violences et rancunes pour mettre en commun le meilleur d'eux-mêmes « dans une grande corbeille de bonne volonté générale », la faute en est à eux, et la honte. Il y a du moins un îlot qui, au milieu de tant d'affreux orages depuis tant de siècles, a le droit d'être en paix, c'est la conscience d'Aristophane.

ANALYSE

Démobilisette [Lysistratè], citoyenne d'Athènes, a donné rendez-vous à ses amies au pied de la rampe d'accès vers l'Acropole. A Victoire [Kalonikè], qui arrive la première, elle fait confidence d'un hardi projet pour forcer les hommes à mettre fin à la guerre qui désole toute la Grèce : les femmes doivent se servir de leurs charmes... mais d'une manière tout à fait inédite (v. 1-53). D'autres femmes arrivent, venues de partout, notamment la Spartiate Dora [Lampito] (v. 54-96). Démobilisette découvre ses batteries : il s'agit de faire la grève : les femmes se refuseront sans pitié à leurs maris et amants, et à Athènes elles se barricaderont sur l'Acropole, où est déposé le trésor de l'État. Devant une situation si intolérable, les hommes auront tôt fait de céder (v. 97-180). Ayant obtenu, non sans peine, l'accord de ses compagnes, Démobilisette leur fait prêter serment et elles se dispersent (v. 181-253).

Entre un groupe de Vieillards : ayant appris que les femmes se sont retranchées dans l'Acropole, ils viennent mettre le feu aux portes (v. 254-318). Mais à ce premier Chœur s'en oppose un second, formé de Femmes qui viennent avec des seaux d'eau, pour les en empêcher, et protéger les assiégées : violente querelle entre les deux camps (v. 319-386). Un Commissaire s'avance pour sommer les séditieuses de capituler; ses gendarmes sont mis en déroute (v. 387-462). Démobilisette entame la discussion avec le Commissaire, et raisonne victorieusement contre lui : seules les femmes ont le sens du bien commun, elles le serviront coûte que coûte (v. 463-613). Les Vieillards et les Femmes, restés face à face, échangent des invectives (v. 614-705).

Démobilisette sort de la citadelle : elle est dans tous ses états : les femmes ne songent qu'à déserter, incapables qu'elles sont de supporter la continence qu'elles se sont imposée. Elle les rembarre aussi énergiquement qu'elle peut (v. 706-780). Les deux Chœurs rivaux continuent à se braver (v. 781-828). Un homme arrive de la ville : c'est Chaulapin [Cinésias] les reins en feu, en quête de sa femme. Celle-ci fait mine de se prêter à ses désirs, l'allume par un manège diabolique, et s'échappe en le laissant pantelant (v. 829-979).

Le plan de Démobilisette a réussi : un Héraut spartiate vient annoncer que ses compatriotes sont prêts à signer la paix : l'Athénien auquel il fait ces ouvertures lui dit qu'elles seront accueillies volontiers (v. 980-1013). Les deux Chœurs se réconcilient (v. 1014-1071). Arrivent les Ambassadeurs de Sparte. Les hommes étant dans des dispositions d'esprit — et de corps — à accepter n'importe quoi pour faire cesser leur supplice (v. 1072-1107), Démobilisette n'a pas de peine à obtenir, après un bref sermon qui leur semble beaucoup trop long, la fin des hostilités. Athéniens et Spartiates vont banqueter ensemble (v. 1108-1188).

Le Chœur, avec une malice narquoise, fait des amabilités au public (v. 1189-1215). La bombance de réconcialition a déchaîné l'enthousiasme unanime (v. 1216-1241). Un Spartiate qui en sort vient chanter deux cantiques à la gloire commune des deux grandes cités (v. 1245-1272 et 1295 [*1273*]*-1320* [*1298*]*). Après un dernier appel de Démobilisette, les Athéniens entonnent un chant de pieuse allégresse (v. 1273* [*1299*]*-1294* [*1320*]*).*

PERSONNAGES :

DÉMOBILISETTE (Lysistratè)
VICTOIRE (Kalonikè) femmes athéniennes.
MINOUCHE (Myrrhinè)
DORA (Lampito), femme spartiate.
DEMI-CHŒUR formé de vieillards d'Athènes.
DEMI-CHŒUR formé de femmes d'Athènes.
UN COMMISSAIRE.
TROIS FEMMES D'ATHÈNES.
CHAULAPIN (Cinésias), mari de Minouche.
UN HÉRAUT spartiate.
SPARTIATES ET ATHÉNIENS, chargés de signer la paix.
COMPARSES ET FIGURANTS : Une Béotienne, une Corinthienne, des Gendarmes, un bébé (fils de Chaulapin et de Minouche), un Serviteur de Chaulapin, Bonne-Entente, jeune fille qui symbolise la réconciliation des belligérants, deux Esclaves, deux Valets, un Musicien spartiate.

[*La scène est à Athènes, devant les Propylées, sur la voie d'accès à l'Acropole*]

DÉMOBILISETTE

Ah ! là là ! si c'était à un culte bachique qu'on les avait invitées, à une orgie hilarante, à des liturgies paillardes ou lascives[1], on n'aurait même pas pu se faire un chemin dans la cohue des tambourins[2] ! Mais à présent, il n'y a pas une femme ici au rendez-vous !...

[*Apercevant Victoire qui sort de chez elle*] Ah ! tout de même, en voilà une, c'est une voisine qui sort... Bonjour, Victoire !

VICTOIRE

A toi de même, Lisette ! Qu'est-ce qui te tracasse ? Ne prends pas cet air gendarme, mon petit ! Ça ne te va pas de bander les sourcils comme ça !

DÉMOBILISETTE

Vois-tu, Victoire, ça me fait bouillir, ça me met le cœur en rage pour nous autres femmes ! aux yeux des hommes, nous sommes classées : on peut s'attendre à tout avec nous...

VICTOIRE [*l'interrompant*]

C'est la vérité, ma foi !

DÉMOBILISETTE

... et quand on leur a donné rendez-vous, pour discuter d'une affaire qui n'est pas une babiole, elles restent à dormir ! pas une n'est là !

VICTOIRE

Mais elles vont être là, mon chou. Ce n'est pas facile pour les femmes de sortir ! Celle-ci, il aura fallu qu'elle s'active autour de son homme ; celle-là, qu'elle tire du lit un valet ; celle-là, qu'elle mouche son marmot, ou qu'elle le torche, ou qu'elle lui donne la becquée...

1. *Litt. : Si on les avait invitées à célébrer Bacchus, ou Pan, ou Aphrodite Colias ou Génétyllide* (cf. *Nuées*, v. 52). Dans la convention comique, qu'Aristophane respecte même dans cette pièce qui est toute à leur honneur, les femmes sont gourmandes, soiffardes et paillardes.
2. Accessoire habituel des femmes pour les festivités.

DÉMOBILISETTE

Mais il y avait pour elles d'autres besognes plus urgentes que ça !

VICTOIRE

Et quoi donc, chère Lisette ? Qu'est-ce que tu nous veux ? Pourquoi cette convocation des femmes ? Quel est son objet ? C'est important ?

DÉMOBILISETTE

D'envergure !

VICTOIRE

Et de gros volume ?

DÉMOBILISETTE

Très gros, ma foi !

VICTOIRE [*jouant d'une équivoque gaillarde*]

Pas possible ? Et nous ne sommes pas toutes là ?

DÉMOBILISETTE

Tu as l'esprit mal tourné !... Ah oui, si c'était ça, on nous aurait vu rappliquer dare-dare ! Mais il s'agit d'une affaire qui m'est venue à l'idée,
je l'ai fourbie au long d'une nuit d'insomnie !

VICTOIRE

Bigre ! à force de la fourbir, elle ne doit plus être brillante[1] !

DÉMOBILISETTE

Si brillante, au contraire, que la seule ancre du salut pour toute la Grèce, c'est les femmes !

VICTOIRE

Les femmes ? Eh bien alors ; il ne tient qu'à un fil.

DÉMOBILISETTE

Voyons ! C'est de nous que dépend ce que vont devenir les nations[2]. Ou bien, les gens du Péloponnèse, c'est fini, il n'y a plus...

VICTOIRE

Bon, ça, parfait, ma foi ! qu'il n'y en ait plus !

DÉMOBILISETTE

... Et en Béotie, plus un être vivant, tous ratiboisés...

1. *Litt. : elle doit être toute menue,* suite de l'équivoque des v. 23-24. Mais le mot grec λεπτός signifie aussi bien « subtil » que « menu ». Et les deux femmes jouent de ce double sens.

2. Je lis τῶν πόλεων, au lieu de τῆς πόλεως.

VICTOIRE

Pas tous, dis donc ! Sauve les anguilles [1] !

DÉMOBILISETTE

... Pour Athènes, je me tais ; pas de propos si funeste : à toi de deviner ma pensée. Or, si toutes les femmes font ici alliance entre elles, celles de Béotie, celles du Péloponnèse, et nous autres — ensemble nous sauverons la Grèce !

VICTOIRE

Mais comment compter sur des femmes
pour se conduire avec bon sens
ou pour agir avec éclat...

confinées que nous sommes dans nos maquillages, dans nos robes bouton-d'or [2], dans nos soins de beauté, nos kimonos, nos escarpins ?

DÉMOBILISETTE

C'est justement de tout ça que viendra le salut, à mon idée, de nos petites robes bouton-d'or, de nos parfums, de nos escarpins, de notre rouge, de nos chemisettes qui laissent tout deviner.

VICTOIRE

Et comment ça ?

DÉMOBILISETTE

C'est ce qui va empêcher les hommes de pointer la lance les uns contre les autres...

VICTOIRE

Alors, Bonnes Mères, je me fais teindre une robe bouton-d'or !

DÉMOBILISETTE

... de se harnacher du bouclier

VICTOIRE

Un kimono, que je m'y glisse !

DÉMOBILISETTE

... ni de la dague.

VICTOIRE

J'achète des escarpins !

1. Les anguilles du lac Copaïs, très renommées, cf. *Ach.*, v. 880 n.
2. *Litt. : teintes en jaune safran,* toilettes féminines élégantes et délicates.

DÉMOBILISETTE

Ces femmes ! est-ce qu'elles ne devraient pas être venues ?

VICTOIRE

Venues ? ce n'est pas le mot : elles auraient dû foncer ici à tire-d'aile, depuis longtemps !

DÉMOBILISETTE

Ma pauvre amie ! C'est des Athéniennes pur sang : elles sont toujours en retard pour tout ce qu'il faut faire, tu vas voir ! Même du bord de mer, il n'y en a pas une qui soit là, ni de Salamine !

VICTOIRE

Ah ! celles-là, je sais bien qu'elles se sont fendues[1], et fait secouer à pleine houle dès avant l'aube !

DÉMOBILISETTE

Et celles sur qui je comptais en toute confiance pour arriver ici les premières, les femmes d'Acharnes, elles ne sont pas là non plus.

VICTOIRE

En tout cas, celle à Théogénès, pour venir ici, elle aura hissé la trinquette[2] ! Mais regarde, tiens, en voilà justement qui rappliquent !

DÉMOBILISETTE

Et en voilà encore d'autres qui s'amènent.

[*Entre un groupe de femmes*]

VICTOIRE [*avec un geste d'effroi*]

Hou là là ! D'où est-ce qu'elles sont ?

DÉMOBILISETTE

De Chaville[3].

1. Equivoques sur le double sens de διαδαίνειν (*écarter les jambes* et *faire une traversée*) et de κέλης, qui évoque à la fois l'idée d'un *bateau* (pour passer de l'île sur le continent) et de jeux *érotiques*.

2. Idée burlesque, car Acharnes est un bourg du continent ; et jeu de mots sur ἀκάτειον et ἄκατος, *voile* et *coupe à boire* (cf. en fr. : « avoir du vent dans les voiles »). Pour Théogénès, cf. *Paix*, v. 928 n.

3. Le calembour est différent en grec, mais n'est pas meilleur ni mieux en place. Le texte donne : « *D'Anagyros. — Parbleu ! Je crois bien qu'Anagyros s'est mis en branle.* » Anagyros est un bourg attique où se trouvait un marais. D'où le proverbe « remuer Anagyros », pour toutes opérations « qui ne sentent pas bon ».

VICTOIRE

Parbleu ! je crois bien que nous avons éveillé le Chaville qui dort !

MINOUCHE [*arrivant, la bouche en cœur*]

Serions-nous en retard, Lisette ? Qu'est-ce que tu dis ? Bouche cousue ? pourquoi ?

DÉMOBILISETTE

Je ne te fais pas mes compliments, Minouche ! C'est maintenant que te voilà ! pour une affaire si grave !

MINOUCHE

J'ai eu un mal fou à trouver ma ceinture dans le noir. Mais si ça presse pour de bon, commence avec celles qui sont là : parle.

VICTOIRE

Mais non, voyons ! Attendons encore un petit moment, que celles de Béotie et du Péloponnèse soient arrivées.

DÉMOBILISETTE

C'est toi qui as raison, ça sera mieux. [*Avisant un groupe de trois femmes qui s'approche par la droite*] Ah ! voilà justement Dora qui s'amène ! Eh ! bonjour, madame de Laconie, bonjour Dora chérie ! Tu es en beauté, mon trésor, resplendissante ! Quel éclat de teint ! Et quelle fermeté de chairs ! Tu étoufferais un bœuf !

DORA

Té, ben sûr ! boudiou[1] ! je fais de l'ézercice, je sautourle, je saute, zou ! à tape-talons sur les fesses[2] !

VICTOIRE

Ces tétins que tu as ! quelle devanture !

DORA

Bouh ! vous me palpez comme une pastèque[3], qué !

DÉMOBILISETTE [*montrant une des compagnes de Dora*]

Et cette autre jeunesse, d'où est-elle ?

1. Le rôle de Dora, et celui des autres Spartiates, est tout entier écrit en dialecte. Nous avons tenté de marquer cet effet — qui d'ailleurs ne cherche nullement à les ridiculiser — par un saupoudrage de provençalismes.

2. Les filles et les femmes de Sparte s'adonnaient, au contraire des Athéniennes, à la vie de plein air et aux sports.

3. *Litt. : comme une victime* (pour voir, avant de la sacrifier, si elle est bien grasse).

DORA

Elle ? boudiou ! Ambassadrice de Béotie, en mission chez vous otres.

DÉMOBILISETTE

Mon dieu ! de Béotie, le verger de la Grèce[1] ? C'est donc ça qu'elle est si bien plantée ?

VICTOIRE

Ma foi oui ; et désherbé à ravir, son petit verger !

DÉMOBILISETTE [*montrant la troisième*]

Et cette autre belle enfant ?

DORA

D'écellent lignage, boudiou ! Elle est de Corinthe.

DÉMOBILISETTE [*donnant à la Corinthienne une tape amicale sur le derrière*]

Et selle en bon point[2], mon dieu ! Il n'y a qu'à la regarder du côté pile !

DORA

C'est pas tout ça ! Qui ça est qui a convoqué ce congrès de femmes, tout à l'heure ?

DÉMOBILISETTE

Présente ! c'est moi.

DORA

Alors esplique-nous un peu. Qué volès ?

VICTOIRE

Ma foi oui, dis-nous donc, ma bonne amie, ce gros souci que tu as en tête.

DÉMOBILISETTE

Je vais vous le dire. Mais d'abord, j'ai une question à vous poser — une toute petite.

VICTOIRE

A ta disposition.

DÉMOBILISETTE

Les papas de vos mioches, vous les regrettez, hein ? Ils sont mobilisés, ils sont loin... je sais bien que vous êtes toutes mariées avec un homme qui a quitté son foyer !

1. *Litt. : Et comme Béotienne, elle a une belle « plaine ».* Calembour sur πεδίον, *plaine* — la Béotie était réputée pour ses plaines fertiles — dont on devine le second sens, cf. *Ois.*, v. 507 n.

2. Démobilisette reprend avec malice, dans un sens tout physique, le mot dorien χάϊος, qu'a employé Dora pour la présenter.

VICTOIRE

Moi, par exemple, voilà cinq mois qu'il est parti, mon homme ! Il est en Thrace, à monter la garde autour d'Eucratès[1].

DORA

Et le mien ! dès qu'une belle fois, d'hasard, il s'est retourné du front, de suite faut reprendre le harnais, et adiou ! s'en va, s'envole !

DÉMOBILISETTE

Et des galants, il n'en reste pas la queue d'un ! pff ! soufflés ! Et depuis que les gens de Milet nous ont lâchés, je n'ai pas vu un seul de ces zobjets[2] cousus main qui nous offriraient leur demi-pied de satisfaction-ersatz en cuir bouilli ! Alors, vous seriez bien d'accord, si je trouvais un truc, pour m'aider à en finir avec cette guerre ?

VICTOIRE

Bonnes Mères ! moi j'en suis, même si je devais déposer le châle que vous me voyez pour pouvoir sur l'heure... lever le coude[3] !

MINOUCHE

Et moi, je suis prête à me fendre en deux du haut en bas, comme on découpe une sole, pour donner la moitié de ma personne !

DORA

Et moi, peuchère ! à la pointe du Taygète que je grimperais, si je croyais de la voir, la paix, tout amount !

DÉMOBILISETTE

Bon, je vais parler. Il n'y a pas lieu de faire durer le secret. Nous autres femmes, si nous voulons forcer nos hommes à faire la paix, il faut renoncer...

1. Sans doute le frère de Nicias ; l'allusion est obscure. Il ne s'agit pas du même personnage que dans les *Cav.*, v. 129 et 254.

2. *Litt. : je n'ai pas vu un seul « olisbos » de huit pouces qui nous offrirait un soulagement de cuir* (jeu de mots entre σκυτίνη, *de cuir*, et συκίνη, *de pacotille*), cf. *Ass.*, v. 916 n. Il semble que les « olisboi » se fabriquaient en Ionie, d'où l'allusion à Milet, qui avait fait défection l'année précédente.

3. Plaisanterie παρ' ὑπόνοιαν : on attendait quelque chose comme : *me battre* [*pour la paix*]. A l'effet comique qui se fût indiqué là en est substitué un autre, fondé sur le goût prêté aux femmes pour le vin.

VICTOIRE

A quoi ? dis ?

DÉMOBILISETTE

Vous aurez le courage ?

VICTOIRE

Nous l'aurons, fût-ce même au prix de notre vie !

DÉMOBILISETTE

Eh bien, il nous faut renoncer au zob. [*Mimiques d'indignation et de consternation chez les femmes*] Eh bien ? vous me tournez le dos ? pourquoi ? Hé, vous autres, vous faites la moue, vous secouez la tête, pourquoi ?

Vous changez de couleur, vos yeux sont gros de larmes, pourquoi ? pourquoi ? Aurez-vous le courage, oui ou non ? Vous hésitez ? pourquoi ?

VICTOIRE

Je ne pourrai jamais ! non, que la guerre aille son train !

MINOUCHE

Ni moi non plus, corbleu ! Que la guerre aille son train !

DÉMOBILISETTE

C'est toi qui parles comme ça, belle meunière[1] ? Toi qui disais à l'instant que tu te couperais même en deux du haut en bas ?

VICTOIRE

Autre chose, tout ce que tu voudras d'autre ! Je veux bien, s'il faut, passer à travers le feu ! Oui, j'aime mieux ça que ton truc ! le zob, Lisette chérie, il n'y a rien qui vaille ça !

MINOUCHE

Moi aussi, j'aime mieux passer par le feu.

DÉMOBILISETTE

Ah ! le beau sexe que le nôtre ! Il ne pense qu'à se faire toujours boucher le petit coin ! Pas étonnant qu'on ait fourni matière aux poètes tragiques[2] !

1. *Litt. : toi, la scle ?* cf. v. 115.

2. En particulier à Euripide qui peint si volontiers des femmes malades d'amour (cf. *Gren.*, v. 1048 et suiv.). Mais l'allusion qui suit vise la *Tyro* de Sophocle. Tyro avait eu de Posidon deux enfants qu'elle avait confiés à leur père... en les exposant dans un esquif.

Mal d'amour et mal de mère,
mal de mer et mal d'enfant,

nous n'avons que ça en tête[1] ! [*Se tournant vers Dora*] Mais toi, ma chère amie de Sparte — car si tu te joins à moi, toi, à nous deux nous pourrions encore sauver la partie — rallie-toi à ma proposition !

DORA

Ah ! vaï ! Il y a de quoi se languir, peuchère ! pour une femme, à dormir seulette sans une bille à décortiquer... Quoique ça ! zou ! On a besoin de la paix, nous aussi, tambien !

DÉMOBILISETTE [*l'embrassant*]

Ah ! trésor de mon cœur ! Je n'ai que toi ici pour amie[2] !

VICTOIRE

Et si pour de bon nous renoncions à ce que tu dis — le Ciel nous en garde ! — ça serait un moyen de mieux amener la paix ?

DÉMOBILISETTE

Parfaitement. Ah, Bonnes Mères ! Si on restait tapies chez nous, le museau fardé, toutes nues dans nos chemisettes de crêpe de Chine[3], à rôder autour de nos hommes — il monterait dru, le désir de nous culbuter, au lieu de nous laisser approcher, on se déroberait. Ils auraient vite fait de conclure la paix, crois-moi !

DORA

En tout cas, le Ménélas, il n'a pas sitôt eu reluqué les pommes d'amour d'Hélène[4] — toute nue, qu'elle était ! — il a lâché son épée, je me suis laissé dire !

VICTOIRE

Mais dis moi, ma jolie, et s'ils nous laissent tomber, nos hommes ?

1. *Litt. : nous ne sommes que « Posidon et esquif »*, formule proverbiale qu'il faut sans doute ici prendre comme une allusion aux amants et aux bébés.

2. Je construis, comme Rogers : φιλτάτη γυνὴ σὺ καὶ μόνη τώτων [φιλτάτη].

3. *Litt. : d'Amorgos,* île où l'on tissait des tissus très légers.

4. *Litt. : quand il a coulé un regard sur les « coings » d'Hélène :* allusion à la façon dont la beauté d'Hélène désarma la fureur du mari outragé. Mélénas était roi de Sparte : Dora prend un exemple qui est de son pays.

DÉMOBILISETTE

Alors, comme disait l'autre, faute d'outil, on se travaillera à la main[1] !

VICTOIRE

Vaines amusettes, ce genre de contrefaçons !... Et s'ils nous empoignent pour nous traîner de force dans la chambre ?

DÉMOBILISETTE

Cramponne-toi aux portes.

VICTOIRE

Et s'ils nous rossent ?

DÉMOBILISETTE

Il faut leur laisser faire leur affaire, en rechignant-renâclant. Ils n'ont pas de plaisir à la chose, si on n'est pas consentantes. Et puis, en plus, leur faire mal : ne t'inquiète pas, ils ne tarderont pas à se désister. Jamais homme n'aura du bon temps si la femme n'y met pas du sien !

VICTOIRE

Si vous êtes toutes les deux de cet avis, nous aussi nous en sommes.

DORA

Vaï ! nos hommes, on les persuadera comme ça, nous otres, de rester en paix tout dret tout franc. Mais ceux d'Athènes, toute cette bouillarelle, comment les persuader, eux, de venir raisonnables ?

DÉMOBILISETTE

Ne t'inquiète pas : nous, nous te les persuaderons, ceux de chez nous.

DORA

Pas de danger, aussi longtemps que leurs navires auront des pattes, et que le Trésor qu'ils ont confié à leur Bonne Mère sera à flot[2] !

1. *Litt. : Comme dit Phérécrate, il faudra écorcher une chienne écorchée.* Il semble que le comique Phérécrate ait forgé cette expression pour parler d'une tâche inutile et absurde, comme de « tondre un chauve ». Elle est reprise ici dans un sens différent par calembour avec le sens obscène de δέρειν et de κύων.

2. Il s'agit du trésor conservé au Parthénon, sur l'Acropole, sous la garde d'Athéna.

DÉMOBILISETTE

Mais de ce côté-là aussi les dispositions sont prises. Nous allons nous emparer de l'Acropole aujourd'hui même. La mission a déjà été donnée aux plus âgées : pendant que nous mettrions au point notre accord ici, prendre prétexte d'un sacrifice à offrir pour s'emparer de l'Acropole.

DORA

Coum acò, va bèn ! Core une bonne idée, vaï !

DÉMOBILISETTE

Alors, qu'est-ce qui nous retient, Dora, d'échanger tout de suite un serment, pour que nos accords soient inviolables ?

DORA

Et comme on va jurer ? Fais-le voir, ce jurement !

DÉMOBILISETTE

D'accord. Où est la gendarmesse [1] ! [*Interpellant une comparse*] Où as-tu la tête ? Pose le bouclier ici-devant le ventre en l'air ! Et qu'on me donne les espèces saignantes [2] !

VICTOIRE

Démobilisette, quel serment vas-tu bien nous faire prêter ?

DÉMOBILISETTE

Lequel ? Sur un bouclier — comme Eschyle jadis, à ce qu'il paraît — en immolant un mouton.

VICTOIRE

Non, pas de ça, Lisette ! Pas sur un bouclier, pour un serment où il s'agit de la paix !

DÉMOBILISETTE

Mais alors, quel serment faire ? Hein ? qu'on déniche un cheval blanc et qu'on le dépèce en morceaux ?

VICTOIRE

Un cheval blanc ? tu dérailles ?

1. Elle met au féminin le mot *Scythe*, qui désigne les esclaves d'État chargés de la police. Cf. *Thesm.*, v. 931, 1001 et suiv.

2. C'est-à-dire les morceaux découpés de la viande des victimes, qu'on plaçait au creux d'un bouclier. On procédait ainsi pour les serments solennels. Cf. Eschyle, *Les Sept*, v. 43, auquel il est fait allusion aussitôt après. L'intention facétieuse de cette idée reste obscure.

DÉMOBILISETTE

Alors, comment va-t-on jurer ?

MINOUCHE

Ma foi, je vais te le dire, moi, si tu veux. Nous allons poser une vaste coupe noire, le ventre en l'air, immoler une bouteille de château-mouton[1], et jurer sur la coupe de ne jamais... mouiller notre vin[2].

DORA

Coquin de sort ! Ce qu'il me plaît, ce serment, c'est à pas le dire !

DÉMOBILISETTE

Bon. Qu'on aille chercher à l'office une coupe et une bouteille.

[*On apporte en scène les deux objets*]

VICTOIRE

Ah ! les amies ! ça, c'est un godet de taille ! Il suffirait de le prendre en main, celui-là, pour avoir le cœur en joie !

DÉMOBILISETTE

Pose la coupe par terre, et incline le col de l'animal[3].

[*Le vin coule dans la coupe*]

O notre Dame de Bon-Vouloir, ô Vase d'Amitié, daignez faire aux femmes la grâce d'accueillir ces offrandes !

VICTOIRE

Qu'il est de belle couleur, ce sang ! et comme il gicle joliment !

DORA

Et de ce bouquet ! Dieu garde[4] ! qué délice !

MINOUCHE

Accordez-moi, mes sœurs, d'être la première à jurer !

DÉMOBILISETTE

Non pas, ma belle[5], non — sauf si le sort te désigne ! Posez toutes la dextre sur la coupe, Dora ! Que l'une de vous, en votre nom à toutes, répète mot pour mot ce que je vais dire.

1. *Litt. : immoler-comme-mouton une jarre de vin de Thasos.*
2. Même effet qu'au v. 114.
3. *Litt. : pose la main sur le verrat :* la grosse jarre, dont le « sang » va couler, représente la bête du prétendu sacrifice.
4. *Litt. : Par castor !*
5. *Litt. : par Aphrodite !*

Et vous confirmerez et ratifierez ensuite tout cela.

[*Elles obéissent*]

DÉMOBILISETTE [*avec solennité*]

Aucun homme ici-bas, ni mari ni galant...

VICTOIRE

« Aucun homme ici-bas, ni mari ni galant... »

DÉMOBILISETTE

ne pourra m'approcher s'il est raide... Répète !

VICTOIRE [*d'une voix mourante*]

« ... ne pourra m'approcher s'il est raide... » Oh là là ! Lisette, mes genoux se dérobent sous moi !

DÉMOBILISETTE [*imperturbable*]

Et je vivrai chez moi comme chaste pucelle...

VICTOIRE

« Et je vivrai chez moi comme chaste pucelle... »

DÉMOBILISETTE

dans mes plus beaux atours, fringante et pomponnée...

VICTOIRE

« dans mes plus beaux atours, fringante et pomponnée... »

DÉMOBILISETTE

... pour que mon homme soit calciné de désir.

VICTOIRE

« ... pour que mon homme soit calciné de désir. »

DÉMOBILISETTE

Et jamais de bon gré je ne lui céderai.

VICTOIRE

« Et jamais de bon gré je ne lui céderai. »

DÉMOBILISETTE

Si, malgré que j'en aie, il me fait violence...

VICTOIRE

« Si, malgré que j'en aie, il me fait violence... »

DÉMOBILISETTE

je me prêterai mal, sans seconder sa fougue,...

VICTOIRE

« ... je me prêterai mal, sans seconder sa fougue... »

DÉMOBILISETTE

inerte, et sans me mettre à jambes rebindaines[1]...

VICTOIRE

« ... inerte, et sans me mettre à jambes rebindaines... »

DÉMOBILISETTE

... pas plus qu'à quatre pattes,
en lionne sculptée au manche d'un couteau[2].

VICTOIRE

« ... pas plus qu'à quatre pattes
en lionne sculptée au manche d'un couteau. »

DÉMOBILISETTE

Si je tiens ces serments, ce vin soit mon breuvage...

VICTOIRE

« ... Si je tiens ces serments, ce vin soit mon breuvage... »

DÉMOBILISETTE

... mais qu'il se change en eau si je leur fais entorse !

VICTOIRE

« ... mais qu'il se change en eau si je leur fais entorse ! »

DÉMOBILISETTE

Vous êtes toutes d'accord pour jurer ?

TOUTES

Oui, grand dieu !

DÉMOBILISETTE [*s'apprêtant à boire*]

Allons, que je consomme le rite !

VICTOIRE

Pas plus que ta part, chère amie, pour que soit scellée sur-le-champ notre amitié à toutes !

DORA

Qu'ès acò ? On crie !

DÉMOBILISETTE

Tout justement ce que je vous disais : les femmes viennent de s'emparer de la Citadelle : c'est fait. Allons, Dora, va-t'en régler tout comme il faut chez vous, en nous laissant en otages tes deux compagnes que voici.

[*Dora sort, laissant la Corinthienne et la Béotienne*]

1. *Litt. : je ne tendrai pas mes mules vers le plafond.*

2. *Litt. : d'une râpe à fromage.* C'étaient des sortes de raclettes, souvent décorées de bêtes sculptées, en bronze, en ivoire ou en os.

Et nous, allons rejoindre les autres à l'intérieur de la Citadelle, et les aider à barricader les portes.

VICTOIRE

Dis-moi, tu n'as pas peur de voir les hommes affluer tout de suite à la rescousse contre nous ?

DÉMOBILISETTE

Eux ? Ce n'est pas ça qui me tracasse ! Ils n'auront pas un tel attirail de menaces et de brandons qu'ils puissent nous faire ouvrir les portes, à moins d'en passer par où nous avons dit.

VICTOIRE

Non certes, ils n'y arriveront pas, sainte Reine des amours ! Ou bien nous ne mériterions pas notre réputation de carognes dont rien ne peut venir à bout, nous les femmes !

[*Elles s'en vont toutes. La scène est à présent devant les portes de l'Acropole. On voit venir, du côté droit, une troupe d'hommes âgés, chargés de bûches et de fagots ; l'un d'eux porte un chaudron plein de braises*]

LE CORYPHÉE

Marche devant, Bonœil[1], et marque la cadence,
même si ton épaule est tout endolorie
sous le fardeau d'une si lourde bille
d'olivier vert dont tu portes le poids !

[STROPHE] LE CHŒUR

Ah ! comme on en voit, des choses
contre toute attente, hélas !
dans la vie, quand elle est longue !
Qui donc, mon vieux Duracuir[2],
aurait jamais pu s'attendre
à apprendre que des femmes
— cynique et maudite engeance
nourrie à notre foyer ! —
retiennent la sainte Image[3]
en leur pouvoir, ayant pris

1. *Litt. : Dracès.* Cf. *Ach.*, v. 1028, à propos de Dercetès.
2. *Litt. : Strymodoros* (nom qui contient l'idée d'âcreté). Ce sont deux des vieillards de la troupe, comme plus bas Promptauboulot (litt. : *Philourgos*).
3. La célèbre statue d'Athéna, protectrice de la ville.

d'assaut notre Citadelle,
et bel et bien verrouillé
barricadé, bloqué l'accès des Propylées !

LE CORYPHÉE

Vite, allons, dépêchons ! sus à la Citadelle,
mon cher Promptauboulot ! Il faut amonceler
en un seul grand bûcher, autour de leurs défenses,
ce bois, pour y rôtir, toutes d'un seul supplice
et de nos propres mains, celles qui ont osé
tramer et perpétrer un pareil attentat —
à commencer par la femme à Lycon[1] !

[ANTISTROPHE] LE CHŒUR

Non, sainte Mère des dieux,
jamais, tant que nous vivrons,
elles ne nous bafoueront !
Le premier envahisseur,
Cléomène[2]*, n'en sortit*
qu'en y laissant bien des plumes !
Sa morgue de Spartiate
n'y fit rien : il dut filer,
nous abandonnant ses armes
et ne gardant sur le dos
qu'un petit bout de tunique,
crasseux, répugnant, hirsute
après six ans passés sans se débarbouiller !

LE CORYPHÉE

A cet ennemi-là, si rude fut le siège
que nous fîmes subir ! oui, par devant les portes
nuit et jour dix-sept rangs de boucliers veillaient...
Et elles, qu'Euripide et que les dieux honnissent,
il ne suffirait pas que nous nous montrions
pour briser leur défi ? Que plutôt disparaisse
notre trophée, aux champs de Marathon[3] !

1. Il s'agit d'une certaine Rhodia, souvent raillée par les comiques et dont le nom crée ici un effet de surprise burlesque.

2. Roi de Sparte, qui s'était emparé de l'Acropole, en 508, et dut capituler au bout non pas de six ans, mais de deux jours. Naturellement, si âgés que soient les vétérans du chœur, ce ne sont pas eux qui se sont battus en cette affaire qui date de près d'un siècle. La chronologie comique est fort élastique.

3. *Litt. : aux Quatre-villes ;* le bourg de Marathon était groupé avec trois autres sous ce nom.

[STROPHE II] LE CHŒUR

Allons ! le seul bout de chemin
qui nous reste encore à gravir,
c'est le raidillon qui débouche
sur l'Acropole ! j'ai une grande hâte
d'y arriver. Tâchons moyen
de haler tout ça jusqu'en haut
sans le secours d'un bourricot...
Ces deux bûches-là, elles m'ont
mis l'épaule en capilotade !

Il faut marcher quand même,
et souffler sur le feu ;
sans quoi, quand je serai
au terme du chemin
je risque le mécompte
de le trouver éteint !
Fû ! ffû ! ! fffû ! ! !
Oh ! là là quelle fumée !

[ANTISTROPHE II]

Forcebleu[1] *! avec quel élan*
il s'est déchaîné contre moi,
jailli du fond de la marmite !
On dirait un chien enragé !
Il me mord les yeux, ce feu-là !
c'est bien, pour sûr, un feu d'enfer[2],
ya pas à dire, pour m'avoir
si bien bouffé à belles dents
mes pauvres paupières bouffies !

Marchons ! à l'Acropole !
En avant, vite, allons
délivrer la déesse !
Quand aurons-nous, mon bon,
meilleure occasion
de lui venir en aide ?
Fû ! ffû ! ! fffû ! ! !
Oh ! là là ! quelle fumée !

1. *Litt. : par Héraclès !*
2. *Litt. : un feu de Lemnos,* expression proverbiale à cause du volcan situé dans cette île. Le jeu de mots : « bouffé... bouffies » remplace celui du grec entre Λήμνιον et λῆμαι, chassie, orgelet.

vers 286-305

LE CORYPHÉE

Voilà notre feu bien réveillé, dieux merci, bien vivant ! A présent, si nous commencions par déposer ici notre bois, et par plonger ce sarment de vigne dans la braise ? Il fera brandon quand il aura pris. Et ensuite, il faut foncer comme béliers contre la porte ! Et si, malgré nos sommations, les femmes refusent de déverrouiller, mettre le feu aux portes et les enfumer, elles, pour les asphyxier ! Posons notre chargement. Bouh ! bouh ! Cette fumée ! Hou là là ! Main-forte à la corvée de bois ! un de nos généraux d'outre-mer[1] devrait bien revenir s'y mettre !... Bon, j'en ai fini d'avoir l'épaule broyée. Ouf ! A toi maintenant, marmite, ma mie, de raviver ta braise, de façon à me donner de quoi avoir une torche bien allumée[2]. Et toi, Dame de Victoire[3], fais-toi notre alliée, pour permettre que, chassant les femmes de l'Acropole, nous dressions trophée de leur présente impudence !

[*Ils se mettent en devoir d'allumer le feu. Entre un groupe de Femmes, qui va former le second Chœur*]

LE CORYPHÉE DES FEMMES

J'aperçois un nuage, on dirait, mes amies ! De la fumée, comme si on allumait un feu ! Dépêchons, pressons le pas !

[STROPHE] LE CHŒUR DES FEMMES

Allons, va, cours, vole,
Justine-Victoire[4],
avant que Florine et Norine
n'aient été rôties, suffoquées
dans ces volutes effroyables
par ces vieillards abominables !
Quelles ne sont pas mes alarmes !
Vais-je pas arriver trop tard à la rescousse ?

1. *Litt. : qui sont à Samos.* Plusieurs grands chefs athéniens étaient alors en opérations dans cette île. Mais c'est aussi et d'abord à Athènes même que le salut public exige leur présence.

2. Je lis, comme van Leeuwen, τὴν λαμπάδ' ἡμμένην καλῶς, ὅπως ἐμοὶ παρέξεις.

3. Il invoque Athéna Nikè, dont le temple se dresse encore non loin des Propylées.

4. *Litt. : Nicodicé* (nom féminin qui associe les deux idées de justice et de victoire) puis *Calycé* et *Critylla.*

Je viens tout juste de remplir
dès la pointe du jour ma cruche à la fontaine ;
et non sans peine
dans la cohue et la bagarre
et le fracas des ustensiles,
en subissant la bousculade
des filles de service et des gredins d'office.
J'ai réussi de haute lutte
à puiser et à emporter
[. . . . .][1]
pour mes compagnes qui rôtissent
l'eau qui viendra les secourir.

[ANTISTROPHE]

De vieux abrutis
à ce qu'on m'a dit
vont clopinant, chargés de bûches
qui pèsent dans les deux quintaux[2] *;*
comme pour chauffer l'eau d'un bain,
vers l'Acropole, en proférant
des menaces épouvantables :
« Brûlons, carbonisons ces immondes femelles ! »
— Ces femmes, ô grande Déesse,
épargne-moi de voir le feu les dévorer !
Qu'elles préservent
de la guerre et de ses fureurs
la Grèce, et leurs concitoyens !
C'est pour cela qu'elles ont pris,
ô Reine au casque d'or, patronne de la Ville,
possession de tes parvis !
Sois notre alliée, ô Très-Sainte[3] *!*
Et si quelque main masculine
veut les envelopper de flamme[4]*,*
porte-leur avec nous de l'eau !

LE CORYPHÉE DES FEMMES [*à sa troupe*]

Laissez donc... Qu'est-ce là ?

1. La comparaison avec l'antistrophe montre qu'un vers manque ici.
2. *Litt. : trois talents,* près de quatre-vingts kilos.
3. *Litt. : Tritogénie,* cf. *Nuées,* v. 989 n.
4. Il n'est pas impossible que cette prière très solennelle n'admette une équivoque facétieuse, le mot signifiant : allumer par en dessous. Il faudrait traduire alors : « veut leur mettre le feu aux fesses ».

Ces hommes, vous voyez... Quels gredins gredinants !
Gens de cœur et d'honneur feraient-ils jamais ça ?

LE CHORYPHÉE DES HOMMES

En voilà bien d'une autre !
Qui de nous l'aurait cru ? Vois cet essaim de femmes
qui vient leur apporter un secours du dehors !

LE CHORYPHÉE DES FEMMES

Vous avez la pétoche !
Est-ce que par hasard
ce serait notre nombre ? Et vous n'avez pourtant
pas même devant nous la dix millième part
de notre contingent !

LE CHORYPHÉE DES HOMMES

Dis-moi, vieux Duflambard[1],
est-ce que nous allons
laisser ces gueuses-là jacasser tout au long ?
Et ne faudrait-il pas leur briser nos tribarts
à grands coups sur les reins ?

LE CHORYPHÉE DES FEMMES

Et nous, posons par terre
nos cruches, pour n'en être empêtrées si jamais
l'un d'eux prétend lever la main sur nous !

LE CHORYPHÉE DES HOMMES

Que ne leur avons-nous
déjà flanqué, morbleu, deux, trois coups sur les dents,
comme à Guignol[2] ? ça les aurait fait taire !

LE CHORYPHÉE DES FEMMES

Eh bien soit, à tes ordres :
cogne, je suis à toi, je t'attends de pied ferme.
Mais nuls crocs que les miens n'auront le privilège
de t'arracher les couilles !

LE CHORYPHÉE DES HOMMES

Tais-toi, ou ta peau de vipère
va partir en copeaux sous nos coups de bâton !
[*Il s'avance vers une des Femmes*]

1. *Litt. : Phédrias,* un de ses camarades.
2. *Litt. : à Boupalos,* qui avait été l'objet, de la part du poète Hipponax, d'une menace de rossée devenue proverbiale.

LE CORYPHÉE DES FEMMES

Touche un peu seulement du doigt
notre chère Armangarde[1] ! Approche-toi ! Viens-y !

LE CORYPHÉE DES HOMMES

Et si mon poing te pulvérise,
qu'est-ce que tu me feras de si épouvantable ?

LE CORYPHÉE DES FEMMES

Alors, tes poumons et tes tripes,
j'y planterai la dent pour les déchiqueter.

LE CORYPHÉE DES HOMMES [*perdant son assurance*]

De tous les poètes, ma foi
c'est Euripide
le plus lucide :
rien de plus impudent que l'engeance des femmes.

LE CORYPHÉE DES FEMMES [*goguenarde*]

Reprenons nos brocs d'eau, Rosemonde[2], mon âme !

LE CORYPHÉE DES HOMMES

Pourquoi es-tu venue, créature maudite,
apporter de l'eau par ici ?

LE CORYPHÉE DES FEMMES

Et toi porter du feu, vieux cadavre sans gîte ?
C'est pour t'incinérer toi-même ?

LE CORYPHÉE DES HOMMES

Moi ? c'est pour dresser un bûcher
où tes amies seront grillées !

LE CORYPHÉE DES FEMMES

Ah oui ? eh bien moi, ton bûcher,
c'est pour pouvoir te le noyer !

LE CORYPHÉE DES HOMMES

Tu prétends me noyer mon feu ?

LE CORYPHÉE DES FEMMES

Oui-da ! Tu vas voir ça sous peu !

LE CORYPHÉE DES HOMMES

Ah ! tel que tu me vois, je ne sais qui me tient
de te faire rôtir la couenne à ce flambeau !

1. *Litt. : Stratyllis,* dont le nom a une résonance militaire.
2. *Litt. : Rhodippè,* une de ses compagnes.

LE CORYPHÉE DES FEMMES

Toi, si tu peux fournir le savon, je me tiens
à tes ordres. Tu veux prendre un bain ? J'offre l'eau !

LE CORYPHÉE DES HOMMES

Toi, carogne ? un bain, moi ?

LE CORYPHÉE DES FEMMES

Et nuptial, ma foi !

LE CORYPHÉE DES HOMMES

Comme elle est arrogante ! Hé, vous entendez ça ?

LE CORYPHÉE DES FEMMES

C'est que je suis femme libre, vois-tu !

LE CORYPHÉE DES HOMMES

Je t'empêcherai bien de brailler comme ça !

LE CORYPHÉE DES FEMMES

Tu n'es pas juge, ici ! Où te crois-tu ?

LE CORYPHÉE DES HOMMES

Attaque-toi, ma flamme, à sa crinière ! Va !

LE CORYPHÉE DES FEMMES

Ondes, à vous de montrer vos vertus !

[*Les Femmes arrosent copieusement leurs adversaires*]

LE CORYPHÉE DES HOMMES

Holà, quelle misère !

LE CORYPHÉE DES FEMMES

C'était trop chaud peut-être ?

LE CORYPHÉE DES HOMMES

Trop chaud ? que diable ! Arrête !
En voilà des manières !

LE CORYPHÉE DES FEMMES

Je t'arrose : je veux te faire reverdir.

LE CORYPHÉE DES HOMMES

Tu m'as ratatiné ! Je grelotte de froid !

LE CORYPHÉE DES FEMMES

Eh bien, tu as du feu pour te ragaillardir !

[*Entre un Commissaire, escorté de quatre gendarmes*]

LE COMMISSAIRE

Eh bien ? encore un de ces dévergondages de femmes, à grand renfort de tambourins, kyrielles de litanies et ululements hystériques[1] sur les toits ? J'entendais ça un jour que j'étais à l'Assemblée. Pendant que Démostrate parlait en faveur de l'expédition de Sicile, sa femme scandait du talon : « Las, hélas, Adonis ! » ; pendant que le Démostrate parlait de lever de l'infanterie à Zante, sa femme, éméchée, criait du haut de son toit : « Deuil ! deuil sur Adonis ! » Et lui de se démener, ce fichu maudit salaud de Colérostrate[2] ! Les voilà bien les débordements dont elles sont capables.

LE CORYPHÉE DES HOMMES

Qu'est-ce que tu dirais, si tu savais jusqu'où elles se déchaînent, celles-ci ? Entre autres outrages, elles nous ont douché du contenu de leurs brocs : nos pauvres frusques sont à tordre, comme si nous avions pissé dedans !

LE COMMISSAIRE

Humide dieu des mers ! C'est bien fait ! Du moment que nous prêtons la main nous-mêmes aux fredaines des femmes, que nous leur apprenons le dévergondage, voilà les idées qui leur germent dans la cervelle ! Car c'est bien nous qui allons trouver les gens de métier pour leur dire, par exemple : « Bijoutier mon ami, tu sais le collier que tu avais réparé pour ma femme ? Hier soir, en dansant, elle a fait sauter hors de sa douille la tige du fermoir. Moi, il faut que je prenne le bateau pour Salamine. Si tu trouves le temps, fais l'impossible pour venir ce soir lui emmancher ça comme il faut ! » Ou bien nous allons dire à un jeune cordonnier, qui est chaussé d'un outil dont la pointure n'est certes plus d'un garçonnet : « Cordonnier mon ami, ma femme a une sandale dont la bride meurtrit son petit orteil (elle l'a si délicat !). Viens donc autour de midi lui desserrer ça : elle demande à être élargie. » A quoi aboutit tout ça, nous l'avons sous les yeux : moi, Commissaire du peuple, j'ai obtenu une livraison de bois en grumes pour des

1. *Litt. : cris répétés de « Sabazios » et lamentation d'Adonis.* Il s'agit des fêtes du deuil d'Adonis, célébrées bruyamment par les femmes surexcitées. Quatre ans avant, on avait décidé l'expédition de Sicile — qui devait si mal tourner — au milieu de ces frénésies discordantes : fâcheux augure. Cf. Thucydide, livre VI, ch. 1-29 *passim ;* Plutarque, *Nicias,* ch. 12-13 ; sur Sabazios, cf. *Guêpes,* v. 10 n.

2. *Litt. : Cholozygès,* nom burlesque qui parodie en y introduisant l'idée de rage le surnom de *Bouzygès,* qui était communément donné à Démostrate.

rames, et quand il me faut de quoi la payer, je trouve l'accès au Trésor barricadé par les femmes !... Mais ça ne sert à rien de rester planté. [*A l'un des gendarmes*] Apporte les leviers, que j'en finisse avec leur insolence ! Tu restes bouche bée, abruti ? [*A un autre*] Et toi, où as-tu l'œil ? tu ne penses qu'à lorgner vers un mastroquet ! Introduisez les leviers en dessous des portes, par là, pour les disloquer ! Moi je vous aiderai à les disloquer par ici.

DÉMOBILISETTE [*ouvrant les portes et s'avançant*]

Disloquer ? Ne prenez pas cette peine ! Je sors de mon plein gré. A quoi bon des leviers ? Ce n'est pas des leviers qu'il nous faut, c'est plutôt du bon sens et de la jugeote.

LE COMMISSAIRE

Vraiment, carogne que tu es ? Où est le gendarme ? [*Au premier gendarme*] Empoigne-la et ligote-lui les mains dans le dos.

DÉMOBILISETTE

Notre-Dame des Halliers [1] ! S'il lève seulement le petit doigt sur moi, ma foi, il a beau être un agent de la force publique, il lui en cuira !

[*Le gendarme recule*]

LE COMMISSAIRE

Elle t'a fait peur, dis donc ? Veux-tu bien la ceinturer ? [*Au second gendarme*] Et toi ! mettez-vous à deux pour la ligoter !

VICTOIRE [*sortant brusquement*]

Notre-Dame des Rosées ! Si tu mets seulement la main sur elle, tu vas chier du sang sous mes talons !

LE COMMISSAIRE

Chier du sang ? Voyez-moi ça ! Un autre gendarme ! Où est-il ? [*Au troisième*] Commence par garrotter celle-ci, puisqu'elle le prend sur ce ton !

MINOUCHE [*sortant à son tour*]

Notre-Dame de Lumière ! Si tu lèves seulement le petit

1. *Litt. : Par Artémis !* Elle est encore invoquée trois fois par la suite sous d'autres vocables, litt. : *la Tout-humide, la Lumineuse, la Déesse de Tauride.*

doigt sur elle, ma foi, tu auras bientôt besoin d'un vésicatoire !

LE COMMISSAIRE

Quoi encore ? Un gendarme ! Où est-il ? [*Au quatrième*] Tiens-la bon ! Je saurai bien vous empêcher de sortir comme ça une par une !

DÉMOBILISETTE

Notre-Dame de Crimée ! Si tu l'approches, ma foi, je vais t'arracher les cheveux. Ça va hurlululer !

LE COMMISSAIRE

Malheur à moi ! Volatilisé, le gendarme ! Mais devant des femmes, il ne faut jamais baisser pavillon. [*Rameutant ses hommes*] Tous ensemble, gardes ! chargeons-les, formation d'assaut !

DÉMOBILISETTE

Saintes Mères[1] ! Eh bien, on va vous faire voir que nous avons des réserves à l'intérieur : quatre bataillons de femmes bien équipées, des combattantes de choc !

LE COMMISSAIRE

Gardes, tordez-lui les mains derrière le dos !

DÉMOBILISETTE

Ralliez ici, femmes ! Une sortie, au pas de course ! Grainetières, popotières et marchandes potagères ! épicières, gargotières et marchandes boulangères[2] ! Agrippez-le, assommez ! bigornez ! engueulez ! sans vergogne !

[*Mêlée sauvage, les gendarmes se font rosser*]

Suffit. Repliez-vous. Ne détroussez pas les morts !

LE COMMISSAIRE

Oh là là ! Elle s'est fait mettre à mal, ma gendarmerie !

DÉMOBILISETTE

Qu'est-ce que tu t'imaginais ? Tu croyais t'attaquer à des âmes serviles ? Ou bien tu pensais que les femmes n'ont pas de mordant ?

LE COMMISSAIRE

Jour de dieu ! Elles n'en ont que trop, surtout s'il y a un cabaretier dans les parages !

1. *Litt. : par les deux déesses,* Déméter et Coré.

2. Aristophane forge deux mots monstrueux dont l'un signifie : *marchandes-de-graines-aux-halles-de-soupe-et-de-légumes ;* l'autre : *marchandes-d'ail-hôtelières-boulangères.*

LE CORYPHÉE DES HOMMES

Que de salive perdue ! Tu es notre Commissaire du peuple, pourquoi te compromets-tu à discuter avec ces enragées ? Tu ne sais pas dans quel bain elles viennent de nous tremper avec nos pauvres frusques, et sans poudre à récurer ?

LE CORYPHÉE DES FEMMES

Il faut y regarder à deux fois, mon vieux, avant de porter la main sur le prochain ! Sinon, tu récoltes des coquards, c'est fatal. Car enfin, je ne demande, moi, qu'à me tenir tranquille, dans une réserve toute virginale, sans faire ici d'ennuis ni effleurer un cheveu à personne [1], pourvu qu'on ne vienne pas me soutirer mon miel et me mettre en rage comme un essaim de guêpes !

[STROPHE] LE CHŒUR DES HOMMES

Diantre ! Comment allons-nous bien
nous y prendre avec cette meute ?
Car de tels procédés ne sont plus tolérables !
Il te faut faire avec nous la lumière
sur ce scandale : à quel dessein, pourquoi
se sont-elles donc emparées
de l'Acropole légendaire [2],
la citadelle inabordable,
l'énorme roc, l'enceinte consacrée ?

LE CORYPHÉE DES HOMMES [*au Commissaire*]

Allons, interroge-les ; et ne les crois pas sur parole, mets-les à la question par tous les moyens. Ce serait une honte de laisser passer une pareille affaire sans la passer au peigne fin, par négligence !

LE COMMISSAIRE

Eh bien, la première chose que je désire leur demander, parbleu, c'est... [*Se tournant vers les Femmes*] Qu'est-ce que vous avez en tête pour avoir barricadé de madriers notre citadelle ?

DÉMOBILISETTE

C'est pour mettre à l'abri l'argent, et de vous empêcher de faire la guerre à cause de lui.

LE COMMISSAIRE

C'est à cause de l'argent que nous faisons la guerre ?

1. *Litt. : sans déranger un fétu de paille.*
2. *Litt. : du fief de Cranaos,* héros légendaire d'Athènes.

DÉMOBILISETTE

La guerre, et tous vos autres trublionnages. C'est pour avoir les moyens de voler que Pisandre[1] et les quêteurs de fonctions officielles nous marmitonnaient toujours je ne sais quelles marmelades ! Maintenant qu'ils fassent pour ça tout ce qu'ils veulent : cet argent-là, plus de danger qu'ils mettent la main dessus !

LE COMMISSAIRE

Et qu'est-ce que tu vas faire ?

DÉMOBILISETTE

Tu me le demandes ? C'est nous qui allons gérer les fonds.

LE COMMISSAIRE

Vous ? Gérer les fonds ?

DÉMOBILISETTE

Eh bien ? qu'est-ce que tu trouves là d'inouï ? Ce n'est pas nous qui gérons les ressources du ménage pour vous, sur tous les chapitres ?

LE COMMISSAIRE

Mais ce n'est pas la même chose !

DÉMOBILISETTE

Comment, pas la même chose ?

LE COMMISSAIRE

C'est la guerre qu'il faut financer avec cet argent-là.

DÉMOBILISETTE

D'abord et d'une, quel besoin de faire la guerre ?

LE COMMISSAIRE

Mais alors, comment est-ce que nous assurerons notre salut ?

DÉMOBILISETTE

Votre salut, c'est nous qui le ferons !

LE COMMISSAIRE

Vous !

DÉMOBILISETTE

Parfaitement, nous.

LE COMMISSAIRE

Ça ne tient pas debout !

1. Meneur du parti oligarchique, qui devait réussir peu de temps après à établir le régime des Quatre-Cents.

DÉMOBILISETTE

Dis-toi qu'on fera ton salut de gré ou de force.

LE COMMISSAIRE

C'est inouï, ce que tu dis !

DÉMOBILISETTE

Tu peux râler : faudra bien que ça se fasse tout de même !

LE COMMISSAIRE

Bonne Mère !... Mais c'est contre tout droit !

DÉMOBILISETTE

Salut fait loi, mon vieux !

LE COMMISSAIRE

Même si je ne le désire pas ?

DÉMOBILISETTE

Précisément : raison de plus.

LE COMMISSAIRE

Mais où avez-vous pris de vous mêler de guerre et de paix ?

DÉMOBILISETTE

On va t'expliquer ça.

LE COMMISSAIRE

Parle, et vite — ou ça va chauffer !

DÉMOBILISETTE

Soit, écoute, et tâche de tenir tes poings.

LE COMMISSAIRE

C'est plus fort que moi : c'est le diable de les tenir, tellement je suis furieux !

VICTOIRE

Alors, il t'en cuira d'autant plus !

LE COMMISSAIRE

Toi, ma vieille, garde tes croassements pour toi ! [*à Démobilisette*] A toi la parole.

DÉMOBILISETTE

Bon, je vais la prendre. Dans les premiers temps de la guerre, nous avons, avec la sage réserve de notre sexe, supporté tout ce que vous faisiez, vous autres les hommes. (C'est que vous ne nous laissiez pas risquer un mot !) Et pourtant, ça ne nous plaisait guère ! Mais, avec nos intuitions, nous savions bel et bien ce que vous faisiez, et maintes fois, sans bouger de la maison, nous avions vent des tristes décisions que vous aviez prises sur quelque affaire grave.

Alors, la mort dans l'âme, mais le sourire aux lèvres, nous vous demandions : « Quelle décision a-t-on fait afficher à l'Assemblée, aujourd'hui, sur la paix ? — Ça te regarde ? disait le mari, vas-tu te taire ? » Et je me taisais.

VICTOIRE

Mais non. Me taire ? non mais, des fois !

LE COMMISSAIRE

Vrai ! Tu aurais reçu de quoi bramer, si tu avais soufflé mot !

DÉMOBILISETTE

C'est bien pour ça que je me taisais, moi. D'une fois à l'autre, les décisions que nous apprenions allaient de mal en pis. Alors, nous demandions : « Dis, mon chéri, comment ça se fait-il que vous vous y preniez comme ça, en dépit du bon sens ? » Et lui, le regard noir, de répliquer : « Fais courir ta navette, ou bien je te frotterai les oreilles, et tu t'en souviendras !

La guerre est chose d'hommes : elle le restera ! »

LE COMMISSAIRE

En voilà un qui avait bien raison, ma foi !

DÉMOBILISETTE

Raison, malheureux que tu es ? Quand vous preniez des résolutions désastreuses, sans même nous laisser vous chapitrer ? Plus tard, nous vous avons entendu dialoguer entre vous, ouvertement cette fois, dans les rues : « Un homme ! Il n'y en a donc plus dans ce pays ? — Non, morbleu ! Personne », répliquait l'autre. Alors, nous avons décidé, sans plus tarder, de sauver la Grèce, en nous coalisant pour la cause commune, nous les femmes ! Où ça nous mènerait-il d'attendre davantage ? Ma foi, si seulement vous consentiez, devant nos excellents conseils, à écouter à votre tour, à vous taire à votre tour, comme nous l'avons fait, nous vous remettrions dans le bon chemin !

LE COMMISSAIRE

Nous ! vous ? C'est inouï, ce que tu dis, je ne peux pas supporter ça !

DÉMOBILISETTE

Tais-toi.

LE COMMISSAIRE

Que je me taise, et devant toi, satanée gueuse, avec ton voile drapée autour du museau ? Plutôt crever !

vers 511-531

DÉMOBILISETTE

Si c'est ça qui te chiffonne, je te le passe, mon voile, tiens, prends-le, drape-le-toi autour du museau, et puis tais-toi.

VICTOIRE

C'est ça ! Et ce corbillon de laine ! Et puis serre bien ta robe autour des hanches, et carde en grignotant des fèves.
La guerre désormais sera chose de femmes !

LE CORYPHÉE DES FEMMES

Quittez vos cruches, mesdames ! Il faut à notre tour venir en aide à nos amies !

[ANTISTROPHE] LE CHŒUR DES FEMMES

Jamais je ne me lasserai
de danser, ni ne sentirai
mes genoux harassés se dérober sous moi.
Et je suis prête à risquer avec elles
n'importe quoi ; leurs vertus me ravissent :
quels cœurs généreux ! quelle audace !
quelle sagesse ! quelle grâce !
quelle vertu, toute nourrie
d'un clairvoyant amour pour la patrie !

LE CORYPHÉE DES FEMMES

Allons, intrépides mémées, commères barbelées[1] ! En avant, de la fougue ! et ne mollissez pas : vous avez toujours le vent en poupe !

DÉMOBILISETTE

Qu'Amour, avec les doux secrets
qu'il doit à sa mère Cypris
souffle une haleine de désir
autour de nos seins, de nos cuisses ;
que, pour de tendres tentatives
se dresse et se tende la trique
des hommes — alors m'est avis
qu'un jour les gens de ce pays
nous donneront pour étiquette :
les Démobilison-lisettes[2] !

1. *Litt. : orties.* Je lis ἀνδρειόαται.
2. *Litt. : les Lysimaques,* variante du nom de Lysistrata, avec le même sens.

LE COMMISSAIRE

Qu'est-ce que vous aurez fait pour ça ?

DÉMOBILISETTE

Nous aurons mis fin, d'abord et pour commencer, à leur manie de faire le marché armés de pied en cap.

VICTOIRE

Bravo, sainte Mère des amours !

DÉMOBILISETTE

A présent, jusque sur la Place des Oulles et sur la Place aux Herbes, ils virevoltent autour des étalages, armés en guerre, comme des forcenés.

LE COMMISSAIRE

Parbleu, ce sont des braves : ils ne font que leur devoir !

DÉMOBILISETTE

Dis plutôt que c'est une scène de farce, un type qui porte un bouclier à gorgone[1], et qui achète des sardines dans cet attirail !

VICTOIRE

Fichtre oui ! Moi, en tout cas, j'ai vu un chef d'escadron à longue crinière, et à cheval, se faire verser de la bouillie par une vieille dans son casque de bronze ! Et puis aussi un cosaque[2], brandissant rondache et javeline, terroriser la fruitière et gober ses olives noires !

LE COMMISSAIRE

Et comment saurez-vous mettre fin à tant de brouillamini dans les divers pays, à le dénouer ?

DÉMOBILISETTE

C'est tout simple.

LE COMMISSAIRE

Comment ! Explique-toi.

DÉMOBILISETTE

Tu sais, nos écheveaux, quand ils sont embrouillés ? nous prenons le fil par ce bout-ci, nous le dégageons, fuseau par-ci, fuseau par-là : c'est comme ça que nous dénouerons cette guerre, si on nous laisse faire, en démêlant les fils : ambassade par-ci, ambassade par-là.

1. Cf. *Ach.*, v. 567, 964, 1181.
2. *Litt. : un Thrace.* Athènes avait recruté des mercenaires dans ce pays barbare.

LE COMMISSAIRE

Ah oui ? C'est avec des écheveaux de laine et des fuseaux que vous comptez dénouer des embarras inextricables ? Pauvres écervelées !

DÉMOBILISETTE

Oui-da ! Et c'est vous, si vous aviez un peu de cervelle, qui appliqueriez à toute la politique les recettes que nous avons pour nos affaires de laine !

LE COMMISSAIRE

Comment ça ? Dis-moi voir ?

DÉMOBILISETTE

D'abord il faudrait, comme nous faisons pour les flocons bruts, lessiver et décrasser la cité de son suint ; puis l'étaler sur un cadre, et, à la baguette, éliminer les coquins, écarter les bourrons rebelles ; tout ce qui s'agglutine de façon plus ou moins feutrée autour des emplois publics, carder tout ça, toutes ces têtes de loup ; et puis mêler, brasser, arracher dans une grande corbeille de bonne volonté générale, les immigrés, les étrangers qui sont de vos amis, les débiteurs du Trésor ; oui, tous ces gens-là, les mêler ensemble. Quant aux cités, ma foi, qui sont peuplées de colons venus de chez nous, vous rendre compte que ce sont comme des pelotons séparés qui se sont éparpillés çà et là : alors, ressaisir, rabouter, rembobiner tous ces fils, puis en faire une grosse pelote bien serrée ; alors il n'y aura plus qu'à en tisser une bonne houppelande pour notre peuple.

LE COMMISSAIRE

C'est inouï ! Oyez-les nous jouer tout ça à la baguette et à la pelote ! elles que la guerre n'a pas seulement effleurées !

DÉMOBILISETTE

Nous ? Maudit menteur ! Vous n'en souffrez pas moitié autant que nous ! D'abord nous avons mis au monde des fils pour les expédier se battre au loin...

LE COMMISSAIRE

Chut ! Ne réveille pas les tristes souvenirs !

DÉMOBILISETTE

Et puis, à l'âge où nous devrions prendre du bon temps en profitant de notre jeunesse, nous voilà sans compagnons sous

vers 571-591

la couverture : l'armée nous les a pris. Notre sort personnel, passons — mais pour celles qui vieillissent dans leur chambre de jeune fille, ça me fend le cœur !

LE COMMISSAIRE

Et les hommes, dis donc ? ils ne vieillissent pas ?

DÉMOBILISETTE

Sacrebleu ! Ce n'est pas la même chose ! un homme sitôt rentré, même grison, il a vite fait d'épouser une gamine. Mais la saison d'une femme est brève, et si elle ne la saisit pas au passage, personne ne veut l'épouser, et elle se ratatine à supputer ses chances !

LE COMMISSAIRE

Mais tout homme capable de faire obélisque...

DÉMOBILISETTE [*l'interrompant*]

Oh là là ! Qu'est-ce que tu attends pour claquer, toi ? Il y a de la place au cimetière ; tu n'auras qu'à acheter le cercueil, moi je vais pétrir une galette funéraire, oui-da ! [*Lui lançant des chiffons et des détritus sur la tête*] Tiens, voilà déjà ça pour te faire une couronne !

VICTOIRE [*même jeu*]

Et ces fleurs, tiens : c'est moi qui te les offre !

MINOUCHE [*même jeu*]

Prends ça aussi, c'est ma couronne !

DÉMOBILISETTE

Qu'est-ce que t'il te faut encore ? Monsieur désire ? Allez, embarque ! Charon t'appelle, tu le retardes pour démarrer !

LE COMMISSAIRE [*tout empêtré, à demi aveuglé*]

C'est quand même inouï de me faire traiter comme ça, moi ! Morbleu, je vais tout de go aller me faire voir aux Commissaires, tel que me voilà !

DÉMOBILISETTE

C'est-il que tu vas te plaindre qu'on ne t'ait pas mis en chapelle ardente[1] ? Sois tranquille : après-demain, dès la pointe du jour, tu recevras de nous tous les honneurs requis pour la fin du triduum !

[*Le Commissaire s'en va, furieux*]

1. *Litt. : que nous n'ayons pas fait l'exposition ;* et plus loin : *les rites du surlendemain* [*après le décès*]. Tout ce passage se réfère aux coutumes funéraires athéniennes.

[STROPHE] LE CORYPHÉE DES HOMMES

Il ne s'agit plus de dormir!
J'en appelle à tout homme libre!
Retroussons nos manches, messieurs,
pour la tâche qui nous requiert!

LE CHŒUR DES HOMMES

Je flaire déjà là-dessous
bien d'autres développements,
et bien plus graves, je le sens!
Je renifle surtout une odeur de séides
liberticides!
Oui, je redoute fort que, s'étant infiltrés
chez nous, je ne sais quels agents laconiens
n'aient, dans la maison de Clisthène,
organisé des entretiens,
et qu'ils n'aient ameuté ces maudites femelles,
non sans cautèle,
leur suggérant de confisquer nos sous,
nos allocations, ce qui était pour nous
le pain de nos vieux jours!

LE CORYPHÉE DES HOMMES

Car enfin, où allons-nous, si elles se mettent maintenant à faire la leçon aux citoyens, à papoter boucliers et cuirasses, elles, des femmes! et à prétendre nous réconcilier avec les Laconiens, qui méritent tout juste autant de confiance que la gueule du loup! En tramant tout ça, messieurs, c'est à la Tyrannie qu'elles ont visé. Mais moi, elles ne me tyranniseront pas; je monterai bonne garde : désormais je tiendrai

« ma dague toute prête
sous des rameaux de fête[1] ».

Pour arpenter la Place, je serai armé de pied en cap, en digne héritier d'Aristogiton. Et je serai campé [*Prenant une pose héroïque de statue*] comme ça! près de lui, à cause du coup que j'aurai porté — tel sera mon exploit à moi — à cette maudite vieille, sur les gencives!

1. Citation de la chanson bien connue célébrant Harmodios et Aristogiton, meurtriers du tyran Hipparque. Leurs statues se dressaient sur la grand-place d'Athènes, et le Coryphée, nouveau champion de la liberté, proclame qu'il aura aussi la sienne auprès d'elles.

[ANTISTROPHE] LE CORYPHÉE DES FEMMES

Bon ! mais ta mère, en te voyant
rentrer chez toi, ne pourra plus
te reconnaître !

[*A ses compagnes*]

Ho ! mes commères,
posons d'abord tout ça par terre !

[*Elles jettent leurs manteaux pour se préparer à la lutte*]

LE CHŒUR DES FEMMES [*au public*]

Car sachez tous, ô citoyens,
que nous allons, en ce débat,
parler pour le bien de l'État !
N'est-ce pas naturel, puisque notre patrie
nous a nourries
dans le faste et l'éclat ? J'avais sept ans à peine[1],
j'étais admise en la mesnie de notre Reine.
Et plus tard je fus sacristine,
à dix ans, pour servir ses rites :
j'y tins ma place, en robe fauve, par la suite,
comme acolyte ;
un jour enfin, en gente demoiselle
que j'étais devenue, j'ai porté la Corbeille
et le Collier de fruits.

LE CORYPHÉE DES FEMMES

Alors ? ne suis-je pas, de longue date, redevable à la Cité de quelque avis salutaire ? Je suis née femme, mais ne m'en faites pas grief si j'apporte une contribution qui vaut mieux que la politique que vous faites. Je verse ma part au capital commun : c'est en hommes que je la paie[2]. Tandis que vous, vieux misérables, vous ne versez rien : le capital ancestral tant célébré, qui remontait aux guerres Médiques, vous l'avez dilapidé depuis ; et en retour, vos contributions, vous ne les payez pas, si bien que par-dessus le marché vous nous mettez

1. Tout ce passage évoque les fonctions que remplissaient dans le culte d'Athéna, selon leur âge, des fillettes et jeunes filles triées sur le volet. *Litt. : A sept ans, j'étais « arréphore » ; puis à dix ans, broyeuse de farine pour notre Patronne ; puis, vêtue de la robe safran, « ourse » aux fêtes de Brauron ; enfin, belle jeune fille, « canéphore » avec un collier de figues sèches.* L'explication de tous ces termes demanderait de longs commentaires.

2. La maternité est le plus beau des services civiques.

au bord de la faillite. Vous avez une syllabe à répliquer ?... [*Au Coryphée adverse, en se déchaussant*] Et si tu m'embêtes, tu vois ce soulier ? il est coriace : tu vas en prendre un coup sur les gencives !

[STROPHE] LE CHŒUR DES HOMMES

La voilà bien, leur politique !
Ce n'est que frénésie cynique,
Et la chose ne va que croître et embellir,
à mon idée ! Il faut rembarrer ces pratiques,
si l'on est un vrai homme, et non pas un chapon !
Allons, dégrafons nos tuniques !
Car d'emblée
ne faut-il pas qu'un homme fasse
renifler
en lui l'homme qu'il est ? Il a mauvaise grâce
à demeurer emmitouflé !
En marche, va-nu-pieds superbes, ô nous qui
avons su prendre le Maquis[1]
quand nous comptions encor pour quelque chose ! Oui certes,
tout notre vieux corps doit, c'est l'instant, c'est l'instant,
retrouver sa jeunesse ! Et nos ailes d'antan
reprenons-les en secouant le poids de l'âge !

LE CORYPHÉE DES HOMMES

Car si, leur lâchant la bride,
nous offrons la moindre prise
il ne restera bientôt
domaine où elles n'étendent
leur griffe industrieuse et indécramponnable !
On les verra mettre aussi
des navires en chantier ;
et, nouvelles Artémises[2]*,*
aller jusqu'à entreprendre

1. *Litt. : en marche, les Pieds-blancs, nous qui sommes allés à Lipsydrion.* L'expression « pieds-blancs » semble chercher un calembour (λευκόποδες, λυκόποδες) avec le surnom « *pieds de loup* », donné aux Alcméonides qui avaient été les chefs du soulèvement contre les Tyrans en 513 ; les révoltés s'étaient retranchés à Lipsydrion, sur le Parnès, où ils soutinrent vaillamment le siège avant de capituler.

2. Artémise, reine de Carie, avait joint ses navires à la flotte perse de Xerxès.

de parcourir la mer pour nous livrer bataille !
Et si ces dames se mêlent
de cheval, je raie des cadres
tous nos cavaliers à nous !
Car rien de tel que la femme
pour se tenir bien en selle
en faisant califourchon[1] *:*
elle ne se désarçonne
ni au trot ni au galop !
Voyez donc les Amazones
qu'à représentées Micon[2]
sur leur chevaux, faisant la guerre aux hommes !
Allons, il faut saisir toutes ces gueuses
et leur coincer le col
dans le trou d'un carcan de bois bien ajusté !

[ANTISTROPHE] LE CHŒUR DES FEMMES

Si tu me fais bouillir les sangs,
Bonnes Mères[3] *! tu vas me voir*
te foncer sur le râble à grands coups de boutoir,
et te faire ameuter tes voisins à grands cris
sous la belle peignée que tu vas recevoir
aujourd'hui même par nos soins !
allons-y
dégrafons-nous vite, mesdames,
nous aussi !
que l'on renifle en nous ce que c'est que des femmes
prêtes à mordre sans merci,
furibondes ! Eh bien, qu'il vienne à moi en face
celui qui veut que je lui fasse
passer le goût de l'ail et de la fève noire !
Dis seulement un mot malsonnant, et je vas
— je suis hors de mes gonds ! — te faire mettre bas
comme fit l'escarbot pour l'aigle, avec ses œufs[4] *!*

LE CORYPHÉE DES FEMMES

Je me moque bien de vous
tant que j'aurai, bien vivantes,
Dora et mon autre amie,
celle de Thèbe, Isménie,

1. Equivoque gaillarde, cf. *Guêpes*, v. 501.
2. Cet artiste avait peint la scène au portique Poecile.
3. *Litt. : par les deux déesses*, cf. v. 452 n.
4. Allusion à la fable d'Esope, cf. *Paix*, v. 129.

la généreuse enfant ! Va donc, tu auras beau
nous assener des décrets
d'affilée, par rang de sept,
tu ne pourras rien sur nous,
malheureux, toi qui t'es fait
haïr de tes voisins et de tout l'univers !
Ainsi, pas plus tard qu'hier,
jour de fête[1]*, je comptais*
nous régaler ; j'ai fait dire
aux voisins de Béotie :
« Envoyez-moi votre fille
que les miennes aiment tant ! »
(Une enfant très comme il faut,
délicieuse : une anguille[2] *!)*
— « Non, nous ne l'enverrons pas »
m'ont-ils dit ; et c'est la faute
à vos décrets ! Ces décrets-là, vous autres
vous en ferez, sans trêve ni répit
tant qu'on ne vous aura
empoignés par la patte et fracassé l'échine !

[*Démobilisette sort de la citadelle, l'air très mécontent*]

LE CORYPHÉE DES FEMMES

Reine de nos destins et de notre entreprise,
d'où te vient cet œil sombre au seuil de ces demeures ?

DÉMOBILISETTE

Quelle engeance, les femmes ! Leur conduite et leurs humeurs, à ces femelles, ça me décourage, je ne sais plus où donner de la tête.

LE CORYPHÉE DES FEMMES

Que dis-tu ? Que dis-tu ?

DÉMOBILISETTE

La vérité, la vérité !

LE CORYPHÉE DES FEMMES

Qu'est-ce que c'est de si terrible ? Explique-nous : nous sommes tes amies !

DÉMOBILISETTE [*d'un ton tragique et accablé*]

Chose honteuse à dire, et trop lourde à cacher !

LE CORYPHÉE DES FEMMES

Va, ne me cèle rien du mal qui nous accable !

1. *Litt. : en l'honneur d'Hécate.*
2. Cf. v. 36, et *Ach.*, v. 880.

DÉMOBILISETTE

Nous sommes en chaleur, pour parler bref.

LE CORYPHÉE DES FEMMES

Bonté divine !

DÉMOBILISETTE

Eh bien quoi, Bonté divine ? C'est comme ça, voilà tout. Et moi, je n'arrive plus à les tenir à distance de leurs mâles : elles s'échappent. J'en ai pincé une tout à l'heure qui déblayait l'orifice [1] du côté de la grotte de Pan ; une autre qui déboulinait à l'aide d'une poulie, une autre qui gagnait les lignes ennemies ; et une autre... ce qu'elle avait en tête, celle-là, c'était de s'en aller, hier, à dos de moineau, atterrir chez Greluchon [2] : je l'ai retenue par les cheveux !... Qu'est-ce qu'elles ne vont pas dénicher comme prétextes pour filer chez elles ? Tiens ! en voilà une qui vient... Hé, toi, où cours-tu ?

LA PREMIÈRE FEMME

Je veux rentrer chez moi, j'ai de la laine angora qui est en train de se ronger aux mites !

DÉMOBILISETTE

Ah, la chatte-mitte [3] ! Demi-tour, hop !

LA PREMIÈRE FEMME

Mais je serai tout de suite revenue, Bonnes Mères ! juste le temps d'étendre sur le lit...

DÉMOBILISETTE

Rien du tout ! Pas d'étendage ! Je t'interdis formellement de t'en aller !

LA PREMIÈRE FEMME

Alors, faut que je laisse ma laine se perdre ?

DÉMOBILISETTE

Oui, si ça doit arriver.

[*La femme se retire, une autre apparaît*]

LA DEUXIÈME FEMME

Misère de moi, misère ! Mon lin que j'ai laissé brut à la maison, sans l'effilocher !

1. Crevasse dans le roc, au nord de l'Acropole.
2. *Litt. : Orsilochos,* qui était, d'après le scoliaste, un « homme à femmes ».
3. Ce calembour n'est pas dans le texte, qui dit seulement : *quelles mites ?*

DÉMOBILISETTE

En voilà une autre ! Elle, c'est pour son lin à effilocher qu'elle veut sortir ! Marche arrière ! Rentre !

LA DEUXIÈME FEMME

Mais voyons, je te le jure, je décortique un petit coup, et je reviens !

DÉMOBILISETTE

Non. Pas de décorticage [1] ! si tu donnes le signal, il y en aura une autre qui voudra en faire autant !

UNE TROISIÈME FEMME [*faisant irruption avec des contorsions pathétiques*]

O Notre Dame de Gésine [2] ! use de tes pouvoirs : bloque ma délivrance, que j'aie le temps de me rendre là où elle ne sera pas sacrilège !

DÉMOBILISETTE

Qu'est-ce que c'est que ces fariboles ?

LA TROISIÈME FEMME

Je suis sur le point d'accoucher, là, tout de suite !

DÉMOBILISETTE

Toi ? Mais tu ne l'étais pas enceinte, hier !

LA TROISIÈME FEMME

Mais aujourd'hui, oui ! Laisse-moi rentrer chez moi, Lisette, pour avoir la sage-femme ! Vite, ça presse !

DÉMOBILISETTE

Qu'est-ce que tu me racontes ? [*Lui palpant le ventre*] Qu'est-ce que tu as là ? ce machin dur ?

LA TROISIÈME FEMME

Le mioche ! c'est un garçon !

DÉMOBILISETTE

Non, ma belle [3], ça ne prend pas ! Ça m'a tout l'air d'être je ne sais quelle bassine en métal. J'en aurai le cœur net ! [*Elle tire de sous la robe de la femme un énorme casque, celui de l'Athéna du Parthénon*] Farceuse ! C'est la sainte bourguignotte que tu portes, et tu te disais enceinte ?

1. Ambiguïté obscène.
2. *Litt. : Toute-puissante Ilithye !* C'était la déesse des naissances, comme Lucine à Rome. Il était interdit d'accoucher dans un lieu sacré, tel le saint enclos qu'était l'Acropole.
3. *Litt. : par Aphrodite !*

LA TROISIÈME FEMME

Oui, je suis enceinte, sapristi !

DÉMOBILISETTE

Alors pourquoi est-ce que tu portais ça ?

LA TROISIÈME FEMME

Je comptais, si les douleurs me prenaient avant d'avoir quitté la Citadelle, me nicher dans le casque pour accoucher, comme les pigeonnes pour pondre !

DÉMOBILISETTE

Tu dis ? quoi ? faux-fuyants ! Les choses sont claires comme le jour. Tu vas me faire le plaisir d'attendre ici tes relevailles, cascadeuse[1] !

LA TROISIÈME FEMME

Mais je ne peux même plus fermer l'œil, dans cette citadelle, depuis que j'ai vu la Tarasque en sentinelle[2] !

UNE QUATRIÈME FEMME

Et moi, c'est les chouettes qui me tuent, pauvre de moi ! Elles me font des nuits blanches, en coucabubulant sans arrêt !

DÉMOBILISETTE

Toquées que vous êtes ! assez de boniments ! C'est de vos hommes que vous avez envie, probable ? Et nous, tu crois qu'ils n'ont pas envie de nous ? Elles sont amères, tu peux m'en croire, les nuits qu'ils passent ! Mais tenez bon, vaillantes âmes ! Endurez l'épreuve encore un petit peu ! Car il y a un oracle qui nous promet la victoire, si nous évitons la discorde. [*Elle tire un papier*] Et cet oracle, le voici :

LA QUATRIÈME FEMME

Vas-y, dis-nous ce qu'il dit.

DÉMOBILISETTE [*solennelle*]

Alors, silence !
Quand on verra les Hirondelles se blottir

1. *Litt. : d'attendre ici les « amphidromies » du casque.* Un certain nombre de jours après une naissance, on faisait les « amphidromies » de l'enfant : on allait le montrer aux voisins, puis on donnait un festin de relevailles.

2. *Litt. : le serpent qui est le gardien.* A ce serpent légendaire, personne ne croyait plus. C'est donc un nouveau prétexte, aussi faux que les autres. Les chouettes, elles, nichaient réellement en grand nombre sur l'Acropole, au point qu'elles étaient passées en proverbe, cf. *Ois.*, v. 301 n.

toutes ensemble, afin de fuir les Rouge-queue[1],
et des Butors[2] savoir l'approche refuser,
lors verra-t-on les désastres finir,
et Zeus qui tonne au plus profond des cieux
de tout, dessus-dessous, fera chassé-croisé.

UNE FEMME

Pour la bête à deux dos, nous serons par-dessus ?

DÉMOBILISETTE [*méprisant l'interruption*]

Mais si la zizanie saisit les hirondelles,
si de la sainte enceinte elles s'éloignent,
en les voyant se disputer à tire-d'aile
les gens diront : nul volatile n'a plus qu'elles
le feu au cul, avec moins de vergogne !

UNE FEMME

C'est limpide, parbleu, cet oracle !

DÉMOBILISETTE

Par tous les dieux du ciel, n'abdiquons pas devant la rude épreuve ! Rentrons ! Trahir l'oracle, c'est ça, mes chéries, qui serait une honte.

[*Elles rentrent toutes. Seuls restent les deux Chœurs, face à face*]

[STROPHE] LE CHŒUR DES HOMMES

J'ai une belle histoire à vous conter,
que j'ai moi-même, enfant, entendu débiter,
mesdames !
Il était une fois un certain damoiseau
appelé Sombrepoil[3]*. Plutôt que prendre femme,*

1. *Litt. : la Huppe.* Le nom est masculin en grec : qu'on se souvienne de la légende du roi Térée, qui fut changé en huppe (cf. *Ois.*). Un sous-entendu grivois sur « hirondelle » (qui désignait aussi le recoin le plus intime du corps féminin) nous a suggéré une transposition sur l'autre sexe.

2. *Litt. : du « phalès »*. On voit de quel « oiseau » salace il s'agit.

3. *Litt. : Mélanion,* dont le nom dérive de noir. L'histoire est fort mal choisie, puisqu'il fut l'ardent soupirant d'Atalante, qui détestait les hommes : ces vieillards sont stupides. Ils méritent que les femmes — qui, elles, sont de mauvaise foi — leur rétorquent bientôt le cas de Timon : ce contemporain d'Aristophane était déjà célèbre comme « ennemi des hommes », mais de tous les humains, sans acception de sexe.

il préféra s'enfuir au désert : il gîtait
dans la montagne ; il tressait des réseaux
pour y chasser le lièvre. Et sa rancune était
si vive, que jamais il ne rentra chez soi,
tant il avait horreur des femmes. C'est en quoi
nous ne sommes pas au-dessous
de Sombrepoil : on n'est pas fous !

UN HOMME

Dans mes bras te saisir,
c'est mon plus cher désir,
ma vieille !...

UNE FEMME

D'oignons dans ce cas
plus ne mangeras[1] *!*

L'HOMME

... La jambe à la redresse !
pour te botter les fesses !

[*Il joint le geste à la parole*]

LA FEMME

Fi donc ! Qu'ai-je vu ?
Quel taillis touffu !

L'HOMME

Myronidès[2] *aussi était plutôt velu*
sur cette face-là, ma mie !
Et Phórmion de même avait du poil au cul
pour sauter sur les ennemis !

[ANTISTROPHE] LE CHŒUR DES FEMMES

J'ai une histoire aussi, moi, dans mon sac
pour répliquer à Sombrepoil du tac au tac :
Oyez !
Il était un certain Timon, sans nulle attache
ici-bas ; son visage était tout verrouillé,
tout barbelé de rage : un vrai fils de Furie !
Que fait Timon ? par rancune il s'arrache,
jurant, pestant, sacrant, à la canaillerie
des hommes ! Si vivace était sa lourde dette

1. Je lis οὐκ ἔδει. La réplique narquoise peut signifier : « tu empestes l'oignon » ou bien « je te ferai passer le goût du pain ». Le second sens semble préférable, cf. v. 689.

2. Myronidès, vaillant général athénien des années 480-455. Pour Phormion, cf. *Cav.*, v. 562.

de rancune envers vous, canailles que vous êtes,
vous les hommes ! mais quant à nous,
femmes, il nous aimait beaucoup !

UNE FEMME

Veux-tu que je te cogne
un grand coup sur la trogne,
dis-moi ?

UN HOMME [*ironique*]

Non ! non, quelle horreur !
Tu me fais trop peur !

LA FEMME

Ou bien que je te lance
mon pied là où je pense ?

L'HOMME

Dis donc, impudente !
On va voir ta fente !

LA FEMME

Hé bien, ma foi, j'ai beau n'être plus jeune, au moins,
elle n'est pas embroussaillée !
Tu peux venir y voir ! oui, jusque dans les coins
je l'ai flambée et nettoyée !

[*Démobilisette paraît sur le rempart, très excitée*]

DÉMOBILISETTE

Hep ! hep ! vous autres, venez ici, à moi, vite !

LE CORYPHÉE DES FEMMES

Quoi donc ? Parle ! qu'est-ce que c'est que ces cris ?

DÉMOBILISETTE

Un homme ! un homme que je vois s'approcher ! Il est hors de lui ! il est possédé de frénésie libidineuse !
O Vénus ! tout entière à ta proie attachée[1],
tu tiens la voie, oui, veille à ne la point lâcher !

LE CORYPHÉE DES FEMMES

Où est-il, cet individu ?

DÉMOBILISETTE

Il longe Notre-Dame des Blés[2].

LE CORYPHÉE DES FEMMES

Oui, ma foi, c'est vrai ! Qui ça peut-il bien être ?

1. *Litt. : O souveraine qui règnes sur Chypre, Cythère et Paphos !*
2. *Litt. : le temple de la « Verdoyante »* épithète de Déméter.

DÉMOBILISETTE

Regardez bien. Est-ce que l'une de vous le connaît ?

MINOUCHE

Moi, ma foi, oui, c'est mon homme, Chaulapin [1] !

DÉMOBILISETTE

Alors, à toi le travail : tu le mets sur la braise, tu le retournes, tu le mitonnes, tu fais la gentille, la pas-gentille, tu lui passes tout et tout, sauf le point que nous savons, nous et la coupe de vin [2].

MINOUCHE

T'en fais pas, je m'en chargerai.

DÉMOBILISETTE

Bon. Et puis je vais rester ici, moi, pour t'aider à le mitonner et à le tenir sur le gril. [*Aux autres Femmes*] Vous, retirez-vous !

[*Elles s'en vont. Entre Chaulapin, équipé d'un attribut viril postiche fort éloquent. Un esclave le suit, portant un marmot*]

CHAULAPIN

Ah là là ! Misère de moi ! J'ai le câble raide, bandé à craquer ! Ça me tire à quatre chevaux, quel supplice !

DÉMOBILISETTE [*du haut du rempart*]

Qui va là ? Cet individu surgi en arrière de nos lignes ?

CHAULAPIN

C'est moi !

DÉMOBILISETTE

Un homme ?

CHAULAPIN [*montrant ce qui ne permet pas le moindre doute*]

Un homme, oui bien !

DÉMOBILISETTE

Oust ! Passe au large, oui bien !

CHAULAPIN

Mais toi qui me chasses, qui es-tu ?

1. *Litt. : Cinésias.* Ce n'est certainement pas le poète blagué dans *Les Oiseaux* (v. 1372 et suiv.), mais un personnage fictif, dont le nom est choisi, comme le sera celui de son dème (litt. : *Péonide*) pour le sous-entendu paillard qu'il permet.

2. Allusion au serment qu'elles ont prêté.

DÉMOBILISETTE

Sentinelle de jour.

CHAULAPIN

Alors, au nom du ciel... Où est Minouche ? appelle-la-moi !

DÉMOBILISETTE

Voyez-vous ça ? que je t'appelle Minouche ? Et toi, qui es-tu donc ?

CHAULAPIN

Son mari, Chaulapin de Triquebourg !

DÉMOBILISETTE

Ah ! bonjour, cher ami !
Ton nom n'est pas chez nous sans gloire, ni renom !
Ta femme l'a sans cesse sur les lèvres ! Qu'elle touche un œuf, une pomme, on l'entend dire : « Si je pouvais donner ça à Chaulapin ! »

CHAULAPIN

Au nom du ciel...

DÉMOBILISETTE

Oui-da ! et vivent les amours[1] ! Et si les maris viennent sur le tapis, la question est tout de suite réglée par la voix de ta femme : « Crotte de bique, tout le reste, en face de Chaulapin ! »

CHAULAPIN

Alors va, appelle-la-moi !

DÉMOBILISETTE

Ouais ? tu me feras un petit cadeau ?

CHAULAPIN [*montrant de nouveau son engin*]

Oui, parbleu, ça, si tu veux. C'est ce que j'ai ; et ce que j'ai, je te le donne.

DÉMOBILISETTE

Allons, je vais descendre te l'appeler. [*Elle disparaît*]

CHAULAPIN

Fais vite, alors, presse-toi ! Je n'ai plus aucun plaisir à vivre depuis qu'elle a quitté la maison. Quel chagrin quand je rentre ! Tout me semble désert, et rien de ce que je mange ne me fait plus plaisir : j'ai un nœud, là !

MINOUCHE [*à la cantonade*]

Je l'aime, oh ! je l'aime ; mais il ne veut pas se laisser aimer. Ne me dis pas d'aller le trouver.

1. *Litt. : par Aphrodite !*

CHAULAPIN

Ah ! ma Minouchette tout en sucre, pourquoi fais-tu ça ? Descends ici !

MINOUCHE [*se montrant au créneau*]

Non, ma foi, je n'irai pas, non !

CHAULAPIN

C'est moi qui t'appelle ! tu ne veux pas descendre, Minouche ?

MINOUCHE

Tu n'as pas besoin de moi ! Pas la peine de m'appeler !

CHAULAPIN

Moi ? pas besoin de toi ? je suis aux abois !

MINOUCHE

Je m'en vais.

CHAULAPIN

Non, je t'en supplie ! Écoute au moins le petit ! [*Au bébé*] Hé toi, appelle maman !

LE BÉBÉ

Maman, maman, maman !

CHAULAPIN

Hé bien ? Tu es sourde ? Tu n'as même pas pitié du petit ? Voilà cinq jours qu'on ne l'a ni torché ni fait téter !

MINOUCHE

Bien sûr, ça me fait pitié ! mais son père est un sans-soin !

CHAULAPIN

Descends, ma toute-bonne ! Descends pour le petit !

MINOUCHE

Ce que c'est que la maternité ! Il faut bien que je descende, il n'y a pas... [*Elle disparaît*]

CHAULAPIN

Ma foi, elle a beaucoup rajeuni, on dirait ! Son œillade est bien plus aguichante ! Elle me boude, elle se cabre ! C'est justement ce qui me met aux abois, à force de la désirer.

MINOUCHE [*arrivant*]

Ah ! mon petit bébé tout en sucre ! papa, c'est un méchant ! Viens un peu que je t'embrasse, le susucre à sa maman !

CHAULAPIN

Vilaine ! En voilà des façons ! tu te laisses mener par d'autres femmes ? Ah ! tu me fais de la peine, et toi aussi tu te rends victime !

MINOUCHE

Bas les pattes ! Défense d'approcher !

CHAULAPIN

Et les affaires à la maison ? les miennes ? les tiennes ? Tu laisses tout ça s'abîmer !

MINOUCHE

Je m'en moque bien.

CHAULAPIN

Tu t'en moques, si la volaille est en train de déchiqueter tes écheveaux ?

MINOUCHE

Ma foi, oui.

CHAULAPIN

Et les mystères de Vénus, que tu n'as pas célébrés depuis si longtemps ! Allons, reviens-moi !

MINOUCHE

Que non pas ! Négociez d'abord l'arrêt de la guerre !

CHAULAPIN

Bon, eh bien, si tu veux, nous irons jusque-là !

MINOUCHE

Bon, eh bien, si tu veux, alors je rentrerai là-bas. Mais pour le moment, non : je l'ai juré.

CHAULAPIN

Allons, fais au moins coucouche avec moi, depuis le temps !

MINOUCHE

Non ! [*Un œil en coulisse*] Et pourtant, il n'y a pas à dire, je t'aime...

CHAULAPIN

Tu m'aimes ? Alors pourquoi pas coucouche, dis, Minouchon ?

MINOUCHE

Tu en as de bonnes, toi ! Devant le petit ?

CHAULAPIN

Morbleu, à la maison, celui-là ! [*A son serviteur*] Emporte-le, Manès. [*Le serviteur disparaît avec le mioche*] Tu vois, le petit n'est plus là pour te gêner. Tu ne fais pas coucouche ?

MINOUCHE [*regardant autour d'elle*]

Mais mon pauvre chéri, où est-ce qu'on pourrait faire ça ?

CHAULAPIN

Où ? la grotte de Pan, ça ira très bien.

MINOUCHE

Mais comment rentrerai-je à l'Acropole, sans avoir fait ablution ?

CHAULAPIN

Ça s'arrange très bien : tu te laveras à la Fontsainte[1].

MINOUCHE

Mais mon serment ? ça serait un parjure, mon pauvre chéri !

CHAULAPIN

Je prends ça sur moi. T'occupe pas de ton serment.

MINOUCHE

Voyons, il faut que j'aille nous chercher une couchette.

CHAULAPIN

Mais non ; par terre, ça nous suffira bien.

MINOUCHE

Pas question ! Jour de dieu, tu as beau être si coquin, je ne vais tout de même pas te faire coucher par terre !

[*Elle s'en va*]

CHAULAPIN

Cette femme, ce qu'elle m'aime ! Il n'y a pas à tortiller !

MINOUCHE [*rapportant un lit de sangle*]

Voilà ; couche-toi, dépêche ! moi je me déshabille [*Chaulapin se couche*]... Ah non ! Il y a encore quelque chose ; il faut que j'apporte une natte.

CHAULAPIN

Quoi, une natte ? Pas pour moi.

MINOUCHE

Bonté divine[2] ! Sur des sangles ? Quelle honte !

CHAULAPIN

Laisse-toi faire !... un baiser !

1. *Litt. : à la source Clepsydre,* en dessous de la caverne de Pan.
2. *Litt. : par Artémis !*

MINOUCHE

Tiens !

[*Elle s'en va*]

CHAULAPIN

Saperlipopette ! Tâche d'être là en vitesse !

MINOUCHE [*revenant*]

Voilà une natte. Couche-toi, je me déshabille. [*Chaulapin se recouche*] Ah ! mais non, il y a encore quelque chose : tu n'as pas d'oreiller.

CHAULAPIN

Je n'en ai pas besoin !

MINOUCHE

Mais moi, oui, ma foi !

[*Elle s'en va*]

CHAULAPIN [*caressant son engin*]

Mais dans tout ça mon pauvre gros, tu fais carême[1] !

MINOUCHE [*revenant*]

Allez, lève-toi ! du ressort ! Ça y est, j'ai tout.

[*Il se soulève, elle lui glisse le coussin*]

CHAULAPIN

Oui, tout et tout. Viens ici, mon trésor !

MINOUCHE

J'ôte ma gorgerette. Mais rappelle-toi bien : ne me tire pas de carotte, pour la paix !

CHAULAPIN

C'est juré, sur ma tête !

MINOUCHE

Mais tu n'as pas de couvre-pied !

CHAULAPIN

Morbleu ! Je n'en ai pas besoin ! c'est toi qu'il me faut !

MINOUCHE

T'en fais pas, ça va venir. Je suis là dans une seconde.

[*Elle s'en va*]

CHAULAPIN

Ah ! quel numéro ! Elle me fera crever avec ses couvertures !

1. *Litt. : Mais ma trique que voici, on lui donne à dîner comme à Héraclès !* Allusion aux farces où Héraclès le glouton voyait sa voracité déçue.

vers 924-936

MINOUCHE [*revenant*]

Tiens-toi droit.

CHAULAPIN [*nouveau geste éloquent*]

Y en a un ici qui se tient droit, hé ?

MINOUCHE [*étendant soigneusement sur lui la couverture*]

Je te mets du parfum ! tu veux [1] ?

CHAULAPIN

Que non, pour l'amour du ciel !

MINOUCHE

Que si, pour l'amour de l'amour [2] ! bon gré mal gré !

[*Elle s'en va*]

CHAULAPIN

Seigneur, dieu tout-puissant ! Si le parfum pouvait se renverser !

MINOUCHE [*revenant*]

Sors ta main ; tiens, frictionne-toi.

CHAULAPIN

Jour de dieu ! Il ne me plaît pas ce parfum-là. Il sent le faux-fuyant, pas le devoir conjugal !

MINOUCHE [*mimique de consternation*]

Malheur de moi, c'est le flacon de Rhodes [3] que j'ai apporté !

CHAULAPIN

C'est bon, laisse comme ça, que diantre !

MINOUCHE

Tu plaisantes, pour sûr !

[*Elle s'en va*]

CHAULAPIN

La male crève à celui qui a inventé de concocter du parfum !

MINOUCHE [*revenant*]

Tiens, prends cette burette.

1. *Ass.*, v. 524.
2. *Litt. : Non, par Apollon ! — si par Aphrodite !*
3. On... flaire sous cette réplique une allusion d'actualité politique. Peut-être Rhodes venait-elle de lanterner les Athéniens dans une négociation.

CHAULAPIN

J'en ai déjà une sous la main. Allons, méchante, couche-toi, et ne m'apporte plus rien.

MINOUCHE

A tes ordres ! ainsi ferai-je. Je me déchausse, tu vois ? Mais attention : tu voteras pour la paix, hein, mon chéri ?

CHAULAPIN

J'y aviserai. [*Minouche s'échappe définitivement*] Ah ! elle m'a assassiné, la garce ! Elle m'a eu jusqu'au trognon ! Tout ça pour me le mettre hors de lui — et la voilà partie !

Las ! las ! que devenir ? à quel sein me vouer ?
Ma toute-belle, mon unique, m'a joué !
[*Caressant tristement son outil*]
Qui donner à téter à ce pauvre moutard !
Où donc est Chien-renard [1] ?
Je veux, au bobinard,
louer les bons offices
d'une nourrice !

LE CORYPHÉE DES HOMMES

Dans quelle terrible géhenne,
malheureux, tu te ronges l'âme !
Comme elle t'a joué !
Las ! las ! je souffre de ta peine !
Quels reins pourraient tenir là-contre ?
quelle âme haute, et quel bas-ventre ?
quelles couilles, et quels rognons ?
quel braquemart, s'il se voit refuser
son assaut du matin ?

CHAULAPIN

Quels élancements infernaux !

LE CORYPHÉE DES HOMMES

Elle t'a fait belle besogne,
l'archigueuse, l'archicarogne !

LE CORYPHÉE DES FEMMES

Non, non : l'exquise et l'archi-adorée !

LE CORYPHÉE DES HOMMES

Tu dis, exquise ?

1. Sobriquet d'un patron de lupanar, cf. *Cav.*, v. 1067-1069.

Ah ! non ! peste jurée !
Ah ! Vents du ciel !
Si je pouvais vous voir, comme les tas de paille
dans un grand tourbillon d'éclairs, la culbuter,
et la rouler
et la bouler
et l'emporter !
Puis, la laisser dégringoler par terre,
et sur mon bout-dehors
venir s'empaler tout à trac !

[*Entre un Héraut lacédémonien, empêtré lui aussi d'un ustensile burlesque. Un Commissaire athénien vient l'accueillir*]

LE HÉRAUT

Les Consuls [1] d'Athènes, c'est par où ? ou bien les Commissaires ? que j'ai du neuf à leur dire !

LE COMMISSAIRE

Qui es-tu ? un homme ? ou un priape [2] ?

LE HÉRAUT

Je fais le courrier d'État, pitchoun ! Coquin de sort [3] ! De Sparte, que j'arrive ! Il s'agit de la paix !

LE COMMISSAIRE

Ah oui ? et c'est avec un casse-tête [4] sous le bras que tu te présentes ?

LE HÉRAUT

Moi ? Dieu garde ! Non, risque pas !

LE COMMISSAIRE

Tu te tournes de dos ? tu tiens ta casaque par-devant ? pourquoi ça ? Tu as une hernie ? c'est d'avoir marché ?

LE HÉRAUT

Brigand de sort ! Il est fada, celui-là !

LE COMMISSAIRE [*arrachant le manteau du Spartiate*]

Mais dis donc, tu as dressé le grand mât, mon salaud !

LE HÉRAUT

Eh non ! Dieu garde ! fais pas le niaï, je dis !

1. *Litt. : le Sénat.* Il n'y a pas de Sénat à Athènes, mais un Conseil (βουλή) : le Spartiate emploie le terme en usage chez lui.
2. *Litt. : ou Conisalos ?* divinité moins connue que Priape, mais de même spécialité.
3. *Litt. : par les Gémeaux !* et cinq vers plus loin : *par Castor !*
4. *Litt. : une lance.*

LE COMMISSAIRE

Alors, qu'est-ce que c'est, ça ?

LE HÉRAUT

Un rotin de l'Eurotas[1].

LE COMMISSAIRE [*se découvrant à son tour*]

En ce cas, ça aussi c'est un rotin de l'Eurotas !... Voyons, je sais ce qui en est, dis-moi la vérité : quelle est la situation à Sparte ?

LE HÉRAUT

A Sparte ? tout ce qu'il y a de tendu ! Et nos alliés, tous la crosse en l'air ! On n'a plus de soupapes[2] !

LE COMMISSAIRE

Et d'où est-ce que ça vient ? C'est Pan[3] qui vous fait tomber en panne ?

LE HÉRAUT

Eh non ! Ce que je me pense, moi, c'est que la Dora, elle a donné le signal, et alors toutes les femmes de Sparte, à vos marques, zou ! elles ont envoyé bomber leurs hommes : rentreras plus au trou, mon lapin !

LE COMMISSAIRE

Dans quel état ça vous met-il ?

LE HÉRAUT

On est des gros malheureux ; on va de partout dans la ville, tout gibbous, comme des porte-fanaù ! Les femmes, elles veulent pas tant seulement qu'on leur touque la figue, à part qu'on ait commencé par se mettre d'accord pour faire la paix en Grèce !

LE COMMISSAIRE

Cette affaire-là, c'est un complot général des femmes ! A présent je m'en rends compte ! Allons, en vitesse, retourne dire qu'on envoie des ambassadeurs avec pleins pouvoirs pour négocier un accord. Moi, je vais dire aux Conseillers de désigner de leur côté des négociateurs de chez nous. [*Geste éloquent*] Ils vont voir ça... à la baguette !

1. *Litt. : une « scytale » de Laconie.* Les Scytales étaient des bâtons sur lesquels on enroulait une lanière portant un message. On s'en servait à Sparte pour les dépêches officielles.

2. Traduction approximative : le Héraut use d'un mot spartiate dont le sens précis est discuté.

3. Pan, divinité des émois lubriques et... paniques.

LE HÉRAUT

Zou ! je m'envole ! Va bèn ! Tu as raison !

[*Ils sortent tous les deux*]

LE CORYPHÉE DES HOMMES

La femme, il n'y a pas de bête féroce ni de tison d'enfer plus impossible à juguler, ni de panthère qui ait aussi peu froid aux yeux !

LE CORYPHÉE DES FEMMES

Tu as compris ça ? et n'empêche que là-dessus tu pars en guerre contre moi, mauvais drôle, quand tu pourrais n'avoir qu'à te reposer sur mon amitié ?

LE CORYPHÉE DES HOMMES

Sache que jamais je ne désarmerai dans ma haine contre les femmes !

LE CORYPHÉE DES FEMMES

Comme tu voudras ! [*Gentiment*] Mais moi, en tout cas, je ne permettrai pas que tu restes débraillé comme te voilà ! Regarde-toi, comme tu es ridicule ! Allons, laisse-toi approcher, que je te remette ta tunique !

[*Les douze femmes, avec des gestes d'épouses attentives, rajustent les douze hommes*]

LE CORYPHÉE DES HOMMES [*amadoué*]

Ça, ma foi, de votre part, ce n'est pas une mauvaise manière ! C'est moi plutôt qui avais une mauvaise colère quand je me suis déshabillé.

LE CORYPHÉE DES FEMMES

Là ! d'abord, tu as de nouveau l'air d'un homme ! et puis tu n'es plus ridicule !... Si tu n'étais pas si rossard, moi, en fait de bête féroce, je cueillerais celle que je vois dans ton œil pour t'en débarrasser.

LE CORYPHÉE DES HOMMES

C'est donc ça qui me mettait aux cent coups ? Tiens, voilà mon anneau : pêche la bestiole, et fais-la voir quand tu l'auras ôtée. Ça fait un bout de temps qu'elle me mord l'œil, morbleu !

[*Nouveau jeu de scène des douze femmes autour des douze hommes*]

LE CORYPHÉE DES FEMMES

Soit, je vais faire ça pour toi, malgré ton sale caractère !... Oh ! là là ! qu'est-ce que je vois là-dedans ? Ce qu'il est gros, ton moustique ! C'est un maoustique celui-là, un pépère, non[1] ?

LE CORYPHÉE DES HOMMES

Ma foi, tu m'as rendu service. Il y a un bout de temps qu'il menait ses opérations de forage. Alors maintenant qu'il est enlevé, ça coule à flots, mes larmes.

LE CORYPHÉE DES FEMMES

Allons, je vais te tamponner l'œil. Et puis... tu es tout mauvaiseté, mais je vais quand même te donner un bécot.

LE CORYPHÉE DES HOMMES [*essayant de bouder encore*]

Non, pas de bécot.

LE CORYPHÉE DES FEMMES

Mais je ne te demande pas ton avis !

[*Chaque femme embrasse son vis-à-vis*]

LE CORYPHÉE DES HOMMES [*capitulant*]

Ah ! allez-vous faire pendre ! Vous êtes des enjôleuses ! Ah, le dicton a bien raison... je dirai plus, il n'a pas tort :

Ah ! ces poisons ! rien à faire avec elles !
Mais, ces poisons... sans elles rien à faire !

Allons, je signe la paix avec toi. Dorénavant je ne vous ferai plus de méchancetés, et vous ne m'en ferez plus. Allons, réunissons-nous ensemble pour entonner en commun nos couplets !

[STROPHE I] LE CHŒUR [*aux spectateurs*]

Nous ne comptons pas, messieurs,
dire d'aucun citoyen
la moindre méchanceté :
nous n'avons, bien au contraire,
rien que d'excellentes choses
à vous dire et à vous faire :
(avec tout ce qui va mal
à présent, ça suffit bien !)

Allons, si quelqu'un désire,
homme ou femme, un peu de fric,
qu'il annonce ses besoins :

1. *Litt. : Est-ce que ce n'est pas un moustique de Tricorythos ?* (région marécageuse près de Marathon). Il semble qu'il y ait là une allusion flatteuse aux exploits de jeunesse des vieux briscards.

veut-il deux mille ou trois mille[1] *?*
Nous avons les poches pleines,
et nos bourses bien garnies.
Si jamais la paix éclate
je le défie bien, celui
qui nous emprunte aujourd'hui
de pouvoir nous rembourser[2] *!*

[STROPHE II]

Et nous voulons régaler
Nos hôtes de Carystos[3],
gens très bien sous tous rapports,
et qui nous occupent fort.
Il reste de la purée,
et j'avais un porcelet :
je l'ai saigné ; venez donc
goûter ça : c'est bon, c'est tendre !
Soyez aujourd'hui nos hôtes ;
et venez tôt — c'est un ordre ! —
aussitôt après le bain,
votre marmaille avec vous !
Vous entrerez tout de go !
demandez rien à personne,
allez-y comme chez vous,
bravement, sans regarder
ni à gauche ni à droite :
vous trouverez porte... close !

LE CORYPHÉE

Mais voici les ambassadeurs de Sparte : ils s'avancent, traînant avec eux leurs moustaches. Ils se sont fagotés d'une espèce de cageot autour des cuisses.

[*Entrent par la gauche les plénipotentiaires de Sparte, qui ont en effet un harnachement étrange pour tenter de dissimuler leur état*]

Je commence, messieurs de Laconie, par vous saluer. Et

1. *Litt. : deux ou trois mines.*
2. Sous-entendu : parce que nous ne lui aurons rien donné du tout. A trois reprises encore, le chœur fera ainsi des offres mirobolantes, qui débouchent chaque fois sur une grosse pirouette, v. 1071, 1202, 1215.
3. Ville d'Eubée, d'où le gouvernement d'Athènes avait fait venir des troupes pour appuyer son autorité. Le vers « *qui nous occupent fort* » a été introduit pour faire sentir l'allusion : il n'est pas dans le texte.

maintenant, dites-nous dans quel état vous nous arrivez.

UN SPARTIATE

Nous otres ? pas guère besoin d'en dire long : ça se voit bien tout seul, dans l'état qu'on arrive !

LE CORYPHÉE

Bigre ! le mal a pris une ex...tension terrible ! L'inflammation va de mal en pis !

LE SPARTIATE

C'est à pas le dire ! Y a pas de mot pour ça ! Nous otres, il nous faut la paix, comme qu'on voudra, pas d'histoires ! Comme on vient nous l'offrir, on la prend !

LE CORYPHÉE

Justement, tenez, je vois venir les fils de notre sol. Ils ont l'air de méchante humeur[1], avec leurs drapés qu'ils laissent vagues autour du ventre ! Oui, méchante tumeur, on voit bien que c'est de ça qu'ils souffrent !

[*Entrent par la droite les Athéniens, eux aussi fort embarrassés de leur personne*]

UN ATHÉNIEN

Qui pourrait nous dire où est Démobilisette ? Nous les hommes, on est dans un état... Tenez !

LE CORYPHÉE [*sentencieux, lui indiquant les Spartiates*]

Oui, ce mal est jumeau de celui qu'ils nous montrent. [*Médical*] Et vous avez sans doute une phase critique vers le matin ?

L'ATHÉNIEN

Ah ouiche ! au train où on va, on est à ramasser à la petite cuiller ! Alors, si quelqu'un ne nous remet pas sur le bon pied, il n'y a pas à discuter, on prendra Clisthène[2] !

LE CORYPHÉE

Si vous voulez être raisonnables, vous mettrez vos pèlerines. Il ne faudrait pas qu'un de nos déquilleurs de poteaux aux coins des rues[3] vous aperçoive !

1. *Litt. : ils se tiennent comme des lutteurs.* Ceci pour amorcer un calembour, deux vers plus loin, entre ἀσκητικόν et ἀσκιτικόν, qui évoquent, l'un *l'entraînement sportif*, l'autre une *tumeur*.

2. Cf. *Ach.*, v. 118 n.

3. *Litt.* : « *hermocopides* », allusion à la fameuse mutilation des Hermès — qui étaient des sortes de stèles phallophores — au moment du départ de l'escadre pour la Sicile.

L'ATHÉNIEN

Vertubleu ! tu as raison.

LE SPARTIATE

Spartebleu ! tout à fait. Zou ! on met le paletot.

[*Les deux groupes, face à face, ont maintenant repris quelque dignité*]

L'ATHÉNIEN

Salut, messieurs de Laconie. Vilaine affaire, ce qui nous arrive !

LE SPARTIATE

Ah ! Mignounet, qué misère ! Ce qu'il faut endurer ! [*Montrant les spectateurs*] Que tous ces gens, ils nous ont vu faire obélisque !

L'ATHÉNIEN

Eh bien, messieurs de Laconie, procédons point par point. A quelles fins êtes-vous ici présents ?

LE SPARTIATE

En délégation, pour conclure la paix.

L'ATHÉNIEN

C'est parfait. Et nous de même. Pourquoi ne pas appeler Démobilisette ? Pour nous remettre en paix, je ne vois qu'elle.

LE SPARTIATE

D'accord, spartebleu ! Et Démobilisard itou, si ça vous chante[1].

L'ATHÉNIEN

Ma foi, pas besoin de l'appeler, on dirait. Elle a entendu, la voici qui se présente d'elle-même.

[*La porte de la Citadelle s'ouvre. Démobilisette sort, avec toutes ses complices*]

LE CORYPHÉE

Salut, la championne ! quel cran ! C'est le moment pour toi de montrer main de fer et gant de velours, bon visage et tête de bois, risette et sourcil froncé, toute la gamme de tes ressources !

Car les princes de notre Hellade
tu les as, ô belle sorcière,
conquis et attirés à toi :

1. Homme ou femme, peu importe, pourvu qu'il fasse cesser la guerre.

unanimes, ils s'en remettent
à toi de tous leurs différends.

DÉMOBILISETTE

Ma foi, la tâche n'est pas difficile, quand on prend des mâles en pleine montée de sève, et qui n'essaient pas de s'en tirer entre eux. J'aurai tôt fait de savoir. Bonne-Entente, où es-tu ?

[*Bonne-Entente apparaît ; c'est une belle fille toute nue*]

Va chercher les Laconiens, et amène-les. Eux, nos hommes, ils avaient la main rude et arrogante, comme des maladroits qu'ils étaient ; ne fais pas comme eux : procède en toute gentillesse, comme nous savons faire, nous autres, femmes. Celui qui ne te tend pas la main, amène-le par le manche ! Et ceux-ci, les Athéniens, va aussi les chercher. Prends-les par ce qu'ils te tendent, et amène-les. Messieurs de Laconie, tenez-vous là près de moi ; [*Aux Athéniens*] vous autres par ici ; et écoutez ce que je vais vous dire.

Je suis femme il est vrai, mais non pas sans cervelle[1] !

De moi-même, je ne suis pas trop mal douée en fait de jugeote ; et j'ai souvent écouté ce que disaient mon père et les personnes d'âge : ça m'a donné pas mal de lumières. Maintenant que je vous ai sous la main, voici le reproche que je veux vous faire, aux uns comme aux autres, et il est justifié : Devant les autels, vous faites tous, comme des frères, les mêmes ablutions lustrales à Olympie, aux Thermopyles, à Delphes — et combien d'autres noms je citerais, mais il faut abréger. Vos ennemis, les Barbares, sont à vos portes, avec leur armée, et vous vous massacrez entre gens de Grèce, entre cités grecques !

Voici de mon discours le premier point traité.

L'ATHÉNIEN [*éperdu de désir pour Bonne-Entente*]

Et moi, je n'y tiens plus ; tout a sauté hors de l'étui !

DÉMOBILISETTE

Maintenant, Laconiens, c'est vers vous que je me tourne. Vous ne savez donc plus qu'ici même un jour, votre concitoyen Périclidas vint se prosterner près de nos autels, tout blême dans sa robe écarlate, en mendiant l'appui de troupes

1. Vers repris de la *Mélanippe* d'Euripide. On disait « la sage Mélanippe » comme on dit « la coquette Célimène ».

athéniennes ? Messène vous tenait à la gorge, et en même temps il y avait chez vous un tremblement de terre. Cimon partit avec quatre mille fantassins, et assura l'entière sauvegarde de Lacédémone[1]. Voilà ce qu'ont fait pour vous les Athéniens, et vous ravagez leur pays, après le service qu'ils vous ont rendu ?

L'ATHÉNIEN

Ils ont bien tort, oui, chère Démobilisette !

LE SPARTIATE

Bien tort, oui. [*Montrant les fesses de Bonne-Entente*] Mais ce pétard ! qué merveille ! il n'y a pas de mot !

DÉMOBILISETTE

Et vous Athéniens, croyez-vous que je vais vous laisser vous en tirer comme ça ? Dites, vous ne savez donc plus que les Lacédémoniens, à leur tour, quand vous portiez la tunique de servitude, sont venus en armes, qu'ils ont exterminé des masses de Thessaliens, des masses de séides et d'alliés d'Hippias ? Ils furent vos seuls alliés ce jour-là, pour faire tomber l'esclavage de vos épaules, et permettre à votre peuple de se draper de nouveau dans sa liberté[2] !

LE SPARTIATE

Une plus digne femme, j'ai pas vu ça jamais !

L'ATHÉNIEN [*lorgnant Bonne-Entente*]

Et moi un troumignon plus joli !

DÉMOBILISETTE

Alors pourquoi, après vous être rendu tant de services, vous faites-vous la guerre ? Pourquoi ne renoncez-vous pas à cette hargne ? Pourquoi ne pas vous réconcilier ? Voyons, qu'est-ce qui vous en empêche ?

LE SPARTIATE

Nous voulons bien nous otres, si on veut bien nous rétrocéder, pour notre couverture[3]...

1. Allusion à des événements antérieurs d'une cinquantaine d'années à la pièce. Périclidas et Cimon étaient des amis personnels : le premier donna à son fils le nom d'Athénaeus, le second au sien celui de Lacédémonius.

2. Allusion à la chute des Pisistratides : l'événement, cette fois, date d'un siècle.

3. *Litt. : nous restituer cette rotonde* (l'ἔγκυκλον est un vêtement de dessous féminin : il implique ici un sous-entendu).

DÉMOBILISETTE

Quoi donc, mon brave ?

LE SPARTIATE [*geste vers le point central de la personne de Bonne-Entente*]

Ce fameux Goulot, té, que nous le réclamons depuis si longtemps, pour l'enfiler[1] !

L'ATHÉNIEN

Non, mille sabords ! ça vous ne l'aurez pas !

DÉMOBILISETTE

Passe-leur ça, mon bon !

L'ATHÉNIEN

Et alors, qu'est-ce qu'on va foutre, nous ?

DÉMOBILISETTE

Réclamez une autre zone en échange !

L'ATHÉNIEN

Voyons, je cherche... [*Détaillant à son tour l'anatomie de Bonne-Entente*] Abandonnez-nous d'abord ces mamelons, et puis ce bassin, là, en retrait et ces deux demi-lunes[2].

LE SPARTIATE

Dieu garde ! Pas tout ça, eh fada !

DÉMOBILISETTE

Passe-leur ça ; ne discute pas pour deux demi-lunes !

L'ATHÉNIEN

Moi, je veux pouvoir désormais labourer mon sillon sans avoir rien sur le dos !

LE SPARTIATE

Et moi, boudiou, me mettre bonne heure à fumer le mien[3] !

1. *Litt. : cette Pylos que nous demandons et pelotons...* Pylos, place importante du Péloponnèse, était tenue par les Athéniens (cf. *Cav.*, introd.). Mais le mot, qui signifie porte, entrée, est aussi un des innombrables substituts de κύσθος.

2. Nous avons transposé en termes géographiques et militaires généraux la série de noms propres qu'Aristophane n'a choisis que pour les doubles sens qu'ils permettent. *Litt. : laissez-nous Echinous* (ville d'Eubée dont le nom fait penser à ἐχῖνος, oursin) *et le golfe, Maliaque par-derrière* (κόλπος, en latin *sinus ;* Μηλιᾶ, cf. μῆλα, coings, tétons) *et les jambes de Mégare.* (Aristophane appelle « jambes » les deux « longs murs » qui avaient joint Mégare au port de Nisæa, permettant à la ville d' « avoir pied » de façon sûre au bord de mer ; ces remparts avaient été rasés en 423.)

3. Ces travaux de paix, qu'on accomplit délivré du harnais de guerre, sont eux aussi à double sens.

DÉMOBILISETTE

C'est ce que vous ferez quand la paix sera conclue. Mais si vous tenez à ce programme, délibérez-en, et allez vous concerter avec vos alliés.

L'ATHÉNIEN

Quoi, les alliés ? Mais, mon coco, tout le monde est sous pression ! Ils auront le même programme que nous, les alliés, foutre, tous autant qu'ils sont !

LE SPARTIATE

En tout cas, les notres, oui, boudiou !

L'ATHÉNIEN

Quant aux Carystiens, ça va de soi [1].

DÉMOBILISETTE

C'est parfait. Alors, à présent, pensez à vos ablutions, pour que nous vous régalions, nous autres femmes, de notre hospitalité sur l'Acropole : nous avions fait des provisions ! Oui, c'est là-haut que vous échangerez serments et engagements. Après quoi chacun de vous reprendra sa chacune, et en route !

L'ATHÉNIEN

Bon. Allons-y bien vite.

LE SPARTIATE

Zou ! Mène-nous où tu veux, de partout !

L'ATHÉNIEN

Oui ma foi, à toute vitesse ; mène-nous !

[*Ils entrent tous dans la Citadelle. Le Chœur reste seul, avec deux valets qui gardent la porte*]

[STROPHE III] LE CHŒUR

Couvertures chatoyantes,
boléros de bonne laine,
casaquins, bijoux en or,
toutes les choses que j'ai,
je les offre de bon cœur
à qui veut les emporter :
ça sera pour ses enfants,
le jour où sa fille ira
porter la sainte corbeille [2].

1. Les gens de Carystos (cf. v. 1059) avaient, s'il faut en croire un scoliaste, le tempérament particulièrement ardent.
2. Comme canéphore, au cortège des Panathénées.

Je vous dis à tous : Entrez,
servez-vous dans mes affaires !
Rien n'est si bien mis sous clé
que vous ne puissiez forcer
mes placards : raflez dedans !
— Mais vous aurez beau scruter,
vous n'y découvrirez rien !
ou bien c'est que vous auriez
des yeux meilleurs que les miens !

[STROPHE IV]

Et si jamais l'un de vous
a son garde-manger vide
pour nourrir ses domestiques
et sa nombreuse marmaille,
il peut se fournir chez moi
de fine fleur de farine ;
et mon pain de quatre livres
se porte fort bien aussi !
Il peut rappliquer chez moi
n'importe quel pauvre diable :
qu'il apporte tous les sacs,
tous les couffins qu'il voudra :
on lui donnera du blé,
mon valet magasinier[1]
les lui remplira lui-même !
— Toutefois je vous préviens :
tenez-vous loin de ma porte
et prenez bien garde au chien !

[*On entend du brouhaha derrière la porte*]

UN ATHÉNIEN [*de l'intérieur*]

Ouvre la porte, toi !

[*Il sort, joyeusement excité, une torche à la main, en bousculant un des deux valets qui surveillent la porte*]

Tu aurais dû te ranger [*Au Chœur*] Et vous, plantés là ? Vous voulez que je vous flambe à ma torche ?... Non, c'est un truc de bas étage, ce n'est pas digne de moi. Mais s'il faut absolument y recourir, nous prendrons cette peine pour vous faire ce plaisir[2].

1. *Litt. : mon Manès,* nom d'esclave, cf. *Paix,* v. 1146.
2. Aristophane lance une pointe à la banalité et à la vulgarité des effets employés par ses rivaux et prisés par le public.

UN SECOND ATHÉNIEN [*sortant à son tour*]

Et nous aussi, on la prendra avec toi, cette peine ! Allez-vous filer ? Vous pourrez les pleurer longtemps, vos tignasses !

LE PREMIER ATHÉNIEN

Allez-vous filer, et laisser les Spartiates sortir tranquilles de là-dedans après la ripaille ?

[*Le Chœur s'éclipse*]

LE SECOND ATHÉNIEN

Pareille bombance, je n'ai jamais vu ça ! Ils étaient positivement charmants, ces gens du Péloponnèse. Et nous, nous leur avons fait très dignement raison, la coupe en main.

LE PREMIER ATHÉNIEN

Rien que de normal : c'est à jeun que nous divaguons. Si les Athéniens veulent suivre mes conseils, nous serons dans les vignes, toujours et partout, pour nos ambassades ! A présent, quand nous allons, le gosier sec, voir les Spartiates, nous n'avons en tête que de faire du salmigondis. Ce qu'ils disent, nous ne l'écoutons pas ; ce qu'ils ne disent pas, nous le truffons de sous-entendus. Et au retour, nous ne disons pas les mêmes choses sur la même chose. Mais, cette fois-ci, tout nous allait très bien : au point que si un convive chantait : « Gloire éternelle de nos aïeux » quand c'était le tour de « Ma mie au gué[1] » nous avons crié bravo, bissé, applaudi[2] ! [*Les valets font mine de revenir*] Mais les voilà encore qui rappliquent ! vous n'avez pas d'autre endroit où aller ? Filez au diable, marauds !

LE SECOND ATHÉNIEN

Pour sûr, sacrebleu ! Voilà maintenant les gens qui sortent !

[*Sort un groupe joyeux, Athéniens et Spartiates mêlés ; puis les Femmes, conduites par Démobilisette*]

UN SPARTIATE [*à un musicien qui l'accompagne*]

Ho ! mignounet, prends-toi le galoubet, que je danse une

1. *Litt. : le refrain de « Télamon » quand il fallait le « Clitagoras »* : le premier était martial, le second guilleret, cf. *Guêpes*, v. 1246.
2. Je lis ἐπεκροτήσαμεν.

gaillarde[1], et que je cante une belle cansoun pour les Athéniens, et itou pour nous otres !

LE PREMIER ATHÉNIEN

C'est ça ! Prends tes pipeaux, je t'en supplie ! J'aime tant vos danses !

LE SPARTIATE [*chantant et dansant*][2]

Sur votre vaillant bachelier
que passe votre souffle, Annales de jadis,
vous qui n'avez pas oublié
ce qu'Athène et que Sparte ensemble ont accompli !
Eux, ont foncé, pour encorner les nefs adverses
comme taureaux, à Salamine[3],
et triomphé des Perses !
Nous, sous Léonidas, nous fûmes bien, je pense,
une harde de sangliers
aiguisant leurs défenses !
Quelle écume moussait à l'entour de nos joues !
Quelle écume coulait au long de nos genoux !
Car les Mèdes étaient, comme les grains de sable,
incalculables !
Chasseresse[4], ô Vierge céleste
toi qui abats les bêtes fauves, viens, accours !
Préside à cette paix ! Que notre union reste bien étroite et
durable, et que par ce traité
règne une plantureuse amitié, pour toujours !
Que nos chacals sournois soient écartés !
O Vierge des limiers, viens à nous, viens, accours[5] !

L'ATHÉNIEN

Un autre chant, cher Spartiate, en changeant de registre !

1. *Litt. : la dipodie,* danse de son pays.
2. Ce chant est en dialecte spartiate. On a renoncé à introduire dans la traduction des signes de ce particularisme : cela aurait dénaturé sa mâle noblesse. Au reste, les vers lyriques étant, à Athènes même, semés de « dorismes » la couleur dialectale devait être, ici, assez peu sensible à l'oreille du public.
3. *Litt. : à Artémision* (autre bataille des guerres Médiques) *comme des sangliers* (avec un autre mot que dans les vers suivants).
4. Artémis.
5. Ici prennent place dans le texte tel qu'il nous a été transmis l'admonestation et le couplet triomphal que nous avons, avec van Leeuwen, considérés comme formant une « sortie » plus brillante et plus conforme aux habitudes d'Aristophane (v. 1272-1294).

LE SPARTIATE [*sur une cadence plus alerte*]

O muse de mon pays,
viens, oui, quitte le Taygète
dont tu fais ton paradis !
Viens chanter le dieu[1] qui jette
tant d'éclat sur Amyclées,
la Dame au temple d'airain[2],
et les Gémeaux valeureux
dont les ébats vont leur train
sur les bords de l'Eurotas !
Et hop ! d'un pas vigoureux,
hop ! en lestes entrechats,
chantons Sparte, qui s'adonne
au chant choral pour les dieux !
Les talons frappent et sonnent
quand, au bord de l'Eurotas,
les filles de chez nous font
monter sous leurs entrechats
la poussière par flocons,
secouant leur chevelure
comme celle des Ménades
dans leurs transes et gambades !
Et, leur battant la mesure
C'est la Vierge digne et pure,
c'est la fille de Léda
qui préside à leurs ébats !
Allons, va ; que ta main serve
de résille à tes cheveux !
A coups de jarret nerveux
bondis comme l'antilope !
Et, pour que se développe
ta danse avec plus de verve,
frappe en même temps des mains,
en célébrant au refrain
la très puissante déesse,
reine de toutes prouesses,
la Dame au temple d'airain[3] !

1. Apollon, dont le sanctuaire péloponnésien d'Amyclées était célèbre.
2. Athéna, qui avait à Sparte un temple « de bronze ».
3. Le Spartiate termine son chant par une attention délicate sur cette Athéna que l'on honore certes chez lui, mais qui est la patronne d'Athènes.

DÉMOBILISETTE

Allons, maintenant que tout est arrangé pour le mieux, [*Montrant les femmes de Sparte*] celles-là, Spartiates, emmenez-les ; [*Aux Athéniens, montrant ses compagnes*] et vous autres, celles-ci. Que le mari reste auprès de sa femme, et la femme auprès de son mari ! Là-dessus, une danse d'action de grâces pour cet heureux dénouement ! Et à l'avenir, méfions-nous de ne pas retomber encore dans nos erreurs !

[*Tout le monde forme une joyeuse farandole pour quitter la scène*]

LE CHŒUR

Que se forme la danse !
Que les Grâces s'avancent !
Invoquez Artémis !
et invoquez Phébus,
l'aimable guérisseur !
qu'il vienne avec sa Sœur !
et invoquez Bacchus,
le seigneur de Nysa
qui darde ses œillades
au milieu des Ménades !
invoquez Zeus tonnant
en éclairs fulgurants !
et Celle qui partage
son lit, auguste et sage !
Invoquez avec eux
les dieux qui n'oublient point,
pour les prendre à témoin
de cette paix exquise
qui comble tous nos vœux,
et que nous a conquise
la déesse des jeux
d'Amour !
Laïla ! laïla, ho ho !
Sautez ci, sautez là, haut ! haut !
C'est gagné ! laïla ! ho ho !
Allez, allez ! ollé, ollé !

[*Tout le monde sort, joyeusement et fraternellement*]

vers 1273-1294

Les Thesmophories

INTRODUCTION

On ne devinerait pas, en lisant *Les Thesmophories*, que cette pièce est contemporaine d'événements particulièrement graves : la révolution oligarchique des Quatre Cents. Jouée l'année même de ce grave remous de la politique athénienne, elle n'en porte aucune trace. Est-ce prudence ? est-ce lassitude ? toujours est-il que le poète a décidé, un an après *Lysistrata,* de se détourner tout à fait des grands intérêts d'État, et de se cantonner sur le terrain littéraire en ne prenant pour cible, cette fois, que des confrères.

A regarder de près cette comédie, qui n'est certes pas la meilleure d'Aristophane, on s'aperçoit que c'est peut-être la mieux charpentée : la seule, en vérité, à offrir aux spectateurs une intrigue *qui les intrigue,* parce qu'elle comporte un nœud, des péripéties, et un dénouement. Les épisodes ne se succèdent pas seulement, comme si souvent, par juxtaposition à partir d'une donnée fixée une fois pour toutes dès le premier tiers de la pièce. Il y a un suspens, maintenu jusqu'à la dernière minute, et comme on aurait dit au XVIIe siècle, une « unité de péril » : Mnésiloque, qui ayant eu le courage de se déguiser en femme pour aller plaider la cause de son parent Euripide devant ses ennemies acharnées, s'est mis dans un très mauvais cas : il s'est jeté dans la fosse aux lionnes, et qui plus est il a contrevenu à la loi : nul individu du sexe masculin ne peut pénétrer dans le temple des Deux Déesses, où seules les femmes célèbrent, trois jours durant, la fête dite des Thesmophories. Démasqué, empoigné, livré au bras séculier, le malheureux est aux abois, cerné par une meute de commères enragées, surveillé de près par l'une d'elles, mis au carcan sous la garde d'un barbare gendarme. Euripide pourtant n'abandonne pas celui qui s'est dévoué pour lui. Il met en œuvre, pour lui venir en aide, les moyens qui sont les siens, les prestiges de sa poésie qui pourront peut-être charmer (ou endormir ?) les cerbères... Après un double et cuisant échec, il a recours à une idée beaucoup plus efficace : recruter une jeune danseuse complaisante, dont les appas sauront, eux, détourner la brute de son austère devoir, pendant les quelques minutes requises pour faire évader Mnésiloque. Et tout est bien qui finit bien.

Pour relativement soigné qu'il soit, ce canevas a pour principal intérêt de donner prétexte à la polémique littéraire qui est le corps et l'âme de la comédie. Polémique, c'est d'ailleurs beaucoup dire. Il n'y a pas ici un débat en forme, avec argumentation développée et contradictoire comme ce sera le cas dans *Les Grenouilles.* C'est Agathon, qui, au début, est vivement malmené. Auteur à succès, il avait en 416, obtenu le prix au concours tragique dès son premier essai : Platon nous le montrera dans *Le Banquet* fêtant ce succès. Compte tenu du grossissement des traits que comporte la farce, le personnage coïncide assez bien avec celui d'Aristophane, et ce n'est pas par hasard que Platon lui fait improviser deux vers,

> Paix parmi les humains et calme sur les mers,
> Repos des vents couchés, sommeil emmi la plaine [1]

qui semblent une réminiscence de notre comédie : celle-ci le présente comme un « faiseur », maniéré et vaniteux, qui « galbe » ses vers et roucoule sa musique pour leur donner des grâces raccrocheuses et des coquetteries de bas étage. Et tant vaut l'art, tant vaut l'homme — si l'on peut parler d'homme... Agathon n'est lui-même qu'une Cocodette fardée, langoureuse, qui n'est à son aise que sur un canapé, dans la soie et les parfums. Qu'on ne compte pas sur lui pour prendre le moindre risque au service de son confrère Euripide !

Quant à celui-ci, il n'est pas question de le défendre contre Aristophane. Qu'il suffise de marquer que s'il est sur la sellette tout au long de la pièce, les attaques et les calomnies sont bénignes : les deux discours — réquisitoires d'une femme, plaidoyer de Mnésiloque [2] — qui les rassemblent, se ramènent à un seul grief : Euripide se complaît à mettre en scène des femmes qui ont tous les vices. Que ce grief ne soit pas sérieux, ou que, dans ce qu'il peut avoir de sérieux — l'Eschyle des *Grenouilles* le reprendra — il ne soit pas ici traité sérieusement, c'est ce qui éclate dans le méli-mélo des imputations. En définitive, s'il fallait s'arrêter à ce procès d'immoralité, ce n'est pas à Euripide qu'il est intenté, c'est aux femmes, coureuses, menteuses, voleuses, buveuses, dévergondées — et irremplaçables, au demeurant, telles qu'elles sont. Comme dira un autre :

1. Traduction de Léon Robin. Cf. *Thesm.* v. 43-45.
2. Une seconde femme met en cause son impiété : bref passage (v. 451) qui n'a aucune suite.

Leur esprit est méchant, et leur âme fragile
Il n'est rien de plus faible et de plus imbécile,
Rien de plus infidèle : et malgré tout cela,
Dans le monde on fait tout pour ces animaux-là !

En fait, Aristophane ne discute pas Euripide : il le parodie. Déjà pour Agathon : il le ridiculise en faisant déclamer un serviteur « à la manière » du maître, avant que celui-ci en personne ne donne un spécimen des « gazouillis » dont il est si vain. Pour Euripide, voici des souvenirs de son *Télèphe* (naturellement), puis de son *Palamède,* et surtout des passages entiers de son *Hélène*[1] et de son *Andromède,* jouées l'année précédente, et dont les situations pathétiques sont appliquées de façon burlesque au cas de Mnésiloque. Le grotesque est obtenu, à bon compte, en dégonflant la solennité par la vulgarité ou la dissonance imprévue, en boursouflant le simple ou le familier par l'emphase. Et les jeux de scène, les mimiques, les ritournelles musicales qui nous échappent, devaient être pour beaucoup dans ce comique sans grand mérite, mais sans méchanceté profonde.

Une autre raison pour laquelle la drôlerie s'en est pour nous largement effacée, c'est que l'*Hélène,* et à plus forte raison les autres drames, ne disent rien à notre mémoire. C'est un singulier hommage qu'a rendu Aristophane sans le vouloir, et à Euripide, et au public athénien de son temps, que d'avoir songé, et réussi, à faire rire celui-ci aux éclats par de tels moyens : car cela suppose que les spectateurs avaient encore dans l'oreille le texte même des pièces qu'il blague, et les savaient par cœur (or *Palamède* datait de quatre ans, *Télèphe* de près de trente !). C'est dire que ce peuple, dont Aristophane ne cesse de dénoncer la déchéance intellectuelle et morale aussi bien que civique, faisait son pain quotidien du théâtre tragique — et de quel théâtre ! — un peu comme le nôtre des chansons de ses idoles. (Allez faire rire une salle d'aujourd'hui avec un pot-pourri de passages de *Mère Courage,* de *Huis Clos,* ou même de *L'Aiglon* !) Aristophane n'a sans doute jamais imaginé que le destin de ses *Thesmophories* pût être d'inviter des lecteurs, vingt-quatre siècles plus tard, sous le ciel d'un Extrême-Occident barbare, à faire un humiliant retour sur eux-mêmes, et à saluer ses compatriotes et ses contemporains comme offrant un exemple insigne, et peut-être unique, de ce miraculeux paradoxe : une *masse,* qui, tout entière, était d'*élite.*

1. C'est la seule des quatre tragédies que nous ayons conservée.

ANALYSE

Un parent d'Euripide, Mnésiloque, qui voudrait bien savoir où le poète l'emmène si fébrilement, s'entend répondre : chez Agathon (v. 1-35). Les voici à sa porte ; un Serviteur annonce que son maître est sous le charme de sa muse (v. 36-69). En attendant qu'il se montre, Euripide s'explique. Un grand danger le menace : les femmes réunies entre elles pour la fête des Thesmophories, qui est interdite aux hommes, veulent, pour le châtier de l'insolence avec laquelle il traite le beau sexe dans ses tragédies, le condamner à mort. Il espère qu'Agathon consentira à le défendre devant elles, en se faisant passer pour l'une des leurs : sa mise, sa voix, ses mœurs, lui rendraient la chose facile (v. 69-94).

Agathon paraît, mollement couché sur un sofa, et roucoulant des couplets qu'il vient de composer (v. 95-129). Mnésiloque ne se laisse pas impressionner (v. 95-172). Mais Euripide le fait taire et expose sa requête. Agathon refuse (v. 173-209). Mnésiloque s'offre alors à tenter l'aventure. Agathon prend dans sa garde-robe personnelle les affutiaux féminins nécessaires pour rendre service à son confrère (v. 210-279).

Nous voici dans le sanctuaire des Deux Déesses. Mnésiloque arrive, déguisé en femme (v. 280-294). La Présidente, après une prière solennelle, à laquelle le Chœur féminin fait écho (v. 295-370), met à l'ordre du jour le cas d'Euripide. Deux oratrices se succèdent pour dresser réquisitoire contre lui, approuvées par le Chœur (v. 371-465). Mnésiloque prend vaillamment la parole : tout le mal qu'Euripide a dit des femmes est très au-dessous de ce qu'il aurait été fondé à dire (v. 466-510) ; ce plaidoyer soulève l'indignation générale (v. 520-570). Arrive Clisthène qui, efféminé, a ses entrées en ces lieux : le bruit court, dit-il, qu'un suppôt d'Euripide s'est glissé dans l'Assemblée. Une enquête immédiate est décidée, qui démasque l'intrus ; Clisthène part pour avertir les autorités (v. 571-654), tandis que le Chœur chante sa légitime émotion (v. 655-688). Mnésiloque, brusquement, se saisit du bébé que portait une femme et, comme dans le Télèphe *d'Euripide, s'en fait un moyen de chantage : il se révèle que c'était une outre de vin emmaillotée (v. 689-764). Mnésiloque, surveillé plus étroitement que jamais, cherche comment s'en tirer (v. 765-784).*

*Le Coryphée fait, dans la parabase, un brillant panégyrique des femmes (v. 785-845). Mnésiloque a trouvé un moyen d'appeler Euripide à l'aide. Il déclame le rôle d'Hélène, prisonnière de Protée. Euripide accourt, déguisé en Ménélas : long duo parodique, tiré de l'*Hélène *(v. 846-919). Mais le gardien est intraitable ; Euripide renonce et s'en va (v. 920-929). Un Commissaire vient donner l'ordre de mettre Mnésiloque au carcan (v. 930-946). Intermède chanté et dansé par le Chœur (v. 947-1000).*

Un Garde scythe ramène le coupable garrotté (v. 1001-1014). Celui-ci déclame maintenant le rôle d'Andromède liée à son rocher. Euripide lui donne la réplique, d'abord sans se montrer, en nymphe Écho (v. 1056-1097) puis, ouvertement, en Persée ; mais le Garde le fait circuler (v. 1098-1135).

Après un chant du Chœur plein de piété (v. 1136-1159) qui endort le Garde, Euripide revient, sans déguisement cette fois, en promettant aux femmes qu'il ne médira plus d'elles, il obtient qu'elles ferment les yeux sur l'évasion de son parent (v. 1160-1170). Il s'attife en duègne, amène une petite danseuse très affriolante, permet volontiers au Garde, réveillé et émoustillé, de s'écarter un instant avec la donzelle, et profite de son absence pour délier Mnésiloque et filer (v. 1171-1209). Le Garde, revenant, enrage d'avoir été berné et se rue à leur recherche, sciemment égaré par le Chœur (v. 1210-1231).

PERSONNAGES :

MNÉSILOQUE, parent d'Euripide.
EURIPIDE, poète tragique.
SERVITEUR d'Agathon.
AGATHON, poète tragique.
CHŒUR de femmes qui célèbrent le triuum des Thesmophories en l'honneur de Déméter et Perséphone.
LA PRÉSIDENTE.
MIETTE (Micca), femme de Cléonyme.
UNE FEMME.
NORINE (Critylla).
CLISTHÈNE, efféminé notoire.
LE COMMISSAIRE.
LE GARDE, archer scythe.
La nymphe ÉCHO, personnage invisible, rôle endossé par Euripide.
COMPARSES : Flipote (Thratta), Margot (Mania), servantes ; Bichette, danseuse ; Vibrion, flûtiste.

[*La scène est à Athènes, d'abord devant la maison d'Aghaton, puis dans le sanctuaire des Deux Déesses.*

Entre Euripide, l'air préoccupé, suivi de Mnésiloque qui ronchonne en traînant la jambe]

MNÉSILOQUE

Ah ! dieu du ciel !
Un beau jour l'hirondelle
montrera-t-elle
son aile[1] ?...

Il me tuera, cet homme, à cavaler depuis l'aurore !... Me sera-t-il permis, avant de m'être fait complètement éclater la rate, d'apprendre de toi où tu me mènes, Euripide ?

EURIPIDE

Tu n'as nul besoin d'entendre ce que tu verras à l'instant devant tes yeux.

MNÉSILOQUE

Comment dis-tu ? Répète ? Je n'ai pas besoin d'entendre ?

EURIPIDE

Non, pas ce que tu vas voir.

MNÉSILOQUE

Et je n'ai pas non plus besoin de voir ?

EURIPIDE

Non, pas ce que tu auras à entendre.

MNÉSILOQUE

En voilà une consigne ! C'est calé, ce que tu dis là ! Tu dis qu'il ne faut pas que j'entende ni que je voie ?

EURIPIDE

Oui : ce sont là deux concepts hétérogènes l'un à l'autre.

MNÉSILOQUE

Le non-voir et le non-entendre ?

EURIPIDE

Parfaitement.

MNÉSILOQUE

Comment, hétérogènes ?

EURIPIDE

Voici par quelles voies la différenciation en fut jadis opérée : au commencement était l'Éther, et lorsqu'il fut

1. Chansonnette proverbiale, exprimant l'attente anxieuse des jours meilleurs.

vers 1-14

déshomogénéisé et qu'il comprocréa dans son sein la mobilité du vivant, il élabora d'abord, pour qui doit voir, un œil, analogique de l'orbe solaire, et pour l'ouïe, perfora cet entonnoir : l'oreille.

MNÉSILOQUE

Alors, par la vertu de l'entonnoir il m'est interdit d'entendre et de voir ? Tudieu ! J'avais encore ça à apprendre ; quelle joie ! Ce que c'est tout de même que d'avoir de doctes fréquentations !

EURIPIDE

Je pourrais t'apprendre bien d'autres choses de ce genre !

MNÉSILOQUE

Alors, en plus de ces merveilles-là, je voudrais bien trouver le moyen d'apprendre à être éclopé des deux pieds [1] !

EURIPIDE

Avance ici, et attention !

MNÉSILOQUE

Voilà.

EURIPIDE

Tu vois cette petite porte ?

MNÉSILOQUE

Oui, parbleu — du moins je crois...

EURIPIDE

Tais-toi !

MNÉSILOQUE

Sur la petite porte ? je la tais.

EURIPIDE

Écoute, là !

MNÉSILOQUE

La petite porte ? je l'écoute et je la tais.

EURIPIDE

C'est là que se trouve habiter le célèbre Agathon [2], le poète tragique.

1. Pour qu'Euripide ne puisse plus le faire trotter ainsi sans pitié.
2. C'est chez ce poète, à l'occasion d'une victoire au concours de tragédie en 416, que Platon a placé la scène du *Banquet :* Aristophane y figure parmi les invités.

MNÉSILOQUE

Comment est-il, ton Agathon ? Il y a un nommé Agathon... Ça serait-il le moricaud, le costaud ?

EURIPIDE

Non, un autre. Tu ne l'as jamais vu[1] ?

MNÉSILOQUE

Ça serait-il le barbu en broussaille ?

EURIPIDE

Tu ne l'as donc jamais vu ?

MNÉSILOQUE

Non ma foi, pas encore, du moins à ma connaissance.

EURIPIDE

Il a bien dû pourtant s'offrir à ta pénétration — mais par l'autre face, et tu ne sais sans doute pas que c'était lui.. Mais allons nous tapir à l'écart : voici que sort un de ses serviteurs, avec du feu et du laurier[2] : un sacrifice, je pense, pour appeler les grâces du Ciel sur sa poésie !

[*Ils se blottissent dans un coin*]

LE SERVITEUR [*solennel*]

Peuple, silence et révérence !
Qu'un chacun garde bouche close !
Car céans, au pourpris du Maître,
fait séjour un essaim de Muses :
Elles composent ! Que l'éther
retienne, serein, ses haleines !
Cessez, houles céruléennes,
votre fracas !...

MNÉSILOQUE

Et badaboum !

EURIPIDE

Tais-toi : qu'est-ce qu'il dit ?

LE SERVITEUR

Et vous, peuplades empennées,
tenez-vous coites ! vous aussi,
bêtes sauvages dont la course
hante les futaies, suspendez
vos ébats !...

1. Je lis ἑόρακας, en attribuant cette fin de vers à Euripide.
2. *Litt. : des branches de myrte.*

MNÉSILOQUE

Badaboum, boum, boum !

LE SERVITEUR

Car le chantre aux accents suaves,
le prince de notre mesnie,
Agathon va...

MNÉSILOQUE

se faire foutre ?...

LE SERVITEUR

Qui a parlé ?

MNÉSILOQUE

L'Éther serein !

LE SERVITEUR

... disposer les premiers étais
pour caréner un drame : il galbe,
il cambre des strophes nouvelles,
passe ses tours au tour,
amalgame ses gammes ;
il frappe ses devises,
jongle avec les vocables,
et, souples comme cire,
arrondit ses cadences ;
les filtre, les polit...

MNÉSILOQUE

Le polisson !

LE SERVITEUR

Quel rustre ose approcher de ces saintes courtines ?

MNÉSILOQUE [*se présentant*]

Un type qui est tout prêt à les forcer, vos courtines, à toi et à ton poète melliflue, pour infiltrer où je veux dire, et rondement, la trique bien cambrée que voici !

LE SERVITEUR

Hé, le vieux, quand tu étais jeune, tu devais être d'attaque !

EURIPIDE [*avançant à son tour vers le Serviteur*]

T'occupe pas, l'ami, envoie-le promener ; et fais-moi venir Agathon ici dehors, à tout prix.

LE SERVITEUR

Inutile : il va bientôt sortir sans en être prié. Car il aborde la composition d'un morceau. Et comme c'est l'hiver, le galbe des strophes n'est pas facile à malaxer s'il ne s'installe pas dehors, au chaud du soleil.

MNÉSILOQUE

Et moi, alors, qu'est-ce que je fais ?

EURIPIDE

Attends un peu : il sort. [*Pathétique, les yeux au ciel*] Seigneur tout-puissant, quel dessein nourris-tu sur moi aujourd'hui [1] ?

MNÉSILOQUE

Cent dieux ! je veux savoir de quoi il retourne ! Pourquoi ces lamentations accablées, pourquoi ? Tu ne devrais pas te cacher de moi : songe à la parenté qui nous unit !

EURIPIDE

Je suis dans le pétrin. Un grand malheur m'attend.

MNÉSILOQUE

De quel genre ?

EURIPIDE

Ce jour décidera de mon sort : verra-t-on
Euripide survivre, ou si c'est fait de lui ?

MNÉSILOQUE

Pas possible ! Au jour où nous sommes, les tribunaux ne vont pas juger, et le Conseil ne siège pas, puisque c'est fête : on est en plein milieu du triduum !

EURIPIDE

C'est bien ce qui me tue ! Et je m'attends au pire ! Car ce sont les femmes qui ont tramé un complot contre moi : elles doivent discuter de moi aujourd'hui, en assemblée, au sanctuaire des Deux Déesses — pour obtenir ma perte !

MNÉSILOQUE

Et pourquoi ça ?

EURIPIDE

Parce que je fais d'elles des tragédies, où je dis du mal d'elles.

MNÉSILOQUE

Ah ! Sainte Mer ! ça serait bien fait pour toi ! Mais quel tour as-tu dans ton sac pour te tirer de là ?

1. La répartition de ces deux vers entre les personnages est différente de celle de Coulon.

EURIPIDE

Agathon... le convaincre, ce confrère en tragédie, de pénétrer dans le sanctuaire.

MNÉSILOQUE

Pour quoi faire, dis-moi ?

EURIPIDE

Pour se mêler à l'assemblée féminine, et, s'il le faut, parler en ma faveur.

MNÉSILOQUE

A découvert, ou incognito ?

EURIPIDE

Incognito, affublé d'une robe de femme.

MNÉSILOQUE

Le coup est joli, et tout à fait dans ta manière. Pour manœuvrer des ficelles, à nous le pompon !

EURIPIDE

Tais-toi.

MNÉSILOQUE

Qu'y a t il ?

EURIPIDE

Agathon ! il sort !

MNÉSILOQUE

Et où est-il ?

EURIPIDE

Là, sur le plateau roulant [1].

[*Agathon est amené en scène sur la plate-forme. Il est glabre, langoureusement étendu, et muni de tout un attirail féminin*]

MNÉSILOQUE

Ah çà, est-ce que je suis aveugle ? Un homme ici ? je n'en vois pas, il n'y en a pas. C'est Cocodette [2] que je vois !

EURIPIDE

Tais-toi : il s'apprête à composer un chant.

MNÉSILOQUE

Des montagnes russes pour les mille-pattes [3], ou quoi ? Tu entends ce gazouillis ?

1. *Litt. : l'eccyclème,* cf. *Ach.*, v. 408 n.
2. *Litt. : Cyréné,* courtisane notoire.
3. *Litt. : Des sentiers de fourmis.* Aristophane vise ici la musique des « Modernes » avec la richesse alambiquée de ses inflexions.

[*Agathon, après avoir préludé, chante lui-même — soli et chœurs alternés — les couplets qu'il vient d'élaborer*]

AGATHON

« *Des deux Dames de Sous-Terre*[1]
recevez la sainte flamme,
Vierges, et, de toute l'âme,
livrez-vous au libre élan
de vos danses, de vos chants !
— Quel dieu fêterons-nous ?
Dis, nous sommes dociles
à rendre hommage aux dieux.
— Allons, ô Muse, bénis[2]
Phébus le dieu qui décoche
ses sagettes d'or. C'est lui
qui bâtit un nid de roche
sur la terre qui se love
aux replis du Simoïs...
— Sois salué, Phébus,
de nos plus beaux cantiques,
ô toi qui récompenses
d'une sainte couronne
nos gracieux hommages !
— Célébrez aussi la vierge,
Artémis la chasseresse,
sous les chênaies des montagnes !
— J'obéis, et j'invoque
pour la bénir aussi
la fille vénérée
de Latone, Artémis,
la vierge intémérée !
— Et Latone, et les accords
de la Cithare asiate[3],
dont le rythme heureux fait battre
et s'ébattre, au pas des Grâces,

1. Déméter et sa fille Coré. Agathon chante lui-même les deux parties du chœur qu'il vient de composer, et qui fait alterner les paroles d'un Coryphée (ici en vers de sept syllabes) et les répons (ici en vers de six syllabes) d'un groupe de jeunes filles. En maints passages de ce chant, le texte et le sens sont très controversés.
2. Je lis : Ἄγε νυν ὄλβιζε, Μοῦσα.
3. La cithare d'Apollon est elle-même divinisée.

et tournoyer les cadences
de leurs sémillantes danses.
— Latone, haute Dame
nous te rendons hommage !
et toi cithare, mère
des hymnes ennoblies
par de mâles accents !
C'est par toi que l'éclair
d'un feu surnaturel
a brillé dans nos yeux
et traversé nos voix
dans leur explosion !
— Chantez, pour en rendre grâces :
Gloire à Phébus notre prince !
— Salut, salut à Toi
fils béni de Latone ! »

MNÉSILOQUE

Quelle suave cantate, ô saintes Paillardes mes patronnes ! Quelle odeur de femme, et de baisicotages, et de suçons mignons ! à l'écouter je sentais un chatouillis se faufiler dans mes intimités ! Mais voyons, jouvenceau — si tant est que tu en sois un — je veux t'interroger, comme dans la *Lycurgie* [1] d'Eschyle :

D'où viens-tu, femmelin ?
Quel est ton sol natal ? Quelle est cette toilette ?
Et quel salmigondis dans ton équipement !

Comment une trompette marine [2] peut-elle donner la réplique à une robe bouton-d'or [3] ? une peau de bique à une résille ? un baudrier [4] à un soutien-gorge ? ça ne va pas ensemble ! un miroir et une épée, tu trouves que ça fait bon ménage ? Quel est donc ton statut dans la vie ? celui d'un homme ? mais où est ta trique ? où est ton paletot ? où sont tes croquenots ? Celui d'une femme ? mais alors, où sont tes nichons ? Hein ? tu dis ? Hein ? tu te tais ?... Décidément c'est ta cantate qui doit éclairer ma recherche, puisque toi-même tu refuses de t'expliquer ?

1. Trilogie perdue d'Eschyle.
2. *Litt. : un barbitos,* sorte de luth.
3. Cf. *Lys.*, v. 44 n.
4. *Litt. : une fiole à huile,* accessoire proprement masculin. Les Grecs se frottaient d'huile pour les exercices du gymnase.

AGATHON

Vieillard ! vieillard ! les houspillages de l'envie viennent à mes oreilles, mais leur venin s'émousse sur mon cœur ! La garde-robe que je porte est congruente au propos que je nourris. Car un homme doit, s'il est poète, gouverner ses façons en fonction de ses œuvres, en fonction des compositions poétiques qui le requièrent : par exemple, si ce sont des drames à femmes, il se doit d'entretenir connexion de manières entre sa personne physique et ses sujets.

MNÉSILOQUE [*à part*]

Alors tu joues à fouette-cocher[1] quand tu composes une *Phèdre ?*

AGATHON

S'il fait une pièce à hommes, il est doué en sa personne des éléments fondamentaux de la chose. Mais pour ce dont nous sommes privés, c'est par une mimétique, dès lors, que nous en opérons l'annexion.

MNÉSILOQUE [*à part*]

Hé bien, quand tu feras une pièce à satyres, appelle-moi derrière toi : j'offre une collaboration comme boute-en-train !

AGATHON

Au reste, c'est fort goujate chose, un poète d'aspect inculte et hirsute. Réalise bien que le fameux Ibycus, et Anacréon de Téos, et Alcée qui concertèrent de si friandes harmonies, portaient turbans de soie et s'adonnaient aux langueurs asiates[2]. Et Phrynicos[3] — car tu l'as entendu, lui — il était beau de sa personne, et beaux les vêtements dont il se parait ; c'est pourquoi beaux étaient aussi ses drames. Car, de nécessité, l'art compose sous la dictée de la nature.

MNÉSILOQUE

Et voilà pourquoi Philoclès, qui est affreux, fait des pièces affreuses ; et Xénoclès[4], qui est méchant, en fait de

1. Équivoque érotique, jumelée avec une allusion à Hippolyte, fervent d'exercices équestres.
2. *Litt. : d'Ionie.*
3. Cf. *Nuées*, v. 556 n.
4. Xénoclès, poète tragique, l'un des trois fils de Carcinos, cf. *Nuées*, v. 1261 n.

méchantes ; tandis que Théognis[1], qui est gelé, en fait de glaciales.

AGATHON

De toute nécessité. Et c'est parce que j'en ai pris conscience que je me suis mis aux petits soins pour moi-même.

MNÉSILOQUE

Comment ça, au nom du ciel ?

EURIPIDE [*le rabrouant*]

Trêve à tes jappements ! Moi aussi, à son âge, j'étais comme ça, à mes débuts de poète.

MNÉSILOQUE

Tudieu ! je ne t'envie pas l'éducation que tu as reçue !

EURIPIDE

Allons, laisse-moi dire pourquoi je suis venu.

MNÉSILOQUE

Vas-y.

EURIPIDE

Agathon,
Sage est celui qui sait condenser comme il faut,
compendieusement, de redondants propos !
Accablé d'un malheur inouï, c'est en suppliant que je suis venu vers toi.

AGATHON

Quel besoin te presse ?

EURIPIDE

Les femmes, en ce jour, vont consommer ma perte, dans le Sanctuaire des Déesses, parce que je dis du mal d'elles.

AGATHON

Que pouvons-nous pour toi ? Qu'attends-tu de nous ?

EURIPIDE

Tout !
Songe, s'il se pouvait que tu me secourusses
en allant, sans être reconnu, t'asseoir dans l'assemblée féminine ! Tu passeras pour une femme, tu prendras la parole en ma faveur, et sûrement tu me sauveras.
Seul tu peux prononcer des mots dignes de moi.

1. Cf. *Ach.*, v. 11 n.

AGATHON

Mais alors, pourquoi ne te présentes-tu pas toi-même pour te défendre ?

EURIPIDE

Je vais t'expliquer. D'abord, on me connaît. Et puis, j'ai le poil gris, et la barbe bien fournie. Toi, tu as joli minois, teint de lis et joues lisses, voix de femme, tu es poli, souëf, délicieux...

AGATHON

Euripide !

EURIPIDE

Eh bien ?

AGATHON

Il est de toi, ce vers :

Tu aimes voir le jour : crois-tu donc que ton père
ne l'aime pas aussi [1] ?

EURIPIDE

Oui.

AGATHON

Alors, n'espère pas que nous allions tendre la nuque au malheur qui est le tien. Il faudrait être fou. C'est à toi de porter ton balluchon personnel.

Car le juste, aux malheurs qu'il doit subir, oppose
non la ruse des mots, mais la force de l'âme !

MNÉSILOQUE [*à part*]

Et comment ! Toi, ruffian, si tu fais la tantinette, ce n'est pas en mots, c'est en actes... subis !

EURIPIDE

Qu'est-ce qui te fait redouter d'aller là-bas ?

AGATHON

Je serais écharpé — pire que toi !

EURIPIDE

Comment ?

AGATHON

Comment ? On croirait que je veux dérober ma part des embesognements nocturnes qui pressent le beau sexe, et goûter subrepticement aux voluptés que se réservent les femmes !

1. Vers 691 de l'*Alceste* d'Euripide.

MNÉSILOQUE [*à part*]

Ah ! qu'en termes galants !... dis plutôt te faire enfifrer ! Mais le prétexte ne manque pas de vraisemblance.

EURIPIDE

Alors, oui ou non ? tu le feras ?

AGATHON

N'y compte pas.

EURIPIDE

Ah ! malheur de malheur ! Je suis perdu.

MNÉSILOQUE

Euripide, mon très cher ami et parent, ne déserte pas ta propre cause !

EURIPIDE

Mais comment faire ?

MNÉSILOQUE

Ce type-là, tu n'as qu'à l'envoyer aux cent mille diables, et m'enrôler, moi, pour tout service que tu voudras.

EURIPIDE

Eh bien, puisque tu te mets à ma disposition, quitte ce manteau.

MNÉSILOQUE

Voilà, il est par terre. Mais qu'est-ce que tu vas me faire ?

EURIPIDE [*montrant la barbe de l'autre*]

Te raser ça. [*Autre geste*] Et puis, par là-dessous, te flamber[1].

MNÉSILOQUE

Fais donc, si c'est ton idée. Si c'était pour dire non, il ne fallait pas que je t'offre de disposer de moi.

EURIPIDE

Agathon, tu as bien toujours un rasoir sur toi[2] ? Prête-nous donc un rasoir !

AGATHON

Prends-le toi-même, là, dans son étui.

1. Les soins intimes de l'élégance pour les Athéniennes compor taient l'épilation.

2. Le rasoir, à Athènes, est un instrument de toilette féminin, non masculin.

EURIPIDE

Tu es bien brave ! [*A Mnésiloque*] Assieds-toi. Gonfle la joue droite.

MNÉSILOQUE [*dès le premier coup de rasoir*]

Oh là là !

EURIPIDE

Qu'est-ce que tu as à brailler ? Je t'enfonce une cheville dans la gueule si je t'entends encore !

MNÉSILOQUE

Ouïe aïe ouïe ! Aïe ouïe aïe !

[*Il s'échappe*]

EURIPIDE

Dis donc, où files-tu ?

MNÉSILOQUE

Au Sanctuaire de Tout-Secours [1] ! Bonne Mère ! pour sûr que je ne vais pas rester là à me faire charcuter !

EURIPIDE

Tu feras rigoler les gens avec ta figure à moitié rasée !

MNÉSILOQUE

Ça m'est bien égal.

EURIPIDE

Au nom du ciel, tu ne vas pas me lâcher ? Arrive ici.

MNÉSILOQUE [*revenant prendre place*]

Pauvre de moi !

EURIPIDE

Reste sans bouger ; lève la tête en arrière ; ne fais pas la girouette !

MNÉSILOQUE

Bûh, bûh, bûh !

EURIPIDE

Il n'y a pas de quoi bubuler ! C'est tout, c'est fini ! à la bonne heure !

MNÉSILOQUE

Pauvre de moi ! C'est une opération de rase campagne [2] que je vais risquer

1. *Litt. : Au temple des Augustes Déesses*, c.-à-d. des Euménides, lieu d'asile inviolable. Cf. Sophocle, *Œdipe à Colone*.

2. *Litt. : Je vais partir en campagne comme soldat armé à la légère* (jeu de mots : ψιλός, qui a ce sens, veut dire aussi : nu, glabre).

EURIPIDE

T'inquiète pas. On te trouvera joli tout plein. Tu veux te regarder ?

MNÉSILOQUE

Si tu veux. Donne.

[*Euripide lui passe un miroir*]

EURIPIDE

Tu te vois ?

MNÉSILOQUE

Sacrebleu ! ce n'est pas moi, c'est Clisthène [1] !

EURIPIDE

Et maintenant, debout, que je te flambe. Penche-toi en avant.

MNÉSILOQUE

Oh là là ! pauvre de moi ! un cochon de lait, que je vais devenir !

EURIPIDE [*au serviteur d'Agathon*]

Qu'on rentre me chercher une torche ou une lampe ! [*On lui en apporte une*] Penche-toi bien, là ! Attention au bout de la queue !

MNÉSILOQUE

Pour sûr que je m'en occupe !... N'empêche que ça brûle ! Oh ! là là ! Oh ! là là ! de l'eau, de l'eau, les voisins, avant que j'aie le troufignard en feu !

EURIPIDE

Un peu de sang-froid !

MNÉSILOQUE

Du sang-froid, quand je suis incendié-carbonisé ?

EURIPIDE

Te voilà au bout de tes peines. Tu as passé le plus dur.

MNÉSILOQUE

Ffûû ! ce noir de fumée ! Qu'est-ce que tu as fait de moi ! Un âtre, tout le pourtour de mon trou de balle !

EURIPIDE

T'inquiète pas. Quelqu'un [2] te passera la serpillière !

MNÉSILOQUE

Ça fera du vilain, s'il vient me torcher le cul !

1. Cf. v. 571.
2. Je lis ἕτερος, au lieu de Σάτυρος.

EURIPIDE

Agathon, puisque tu me refuses de disposer de ta personne, prête-nous au moins un vêtement de dessous pour lui ; et un soutien-gorge. Tu ne diras pas que tu n'en as pas !

AGATHON [*avec un geste vers les accessoires féminins qui l'entourent*]

Prenez, servez-vous ; ça, je ne refuse pas.

MNÉSILOQUE

Que prendre ?

EURIPIDE

Eh bien, commence par prendre cette robe bouton-d'or, et enfile-la.

MNÉSILOQUE

O Dame de Volupté [1] ! Ce qu'elle sent bon... l'huile de gland ! Aide-moi à l'ajuster, vite.

EURIPIDE

Bon. Prends un soutien-gorge [2].

AGATHON

Tiens.

MNÉSILOQUE [*paradant dans sa robe longue*]

Arrange les plis qui tombent autour des jambes.

EURIPIDE

Il faut une résille et un bandeau.

AGATHON

Tiens, voilà plutôt la capeline à brides [3] que je porte la nuit.

EURIPIDE

Parbleu, mais c'est tout à fait ce qu'il faut !

MNÉSILOQUE

Ça m'ira ?

EURIPIDE

Parbleu, à ravir ! Mets aussi un châle rond.

AGATHON

Prends-le ici, sur le sofa.

1. *Litt. : par Aphrodite !*
2. La répartition de ces quelques mots diffère de celle de Coulon.
3. *Litt. : la coiffure faisant tour-de-tête.*

MNÉSILOQUE

Il faut des chaussures.

AGATHON

Tiens, prends les miennes.

MNÉSILOQUE

Elles m'iront ?... Oui, je sais que tu aimes tout ce qui bâille[1].

AGATHON

A toi de voir. Or ça, puisque tu as tout le nécessaire, qu'on me roule au plus vite à l'intérieur !

[*On le ramène dans sa maison, toujours couché. Sa porte se referme*]

EURIPIDE [*considérant Mnésiloque avec satisfaction*]

Eh bien, voilà un homme qui est une femme, au moins quant à l'aspect ! Mais quand tu parleras, tâche de mettre ton intonation au féminin ; le ton juste, à s'y méprendre !

MNÉSILOQUE [*d'une voix de fausset*]

J'essaierai.

EURIPIDE

Eh bien — va !

MNÉSILOQUE

Non, jour de Dieu ! pas encore ! Jure-moi d'abord...

EURIPIDE

Quoi ?

MNÉSILOQUE

De m'aider à me sauver si une tuile me tombe dessus !

EURIPIDE

C'est juré — par l'Ether, résidence de Zeus !

MNÉSILOQUE

Non, mais ? tant que tu y es, pourquoi pas par la maison du Fada[2] ?

EURIPIDE

Soit, je le jure par tous les dieux, en bloc et en détail.

1. Je lis γ'οὖν, au lieu de γ'οὐ.
2. *Litt. : par l'immeuble collectif* (?) *d'Hippocratès.* Il s'agit d'attaquer le style à la fois ampoulé et vulgaire d'Euripide, et son naturalisme impie, lorsqu'il jure « par l'Ether, résidence de Zeus » dans sa tragédie de *Mélanippe ;* mais le sens précis de l'allusion reste obscur.

MNÉSILOQUE

Et rappelle-toi bien :

C'est un serment du cœur, non serment de ta langue[1]. Ce n'est pas d'elle que j'ai requis le serment.

EURIPIDE

Allez, dépêche, fais vite ! On hisse sur le temple des Deux Déesses le signal de l'assemblée. Moi, je me retire.

[*Mnésiloque reste seul en scène. Marchant à pas pressés — en s'adressant à une servante imaginaire — il est censé se déplacer de la maison d'Agathon au sanctuaire des Deux Déesses*]

MNÉSILOQUE

Allons, Flipote[2], allons ! suis-moi ! Regarde : les torches sont allumées ! Quel beau coup d'œil sous la fumée rougeoyante ! O Déesses de Toute Splendeur, donnez-moi bon accueil, et faites que la chance me sourie, et pour entrer chez vous, et pour retourner à la maison ! Flipote, dépose le couffin, et déballe le gâteau rituel, que je le prenne et l'offre aux Deux Déesses...

O Dames hautement révérées, Déméter bien-aimée, et toi, Perséphone, puisse-t-il m'être octroyé de continuer maintes années, à faire maintes offrandes à votre fête — ou du moins de n'être pas démasqué aujourd'hui ! Que ma fille, la troumignonne, décroche un mari qui soit riche, et à part ça bien nigaud et benêt ! Et quant à Verginien[3], mon gars, qu'il ait de la cervelle et du jugement !

Où prendre place, une bonne place pour écouter les oratrices ? Allons, Flipote, déguerpis ! oust ! les esclaves n'ont pas le droit d'entendre ce qui va se dire !

[*Il s'assied parmi le groupe de femmes qui est entré pendant ce temps*]

LA PRÉSIDENTE

Recueillez-vous[4]! Recueillez-vous ! Et faites prière aux Deux Déesses, et au Seigneur d'Opulence, et à la Dame de

1. Parodie d'un vers de l'*Hippolyte* d'Euripide. Cf. *Gren.*, v. 101-102 et 1471.

2. *Litt. : Thratta*, nom de servante.

3. *Litt. : Sathiscos.* Ce mot, qui est peut-être pris comme nom propre, implique rappel d'un organe spécifiquement masculin.

4. Tout ce passage est inspiré de très près, avec un saupoudrage burlesque de-ci, de-là, des formules officielles qui étaient en usage à Athènes, à l'Assemblée du peuple, au début des séances.

beau-lignage, et à la Nourricière des jeunes forces[1], et à Hermès, et aux Grâces ! Puisse l'Assemblée et Congrès de ce jour se dérouler de façon heureuse en tout point, propice en tout point, pour le plus grand bénéfice de la Cité d'Athènes et pour notre félicité personnelle ! Puisse celle qui, en ses actes comme en ses discours, servira le mieux le peuple athénien et le peuple féminin, voir ses avis prévaloir ! A ces intentions, et à vos intentions de faveurs particulières, priez ! Louanges, louanges, pieuses louanges dans l'allégresse !

LE CHŒUR

Ainsi soit-il !
A tout le collège des dieux[2]
dont nous implorons la présence,
puissent agréer nos prières !
Zeus, dont le nom domine tout !
et Toi, dieu à la lyre d'or,
patron de la sainte Délos !
et Toi, vierge toute-puissante
— regard d'azur et lance d'or —
viens ici, Toi dont la demeure
est la Cité que tous jalousent !
Et Toi qui, sous tant de vocables,
fais carnage de bêtes fauves,
fille de Latone aux yeux d'or !
Et Toi, prince auguste des mers,
Posidon, roi des flots salés,
quitte ton antre poissonneux
et ses remous vrombissants, viens !
Et vous, Néréides marines !
vous, Nymphes par monts et par vaux !
Puisse la Sainte Lyre d'Or
se faire l'accompagnatrice
de nos prières ! Et nous-mêmes
mener jusqu'à leur terme heureux
les assises que nous ouvrons,
nous, gentilles dames d'Athènes !

1. Hypostases des déesses Thesmophores.
2. Le Chœur invoque tour à tour Zeus, Apollon, Athéna, Artémis, Posidon, les Nymphes de la mer, des monts et des bois, et la Lyre de Phébus (cf. v. 120 n.).

LA PRÉSIDENTE

Faites prière aussi aux divins Olympiens et Olympiennes, Pythiens et Pythiennes, Déliens et Déliennes, et toutes autres divinités ! Tout individu qui trame complot contre le peuple féminin ; qui entre en pourparlers officiels avec Euripide et les Perses pour nuire au peuple féminin ; qui vise à exercer la tyrannie, ou à se faire le fourrier de la tyrannie ; qui a dénoncé un projet de substitution d'enfant[1] ; toute servante qui, prise pour rabatteuse par sa patronne, vend la mèche à son maître ; qui, chargée d'une mission, fait un rapport mensonger ; tout galant qui fait d'une femme la dupe de ses mensonges et ne lui donne jamais ce qu'il lui promet ; toute vieille qui s'achète un gigolo en lui faisant des cadeaux[2] ; toute amante qui en accepte, trahissant son ami de cœur ; tout tenancier ou tenancière de taverne qui filoute le client sur le contenu légal du litron ou de la pinte[3] — périssent de malemort tous ces gens-là, eux et leur maisonnée !

Telles soient vos imprécations. Et pour vous autres, priez les dieux de vous combler, toutes, de mille faveurs !

LE CHŒUR

Nous nous joignons à tes prières
Puissent les dieux que nous prions
les exaucer pour la Cité,
les exaucer pour notre peuple !
Et puissent toutes celles
qui parleront le mieux
voir comme il le mérite
prévaloir leur avis !
Mais toutes celles qui nous trompent,
au mépris des serments légaux,
pour nous nuire, en esprit de lucre ;
qui visent la subversion
de nos décrets, de notre loi ;
qui à nos ennemis font part de nos secrets ;
qui vont favorisant l'infiltration perse
pour nous nuire, en esprit de lucre —

1. Il importait beaucoup à la situation d'une épouse qu'elle eût des enfants mâles. Aussi lui arrivait-il d'user de stratagèmes pour donner à son mari cette satisfaction.
2. Cf. *Plut.*, v. 975-992.
3. *Litt. : du conge et des cotyles.*

ce sont des criminelles
devant les dieux, devant l'État.
Zeus, ajoute le poids de ton omnipotence
aux vœux que nous formons !
C'est entendu, nous sommes
des diablesses de femmes...
Invite cependant les dieux
à nous donner leur assistance !

LA PRÉSIDENTE

Écoutez toutes ! Le Conseil des Femmes, Honorade étant présidente, Finette greffière, Opportune[1] rapporteuse, arrête : Il sera tenu Assemblée, le matin du second jour du Triduum, où nous avons le plus de loisir. Article premier de l'ordre du jour : affaire Euripide ; sanction à infliger à cet individu pour le crime de vile forfaiture dont nous le déclarons coupable à l'unanimité. Qui demande la parole ?

MIETTE

Moi.

LA PRÉSIDENTE

Bien. Ceins cette couronne avant de commencer. Silence ! que l'on se taise ! et qu'on soit attentives !

MNÉSILOQUE [*à part*]

C'est ça ! La voilà qui s'éclaircit la voix, comme font les orateurs. J'ai idée qu'elle en a long à dire[2].

MIETTE

Mes chères collègues, c'est sans aucun motif d'ambition personnelle, j'en atteste les Deux Déesses, que je me lève pour porter la parole. Mais c'est que j'en ai gros sur le cœur, hélas ! il y a déjà beau temps, de nous voir traînées dans la boue par Euripide, le fils de la marchande d'herbes[3], et de l'entendre en déballer de toutes les couleurs sur notre compte... des horreurs ! Oui, y a-t-il une horreur dont il ne nous barbouille ? Nous a-t-il jamais épargné ses calomnies, partout, c'est bien simple, où l'on trouve un public, des tragédiens et des chœurs ? Nous, les couche-toi-là, comme il dit,

1. *Litt. : Timocléia, Lysilla, Sostraté.* Ces trois noms féminins sont choisis ou forgés pour indiquer diverses nuances élogieuses, approximativement transposées en français.
2. Ces deux vers sont attribués par Coulon au Coryphée.
3. Cf. *Ach.*, v. 478 n.

les coureuses d'hommes, les ivrognesses, les traîtresses, les jacasseuses, les ordures, les pestes noires de leurs maris ! Sitôt qu'ils rentrent du spectacle, ils viennent nous regarder sous le nez et fureter dare-dare pour voir s'il n'y a pas un galant caché dans la maison. Tout ce que nous faisions avant, c'est fini : plus moyen à présent, avec les horreurs que ce type-là a mises dans la tête à nos hommes ! Une femme tresse-t-elle une couronne ? on s'imagine qu'elle est amoureuse. Laisse-t-elle échapper un ustensile en allant et venant dans la maison ? interrogatoire du mari : « A *qui* penses-tu ? Voilà le poêlon cassé !

« A l'hôte de Corinthe, il n'en faut pas douter[1] ! »

Une jeune fille est-elle souffrante ? son frère a tôt fait d'opiner :

« Cette mine, fillette, est suspecte à mes yeux ! »

Passons. Mais si une femme privée d'enfants veut recourir à une fausse maternité[2], pour ça non plus, plus moyen de frauder : les maris à présent tiennent position au chevet ! Quant aux barbons qui naguère épousaient les donzelles, il nous a tant et si bien calomniées auprès d'eux que pas un vieillard ne se résout à prendre femme à cause de cette maxime :

« Un vieillard qui convole est serf de son épouse[3]. »

Et puis c'est aussi sa faute si on place à présent des scellés, des verrous, sur les appartements féminins ; on nous boucle, et par-dessus le marché on entretient des molosses : des épouvantails pour nos galants, ces chiens-là ! Tout ça, c'est encore pardonnable. Mais ce qu'on nous laissait, naguère, faire toutes seules : tenir le ménage et prélever dans les réserves farine, huile, vin, ça ne nous est plus possible non plus. Car nos hommes gardent à présent sur eux d'infernales petites clés à secret, avec trois dents — une invention spartiate ! Avant, on pouvait toujours ouvrir la porte en douce, quand on avait, pour trois fois rien, fait faire un double de leur sceau. Mais à présent, Euripide, pour empoisonner les foyers, leur a appris

1. Vers de la *Sthénébée* d'Euripide.
2. Cf. v. 340 n.
3. Vers du *Phénix* d'Euripide.

à avoir, accrochés sur eux, des petits cachets en bois savamment vermoulu[1].

Pour ces motifs, je suis d'avis de manigancer quelque chose pour venir à bout de cet individu, d'une façon ou d'une autre, poison ou tout autre procédé — et qu'il en crève. Voilà ce que je dis et proclame. Le reste, je le mettrai par écrit avec la secrétaire.

[STROPHE] LE CHŒUR

Jamais je n'entendis de femme plus roublarde
à nouer ses idées,
ni plus experte à la parole !
Tous ses propos ont touché juste,
et dans tous leurs aspects elle a scruté les choses,
tout pesé dans sa tête :
avec sagacité
elle a su rechercher et trouver à merveille
toute une gamme d'arguments !
Oui, Xénoclès[2]*, le fils du Crabe,*
s'il discourait en face d'elle,
vous seriez tous d'avis, je gage,
que ce n'est qu'un zéro tout rond !

UNE AUTRE FEMME

J'ai deux mots à dire, moi aussi, et c'est pourquoi je m'avance. Son réquisitoire général est excellent, mais ce qu'Euripide m'a fait, à moi, c'est cela que je veux dire : mon mari est mort à Chypre en me laissant cinq mioches que je nourrissais à grand-peine en tressant des couronnes pour le marché aux fleurs. Pendant un temps, j'arrivais tant bien que mal à faire bouillir la marmite. Mais voilà que ce type-là, qui travaille dans la tragédie, a mis dans la tête des hommes que les dieux ça n'existe pas. Résultat : notre chiffre d'affaires a baissé de plus de moitié ! Pour ces motifs, à toutes je propose et recommande le châtiment du coupable ; les griefs ne manquent pas ! Car il y a de quoi fondre en larmes, mes chères collègues, de toutes les misères qu'il nous fait ; naturellement : un homme qui a lui-même été élevé au milieu des oignons[3] ! Mais je vais sur le marché : j'ai des couronnes

1. Les dessins compliqués de ces cachets étaient impossibles à contrefaire.
2. Cf. v. 169 n.
3. *Litt. : il nous en fait de sauvages ; bien sûr, lui qui a été élevé au milieu des herbes sauvages.* Cf. v. 387 et *Ach.*, v. 478 n.

à tresser pour un dîner d'hommes ; une commande de vingt !

LE CHŒUR

Hé ! voici encore une forte tête !
Et cet exposé-ci est encor mieux troussé
que l'autre ! Pour l'avoir aussi bien débité,
sans s'écarter de son propos,
quelle fine cervelle, et quel esprit roublard !
Tout était convaincant, et sans entortillage.
Il faut que nous fassions payer avec éclat
à ce vil personnage
rançon de ses outrages !

MNÉSILOQUE

Dans la rancune qui vous hérisse à toute force contre Euripide, mes chères collègues, pour les horreurs qu'il dit de vous, rien d'étonnant ! ni dans l'effervescence de votre bile ! Moi-même, comme vous (oui, aussi vrai que je souhaite d'avoir à me féliciter de ma progéniture !), je déteste cet homme. Sinon, je serais folle ! Mais, entre nous, il faut faire la part des choses : nous sommes seules, pas un mot ne transpirera au-dehors. Pourquoi l'accuser comme ça, et en avoir aussi gros sur le cœur, s'il a raconté deux ou trois méfaits, quand il sait fort bien que nous faisons les quatre cents coups ? Ainsi, moi, la première, pour ne pas parler d'une autre, je sais bien, au fond de moi, que j'en ai fait de raides, et pas peu ! La plus raide, c'est quand j'étais jeune mariée, le surlendemain de la noce ; mon mari, près de moi, dormait. J'avais un petit ami qui avait pris ma fleur quand j'avais sept ans ; il lui vient envie de moi, il arrive et gratte à la porte ; alors tout de suite, j'ai compris, et alors, je commence à descendre en tapinois. Mon mari m'interroge : « Tu descends ? Où vas-tu ? — Où ? j'ai la colique, mon chéri, j'ai mal au ventre, je vais aux cabinets. — Eh bien, va ! » Et alors, lui, de piler des baies de genièvre, de l'anis, de la sauge. Moi, j'humecte les gonds[1], et je m'évade vers mon gigolo. Et alors

1. Pour que la porte ne grince pas. Elle *mouille* les gonds pour ne laisser aucune trace de l'opération le lendemain matin, quand l'eau aura séché.

je me mets en posture, près de l'Apollon-Voyer[1], cramponnée au laurier, et... saute bélier ! Ça voyez-vous, Euripide ne l'a jamais dit ; ni que nous nous faisons tisonner par nos esclaves et par les muletiers, si nous n'avons personne d'autre sous la main ; il ne le dit pas. Ni que, après nous être fait énergiquement besogner toute la nuit par un quidam, au petit matin nous grignotons de l'ail, pour que, en flairant cette odeur lorsqu'il rentre de sa garde au rempart, le mari n'ait pas soupçon de nos frasques. Tout ça, voyez-vous, il ne l'a jamais dit. Alors, s'il déblatère contre Phèdre, qu'est-ce que ça nous fait ? Un autre coup dont il n'a pas dit mot, c'est celui de la femme qui, en étalant sa cape devant son mari — « Regarde, au jour, comme elle est belle ! » — fit échapper l'amant caché derrière : il n'en a pas dit mot. Et j'en connais une autre qui prétendait avoir les douleurs — dix jours durant, le temps de se procurer un nouveau-né[2]. Et le mari de courir les boutiques en achetant des spécifiques pour hâter la délivrance. Le bébé, une vieille l'apporta dans une jarre : pour l'empêcher de crier, on lui avait collé un bout de rayon de miel dans les gencives. Alors, signe de la pourvoyeuse, et aussitôt cris de l'épouse : « Laisse-moi, laisse-moi ! cette fois-ci, mon chéri, je crois que je vais accoucher ! » Il se trotte, tout joyeux. Et elle, d'enlever la sucette au marmot : il braille. Alors la vieille ordure qui venait de l'apporter s'en court, la bouche en cœur, vers le mari en lui disant : « Un luron ! un luron[3], ton fils ! C'est ton portrait tout craché ! Il a tout de toi, archi-tout ! Et entre autres, son petit instrument, c'est la réplique du tien : bien rond, comme une pomme de pin ! »

Oui ou non, ils sont bien de nous ces méfaits-là ? Eh oui, bonne Vierge[4], ils sont de nous ! Et puis nous prenons feu contre Euripide !

Nous lançons l'invective...
Pourtant, nous sommes plus coupables que victimes[5] !

[ANTISTROPHE] LE CHŒUR

Ça, c'est pharamineux ! Où a-t-on déniché
un pareil numéro ?

1. Apollon « Aguieus » qui veillait sur les rues de la ville.
2. Cf. v. 340, 407.
3. *Litt. : un lion.* Pour tout ce passage, cf. v. 340 n.
4. *Litt. : par Artémis !*
5. Vers du *Télèphe* d'Euripide.

En quel pays a pu pousser
une femme aussi impudente ?
Nous dégoiser tout ça, la gredine, au grand jour,
avec un tel cynisme !
Ah ! je n'aurais pas cru
qu'elle oserait jamais étaler tant d'audace !
On aura tout vu — et le reste !
Il a raison, le vieux proverbe !
« Regarde bien sous chaque pierre
si tu ne veux être mordu
par la dent de quelque... parleur[1] *! »*

LE CORYPHÉE

Pire engeance, en tous points, que femmes sans vergogne
on n'en a jamais vu — sauf, bien sûr, d'autres femmes !

MIETTE

Ah ! çà, corbleu, les amies, est-ce que vous êtes folles ? On vous a jeté un sort, ou bien c'est quelque autre maligne influence qui vous paralyse, pour que vous laissiez cette peste-là nous infliger une telle avanie à nous toutes ?

[*S'adressant au public*]

S'il y a ici quelqu'un qui veuille... Non, personne ? Eh bien, c'est nous, avec nos petites servantes, qui irons chercher quelque part de la cendre, pour lui épiler le trouminet : ça lui apprendra, pour l'avenir, que quand on est femme, il ne faut pas débiter des horreurs sur les femmes !

MNÉSILOQUE

Non ! non, pas le trouminet, chères collègues. N'avons-nous pas notre franc-parler, le droit de nous exprimer, nous toutes, les citoyennes ici présentes ? C'est pour ça que j'ai dit ce que je croyais juste en faveur d'Euripide : est-ce une raison pour que je doive me faire arracher par vos soins la barbichette, en punition ?

1. Le proverbe disait : « mordu par un scorpion ». Aristophane le modifie malicieusement. On a tenté de garder quelque chose de cet effet comique en faisant attendre en français, pour la rime, le mot : vipère.

MIETTE

Ah ! il ne faudrait pas que tu aies ta punition ? Toi qui as osé prendre, seule de ton bord, la défense d'un homme qui nous a fait tant de mal en choisissant exprès des sujets où il y avait une méchante femme, en mettant en scène des Mélanippe, des Phèdre ? Mais Pénélope, il s'en est toujours bien gardé, parce qu'il s'est rendu compte que c'était une honnête femme !

MNÉSILOQUE

Je sais bien pourquoi : c'est que tu ne pourrais pas citer une seule Pénélope parmi les femmes d'aujourd'hui : toutes des Phèdre ! architoutes !

MIETTE

Vous entendez, mes chères collègues, ce qu'elle vient encore de dire de nous toutes ? Elle récidive !

MNÉSILOQUE

Oui, morbleu, et je n'ai pas encore dit tout ce que je sais ! Vous voulez que je rouvre mon sac ?

MIETTE

Tu n'y trouveras plus rien : tout ce que tu savais, tu l'as dégorgé.

MNÉSILOQUE

Ah ! morbleu non ! pas la millième partie de ce que nous faisons ! Ça, par exemple, je ne l'ai pas dit : que nous prenons des pipettes [1] et que nous pompons le vin avec !

MIETTE

Qu'on lui mette les tripes au soleil !

MNÉSILOQUE

Ni non plus que nous chapardons la viande des festins officiels [2] pour en faire cadeau à nos entremetteuses !

MIETTE

C'est-il pas malheureux ! quelles balivernes !

MNÉSILOQUE

Ni qu'une autre a estourbi son mari à coups de hache, je ne l'ai pas dit ! ni qu'une autre a administré au sien des philtres qui l'ont rendu fou ! ni que, en creusant sous le carrelage de la salle de bains, un jour...

1. *Litt. : des étrilles, des raclettes* [?]. Texte controversé, étant évident que l'objet n'est pas du tout adapté à l'usage clandestin dont il est question.

2. *Litt. :* des *Apaturies.* Cf. *Ach.,* v. 146 n.

MIETTE

Qu'on l'étrangle !

MNÉSILOQUE

... une femme d'Athènes y a enfoui son père[1] !

MIETTE

Ce qu'il faut entendre ! c'est révoltant !

MNÉSILOQUE

Ni ce que tu as fait toi-même : ta servante avait accouché d'un garçon : alors toi, tu as fait un échange à ton profit, en lui refilant ta petite fille[2] !

MIETTE

Sacrées Bonnes Mères ! tu le paieras cher, ce que tu dis là ! Je t'arracherai la toison !

MNÉSILOQUE

Sacré bon dieu ! Non, tu n'y toucheras pas !

MIETTE [*se précipitant pour lui crêper le chignon*]

Tu veux voir ? tiens !

MNÉSILOQUE [*ripostant*]

Tu veux voir ? tiens !

MIETTE [*à une autre femme*]

Prends mon manteau, Chérubine !

MNÉSILOQUE

Essaie seulement de me frôler, et moi, dame...

MIETTE

Qu'est-ce que tu feras ?

MNÉSILOQUE

La galette dont tu t'es empiffrée, je te la ferai restituer !

LE CORYPHÉE [*d'un ton grave*]

Trêve à vos invectives ! Voici une femme[3] qui accourt vers nous en toute hâte. Taisez-vous, sans attendre qu'elle nous ait rejointes. De la tenue, pour recevoir les informations qu'elle va nous donner.

[*Entre Clisthène, essoufflé et minaudant*]

1. Autant de crimes qui devaient avoir défrayé récemment la chronique de la ville.

2. Cf. v. 340 n.

3. Clisthène est un homme aussi peu mâle que possible. C'est pourquoi, de loin, le Coryphée le prend pour une femme. Cf. v. 235.

CLISTHÈNE

Ah ! mes chéries !... — oui, je suis tout des vôtres, d'instinct et de pratiques ; je suis de votre bord, mes joues le montrent assez... je suis toqué de féminité, je vous couve de ma sollicitude en toute occasion... Et voici qu'aujourd'hui une chose grave m'est venue aux oreilles ; on en jasait à l'instant sur le marché. J'arrive en messager vous la dire, pour que vous ouvriez l'œil, et le bon : sans quoi il risque de vous tomber dessus, au dépourvu, une grave, une terrible affaire !

LE CORYPHÉE

De quoi s'agit-il, mon enfant ?... Car c'est bien naturel de t'appeler mon enfant, tant que tu auras si peu de barbe au menton !

CLISTHÈNE

Euripide... on dit qu'il a dépêché un homme, un parent à lui, un vieux, ici même, aujourd'hui !

LE CORYPHÉE

Et pour quoi faire ? Quel est donc son dessein ?

CLISTHÈNE

Vos délibérations, vos plans d'action, cet homme doit les écouter : c'est un espion !

LE CORYPHÉE

Allons donc ! un homme, parmi des femmes, il ne peut pas rester inaperçu !

CLISTHÈNE

Euripide l'a flambé, il l'a épilé, et pour le reste, il lui a mis un accoutrement féminin complet.

MNÉSILOQUE

Vous écoutez ce type-là ? Quel est le mâle assez cornichon pour accepter de se laisser épiler ? Moi, je n'y crois pas, Saintes Vénérables Mères !

CLISTHÈNE

Tu radotes. Je ne serais pas venu vous informer de la chose, moi, si je ne la tenais de source sûre et bien informée.

LE CORYPHÉE

C'est une redoutable affaire dont nous sommes avisées là ! Allons, mes amies, il ne s'agit pas de rester bras croisés ! A nous de faire la chasse à l'homme ! Cherchons où il peut s'être caché pour siéger clandestinement parmi nous ! [*A Clisthène*]

Et toi, aide-nous à le démasquer : c'est un second titre à notre reconnaissance que se gagnera là ta sollicitude envers nous.

CLISTHÈNE

Eh bien, commençons. [*A Miette*] Toi, qui es-tu ?

MNÉSILOQUE [*à part*]

Où mettre le cap ?

CLISTHÈNE

On va vous soumettre à enquête.

MNÉSILOQUE [*à part*]

Je n'en mène pas large !

MIETTE

Qui je suis, tu demandes ? La femme de Cléonyme [1].

CLISTHÈNE

Vous la connaissez, vous autres, cette femme ?

LE CORYPHÉE

Nous la connaissons. Passe l'inspection des autres.

CLISTHÈNE

Et celle-ci qui tient le bébé ?

MIETTE

C'est ma nourrice, voyons !

MNÉSILOQUE [*à part*]

Je suis fichu !

[*Il essaie de s'esquiver*]

CLISTHÈNE

Hé, toi ? où vas-tu rôder ? Reste ici ! [*Mimique de Mnésiloque*] Qu'est-ce qui te prend ? Tu es malade ?

MNÉSILOQUE

Laisse-moi faire pipi ! [*Clisthène fait mine de le suivre*] Et la pudeur, alors, tu ne sais pas ce que c'est ?

CLISTHÈNE

Bon, fais ta petite affaire : je t'attends ici.

LE CORYPHÉE

Pour sûr, attends-la ; et surveille-la bien ! C'est la seule, mon cher, que nous ne connaissions pas.

CLISTHÈNE

Tu mets bien longtemps pour pisser, toi !

1. Pour Cléonyme, cf. *Cav.*, v. 958. Il y a dans le choix de ce mari une intention qui nous échappe.

MNÉSILOQUE

Ma foi, mon bon, c'est que je fais du goutte à goutte : hier, j'ai mangé du cresson.

CLISTHÈNE

Qu'est-ce que c'est que cette histoire de cresson ? Vas-tu venir ici près de moi, oui ou non ?

MNÉSILOQUE

Cette idée, de me bousculer ! Je suis malade...

CLISTHÈNE

Dis-moi, qui est ton mari ?

MNÉSILOQUE

Mon mari ?... Tu veux savoir son nom ?... C'est Machin, tu sais... du quartier de Coucicouça[1]...

CLISTHÈNE

Qui donc, Machin ?

MNÉSILOQUE

Ben, Machin, quoi... Celui qui une fois, avec Machin... le fils de Machin...

CLISTHÈNE

Tu débloques, on dirait ! Tu es déjà montée ici précédemment ?

MNÉSILOQUE

Ma foi, oui ! tous les ans.

CLISTHÈNE

Et qui est ta compagne de tente[2] ?

MNÉSILOQUE

C'est... Machine... [*A part*] Ah là là, misère !

CLISTHÈNE

Ça vaut zéro.

MIETTE

Écarte-toi. Moi je vais la cuisiner de la belle manière sur les solennités de l'an dernier. Reste à distance, il ne faut pas que tu entendes, puisque tu es un homme.

1. *Litt. : de Cothocides.* Il semble que le nom de ce dème attique soit choisi par allusion au mot κόθορνος ; les cothurnes chaussaient indifféremment les deux pieds, d'où l'emploi du mot — pas chez Aristophane, à vrai dire — pour indiquer une conduite flottante, équivoque.

2. Pour le triduum des Thesmophories, les femmes campaient à l'intérieur de l'enceinte sacrée.

[*A Mnésiloque*]

A toi : dis-moi quelle était la première cérémonie qui s'est offerte à nous.

MNÉSILOQUE

Voyons voir... la première... c'était quoi ?... On a bu.

MIETTE

Et après, en second lieu ?

MNÉSILOQUE

On a trinqué.

MIETTE

Ça, on a dû te le dire. Et après, en troisième ?

MNÉSILOQUE

Florine a demandé un bol : elle n'avait pas de pot de chambre.

MIETTE

Ça vaut zéro ! Ici Clisthène, viens ici ! C'est lui, l'homme que tu dis !

CLISTHÈNE

Qu'est-ce que je dois faire ?

MIETTE

Déshabille-le. Il ne dit que des inepties.

MNÉSILOQUE

Alors comme ça, vous allez déshabiller une mère de neuf enfants ?

CLISTHÈNE

Dégrafe vite ce soutien-gorge.

[*Il commence à le dévêtir*]

MNÉSILOQUE

Effronté[1] !

MIETTE

Eh bien, cette carrure qu'elle nous montre ! Elle est bâtie en force ! Mais des tétons comme nous, ma foi, y en a pas !

MNÉSILOQUE

C'est que je suis bréhaigne. Jamais je n'ai été enceinte !

MIETTE

Tiens, tiens ! tout à l'heure, tu étais mère de neuf enfants !

1. Coulon joint le mot aux paroles précédentes de Clisthène.

CLISTHÈNE

Tiens-toi droit. Pourquoi est-ce que tu essaies de refouler ton zob par en dessous ?

MIETTE [*passant derrière Mnésiloque*]

Le voilà qui passe le museau[1] ! et vermeil ! Ah ! le sacripant !

CLISTHÈNE [*la rejoignant*]

Et où est-il ?

MIETTE [*repassant devant*]

Il est reparti sur le devant !

CLISTHÈNE [*la rejoignant*]

Non, il n'est pas par ici !

MIETTE [*repassant derrière*]

Pardi ! il est repassé de ce côté-ci !

CLISTHÈNE

C'est un vrai transbordeur que tu as là, mon bonhomme ! Tu assures la navette à une cadence accélérée[2] !

MIETTE

Ah ! le salopard ! Voilà donc pourquoi il défendait Euripide en nous traînant dans la boue !

MNÉSILOQUE

Misère de moi ! Je me suis mis dans de beaux draps !

MIETTE

Eh bien, qu'est-ce que nous faisons ?

CLISTHÈNE

Surveillez-le comme il faut, qu'il n'aille pas s'échapper et prendre le large ! Moi je vais faire mon rapport aux Commissaires sur cette affaire.

LE CORYPHÉE

Eh bien, nous, il nous faut à présent allumer nos lampes, poser nos manteaux, trousser comme il faut et bravement nos basques, et chercher si par hasard un autre individu ne s'est

1. Pour ces effets de gras comique — que La Fontaine a repris dans un de ses contes — Aristophane a recours à un impudent accessoire de costume dont il se vantait pourtant (cf. *Nuées*, v. 538 et suiv.) d'avoir dépouillé ses acteurs.

2. *Litt. : C'est un isthme que tu as là. Tu fais passer l'objet dans un sens et dans l'autre à un rythme plus serré que les Corinthiens.* Allusion au « diolkos », voie de roulage par laquelle les Corinthiens faisaient franchir leur isthme aux bateaux.

pas introduit ici. Courons tout autour de l'enceinte, inspectons les tentes[1] et les allées transversales.

LE CHŒUR

Allons-y ! Oui, pour commencer,
nous faut bondir d'un pied léger,
fouiller tous les coins — chut ! silence !
En tout cas, ne lambinons pas,
nous n'avons plus de temps à perdre !
Il faudrait nous mettre à la queue leu leu,
à la course, vite, à la ronde, tôt !
Allons, à la trace !
mettons-nous en chasse
partout, vite, vite !
N'y aurait-il point
dans les lieux un autre
intrus clandestin ?
Jetez l'œil partout,
par ici, par là !
furetez partout
scrupuleusement !
Car si nous le prenons[2]*, son acte sacrilège*
sera puni. Bien plus, il servira d'exemple
aux excès criminels de tous les autres hommes,
à leurs forfaits et conduites impies !
Ainsi avec éclat viendra-t-il confesser
l'existence des dieux,
inculquer à tous les humains
le saint respect des puissances célestes,
et la juste observance
de nos lois d'ici-bas et de celles d'en-haut,
dans le souci pieux de faire ce qu'il faut.
Et s'ils ne le font pas, que leur adviendra-t-il ?
Voici : celui d'entre eux qui sera convaincu
d'une conduite impie
deviendra frénétique
tout enfiévré de rage et de délire ;
il fera voir à nos compagnes
et à tous les mortels que la Divinité

1. Cf. v. 624 n.
2. Je lis : ληφθῇ (Reisig, van Leeuwen) au lieu de με λάθῃ (Coulon).

sait punir à l'instant les actes qui insultent
à nos lois d'ici-bas comme à celles d'en-haut !

LE CORYPHÉE

Eh bien, je crois que nous avons fouillé à peu près tout comme il faut. En tout cas nous ne voyons pas d'autre individu qui soit venu se tapir parmi nous.

[*Mnésiloque, brusquement, saisit un enfant dans les bras d'une femme et va se camper à l'écart*[1]]

MIETTE

Holà ! où te sauves-tu ? Dis donc, dis donc, reste ici, toi !...
Pauvre, pauvre de moi ! Et le voilà parti,
ravissant à mon sein mon pauvre enfantelet !

MNÉSILOQUE

Tu peux brailler ! Jamais plus tu ne lui donneras la becquée si vous ne me relâchez pas !
Sur l'autel que voici, parmi les autres viandes,
son sang vermeil ruissellera
de ses veines tranchées d'un coup de coutelas !

MIETTE

Las ! refuserez-vous de m'aider, mes amies ?
Que vos clameurs de guerre assurent ma victoire !
Me verrez-vous d'un œil indifférent
déposséder de mon unique enfant ?

LE CORYPHÉE

Hélas, hélas ! ô Parques souveraines,
que vois-je ici commettre ?
Rengrégement d'attentat monstrueux !
Tout n'est donc que forfaits d'audace et d'impudence ?
Ah ! qu'a-t-il fait, amies ! Ah ! qu'a-t-il encore fait !

MNÉSILOQUE

J'ai fait de quoi briser votre excès d'arrogance.

LE CORYPHÉE

N'est-ce pas là conduite atroce, et plus qu'atroce ?

MIETTE

Atroce, ah ! oui ! m'avoir ravi mon enfançon !

1. L'épisode qui commence est une variante de celui de Justinet avec les charbonniers, dans *Les Acharniens*, v. 331 et suivants.

LE CHŒUR

Que dire, après cela ? lorsque l'on voit cet homme
se comporter ainsi sans en avoir vergogne ?

MNÉSILOQUE

Et j'en ferai encor bien d'autres !

LE CHŒUR

En tout cas,
tu ne quitteras point les lieux où te voici[1] *:*
il ne sera pas dit que tu te sois enfui
comme ça — esquivant les suites de ton crime ;
et il te coûtera cher !

MNÉSILOQUE

Aux dieux ne plaise ! Un tel présage, je l'écarte !

LE CHŒUR

Quel appui, quel secours pourrait bien te venir
des divins Immortels, dans tes actes pervers ?

MNÉSILOQUE

Vain babil ! Cette enfant, je ne la rendrai pas !

LE CHŒUR

Ah ! saintes Bonnes Mères !
tu n'auras pas sans doute à te féliciter,
ma foi, de ces propos outrageants et impies !
Un sacrilège légitime[2]*,*
par loi de talion, sera notre réponse
à tes forfaits. Songes-y bien :
le destin a tôt fait de changer de victime,
et son règne, de prendre une face nouvelle !

LE CORYPHÉE [*à Miette*]

Allons, tu aurais dû déjà mobiliser ces femmes pour une corvée de bois, et brûler et rôtir ce gredin, dans les plus brefs délais !

MIETTE [*à sa servante*]

Allons chercher des fagots, Margot[3] ! [*A Mnésiloque en s'éloignant*] Aujourd'hui, par mes soins tu seras transformé en braises, oui !

1. Je lis : Ἀλλ᾽ οὐχ ἥκεις γ᾽ ὅθεν φεύξει.
2. Les femmes vont l'arracher à l'autel des Déesses asile inviolable. Mais l'énormité du crime rend ce sacrilège (ἀθέοις) normal (εἰκός).
3. *Litt. : Mania,* nom de servante.

MNÉSILOQUE

Vas-y : allume, brûle [*Au bébé*] Mais toi, ôte ton burnous, vite !

Et de ta mort, enfantelet,
n'accuse au monde que ta mère !

Hein ? quoi ? La mominette se révèle une outre, pleine de vin, et chaussée de babouches ? O femmes ! tisons d'enfer, fieffées pochardes qui vous ingéniez à tirer à boire de n'importe quoi ! Vous êtes la bénédiction des mastroquets, mais pour nous autres, quel gouffre ! et dans ce gouffre vous jetez aussi les ustensiles et le trousseau !

MIETTE [*revenant chargée de bois*]

Entasse beaucoup de fagots, Margot !

MNÉSILOQUE

Vas-y, entasse. Mais réponds-moi un peu, toi. [*Montrant le prétendu bébé*] Tu dis que tu lui as donné le jour ?

MIETTE

Oui. Neuf mois[1] je l'ai portée !

MNÉSILOQUE

Tu l'as portée ?

MIETTE

Oui, dame[2] !

MNÉSILOQUE

Ta santé, hein ? par triples rasades ?

MIETTE [*comprenant qu'elle est démasquée*]

Comme tu m'as traitée ! Déshabiller effrontément ma fille, ma pitchounette !

MNÉSILOQUE

Si pitchounette que ça ?

MIETTE

Elle n'est pas grande, voyons !

MNÉSILOQUE

Elle va sur ses combien ? Trois, quatre litrons ?

MIETTE

Environ ; et en plus, ce qui s'est écoulé depuis les vendanges. Allons, rends-la-moi !

1. *Litt. : dix mois.* On arrondissait couramment à dix mois (285 jours) la durée de la gestation.
2. *Litt. : par Artémis !*

MNÉSILOQUE

Elle[1] ? non, jour de dieu !

MIETTE

Alors, on va te brûler.

MNÉSILOQUE

C'est ça, brûlez ! Mais elle, elle va être égorgée, à l'instant !

MIETTE

Non, je t'en conjure ! Fais de moi tout ce que tu veux, mais épargne-la !

MNÉSILOQUE

Tu as la fibre maternelle très développée. Mais c'est égal : elle va être égorgée.

[*Il éventre l'outre*]

MIETTE [*éperdue... mais ne perdant pas le nord*]

Ah ! mon enfant chérie ! Margot, passe-moi le calice, que je recueille au moins le sang de mon enfant !

MNÉSILOQUE [*bon prince*]

Approche-le là-dessous. Cette grâce, je te l'accorderai ; mais c'est la seule.

[*Il verse du vin dans la coupe, puis répand par terre tout le reste*]

MIETTE

Ah ! la peste t'étouffe, radin et rossard que tu es !

MNÉSILOQUE

Voilà. La peau revient à l'officiante.

MIETTE

Qu'est-ce qui revient à l'officiante ?

MNÉSILOQUE

Ça : attrape.

[*Il lui jette l'outre vide*]

[*Entre Norine*]

NORINE

O Miette, abreuvée de malheur ! Qui donc a saccagé ta fleur ? Qui a siphonné ta fille bien-aimée ?

MIETTE

Ce gredin-là. Mais puisque tu es là, je le laisse à ta garde : je

1. Je lis τουτογί, au lieu de τουτονί.

vais rejoindre Clisthène pour aller mettre les Commissaires au courant des agissements du lascar !

[*Elle s'en va*]

MNÉSILOQUE

Voyons, à quelle combinaison vais-je recourir pour m'en tirer ?

A quelle tentative ? à quelle idée subtile ?

Car le responsable de la situation, celui qui m'a mis dans ces beaux draps, je ne le vois point encore paraître ! Allons, quel messager pourrais-je dépêcher après lui ? Ah ! j'y suis : un truc emprunté au *Palamède* [1]. Je vais écrire sur des pales de rames, comme l'autre zèbre, et les expédier... Oui, mais ce sont les rames qui manquent... Où dénicher des rames ? où diable ? où diantre ?... [*Avisant de petits tableaux pendus en ex-voto en l'honneur des deux déesses*] Mais si je prenais ces planchettes votives pour écrire dessus et les semer à tous les points cardinaux ? C'est la meilleure solution, et de loin ! C'est du bois, et pour l'autre aussi, c'étaient des bouts de bois !

[*Il chante*]

A vous mes dextres mains !
Avec dextérité, mettez-vous à l'ouvrage
pour m'élargir ! Allons, tablettes,
que votre champ de bois poli
se creuse des sillons que trace mon poinçon,
pour aller claironner les méchefs que j'endure !...
Aïe !... cet R est dur à former...
Ah ! ça marche, ça marche !... Eh, quel jambage encore ?

[Il a fini, et dispose solennellement tout autour de lui les planchettes]

Allez, prenez le large !
Voguez, par toutes voies !
de-çà, de-là ! Hâtez-vous ! C'est urgent !

[Il s'assied ; attendant l'arrivée d'Euripide. Le Chœur s'avance, face aux spectateurs]

1. Dans le *Palamède* d'Euripide, joué quatre ans plus tôt, le frère du héros gravait sur des rames un appel au secours en guise de « bouteille à la mer ».

LE CORYPHÉE

A nous maintenant de venir faire notre propre éloge face au public. Car enfin tout le monde débite une foule d'horreurs sur l'engeance femelle : comme quoi nous sommes tout poison pour l'humanité, et c'est de nous que tout vient : disputes, querelles, « funestes factions », chagrin, guerres... allons, dites voir : si nous sommes un poison, pourquoi nous épousez-vous, si vraiment nous sommes un poison ? Pourquoi nous défendez-vous de sortir, et d'être prises à nous pencher dehors ? Pourquoi êtes-vous si enragés à garder votre poison ? Et si votre petite femme s'en va quelque part, et qu'alors vous la trouviez sortie, vous voilà fous furieux, alors que vous devriez vous livrer aux actions de grâces et à la jubilation, si vraiment vous avez trouvé votre poison évaporé de chez vous, au lieu de lui tomber dessus en entrant ? Et si nous nous endormons chez telle ou telle — à force de s'amuser, la fatigue vient —, chacun se met en quête de son poison, en faisant le tour de tous les lits. Et si on glisse le nez par la fenêtre, vous essayez de reluquer le poison. Et si on se retire pudiquement, vous voilà bien plus émerillonnés pour apercevoir le bout du nez du poison. Tant il est clair que nous valons mieux que vous ! Vous voulez en voir la preuve ? C'est facile. Organisons une épreuve pour savoir quel camp est le pire. Nous, nous disons que c'est vous, et vous, que c'est nous. Eh bien, regardez-y de près, en mettant en parallèle deux par deux un nom de femme, un nom d'homme, chacun à chacun. Bellecorvette[1] est plus forte que Charminos, c'est trop clair : les faits sont là. Entre nos hommes publics et nos femmes publiques[2], c'est naturellement celles-ci, bien sûr, qui s'y entendent le mieux sur toute la ligne. Avec Victoire, Martiale, et Félicité[3], les vieilles dames qui étaient à Marathon, pas un de vous ne se risque seulement à entrer en lice. Et Grâce de Bonconseil, y a-t-il un des Conseillers de l'an passé, sorti de charge, qui vaille mieux qu'elle ? Anytos[4] lui-même ne le prétendra pas !

Voilà pourquoi nous nous flattons de valoir beaucoup

1. *Litt. : Nausimaché.* Aristophane forge un nom de femme qui évoque un succès naval. Charminos avait récemment essuyé une défaite sur mer.

2. *Litt. : entre Cléophon* — un des chefs du parti démocratique — et *Salabacchô* — courtisane en vue. Cf. *Cav.*, v. 765.

3. *Litt. : Aristomaché, Stratonice ; ... Euboulé.* Même procédé qu'au v. 375.

4. Le futur accusateur de Socrate.

mieux que les hommes. Ce n'est pas une femme qui irait voler des cinquante millions au Trésor pour se faire ensuite conduire à deux chevaux sur l'Acropole ! En fait de larcin, tout le bout du monde, c'est un couffin de blé qu'elle chipe à son mari — et il est restitué le jour même.

[*Montrant le public*]

Mais parmi ces gens-là, nous autres
on pourrait en montrer des tas
qui se conduisent de la sorte !
et qui, par-dessus le marché,
sont — bien plus que nous autres — goinfres,
escamoteurs, et flibustiers,
et trafiquants de chair humaine...
Et leur patrimoine, on peut voir
qu'ils y veillent moins bien que nous !
Car enfin, nous, jusqu'à ce jour,
nous avons gardé sains et saufs
nos quenouilles et nos navettes [1],
nos corbillons, notre ombrelle. Eux,
nos hommes, là, ils sont des tas
qui ont perdu leur fer de lance :
il est resté sous d'autres cieux — avec sa hampe !
Et des tas d'autres, en campagne,
se sont débarrassé l'épaule
de ce qui leur servait d'ombrelle [2] !

Ah oui ! nous en aurions long, nous autres femmes, à reprocher aux hommes, en toute juste justice ! à commencer par ce qui est plus monumental que tout, tenez : si l'une de nous donne le jour à un citoyen qui rend d'éminents services, comme officier supérieur ou général, on devrait, en récompense, lui faire hommage d'une place d'honneur pour la Vigile du Triduum, la fête des Ombrelles [3], et les autres solennités que nous célébrons entre nous. Et si c'est un lâche, un vaurien qu'elle a pour fils, un commandant de vaisseau bon à rien, un pilote incapable, la mère devrait être assise,

1. *Litt. : notre ensouple et notre traverse :* deux pièces du métier à tisser.

2. C'est-à-dire : ils se sont enfuis du combat en abandonnant lance et bouclier.

3. *Litt. : les Sténies* (fêtes qui avaient lieu l'avant-veille des Thesmophories) *et les Sciries*, elles aussi réservées aux femmes.

la tête tondue au bol, en arrière de la mère du brave. Car enfin, citoyens, à quoi ça ressemble de voir la mère d'Hyperbolos[1], en vêtements blancs et cheveux longs prendre place à côté de celle de Lamachos ? Et faire l'usurière, elle que tout le monde devrait rembarrer si elle prétendait tirer intérêts de ce qu'elle prête aux gens ? Oui, on devrait même lui confisquer d'autorité son argent, en lui disant : « Vraiment ? tu mérites bien qu'il te fasse des petits, toi qui nous as pondu un pareil poussin ! »

MNÉSILOQUE

Me voilà devenu bigle, à faire la vigie ! Et de lui, pas de nouvelles ! Qu'est-ce qui l'aura arrêté ? Sûr et certain, c'est à cause de son *Palamède,* qui est gelé : il en rougit, le traître ! Voyons, quelle pièce choisir pour l'attirer ? J'y suis : son *Hélène* toute neuve ! Je vais endosser ce rôle-là. C'est bon : je suis déjà en costume de femme !

NORINE

Qu'est-ce que c'est encore que ce micmac ? ces yeux en boules de loto ? En fait d'Hélène, tu en verras de belles, si tu ne te tiens pas convenablement jusqu'à l'arrivée d'un des Commissaires !

MNÉSILOQUE [*déclamant*]

Du Nil[2] voici rouler les flots chastes et purs,
qui, se substituant aux célestes rosées,
vont de la blanche Égypte humecter les guérets
pour un peuple au teint sombre, à la rhubarbe[3] noire !

NORINE

Tu n'es qu'un chenapan, aussi vrai que la pleine lune est brillante !

1. Sur Hyperbolos, cf. *Ach.*, v. 846 n. Sa mère devait avoir coutume de prêter à intérêts. Lamachos avait été souvent et durement raillé par Aristophane (cf. *Ach.*, v. 566 et suiv.). Ici, au contraire, après sa mort au champ d'honneur en Sicile (en 414), le poète lui rend hommage.

2. Toute la scène est une parodie de l'*Hélène* d'Euripide, jouée peu de temps avant.

3. *Litt. : à la noire syrméa.* Aristophane a fabriqué un mot cocasse où il amalgame le teint *noir* des Nubiens à la plante dont les Égyptiens usaient pour se purger une fois par mois — du moins Hérodote le disait.

MNÉSILOQUE

La ville où je naquis n'est pas sans renommée :
elle s'appelle Sparte, et mon père, Tyndare.

NORINE

Toi, fichu gueux ? Ce n'est pas celui-là, ton père ! Fripouillot[1], plutôt !

MNÉSILOQUE

Le nom que j'ai reçu, c'est Hélène...

NORINE

Encore ? Tu redeviens une femme, avant même d'avoir expié ton premier changement de sexe ?

MNÉSILOQUE

Aux rives du Scamandre
maints héros ont, pour moi, rencontré le trépas...

NORINE

Il aurait bien dû t'en arriver autant !

MNÉSILOQUE

Moi, je vis en ces lieux ; mais mon pauvre mari
mon Ménélas, ici n'arrive point encore !
Pourquoi resté-je en vie ?...

NORINE

C'est que les corbeaux ne font pas leur métier !

MNÉSILOQUE

Mais un je ne sais quoi vient caresser mon cœur...
On dirait... Je t'en prie, ô Zeus, ne trompe point
cet espoir qui se lève...

EURIPIDE [*apparaissant, vêtu de loques, et jouant le rôle de Ménélas naufragé*]

Qui donc détient le sceptre en ces fortes demeures ?
Puisse-t-il nous donner bonne hospitalité :
nous avons tant souffert de la houle marine,
par tempête et naufrage !

MNÉSILOQUE

C'est ici le manoir
de Protée...

NORINE

Quel Protée ? triple canaille ! [*A Euripide*] C'est un menteur ! Protée[2], ah ! Bontés divines, il est mort depuis dix ans !

1. *Litt. : Phrynondas,* connu pour un impudent fripon.
2. Elle pense à quelque Athénien qui portait ce nom.

EURIPIDE

Sur quels bords notre nef a-t-elle été poussée ?

MNÉSILOQUE

L'Égypte.

EURIPIDE

Ah ! malheureux ! Où m'ont conduit les flots !

NORINE

Tu le crois ce qu'il te dit ? un homme qui est bon à assommer, tout bonnement ! Ne t'abandonne pas à ses boniments ! Ici, c'est le temple des Deux Déesses !

EURIPIDE

Lui-même, est-il ici, Protée ? est-il absent ?

NORINE

Sûr et certain que tu n'es pas encore remis du mal de mer, étranger ! Puisqu'on te dit qu'il est mort, Protée ! Et là-dessus tu demandes : Est-il ici ? est-il absent ?

EURIPIDE

Las ! il est mort !... Où donc reçut-il sépulture ?

MNÉSILOQUE

C'est ici son tombeau, où tu me vois blottie.

NORINE

C'est trop fort ! Tu es à assommer, comme un chien ! et tu le seras, oui bien !... Quel toupet d'appeler l'autel un tombeau !

EURIPIDE

Étrangère, pourquoi te vois-je ici mussée
en ce funèbre asile ? et la tête voilée ?

MNÉSILOQUE

On me fait violence...
C'est le fils de Protée : il me veut dans sa couche.

NORINE

Canaille ! Tu racontes encore des blagues à l'étranger ? [*à Euripide*] C'est un chenapan, qui est monté ici, étranger, pour détrousser les femmes de leurs bijoux !

MNÉSILOQUE

Va, clabaude, en crachant encontre ma personne
tes calomnies !

EURIPIDE

Quelle est, étrangère, dis-moi,
Cette femme au grand âge, acharnée à te nuire ?

MNÉSILOQUE

Elle ? Théonoé, la fille de Protée.

NORINE

Bontés divines ! Moi, c'est la Norine, et pas une autre ! La fille à Théodule, de Gargouville[1]. Et toi, tu n'es qu'un chenapan !

MNÉSILOQUE

Parle tout à ton gré ! Mais de ton frère, non,
je ne serai jamais l'épouse, trahissant
mon mari Ménélas qui me cherche en Troade.

EURIPIDE

O femme, qu'as-tu dit ? Retourne-toi, regarde
droit dans mes yeux !

MNÉSILOQUE [*se dévoilant*]

J'ai honte de l'outrage
qui déchira mes joues !

EURIPIDE

Que vois-je ici ? Les mots s'arrêtent sur mes lèvres !
Quel aspect s'offre à moi, ô dieux ! Qui es-tu, femme ?

MNÉSILOQUE

Et toi, qui donc es-tu ? Car la même pensée
envahit notre cœur à tous deux...

EURIPIDE

Es-tu grecque ?
ou bien peut-être es-tu native de ce sol ?

MNÉSILOQUE

Grecque. Mais toi ? je veux savoir ta race aussi.

EURIPIDE

Hélène ! trait pour trait tu lui ressembles, femme !

MNÉSILOQUE

Et toi, à Ménélas, fils de la Place aux herbes[2] !

EURIPIDE

Ah ! tu m'as reconnu sans te laisser tromper :
je suis ce malheureux.

1. *Litt. : Critylla, fille d'Antithéos, du dème de Gargettos.*
2. Nouvelle allusion à la mère d'Euripide. Je lis : Μενελέῳ σε τῷ 'κ τῶν ἰφύων, au lieu de : Μενελέῳ σ' ὅσα γ'ἐκ τῶν ἰφύων.

MNÉSILOQUE

Te voici revenu
après tant de délais, aux bras de ton épouse !
O mon mari, prends-moi, prends-moi et couvre-moi
de tes baisers ! Approche, oh ! viens que je t'embrasse !
Emmène, emmène, emmène, emmène-moi bien vite !

NORINE

Bonnes Mères ! Il lui en cuira, à celui qui t'emmènera ! Je le cogne à coups de torche !

EURIPIDE

Tu prétends m'empêcher de la mener à Sparte,
elle qui est ma femme, et fille de Tyndare ?

NORINE

Oh ! là là ! Tu m'as tout l'air d'être un chenapan toi aussi, et son compère ! Ce n'est pas pour rien que vous ne parliez que de bateaux à monter depuis un moment[1] ! Mais ça ne l'empêchera pas de payer son méfait : voilà le Commissaire qui s'amène avec l'agent de police !

EURIPIDE

Mauvais, ça ! Allons, il faut décamper.

MNÉSILOQUE

Et moi, pauvre de moi, qu'est-ce que je vais faire ?

EURIPIDE

Tiens-toi tranquille : je ne t'abandonnerai jamais, tant que j'aurai un souffle, tant que je ne serai pas au bout des mille tours que j'ai dans mon sac.

MNÉSILOQUE

Eh bien, cet hameçon-là n'a rien donné !

[*Euripide s'esquive. Paraît le Commissaire accompagné d'un Garde qui est un archer scythe muni d'un fouet et d'un carcan*]

LE COMMISSAIRE

C'est lui, le chenapan dont Clisthène nous parlait ?

[*A Mnésiloque qui baisse la tête d'un air penaud*]

Dis donc, toi, tu ne pourrais pas lever le nez ? Garde, emmène-le au poste, attache-le au carcan, et puis ramène-le ici, dresse-le, et monte la garde : ne le laisse approcher de

1. *Litt. : vous parliez d'Égypte.* Les Égyptiens avaient une réputation proverbiale de fourberie, comme les Grecs ou les Turcs chez Molière.

personne ; tiens ton fouet en main, et cingle si on approche !

NORINE

C'est ça, bon dieu ! Songe qu'à la minute un type a failli me le soulever — une espèce de calfat...

MNÉSILOQUE

Commissaire, pour l'amour de cette dextre que tu tends si volontiers en sébile à qui veut y mettre de l'argent, fais-moi un petit plaisir ! Je vais mourir, mais fais-le tout de même !

LE COMMISSAIRE

Quel plaisir ?

MNÉSILOQUE

Qu'on me déshabille tout nu — donne l'ordre au Garde — avant de m'attacher au carcan ! Je ne veux pas, avec ma robe bouton-d'or et mes affutiaux de coiffure, donner à rire aux corbeaux en même temps qu'à manger !

LE COMMISSAIRE

Tu garderas tout ça : la sentence du Conseil est impérative. Il faut que les passants voient bien quel chenapan tu es !

MNÉSILOQUE

Ah ! funérailles ! Cette robe bouton-d'or, ce qu'elle m'en aura fait voir ! Et plus aucun espoir de m'en tirer !

[*Le Garde emmène Mnésiloque. Le Commissaire et Norine sortent de leur côté*]

LE CORYPHÉE

Allons, abordons les rites du festival comme il est de règle en ce lieu pour nous autres femmes, lorsque nous célébrons les saints mystères des Deux Déesses, en ces heures consacrées. Pauson[1] aussi, à sa façon, les célèbre : il est si fidèle à jeûner qu'il leur fait d'incessantes prières pour multiplier en sa faveur, d'une saison à l'autre, de telles observances !

[PRÉLUDE] LE CHŒUR

Lancez la danse
d'un pied alerte
Lacez la ronde
de main à main !
Bien en cadence,

1. Sur Pauson le miséreux, cf. *Ach.*, v. 853 n.

toutes ensemble —
la ronde avance,
elle recule
à pas pimpants !
Mais pour cette figure, il faut que nos regards
soient attentifs à toute la ronde autour du rond !

[STROPHE I]

Chantons toutes ensemble en même temps
d'une voix exaltée au feu des danses
le lignage et l'honneur des dieux d'Olympe !

[ANTISTROPHE I]

Si quelqu'un se promet de nous entendre
dire du mal des hommes, nous autres femmes,
en ce lieu consacré, comme il se trompe !

[ÉPODE I]

Mais pour ce nouveau rôle qui nous attend
nous devrions d'abord rompre le pas,
le joli pas de notre jolie ronde !

[STROPHE II]

En marche, avancez, et chantons[1]
— avec Artémis sagittaire,
notre Dame de chasteté —
le divin Maître de la lyre :
Salut, ô dieu de sauvegarde !
fais-nous remporter la victoire !
Célébrons aussi, comme il sied,
Héra, patronne des foyers,
qui daigne s'égayer à prendre
sa part de tous nos festivals,
elle qui veille aux portes nuptiales !

[ANTISTROPHE II]

Et Hermès, patron des bergers,
(et Pan, et les aimables Nymphes)
nous le supplions de montrer
par un sourire plein d'entrain
le plaisir qu'il prend à nos danses !
Et nous, avec le même entrain,
dédoublons le pas gracieux
de notre festival dansant :

1. Le Chœur célèbre tour à tour Apollon et Artémis, Héra, Hermès, Pan et les Nymphes, Bacchus-Dionysos.

ainsi le veut, amies, le rite
que nous célébrons. Aussi bien
le jeûne est là pour nous rendre légères !

[ÉPODE II]

Youllé ! hop ! un entrechat !
un moulinet !
le pied vif et en cadence !
tourbillonnez
en chantant toutes ensemble[1] *!*
Notre ballet,
sois-en le maître en personne,
dieu des ivresses
Seigneur couronné de lierre !
ils sont pour toi,
nos accents et nos gambades
en farandole !

[STROPHE III]

O toi, fils de Zeus
et de Sémélé
vibrant Dionysos,
toi que nous voyons
parcourir les monts,
ravi par le charme
des hymnes ardentes
chantées par les Nymphes,
— youllé, youllé, ha ! —
et mener leur bal
à longueur de nuits !

[ANTISTROPHE III]

Tout à l'environ
sur le Cithéron
l'écho vous répond.
Les monts obscurcis
de sombres taillis,
les combes rocheuses
vibrent. Et le lierre
enroule en festons
son noble feuillage
et ses fleurs en grappes
autour de ton front !

1. Je lis : πᾶσ' ἅμ' ᾠδῇ (van Leeuwen) au lieu de : πᾶσαν ᾠδήν.

[*Entrent des valets de police, avec le carcan dans lequel est coincé Mnésiloque. Le Garde les accompagne ; ils le laissent seul avec le condamné*]

LE GARDE

A p'sent, ti peux geind' : t'as tout le ciel !

MNÉSILOQUE

Garde, je t'en supplie !

LE GARDE

Nix sipplie, toi !

MNÉSILOQUE

Desserre la clavette !

LE GARDE

V'là quoi va faire, moi !

[*Il serre encore le carcan*]

MNÉSILOQUE

Misère de moi ! tu l'enfonces encore plus !

LE GARDE

Cor plus, ti veux ?

MNÉSILOQUE

Aïe ouïe aïe ! aïe ouïe aïe ! Si tu pouvais crever, salaud !

LE GARDE

Toi-tais, vieux sal'pard !... Hé bé, moi va sorti natte ci-dihors, pou' ti surveiller !

[*Il s'éloigne*]

MNÉSILOQUE

Et voilà les douces voluptés que me procure Euripide !

[*Il promène ses regards du haut de son pilori. Euripide, déguisé, passe très rapidement au fond du théâtre*]

Hé mon dieu, doux sauveur, il y a de l'espoir ! Le cher homme, je crois bien qu'il ne va pas m'abandonner ! Il a bondi hors de chez lui pour me faire signe : s'il est Persée, c'est pour me suggérer d'avoir à devenir Andromède... C'est bon : je suis déjà tout attaché. Oui, c'est certain, il va surgir pour me sauver, sans quoi il n'aurait pas passé par là à tire-d'aile !

[*Parodiant Andromède enchaînée et livrée en pâture au monstre*]

O mes amies virginales[1],
mes amies, dites, comment
pourrais-je prendre le large
à l'insu du Garde ?
Echo, qui du fond des antres
réponds à ma chantepleure,
tu m'entends... Exauce-moi
et permets que je m'en aille
retrouver ma femme !
C'est un homme impitoyable,
celui qui m'a mise aux fers !
et nul d'entre les mortels
n'endura pires épreuves
que moi, pauvre diable !
Après avoir échappé
à grand-peine aux mains
d'une orde vieillarde,
je succombe néanmoins !
car voici ce Garde !
— la brute des steppes ! —
qui, menant auprès de moi
une veille interminable,
m'a mis au carcan.
Hélas ! loin de ceux que j'aime,
il m'offre en proie aux corbeaux !
Si je suis ainsi dressée,
regarde-moi : ce n'est point
pour mener avec les autres
jeunes filles de mon âge
ni danse ni farandoles :
de maints nœuds inextricables
garrottée, on m'abandonne
à l'appétit monstrueux
du grand Gavial[2].
Ma cantate nuptiale
sera complainte d'écrou :
pleurez sur moi, femmes,

1. Dans la complainte d'Andromède, Mnésiloque enchevêtre aux lamentations de la jeune fille (rendues ici en vers de sept pieds) ses jérémiades personnelles (en vers de cinq pieds).

2. *Litt. : du monstre marin Glaucétès.* Glaucétès — dont le nom rappelle la couleur de la mer — était un goinfre avéré. Cf. *Paix*, v. 1008.

mon lot de misères
est si misérable,
pauvre, pauvre moi !
Mes proches m'ont fait subir
tant de souffrances iniques !
Ivre de sanglots funèbres,
je fais monter comme flamme
ma plainte, las ! hélas ! las !
et j'implore le mortel
qui pour commencer
m'a rasé le poil,
puis vêtu de cette
robe bouton-d'or,
et par là-dessus
m'a expédié
dans ce temple où sont
réunies les femmes...
Las ! quel dieu cruel préside
à mon sort inexorable !
Malédiction sur moi !
Qui pourra me refuser
un regard sur des douleurs
que nul ne peut envier,
sur les horreurs qui me cernent ?
Ah ! puisse l'astre céleste
me calciner de sa torche,
pauvre malchanceux !
Car mon œil n'a plus de joie
à contempler sa lumière
impérissable. J'endure,
d'être ainsi crucifiée,
des souffrances inhumaines :
elles me tranchent la gorge,
m'entraînant vers les leurs
qui palpitent chez les morts !

EURIPIDE [*invisible, jouant le rôle de la nymphe Écho*]

Salut à toi, ma chère enfant. Quant à Céphée, ton père, qui t'a exposée de la sorte, que le Ciel l'anéantisse !

MNÉSILOQUE

Qui es-tu, toi qui es saisie de compassion devant mon épreuve ?

vers 1037-1058

EURIPIDE

Je suis Écho, celle qui donne aux paroles qu'on dit un répons persifleur, et c'est aussi moi qui, ici même, l'an dernier, ai donné à Euripide un coup de main dans la pièce qu'il faisait jouer. Mais ce n'est pas tout ça, ma petite, il faut tenir ta partie. Attaque ton lamento : bien piteux !

MNÉSILOQUE

Et toi, tu reprends tout de suite après ?

EURIPIDE

Compte sur moi. Commence, à toi la parole.

MNÉSILOQUE

Oh ! comme est longue, ô sainte Nuit, la chevauchée
que tu poursuis, en conduisant ton char
sur la voûte étoilée,
sillonnant de l'éther les saintes étendues
et les parvis du très auguste Olympe !

EURIPIDE

Guste Olympe !

MNÉSILOQUE

Pourquoi donc Andromède est-elle assujettie
à des maux comme nul oncques n'en a subi ?

EURIPIDE

Oncques n'en a subi ?

MNÉSILOQUE

Le trépas, malheureuse...

EURIPIDE

Le trépas malheureuse...

MNÉSILOQUE

Tu es assommante, ma vieille, à jacasser comme ça !

EURIPIDE

Jacasser comme ça !

MNÉSILOQUE

Sacrebleu, tu m'agaces avec tes interruptions ! Y a de l'abus !

EURIPIDE

Y a de l'abus !

MNÉSILOQUE

Hé, mon bon, laisse-moi filer mon solo, tu me feras plaisir. Boucle-la.

vers 1059-1077

EURIPIDE

Boucle-la.

MNÉSILOQUE

Va-t'en au diable !

EURIPIDE

Va-t'en au diable !

MNÉSILOQUE

Tu es malade ?

EURIPIDE

Tu es malade ?

MNÉSILOQUE

Fais pas le zigoto !

EURIPIDE

Fais pas le zigoto !

MNÉSILOQUE

Oh ! je te hacherais !

EURIPIDE

Je te hacherais !

MNÉSILOQUE

Comme chair à pâté !

EURIPIDE

Comme chair à pâté !

LE GARDE [*revenant*]

Dis donc, toi, quoi jaspines ?

EURIPIDE

Dis donc, toi, quoi jaspines ?

LE GARDE

Moi va 'ppeler comm'ssaire !

EURIPIDE

Moi va 'ppeler comm'ssaire !

LE GARDE

Ti pas malade ?

EURIPIDE

Ti pas malade ?

LE GARDE

D'où donc sti voix ?

EURIPIDE

D'où donc sti voix ?

vers 1077-1086

LE GARDE

C't-y toi jaspines ?

EURIPIDE

C't-y toi jaspines ?

LE GARDE

Moi va cogner !

EURIPIDE

Moi va cogner !

LE GARDE

Et ti t'paies ma bille ?

EURIPIDE

Et ti t'paies ma bille ?

MNÉSILOQUE

Mais non, je t'assure ! c'est cette femme, là, à côté !

LE GARDE

Où, sti salope ?

MNÉSILOQUE

La voilà qui se sauve !

LE GARDE

Où ça ? où ça ti sauves ?

EURIPIDE

Où ça ? où ça ti sauves ?

MNÉSILOQUE

L'auras pas, la belle [1] !

EURIPIDE

Ti l'auras pas belle !

LE GARDE

Sti cor toi qui couines ?

EURIPIDE

Sti cor toi qui couines ?

LE GARDE [*courant partout affolé et furieux*]

Au bloc sti salope !

EURIPIDE

Au bloc sti salope !

1. Je lis : *MN.* — οὐχ αἱρήσεις.

LE GARDE [*complètement ahuri*]

Qué jacasse ! qué fumier d'fumelle !

[*Euripide apparaît équipé en Persée*]

EURIPIDE

Sur quel sol barbaresque, ô dieux, nous a conduit
ma semelle de vent ? D'un pied ailé je trace
au travers de l'éther mon sillage ! c'est moi,
Persée ! et vers Argos je cingle à pleine voile,
pour y porter le chef de Gorgone...

LE GARDE

Ti dis ? Ti coltines lou tête à Gorgon l'greffier ?

EURIPIDE

De Gorgone, oui, je l'atteste.

LE GARDE

Gorgon, d'acc', moi aussi dis.

EURIPIDE

Mais que vois-je ?
Quel est ce promontoire ? et quelle, cette vierge,
cette nef féminine amarrée au rivage,
des déesses du ciel digne rivale ?

MNÉSILOQUE

A moi !
étranger ! prends pitié de ma longue misère,
et fais tomber mes fers !...

LE GARDE

Nix, toi pas jaspiner ! Fumier ! Sti culot ! Ti va êt' zigouillé, et ti jaspines !

EURIPIDE

Toi sur ce pilori, vierge, quelle pitié !

LE GARDE

Nix ! pas vierge ! vieux carottier, loui, et filou, et ch'napan !

EURIPIDE

Tu divagues, Garde ! Cette femme, c'est Andromède, fille de Céphée !

LE GARDE [*retroussant la robe jaune*]

Zieute zizi à loui ! Pas 'ssez gros, ti trouves ?

EURIPIDE [*essayant d'approcher le captif*]

Tends-moi ta main, que je la touche, ô damoiselle !

[*Le Garde l'arrête*]

Allons, Garde...
tout homme a ses faiblesses !
Je viens d'être saisi pour cette demoiselle
d'un amour éperdu !

LE GARDE

Moi nix jaloux ! Dommage loui cul tourné de l'aut' côté, sans ça, moi nix défend' ti l'enfiler bon coup !

EURIPIDE

Que ne me laisses-tu, Garde, la délier,
la jeter en mon lit, sa couche nuptiale !

LE GARDE

Si toi si fort envie enfiler li vieux, toi faire trou planche derrière, comme ça embouque !

EURIPIDE

Certes non ! je briserai ses fers !

LE GARDE

Li fouet t'auras, s'ti fais !

EURIPIDE

Je le ferai pourtant !

LE GARDE

Ton tête, s'ti fais, sti coupe-choux va couper à toi !

EURIPIDE

Hélas, que dois-je faire ?
et vers quels arguments me pourrais-je tourner ?
Mais ce barbare cœur y serait insensible :
offrir à des butors de fines nouveautés,
c'est les dilapider en vain. Contre cet homme,
il me faut recourir à quelque autre tactique
adaptée à son cas...

[*Il se retire*]

LE GARDE

Li f'tu renard ! Comment qu'y v'lait m'embabouiner !

MNÉSILOQUE [*à Euripide qui s'éloigne*]

Persée ! ah ! souviens-toi dans quels maux tu me laisses !

LE GARDE

Toi 'cor envie coup di fouet ?

[*Il s'assied ; le sommeil le gagne*]

LE CHŒUR

Pallas, qui se plaît à nos chants de danse,

nous nous faisons loi de l'y inviter :
qu'elle vienne à nous ! Vierge inviolée,
jeune suzeraine, unique princesse
— avec quel éclat — de notre Cité
dont nous l'appelons fidèle Tourière !
Oui, parais ici, Toi qui n'as que haine
pour tous les tyrans, comme ils le méritent !
Réponds à l'appel du peuple des femmes,
porte-nous la Paix, ses jeux et ses fêtes !

[STROPHE]

Venez aussi toutes deux,
bienveillantes et propices,
Déesses de majesté !
Venez en ce sanctuaire !
il est à vous, et les hommes
n'ont point droit d'y pénétrer
pour voir les saintes orgies
dont, sous la flamme des torches,
vous faites étinceler
le spectacle impérissable !

[ANTISTROPHE]

Déméter et Perséphone,
venez, ô toutes-puissantes !
accédez à nos prières !
Si jamais par le passé
vous nous avez exaucées,
venez encore aujourd'hui
accorder votre présence
à nos appels suppliants !

[*Euripide revient accompagné d'une jeune danseuse et d'un flûtiste. Le Garde est endormi*]

EURIPIDE [*au Chœur*]

Eh bien, femmes, si vous voulez conclure la paix avec moi pour l'avenir, c'est le moment, je vous l'offre, en m'engageant à ne dire plus jamais du mal de vous dorénavant : je le déclare solennellement.

LE CORYPHÉE

Quel motif te presse, pour nous faire ces ouvertures ?

EURIPIDE

Cet homme qui est au carcan, c'est mon parent. Si vous me le laissez récupérer, jamais, plus jamais je ne dirai de mal de vous. Mais si vous ne m'accordez pas ça — alors, toutes vos manigances clandestines à huis clos, je les dénoncerai à vos hommes quand ils seront revenus du front.

LE CORYPHÉE

Eh bien, écoute : pour ce qui est de nous, c'est accordé ! [*Montrant le Garde*] Mais ce sauvage-là, persuade-le toi-même !

EURIPIDE

J'en fais mon affaire. [*A la danseuse*] Et la tienne, Bichette, c'est de bien te rappeler de faire tout ce que j'ai dit. Commence par traverser, et reviens en trottinant. [*Au flûtiste*] Et toi, Vibrion, vas-y, souffle ! dans le genre odalisque[1].

[*Il va en hâte s'habiller en vieille entremetteuse, et revient avec un luth*]

LE GARDE [*se réveillant*]

Qué c'est c'barouf ? Y en a carnaval pour empêcher moi dormi ?

EURIPIDE

C'est cette gamine, garde ; elle voulait s'exercer : elle va donner un numéro de danse chez des gens.

LE GARDE

Bon ! danse elle, exerce elle ! Moi pas défend'. Qué légère ! kif-kif puce dans l' peau d'bique !

EURIPIDE

Allez, mon petit chou, ôte ta pelure, par en haut ; c'est ça ! Fais si-sit sur les genoux du garde ! et tends-moi tes pieds, que je les déchausse.

LE GARDE

Voui donc, voui, assis, assis, voui donc, voui voui li fifille. Hé bé ! Qué dodu ton téton ! kif-kif navet rond !

EURIPIDE [*au flûtiste*]

Accélère ! [*A Bichette*] Tu n'as plus peur du Garde ?

[*Bichette danse, toute nue*]

LE GARDE

Y a bon zoli fesses ! [*Commençant par rabrouer sa virilité qui s'émeut, puis lui donnant carrière*] Dis donc, toi... ti veux prend' l'air ? Gare à toi !... Bon ! zoli gard'-vous ! P'sentez... arme !

1. *Litt : un air persique.*

EURIPIDE [*à Bichette*]

C'est bon, rhabille-toi, il est temps de nous en aller.

LE GARDE

Pas moi, pitit bécot d'abord ?

EURIPIDE

Soit. [*A Bichette*] Donne-lui un baiser.

LE GARDE

Aourrf ! Miam miam miam ! Bonbon li langue ! tout suc' tout miel ! Y en a pas moyen coucher 'vec moi ?

EURIPIDE [*austère*]

Adieu, Garde ! Nous ne mangeons pas de ce pain-là !

LE GARDE

Si, si, pitit' vieille ! Toi fais sti bon manière à moi !

EURIPIDE

Tu donneras la pièce ?

LE GARDE

Voui, voui, moi donner !

EURIPIDE

Alors, passe la monnaie !

LE GARDE

Moi nix rien sous !

[*Cherchant ce qu'il peut donner de son équipement*]

Prends sti fourreau ! Après ti rends à moi ! [*A Bichette*] Toi viens 'vec, pépée ! Toi, sirveille li vieux, pitit' vieille ! Mais dis comment toi nom ?

EURIPIDE

Sémiramis[1].

LE GARDE

Moi rappeler sti nom : Siramimis ! [*Il part avec Bichette*]

EURIPIDE

Et voilà ! Le dieu des roublards[2] est avec nous. Tout va bien ! [*Au flûtiste*] Toi, mon petit lapin, cavale-toi en emportant ça. [*Il lui donne le luth et la robe de la danseuse*] Moi, je vais le libérer. [*A Mnésiloque*] Et toi, quand tu seras délivré, tâche de filer en vitesse pour radiner chez toi retrouver femme et enfants !

1. *Litt. : Artémisia*, nom d'une célèbre reine d'Orient.
2. *Litt. : Hermès*, patron des ruses.

vers 1189-1206

MNÉSILOQUE

Compte sur moi, une fois que je serai libéré.

EURIPIDE [*le déliant*]

A toi la liberté ! Tu n'as plus qu'à te sauver ! N'attends pas que le garde soit de retour pour t'agrafer !

MNÉSILOQUE

C'est bien ce que je fais.

[*Ils s'enfuient. Rentre le Garde*]

LE GARDE

Hé, pitit' vieille ! Tout mignon fifille à toi ! Pas méchant, tout gentil ! Où li pitit' vieille ? Hou là là, moi beaux draps ! Où li vieux f'tu le camp ? Pitit' vieille ! Hé li vieille ! Sti coup pas régulier, pitit' vieille ! Siramimis ! Couillonné moi, li vieille !

[*Retournant sa colère contre la danseuse*]

Fous le camp, toi ! Cavale ! Pas traîne !

[*Il reste rêveur*]

Fourreau ; bien trouvé sti nom : m'a fourré dans l'merde, moi ! Perlipopette ! quoi vas faire moi ? Où li pitit' vieille ? Siramimis !

LE CORYPHÉE

C'est la vieille que tu demandes ? Celles qui avait le luth ?

LE GARDE

Voui voui ! Toi vu elle ?

LE CORYPHÉE

Elle est partie par là... elle, et puis un vieux sur ses talons.

LE GARDE

L'avait robe biton d'or, li vieux ?

LE CORYPHÉE

Tout juste ! Tu pourrais encore leur mettre la main dessus en fonçant par là !

LE GARDE

Qué salope, sti vieille ! Par où moi cavaler ? Siramimis !

LE CORYPHÉE

Fonce tout droit, dans la montée ! Où est-ce que tu cours ? Reviens ! c'est par ici ! fonce ! Tu leur tournes le dos en plein !

vers 1207-1224

LE GARDE

Qué malheur ! Mais moi cavaler ! Siramimis !

[*Il disparaît en gesticulant et en criant*]

LE CORYPHÉE

Vas-y, cavale jusqu'au diable ! mets les voiles, — et bon vent !

Quant à nous, assez joué, le compte y est. Oui, il est temps de nous en aller, chacune dans sa chacunière. Et puissent les Deux Déesses nous accorder le bonheur de leur grâce, en récompense !

Les Grenouilles

INTRODUCTION

En l'an 405 l'heure est grave pour Athènes. A travers les vicissitudes politiques et militaires les plus inquiétantes, la guerre se poursuit : elle s'achèvera bientôt par un désastre. Cléophon le démagogue est au pouvoir, il y a tout à craindre de lui, et rien à espérer. D'Alcibiade, prestigieux et discrédité, que faut-il attendre ? Tristes jours dont une affaire toute récente, aussi absurde qu'elle est odieuse, est le symbole. Après sa belle victoire des îles Arginuses, Athènes a, une fois de plus, refusé les ouvertures de paix de Sparte ; mieux, elle s'est décapitée et déshonorée elle-même en condamnant à mort, sous un prétexte religieux et sentimental, très habile politiquement, moralement indéfendable, les généraux vainqueurs. Aristophane n'oublie pas tout cela, il adjure ses concitoyens, dans une parabase pathétique, de faire enfin l'union sacrée de tous les bons citoyens, de passer l'éponge sur les souvenirs de la conjuration oligarchique des Quatre Cents, et de balayer la racaille des politiciens sans racines et sans aveu.

Mais l'horizon politique est trop noir : pour faire rire de bon cœur, comme Aristophane pense que c'est toujours son droit, et son devoir, il faut chercher ailleurs : vers la clownerie pure et simple par exemple, et vers la satire littéraire.

La pièce débute par une véritable entrée de cirque, à laquelle ne manque ni le travesti du pitre, ni l'animal burlesque — âne à roulettes, ou quadrupède formé de deux figurants sous une housse grise — et les « emplois » d'un effet sûr : le bravache poltron, le goinfre herculéen, le valet dévoué et rigolard dont tous les mots sont des lazzi, toutes les interventions des rebondissements comiques endiablés. Cette descente de Dionysos aux Enfers déroule ses gaudrioles sans un seul temps mort pendant près de sept cents vers : la consultation d'Héraclès devenu conseiller touristique spécialisé pour les voyages outre-tombe, la rencontre du Mort qui entend se faire payer grassement sa dernière course, celle de Charon, la joute que soutiennent tous les orifices sonores de

Dionysos contre le vacarme des Grenouilles du Styx, les chassés-croisés de défroques entre maître et serviteur selon ce qu'ils croient avoir à redouter ou à espérer, tout cela est conduit tambour battant, et valut à la pièce de tels applaudissements qu'elle fut, chose très exceptionnelle, représentée une seconde fois.

Deux traits sont à noter dans ce début, déconcertants pour nous. D'abord le fantoche aux dépens de qui on ne cesse de s'esclaffer est un dieu — monnaie courante chez Aristophane, mais ailleurs ce n'est qu'épisodique —, ici le dieu même du théâtre, dans ses fonctions et responsabilités de patron des festivités scéniques, et en ces Lénéennes qui sont célébrées pour lui et font partie de son culte, sous la présidence effective de son prêtre. Cette stupéfiante licence ouvre au sociologue et à l'historien des religions des aperçus bien remarquables, sur l'esprit dans lequel vivaient les croyances et se célébraient les rites[1]. D'autant plus remarquables qu'au milieu de ces turlupinades « sacrilèges », le poète fait place à un intermède qui baigne, lui, sans aucune ironie, dans les clartés de la grâce la plus pure : celle qui auréole le chœur des Initiés d'Eleusis lorsqu'ils chantent les béatitudes de leur adoption — j'allais écrire leur rédemption — dans la patrie éternelle du rafraîchissement, de la lumière et de la paix. Jamais peut-être Aristophane n'a joint de façon plus ahurissante les cantiques sublimes aux basses pantalonnades.

La seconde partie de la pièce bifurque sur un terrain tout à fait différent. Si Dionysos s'est lancé dans cette équipée, c'est parce que les festivals de théâtre qui se donnent à présent en son honneur lui font honte : Euripide et Sophocle viennent de mourir, et leurs minables épigones sont bien incapables de tenir leur place : il faut donc à tout prix ramener un bon poète tragique sur terre. Mais lequel ? Dionysos, qui n'a pas le goût très sûr, penche au début pour Euripide. Celui-ci, à peine arrivé chez Pluton, a prétendu ravir à Eschyle le trône de la tragédie. Les deux poètes sont cités à comparoir devant leur divin patron. C'est l'occasion d'une longue confrontation, bouffonne par ses à-côtés, sérieuse et méthodique en son fond, entre les deux poètes. Leur art à l'un et à l'autre est passé en revue du point de vue technique aussi bien que moral, dans ses intentions comme dans ses effets : ardente controverse, parodies réciproques d'où Eschyle sort vainqueur sur toute la

1. On ne verrait quelque chose d'un peu analogue que dans la façon dont ont évolué certains mystères chrétiens à la fin du Moyen Age (par exemple le thème des tentations de saint Antoine) ou les liturgies carnavalesques de la Fête des Fous.

ligne : Euripide a tout perverti. Si l'on veut ressusciter la grande tragédie, celle qui était toute nourrie de la grandeur d'Athènes et qui la nourrissait, c'est Eschyle qu'il faudrait faire revivre, ou du moins Sophocle.

De mortuis nil nisi bonum ? A d'autres ! réplique Aristophane qui ne respecte ni la mort d'Euripide, ni son immortalité. Il refuse au trépas du poète le droit de lui faire fermer les yeux sur les méfaits et les malfaçons de son théâtre. Le troisième des grands tragiques grecs, le peintre des tendres et pures figures d'Alceste, d'Iphigénie, d'Ion, des envolées mystiques des *Bacchantes,* celui que Racine admirait tant, ne s'en porte pas plus mal aujourd'hui.

L'étrange, c'est qu'Aristophane ne s'en porte pas plus mal, lui non plus, de l'avoir vilipendé. On sait que La Fontaine, à qui l'on reprochait les « saletés » de ses *Contes,* répondit avec une naïveté matoise : « Comment seraient-ils immoraux ? ils sont gais. » Aristophane dirait, lui : « Comment mes attaques seraient-elles injustes ? elles sont drôles. » On peut penser que l'Euripide du *Cyclope,* celui qui dessina pour un moment dans son *Alceste* un Héraclès ivrogne et glouton qui semblerait avoir servi de modèle pour celui des *Oiseaux,* a pardonné à son vieil ennemi ; et qu'au théâtre des Champs Elyséens, on doit mettre à l'affiche, en alternance, *Hélène* et les *Thesmophories, Télèphe* et *Les Acharniens.* Oui, les grands criminels doivent trouver comme un répit à leur supplice, et les Grenouilles du Styx se taire un moment pour écouter aussi bien, selon les jours, les fureurs de Médée ou de Phèdre, que les coassements aristophanesques.

Et pour finir, n'y a-t-il pas quelque chose de très curieusement moderne dans la donnée des *Grenouilles,* dans cette « mise en procès » du théâtre, faite sur la scène même, par les voies et les moyens éternels du théâtre qui y annonce lui-même sa mort et son immortalité ? De génération en génération, le théâtre meurt, il tombe dans le purgatoire et l'enfer que lui réservent les mutations sociales et les vicissitudes du goût. Mais ce mort se porte assez bien, et remonte toujours du fond de la nuit, avec ses larmes et ses rires que rien ne tarira, avec sa peau de lion et son bonnet de fol, ses cothurnes et ses gros sabots, en brandissant ses deux massues dont l'une est « appesantie de fer », et dont l'autre est en carton-pâte.

ANALYSE

Dionysos, une peau de lion sur le dos, une massue au poing, chemine, accompagné de son serviteur Xanthias qui, à califourchon sur son âne, porte un balluchon (v. 1-34). Les voici arrivés à la porte d'Héraclès, qui éclate de rire devant l'accoutrement de son frère (v. 35-44). Dionysos s'explique : ils vont descendre aux Enfers pour en ramener un poète tragique qui puisse rendre du lustre aux fêtes théâtrales, et c'est à Euripide qu'il songe (v. 45-107). Il demande à Héraclès, qui a fait le voyage, tous les renseignements nécessaires (v. 108-165). En route ! Comme un mort, qui descend à sa dernière demeure, demande trop cher pour porter les bagages, Xanthias s'en chargera, en faisant le tour à pied (v. 166-196). Charon prend le dieu dans sa barque : pendant la traversée les Grenouilles du Styx coassent à perdre haleine (v. 197-270).

On est à présent chez les morts. Xanthias rejoint son maître, qui a beaucoup plus peur que lui des horreurs qu'ils devinent autour d'eux (v. 271-311). Mais un chant joyeux et pur se fait entendre, celui des Initiés d'Eleusis dans leur éternelle béatitude. Ils bénissent leur sort et maudissent quelques odieux personnages (v. 312-459). Le portier de Pluton, Éaque, croit reconnaître en Dionysos cet Héraclès qui jadis est venu lui voler Cerbère, et se déchaîne en menaces épouvantables (v. 460-478). Le dieu, terrorisé passe son déguisement à Xanthias (v. 479-502). Survient une Servante, qui, elle, invite le prétendu Héraclès à festoyer : Dionysos décide aussitôt de redevenir Héraclès (v. 503-548). Mais une Gargotière prétend à présent lui faire expier un acte de grivèlerie dont il s'est rendu coupable à son premier voyage : Dionysos obtient de Xanthias un troisième échange d'identité (v. 549-604). Éaque revient, avec une escouade de cogneurs ; mais comment savoir, en définitive, qui est le maître et le dieu, qui est le mortel et l'esclave ? Une épreuve burlesque qu'il institue le laisse dans l'incertitude. Pluton jugera lui-même (v. 605-674).

La parabase est un noble appel à la réconciliation de tous les citoyens de bonne volonté contre la racaille (v. 675-737). Un

Serviteur de Pluton, qui sort de chez son maître avec Xanthias, lui apprend qu'un grand débat s'est élevé chez les morts pour savoir qui, d'Eschyle ou d'Euripide, devait occuper le trône du roi de la tragédie. Les deux rivaux vont venir s'affronter devant Dionysos leur patron (v. 738-813). Le Chœur prévoit un duel terrible (v. 814-829). Le procès s'ouvre par une violente altercation, Dionysos et le Chœur s'apprêtent à marquer les points (v. 830-906). Euripide vilipende l'épaisse emphase de son adversaire (v. 907-1003). Eschyle lui réplique en l'accusant d'avoir perverti, démoralisé, amolli les Athéniens (v. 1004-1118).

*Le débat devient plus précis et plus technique. Eschyle défend ses prologues, notamment celui d'*Agamemnon, *contre les vains griefs d'Euripide (v. 1119-1196) et ridiculise à son tour les débuts de pièces de celui-ci (v. 1197-1248). On passe aux parties lyriques : d'après Euripide, Eschyle y est d'une monotonie creuse et tonitruante (v. 1249-1300) ; d'après Eschyle, Euripide y est incohérent, vulgaire et stupidement langoureux (v. 1301-1364). On va maintenant* peser, *vers par vers, quel est le plus solide des deux poètes : Eschyle l'emporte haut la main (v. 1365-1410). Dionysos, qui devrait être édifié, hésite encore. Pluton intervient en personne. Un dernier interrogatoire sur les conseils à donner à la ville d'Athènes pour son salut assure définitivement l'avantage à Eschyle (v. 1411-1481). Le Chœur approuve (v. 1482-1499). Eschyle remontera vers la lumière, et Euripide ne pourra même pas profiter de son absence pour s'imposer aux Enfers : c'est Sophocle qui fera l'intérim jusqu'au retour du prince de la tragédie (v. 1500-1533).*

PERSONNAGES :

XANTHIAS, esclave de Dionysos.
DIONYSOS, dieu du Théâtre.
HÉRACLÈS.
UN MORT.
CHARON, passeur du Styx.
CHŒUR des Grenouilles du Styx.
CHŒUR d'Initiés d'Eleusis.
ÉAQUE, portier des Enfers.
UNE SERVANTE.
UNE GARGOTIÈRE.
BONNASSIETTE (Plathané), sa servante.
EURIPIDE.
ESCHYLE.
PLUTON, dieu des Enfers.
COMPARSES : Croque-morts ; Esclaves de Pluton, sous les ordres d'Éaque.

[*Entre en scène Dionysos et son esclave Xanthias. Le dieu, pour descendre aux Enfers, s'est souvenu du grand exemple d'Héraclès ; aussi s'est-il muni d'une massue et affublé d'une peau de lion, sans quitter pour cela ses vêtements efféminés. Le serviteur est à cheval sur un bourricot, jambes pendantes, balluchon sur l'épaule. Ils font halte*]

XANTHIAS

Patron ! est-ce que j'y vais d'une de ces blagues traditionnelles qui font à tout coup s'esclaffer le public !

DIONYSOS

Comme tu voudras, ma foi. Mais pas : « J'en ai plein le dos. » Ça, tâche de t'en dispenser ! C'est devenu tout à fait écœurant, cet effet-là.

XANTHIAS

Et quelque autre fine astuce, non plus ?

DIONYSOS

Mais pas : « Oh là là, je suis éreinté ! »

XANTHIAS

Alors quoi ? La grosse rigolade ?

DIONYSOS

Vas-y ma foi, n'aie pas peur ! Pourvu que tu ne dises pas une chose, une seule..

XANTHIAS

Laquelle ?

DIONYSOS

En changeant ton bâton d'épaule, que tu veux poser une crotte.

XANTHIAS

Ni qu'avec l'énorme fardeau que j'ai sur le dos, si on ne m'en déleste pas, je vas le péter à bas ?

DIONYSOS

Non, je t'en supplie ! sauf quand j'aurai besoin d'un vomitif !

XANTHIAS

Mais alors à quoi bon me faire porter ce barda, si je ne dois

vers 1-12

rien faire de ce que font couramment les Phrynichos[1], les Lycis, les Amipsias, à tous les coups, quand on porte un barda dans leurs comédies ?

DIONYSOS

Non, pas de ça. Dis-toi bien que quand je suis au théâtre, et que je vois une de ces ingénieuses trouvailles-là, j'en sors vieilli d'un an, ou davantage.

XANTHIAS

Ah trois et quatre fois victime du destin,
alors, ma pauvre épaule ! elle s'esquinte et on ne la laisse pas blaguer !

DIONYSOS

Dis donc, ce n'est pas déjà un scandale, ce n'est pas te traiter comme un coq en pâte, de marcher à pied, moi Dionysos, fils de Potdevin, et de trimer, et de fournir un véhicule à monsieur pour qu'il n'ait pas la peine de faire le portefaix ?

XANTHIAS

Moi, je ne porte rien ?

DIONYSOS

Comment serais-tu porteur, puisque tu es véhiculé ?

XANTHIAS

Et tout ça, que je porte ?

DIONYSOS

Mais de quelle façon le portes-tu ?

XANTHIAS

D'écrasante façon, pour sûr !

DIONYSOS

Voyons, cette charge que tu portes, c'est bien un âne qui la porte ?

XANTHIAS

Ah ! non ! pas celle dont je suis possesseur et porteur, morbleu, non !

DIONYSOS

Mais comment serais-tu porteur puisque tu es toi-même porté par un autre ?

1. Phrynichos (cf. *Nuées*, v. 556 n.), Lycis et Amipsias, poètes rivaux d'Aristophane. Le dernier a triomphé deux fois de lui au concours de comédie.

XANTHIAS

Je n'en sais rien... Mais cette épaule, elle en a plein le dos !

DIONYSOS

Eh bien, puisque tu prétends que l'âne ne te sert à rien, chacun son tour, enlève l'âne et porte-le.

XANTHIAS

Ah ! triste destin ! que n'étais-je au combat naval [1] ! ce que je t'enverrais bramer au diable !

DIONYSOS

Descends, pendard. Voilà que tout en marchant je suis arrivé près de cette porte qui était ma première étape fixée.

[*Il frappe à la porte d'Héraclès*]

Hé fiston ! holà, fiston !

HÉRACLÈS [*derrière sa porte*]

Qui a cogné à ma porte ? Ce qu'il y est allé en brute [2] pour foncer, celui-là ! [*Il ouvre : stupéfait en voyant Dionysos*] C'était ça ? Keksekça ?

DIONYSOS [*à Xanthias*]

Le fiston...

XANTHIAS

Eh bien ?

DIONYSOS

Tu ne t'es pas rendu compte ?...

XANTHIAS

De quoi ?

DIONYSOS

Comme il a eu peur de moi ?

XANTHIAS

Parbleu oui : d'avoir affaire à un maboul !

HÉRACLÈS [*éclatant de rire*]

Ah ! bonne Mère ! Pas moyen de ne pas rire ! J'ai beau me mordre les lèvres, je ris quand même !

DIONYSOS

Çà, mon brave, avance à l'ordre ! j'ai besoin de toi pour quelque chose.

1. Les esclaves qui étaient embarqués sur la flotte athénienne pour la récente victoire des Arginuses avaient été affranchis, en récompense.
2. *Litt. : comme un centaure.*

HÉRACLÈS

Non, je ne peux pas balayer ce rire!... quand je vois une peau de lion sur une robe de soie[1]!... En voilà une idée! Des souliers à talons[2] avec une massue! Quel assortiment! Où diantre est-ce que tu déménages?

DIONYSOS

Eh bien, voilà : j'étais embarqué avec Clisthène[3].

HÉRACLÈS

Tu as pris part au combat naval[4]?

DIONYSOS

Oui! Et des vaisseaux ennemis, nous en avons coulé douze ou treize.

HÉRACLÈS

A vous deux?

DIONYSOS

Oui, pardi!

XANTHIAS [*à part, pour montrer que cet exploit, son maître n'a pu que le rêver*]

Et là-dessus je m'éveillai!

DIONYSOS

Et alors, sur le bateau, je lisais l'*Andromède*[5] dans mon coin... Tout à coup, me voilà cogné au cœur par un désir d'une violence, oh là là! je ne te dis que ça!

HÉRACLÈS

Un grand désir? de quelle taille?

DIONYSOS

Oh! tom pouce... comme l'obélisque[6]!

HÉRACLÈS

Pour une femme?

DIONYSOS

Non pas!

HÉRACLÈS

Alors pour un garçon?

1. *Litt. : une « crocote »*, robe élégante couleur de safran, cf. *Thesm.*, v. 253 et suiv.
2. *Litt. : des cothurnes.*
3. *Ach.*, v. 118 n. Clisthène avait été triérarque en 406.
4. On soupçonne dans ces deux répliques une équivoque obscène; mais pour une fois, cela ne semble pas certain.
5. Tragédie d'Euripide, jouée en 412; cf. *Thesm.*, v. 1010-1113.
6. *Litt. : petit... comme Molon.* L'acteur Molon était un colosse.

DIONYSOS

Nenni !

HÉRACLÈS

Alors pour un homme ?

DIONYSOS [*d'une voix lamentable*]

Aïe aïe aïe !

HÉRACLÈS [*indigné*]

Tu as coïté avec Clisthène ?

DIONYSOS

Ne te moque pas de moi, vieux frère[1] ! Ce n'est pas le moment : je suis mal en point, avec l'énormité de la convoitise qui me ronge.

HÉRACLÈS

Comment ça, frérot ?

DIONYSOS

Ça ne peut pas se dire ! Mais tout de même, je vais parler par parabole. Ça t'est déjà arrivé d'avoir un jour une envie de purée[2] ?

HÉRACLÈS

De purée ? Boufre ! Mille fois dans ma vie !

DIONYSOS

Ces mots te sont-ils clairs[3] ?
Ou si je dois m'expliquer davantage ?

HÉRACLÈS

Non ! question purée, pas la peine : vu !

DIONYSOS

Eh bien, aussi énorme est le désir qui me dévore [*Un temps, puis d'une voix caverneuse*] pour Euripide.

HÉRACLÈS

Oui-da ? Celui qui est mort ?

DIONYSOS

Oui. Et il n'est force humaine qui puisse me dissuader jamais d'aller jusqu'à lui.

HÉRACLÈS

Pas possible ? dans les enfers, là-bas au fond ?

1. Dionysos et Héraclès sont tous deux fils de Zeus.
2. Comme personnage comique, Héraclès est toujours représenté comme un goinfre ; cf. plus bas v. 550 et suiv.
3. Citation de l'*Hypsipyle* d'Euripide.

DIONYSOS

Parfaitement, sacrebleu, et plus bas encore si ça existe !

HÉRACLÈS

Pour quoi faire ?

DIONYSOS

J'ai besoin d'un habile poète,
Car les uns ne sont plus, et ceux qui sont encore
n'ont aucune valeur[1].

HÉRACLÈS

Mais voyons, Iophon[2], il est bien en vie ?

DIONYSOS

Oui... Il n'y a que ça qui reste de bon, un point c'est tout. Et encore, il faudrait voir... même ça, je ne suis pas sûr et certain de ce que ça vaut !

HÉRACLÈS

Alors, Sophocle ? tu devrais songer plutôt à lui, avant Euripide, pour le ramener, s'il faut vraiment que tu fasses revenir quelqu'un de là-bas ?

DIONYSOS

Non ! pas avant d'avoir chambré Iophon tout seul, livré à lui-même, et vu comment sonnent ses vers quand il les fait sans Sophocle. D'ailleurs Euripide, fin rossard comme il est, probable qu'il y mettra du sien pour se sauver avec moi jusqu'ici. L'autre... il prenait bonnement les choses dans la vie : il les prend bonnement dans la mort.

HÉRACLÈS

Et Agathon[3], où est-il ?

DIONYSOS

Il m'a quitté, il est parti... Un bon poète, regretté de ses amis.

HÉRACLÈS

Pour quel pays, le pauvre ?

1. Citation de l'*Œnée* d'Euripide.
2. Fils de Sophocle, auteur de tragédies auxquelles on avait lieu de penser que son père avait mis la main.
3. Cf. *Thesm.*, v. 29 n.

DIONYSOS

Faire bombance, aux Champs Élysées[1].

HÉRACLÈS

Et Xénoclès[2] ?

DIONYSOS

Qu'il crève, sacrebleu !

HÉRACLÈS

Et Pythangélos ?

[*Geste dédaigneux de Dionysos*]

XANTHIAS [*à part*]

Et de moi, pas un mot !... avec ça qui m'écrabouille l'épaule, faut voir comme !

HÉRACLÈS

Mais voyons, il y en a d'autres par ici ? des petits freluquets qui travaillent dans les tragédies, dix mille et plus — et qui laissent Euripide à une lieue et plus derrière eux pour le boniment !

DIONYSOS

Crotte de bique[3], tout ça, vain caquet, babil d'étourneaux[4] ! Des gâte-métier ! Ils n'ont pas plus tôt fait jouer une pièce et pissoté une goutte sur la muse tragique, pfuitt ! plus personne ! Mais un poète qui a de la sève, tu aurais beau chercher, tu n'en trouverais plus qui fasse retentir un style généreux.

HÉRACLÈS

Comment ça, de la sève ?

DIONYSOS

Oui, de la sève, pour risquer quelque chose de bien, dans le genre de : « l'Éther, bicoque de Zeus » ou « l'enjambée du Temps[5] », ou

« Mon cœur ne voulait point de serment sacrilège ;
ma langue, en parjurant, n'engageait point mon cœur. »

1. *Litt. : au banquet des Bienheureux.* On a pensé qu'Agathon n'était pas mort, et que c'était son départ pour la cour d'Archélaos, roi de Macédoine, qui est visé (jeu de mots entre Μάκαρες et Μακεδόνες).
2. Cf. *Thesm.*, v. 168 n. Pythangélos est inconnu.
3. *Litt. : pousses gourmandes* qui épuisent la vigne sans donner de raisin.
4. *Litt. : « scholae » d'hirondelles.*
5. Cf. *Thesm.*, v. 272-276 n.

HÉRACLÈS

Ça te plaît, à toi ?

DIONYSOS

Tu parles ! J'en super-raffole.

HÉRACLÈS

Des sornettes ; voilà ce que c'est ; et tu le penses toi-même.

DIONYSOS

Dispense-toi donc de porter
tes pénates dans ma cervelle :
reste chez toi.

HÉRACLÈS

Eh bien, tout net : je trouve ça archimauvais !

DIONYSOS

Réserve tes leçons pour les questions de mangeaille.

XANTHIAS [*à part*]

Et de moi, pas un mot !

DIONYSOS

Bref, si je suis venu en cet équipage à ta ressemblance, c'est pour savoir de toi les adresses, en cas de besoin, de ceux qui t'ont fait profiter de leur hospitalité, lors de ton raid contre Cerbère ; oui, indique-moi tout : embarcadères, boulangeries, bobinards, squares, ruelles d'aisances, fontaines, rues, quartiers, pensions, hôtelières où il y a le moins de punaises.

XANTHIAS [*à part*]

Et de moi, pas un mot !

HÉRACLÈS

Malheureux ! Vrai, tu auras le courage d'y aller ?

DIONYSOS

Et comment ! Plus un mot, je te prie, pas d'objection. Indique-moi plutôt, en fait de route, par où nous arriverons le plus vite tout au fond de l'enfer ; et ne l'indique ni trop chaude, ni trop froide.

HÉRACLÈS [*réfléchissant*]

Voyons voir... Laquelle t'indiquer en premier ? laquelle ?... Il y en a une qui part de Corde et d'Escabeau [1] : tu te pends.

1. Les voies et moyens de la mort par pendaison et par poison sont donnés comme les étapes d'un guide routier.

DIONYSOS

Halte ! on étouffe par là !

HÉRACLÈS

Il y a aussi un raccourci — on s'y écrase : celui qui passe par Pilon-sur-Mortier.

DIONYSOS

Tu veux dire la ciguë ?

HÉRACLÈS

Tout juste.

DIONYSOS

Il est glacial et réfrigérant ; il a vite fait de vous engourdir les mollets.

HÉRACLÈS

Tu veux que je t'en dise un qui est rapide, et bien en pente ?

DIONYSOS

Parbleu oui ! je ne suis guère bon marcheur.

HÉRACLÈS

Eh bien, faufile-toi au Céramique...

DIONYSOS

Et puis quoi ?

HÉRACLÈS

Monte sur la haute tour...

DIONYSOS

Pour quoi faire ?

HÉRACLÈS

Observe de là-haut le lancer de la course au flambeau [1]. Et puis, au moment où le public criera : « Lâchez-les ! » alors, lâche-toi.

DIONYSOS

Où ?

HÉRACLÈS

En bas.

DIONYSOS

Mais j'y laisserai mes deux assiettées [2] de cervelle ! Non, pas question que j'aille par ce chemin-là !

1. C'est la célèbre Lampadophorie, qui se déroulait entre la tour de Timon, au nord-ouest de la ville, et le Dipylon, au quartier du Céramique.

2. Les deux lobes du cerveau sont comparés à ces portions de viande hachée qu'on faisait cuire enrobées dans des feuilles.

HÉRACLÈS

Alors ?

DIONYSOS

Celui par où tu es descendu, toi, l'autre fois.

HÉRACLÈS

Ça fait une longue croisière ! Tu débouches tout de suite sur un lac immense, sans fond.

DIONYSOS

Et alors ? Comment est-ce que je traverserai ?

HÉRACLÈS

Dans une coque de noix pas plus grande que ça ; un vieux bonhomme de batelier te passera pour deux oboles.

DIONYSOS

Fichtre ! Ce qu'elles sont capables de faire partout, les deux oboles [1] ! Comment sont-elles allées jusque-là ?

HÉRACLÈS

C'est Thésée qui les a introduites. [*Reprenant*] Après ça tu verras des serpents, des bêtes féroces, par milliers — épouvantables !

DIONYSOS

N'essaie pas de me glacer de terreur : tu ne m'en feras pas démordre.

HÉRACLÈS

Après ça, un énorme bourbier, un cloaque qui ne sèche jamais : c'est là-dedans que croupit quiconque a jamais fait tort à un hôte...

DIONYSOS

... ou s'est envoyé un gamin en le volant de son argent...

HÉRACLÈS

... ou a battu sa mère, ou frappé son père au visage, ou juré un serment qui n'était que parjure.

DIONYSOS

Mille dieux ! Il faudrait y flanquer aussi tout individu qui a

1. Les morts ne devaient qu'*une* obole à Charon pour passer le Styx. Mais Dionysos doit prendre un « aller et retour ». Diverses allocations à Athènes étaient de deux oboles par jour. Héraclès poursuit la plaisanterie en attribiant à Thésée, roi d'Athènes, l'introduction aux Enfers de cette unité de compte lorsqu'il y descendit.

appris le *Ballet martial* de Cinésias[1], ou recopié pour son anthologie une tirade de Morsimos !

HÉRACLÈS

A partir de là, des airs de flûte te baigneront de leur haleine ; tu verras une lumière de toute beauté, comme celle qui règne ici[2], des bouquets de myrte, et des essaims de bienheureux, hommes et femmes, battant des mains avec transport...

DIONYSOS

Qui est-ce, ces gens-là ?

HÉRACLÈS

Les initiés.

XANTHIAS [*à part*]

Tudieu ! En fait de transport, ce qu'il y a de sûr, c'est que je suis le bourricot[3] ! Là ! j'en ai assez de tout ça ! Pas une minute de plus ! [*Il se met en devoir de poser bagage*]

HÉRACLÈS

Ils t'expliqueront tout et tout, autant que de besoin : ils habitent tout près, juste au bord de la route, porte à porte avec Pluton. Et maintenant, bien du plaisir, petit frère !

[*Il rentre chez lui*]

DIONYSOS [*à Héraclès*]

Toi aussi, porte-toi bien. [*A Xanthias*] Et toi, reprends le balluchon.

XANTHIAS

Avant de l'avoir posé ?

DIONYSOS

Et plus vite que ça !

XANTHIAS

Non, je t'en supplie ! Embauche plutôt un type à qui on fait faire le voyage, s'il veut bien marcher !

1. Cf. *Ois.*, v. 1373 n. — Sur Morsimos, cf. *Cav.*, v. 401 n.
2. C'est-à-dire au pays des vivants, sous le soleil.
3. *Litt. : je suis l'âne qui célèbre les mystères.* Formule proverbiale pour parler de ceux qui peinent quand les autres se réjouissent, par allusion aux ânes qui, sur la route d'Eleusis, portaient les bagages des pèlerins.

DIONYSOS

Et si je n'en trouve pas ?

XANTHIAS

Alors, emmène-moi.

[*Passent deux croque-morts, portant une civière*]

DIONYSOS

C'est bon. Tiens, voilà justement qu'on emporte un cadavre. Hé toi ! oui, je dis bien, toi, le mort ! Dis, mon bonhomme, tu veux porter quelques petits bagages aux enfers ?

LE MORT

Combien y en a-t-il ?

DIONYSOS

Tu vois.

LE MORT

Tu me donneras quatre jaunets [1] ?

DIONYSOS

Non, sacrebleu ! Pas tant que ça !

LE MORT [*aux porteurs de sa civière*]

Allez, vous autres : soulevez, et en route !

DIONYSOS

Hé, l'ami, attends un peu : on pourra peut-être s'arranger !

LE MORT

Commence par m'allonger quatre jaunets ; sinon pas de palabres !

DIONYSOS

Tiens, je t'en offre trois.

LE MORT

Plutôt revivre !

[*Le convoi s'éloigne*]

XANTHIAS

Ce qu'il est arrogant, le maudit bonhomme ! Qu'il aille se faire pendre ! [*A Dionysos*] J'irai moi-même.

DIONYSOS

Tu es un brave cœur ! En avant marche, au rafiot !

1. *Litt. : deux drachmes,* et plus loin *neuf oboles,* c'est-à-dire une drachme et demie.

[*La scène, maintenant, est censée représenter le bord du Styx. Charon, vers l'autre rive, commande la manœuvre pour débarquer un client*]

CHARON

Ho-op... là ! Range-toi le long du bord.

DIONYSOS [*inquiet*]

Qu'est-ce que c'est que ça ?

XANTHIAS

Ça ? un lac, parbleu. Celui dont il nous parlait.

DIONYSOS

Et voilà le rafiot !

[*Charon, avec les gestes d'un batelier, revient vers eux*]

XANTHIAS

Eh oui ! vive la marine [1] ! Et celui-là, c'est Charon !

DIONYSOS [*la gorge serrée*]

Bonjour, Charon...

XANTHIAS [*l'air dégagé*]

Bonjour, Charon !

DIONYSOS ET XANTHIAS [*ensemble*]

Bonjour, Charon !

CHARON [*accostant*]

A qui le tour pour les stations de repos, loin des misères et des tracas ? pour Val-d'Oubli ! Vessie-en-Lanternois ? Pissen-lits par La Racine ? Milledиables ? Trou-Denfert [2] ? A qui le tour ?

DIONYSOS

Moi.

CHARON

Embarque, en vitesse !

DIONYSOS

Dis donc, pour de bon, c'est à Milledиables que tu comptes aborder ?

CHARON

Oui certes : on sait ce qui t'est dû. Embarque donc !

1. *Litt. : par Posidon !*

2. *Litt. : vers la plaine du Léthé* (= de l'Oubli), *vers Tonte d'âne* (expression proverbiale pour tout ce qui est fictif et inconsistant), *vers les Cerbériens* (nom forgé d'après celui du chien des Enfers), *chez les corbeaux* (= au diable), *au cap Ténare* (une des entrées de l'Enfer).

DIONYSOS [*à Xanthias*]

Ici, mon garçon !

CHARON

Non : je ne passe pas d'esclave, sauf s'il a participé au combat naval pour sauver... ses abattis[1].

XANTHIAS

Ma foi, je n'en étais pas : le hasard a voulu que j'aie mal aux yeux.

CHARON

Alors, fais le tour, au galop, tu m'entends ? tout autour du lac !

XANTHIAS

Et où sera le rendez-vous ?

CHARON

A la Pierre des Mor...fondus, près de l'estacade.

DIONYSOS [*à Xanthias*]

Vu ?

XANTHIAS

Vu !... que trop ! Ah ! misère de moi ! Sur quoi est-ce que j'ai marché ce matin en mettant le nez dehors !

[*Il part en courant, son ballot sur l'épaule*]

CHARON

Toi, assieds-toi ; sus ! à l'aviron ! [*Criant à la ronde*] Qui encore, pour traverser ? Pressons, pressons !

[*Se retournant vers Dionysos qui s'est assis sur la rame*]

Hé, toi ? qu'est-ce que tu fais ?

DIONYSOS

Ce que je fais ? Je me mets juste où tu m'as dit, ni plus ni moins : à l'aviron, assis dessus !

CHARON [*lui montrant le banc de nage*]

Vas-tu t'asseoir *ici*, oui ou non, gros Ventripote ?

DIONYSOS [*obéissant*]

Voilà.

[*Il garde les mains sous son habit*]

CHARON

Vas-tu sortir tes bras ? les étirer ?

1. On attendait :... la patrie ; ou du moins... sa vie. Cf. v. 33 n.

DIONYSOS [*levant les bras en l'air*]

Voilà.

CHARON

Dis donc, ne fais pas comme ça le crétin, hein ? Cale tes pieds, et souque ferme !

DIONYSOS [*pleurnichant*]

Ben quoi, alors ? — comment je vais pouvoir ? pas du métier, moi ! pas un marin, moi ! pas un insulaire[1], moi ! Alors, comment souquer, moi ?

CHARON

Ça ira tout seul. Tu entendras des chants magnifiques dès que tu auras une fois empoigné la rame.

DIONYSOS

De qui, de quoi ?

CHARON

Des voix de sirènes-reinettes[2] — une merveille !

DIONYSOS

Bon. Donne la cadence.

CHARON

Oh !... opop ! oh !... opop !

[*Charon scande, Dionysos rame, la barque avance. Le Chœur des Grenouilles commence, d'abord doucement, puis crescendo*]

LE CHŒUR DES GRENOUILLES

Brékékékex, coax, coax !
Brékékékex, coax, coax !
Humides filles des fontaines,
Vocoaxcoacalisons
— flûtis suave, harmonieux —,
les clameurs de notre cantique,
que dans le quartier du Marais,
au pardon des saintes Marmites[3]*,*
nous modulons pour faire honneur
à Dionysos, dieu nysiaque,
quand, ivrognante et festivante,
vient déferler sur notre fief la foule humaine !
Brékékékex, coax, coax !

1. *Litt. : je ne suis pas Salaminien.*
2. *Litt. : de grenouilles-cygnes.*
3. Cf. *Ach.*, v. 1076 n.

DIONYSOS

Et moi, je commence à avoir
mal au cul, hé, coax, coax !

LE CHŒUR

Brékékékex, coax, coax !

DIONYSOS

Mais vous, bien sûr, ça vous laiss' froides !

LE CHŒUR

Brékékékex, coax, coax !

DIONYSOS

Crevez-en donc, sacrées pécores,
de vos coax !
Coax, coax, connaissez qu'ça !

LE CHŒUR

Pour sûr, Monsieur De-quoi-j'me-mêle !
Sommes-nous pas les favorites
des Muses à la douce lyre ?
et du dieu Pan le chèvre-pied
qui joue du jonc si joliment ?
et d'Apollon le citharède ?
Car, au fond de nos marécages,
c'est nous qui engraissons les roseaux aquatiques
sur lesquels il tendra les cordes de sa lyre.
Brékékékex, coax, coax !

DIONYSOS

Et moi, je me gonfle d'ampoules !
Mon cul, ça fait belle lurette
qu'il est en nage !... Incontinent...
la crampe vient... il va vous dire...

LE CHŒUR [*lui coupant la... parole*]

Brékékékex, coax, coax !

DIONYSOS

Voyons, tribu mélodieuse,
sourdine !

LE CHŒUR

Non ! un crescendo nous attaquerons —
aussi vrai qu'aux jours de joli soleil
nous nous ébattons dans les cressonnières
en mille plongeons et mille roulades,
dans l'orgueil joyeux de nos mélodies !
ou, cherchant à fuir l'averse du ciel

dans la profondeur des trous aquatiques,
savons attaquer gigues endiablées
— ébullition d'un ballet de bulles !...

DIONYSOS [*les devançant*]

Brékékékex, coax, coax !
Ç'lui-là, au moins, j'vous l'ai soufflé !

LE CHŒUR [*indigné*]

Ah ! ça, alors, c't épouvantable !
Voyez-vous ça, comme il nous traite !

DIONYSOS

C't encor bien plus épouvantable
pour moi, si à forc' de souquer
j'me fais crever, trip's et boyaux !

LE CHŒUR [*furibond*]

Brékékékex, coax, coax !

DIONYSOS

Pouvez brailler ! ça m' laiss' bien froid !

LE CHŒUR

Et comment, qu'on va coasser
à plein gosier, tout' la journée !

DIONYSOS [*les devançant*]

Brékékex, coax, coax !
Hein, pour le coup, vous n' m'aurez pas !

LE CHŒUR

Ni toi non plus, sûr et certain !

DIONYSOS

Ni vous non plus, jamais d'la vie !
Vous allez voir, j'vais coasser
tant qu'il faudra, tout'la journée !
Oui, pour finir, à coups d'coax
c'est moi qui vous estourbirai !

[*Avec un accent de défi*]

Brékékékex, coax, coax !

[*Le Chœur, écœuré, se tait*]

DIONYSOS [*triomphant*]

Couic !... Ah ! je savais bien que je vous couperais la crécelle une bonne fois !

[*La barque est arrivée de l'autre côté du Styx*]

vers 247-268

CHARON

Hé là ! là ! stop ! range les rames le long du bordage ! Et débarque — mais paie ton passage !

DIONYSOS

Tiens, voilà tes deux oboles.

[*Charon s'en va, Dionysos resté seul est inquiet*]

Et Xanthias ?... Où est-il, Xanthias ?... Hé, Xanthias !...

XANTHIAS [*de loin*]

Hello !

DIONYSOS

Arrive ici !

XANTHIAS

Salut, patron !

DIONYSOS

Qu'est-ce qu'il y a dans ces parages ?

XANTHIAS

Ténèbre et marécage !

DIONYSOS [*à voix basse*]

Dis donc, tu as vu dans ce coin-ci les fils criminels et les parjures qu'il nous disait ?

XANTHIAS

Pas toi ?

DIONYSOS

Bien sûr, foi d'amiral[1] ! [*Se tournant vers le public*] Et j'en vois encore ! Allons, qu'est-ce qu'on va faire ?

XANTHIAS

Le mieux pour nous, c'est d'aller de l'avant : ici, c'est le secteur où il y a les bestiasses épouvantables, à ce qu'il affirmait, l'autre.

DIONYSOS

Ah ! là là ! qu'il aille se faire pendre ! C'est du boniment : il voulait me faire peur, à moi ! sachant quel vaillant combattant je suis, il est jaloux pour sa propre gloire.

Car nul plus qu'Héraclès ne s'enfle de superbe[2].

Moi, je ne demanderais qu'à en rencontrer un, de ces monstres : il me fournirait l'occasion d'une prouesse digne de cette expédition.

1. *Litt. : par Posidon !*
2. Vers d'Euripide.

XANTHIAS

Pardi, bien sûr !

[*Mimique d'angoisse*]

Hé là ! j'entends quelque chose... un grondement...

DIONYSOS [*affolé*]

Où ça ? où ça ?

XANTHIAS

Derrière nous.

DIONYSOS

Passe derrière !

XANTHIAS

Non : c'est sur nos devants.

DIONYSOS

Passe devant !

XANTHIAS [*continuant le jeu*]

Holà ! bonté divine ! je vois une bête, une grosse...

DIONYSOS

Comment est-elle ?

XANTHIAS

Épouvantable ! elle change tout le temps de forme : tantôt un bœuf, et puis un mulet, et puis une femme... hé ! fraîche à croquer !

DIONYSOS [*brusquement redevenu d'attaque*]

Où est-elle ? vite, que je lui saute dessus !

XANTHIAS

Ouais ! ce n'est plus une femme : voilà que c'est un chien !

DIONYSOS [*de nouveau terrorisé*]

Alors, c'est la Grandgoule [1] !

XANTHIAS

C'est du feu, sa figure, elle flamboie !

DIONYSOS

Et elle a une jambe de bronze ?

XANTHIAS

Oui, bon dieu ! et l'autre en bouse de vache : tu peux me croire !

DIONYSOS

Où est-ce que je pourrais me terrer ?

1. *Litt. : C'est Empuse,* monstre vampire.

XANTHIAS

Et moi ?

DIONYSOS [*se précipitant vers le prêtre de Dionysos — son prêtre — qui est assis au premier rang des spectateurs du théâtre*]

Hé, mon révérend, prends-moi sous ta sainte garde, et je viendrai trinquer avec toi !

XANTHIAS

Notre compte est bon, Héraclès, maître et seigneur !

DIONYSOS

N'en appelle pas à moi, créature ! je t'en supplie ! ne prononce pas mon nom !

XANTHIAS

Dionysos, alors...

DIONYSOS

Celui-là non plus, encore moins ! Va ton chemin devant toi.

[*Xanthias s'avance en éclaireur, puis appelle son maître*]

XANTHIAS

Psst ! patron ! ici ! ici !

DIONYSOS

Qu'est-ce que c'est ?

XANTHIAS

Ne t'inquiète plus. Tout va bien pour nous ; et nous pourrons dire, comme Hégélochos,

Mon mal, ça pèse, après l'orage dissipé [1] !

Grandgoule a disparu !

DIONYSOS

Jure-le-moi !

XANTHIAS

Oui, Zeus soit témoin !

1. *Litt. : Au sortir des tempêtes, je vois de nouveau la belette.* L'acteur Hégélochos avait un jour fait un « cuir » mémorable, par une faute d'accent, en prononçant γαλῆν au lieu de γάλην', ce qui donnait comme sens « belette » au lieu de « embellie ». Nous avons transposé avec « ça pèse » pour « s'apaise ».

DIONYSOS

Re-jure !

XANTHIAS

Oui, témoin soit Zeus !

DIONYSOS

Re-re-jure !

XANTHIAS

Oui, soit Zeus témoin ! [*Avec soulagement*] Eh bien, pauvre de moi ! J'ai pâli comme un linge, moi, en la voyant. [*Montrant Dionysos*] Mais lui, il a eu une telle pétoche qu'il a sali son linge à ma place !

DIONYSOS

Oh ! là là ! d'où me tombent toutes ces tribulations ?
Quel dieu dois-je accuser de méditer ma perte ?
« L'Éther, la bicoque de Zeus » ? ou « l'enjambée du Temps[1] » ?

XANTHIAS

Dis donc !

DIONYSOS

Qu'est-ce qu'il y a ?

XANTHIAS

Tu n'entends pas ?

DIONYSOS

Quoi ?

XANTHIAS

Une haleine de flûtes...

DIONYSOS

Oui. Et il y a aussi des torches qui m'ont touché de leur haleine, d'un fumet hautement mystique... Silence ! blottissons-nous et écoutons.

[*On entend chanter, avant de le voir, le Chœur des Initiés, qui célèbrent aux Enfers la fête qui, de leur vivant, les menait chaque année, en procession aux flambeaux, d'Athènes à Eleusis*]

LE CHŒUR DES INITIÉS

Iacchos ! ô Iacchos[2] !
Iacchos ! ô Iacchos !

1. Cf. plus haut, v. 100.
2. Un des noms de Dionysos. Les initiés, dans leur béatitude d'outre-tombe, continuent à célébrer la sainte et joyeuse procession qu'ils faisaient chaque année vers Eleusis.

XANTHIAS

C'est bien ça, patron : ce sont les Initiés qui prennent leurs ébats, comme il nous disait. Ce qui est sûr, c'est qu'ils chantent l'hymne que Diagoras[1]...

DIONYSOS

Je crois que tu as raison : tenons-nous tranquilles, c'est le mieux, pour savoir au juste ce qu'il en est.

[STROPHE] LE CHŒUR

Iacchos ! adorable dieu
qui fais ta demeure en ce lieu,
Iacchos ! Iacchos !
avance-toi sur la prairie !
Viens t'associer à la danse
de notre sainte confrérie !
Agite sur ta tête en transe
les baies de myrte dont se charge
notre couronne de feuillage !
Viens piaffer, d'un pied décidé,
nos pas folâtres, débridés !
Prends part à notre gigue :
les Grâces lui prodiguent
leurs faveurs généreuses ;
elle est pure, pieuse :
elle t'est dédiée
par l'essaim
sacro-saint
de tes Initiés.

XANTHIAS

O Dame très adorable, fille de Déméter[2] ! quelle suave haleine de charcutaille vient me caresser !

DIONYSOS

Vas-tu te tenir coi ? Il y aura peut-être un peu de tripes aussi pour toi !

[ANTISTROPHE] LE CHŒUR

Eveil ! Il se rend à nos vœux !
Ses deux mains brandissent des feux,

1. Sens controversé : il semble que Dionysos arrête Xanthias au milieu de sa phrase.
2. Perséphone, épouse de Pluton, roi des Enfers.

Iacchos! Iacchos!
Astre du matin, il s'avance
dans la nuit de notre frairie!
Flambe la flamme en la prairie!
Les hommes mûrs entrent en transe :
en gambadant ils se dégagent
des misères de leur vieil âge ;
la sainte Fête les soulage
du poids de leurs longues années.
Ouvre-nous le chemin,
ta torche ardente en main!
Conduis, vers les fontaines
et les fleurs de la Plaine[1],
ô bienheureux Seigneur,
la jeunesse
qui t'adresse
ses danses et ses chœurs!

[*Le Chœur prend place. Son chef est vêtu en prêtre du sanctuaire d'Eleusis*]

LE CORYPHÉE

Que l'on se recueille! Et qu'il fasse place nette devant nos chœurs, celui qui n'a pas la clé d'un tel langage ; dont l'esprit n'est pas lavé de toute souillure ; qui de nos sublimes Muses n'a point contemplé ni dansé les liturgies ; celui qui n'a point été initié aux orgies verbales, riches de sève et de sang, de Cratinos[2] notre dieu ; celui qui se plaît à des tirades de pitre quand elles sont hors de saison ; celui qui, au lieu d'étouffer l'esprit de faction, notre pire ennemi, et de faire bon visage à ses concitoyens, réveille et attise le feu par passion d'égoïsme intéressé ; celui qui, tenant la barre des responsabilités politiques dans la tourmente, se laisse acheter ; celui qui livre un point d'appui militaire ou des vaisseaux ; celui qui, malgré l'embargo, exporte en transit d'Égine sur Épidaure des cuirs de sabord, des voiles ou de la poix — des micmacs à la Thorycion, ce fichu percepteur des taxes de com-

1. La plaine d'Eleusis, mais ce sont aussi les « Prairies des bienheureux ».

2. *Litt. : de Cratinos le « mange-taureau »* ; l'épithète, qui appartenait à Dionysos, est transférée ici à Cratinos, un vrai « dieu » des Dionysies comiques. Ce vif éloge de Cratinos contraste avec la façon dont Aristophane le bafouait jadis ; cf. *Ach.*, v. 848, *Cav.*, v. 400.

merce[1] ! — celui qui conseille à quelqu'un de fournir au financement de la flotte adverse[2] ; celui qui conchie les images saintes[3] en fredonnant des airs de ronde ; celui qui, harangueur de tribune, veut rogner sur les émoluments des poètes, pour s'être vu mis en boîte selon la tradition des festivals scéniques que nous célébrons. A tous ceux-là, je fais sommation — et seconde sommation — et enfin troisième sommation : qu'ils laissent la place nette pour nos chœurs mystiques ! [*Au Chœur*] Et vous, que votre voix s'éveille pour chanter des hymnes de notre liturgie nocturne, selon le rite assigné à cette fête.

[STROPHE] LE CHŒUR [*dansant*]

Que chacun bravement s'avance,
et pénètre au sein des prairies
fleuries !
Oui, tambourinons du talon,
folâtrons, et lançons brocards et pasquinades :
notre déjeuner nous sustente
d'un viatique suffisant !

[ANTISTROPHE]

Allons, en marche, que l'on vienne
exalter, à nobles accents
dansants,
notre Dame libératrice[4] !
Pour les âges futurs sa parole est le gage
du salut de notre pays,
malgré qu'en ait Thorycion !

LE CORYPHÉE

Et maintenant, changez de cadence pour faire retentir un hymne à notre Reine, dispensatrice des récoltes : à la déesse Déméter, offrez cette divine et mélodieuse parure !

1. *Litt. : collecteur de la taxe du vingtième,* allusion à une mesure prise en 413 par Athènes de remplacer les tributs qu'elle exigeait de ses alliés par une taxe sur leurs transactions commerciales. Ce Thorycion est inconnu.
2. Il s'agit d'Alcibiade, qui aurait poussé Cyrus le Jeune à consentir un prêt à Sparte.
3. *Litt. : les niches d'Hécate.* Ceci vise Cinésias (cf. *Ois.*, v. 1373 n.) qui aurait été surpris une nuit, en train de se soulager au coin d'une rue, contre une « niche d'Hécate ». Cf. *Ass.*, v. 330.
4. Coré-Perséphone, fille de Déméter.

[STROPHE] LE CHŒUR

Princesse des orgies saintes,
ô Déméter, viens à nous !
Couvre de ta sauvegarde
notre chœur : il t'appartient.
Qu'au long des jours nous puissions,
l'âme en repos, fôlatrer
et danser !

[ANTISTROPHE]

... Et donner beaucoup à rire
et beaucoup à réfléchir !
Qu'après avoir débité
brocards et folâtreries
qui soient dignes de ta fête,
nous recevions les guirlandes
du vainqueur !

LE CORYPHÉE

Eia ! Et maintenant, appelez encore ici, d'un couplet, le dieu de printanière jeunesse [1], pour qu'il s'embarque en notre danse !

LE CHŒUR

Seigneur adoré, toi qui de ces fêtes
as imaginé l'exquise musique,
viens ! auprès de la déesse
accompagne-nous ! montre que tu peux
couvrir sans fatigue une longe route [2] !
Au nom de ton amour pour la danse, Iacchos,
viens en notre cortège !

C'est toi qui nous as fait mettre en charpie
pour la bonne humeur, haillons et savates
que nous avons enfilés
pour l'économie (bon truc pour pouvoir,
sans regret, danser, folâtrer !).
Au nom de ton amour pour la danse, Iacchos,
viens en notre cortège !

Un coup d'œil en coin, et j'entr'aperçois
une pucelette au joli minois
pour folâtrer avec moi

1. Dionysos.
2. Dionysos est loin d'être un foudre d'endurance ; cf. son aveu v. 128. Le Chœur évoque, et mime en quelque sorte, la marche solennelle et joyeuse des pèlerins entre Athènes et Eleusis.

Hé ! par un accroc de sa chemisette,
le bout d'un tétin pointe et me fait signe !
Au nom de ton amour pour la danse, Iacchos,
viens en notre cortège !

XANTHIAS

Présent ! pour mon compte, ma foi, toujours prêt ! Folâtrer avec la fillette, danser, je ne demande que ça !

DIONYSOS

Et moi donc !

LE CORYPHÉE

— Vous voulez ? entrez dans le jeu
pour vous gausser d'Archédémos
ce gars-là, de sept ans,
n'a pu se pousser... de dents :
la cité l'a laissé dehors[1] *!*

Et maintenant, voilà-t-il pas
qu'il mène le peuple ? c'est lui,
là-haut, dans l'autre monde
qui tient le rang de chef de file
dans la clique des scélérats !

Quant au rejeton de Clisthène
déambulant parmi les tombes,
à ce que l'on m'a dit,
il s'arrachait les poils du cul
en se déchirant le visage,

en se martelant la poitrine,
et poussait des vagissements,
tête basse et dos rond,
en appelant à grands abois
Baisemignon de Branlebourg[2] *!*

1. *Litt. : bien qu'âgé de sept ans n'a pas poussé de dents.* Archédémos, meneur populaire, n'était pas athénien de naissance. Établi dans la ville depuis sept ans, il n'avait pas encore pu se faire admettre dans une « phratrie ». Il y a un jeu de mots entre φράτερας et φραστῆρας (= molaires) : on a tenté une équivalence (dedans, de dents).

2. Allusion obscure, où l'on discerne du moins que le fils de Clisthène avait les mêmes goûts que son père : le nom du bien-aimé qu'il pleure (*litt. : Sébinos d'Anaphlyste*) est chargé de deux calembours obscènes.

Et Callias, fils d'Hippobyte,
vous savez ? on dit qu'il a mis
une peau de lion,
pour livrer, à coups d'éperon
de houleuses joutes d'amour[1].

[*Le Chœur cesse de chanter*]

DIONYSOS

Ne pourriez-vous nous renseigner ?
Où donc se trouve par ici
le logis de Pluton ?
Car nous sommes deux étrangers
arrivés à l'instant.

LE CORYPHÉE

Ma foi, tu n'auras pas besoin
de me répéter ta requête,
ni de t'en aller loin :
car tu es ici, sache-le,
arrivé tout juste à sa porte.

DIONYSOS

Tu peux recharger, mon gars !

XANTHIAS

En voilà une équipée ! C'est toujours la même rengaine[2] pour les bagages !

LE CORYPHÉE

Avancez, entrez dans la rotonde consacrée à la déesse, dans son bocage fleuri. Prenez-y vos ébats, vous qui communiez en ce pieux festival. Pour moi, j'accompagnerai les jeunes filles et les femmes là où se tient la veillée en l'honneur de la déesse, pour y porter le flambeau sacré.

[STROPHE] LE CHŒUR

Allons vers les jardins de roses
vers les prés diaprés de fleurs,
comme nous aimons à le faire
pour y déployer la splendeur
de nos ébats et de nos danses,

1. Nous lisons κύσθῳ et non κύσθου. L'allusion reste obscure.
2. *Litt. : c'est « Corinthos, fils de Zeus »*, formule proverbiale pour parler d'un « refrain » toujours répété comme le nom de ce héros national chez les Corinthiens.

au rythme desquels s'associent
les bienheureuses Destinées !

[ANTISTROPHE]

C'est pour nous seuls que le soleil
rit ici de tous ses rayons,
— oui, pour nous les initiés,
en souvenir des saintes lois
qui ont gouverné notre vie
dans notre conduite envers tous,
gens du dehors, gens de chez nous !

[*Dionysos s'avance vers la porte de Pluton*]

DIONYSOS

Voyons, comment vais-je m'y prendre pour frapper à cette porte, hein ? Comment diable frappent ici les indigènes du pays ?

XANTHIAS

Cesse de lanterner ! Cette porte, tu n'as qu'à en tâter en y mettant l'acharnement d'Héraclès, puisque tu en as le harnachement !

DYONYSOS [*donnant un grand coup de pied dans la porte*]

Petit ! petit !

ÉAQUE [*ouvrant la porte*]

Qui va là ?

DIONYSOS

Héraclès dans toute sa puissance !

ÉAQUE [*ouvrant la porte et croyant reconnaître Héraclès*]

Ah ! crapule sans vergogne, effronté que tu es, salaud, archisalaud, roi des salauds, c'est toi qui es venu nous faucher notre Cerbère, et qui as détalé en l'étranglant à moitié, c'est toi qui t'es sauvé en faisant main basse sur le chien dont j'étais l'homme de garde ? Mais à présent te voilà coincé ! Le roc du Styx te tient en ses noires entrailles, et la falaise de l'Achéron sous ses averses de sang, et les chiens qui rôdent autour du Cocyte [1] ! L'Hydre [2] aux cent têtes va te déchiqueter les boyaux ! Une murène sauce tartare va te harponner les

1. Un des fleuves infernaux.
2. *Litt. : Echidna.*

poumons, tes reins vont être dépecés d'un coup avec tes tripes par des Gorgones sanguinolentes[1]

que je cours, de ce pas, appeler contre toi !

[*Il rentre. Dionysos, terrorisé, se blottit par terre*]

XANTHIAS

Dis donc, toi ! qu'est-ce qui te prend ?

DIONYSOS

La caquesangue ! Tu peux dire l'offertoire[2] !

XANTHIAS

Sacré polichinelle ! vas-tu bien te relever en vitesse, avant que quelqu'un du dehors ne t'ait vu !

DIONYSOS

Je me pâme... mets-moi donc une éponge sur le cœur !

XANTHIAS [*déballant en hâte le bagage*]

Voilà, tiens !

DIONYSOS

Applique-la toi-même.

XANTHIAS

Mais où ?

[*Dionysos, à demi évanoui, fait un geste vers ses arrières*]

Dieux bons ! C'est là que tu as le cœur ?

DIONYSOS

De panique, il s'est carapaté jusqu'au tréfonds de mes boyaux !

XANTHIAS

Il n'y a pas plus froussard que toi, ni chez les dieux, ni chez les hommes...

DIONYSOS

Moi ? Comment ? froussard ? moi qui t'ai demandé une éponge ?

Un autre homme que moi n'en eût pas fait autant !

XANTHIAS

Ah ? qu'est-ce qu'il aurait fait ?

1. *Litt. : tithrassiennes.* Ce mot, choisi pour sa sonorité vaguement effrayante, est seulement celui d'un bourg de la banlieue d'Athènes, peut-être peuplé de mégères assez fortes en gueule, comme les gargotières qui interviendront bientôt.

2. *Litt. : invoque le dieu.* Parodie de la formule prononcée après qu'on avait répandu les libations.

DIONYSOS

Il serait resté vautré à renifler, en froussard qu'il serait ! Moi, je me suis redressé ! mieux : je me suis torché !

XANTHIAS

Flots de dieu ! quelles prouesses !

DIONYSOS

Je pense bien, morbleu ! Et toi, tu n'as pas eu peur devant ce fracassant et menaçant discours ?

XANTHIAS

Ma foi, je n'y ai même pas fait attention.

DIONYSOS

Eh bien, puisque tu es un tel foudre d'intrépidité, prends cette massue et cette peau de lion, si tu as des entrailles blindées contre la crainte, et c'est moi qui porterai le balluchon à mon tour.

XANTHIAS

Ça va, passe-moi ça en vitesse : il faut bien que j'obéisse. Et regarde un peu ton Xanthiéraclès ! tu vas voir si j'aurai la frousse, et si mon cran est de la même étoffe que le tien !

[*Il se campe, déguisé en Héraclès, dans une pose avantageuse*]

DIONYSOS

Fichtre ! c'est vrai ! Tu as tout de l'hercule... de carrefour [1] ! Allons, à moi de lever les bagages !

[*A peine ont-ils échangé leur attirail qu'une servante sort de la maison de Perséphone*]

UNE SERVANTE

Ah, mon très cher ! c'est toi, Héraclès ? Entre donc. Sitôt informée de ta venue la déesse a mis des tourtes au four, de la purée de pois cassés sur le feu, deux ou trois marmites ! un bœuf entier à la broche, des galettes à cuire, et des brioches... Allons, entre !

[*Dionysos retient Xanthias en le tirant subrepticement par la queue du lion*]

XANTHIAS [*refusant poliment*]

C'est très gentil, mais je te remercie.

1. *Litt. : tu as tout du maraud de Mélité.* Héraclès avait un temple et une statue au faubourg de Mélité.

LA SERVANTE

Jour de dieu ! Je ne vais pas te laisser passer ton chemin comme ça ! elle a mis aussi des volailles à rissoler, des friandises à dorer et un vin délicieux à rafraîchir. Entre avec moi !

XANTHIAS [*même jeu*]

C'est tout à fait gentil.

LA SERVANTE

Allons ! tu plaisantes ? Je ne te lâcherai pas. Il y a aussi une petite flûtiste — elle est dans toute sa fleur — et des danseuses par-dessus le marché, deux ou trois !

XANTHIAS [*soudain émoustillé*]

Tu dis ? des danseuses ?

LA SERVANTE

Toutes jeunettes, et poncées de frais. Allons, entre : le chef allait tout juste retirer les tranches de poissons du feu, et on dressait la table.

XANTHIAS

Soit, va d'abord trouver les danseuses à l'intérieur, et leur dire que j'arrive, en personne.

[*La servante rentre. A Dionysos*]

Toi, mon garçon, suis-moi avec le barda.

DIONYSOS

Minute, l'ami ! Non mais, des fois ! est-ce que tu prends au sérieux la blague que j'ai faite en t'affublant en Héraclès ? Faudrait pas faire le rigolo, Xanthias ! Lève-moi ce balluchon, et recolle-le-toi sur l'épaule.

XANTHIAS

Hein ? Non mais, des fois, est-ce que tu songes à me retirer ce que tu m'as donné ?

DIONYSOS

Non, je n'y songe pas : je le fais. Oust ! dépiaute-toi.

XANTHIAS

Dieux, soyez mon recours, je vous prends à témoin !

DIONYSOS

Quoi, les dieux ? Quelle est cette folle et absurde lubie, dans ta condition servile et mortelle, de prétendre devenir le fils d'Alcmène [1] ?

1. Héraclès, fils de Zeus et d'Alcmène.

XANTHIAS

C'est bon, pas d'histoires, prends. Mais peut-être bien que tu auras encore besoin de moi des fois, si Dieu veut !

[*Ils échangent de nouveau leur attirail*]

[STROPHE] LE CHŒUR

Ma foi, c'est le propre d'un homme
qui a cervelle et jugement,
et qui a beaucoup bourlingué,
que de savoir changer de bord
pour tenir toujours le bon bout,
au lieu de demeurer planté
toujours sous la même figure
comme une image sur un mur !
Se retourner pour rallier
le parti le plus confortable,
oui, c'est bien le propre d'un homme
doué d'un génie débrouillard
— dans le genre de Théramène[1] !

DIONYSOS

Il serait, n'est-ce pas, tout à fait ridicule
que Xanthias, étant esclave,
s'allât vautrer sur des tapis de haute laine
pour paillarder avec une danseuse ;
et moi, je serais là pour lui tendre le pot
de chambre, et le regarder faire,
tripotant ma chandelle ? Et lui, à cette vue
en franc gredin qu'il est, cognant d'un coup de poing
me fracasserait la mâchoire
et me faisant sauter le devant du clavier !

[*Paraît une Gargotière*]

LA GARGOTIÈRE

Hé, Bonnassiette ! Bonnassiette ! arrive ici ! Le voilà le sacripant qui est venu un jour à l'auberge et nous a dévoré seize pains !

BONNASSIETTE

Bon dieu ! C'est bien lui !

XANTHIAS

J'en connais un pour qui ça se gâte !

1. Théramène, général et homme politique athénien, est accusé de n'être que trop adroit à se tirer d'un mauvais pas. Cf. plus bas, v. 968-970.

LA GARGOTIÈRE

Et vingt portions de viande bouillie par-dessus le marché !

XANTHIAS

J'en connais un qui va trinquer.

LA GARGOTIÈRE

Et presque tout notre ail !

DIONYSOS

Tu divagues, bonne femme, tu ne sais pas ce que tu dis.

LA GARGOTIÈRE

Ah ! ouiche ! tu ne t'attendais pas, avec les talons hauts que tu portes, à ce que je te reconnaisse quand même !... Mais où ai-je la tête ? et cette tripotée de poissons salés dont j'ai oublié de parler !

BONNASSIETTE

Oui, corbleu ! et les fromages frais, ma pauvre ! il les engloutissait avec leurs clayons !

LA GARGOTIÈRE

Et puis, quand j'ai voulu lui faire régler la note, il m'a vitriolée du regard — et quels beuglements !

XANTHIAS

C'est sa spécialité : tout à fait dans sa manière ! c'est partout comme ça !

LA GARGOTIÈRE

Et de mettre flamberge au vent ! il avait tout d'un fou furieux !

BONNASSIETTE

Oui diantre ! pauvre de moi !...

LA GARGOTIÈRE

Et nous deux, ma foi, de panique on s'est envolées illico jusqu'à la soupente ! Et lui, il a bondi dehors, oui : filé en emportant les nappes !

XANTHIAS

Autre spécialité du personnage !

LA GARGOTIÈRE

Voyons, il faudrait faire quelque chose !

[*A Bonnassiette*]

Va donc appeler mon répondant, Cléon[1]...

1. Cléon et Hyperbolos (cf. *Ach.*, v. 846) sont morts depuis longtemps. Aux Enfers, toujours démagogues, ils ont sous leur patronage les deux « métèques » que sont l'aubergiste et sa servante.

BONNASSIETTE

Et toi le mien, si tu le rencontres : Hyperbolos.

LA GARGOTIÈRE

... pour qu'on l'écrabouille ! Ah ! sale bouftoucru que tu es ! quel plaisir j'aurais à te fracasser à coups de pierre les molaires qui ont dévoré ma marchandise !

XANTHIAS

Et moi, à te flanquer au trou [1] !

BONNASSIETTE

Et moi si je pouvais, d'un coup de serpe, te trancher ce gosier qui a englouti ma platée de tripes !

LA GARGOTIÈRE

Je vais chercher Cléon, pour qu'il débobine tout ça, sur-le-champ et sur l'heure, par une citation en justice !

[*Elles sortent*]

DIONYSOS [*avec un trémolo dans la voix*]

La tête sur le billot je le proclamerais encore : Xanthias a toute ma tendresse !

XANTHIAS

Oui, oui, je te vois venir. Ferme ton clapet, ferme ! Pas question que je redevienne Héraclès.

DIONYSOS

Ne dis pas ça, Xanthias, mon mignon !

XANTHIAS

Comment deviendrais-je fils d'Alcmène, dans ma condition servile et mortelle ?

DIONYSOS

Je sais, je sais, tu en as gros sur le cœur, et tu as bien raison. Tu peux même me taper dessus : pas d'objection. Mais si jamais à partir de dorénavant je te fais déshabiller, puissé-je être anéanti jusqu'à la dernière fibre, moi, et ma femme, et mes gosses, et Archédémos-Morve-à-l'œil [2] !

XANTHIAS

C'est bon, j'accepte ton serment : sur ce pied-là, j'endosse.

[*Ils échangent de nouveau leur équipement*]

1. *Litt. : au barathre,* gouffre où l'on jetait certains criminels.
2. Cf. v. 417 n. Parodie des serments les plus solennels : Dionysos n'a ni femme ni enfants.

[ANTISTROPHE] LE CHŒUR

A toi, maintenant que tu as
repris l'habit que tu portais,
de retremper ton énergie
à sa source vive, et d'avoir
un regard de nouveau terrible,
en te souvenant de quel dieu
tu assumes la ressemblance !
Mais si tu dois te laisser prendre
à dérailler en fariboles,
ou à lâcher le moindre signe
d'un cœur douillet et timoré,
tu n'y coupes pas : il faudra
te recharger des re-bagages !

XANTHIAS

Votre conseil, messieurs, n'est pas mal inspiré :
c'est justement ce qu'à l'instant
j'avais moi-même en tête : oui, s'il vient quelque aubaine,
il essaiera de m'enlever encore
ce harnachement-là, je ne le sais que trop !
Il n'importe : je ferai preuve
de virile énergie ; et quant à mon regard,
je vais l'assaisonner à la sauce poivrade !
C'est bien le moment, on dirait :
car j'entends justement du barouf à la porte !
[*Revient Éaque, flanqué de quelques hommes de main*]

ÉAQUE

Ligotez-le dare-dare, le voleur de chien ! Il a un compte à régler. Et que ça saute !

DIONYSOS

J'en connais un pour qui ça se gâte !

XANTHIAS [*brandissant sa massue*]

Au diable, vous autres ! Ne vous y frottez pas.

ÉAQUE

Et en plus, tu cherches la bagarre ? Ho, vous autres, Olibrius ! Brasdefer ! Ratapoil ! rappliquez ici et donnez-lui-en, de la bagarre !

[*Les valets désarment Xanthias*]

DIONYSOS [*goguenard*]

Quand même, il y va fort, celui-là ! il vole les gens et, en plus, il les rosse !

ÉAQUE

Dis plutôt que ça dépasse tout !

DIONYSOS

C'est abominable, ça n'a pas de nom !

XANTHIAS [*à Éaque*]

Sacrebleu, si jamais j'ai déjà mis les pieds ici, si je t'ai volé un poil de ce qui t'appartenait, je veux bien être réduit à l'état de macchabée ! Au reste je me conduirai en parfait galant homme envers toi ! [*Montrant Dionysos*] Saisis-toi de ce garçon, mets-le à la question, et si par hasard tu fais la preuve de ma culpabilité, conduis-moi à la mort [1].

ÉAQUE

A la question ? Mais par quel procédé ?

XANTHIAS

N'importe lequel : attache-le au chevalet, suspends-le, déchire-le à coups de fouet, écorche-le, tords-lui les membres, verse-lui du vinaigre dans les trous de nez, empile-lui des briques dessus, et tout et tout ! Je ne réserve que la flagellation à coups de poireau ou de ciboulette nouvelle.

ÉAQUE

C'est régulier ce que tu proposes. Et si je tape trop fort et que je t'abîme un peu ton bonhomme, tu te rembourseras sur la somme que je vais consigner.

XANTHIAS [*grand et généreux*]

Pas question, voyons ! de toi à moi ! Emmène-le tout de go pour le cuisiner.

ÉAQUE

Non : là où nous sommes ; qu'il soit sous tes yeux pour parler. [*A Dionysos*] Hé, toi ! pose ton barda, en vitesse, et tâche de ne pas nous raconter ici des blagues !

DIONYSOS

Je fais opposition à toute procédure inquisitoriale à mon endroit : je suis un immortel. Si tu passes outre, ne t'en prends qu'à toi seul des suites de l'affaire !

1. En guise d'appui à leurs dires, les plaideurs étaient admis à demander ou à offrir que des esclaves fussent interrogés sous la torture. Une caution était alors déposée pour dédommager le propriétaire au cas où les malheureux y laisseraient un membre, ou la vie.

ÉAQUE

Quoi ? tu dis ?

DIONYSOS

Je déclare que je suis un immortel, Dionysos, fils de Zeus. Et l'esclave, c'est lui !

ÉAQUE [*à Xanthias*]

Tu entends ?

XANTHIAS

Parfaitement. Raison de plus pour le fouailler ; si c'est un dieu, il ne sentira rien.

DIONYSOS

Mais alors, voyons, puisque tu prétends toi aussi être un dieu, pourquoi est-ce qu'on ne te rosserait pas toi aussi, à part égale avec moi ?

XANTHIAS

C'est régulier, ce que tu proposes là. [*A Éaque*] Et celui de nous deux que tu verras pleurnicher le premier ou accuser les coups, tu peux te dire que c'est lui, le pas-dieu !

ÉAQUE

Il n'y a pas à dire, toi tu es un homme, et de bonne race ! Tu vas droit à ce qui est juste. Déshabillez-vous, allez !

XANTHIAS

Mais comment vas-tu t'y prendre pour que l'épreuve soit juste ?

ÉAQUE

C'est facile : un coup pour chacun, alternativement.

XANTHIAS

D'accord. Vas y. Regarde bien si tu me vois flancher.

[*Éaque saisit une verge et le frappe*]

ÉAQUE

Eh bien ? j'ai cinglé, oui ou non ?

XANTHIAS

Non ma foi. Où ça ? Rien senti.

ÉAQUE

Bon. Passons à l'autre pour le cingler.

[*Il frappe Dionysos*]

DIONYSOS

Quand ça ?

ÉAQUE

C'est déjà fait : je viens de te cingler.

DIONYSOS

Pas possible ? pas même un chatouillis !

ÉAQUE

Me voilà le bec dans l'eau. Je vais faire un second essai sur celui-ci.

XANTHIAS

Vas-y, dépêche ! [*Éaque le frappe*] Bigre de bougre !

ÉAQUE

Quèq' ça veut dire, ce « bigre de bougre » ? Je t'ai fait mal ?

XANTHIAS [*se reprenant*]

Fichtre non ! C'est qu'il m'est venu une idée qui me tarabuste : à quelle date ont lieu les fêtes d'Héraclès [1] ?

ÉAQUE

Le dévot personnage ! Il faut retourner à l'autre.

[*Il frappe Dionysos*]

DIONYSOS

Oh là ! là !

ÉAQUE

Qu'est-ce que c'est ?

DIONYSOS [*se reprenant*]

Des cavaliers que j'aperçois !

ÉAQUE

Alors ? tu ne t'en ressens pas ?

DIONYSOS

Moi ? Je m'en moque.

ÉAQUE

Bon ; il faut que je retourne au premier.

[*Il frappe Xanthias*]

XANTHIAS [*hurlant*]

Au secours !

ÉAQUE

Qu'est-ce que c'est ?

1. *Litt. : les fêtes d'Héraclès à Diomeioi,* bourgade de l'Attique. Xanthias, qui a laissé échapper un cri de douleur, en dissimule la signification avec beaucoup de sang-froid.

XANTHIAS [*se reprenant et montrant son talon*]

Cette épine ! ôte-la-moi !

ÉAQUE

En voilà une affaire ! Il faut retourner à l'autre.

[*Il frappe Dionysos*]

DIONYSOS

Sacré mâtin ! [*Se reprenant et enchaînant*]

... Matin dont la lumière baigne
les lieux sacrés dédiés à ton règne [1] !

XANTHIAS

Ça lui a cuit ! tu as entendu ?

DIONYSOS

Moi ? du tout : c'est un distique d'Hipponax qui me revenait en mémoire.

XANTHIAS [*à Éaque*]

Aussi, c'est pas du travail, ça ! Bourre-lui plutôt les côtes.

ÉAQUE

Non, ma foi : plutôt l'estomac.

[*A Dionysos, qui se tient plié en deux, les bras sur le ventre*]

Découvre-le !

[*Dionysos obéit, et reçoit un coup de verge*]

DIONYSOS

Vertubleu [2] !

XANTHIAS

J'en connais un à qui ça cuit !

DIONYSOS [*se reprenant et enchaînant*]

... Verte et bleue, au creux des abîmes,
au pied des falaises sublimes
l'eau salée ouvre ses cavernes,
palais du dieu qui la gouverne...

ÉAQUE

Sainte Mère ! Je ne suis pas capable, moi, de deviner lequel de vous est le dieu ! Allez, entrez. C'est le patron lui-même qui

1. *Litt. : Apollon !... qui règnes sur Délos ou Pythô.* La douleur lui arrache un appel au dieu ; il enchaîne ensuite comme s'il récitait un poème.

2. Même jeu que Xanthias à l'instant. *Litt. : Posidon !* et enchaîne : *toi qui trônes dans les glauques abîmes de la mer ou au promontoire égéen.*

vous identifiera, ou Perséphone, puisqu'ils sont dieux, elle et lui.

DIONYSOS

Tu as raison. Mais si tu avais eu cette idée-là avant de me taper dessus, j'aurais préféré !

[*Ils entrent chez Pluton. Le Chœur reste seul*]

[STROPHE] LE CHŒUR

O Muse, viens prendre ta place
dans la sainteté de nos danses,
et donner charme à nos cantiques !
Viens voir ici ce peuple immense, sur les bancs :
mille et mille talents se pressent
qui ont au cœur plus de noblesse
qu'un Cléophon[1] *! Sa bouche, à celui-là,*
ne sais quelle jacasse, éclose en Charabie[2],
l'a prise pour perchoir,
et débagoule un horrible sabir,
posée
sur cette fleur de Barbarie !
— bien triste rossignol, qui geint complainte amère :
c'est qu'on aura sa peau,
même en cas de partage exact entre les voix[3] *!*

LE CORYPHÉE

C'est le rôle, en toute justice, de notre sainte cohorte, que de donner à la Cité bons conseils et bonnes leçons. Et pour commencer, voici notre avis : qu'on fasse régner l'égalité entre les citoyens, qu'on renonce à inquiéter les gens ! Oui, en cas de défaillance, de faux pas dus aux manigances de Phrynichos[4], j'affirme que ceux qui ont trébuché à ce

1. *Thesm.*, v. 805 n.
2. *Litt. : une hirondelle thrace.* L'hirondelle ici évoque non pas comme chez nous la grâce, mais un jacassement inintelligible, et le rossignol, non pas la beauté musicale, mais une jérémiade.
3. Cléophon sera condamné, dût-on passer outre à la coutume qui était, en ce cas, d'acquitter.
4. Tout ce passage est un appel à l'amnistie pour les faits remontant à la révolution oligarchique des Quatre Cents, quelques années auparavant, où ce Phrynichos avait joué un rôle important.

moment-là doivent être reçus à se dégager des suites de ce grief et à se laver de leurs défaillances passées. Et puis j'affirme que nul citoyen, chez nous, ne doit rester frappé d'indignité. Sinon, quel scandale! Voilà des matelots qui, pour prix d'un unique combat qu'ils ont livré, sont assimilés aux héros de Platées[1], et passent d'un seul coup du clan des esclaves à celui des maîtres!... D'ailleurs, je ne saurais vous en blâmer, c'est une excellente idée, à laquelle j'applaudis : c'est même la seule chose judicieuse que vous ayez faite... Mais une autre mesure s'impose : accordez à ceux qui, eux et leurs pères, ont tant de fois combattu à vos côtés sur vos navires, à vos frères de race, pour cet unique accident de leur vie civique, le pardon qu'ils vous demandent! Allons, apaisez votre rancœur, laissez parler la profonde sagesse dont vous êtes doués. Tous les hommes, appelons-les à la plénitude fraternelle de nos droits, comme vrais citoyens, s'ils s'embarquent pour partager nos combats. Si nous continuons de la sorte à asphyxier, par tant de morgue et de hautaine raideur, notre communauté, et cela au moment où elle est « entre les griffes de la tempête », un jour viendra, dans l'avenir, où l'on ne nous félicitera pas de nos lumières!

[ANTISTROPHE] LE CHŒUR

Si je vois clair dans le destin
et les façons d'un personnage
à qui bientôt il en cuira,
lui non plus, le petit Cligène — le macaque
qui pour l'instant nous empoisonne,
le blanchisseur[2], l'archifripouille
des tripatouilleurs d'ersatz de savon,
gouverneur d'un royaume où la terre est... de cendre
et les eaux... de lessive —
nous ne le verrons plus longtemps moisir
chez nous!
Il le sait bien, mais n'en est pas
rendu plus pacifique : on ne le voit jamais
sortir sans son gourdin,
de peur d'être, après boire, un beau jour, détroussé!

1. Cf. v. 33 n. Les Platéens ont toujours été les plus fidèles alliés d'Athènes.
2. *Litt. : patron d'une maison de bains.* Ce Cligène est inconnu.

vers 692-717

LE CORYPHÉE

Cette ville nous a souvent donné l'impression d'en user, envers l'élite de ses meilleurs citoyens, comme elle fait pour les monnaies anciennes et les nouveaux jaunets. Celles-là, qui sont de pur aloi, les espèces que l'on admet pour excellentes entre toutes, les seules qui soient de bonne frappe, bien sonnantes, et reçues chez les Grecs et chez les Barbares, nous n'en faisons pas usage. C'est les autres qu'on voit circuler, méchante cliquaille, frappée d'hier et d'avant-hier, au coin le plus suspect. Eh bien, pour les citoyens, ceux que nous savons être gens de bonne race et d'esprit sage, justes, estimables en tous points, bien formés aux exercices gymniques, chorégraphiques et musicaux, ceux-là, nous les décrions, et nous employons à tous besoins une cliquaille de métèques, de rouquins, de canailles et fils de canailles, débarqués d'hier, des gens qu'autrefois la ville n'aurait pas acceptés, même comme boucs émissaires[1], sans y regarder à deux fois. Allons, fous que vous êtes ! Changez une bonne fois de façons ! Abonnez-vous de nouveau aux valeurs qui sont bonnes ! Car, normalement ça vous réussira ; et en cas de mécompte, si malheur il y a, du moins, aux yeux des sages, votre malheur aura de la branche !

[*Xanthias sort de la demeure de Pluton, avec un Serviteur de celui-ci*]

LE SERVITEUR

Vive dieu ! C'est un homme généreux, ton patron !

XANTHIAS

Généreux, je te crois ! Tout ce qu'il sait, c'est se pocharder et se paillarder !

LE SERVITEUR

Dire qu'il ne t'a pas rossé, quand il a été prouvé clair comme le jour que tu posais au patron, alors que tu es esclave !

XANTHIAS

Il l'aurait payé cher !

LE SERVITEUR

Ça, au moins, c'est la réaction d'un esclave qui se respecte. Moi aussi, j'ai plaisir à en faire autant.

1. *Litt. : victimes expiatoires.*

XANTHIAS

Plaisir, vraiment ?

LE SERVITEUR

Je dis mieux : c'est une extase béatifique pour moi quand — sous cape — j'envoie le patron au diable.

XANTHIAS

Et quand tu réussis, après une copieuse dégelée qui t'est tombée dessus, à prendre le large en ronchonnant ?

LE SERVITEUR

Ça aussi, y a bon !

XANTHIAS

Et quand tu fais l'important à tort et à travers ?

LE SERVITEUR

Parbleu ! je ne connais rien qui vaille ça !

XANTHIAS

O Zeus, notre Compère !... Et quand tu écoutes aux portes bavarder les patrons ?

LE SERVITEUR

Ça alors, j'en archiraffole !

XANTHIAS

Et quand tu t'en vas debagouler tout ça aux gens du dehors ?

LE SERVITEUR

Moi ? Parbleu, quand je fais ça, je jouis à gros bouillons.

XANTHIAS

Jour radieux de dieu ! Que je te serre la main ! Laisse-moi t'embrasser, et embrasse moi !... Et explique-moi, pour l'amour de Zeus, notre Compatibulaire[1]... qu'est-ce que c'est que ce chahut là-dedans, ces cris, ce concert d'insultes ?

LE SERVITEUR

C'est entre Eschyle et Euripide.

XANTHIAS

Ah ?

1. Parodie de Ὁμόγνιος, « solidaire de notre race » (traduit un peu plus haut par « notre Compère »). Ici, *litt. : solidaire des gibiers de fouet que nous sommes.*

LE SERVITEUR

Une affaire, une grosse affaire qui a éclaté chez les morts, deux partis s'affrontent violemment.

XANTHIAS

A propos de quoi ?

LE SERVITEUR

Il y a une loi qui est en vigueur ici ; dans toutes les spécialités qui requièrent de l'élévation et de l'habileté d'esprit, celui qui est le meilleur d'entre ses collègues se voit nourri aux frais de l'État, et honoré d'un trône tout auprès de Pluton...

XANTHIAS

Je comprends.

LE SERVITEUR

... jusqu'à ce qu'il en arrive un autre plus calé que lui dans son art. Alors, la règle était qu'il s'efface.

XANTHIAS

Eh bien ? pourquoi est-ce que ça a mis Eschyle à l'envers ?

LE SERVITEUR

C'est lui qui avait le trône de la tragédie, comme champion de cette catégorie.

XANTHIAS

Et maintenant, qui est-ce ?

LE SERVITEUR

Depuis qu'il est descendu ici, Euripide s'est répandu en démonstrations devant les tire-laine, les coupeurs de bourses, les parricides et les cambrioleurs (il y en a des foultitudes aux Enfers). A écouter ses effets d'escrime verbale, ses entourloupettes et ses virevoltes, ils se sont mis à raffoler de lui, ils l'ont décrété le plus habile ; là-dessus, il s'est monté la tête et a revendiqué le trône où siégeait Eschyle.

XANTHIAS

Sans se faire lapider ?

LE SERVITEUR

Eh ! non, ma foi ! Le peuple réclamait à grands cris un jugement en forme pour trancher qui des deux est le plus habile en leur art.

XANTHIAS

Le peuple des chenapans ?

LE SERVITEUR

Oui, parbleu ! Ça gueulait — jusqu'au ciel !

XANTHIAS

Mais du côté d'Eschyle ? il n'y avait personne pour le soutenir, lui ?

LE SERVITEUR

C'est vite compté, les honnêtes gens — [*montrant le public*] tout comme ici !

XANTHIAS

Et Pluton ? qu'est-ce qu'il va faire ? quel est son plan ?

LE SERVITEUR

Organiser illico une joute, un jugement, une épreuve de leur talent à tous deux.

XANTHIAS

Mais voyons, comment ça se fait que Sophocle n'ait pas revendiqué le trône, lui aussi ?

LE SERVITEUR

Lui ? pas de danger, ma foi ! dès qu'il est descendu ici, il a embrassé Eschyle en lui tendant la main. Il s'est effacé à l'amiable, lui, devant son règne. Mais à présent, il était prêt à prendre rang en seconde ligne, comme disait l'autre [1]. En cas de victoire d'Eschyle, il ne bougerait pas ; mais sinon, il lançait défi à Euripide pour mesurer leur talent.

XANTHIAS

Alors, on va mettre ça sur pied ?

LE SERVITEUR

Parbleu ! dans un instant. Et c'est ici même qu'on va voir ce branle-bas formidable : la poésie sera pesée à la balance...

XANTHIAS

Hein ? on va peser, ric-rac, la tragédie ?

LE SERVITEUR

Et on va apporter des règles, des pieds à coulisse pour mesurer les vers, des gabarits de cubage...

XANTHIAS

Ils vont donc faire des briques ?

1. *Litt. : comme disait Clidémide.* Allusion inintelligible.

LE SERVITEUR

... des aunes, des rapporteurs : Euripide veut éplucher les tragédies vers à vers.

XANTHIAS

Eschyle doit être furieux, j'imagine !

LE SERVITEUR

Le fait est qu'il a lancé des regards en dessous, en se ramassant comme un taureau.

XANTHIAS

Et qui sera juge ?

LE SERVITEUR

C'était là le hic. Ils trouvaient l'un et l'autre qu'il y a pénurie de connaisseurs. Eschyle ne s'entendait pas avec les Athéniens...

XANTHIAS

Il pensait peut-être qu'il y a trop d'escarpes ?

LE SERVITEUR

... et tout le reste, c'était de la gnognote, à son avis, pour savoir apprécier le génie des poètes. En fin de compte ils s'en sont remis à ton patron, parce qu'il est expert en la matière. Mais rentrons : quand les maîtres sont en plein coup de feu, il y a des horions pour nous autres !

[*Ils rentrent*]

LE CHŒUR

Effroyable sera sans doute,
le noir courroux qui va bouillonner dans le cœur
de celui dont la voix tonne si puissamment[1],
quand son regard se posera
sur son rival
en train d'aiguiser le mordant
et l'âpreté de son caquet :
alors, dans sa rage effroyable,
quels yeux ne roulera-t-il pas !
Oui, des assauts vont opposer
aux mots empanachés, casqués, étincelants

1. Eschyle. Dans ces quatre couplets, il est comparé à un sanglier, mais aussi bien, en passant, à un lion, et sa poésie à une charge de cavalerie, mais aussi à une charpenterie de géant. Ce genre d' « incohérence » n'a jamais arrêté la poésie grecque.

un subtil babillage en limaille grinçante,
quand le chevalier de la gouge[1]
à coups d'échardes
entreprendra de repousser
les attaques de ce héros,
de ce charpenteur génial,
et sa cavalerie de mots.

De tout son être, hérissant
sur son garrot velu les soies de sa crinière,
et fronçant le sourcil d'effroyable manière,
il enverra, tout rugissant,
bouler des mots
jointoyés à chaux et à sable,
et, comme à grands coups de cognée,
arrachés en poussant le « han ! »
d'un vrai fils du sol, d'un géant !

Sur quoi, travaillant des babines,
décortiquant les vers, une langue effilée[2]
nous montrera comment elle se débobine,
laissant la bride sur le cou
à son envie ;
et en déchiquetant les mots,
elle volatilisera
l'œuvre qui coûta tant de peine
à cette puissante poitrine !

[*Entrent, accompagnés de Dionysos, Euripide et Eschyle en pleine altercation*]

EURIPIDE [*à Dionysos*]

Non, je ne lâcherai pas le trône, inutile de me sermonner. Je suis plus fort que lui, prétends-je, dans notre art !

DIONYSOS

Eschyle ? Tu ne réponds pas ? Tu entends pourtant ce qu'il dit ?

EURIPIDE

Il va commencer par se draper dans sa majesté, comme il faisait à tous les coups dans ses tragédies pour en jeter plein la vue.

1. Euripide.
2. Celle d'Euripide.

DIONYSOS

Mais toi, mon lascar, prends-le un peu moins haut !

EURIPIDE

C'est que je connais le client ! il y a bel âge que je l'ai percé à jour : un faiseur de sauvages ! le verbe arrogant, une grande gueule, toujours le mors aux dents, déchaîné, hors de ses gonds, un phraseur inendigable, boursoufanfagotant ses grands mots !

ESCHYLE

Vrai ? toi que mit au jour la nymphe... potagère [1], c'est toi qui me traites de la sorte, dis, calembredoglaneur, faiseur de loqueteux, ravaudeur de guenilles [2] ! Mais tu t'en repentiras !

DIONYSOS

Halte, Eschyle,
Garde que le courroux ne t'échauffe la bile !

ESCHYLE

Rien à faire ! Je veux d'abord faire voir en pleine lumière ce qu'il est, ce faiseur de banrochos, pour se pavaner comme ça !

DIONYSOS

Un mouton, un mouton noir [3], mes agneaux ! Voilà un coup de chien qui se prépare à éclater !

ESCHYLE [*continuant, à Euripide*]

Dis donc, collectionneur de mélopées interlopes [4], toi qui ouvres la porte de notre art à des couples abominables !

DIONYSOS [*prenant au sérieux son rôle d'arbitre*]

Halte-là, très vénérable Eschyle ! Et toi, évite la grêle, mon pauvre Euripide, tire-toi de là, reste dans ton coin ; c'est la sagesse, va, si tu ne veux pas que, dans sa colère, il t'assène crânement sur le crâne un mot qui va te le dé...boîter [5] ! Toi, pas de colère, Eschyle : à cette épreuve de vérité, soumets-le, et soumets-toi, en douceur ! Ce n'est pas joli pour des poètes

1. Parodie d'un vers d'Euripide. Et cf. *Ach.*, v. 478 n.
2. Cf. *Ach.*, v. 399 et *Thesm.*, v. 148-167.
3. Les victimes offertes aux dieux infernaux étaient noires.
4. *Litt. : de monodies crétoises.*
5. *Litt. : qui te mette le* Télèphe *au soleil* (calembour entre Τήλεφον, Télèphe, le trop célèbre héros d'Euripide, faux mendiant boiteux cent fois raillé par Aristophane, et ἐγκέφαλον, cervelle).

de s'engueuler comme des poissardes ! Tu prends feu, et tout de suite, comme le bois de chêne, tu fais des éclats !

EURIPIDE

Je suis prêt, pour mon compte, je ne renâcle pas : allons-y du bec — moi le premier ou lui le premier, à son gré — sur le dialogue, et sur les chants, et sur les ressorts de ma tragédie, oui, morbleu, et sur mon *Pélée,* et sur mon *Éole,* et sur mon *Méléagre,* et aussi sur mon *Télèphe,* oui-da !

DIONYSOS

Et toi, Eschyle ? qu'est-ce que tu proposes ? Parle.

ESCHYLE

Je ne voulais pas de ce lieu-ci pour ce duel : la partie n'est pas égale entre nous.

DIONYSOS

Pourquoi donc ?

ESCHYLE

Parce que ma poésie à moi n'est pas morte avec moi ; mais la sienne, elle est morte avec lui : il en aura des munitions de bouche ! Mais puisque c'est ton avis, allons-y, je m'incline.

DIONYSOS

Allons, qu'on me donne ici de l'encens et du feu, que je fasse, avant cette joute où vous allez vous ingénier, une prière pour trancher ce débat avec le goût le plus éclairé. [*Au Chœur*] Vous, chantez en accompagnement un cantique aux Muses.

LE CHŒUR

Vous, les neuf Sœurs, saintes filles de Zeus,
chastes Muses — dont l'œil suit d'En-haut les poètes
quand leur pénétrant génie
frappe les fortes sentences,
et qu'ils entrent dans la lice
pour soutenir une joute
en aiguisant leurs calculs,
nouant et dénouant les voltes de la lutte —
Venez ici pour observer quelle puissance
a leur bouche si habile
pour les fournir en formules
et limaille d'éloquence !
C'est à présent que pour de bon s'engage
le grand débat d'ingéniosité !

vers 859-884

DIONYSOS

Faites aussi une prière, vous deux, avant de dire ce que vous avez à dire.

ESCHYLE

Déméter, ô déesse qui as nourri mon génie, daigne permettre que je sois digne de tes mystères !

DIONYSOS [*à Euripide*]

Toi aussi, prends de l'encens et offre-le.

EURIPIDE [*d'un ton pincé*]

Merci. Autres sont les dieux que j'invoque.

DIONYSOS

Tu as tes dieux personnels, cachet dernier cri ?

EURIPIDE

Pour sûr !

DIONYSOS

Eh bien, invoque tes dieux personnels.

EURIPIDE

Ether, toi ma provende ! ô Langue, puissance cardinale ! ô Entendement ! ô Recès où s'abrite le Flair ! faites que je réfute bien et dûment, dès le premier contact, les arguments adverses !

[STROPHE] LE CHŒUR

Nous sommes, nous aussi, impatients d'entendre
ces deux doctes esprits nous déployer les gammes
d'une escrime verbale[1].
D'une farouche aigreur leur langue est animée :
l'un et l'autre ont un cœur résolu, à tous risques,
et l'esprit vif à la riposte ! On peut attendre
de l'un, parole fine, élégante, limée :
et l'autre, brandissant avec sève et racines
les mots arrachés de son sein,
foncera, balayant ces voltiges verbales !

DIONYSOS

Allons, dépêchez-vous : vous avez la parole. Mais attention : tâchez que votre style soit de bon goût : [*A Eschyle*] ni chargé d'images, [*A Euripide*] ni à la portée du premier venu.

1. Nous lisons, comme Rogers : ἀκοῦσαί τινα λόγων ἐμμέλειαν δαίαν, et non : ἀκοῦσαι, τίνα λόγων ἔπιτε δαίαν ὁδόν.

EURIPIDE

Pour mon compte, ce que je représente, moi, en poésie, je l'exposerai pour finir. Mais tout d'abord, je vais le démolir, en montrant que c'était un esbroufeur et un charlatan ; je dirai par quels trucs il empaumait les spectateurs, qu'il avait reçus tout benêts, nourris à l'école de Phrynichos [1]. D'abord et pour commencer, il plantait un personnage emmitouflé, tout seul, un Achille ou une Niobé [2], sans montrer leur nez : des figures de décor tragique, et qui ne disaient pas ouf !

DIONYSOS

Ah ! pour sûr, morbleu !

EURIPIDE

Et le chœur d'assener des enfilades de couplets à la chaîne, par quatre et sans désemparer ; et eux, bouche cousue.

DIONYSOS

Moi, j'aimais bien ce silence, et j'y trouvais plus de charme qu'aux bonimenteurs d'à présent.

EURIPIDE

Alors, c'est que tu étais une buse, tiens-le-toi pour dit.

DIONYSOS

Bon, d'accord. Mais pourquoi procédait-il comme ça, le lascar ?

EURIPIDE

Par esbroufe, pour faire tenir tranquille le spectateur dans l'attente du moment où la Niobé ouvrirait le bec. Et la pièce de courir.

DIONYSOS

Ah ! le sacripant ! Ce qu'il pouvait me blouser ! [*A Eschyle*] Pourquoi ces contorsions et cette gueule de biais ?

EURIPIDE

Parce que je le démolis ! [*Reprenant*] Et après, une fois qu'il avait fait comme ça l'idiot, et que le drame en était au milieu, il lâchait une douzaine de mots pachydermes, sourcilleux, empanachés, à l'effarante carrure de croquemitaines, inconnus de l'assistance...

1. Cf. *Nuées*, v. 556 n.

2. Ces tragédies sont perdues. Cf. au début du *Prométhée enchaîné*, le long silence du héros tandis qu'on l'enchaîne sur le Caucase.

ESCHYLE [*indigné*]

Ah ! misère de moi !

DIONYSOS [*à Eschyle*]

Tais-toi !

EURIPIDE

Pas un seul mot limpide...

DIONYSOS [*à Eschyle*]

Ne grince pas des dents.

EURIPIDE

Rien que des Scamandres, des circonvallations, et comme emblème sur les écus, des aquilogriffes en airain martelé, et des vocables juchés sur leurs grands chevaux. Ce n'était pas une petite affaire que de s'y reconnaître !

DIONYSOS

C'est bien vrai, bons dieux ! Moi, en tout cas, une fois,
je restai sans dormir tout un grand bout de nuit
à ruminer l'hippocoq flamboyant, quel oiseau ça pouvait bien être !

ESCHYLE

C'était une figure de proue pour un navire, ignare !

DIONYSOS

Et moi qui croyais que c'était Eryxis, le fils de Philoxène[1] !

EURIPIDE

Voyons, fallait-il transformer la scène tragique en basse-cour[2] ?

ESCHYLE

Et toi, profanateur impie, il fallait voir ce que tu y mettais !

EURIPIDE

Pas des hippocoqs, bon sang ! ni des hircocerfs comme tu faisais, de ces monstres qui peuplent les tapisseries persanes ! Non : d'emblée, à peine eus-je pris en main notre art tel que tu me l'as transmis, obèse, tout boursouflé de vocables pondéreux, je lui ai imposé une cure amaigrissante ; je lui ai ôté du poids, en lui faisant courir la campagne, soumis à un régime de versiculine et de rutabagas[3], avec décoctions de calembourdaine — du filtrat de bibliothèque. Après quoi, comme remontant, du solo à haute dose, corsé d'un peu de

1. Inconnu.
2. *Litt. : introduire dans des tragédies un hippocoq ?*
3. *Litt. : de bettes blanches.*

Céphisophon[1]. Et puis je ne disais pas de balivernes au petit bonheur, je ne fonçais pas comme un ouragan : le premier de mes personnages qui venait en scène disait tout de suite la généalogie de la pièce.

DIONYSOS

Oui... ça valait toujours mieux que de dire la tienne, ma foi[2] !

EURIPIDE

Et puis, dès les premiers mots je ne laissais flemmarder personne. Je faisais parler les femmes, et les esclaves, tout à l'avenant, et les maîtres, et les pucelles, et les vieillardes.

ESCHYLE

Et alors, non ? tu n'étais pas bon à pendre, avec un culot pareil ?

EURIPIDE

Dieu du ciel ! Mais c'était démocratique ce que je faisais là !

DIONYSOS

Laisse tomber, mon vieux. Tu es bien le dernier à qui une promenade sur ce terrain pourrait être favorable[3] !

EURIPIDE [*montrant les spectateurs*]

Et puis je leur ai appris à causer...

ESCHYLE

Pour sûr ! Ah ! avant de le leur avoir appris, si tu avais pu être empalé, les tripes au soleil !

EURIPIDE

... à mesurer les termes au quart de poil, au fil à plomb ; à opérer des prises de conscience, à considérer, à interpréter, à entortiller, à marivauder, à manigancer, à subodorer le mal, à repenser tous les problèmes...

ESCHYLE

Pour sûr !

EURIPIDE

... en introduisant des intrigues domestiques, usuelles, familières, par où on aurait pu me coincer. Oui : ils étaient

1. Obscur collaborateur d'Euripide. Cf. plus loin, v. 1409 et 1453.
2. Cf. *Ach.*, v. 478 n.
3. Euripide était allé vivre ses dernières années chez Archélaos, roi de Macédoine.

dans le coup, ils auraient pu me coincer sur mon savoir-faire ! Je n'avais pas des tirades à tout casser pour désorbiter la cervelle, je ne leur en mettais pas plein la vue en forgeant des Cycnos et des Memnons avec leurs coursiers aux caparaçons tintinnabulants. Tiens, vois quels sont nos disciples à moi et à lui : les siens, Phormisios et Megénète-la-Guigne[1], des hirsutomatamores à trompettes, des ricanoployeurs de sapins ; les miens, Clitophon et Théramène le muscadin[2].

DIONYSOS

Théramène ? un malin celui-là, et qui sait s'y prendre en toutes occasions ! S'il se trouve au bord d'un désastre, et déjà comme attiré dedans — hop, le voilà tiré dehors : des sales coups du sort, d'un seul coup il sort[3] !

EURIPIDE [*montrant le public*]

Eh bien, c'est moi qui leur ai
inculqué ces leçons-là,
introduisant dans mon art
le calcul et l'examen.
Oui, désormais ils raisonnent
sur toute chose, et possèdent
entre autres secrets, celui
de gouverner leur maison
beaucoup mieux qu'auparavant,
par investigations :
« Comment marche cette affaire ?
Où est ci ? Qui a pris ça ?... »

DIONYSOS

Oui, mille dieux ! aujourd'hui
n'importe quel Athénien,
sitôt qu'il rentre chez lui,
engueule son personnel :
« La marmite, où l'a-t-on mise ?
et la tête de l'anchois,
qui l'a bouffée ? » Il enquête :
« Mon ragoût de l'an passé
il est défunt ? où est-il ?

1. Deux personnages particulièrement brutaux.
2. Clitophon, jeune élégant — Théramène, cf. v. 540 n.
3. *Litt. : en homme, non de Chios, mais de Côs (ou de Céos).* Calembour sur des termes du jeu de dés, où le « coup de Chios » est excellent, « celui de Côs » désastreux.

et mon ail d'hier au soir ?
qui qu'a rongé mon olive ? »
Jusqu'ici, tout niguedouilles,
ils se terraient dans leur coin
comme fifils à maman,
chouchous bébés bouche bée !

[ANTISTROPHE] LE CHŒUR

« *Eh bien, tu vois cela, étincelant Achille*[1] *?* »
Que vas-tu lui répondre ? Allons ! mais prends bien garde :
le courroux qui t'emporte
pourrait te culbuter en dehors de la lice ;
ses accusations sont terribles ! mais tâche,
ô noble cœur, de lui répliquer sans colère !
serre bien la voilure au plus près de tes vergues !
Après, tu reprendras peu à peu ton élan,
quand tu auras guetté l'instant
de profiter d'un vent paisible et modéré.

LE CORYPHÉE

Allons, toi qui, le premier en Grèce, as su élever des citadelles de prestigieux vocables et donner de l'éclat au blablabla tragique, hardi ! ouvre les vannes !

ESCHYLE

Je suis outré de cette rencontre ; je me sens indigné, jusques au fond du cœur, d'avoir à répliquer à cet individu. Mais pour l'empêcher de prétendre que je suis désarçonné, [*Se tournant brusquement vers Euripide*] réponds-moi : qu'est-ce qui fait qu'un vrai poète mérite l'admiration ?

EURIPIDE

Son habileté, les avertissements qu'il donne : nous rendons les hommes meilleurs dans la cité.

ESCHYLE

Eh bien, si c'est le contraire que tu as fait, si d'hommes droits et vaillants qu'ils étaient, tu en as fait des gredins, quel châtiment, dis-moi, auras-tu mérité ?

DIONYSOS

La mort. Ce n'est pas à lui qu'il faut le demander.

ESCHYLE

Eh bien, constate : vois de quelle trempe ils étaient, ceux que je lui ai légués quand il débutait : des vaillants, des

1. Début des *Myrmidons* d'Eschyle.

braves à trois poils[1], pas des embusqués, ni des traîneurs de trottoirs, ni des petits malins comme à présent, ni des rois de la combine : ils ne respiraient que piques et lances, casques au blanc panache, heaumes, jambières, et cœurs à sept peaux de bœuf.

EURIPIDE

Ça y est, le voilà qui déferle, le fléau, avec sa panoplie ! Il va encore m'écrabouiller ! Et toi, qu'est-ce que tu as fait pour les former aux leçons de la vaillance, comme tu dis ?

[*Eschyle se tait*]

DIONYSOS

Réponds, Eschyle, au lieu de te draper dans un courroux hautain.

ESCHYLE

J'ai fait un drame tout rayonnant de souffle guerrier.

DIONYSOS

Lequel ?

ESCHYLE

Les *Sept contre Thèbes* ! Tout spectateur qui l'avait vu, pour peu qu'il fût un homme, brûlait d'en découdre.

DIONYSOS

Le bel ouvrage que tu as fait là ! Tu as donné aux Thébains[2] plus de cran qu'ils n'en avaient pour se battre. Tiens, voilà pour ta peine.

[*Il fait mine de lui donner un coup de férule*]

ESCHYLE [*au public*]

Vous n'aviez qu'à vous appliquer vous aussi dans ce sens-là ! Mais ce n'est pas la voie que vous avez prise ! Et puis, j'ai fait jouer les *Perses,* et alors la leçon que j'ai donnée là, c'est qu'il faut nourrir sans répit le désir de vaincre vos adversaires : c'est ce que j'ai fait, en célébrant un exploit insigne.

DIONYSOS

Ma foi, ça m'a bien plu, la lamentation sur le feu roi Darius, et tout de suite le chœur de frapper des mains — comme ça ! — en criant : Las ! hélas[3] !

1. *Litt. : des hommes de quatre coudées.*
2. Les Thébains étaient ennemis d'Athènes dans la guerre du Péloponnèse.
3. La tragédie des *Perses* déroule ses scènes dans la capitale de l'empire vaincu, qui pleure le désastre de Salamine.

vers 1014-1029

ESCHYLE

Voilà bien, en effet, à quoi doivent s'appliquer de vrais poètes. Considère plutôt, dès les origines, quel rôle salutaire ont assumé les poètes noblement inspirés : Orphée nous a enseigné les initiations religieuses et la renonciation aux meurtres ; Musée [1], le secret de guérir les maladies et celui des oracles ; Hésiode les travaux de la terre, les saisons des récoltes et des labours [2] ; et Homère, ce divin poète, à qui donc a-t-il dû son honneur et sa gloire sinon à ses enseignements sur ce qui est bien, sur la disposition tactique et l'équipement moral et matériel des combattants ?

DIONYSOS

Il y en a tout de même un à qui il n'a rien appris, c'est Pantaclès [3], le roi des empotés ! L'autre jour, étant du défilé, il avait commencé par s'emboîter dans son casque, et après quoi il tâtonnait pour y fixer le plumet !

ESCHYLE

Mais il en a formé bien d'autres, des braves — dont était notamment l'héroïque Lamachos [4]. C'est en prenant modèle sur Homère que mon génie a chanté les mille prouesses des Patrocle, des Teucer-Cœur-de-lion pour inciter le citoyen à se hausser à leur taille chaque fois que sonnerait le clairon. Moi, grand dieu, ce n'est pas des Phèdre que je mettais en scène, ni des Sthénébée [5] — ces gourgandines ! Jamais on n'a vu de moi une femme amoureuse !

EURIPIDE

Et pour cause ! Entre Vénus et toi, rien de commun !

ESCHYLE

Je m'en voudrais ! Mais sur toi et tes proches, elle régnait si bel et bien, la belle, qu'elle t'a déconfit toi-même !

DIONYSOS

Tout juste, auguste ! Ce que tu prêtais aux femmes des autres, la tienne te l'a bien rendu !

1. Orphée et Musée, chantres inspirés, héros légendaires de l'inspiration musicale et poétique.
2. Dans *Les Travaux et les Jours*.
3. Poète lyrique, dont nous ne savons autant dire rien.
4. Cf. *Thesm.*, v. 841 n.
5. Sthénébée, dans le *Bellérophon* d'Euripide, tentait impudemment de séduire le héros.

EURIPIDE

Et quel mal font-elles à la cité, pitoyable individu, mes Sthénébée ?

ESCHYLE

Quel mal ? Tu as conduit de dignes femmes, épouses de dignes personnages, à s'empoisonner sous le coup du déshonneur, à cause de tes Bellérophon.

EURIPIDE

Mais enfin, oui ou non, est-il inventé ce sujet que j'ai traité, celui de Phèdre ?

ESCHYLE

Hélas non, il est réel ; mais le poète se doit de laisser dans l'ombre ce qui est mal, de ne pas le mettre en scène, de ne pas en faire apprendre les rôles. Si pour les petits enfants celui qui donne des leçons, c'est le maître d'école, pour les grands, ce sont les poètes. Notre devoir strict est de dire ce qui est bien.

EURIPIDE

Et quand tu amoncelles, toi, des mots grands comme des montagnes [1], c'est ça que tu appelles enseigner le bien ? Est-ce que tu n'aurais pas dû nous mettre à plus humaine école ?

ESCHYLE

Mais malheureux, il fallait bien, pour de grandes pensées, pour de hautes idées, créer un style qui fût à leur mesure ! D'ailleurs, il est normal que des demi-dieux haussent le style dont ils se drapent : leurs vêtements aussi sont beaucoup plus prestigieux que les nôtres. J'avais montré le bon chemin, tu as tout saboté.

EURIPIDE

En quoi faisant ?

ESCHYLE

D'abord en habillant les rois avec des guenilles pour que leur air fasse pitié aux gens [2].

EURIPIDE

Et alors ? Quel mal est-ce que j'ai fait là ?

ESCHYLE

C'est pour ça qu'on ne trouve plus de riche pour financer

1. *Litt. : des Parnasses.*
2. Cf. *Ach.*, v. 421 et suiv.

l'armement naval[1] : il enfile des guenilles, et il se répand en jérémiades : « Je suis indigent ! »

DIONYSOS

Eh oui, Bonne mère ! — non sans être ouaté par-dessous d'un bon gilet de laine... Et quand son imposture a réussi, il se pointe au marché : à lui le poisson de luxe[2] !

ESCHYLE

Et puis tu as appris aux gens à s'enticher de jacassements et de babillage, ce qui a vidé les terrains de sport, usé les fesses des jouvenceaux babillards, et entraîné les matelots de nos bâtiments d'honneur[3] à rouspéter contre leurs chefs. Ah ! dans le temps, de mon vivant, tout ce qu'ils savaient réclamer, c'était leur boule de pain ; et crier, c'était : « Oooh là ! hop[4] ! »

DIONYSOS

Eh oui, jour de dieu ! Et louffer dans la gueule du collègue d'en dessous, et conchier le copain, et, à terre, détrousser les pékins ! A présent, ils rouspètent au lieu de tirer l'aviron, et le bateau zigzague de-ci, de-là.

ESCHYLE

De quels maux ne faut-il pas
    l'accuser ?
N'a-t-il pas, ce triste sire
    mis sur scène
des maquerelles ? des femmes
qui vont faire leurs enfants
    dans les temples ?
qui couchent avec leurs frères ?
    et qui disent
que la vie n'est pas la vie[5] ?
Conséquence : notre ville
    s'est remplie
d'un tas de sous-scribouillards,
    de guignols,
embobineurs du bon peuple

1. *Litt. : être triérarque.* Cf. *Cav.*, v. 914 n.

2. *Litt. : il fait surface autour de la halle au poisson.* On vendait le fretin dans les rues, mais les belles pièces s'achetaient au marché spécialisé.

3. *Litt. : de la trière Paralienne,* navire d'État, et d'apparat.

4. Pour rythmer leurs efforts de rameurs.

5. Ce mot que ridiculise Aristophane avait, dans la *Mélanippe* d'Euripide, une grande profondeur pathétique.

qui se laisse carotter
à tout coup !
Et, faute d'entraînement,
personne n'est plus capable
aujourd'hui
de soutenir le flambeau !

DIONYSOS

Eh, parbleu, tu as raison !
c'est si vrai
que pendant la course aux torches[1]
j'ai failli
crever de rire — aussi sec ! —
en voyant,
poussif, blême et bedonnant,
un bonhomme
trottiner, la tête basse,
à la traîne :
il se donnait un mal fou !
Alignés
devant leur porte, les gens
du quartier[2]
lui tapaient sur l'estomac,
sur les côtes,
sur les reins et sur les fesses.
Et notre homme,
sous cette grêle de claques,
lâche un pet,
souffle sa torche, et se... pffuite !

[STROPHE] LE CHŒUR

D'importance est l'affaire,
le débat, d'envergure !
C'est une énorme guerre
dont voici l'ouverture.
La tâche sera dure
pour les départager,
quand nous verrons de l'un
l'offensive enragée,
et l'autre être capable

1. *Litt. : aux Panathénées,* pendant lesquelles avait lieu la célèbre course.
2. *Litt. : du Céramique,* quartier que traversait la course ; cf. v. 129.

de faire volte-face
et cogner dur pour contrer sa menace!

[S'adressant aux deux rivaux]

Ne vous endormez pas sur place, variez
le terrain : mainte et mainte voie
s'offrent à votre choix pour engager l'assaut,
fins roublards comme je vous vois!
Tous vos moyens de lutte, employez-les : parlez,
foncez, décortiquez et le neuf et le vieux!
Prenez bravement vos risques, allez,
pour tenir des discours fins et ingénieux!

[ANTISTROPHE]

Et si vous redoutez
que le public ignare
soit un piètre auditoire
qui ne saura goûter
votre joute oratoire
et ses subtilités,
chassez, je vous le dis
cette crainte : les gens
ne sont plus à présent
ce qu'ils étaient jadis :
ce ne sont plus des novices; ils ont
chacun par-devers soi un livret pour apprendre
à goûter vos habiletés.
D'ailleurs, même à part ça, ils regorgeaient déjà
de dons innés; mais les voilà
devenus aujourd'hui fins comme l'ambre. Ainsi,
attaquez bravement tous les fronts, sans souci :
car s'il ne s'agit que des spectateurs
ce sont, sachez-le bien, d'excellents connaisseurs!

EURIPIDE

Eh bien, c'est sur tes prologues que je vais ajuster mon tir : c'est le premier point de la tragédie, et ce sera aussi le tout premier que je vais mettre à l'épreuve chez cet habile homme! Il était obscur dans l'exposition des données.

DIONYSOS

Et lequel choisiras-tu pour cette épreuve?

EURIPIDE

J'en prendrai des tas. Pour commencer, récite-moi celui de l'*Orestie*.

vers 1102-1124

DIONYSOS

Allons, silence, tout le monde ! Récite, Eschyle.

ESCHYLE

« Hermès de Dessous-Terre [1], exauce ma prière,
ô gardien vigilant du pouvoir paternel !
Assure mon salut et soutiens mon combat.
Je rentre sur ce sol, et je reprends ma place... »

DIONYSOS

As-tu quelque trait à blâmer dans ces vers ?

EURIPIDE

Plus de douze !

DIONYSOS

Allons donc ! ça ne fait que quatre vers en tout !

EURIPIDE

Mais ils ont bien chacun vingt fautes.

DIONYSOS [*à Eschyle qui va éclater*]

Eschyle, je te conseille de te taire. Sinon, tu n'en seras pas quitte pour quatre alexandrins [2] ratiboisés, je vois ça d'ici !

ESCHYLE

Me taire, moi, devant lui !

DIONYSOS

Oui, si tu m'en crois.

EURIPIDE [*continuant*]

D'entrée, il a fait une faute d'une taille... jusqu'au ciel !

ESCHYLE [*à Dionysos*]

Tu vois ? ta recommandation est absurde.

DIONYSOS [*renonçant à endiguer l'indignation d'Eschyle*]

Eh bien, soit, je m'en moque.

ESCHYLE [*à Euripide*]

Où est-elle, cette faute que tu dis ?

EURIPIDE

Reprends depuis le début.

1. Cf. *Paix*, v. 650 n.
2. *Litt. : trois vers ïambiques.*

ESCHYLE

« Hermès de Dessous-Terre,
ô gardien vigilant du pouvoir paternel... »

EURIPIDE

C'est bien Oreste, n'est-ce pas, qui dit cela sur la tombe de son père défunt ?

ESCHYLE

Je suis bien d'accord.

EURIPIDE

Mais alors, cet Hermès ? Quand le père fut abattu brutalement par la main d'une femme, dans un guet-apens sournois, était-il, oui ou non, un « gardien vigilant », comme il dit ?

ESCHYLE

Ne confondons pas : c'est le dieu Secourable qu'il invoque sous le titre « de Dessous-Terre ». Il le montre bien en disant que c'est de son Père qu'il tient cette fonction.

EURIPIDE

Alors la faute est encore plus lourde que je ne l'avançais. Car si c'est de son Père qu'il tient sa fonction souveraine...

DIONYSOS

... alors ce Père lui octroierait une patente de flibustier macabre !

ESCHYLE

Dionysos, le vin que tu bois manque de bouquet.

DIONYSOS

Récite-lui un autre vers. [*A Euripide*] Et toi, guette ce qui cloche.

ESCHYLE

« ... Exauce ma prière :
Assure mon salut et soutiens mon combat.
Je rentre sur ce sol, et je reprends ma place... »

EURIPIDE

Deux fois la même chose. Il se répète, l'ingénieux Eschyle !

ESCHYLE

Comment deux fois ?

EURIPIDE

Tu n'as qu'à examiner tes termes... non, c'est moi qui vais t'expliquer. Il dit : « Je rentre sur ce sol » et puis « Je reprends ma place ». « Rentrer », c'est la même chose que « reprendre sa place ».

DIONYSOS

Ma foi oui ! comme qui dirait à son voisin : « Ton pétrin, prête-le-moi, mais si tu préfères, je te l'emprunte[1]. »

ESCHYLE [*à Euripide*]

Mais non, bougre de bavasseur fini ! ce n'est pas la même chose ! Le vers est excellent.

EURIPIDE

Comment ? Sur quoi te fondes-tu pour le dire ? instruis-moi.

ESCHYLE

« Entrer dans un pays », ça s'applique à tout homme qui a une patrie : il y est entré, sans autre précision de circonstances. Mais l'exilé, il « rentre » et il « reprend sa place ».

DIONYSOS

Bonne réponse, parbleu ! Qu'as-tu à dire, Euripide ?

EURIPIDE

J'affirme qu'Oreste n'a pas « repris sa place » chez lui : il est venu en cachette, sans l'aveu des autorités.

DIONYSOS

Bonne réponse, corbleu !... Je ne comprends rien à ce que tu veux dire.

EURIPIDE

Alors, enchaînons. [*A Eschyle*] Passe à la suite.

DIONYSOS

Vas-y, Eschyle, enchaîne ! mets-y du tien ! [*A Euripide*] Et toi, aie bien l'œil à ce qui ne va pas.

ESCHYLE

... « Au pied de son tombeau je m'adresse à mon père
avec solennité : qu'il m'entende et m'écoute !... »

EURIPIDE

Ça y est, encore un pléonasme : « entendre » et « écouter ». C'est deux fois la même chose, ça saute aux yeux.

ESCHYLE

C'est qu'il parle à un mort, eh ! galapiat ! Ceux-là, il ne suffit même pas de trois fois pour que notre voix les atteigne ! Et toi, comment les faisais-tu, tes prologues ?

EURIPIDE

Je vais te faire voir ! Et si je dis deux fois la même chose, si

1. *Litt. : Prête-moi ton pétrin, s'il te plaît, ou ton auge à pétrir* (avec deux mots différents mais synonymes pour le même objet).

tu trouves de la bourre, un ingrédient hors de propos, crache-moi dessus.

DIONYSOS

Vas-y, récite : je ne connais que mon devoir, qui est d'être à l'écoute de ton bonheur d'expression dans tes prologues.

EURIPIDE [*récitant le début de son* Antigone]

« Œdipe, à l'origine, était un homme heureux... »

ESCHYLE

Eh ! non, grand dieu ! non pas : né dans et pour le malheur ! Lui dont avant sa naissance, Apollon avait prédit qu'il tuerait son père — oui, avant même qu'il fût au monde ! — Il commençait par le bonheur, cet homme-là ?

EURIPIDE

« ... puis devint des mortels le plus infortuné... »

ESCHYLE

Eh ! non, grand dieu ! non pas : il n'est pas devenu, il n'a jamais cessé ! Voyons : nouveau-né on l'abandonne, dans une jarre, en plein vent d'hiver, de peur de le voir devenir, une fois grand, le meurtrier de son père ; et puis, il a échoué, avec ses pieds tuméfiés, chez Polybe ; et puis, dans la fleur de son âge, il a épousé une femme qui était vieille, elle, et qui par-dessus le marché était sa mère. Et puis, il s'est crevé les yeux. En voilà du bonheur, hein ?

DIONYSOS

En tout cas il n'a pas fait partie de l'état-major avec Érasinidès[1] !

EURIPIDE

Balivernes. Mes prologues, moi, je les fais comme il faut.

ESCHYLE

Eh bien, ma foi, je n'irai pas te chipoter vers par vers, mot

1. Nous lisons : *AI.* : εἶτ ̓ἐτύφλωσεν αὗτον· εὐδαίμων ἄρ' ἦν *ΔI.* : Οὐκ ἐστρατήγησέν γε etc... Érasinidès était un des généraux qui furent condamnés à mort pour n'avoir pas recueilli les corps de ceux qui avaient péri dans la victoire des Arginuses, l'année précédente. Œdipe a du moins eu la chance de n'être pas victime de cette iniquité odieuse.

après mot. Non : je vais — avec la permission d'En-haut — les démolir d'un coup de pompe[1], tes prologues.

EURIPIDE

De pompe ? toi ? mes prologues ?

ESCHYLE

D'un seul petit coup de pompe. Tu les composes de telle sorte que n'importe quoi s'ajuste à ta versification pour s'y loger : une trompe, une pompe, une bombe[2], à volonté. Je t'en donne la preuve illico.

EURIPIDE

Toi, la preuve ? Tu ne m'as pas regardé !

ESCHYLE

Je m'en fais fort.

DIONYSOS [*à Euripide*]

Eh bien, sur ce pied-là, vas-y, récite !

EURIPIDE [*récitant le début de son* Archélaos]

« Égyptos, escorté de ses cinquante fils
c'est la tradition la mieux accréditée —
ayant conduit sa nef, à grand effort de rame,
jusqu'en Argos... »

ESCHYLE

... a vu sa pompe rendre l'âme.

DIONYSOS [*au Coryphée*]

D'où sort-elle cette pompe ? Ça va lui retomber dessus !

[*à Euripide*]

Dis-lui un autre prologue : je veux me rendre compte une seconde fois.

EURIPIDE [*récitant le début de son* Hypsipyle]

« Bacchus, le thyrse en main, vêtu de peaux de faon,
bondissant et dansant aux pentes du Parnasse
sous les flambeaux... »

ESCHYLE

... a vu sa pompe rendre l'âme.

1. *Litt. : à l'aide d'une petite fiole,* et ainsi dans toute la suite. Il va parodier la versification d'Euripide à l'aide d'une rengaine burlesque. Λήκυθος, burette à huile, a déjà ici quelque chose du sens figuré qu'il prendra plus tard pour l'idée de style « ampoulé », pompeux.

2. *Litt. : une petite toison, une petite fiole, un petit sac,* avec assonance des diminutifs.

DIONYSOS

Misère de nous ! Ça y est ! encore un coup de pompe !

EURIPIDE

Mais ça ne lui profitera pas : ce prologue-ci, il n'arrivera pas à y raccorder sa pompe.

[*Récitant le début de sa* Sthénébée]

« D'homme en tout point heureux, il n'en est pas [sur terre :
tel, de haute naissance, est privé de ressources,
tel autre, obscur... »

ESCHYLE

... a vu sa pompe rendre l'âme.

DIONYSOS

Euripide !

EURIPIDE

Quoi donc ?

DIONYSOS

M'est avis qu'il faut rentrer de la toile : cette pompe-là va nous souffler gros vent !

EURIPIDE

Ah ! Bonne mère ! ce n'est pas pour ça que je vais me tracasser ! On va la lui éjecter des mains, illico.

DIONYSOS

Bon, dis-en encore un autre ; et gare-toi bien des coups de pompe !

EURIPIDE [*récitant le début de son* Phrixos]

« Cadmus, fils d'Agénor, jadis, quittant les murs
sidoniens... »

ESCHYLE

... a vu sa pompe rendre l'âme.

DIONYSOS

Écoute, mon vieux, achète-lui sa pompe, qu'elle ne démolisse plus nos prologues !

EURIPIDE

Moi ? la lui acheter ?

DIONYSOS

Oui, si tu m'en crois.

EURIPIDE

Que non pas certes ! Je pourrai encore réciter des tas de prologues où ce lascar ne trouvera pas de raccord pour sa pompe !

vers 1214-1231

[*Récitant le début de son* Iphigénie en Tauride]
« Avec son attelage aux pouliches rapides
Pélops, fils de Tantale, arrivant pour les Jeux
en Olympie... »

ESCHYLE

... a vu sa pompe rendre l'âme.

DIONYSOS

Tu vois ? il a encore raccordé sa pompe, une fois de plus. Allons, mon brave, paie-la-lui enfin une bonne fois, ne recule devant aucun sacrifice : il te la cédera pour une bouchée de pain [1] — un article de haute et excellente qualité !

EURIPIDE

Non, morbleu ! pas encore ! J'ai encore des réserves, en masse.

[*Récitant le début de son* Méléagre]
« Œnée un jour... »

ESCHYLE

... a vu sa pompe rendre l'âme.

EURIPIDE

Laisse-moi d'abord débiter le vers en entier !
« Œnée un jour après avoir fait sur ses terres
abondante moisson, sacrifiant aux dieux
en prémices... »

ESCHYLE

... a vu sa pompe rendre l'âme.

DIONYSOS

En plein sacrifice ? Et qui est-ce qui la lui a claquée ?

EURIPIDE

Laisse tomber, l'ami. Qu'il y aille donc avec celui-ci :
[*Récitant le début de sa* Mélanippe]
« Zeus — la tradition est ici vérité... »

DIONYSOS

Tu m'assommes ! Il va dire : « a vu sa pompe rendre l'âme. » Cette pompe colle à tes prologues comme les ventouses à la peau [2] ! Pour l'amour du ciel, passe plutôt à ses airs de chant !

1. *Litt. : pour une obole.*
2. *Litt. : comme le fic aux yeux.* Nouveau jeu de mots sur « ampoule, verrue, tumeur ».

EURIPIDE

Oui-da, et je suis en mesure de démontrer que c'est un mélodiste détestable : ses chants, c'est toujours la même rengaine !

LE CHŒUR

Que va-t-il advenir ?
Je suis bien anxieux
de savoir quel reproche
il va trouver à faire
au poète à qui, certes,
nous devons tant de chants
d'une telle beauté
qu'il l'emporte, et de loin,
sur tout autre à ce jour[1] *!*

EURIPIDE [*gouailleur*]

Ah oui, tout à fait admirables, ses mélodies ! Ça va se voir à l'instant : je vais les condenser toutes en une seule !

DIONYSOS

Et moi, je vais marquer les points en prenant des petits cailloux.

[*Un flûtiste, invisible, accompagne Euripide d'une ritournelle, toujours la même*]

EURIPIDE

« *Restes-tu sourd, Achille, à l'appel du carnage,*
à l'âpre écho, hélas, de ses coups ? Viens à l'aide !
Nous vénérons Hermès, auteur de notre race,
aux bords du lac, hélas, de ses coups ! Viens à l'aide[2] *!...* »

DIONYSOS [*posant deux cailloux*]

Ça fait deux coups, Eschyle, à ton débit !

EURIPIDE

... « *Gloire des Achéens, Atride au vaste sceptre,*
apprends de moi, hélas, de ses coups ! viens à l'aide ! »

DIONYSOS [*ajoutant un caillou*]

Ce coup-ci, Eschyle, ça fait trois.

EURIPIDE

... « *Paix et recueillement ! Voici que ces oblates,*
— saintes abeilles — vont, du temple d'Artémis
ouvrir la porte, hélas, de ses coups ! viens à l'aide !

1. Nous tenons pour interpolés les vers 1256-1260.
2. Pot-pourri, rendu systématiquement incohérent, de cadences eschyliennes.

Il est en mon pouvoir, certes, de publier
le présage éclatant dont fut béni l'essor
de nos héros, hélas, de ses coups ! viens à l'aide ! »

DIONYSOS

Seigneur dieu ! quelle dégelée de coups ! moi, j'ai envie d'aller prendre un bain ! Avec tous ces coups, j'ai les reins gonflés, ça cuit !

EURIPIDE

Non, attends ! Écoute d'abord une autre bordée de chants, élaborée à partir de ses airs pour accompagnement de cithare.

DIONYSOS

Bon, tu es lancé, vas-y jusqu'au bout. Mais trêve de coups !

EURIPIDE [*accompagné par un cithariste invisible*]

« ... *Comment des Achéens le trône bicéphale,*
chef des jeunes Hellènes,
lariturlu, lariraturlutaine[1],
lance en chasse la Sphinx, chienne des jours néfastes
avec ses pleins pouvoirs,
lariturlu, lariraturlutoir,
la javeline au poing, d'une main vengeresse,
impétueux présage,
lariturlu, lariraturlutage,
ménageant la rencontre avec l'effronterie
des chiennes célivagues,
lariturlu, lariraturlutague,
et le parti qui penche pour Ajax
lariturlu, lariraturlutax ! »

DIONYSOS

Mais qu'est-ce que c'est que cette « riturlu » ? Est-ce qu'elle vient de Marathon[2], ou si tu as enregistré quelque part la chanson d'une corde qui fait tourner sa poulie ?

ESCHYLE

En tout cas, j'ai pris mes chants à noble source, pour les mettre en noble place ! Je ne voulais pas qu'on me vît glaner la sainte récolte des Muses sur le même champ que Phrynichos. Mais lui [*montrant Euripide*] il ramasse de toutes

1. Nouveau pot-pourri loufoque. Le refrain, en grec, est *tophlattotratt*, qui évoque la grosse caisse ou le galop de cheval.
2. Allusion aux cris « barbares » des Perses.

mains : chansons de bobinard, couplets de Mélétos, airs de flûte exotiques, complaintes, airs de bastringue. On aura vite fait de s'en rendre compte : qu'on apporte une lyrelette... Mais non, pas besoin de lyre pour ce type-là ! Où est la cliqueteuse de castagnettes ? Ici, muse euripidéenne ! c'est cette fille-là qu'il faut pour accompagner ces vers-là !

[*Une joueuse de castagnettes s'avance, toute nue*]

DIONYSOS [*ironique*]

Cette muse-là, elle ne connaissait rien aux façons de jouer qu'on pratique à Lesbos [1], pour sûr !

ESCHYLE [*vocalisant au son des castagnettes*]

« *Alcyons* [2], *vous qui jasez*
rasant de l'aile les flots
de la mer intarissable,
en vous humectant les plumes
aux gouttelettes d'embruns
comme perles de rosée !...

Vous [3], *frileuses dont le doigt*
sous le plafond, dans les coins,
tend sur le métier, en fils
to-o-o-o-orsadés,
vos trames tisserandières...
qui naissent du cliquetis
de la navette affairée...

où, charmé du son des flûtes,
devant les nefs au bec bleu
le dauphin virevoltait...
les osselets et les pistes...
jubilance efflorescente,
assérénant toute peine,
ô vigne à la grappe vi-
neuse, de ta vrille enlace-
moi, mon enfant, de tes bras... »

[*A Dionysos*]

Tu vois ça, ces pieds en l'air ?

1. Allusion à l'antique musique de Lesbos, dont Eschyle s'était inspiré ; il s'y joint évidemment un sous-entendu obscène.
2. Eschyle à son tour fabrique un centon de plus en plus incohérent de chants euripidéens.
3. Il s'agit des araignées.

DIONYSOS

Je vois.

ESCHYLE

Dis, tu vois ça pour de bon ?

DIONYSOS

Oui.

ESCHYLE [*à Euripide*]

Et c'est en fabriquant des vers
de cet acabit que tu oses
déblatérer contre ma muse,
toi qui faisais prendre à la tienne
les douze postures
de Carambolette[1] ?

Voilà pour les chants choraux. Je veux à présent faire voir quelle est la tenue de tes soli.

« *Ténèbres de la Nuit aux obscures lueurs*[2],
ah ! quel funeste songe
m'adressez-vous du seuil opaque des Enfers !
cet enfant de la noire Nuit[3],
animé d'une vie étrangère à la vie,
fantôme au noir suaire, à l'œil sanglant, sanglant,
armé d'énormes griffes !

Allons mes caméristes,
allumez une lampe ;
en vos buires puisez
une aigue fluviale !
mettez l'eau sur le feu
afin que j'exorcise
par une ablution
ce songe ensorcelé !

Dieu suzerain des mers !
ah ! voilà bien ce que je redoutais !
Hôtesses de ce toit,
considérez ces faits abominables :

1. *Litt. : de Cyréné,* cf. *Thesm.*, v. 98 n.
2. Le thème de ce morceau parodique est le suivant : une femme tourmentée par un cauchemar s'éveille la nuit ; elle s'aperçoit qu'on lui a volé son coq, et soupçonne que c'est sa voisine qui le lui a dérobé.
3. C'est le Songe, fils de la Nuit.

Lucette[1] m'a volé mon coq, et s'est sauvée !
Nymphes, à moi, ô filles des montagnes !
A moi, Margot ! arrêtez-la !

Moi, pauvre infortunée
j'étais tout appliquée à bien remplir ma tâche,
to-o-ordant du doigt, à pleine quenouillée,
le fil de lin pour faire une grosse pelote.
« Demain dès l'aube, me disais-je,
« sur le marché j'irai la vendre ! »
Mais lui, vers les cieux éthérés
s'est envolé, s'est envolé,
au fil aigu de ses ailes allègres,
ne me laissant que chagrins et chagrins,
et mes yeux pour pleurer, pour pleurer, malheureuse,
à chaudes chaudes larmes larmes !

Sus, enfants de la Crète,
nourrissons de l'Ida,
prenez vos arcs et venez m'assister !
tricotez des jarrets, et cernez la maison !
et que l'Infante Chasseresse,
la resplendissante Artémis,
et les levrettes de sa meute
s'en viennent parcourir tous les coins du logis !
Et toi, fille de Zeus, Hécate,
lève haut dans tes mains deux flambeaux vif-ardent,
et m'escorte de leur lumière
pour aller chez Lucette faire
visite domiciliaire ! »

DIONYSOS

C'est bon. Suffit pour les morceaux lyriques.

ESCHYLE

Moi aussi, j'en ai mon soûl. A la balance, maintenant ! C'est là que je veux le mener. C'est ça, ça seulement qui tranchera le débat poétique entre nous deux, en rendant sentence, au poids, entre ses formules et les miennes.

DIONYSOS

Soit. Avancez tous les deux, puisqu'il me faut en venir à ces procédés de marchand de fromage pour apprécier votre art de poètes.

1. *Litt. : Glycé ;* et plus loin, pour la servante : *Mania.*

LE CHŒUR

Ce qu'ils savent échafauder,
les gens qui sont malins ! Cette nouvelle idée
est inouïe, ébouriffante et saugrenue :
qui donc jamais, sauf lui, s'en serait avisé ?
Foi d'animal, si le premier venu
m'avait parlé de ça, je l'aurais récusé,
et je me serais dit : pure billevesée !

[*On apporte des balances*]

DIONYSOS

Allons, mettez-vous tous les deux près des plateaux.

ESCHYLE et EURIPIDE

Voilà.

DIONYSOS

Immobilisez-les, et dites chacun votre phrase. Et ne les lâchez pas avant que j'aie dit : Couic !

ESCHYLE et EURIPIDE

On y est.

DIONYSOS

Bon. Lancez chacun votre vers dans les plateaux !

EURIPIDE

« Ah ! si la nef Argo n'eût déployé ses ailes... »

ESCHYLE

« Fleuve fougueux [1], pâtis où les bœufs vont et viennent... »

DIONYSOS

Couic !

ESCHYLE et EURIPIDE

On a lâché !

DIONYSOS [*montrant Eschyle*]

C'est son vers à lui qui descend le plus bas, et largement.

EURIPIDE

Je voudrais bien savoir pourquoi ?

DIONYSOS

Pourquoi ? Il y a mis un fleuve : il a mouillé son vers, comme les marchands de laine font de leurs écheveaux [2]. Toi, tu as mis un vers qui s'envolait !

1. *Litt. : Fleuve Spercheios,* dont le nom signifie : rapide.
2. Pour frauder sur le poids réel.

vers 1370-1388

EURIPIDE

Qu'il en dise un autre, pour qu'on le mette en balance en face du mien.

DIONYSOS

Alors, immobilisez-vous de nouveau !

EURIPIDE et ESCHYLE

Voilà, c'est fait.

DIONYSOS [*à Euripide*]

Parle.

EURIPIDE

« Langage, unique Temple
où Persuasion célèbre ses mystères... »

ESCHYLE

« Mort, seul pouvoir divin
dont nul présent ne peut vaincre l'indifférence... »

DIONYSOS

Lâchez.

EURIPIDE et ESCHYLE

On a lâché.

DIONYSOS [*désignant Eschyle*]

C'est encore son vers qui penche : c'est qu'il y a mis la Mort, qui est le plus lourd de tous les maux.

EURIPIDE

Et moi la Persuasion. C'est un mot de premier choix.

DIONYSOS

Mais la Persuasion, c'est chose flottante, qui n'a pas de plomb dans la cervelle. Va, cherche encore autre chose, dans les poids lourds, qui fasse fléchir la balance en ta faveur, du solide, du massif.

EURIPIDE

Où ai-je un article de ce genre, voyons ? où ça ?

DIONYSOS

Je vais te dire :
« Jetant les dés, Achille a tiré as, quatre, as[1]. »
Allons, dites encore : c'est la troisième et dernière reprise.

1. Ce vers, qui ne brille évidemment pas par la qualité poétique, est sans doute un vers authentique d'Euripide.

EURIPIDE

« ... Il saisit en son poing
une énorme massue appesantie de fer. »

ESCHYLE

... « C'est alors qu'on put voir
s'écrouler char sur char, cadavre sur cadavre. »

DIONYSOS [*à Euripide*]

Tu es refait, une fois de plus.

EURIPIDE

Comment ça ?

DIONYSOS

Deux chars, il a mis, et deux cadavres ! Cent portefaix [1] ne pourraient pas soulever ça !

ESCHYLE

Suffit pour le vers à vers : qu'il embarque lui-même dans la balance et qu'il s'y asseye, avec sa marmaille, et sa femme, et Céphisophon [2], et ses bouquins sur ses genoux ! Et moi, je dirai tout juste deux vers de ma façon.

DIONYSOS

Les deux rivaux sont de mes amis, et ce n'est pas moi qui les jugerai. Non, je ne vais pas me brouiller avec eux, ni l'un [*Se tournant vers Euripide*] que je trouve habile ! ni l'autre [*Se tournant vers Eschyle*] qui fait mes délices !

[*Entre Pluton*]

PLUTON

Alors, tu vas renoncer à ce qui était le motif de ta venue ?

DIONYSOS

Mais si je décide entre eux ?

PLUTON

Tu emmèneras, en repartant, celui pour lequel tu te seras décidé : comme ça tu ne seras pas venu pour rien.

DIONYSOS [*s'inclinant devant le roi des Enfers*]

Le Ciel te le rende !

[*S'adressant aux deux poètes*]

Eh bien, écoutez-moi : si je suis descendu, c'est en quête d'un poète.

1. *Litt. : Égyptiens* ; on les tenait pour des tâcherons particulièrement vigoureux.
2. Cf. v. 944 n.

EURIPIDE

Pour quoi faire ?

DIONYSOS

Pour que la Cité, hors de péril, puisse célébrer ses jeux scéniques. Celui de vous deux dont la Cité peut attendre un utile secours, c'est lui que je choisis d'emmener. Commençons par la question d'Alcibiade[1] : que pensez-vous de lui l'un et l'autre ? Car c'est pour Athènes un enfant qui se présente mal.

EURIPIDE

Mais elle ? Quel est son sentiment envers lui ?

DIONYSOS

« Elle ? Regret de lui, rancune contre lui —
au total, volonté de l'avoir auprès d'elle. »
Mais vous deux ? Quelle est votre idée sur lui ? dites.

EURIPIDE

Je n'ai qu'aversion pour un citoyen qui est lent pour faire du bien à sa patrie, et prompt pour lui faire beaucoup de mal ; débrouillard pour son compte, mais pour celui de l'État, rien à attendre de lui !

DIONYSOS

Bravo, ma foi ! [*A Eschyle*] Et toi, quel est ton avis ?

ESCHYLE

Le premier point, c'est de ne pas élever un lionceau dans une cité. Mais, si on l'a élevé jusqu'au bout, il faut bien lui passer ses humeurs.

DIONYSOS

Dieu garde ! je suis bien en peine de trancher. Car l'un a jugé clair, et l'autre a parlé net... Voyons, donnez-moi encore votre avis sur un point : quelle recette avez-vous pour le salut de l'État ?

EURIPIDE

Si, en guise d'ailes, on attachait Cinésias[2] à Cléocrite,
que les zéphyrs les enlevassent
bien au-dessus du maritime espace...

1. La situation de guerre est si angoissante que l'on sent le besoin d'un « sauveur ». Peut-être faudrait-il rappeler d'exil Alcibiade ? Aristophane, malgré tous les motifs qu'il a pour se méfier de cet inquiétant grand homme, se pose la question.

2. Cf. *Ois.*, v. 1373 n. Cléocrite est inconnu. Peut-être ces vers 1437-1441, et plus loin les deux vers 1452-1453 qui s'y réfèrent, sont-ils interpolés.

DIONYSOS

Ça serait un drôle de coup d'œil ! Mais ça ne tient pas debout.

EURIPIDE

... Si un combat naval s'engageait, et qu'alors, munis de fioles de vinaigre, ils en arrosassent les yeux des ennemis... Moi, je sais, et je suis prêt à m'expliquer.

DIONYSOS

Parle.

EURIPIDE

Quand nous ferons un chassé-croisé entre ce qui nous inspire aujourd'hui méfiance et confiance, confiance et méfiance...

DIONYSOS

Comment ? Je ne saisis pas. Explique-moi de façon un peu moins implexe, éclaire ta lanterne.

EURIPIDE

Si, parmi les citoyens, ceux à qui nous nous fions nous devenaient suspects et si nous avions recours à ceux à qui nous n'avons pas recours, ce serait notre salut. Puisque nous jouons de malheur avec notre personnel actuel, comment le choix inverse ne nous apporterait-il pas le salut ?

DIONYSOS

Bravo, maître Scapin[1], cervelle éminemment sagace ! Et c'est toi en personne qui as trouvé ça ? ou bien Céphisophon ?

EURIPIDE

Moi tout seul. Mais le vinaigre était de Céphisophon.

DIONYSOS [*à Eschyle*]

Et toi ? qu'est-ce que tu proposes ?

ESCHYLE

A toi d'abord de me dire : la Cité quels hommes emploie-t-elle pour le moment ? Les honnêtes gens ?

DIONYSOS

Où prends-tu ça ? Elle les exècre, et elle n'en pince que pour les canailles.

1. *Litt. : Palamède,* dont l'astuce légendaire avait réussi à l'emporter même sur celle d'Ulysse.

ESCHYLE

Non, tu dis mal : elle les emploie, mais pas de gaieté de cœur ! Bref, comment sauver une cité pareille, qui ne se trouve jamais bien dans son manteau, qu'elle le drape à droite ou à gauche[1] ?

DIONYSOS

Tâche de trouver, morbleu, si tu veux piquer de nouveau vers la lumière !

ESCHYLE

Je m'expliquerai là-haut. Ici, je ne veux pas.

DIONYSOS

Voyons, ne sois pas comme ça ! Lance-les d'ici, tes mots d'ordre salutaires !

ESCHYLE

Eh bien, qu'ils regardent le sol ennemi comme étant à eux, et le leur comme étant à l'ennemi ; la flotte comme leur ressource, et leurs « ressources » comme de nulle ressource.

DIONYSOS

Bravo !... sauf que l'allocation judiciaire[2] suffit à tout pomper !

PLUTON

Si tu rendais ta sentence ?

DIONYSOS

Ma sentence ? Voici ce qu'elle sera :
Je choisirai celui que préfère mon âme.

EURIPIDE

Rappelle-toi par quels dieux tu as juré de me rapatrier chez moi, et sache choisir qui t'aime.

DIONYSOS

« Ma langue l'a juré[3]... » mais c'est Eschyle que je choisirai.

EURIPIDE

Qu'as-tu fait, scélérat, rebut d'humanité ?

DIONYSOS

Moi ? J'ai proclamé Eschyle vainqueur. Qui m'en empêche ?

1. *Litt. : à qui ne va ni le manteau élégant ni le vêtement grossier.*
2. *Litt. : le juge.*
3. Cf. v. 101-102, et *Thesm.*, v. 275-276.

EURIPIDE

Tu soutiens mon regard, après cet acte immonde ?

DIONYSOS

« Immonde ? et pourquoi donc, si ceux qui nous regar-
[dent
en jugent autrement[1] ? »

EURIPIDE

Misérable !
Vas-tu d'un cœur léger me laisser chez les morts ?

DIONYSOS

« ... Le vivre et le mourir, qui sait,
c'est peut-être tout un[2]... », et l'être et le paraître...
dormir et peau de bique...

PLUTON

Allons, Dionysos, entrez chez moi.

DIONYSOS [*inquiet pour son immortalité*]

Pourquoi donc ?

PLUTON

Pour que je vous régale tous les deux, avant que vous leviez l'ancre.

DIONYSOS

Riche idée, parbleu. Ça n'est pas pour me déplaire.

[*Il entre, avec Eschyle et Pluton, chez celui-ci*]

[STROPHE] LE CHŒUR

Bienheureux est-il,
l'homme qui possède une intelligence
aiguë et subtile !
c'est une leçon, en mainte occurrence,
qui se vérifie :
par exemple, Eschyle,
pour s'être montré plein de jugement,
va retourner chez lui, pour le plus grand bonheur
de ses concitoyens, pour le plus grand bonheur
de ses parents, de ses amis,
grâce à ce don d'intelligence.

1. Vers de l'*Eole* d'Euripide.
2. Vers d'Euripide, auquel Dionysos enchaîne des âneries parodiques.

vers 1474-1490

[ANTISTROPHE]

Ce qui est joli ?
ne pas jacasser en restant blotti
aux pieds de Socrate,
en répudiant le culte des Muses,
et en rejetant
les titres de gloire
les plus relevés de notre art tragique !
Mais galvauder son temps, en hautains verbiages
ou en billevesées frisées au petit fer,
en vérité, cette conduite
est celle d'un esprit tordu !

[*Rentrent Pluton, Dionysos et Eschyle*]

PLUTON

Allons, Eschyle, bon voyage ! Va-t'en assurer le salut de votre Cité, par tes excellents préceptes ! Et mets du plomb dans les têtes creuses : elles ne manquent pas ! [*Il lui tend une épée*] Prends ça, et donne-le à Cléophon[1], et ça [*Il lui donne deux lacets à nœud coulant*] aux trésoriers publics, Myrmex et Nicomaque — ils font la paire ! et ça [*Il lui donne une coupe de ciguë*] à Archénomos[2]. Dis-leur de venir ici chez moi, bien vite et sans délai ! Qu'ils se présentent en vitesse ! sinon, Jour de dieu ! je les marquerai à l'épaule, je les mettrai aux fers, emballés avec Adimante[3], le fils à Blancpanache, et je les expédierai au sous-sol, moi !

ESCHYLE

Tu peux compter sur moi. De ton côté, passe mon trône à Sophocle, qu'il en assure avec vigilance la sauvegarde jusqu'à mon retour éventuel : c'est lui que je tiens pour le mieux inspiré, après moi. Mais rappelle-toi d'empêcher l'autre, ce chenapan, cet imposteur, ce baladin, de siéger sur mon trône, même si ce n'est pas de propos délibéré.

PLUTON

Éclairez-le, vous autres
de vos flambeaux sacrés,

1. Cf. v. 679 n., et *Thesm.*, v. 805 n.
2. Inconnus.
3. Pluton aurait bien fait d'exécuter sa menace : ce chef militaire, ami d'Alcibiade, eut une conduite peu glorieuse quelques mois plus tard.

et faites-lui cortège :
chantez en son honneur les stances et les chœurs
qu'il a lui-même écrits !

[*Eschyle est emmené en cortège*]

LE CHŒUR

Accordez d'abord au poète
heureux voyage de retour
dans son essor vers la lumière
ô divinités de Sous-Terre !
Et puis donnez à la Cité
d'heureuses inspirations
qui soient sources d'heureux succès !
Ah ! nous serions ainsi radicalement libres
de nos tourments si lourds, et de l'atrocité
de rassemblements militaires !
Quant à Cléophon[1]
qu'il aille se battre
(et, parmi vous autres,
qui l'aime le suive !)
dans les champs de sa patrie !

1. Cf. v. 679 n.

L'Assemblée des femmes

INTRODUCTION

Treize années ont passé entre *Les Grenouilles* et *L'Assemblée des femmes.* Et quelles années, celles qui ont vu la déroute et l'humiliation d'Athènes, les règlements de compte sanglants ou sordides qui en ont découlé, la condamnation de Socrate ! On peut imaginer Aristophane, maintenant quinquagénaire, atteint d'une sorte de découragement. Ce pourquoi il avait ferraillé, à tous risques, avec une truculente et joviale conviction — la fin de la guerre, la renonciation (toute relative) aux haines inexpiables entre cités grecques, l'élimination de Socrate — s'est en somme réalisé, mais de quelle façon !... Et il s'en faut de beaucoup que les citoyens et la Cité en aient été régénérés. Rien n'indique, bien au contraire, le moindre assainissement, le moindre retour de ces temps révolus que le poète se plaisait à chanter comme étant à la fois la « grande époque » et le « bon temps ». Autant que jamais le train des choses, à Athènes, offre matière à indignation et à raillerie. A la démagogie belliciste, aux entêtements néfastes de naguère s'est substitué un incivisme diffus. Le fameux triobole dont Cléon s'était servi pour tenir en haleine et en main les citoyens-juges, Agyrrhios a dû l'étendre, pour que l'Assemblée du peuple elle-même, âme et pivot du système démocratique, ne fût pas désertée ; la politique extérieure est incohérente, à la petite semaine. Que la paix était belle, que le balayage du personnel en place ou en vogue était séduisant au temps où Hyperbolos, Socrate, Euripide tenaient le haut du pavé ! Maintenant qu'offrir à détester et à aimer à ce peuple pour fouetter sa colère et son enthousiasme ? Solon, Clisthène, Salamine, Eschyle ne sont pas seulement d'un autre âge, ils sont d'un autre univers : ils s'acheminent à devenir ce qu'ils seront pour le *Panégyrique* et l'*Aréopagitique* d'Isocrate, et pour l'éloquence patriotique de Démosthène le point d'appui de beaux développements rhétoriques, convaincus sans doute, convaincants, hélas, sûrement pas ; mais *sérieux*, et *conventionnels*, ou *vains* — et ainsi triplement désaccordés aux dons et aux penchants d'Aristophane.

Le poète songe à ces merveilleuses solutions de fantaisie, à ces dénouements rédempteurs qu'il avait imaginés jadis pour les misères du temps : faites la paix, et ce sera le paradis ! Chassez Cléon, et ce sera le paradis ! Puisque les hommes d'Athènes sont fous, faites une cité d'oiseaux, ou bien remettez-vous-en aux femmes, et ce sera le paradis ! Cette dernière donnée, pourquoi ne pas la reprendre ? Mais si le solide dédain qu'Aristophane a toujours marqué pour la vraisemblance lui laisse les coudées franches pour tenter une seconde version de cette révolution-là, que va pouvoir proposer la ligue des femmes, à présent, pour que ce soit le paradis ? C'était l'instinct viscéral, le bon sens, le réalisme concret de leur sexe qui leur faisait imposer la paix dans *Lysistrata.* Mais des deux grandes réformes qu'elles font adopter ici, la première — communauté des biens — n'a aucune raison d'être souhaitée par elles plutôt que par les hommes ; la seconde — communauté des femmes — leur serait très préjudiciable ; et la clause burlesque dont elle s'assortit, droit de préemption réservé aux plus vieilles et aux plus laides sur les faveurs des beaux mâles vigoureux, est un attentat aux lois les plus saines de la nature et de l'amour — la Jolie Fille, victime de trois édentées cyniques, a raison de le proclamer. C'est qu'Aristophane ne croit plus au paradis. A travers les invraisemblances et les fantasmagories les plus folles, il « croyait », jadis, à celui sur lequel débouchaient *Les Acharniens, Les Cavaliers, La paix, Les Oiseaux* ou *Lysistrata.* Cette fois il n'y croit pas : il ne s'amuse que pour rire, et c'est pourquoi la cocasserie a tendance à devenir conventionnelle, et le rire à perdre de son épaisseur et de sa plénitude[1].

Le communisme décrit dans la pièce fait par bien des points précis penser à celui de la *République* de Platon. Sans doute celle-ci n'a-t-elle été publiée, au plus tôt, que vingt-cinq ans après. Mais rien n'empêche de penser qu'Aristophane ait pu avoir vent des idées qu'elle contiendrait, ou de systèmes du même genre aventurés par d'audacieuses ou aberrantes cervelles. Ce qui est sûr, c'est qu'il ne nomme aucun théoricien, et que son intention n'est plus polémique ou satirique comme elle l'était dans *Les Nuées.* En fait il prône et raille à la fois ce nouveau régime, mais sans conviction. Les beaux thèmes possibles — égalité des sexes, équitable satisfaction des besoins, prospérité générale, amélioration morale des citoyens par la disparition des mobiles d'intérêt — sont à

1. Il serait intéressant de dégager de façon analogue, à travers Rabelais, les moments où « il y croit » et ceux où « il n'y croit pas » : par exemple la guerre picrocholine ou le Pantagruélion d'une part, le royaume de Quinte-Essence d'autre part.

peine esquissés qu'ils dérivent vers des à-côtés mesquins ou bouffons : les bienfaits du système sont ceux d'une bamboche généralisée et ses méfaits ceux d'une foire d'empoigne dont les débrouillards et les vieilles mégères sont seuls à bénéficier.

Du moins cela permet-il d'excellents moments, comme le dialogue du citoyen naïf et du malin « à qui on ne la fait pas » : il y a trace, là, d'un comique psychologique narquois et modéré, plein d'esprit et de vérité, auquel Aristophane ne nous a guère habitués, et qui penche déjà vers la Comédie Nouvelle. D'un ton voisin est la brève scène de ménage par laquelle Miravoine accueille son épouse au retour d'une sortie nocturne qui permet tous les soupçons. Mais à côté de cela l'épaisse rigolade scatologique s'étale et se traîne, l'interminable chamaille des trois Vieilles autour du Beau Garçon s'enraie pour finir dans un couplet insipide ; Aristophane n'a jamais craint d'appuyer sur les effets, et de les prolonger, mais c'était avec des rebondissements cabriolants : on dirait qu'aujourd'hui une sorte d'ankylose le gagne.

Oui, la comédie s'est comme tassée. Moins de méchanceté, et moins de bonhomie ; moins de personnalité, et moins de personnalités. Comme les coups de griffe contre Agyrrhios sont bénins à côté de la façon dont Cléon était dépecé ! Plus de parodies bouffonnes : il est bien question d'un Euripide[1], mais ce n'est plus le poète, c'est un vague politicien, un homonyme. Et l'évolution technique conduit, elle aussi, vers un déroulement moins mouvementé, moins ardent. Le Chœur assiste aux événements, mais dès le milieu de la pièce il perd tout à fait l'alacrité et la virulence d'autrefois ; le Coryphée n'est plus engagé à plein dans les dialogues et les bagarres. Le poète ne lui délègue plus le soin de chapitrer le public, dans la parabase, sur ce qui lui tient le plus au cœur. Il n'y a même plus à proprement parler de parabase. Cette tendance à la résorption de certaines des données essentielles de l'ancienne comédie se marque par le fait que, à deux reprises, dans les manuscrits, on lit le simple mot χορός, sans paroles (il en sera de même, six fois, dans le *Plutus* où tous ces traits sont encore plus visibles) : cela semble indiquer que le Chœur se bornait à danser sur une musique instrumentale ; ou du moins que s'il chantait encore, c'était par manière d'intermède étranger à l'action. Cessant d'être un personnage, avec son relief et son rôle, il penche à n'être plus qu'un élément du décor sonore : le texte écrit pourra bientôt se passer de lui ; l'évolution trouvera son plein aboutissement chez Ménandre.

1. Vers 825-830.

Et pourtant, tout à la fin de *L'Assemblée des femmes*, la vieille puissance de fantaisie verbale irrépressible semble se rassembler pour un dernier coup d'aile, dans le pharamineux vocable « pamphagique » — tout pour la Tripe ! — qui fait déferler ses soixante-dix-huit syllabes... Alors on songe à d'autres cocasseries et goguenardises, dont la pièce est semée, aux effets de farce de ces femmes déguisées en hommes et marquant le pas avec leurs godillots, de ces hommes empêtrés d'atours féminins, au duo galant et gaillard de la Jolie Fille et du Beau Garçon, et un vers des *Acharniens* revient à la mémoire, comme si le poète nous le lançait cette fois pour son propre compte,

Ἦ πάνυ γερόντιον ἴσως νενόμικάς με σύ ;

« Croyais-tu par hasard que je n'étais plus qu'un vieux ramolli ? Je suis toujours là, oui bien ! »

ANALYSE

Il fait nuit, l'aurore n'est pas encore là ; quelqu'un sort sur le pas de sa porte, avec précaution : c'est Gaillardine [*Praxagora*], *femme de l'Athénien Miravoine* [*Blepyros*], *habillée des vêtements de son mari. Elle s'inquiète du retard de ses amies au rendez-vous fixé (v. 1-29). Mais en voici une, puis deux, déguisées elles aussi, puis d'autres encore (v. 30-81). Elles tiennent conciliabule : il ne s'agit de rien de moins que de se substituer aux hommes, ces incapables, pour faire adopter à l'Assemblée du peuple des mesures qui sauveront l'État (v. 82-114). Pour réussir un coup si risqué, il faut se préparer : Gaillardine fait répéter, non sans peine, les rôles (v. 115-169), puis débite elle-même la harangue qu'elle compte prononcer (v. 170-240). Après une dernière mise au point (v. 241-285), elle part pour l'Assemblée. Les femmes achèvent de s'équiper, marquent encore une fois la fermeté de leur résolution, et s'en vont à leur tour (v. 286-310).*

Miravoine sort de chez lui furieux ; saisi d'un besoin pressant, il n'a pas trouvé ses habits et a dû enfiler ceux de sa femme (v. 311-326). Un voisin, de sa fenêtre, lui dit qu'il est lui aussi logé à la même enseigne (v. 327-371). Son ami Crachignol [*Chrémès*] *lui apporte des nouvelles de l'Assemblée : une foule de citoyens au teint blanc, venus on ne sait d'où, ont fait prendre une décision révolutionnaire : ce sont les femmes qui gouverneront désormais ! Les deux hommes rentrent chez eux, ne sachant trop que penser (v. 372-477).*

Entre le Chœur des femmes, de retour de l'Assemblée. Elles sont encore tout étonnées de leur propre audace (v. 478-519). Miravoine, ressortant, accueille fraîchement son épouse (v. 520-550). Mais celle-ci, forte des pouvoirs qui viennent d'être dévolus à son sexe et soutenue par le Chœur, le rembarre (v. 551-580). Elle expose les bienfaits des réformes prévues : tous les biens seront mis en commun (v. 581-611) et les femmes aussi seront à qui les voudra et à qui elles voudront, avec droit pour les vieilles et laides, qui sans cela seraient sans partenaire, d'être servies les premières (v. 612-634). Les deux hommes font quelques objec-

tions, que Gaillardine balaie. Miravoine, maintenant très fier d'être le « mari de madame », rentre avec elle (v. 635-729).

Après une danse du Chœur, Crachignol revient en scène avec un bric-à-brac d'objets de ménage dont il compte faire abandon à la communauté, puisque la propriété individuelle est abolie (v. 730-745). Un Voisin raille son naïf civisme, sans réussir à l'en faire démordre (v. 746-833). Mais à l'annonce d'un banquet gratuit offert à tous les citoyens, il décide de s'y rendre, au grand scandale de l'honnête Crachignol (v. 834-875).

Nouvelle danse du Chœur, qui fait entracte. Le décor a changé. Une Vieille Femme et une Jolie Fille, qui habitent l'une en face de l'autre, guettent le même amant. Violente altercation, l'une s'appuyant cyniquement sur la loi, l'autre, insolemment, sur sa beauté (v. 876-937). Le garçon arrive : duo des amoureux (v. 938-975), interrompu par la Vieille qui veut entraîner de force le Jeune Homme chez elle (v. 976-1036). A peine la donzelle a-t-elle réussi à le lui arracher (v. 1037-1048) que surgissent deux autres Vieilles encore plus hideuses qui se disputent le beau mâle : il est contraint de les suivre (v. 1049-1111).

Après une dernière danse du Chœur, la servante de Gaillardine vient chercher Miravoine : qu'il aille bien vite participer à la bombance générale, et que le Chœur s'y rende aussi ! Et tout le monde, chantant et dansant, forme cortège pour aller s'empiffrer (v. 1112-1183).

PERSONNAGES :

GAILLARDINE (Praxagora), femme de Miravoine.
DEUX FEMMES.
CHŒUR de femmes athéniennes.
MIRAVOINE (Blépyros), vieux bonhomme.
CRACHIGNOL (Chrémès), son compère.
UN VOISIN.
LA CRIEUSE officielle.
TROIS VIEILLES FEMMES.
UNE JOLIE FILLE.
UN BEAU GARÇON.
LA SERVANTE DE GAILLARDINE.

[*La scène représente une placette d'Athènes, avec deux maisons, une de chaque côté. On est au petit matin. Gaillardine sort de chez elle sur la pointe des pieds. Elle a un manteau et des souliers d'homme, et porte d'une main une lanterne, de l'autre un bâton*]

GAILLARDINE [*agitant sa lanterne*]

Lampe[1] ! Œil de flamme, enfant d'un disque tournoyant
et dûment appendu pour être bien en vue[2] —
nous ne célerons point quelle fut ta naissance
et quel est à présent le lot de tes destins :
d'un potier tournassant le pouce te forma,
et tes naseaux de feu remplacent le soleil... —
va faire flamboyer le signal convenu !
Nous te mettons, toi seule, au fait de nos desseins,
et c'est bien légitime : au fond de nos alcôves,
quand nous nous trémoussons en amoureux essais,
n'es-tu pas là pour assister ? Oui, quand nos reins
se creusent, c'est ton œil qui préside aux reprises !
Et nul ne le bannit de chez lui : C'est toi seule
qui vois à ta clarté s'ouvrir entre nos cuisses
l'intimité du sanctuaire dont tu flambes
la toison buissonnante[3] !
Et quand nous pénétrons, furtives, sous les voûtes
qu'emplissent le froment, le sang divin des grappes,
c'est encor toi qui nous assistes, sans jamais
souffler mot aux voisins de ta complicité !

Ainsi seras-tu dans la confidence de toutes les décisions que mes amies ont prises à la fête des Ombrelles[4]. Mais pas une ne se montre ! Elles devraient déjà être là : le jour va poindre, et l'Assemblée s'ouvrir d'un instant à l'autre ! Il faut nous emparer des places, sur les bancs que Bafouillaud[5] — vous vous souvenez bien ? — a un beau jour appelés des... pravées, et y asseoir subrepticement nos arrières. [*Un silence*] Qu'est-ce qui peut bien se passer ? Peut-être qu'elles n'ont pas pu se procurer les barbes postiches qu'on avait dit d'avoir ? Ou bien c'est pour chiper en cachette les frusques de leurs hommes

1. Tout ce début parodie un prologue de tragédie. Le mot τροχήλατος, appliqué à la lampe, signifie « qu'un potier a façonné sur le tour » ; mais il vaudrait pour le soleil, avec le sens de « qui fait rouler son char ».
2. Je lis ce vers : κάλλιστ' ἐν εὐσκόποισιν ἐξηρτημένον.
3. Cf. *Thesm.*, v. 215 n.
4. Cf. *Thesm.*, v. 834 n.
5. *Litt. : Phyromachos*, sobriquet burlesque pour un nommé Cléomachos, qui avait fait un « cuir » célèbre, en disant, au lieu de ἑτέρας (les autres [places]), ἑταίρας (les catins).

qu'elles ont eu des ennuis ?... Mais tiens, je vois un lumignon, là, qui s'approche... Eh bien, voyons... je vais me reculer un peu... Si c'était un homme, ma foi, qui vient dans ces parages ?...

[*Elle se cache dans la ruelle. Entre un groupe de femmes avec des souliers masculins aux pieds et des bâtons à la main*]

UNE PREMIÈRE FEMME

En avant, c'est le moment ! Le crieur, juste comme nous approchions, a lancé son second cocorico.

GAILLARDINE [*à part*]

Et moi, à vous attendre, je n'ai pas fermé l'œil de toute la nuit ! Allons, voyons, que je fasse sortir ma voisine, là : je vais l'appeler en grattant à sa porte ; il ne faut pas donner l'éveil à son homme !

[*Elle gratte discrètement à la porte, qui s'entrouvre aussitôt ; une femme se glisse dehors*]

SECONDE FEMME

J'étais en train de me chausser : je t'ai entendue tapoter du doigt. Pas question de dormir ! Mon homme, tu sais, chérie — c'est qu'il se tient là, comme marin [1], mon époux ! —, il m'a souqué dessus toute la nuit, à la godille, sous les couvertures !

[*Montrant le manteau qu'elle a sur le bras*]

Son manteau, tu vois ? je viens tout juste de pouvoir m'en saisir.

GAILLARDINE

Ah ! j'aperçois Vertunette [2] ! et Viviane, la voilà enfin qui rapplique, et Dulcinée ! Pressez-vous un peu, non ? Praline a juré que la dernière arrivée paierait vingt chopines à boire, et un litron de pignes à croquer [3] !

1. *Litt. : il est de Salamine ;* cf. *Gren.*, v. 204.
2. Le défilé de noms propres, féminins et masculins, dont certains ont une saveur amusante, déjoue tout effort de précision dans les transpositions.
3. *Litt. : trois conges de vin et une chénice de pois chiches* (comme amuse-gueule pour accompagner la beuverie, cf. *Paix*, v. 1136 n.) — mais le mot ἐρέβινθος, pois chiches, est de ceux qui ont un second sens obscène.

LA SECONDE

Et la femme à Petitot, tu ne la vois pas, Mellifluette, qui se dépêche dans ses croquenots ? Pourtant, s'il ne tient qu'à son mari, elle a dû avoir tout loisir de sortir — c'est bien la seule !

LA PREMIÈRE

Et celle au mastroquet, Lichelotte,
la vois-tu pas, tenant sa torche dans la dextre ?

GAILLARDINE

Et celle de Jolidon ! Et celle à Gaudissard ! les voilà qui rappliquent, et d'autres, une foultitude de femmes — tout ce qui compte dans la ville !

UNE TROISIÈME FEMME

Et j'en ai eu du mal et de la peine, moi, ma chère, pour m'évader et me défiler ! mon homme a toussé toute la nuit : il s'était empiffré d'épinoches hier au soir !

GAILLARDINE

Asseyez-vous donc, que je vous interroge, puisque je vous vois réunies. Tout ce qui a été décidé le jour des Ombrelles, vous l'avez exécuté ?

LA PREMIÈRE

Moi, oui. D'abord, j'ai les aisselles plus embroussaillées qu'un taillis, comme convenu. Et, chaque fois que mon homme se trouvait sorti pour aller sur la Place, je me frottais d'huile tout le corps, et je me bronzais, plantée en plein soleil.

LA SECONDE

Moi aussi. Et pour commencer, j'ai jeté mon rasoir[1] par la fenêtre, pour être couverte de poil partout, et n'avoir plus rien qui ressemble à ce qu'est une femme.

GAILLARDINE

Et les barbes, vous les avez ? Vous savez, c'était entendu qu'on en aurait toutes le jour du rassemblement ?

LA PREMIÈRE

Oui, pardianne[2] ! Et j'en ai une belle — regarde !

[*Elle brandit une énorme barbe postiche*]

1. Cf. *Thesm.*, v. 219 n.
2. *Litt. : par Hécate !* déesse lunaire, une des hypostases d'Artémis.

LA SECONDE [*même jeu*]

Et moi donc ! Plus belle qu'Épicrate[1], et de loin !

GAILLARDINE [*aux autres femmes*]

Et vous ? répondez !

LA PREMIÈRE

Elles font signe que oui.

GAILLARDINE

Bon. Pour le reste, je vois que vous avez fait ce qu'il fallait : vous avez des brodequins et des bâtons, et les manteaux d'homme, comme nous avions dit.

LA PREMIÈRE

Moi, j'ai emporté le gourdin de Logre[2] pendant qu'il dormait.

GAILLARDINE

Ah ! oui, je connais ça : à lui le gourdin — et la pétarade !

LA PREMIÈRE

Ah ! doux sauveur ! et il serait à son affaire comme pas un, sous la peau d'un Argus, pour tenir au piquet le pauv' monde[3] !

GAILLARDINE

Ce n'est pas tout ça, il faut voir à exécuter le reste du programme, pendant que les étoiles sont encore au ciel. L'Assemblée, on est parées pour s'y introduire, et elle va s'ouvrir dès l'aurore.

LA PREMIÈRE

Mais oui, sapristi ! allons-y : il faut que tu t'assures des places sous la tribune, juste en face des Commissaires.

1. Homme politique qui contribua au renversement des Trente en 403, puis remplit une mission diplomatique en Perse.

2. *Litt. : de Lamios,* son mari. On nous dit que ce Lamios était geôlier. Mais son nom fait calembour avec la « Lamie », monstre croquemitaine et pétomane des chansons de nourrice (cf. *Guêpes,* v. 1135 et 1177). Le texte est incertain, et la réplique de Gaillardine est traduite au jugé. Mais il me paraît évident qu'elle fait allusion à cela, ainsi qu'au fait que péter et ronfler sont le signe du bon sommeil, cf. *Cav.*, v. 110 et 115.

3. Allusion à Argus « qui voit tout » : il avait eu à garder la génisse Io. D'où l'emploi de βουκολεῖν, « garder les vaches », mais qui signifie aussi « empaumer, berner ».

LA SECONDE [*commençant à déballer un paquet qu'elle a sous le bras*]

Tenez, ma foi, voilà ce que j'ai apporté : de la laine à peigner pendant que l'Assemblée se remplira.

GAILLARDINE

... Qu'elle se remplira ? malheureuse !

LA SECONDE

Oui, pardienne[1] ! pour sûr : pourquoi ça me gênerait-il pour écouter, de carder ma laine ? mes gosses n'ont rien à se mettre.

GAILLARDINE

Et voilà ! Peigner de la laine, alors que, ce qu'il faudrait, c'est ne pas laisser voir un coin de ta personne à tes voisins de séance ! Ah là là ! ça ferait du joli pour nous, s'il y en avait une qui attendait que tout soit bondé pour enjamber les bancs, en se troussant un peu plus haut, et faire voir son ratapoil[2] ! Mais si nous prenons place avant les autres, nous aurons arrangé les plis de nos manteaux avant qu'ils se soient doutés de rien. Et quand elles nous descendront sur le jabot, là-bas, les barbes dont nous allons nous affubler, qui est-ce qui, à nous voir, ne nous prendra pas pour des hommes ? Agyrrhios[3], en tout cas, maintenant qu'il porte la barbe à la Pronomos, on n'y voit que du feu ! Pourtant, dans le temps, ce n'était pas un homme ! Et à cette heure, voyez-vous, c'est un grand personnage dans l'État ! Et c'est à cause de ça

— puisse le jour qui vient nous accorder sa grâce ! —
que nous allons risquer un si grand coup d'audace.

Si nous pouvions prendre en main les affaires de l'État, de façon à leur donner une impulsion salutaire ? C'est un gros coup à tenter : tentons-le ! car pour le moment nous ne marchons ni à la voile ni à la rame !

LA PREMIÈRE

Quoi ? un essaim de femmes au cœur frêle,
parler au peuple ? et comment feront-elles ?

GAILLARDINE

Elles s'en tireront le mieux du monde, va ! chez les garçons,

1. *Litt. : par Artémis !* cf. v. 70 n.
2. *Litt. : Son « Phormisios »*, personnage hirsute et velu.
3. Cf. v. 184 n.

on dit que c'est toujours ceux qui se font le plus tromboner qui sont les plus beaux parleurs. Or c'est justement notre spécialité : une chance !

LA PREMIÈRE [*mal convaincue*]

Ma foi...
Mais l'inexpérience est un terrible écueil !

GAILLARDINE

Mais justement ! Si nous nous sommes réunies ici, c'est exprès pour répéter le rôle que nous aurons à tenir là-bas ! Tu ne ferais que bien de te dépêcher : équipe-toi de ta barbe, toi et toutes celles qui sont parées à jacasser !

LA SECONDE

Jacasser ? mais laquelle de nous ne s'y entend, mon coco ?

GAILLARDINE

Eh bien, équipe-toi, et sois un homme, vite [1] ! Moi, je vais poser ici les couronnes [2], et mettre aussi une barbe, avec vous, pour si je crois devoir prendre la parole.

LA SECONDE

Viens voir ici, Gaillardine, ma chérie !... Regarde, ma pauvre ! ce que c'est ridicule, ce machin-là !

GAILLARDINE

Comment, ridicule ?

LA SECONDE

Tu prends des seiches rissolées, tu leur colles une barbe : voilà notre portrait !

GAILLARDINE [*faisant fonction de président de séance*]

Purificateur ! à tes cass'rolettes [3] ! Passez ! Avancez dans

1. Parodie narquoise d'un encouragement d'épopée ou de tragédie.
2. En donnant la parole à un orateur, on lui passait une couronne, qu'il portait durant sa harangue.
3. *Litt. : il faut faire circuler... la belette.* On utilisait en réalité comme victimes pour les rites de lustration des cochons de lait. Mais Gaillardine n'a pu mettre la main que sur la belette de la maison, bonne servante des ménagères puisqu'elle tenait le rôle de nos chats. Peut-être la substitution cache-t-elle aussi (pour une fois) une intention à la fois de pudeur et de gentillesse, si l'on songe aux emplois dérivés des mots χοῖρος, cochon de lait (cf. *Ach.*, v. 739 n.), et γαλῆ, belette (cf. *Ach.*, v. 256 n.).

l'enceinte ! Leclair[1], cesse de jacasser ! Assieds-toi, Passavant ! Qui demande la parole ?

LA SECONDE

Moi !

GAILLARDINE

Mets la couronne. Et le Ciel soit propice !

LA SECONDE

J'y suis.

GAILLARDINE

Tu peux parler.

LA SECONDE

Ben quoi ? faut que je parle avant de boire ?

GAILLARDINE

C'est ça ! Boire ! ! !

LA SECONDE

Mais alors, mon chou, à quoi bon mettre une couronne[2] ?

GAILLARDINE

Oust ! déblaie ! Tu aurais fait la même chose là-bas[3] !

LA SECONDE

Ben quoi ? Ils ne boivent pas, à l'Assemblée ?

GAILLARDINE

C'est ça ! Tu te figures qu'ils boivent ?

LA SECONDE

Oui, pardianne ! et du corsé ! En tout cas, leurs décisions, quand on y réfléchit, c'est comme s'ils étaient soûls : elles divaguent. Et puis, ils font des libations, parbleu ! Ou bien à quoi rimeraient tant de prières, si le vin n'était pas de la partie ? Et ils s'engueulent comme des pochards, et celui que le vin a mis hors de ses gonds, la police[4] l'embarque.

GAILLARDINE

Eh bien toi, va donc t'asseoir. Tu n'es bonne à rien.

1. *Litt. : Ariphradès* (qui n'a sûrement rien de commun avec celui dont il est question dans les *Cav.*, v. 1281) et *Parion*, noms d'hommes. Nous lisons : κάθιζε, Παρίων.
2. Dans les συμπόσια, les convives mettaient une couronne, cf. *Ois.*, v. 464.
3. Dans la véritable Assemblée, dont ce n'est ici que la répétition.
4. *Litt. : les archers*, chargés du maintien de l'ordre.

LA SECONDE

Seigneur ! Mieux eût valu pour moi rester sans...
[barbe[1] !
Je vais sécher de soif, à ce que je vois !

GAILLARDINE

Une autre demande-t-elle la parole ?

LA PREMIÈRE

Moi.

GAILLARDINE

Bien. Mets-toi la couronne, l'affaire presse. Allons, tâche de bien parler, comme un homme, dans la bonne attitude, en prenant appui sur ton bâton.

LA PREMIÈRE

J'aurais souhaité qu'un autre que moi, un des habitués de cette tribune, vînt, en développant les vues les plus judicieuses, me permettre de rester à ma place sans intervenir. Mais je ne puis tolérer, — du moins est-ce mon avis personnel[2] — que les cabaretiers fassent chez eux des réserves d'eau. Non, je le jure sur la tête de mon mari[3]...

GAILLARDINE

De ton mari ! Malheureuse ! Où as-tu la tienne ?

LA PREMIÈRE

Ben quoi ? Je n'ai pas demandé à boire, moi !

GAILLARDINE

Non, bien sûr, mais tu es un homme, et tu as juré sur la tête de ton mari ! A part ça, tu avais très bien tourné ton propos.

LA PREMIÈRE [*s'apercevant de son étourderie*]

Oh ! mon dieu !

GAILLARDINE

Suffit ! Telle que tu me vois, je ne mettrai pas un pied devant l'autre pour me rendre en séance, tant que tout ça ne sera pas parfaitement au point.

1. Parodie d'imprécation tragique pour :... « n'avoir point vu le jour ! » (jeu de mots entre γενειᾶν et γενέσθαι).
2. Je ponctue : κατὰ τὴν ἐμὴν μίαν [*s.-e.* γνώμην], ἐν τοῖς...
3. *Litt. : par les deux Déesses :* formule de serment ou de juron dont usaient seulement les femmes.

LA PREMIÈRE

Rends-moi la couronne, je vais recommencer. Cette fois, je crois que je suis parée à toute épreuve. [*Reprenant sa harangue*] A mon avis, l'assemblée que vous formez, Mesdames...

GAILLARDINE

Encore ! Mesdames !... et c'est à des hommes que tu parles !

LA PREMIÈRE [*montrant un des spectateurs sur les gradins*]

C'est la faute à Epigonos, là-bas ! J'ai regardé de son côté : je croyais parler à des femmes !

GAILLARDINE

Tire-toi de là aussi, et va t'asseoir là-bas ! Avec votre permission[1], je décide que c'est moi-même qui mettrai la couronne et qui parlerai.

[*Prenant le ton d'un discours solennel*]

Je supplie les dieux d'accorder à nos délibérations des suites salutaires ! Moi, qui ai place à part entière, tout comme vous, dans la communauté de ce pays, je suis ulcéré, accablé de notre conduite politique ! Elle est gangrenée. Je constate qu'elle donne les leviers de commande à des malfaisants. S'il y en a un qui se comporte bien pendant un jour, pendant dix jours il entasse les méfaits. On passe les responsabilités à un autre ? il fera encore bien pire ! Ah ! ce n'est pas facile de chapitrer des hommes aussi contrariants que vous ! Ceux qui sont pleins de bon vouloir à votre égard, vous les redoutez ; et ceux qui ne vous veulent pas de bien, à tout coup vous êtes à leurs genoux. L'Assemblée ? Il fut un temps où nous la désertions totalement, mais du moins nous étions d'accord sur la canaillerie d'Agyrrhios[2] ! A présent, nous y venons ; mais celui qui touche l'allocation le porte aux nues, tandis que celui qui ne la touche pas crie : A mort les profiteurs d'Assemblée qui font la chasse aux allocations !

1. Je lis : ὑμῶν γ' ἕνεκα.
2. Devant la carence des Athéniens, qui se désintéressaient des débats politiques, Agyrrhios avait fait accorder une allocation de trois oboles à tout citoyen pour chaque séance à laquelle il assisterait.

LA PREMIÈRE

Bravo, ma belle[1] ! Ça, c'est bien envoyé !

GAILLARDINE

Malheureuse ! Tu as crié : « ma belle ! » Tu aurais fait du joli si tu avais dit ça dans l'Assemblée !

LA PREMIÈRE

Mais je ne l'aurais pas dit !

GAILLARDINE

Alors, commence tout de suite à ne pas t'y habituer. [*Reprenant*] Autre chose : cette histoire d'alliance ! Quand elle était en débat, on prétendait que si elle ne se faisait pas, l'État était perdu. Et une fois faite, elle devenait détestable ; et l'orateur qui avait fait prendre la décision, ça n'a pas tardé : il a dû gagner le large et disparaître ! La flotte doit-elle prendre la mer ? le prolétaire est d'avis que oui, les riches et les paysans sont d'avis que non. Vous détestiez les gens de Corinthe, et eux de même pour vous : mais maintenant c'est des gens très bien : à vous de vous conduire bien, maintenant, avec eux ! L'Argien n'est qu'une buse, Hieronymos, lui, est sage. Le salut s'est profilé à l'horizon... mais Thrasybule est furieux qu'on n'ait pas recours à lui personnellement[2].

LA PREMIÈRE

Ce qu'il est malin, cet homme-là !

GAILLARDINE

Cette fois, l'éloge est correct. [*Reprenant*] Et de tout ça, c'est vous autres, peuple d'Athènes, qui êtes responsables. Vous drainez les fonds publics pour vos allocations, et vous n'avez d'yeux, chacun, que pour votre profit particulier. Et l'État, lui, il chaloupe comme un chien boiteux[3]. Mais si vous m'en croyez, vous vous en tirerez encore : c'est aux mains des femmes, vous m'entendez, qu'il nous faut confier l'État. Après

1. *Litt. : par Aphrodite !* juron féminin, cf. v. 155 n.
2. Ces deux vers, dont la signification de détail est controversée (Ἀργεῖος, « l'Argien », est peut-être un nom propre, Argeios), font allusion à des négociations diplomatiques récentes. Thrasybule, homme politique de premier plan, qui avait renversé la tyrannie des Trente, avait été supplanté par Agyrrhios dans la faveur populaire.
3. *Litt. : comme Æsimos,* personnage inconnu.

tout, c'est bien à elles que nous donnons l'emploi, dans nos ménages, d'avoir la haute main sur la gestion !

TOUTES

Bravo ! bravo, ma foi ! bravo ! Vas-y ! vas-y ! tu es un as !

GAILLARDINE

Elles savent mieux se conduire que nous, et je vais le prouver. Pour commencer, elles essorent leurs laines à l'eau tiède, selon l'antique usage, toutes, tant qu'elles sont. On ne les voit pas risquer des innovations. Et ce qu'il pourrait y avoir qui marche bien à Athènes, ne serait-ce pas le salut pour la Cité que de ne pas s'évertuer à fabriquer de l'inédit pour le changer ? Elles s'accroupissent devant leur gril, comme dans le temps ; elles portent les fardeaux sur la tête, comme dans le temps ; elles célèbrent les Thesmophories, comme dans le temps ; elles font cuire leurs gâteaux, comme dans le temps ; elles font la vie intenable à leurs maris, comme dans le temps ; elles ont des amants chez elles, comme dans le temps ; elles s'achètent des friandises en cachette, comme dans le temps ; elles aiment le vin bien corsé, comme dans le temps ; elles ont plaisir à se faire tisonner, comme dans le temps. Allons, Messieurs, remettons l'État entre leurs mains à elles ; inutile de palabrer et de nous demander ce qu'elles vont faire : laissons-leur tout bonnement le pouvoir. Songeons seulement qu'elles ont des fils, et que, primo, leur grand désir sera de ménager la vie de nos soldats ; secundo, pour les vivres, qui mieux qu'une mère de famille en hâterait l'acheminement ? Pour faire venir l'argent, il n'y a pas plus ingénieux qu'une femme : si elle est au pouvoir elle ne se laissera jamais flouer (c'est elles plutôt qui s'y connaissent pour flouer les autres !). Je n'en dirai pas plus. Si vous suivez l'avis que je vous donne, quelle heureuse existence vous aller couler !

LA PREMIÈRE

Bravo, Gaillardine, ma cocotte en sucre ! Quelle maîtrise ! Où donc as-tu appris, pauvre chérie, à parler comme ça si bien ?

GAILLARDINE

Au temps de l'exode[1], j'ai habité la Pnyx avec mon

1. Allusion probable aux dernières années de la guerre du Péloponnèse, où l'invasion spartiate avait fait refluer en ville les habitants de l'Attique.

homme ; alors j'entendais les orateurs : ça m'a formée !

LA PREMIÈRE

Pas étonnant alors, mon chou, que tu sois si capable et savante ! Oui, nous te choisissons d'ores et déjà, nous les femmes, pour le commandement, si tu réussis ce que tu as en tête ! Mais voyons, suppose que Céphalos [1] ait la fichue idée de s'en prendre à toi et de fulminer, comment lui riposteras-tu dans l'Assemblée ?

GAILLARDINE

Je dirai qu'il a le cerveau fêlé.

LA PREMIÈRE

Non : ça, tout le monde le sait.

GAILLARDINE

Alors, la malerage.

LA PREMIÈRE

Ça aussi, c'est connu !

GAILLARDINE

Alors, qu'en fait de tripatouillages, il n'entend rien à ceux de la céramique, mais pour ceux de la politique il est de première force.

LA PREMIÈRE

Et puis ? Si c'est Néoclidès [2]-N'y-voit-goutte qui fulmine contre toi ?

GAILLARDINE

Je lui dirai : « Va coller ton œil au cul d'un chien [3] ! »

LA PREMIÈRE

Et si tu te fais assaillir ?

GAILLARDINE

Va pour la saillie ! Saillies en tout genre, j'ai l'expérience [4] !

LA PREMIÈRE

Encore un cas à envisager : si les sergents veulent te vider, qu'est-ce que tu feras ?

1. Démagogue violent, potier de son métier.
2. *Litt. : le chassieux.* Autre politicien que ses yeux malades n'empêchaient pas, d'après Aristophane, d'être un insigne voleur. Cf. v. 398-406, et *Plut.*, v. 665-666 et 716-725.
3. Formule proverbiale d'insolente dérision.
4. Équivoque gaillarde.

GAILLARDINE [*mettant les poings sur ses hanches*]

J'écarterai les coudes, comme ça ! Pas moyen de me ceinturer !

LA PREMIÈRE

Et nous, s'ils veulent t'empoigner, on leur dira : Bas les pattes !

LA SECONDE

Soit, notre plan est au point, ça va bien. Mais il y a un détail auquel on n'a pas réfléchi : ça sera les mains qu'il faudra lever en l'air, tout à l'heure : comment faire pour y penser ? Notre habitude, c'est plutôt les jambes en l'air !

GAILLARDINE

C'est une difficulté. N'empêche qu'il faudra voter à main levée, en nous découvrant un bras jusqu'à l'épaule. [*Chassant ce souci*] Allons, relevez vos tuniques, enfilez vos souliers, en vitesse, comme vous voyez faire à votre homme chaque fois qu'il va partir pour l'Assemblée ou pour prendre l'air. Et puis quand tout ça sera fait comme il faut, mettez vos barbes. Et quand vous les aurez bien soigneusement ajustées, drapez-vous dans les manteaux d'homme que vous avez chapardés ; et puis, en route ! appuyées sur vos bâtons, en chantant un refrain de grand-papa, à la campagnarde !

LA PREMIÈRE

C'est ça ! Mais nous, prenons les devants. Car il y a d'autres femmes, je pense, qui seront venues directement de la campagne au lieu de l'Assemblée.

GAILLARDINE

Allons, pressez vous ! Vous connaissez les usages, là-bas : ceux qui ne sont pas présents sur les lieux dès l'aube n'ont qu'à se débiner sans avoir touché un clou [1].

[*Gaillardine et les deux femmes, qui sont déjà prêtes, sortent. Les autres femmes se déguisent rapidement et se mettent en ordre de marche*]

1. Depuis qu'on distribue trois oboles à tout citoyen qui vient à l'Assemblée, on fait littéralement la queue pour y entrer, et il faut disperser ceux qui sont en surnombre : on se sert pour cela de la corde enduite de peinture rouge qui servait autrefois à draîner, au contraire, les gens vers la séance (cf. *Ach.*, v. 22 n., et ici, v. 379). A plus forte raison exclut-on les retardataires.

LE CORYPHÉE

C'est le moment, Messieurs ! En avant, marche ! Il faut
nous souvenir toujours de ce « Messieurs », mesdames,
le dire et le redire et ne pas l'oublier !
Le péril n'est pas mince, en cas qu'on nous démasque,
d'endosser ténébreusement
les risques d'un pareil dessein !

[STROPHE] LE DEMI-CHŒUR DES CITADINES

En marche, citoyens ! Allons à l'Assemblée
Le magistrat a menacé quiconque
ne se présenterait dès la prime pénombre,
tôt, architôt, tout couvert de poussière,
l'œil à la ravigote,
et rendu guilleret par un bon aïoli,
de se voir refuser de passer à la caisse[1] *!*
Allons, pressons, Beauluron, Petitot,
Belœil[2]*, suivez ! Et prenez garde à vous :*
Soyez, sans fausse note, à la hauteur du rôle !
Et puis, une fois touchés nos jetons
groupons-nous sur les bancs, et votons haut la main
tout ce que dicteront nos compagnes... Pardon,
nous aurions dû dire : nos compagnons.

[ANTISTROPHE]

LE DEMI-CHŒUR DES CAMPAGNARDES
[*entrant en face*]

Il faut, pensons-y bien, refouler les intrus,
ces citadins ! C'étaient eux, dans le temps,
quand il fallait venir pour toucher trois fois moins,
qui bavardaient en tenant leurs assises
sur le Marché aux fleurs[3] *!*
Jadis, quand on avait des chefs de bonne race[4]*,*
nul n'aurait eu le front de prétendre gérer
à prix d'argent les intérêts d'État.
Chacun venait, apportant de quoi boire

1. *Litt. : de toucher les trois oboles.* Cf. v. 184 n., v. 284 n.
2. *Litt. : Charitimidès, Smicythos, Dracès,* noms d'hommes.
3. *Litt. : le marché aux couronnes,* dont il était fait grande consommation pour les cérémonies et les réjouissances.
4. *Litt. : Quand Myronidès, le noble cœur, était archonte,* trois quarts de siècle plus tôt.

dans une gourde, avec un quignon de pain sec
et deux oignons, et trois ou quatre olives...
Ce qu'on vise à présent ? toucher la triple paie
quand on vient s'occuper des affaires publiques,
comme des goujats, gâcheurs de mortier !

[*Le Chœur sort. Miravoine se précipite hors de chez lui, en proie à une grande agitation, enveloppé tant bien que mal dans une robe de femme*]

MIRAVOINE

En voilà une affaire ! Où diantre a bien pu filer ma femme ? Voilà le jour qui va se lever, et elle a disparu ! Et moi, dans mon lit, une colique m'a pris ; pendant un grand moment j'ai essayé d'attraper mes chaussures dans le noir, et mon manteau... J'avais beau tâtonner, pas moyen de les trouver ! Et le père Crottambide[1], là-dedans [*Il se frotte le ventre frénétiquement*] qui se met à tambouriner sans arrêt à la porte de derrière ! Alors je prends le châle de ma femme, vous voyez, et je traîne aux pieds ses sandalettes... Voyons, voyons, où trouver place nette, pour poser ma crotte ?... Bah ! la nuit, ça va bien m'importe où : à l'heure qu'il est, personne ne me verra faire !

Ah ! quel malheur d'avoir, au déclin de mes ans, pris femme ! Je mérite les cent coups ! Car enfin qu'est-ce qu'elle est allée faire dehors ? rien de bon !... Allons, faut quand même que je pose mon paquet !

[*Il se met en position. La fenêtre de la maison voisine s'ouvre, un homme s'y penche*]

LE VOISIN

Qui va là ? Ça ne serait pas, des fois, Miravoine, mon voisin voisinant ? Parbleu, c'est lui-même en personne ! Dis-moi, te voilà habillé en caca-d'oie[2] ? C'est-y que Cinésias t'a trempé dans sa méchante teinture ?

MIRAVOINE [*sans se relever*]

De quoi ? Non ! C'est à ma femme. Pour sortir je me suis drapé dans le caraco qu'elle se met.

LE VOISIN

Et ton manteau, où est-ce qu'il est ?

1. *Litt. : le Copréien,* Copros (« Crotte ») était un bourg de l'Attique.
2. *Litt. : d'une robe couleur de safran,* cf. *Thesm.*, v. 138 n. Sur Cinésias, cf. *Ois.*, v. 1373 n., et *Gren.*, v. 366 n.

MIRAVOINE

Je voudrais bien le savoir ! J'ai eu beau fourrager dans les couvertures, je ne l'ai pas trouvé.

LE VOISIN

Et alors ? Tu n'as pas demandé à ta femme de t'éclaircir la chose ?

MIRAVOINE

Eh ! non, sacrebleu ! Elle n'est pas à la maison ! Elle s'est esbignée en tapinois : maison vide !

et je redoute fort quelque acte subversif...

LE VOISIN

Ah ben, Mer alors ! C'est tout juste comme à moi itou ! Ma digne moitié a filé avec le manteau que je mettais ces temps-ci ! Et s'il n'y avait que ça pour me tracasser ! mais il y a mes chaussures : je n'ai pas pu mettre la main dessus, nulle part.

MIRAVOINE

Vin-dieu ! Moi non plus sur mes spartiates ! Il m'est venu la colique, j'ai fourré mes deux pieds dans ses mules, et hop !... je ne voulais pas embrener la literie : elle était toute propre.

LE VOISIN

Qu'est-ce qui a pu se passer ? C'est peut-être une de ses amies qui l'a invitée à déjeuner ?

MIRAVOINE

Je pense que oui. Ce n'est pas une mauvaise femme, autant que je peux savoir.

LE VOISIN

Mais dis donc, c'est un câble que tu chies là ? Quant à moi, il est l'heure d'aller à l'Assemblée, si je peux mettre la main sur mon manteau — c'est le seul que j'avais !

MIRAVOINE

Moi aussi, quand je me serai débarrassé. Mais pour le moment j'ai une noix de coco dans le goulot[1] : blocus alimentaire.

1. *Litt. : une poire sauvage.* On s'est livré, depuis l'Antiquité, à des élucubrations saugrenues autour de l'effet constipant de ce fruit, et de l'excuse qu'aurait trouvée là Thrasybule pour se dire malade et ne pas prendre position dans un débat sur la politique à mener envers Sparte. Le plus simple est de prendre ἀχράς, poire sauvage, comme un substitut pittoresque de « bouchon », et de penser que Thrasybule avait employé ce mot pour dire qu'on couperait à Sparte ses voies d'approvisionnement.

LE VOISIN

Celui dont parlait Thrasybule pour les Lacédémoniens ?

MIRAVOINE

Vin-dieu ! en tout cas je suis coincé à bloc. [*Le voisin referme sa fenêtre*] Qu'est-ce que je vais faire ? Ça suffirait déjà comme tracas, mais j'en ai un autre : quand j'aurai mangé, quel chemin prendra ma prochaine crotte ? A cette heure, il a cadenassé la porte, ce coco-là, le citoyen Bloc-Moncul [1] !... Qui donc voudrait m'aller quérir un médecin ?... mais lequel ? Qui est spécialiste en ces matières ? Fécalculons un peu... Ah ! je sais : Amynon. Mais il va peut-être bien s'en défendre... Qu'on m'appelle Antisthène [2], il me le faut à tout prix ; il n'y a qu'à l'entendre geindre : c'est un type qui sait tout ce que réclame un boyau culier quand il est dans les douleurs ! O Dame de Délivrance [3], daigne m'exaucer ! Je suis dilacéré, je suis barricadé, ne me laisse pas devenir un ustensile merdeux à faire bidonner le public !

[*Entre Crachignol, venant du dehors*]

CRACHIGNOL

Dis donc, toi, qu'est-ce que tu es en train de faire ? de chier, ma parole ?

MIRAVOINE

Moi ? Que non ! c'est fini, ma foi : tu vois, je me relève.

CRACHIGNOL

Et tu as endossé la robe de ta femme ?

MIRAVOINE

Il faisait nuit noire là-dedans : c'est ça qui m'est tombé sous la main. Mais toi, pour de bon, d'où viens-tu ?

CRACHIGNOL

De l'Assemblée.

MIRAVOINE

La séance est déjà levée ? Ma foi, elle n'a pas fait la grasse matinée !

1. *Litt. : Cet individu, quel qu'il soit, qui est d'Achradous* (nom d'un bourg attique, qui fait jeu de mots avec ἀχράς).

2. Les commentateurs anciens ne nous donnent sur ces deux individus que de maigres notes — invertis, constipés — qui semblent tirées du passage même qu'elles veulent éclairer : cercle vicieux.

3. *Litt. : Ilithye,* invoquée pour les femmes en couches.

CRACHIGNOL

Même qu'on a bien rigolé, bonté divine, à voir les gens se faire zébrer de rouge tout à la ronde[1] !

MIRAVOINE

Mais la paie, tu l'as bien touchée ?

CRACHIGNOL

Ah ! si seulement... Mais aujourd'hui je suis arrivé trop tard. D'ailleurs, sacrebleu, je n'ai à en rougir devant personne — sauf devant mon cabas à provisions !

MIRAVOINE

Et comment ça s'est-il fait ?

CRACHIGNOL

Il y avait une cohue formidable ; on n'a jamais vu une pareille foule de gens venir à la Pnyx. Et ma foi, à les voir, ils nous faisaient tous l'effet de sortir d'une cave[2] : à n'en pas croire ses yeux, cette assemblée,

le teint de lait qu'avait cet essaim de visages.

Bref, je n'ai rien touché, ni moi, ni un tas d'autres.

MIRAVOINE

Alors, moi non plus je ne toucherais pas si j'y allais maintenant ?

CRACHIGNOL

Pas de danger. Et même si tu y étais allé dès le second chant du coq, ma foi !

MIRAVOINE [*pathétique*]

Hélas ! pleure Antiloque,
mon malheur ! et, plutôt que ta défunte paie,
plains ce pauvre vivant pour qui tout est perdu[3] !

Mais quelle était donc l'affaire qui a réuni une telle masse de monde, comme ça si tôt ?

CRACHIGNOL

Qu'est-ce que tu veux que ce soit ? Les Commissaires avaient mis à l'ordre du jour un débat sur la sauvegarde de l'État. Alors, d'emblée, Néoclidès-N'y-voit-goutte[4] a pris les

1. Cf. v. 283 n.
2. *Litt. : d'être des cordonniers*, qui, toujours à l'ombre dans leur échoppe, passaient pour avoir le teint blême.
3. Parodie des *Myrmidons*, d'Eschyle.
4. Cf. v. 254 n.

devants en se trimbalant vers la tribune. Et alors, le peuple de brailler, tu entends ça d'ici : « C'est un peu fort que ce type-là ait le toupet de nous haranguer, surtout sur la sauvegarde de l'État, lui qui n'a même pas pu sauvegarder ses quinquets ! » A son tour à lui de brailler en tournant les yeux à la ronde : « Qu'est-ce que je dois faire ? »

MIRAVOINE

« Broyer de l'ail avec du lait de figuier, y amalgamer du suc d'euphorbe — de la vésicante [1] ! — et s'en frotter les paupières le soir. » Voilà ce que je lui aurais dit, moi, si j'avais été là.

CRACHIGNOL

Après lui s'est avancé Vie-en-or [2], le finaud : il n'avait rien sur la peau, du moins, c'était l'impression générale, mais lui, il prétendait avoir bel et bien un manteau. Et alors, il a prononcé des paroles hautement démocratiques : « Vous voyez qu'en fait de sauvegarde, j'ai besoin moi-même d'une subvention pour me mettre à couvert. Mais, ça ne fait rien, je vais vous dire comment mettre à couvert le sort de l'État et des citoyens : que les marchands de tissu fournissent à ceux qui en ont besoin des lainages dès que le soleil va vers l'hiver, et plus personne de nous n'attrapera jamais de pleurésie. Que tous ceux qui n'ont ni lit ni couvertures s'en aillent, après le rince-doigts, dormir chez les pelletiers ; et s'il y en a un qui leur ferme sa porte en hiver, il paiera trois peaux de mouton d'amende ! »

MIRAVOINE

Vin-dieu ! Excellente idée ! Et il aurait pu ajouter, sans que personne lève le doigt là-contre : « Les trafiquants de farine fourniront trois litrons aux indigents pour leur dîner, ou bien il leur en cuira ! » C'est au moins ça de bon qu'ils auraient tiré de Nausicydès [3] !

1. *Litt. : de celle de Laconie.* Un onguent si corrosif devait faire souffrir cruellement le malade, même s'il était censé avoir de bons effets par la suite. Cf. *Plut.*, v. 716-725.

2. *Litt. : Euaïôn* ou *Evéon*, nom d'homme qui a ce sens, et qui a tout l'air d'un sobriquet ironique infligé à un pauvre diable — dont le vêtement a tellement de trous qu'il est devenu *invisible*...

3. Riche commerçant en grains et farines.

CRACHIGNOL

Là-dessus, voilà qu'un jeune homme fort avenant[1], au teint clair (il ressemblait à Nicias), a bondi pour haranguer le peuple. Il s'est mis en devoir de montrer qu'il faut confier l'État aux femmes ! Et alors, tumultueuses acclamations du bataillon des endives[2], et chez les campagnards[3], brouhaha de protestations.

MIRAVOINE

En quoi ils montraient leur bon sens, parbleu !

CRACHIGNOL

Mais ils étaient en minorité. Et le gars leur tenait tête, à pleine voix, en disant beaucoup de bien des femmes, et beaucoup de mal de toi.

MIRAVOINE [*sursautant*]

Et qu'est-ce qu'il a dit ?

CRACHIGNOL

D'abord, il a dit que tu es un chenapan...

MIRAVOINE

Et toi ?

CRACHIGNOL

Attends un peu. Et puis un filou...

MIRAVOINE

Moi tout seul ?

CRACHIGNOL

Et un mouchard, ma foi !

MIRAVOINE

Moi tout seul ?

CRACHIGNOL

Toi [*Montrant le public*] et tout le monde qui est là, ma foi !

MIRAVOINE

Ah ! pour ceux-là, qui dit le contraire ?

CRACHIGNOL

Mais la femme, il disait que c'est du concentré de bon sens, ça sait faire venir l'argent ! Et qu'elles ne vont pas déballer à

1. Il s'agit de Gaillardine.
2. *Litt. : des cordonniers.* Cf. 385 n.
3. Les assistants au teint hâlé, qui sont les hommes, mais que, par opposition aux « visages pâles » des femmes qu'il prend pour des citadins, Crachignol pense être des paysans.

tous les coins de rues les secrets des Thesmophories, tandis que toi et moi, c'est ce que nous faisons à tous les coups quand nous avons siégé au Conseil.

MIRAVOINE

Fichtre ! là-dessus il n'a pas menti.

CRACHIGNOL

Et puis, qu'elles se prêtent entre elles robes, bijoux, argent, vaisselle, et seules à seules, pas devant témoins, et qu'elles rendent tout, sans rien garder par-devers elles, comme nous faisons presque tous, qu'il disait, lui.

MIRAVOINE

C'est bigrement vrai — et même quand il y avait des témoins !

CRACHIGNOL

Qu'elles ne font ni marchandages, ni procès, ni menées subversives... Bref, il chantait leurs louanges sur tous les tons, et il trouvait encore mille autres raisons de vanter le mérite des femmes.

MIRAVOINE

Et qu'est-ce qu'on a décidé ?

CRACHIGNOL

Eh bien, de s'en remettre à elles du soin des affaires[1] : on reconnaissait que c'était la seule chose qui n'avait encore jamais eu cours dans cette ville.

MIRAVOINE

Alors, c'est décidé ?

CRACHIGNOL

Comme je te le dis.

MIRAVOINE

Oui ? On les a chargées de tout ce qui incombait aux citoyens ?

CRACHIGNOL

Tout juste.

MIRAVOINE

Alors je n'irai plus au tribunal ? Ça sera ma femme ?

CRACHIGNOL

Et ce n'est plus toi qui nourriras ta maisonnée, ça sera ta femme.

1. Je lis : τὰ πράγματα, au lieu de : γε τὴν πόλιν.

MIRAVOINE

Et je n'aurai plus à ronchonner de voir le jour se lever ?

CRACHIGNOL

Ma foi non : c'est l'affaire des femmes dorénavant. Au lieu de ronchonner, tu pourras trompeter du cul[1] en faisant la grasse matinée.

MIRAVOINE

Il y a un point noir, pour les gens de notre âge : quand elles auront pris les rênes de l'État, elles risquent de nous requérir, par voie de contrainte...

CRACHIGNOL

De quoi faire ?

MIRAVOINE

De les sauter — et en cas de carence de notre part, de nous priver de dîner[2].

CRACHIGNOL

Eh bien, sacrebleu, débrouille-toi pour la sauter au lit, comme ça tu ne la sauteras pas à table !

MIRAVOINE

Faire ça contraint et forcé, quelle corvée !

CRACHIGNOL

Mais si c'est l'intérêt de l'État, tout homme est tenu de s'exécuter. Et puis, il y a une maxime qui nous vient de nos aïeux : inepties ou folies, tout ce que nous décidons tourne toujours à notre avantage.

MIRAVOINE [*solennel*]

Ainsi soit-il, avec la grâce toute-puissante de Pallas et des dieux !

CRACHIGNOL

Allons, je m'en vais. Porte-toi bien.

MIRAVOINE

Et toi de même, Crachignol !

[*Crachignol s'éloigne, Miravoine rentre chez lui. Le Chœur des femmes revient ; elles sont déguisées en hommes*]

1. Péter à son aise le matin dans son lit est une des images de la félicité. Cf. *Ach.*, v. 256.

2. Je lis : ... κινεῖν ἑαυτάς· ἣν δὲ μὴ δυνώμεθα, ἄριστον οὐ διδῶσι sans interruption de Crachignol.

LE CHŒUR

En avant marche, un' deux ! Ces Messieurs
ont-ils mis l'un d'entre eux mes amies,
à la queue parmi nous ? Tournez-vous !
Ouvrez z-yeux ! Gardez-vous bel et bien !
les vauriens sont partout ! J'ai bien peur
qu'un espion ne repère, d'aventure,
par-derrière quelle allure nous avons !

[STROPHE]

Allons, martelons
en cadence notre pas,
aussi fort que nous pouvons !
Quelle honte pour nous toutes
ce serait devant nos hommes,
s'ils venaient à découvrir
le pot aux roses !
Ainsi, drapons-nous serré,
inspectons les alentours
et scrutons de tous côtés
sur la droite et sur la gauche,
pour éviter que la chose
ne tourne à la catastrophe !
Mais pressons le mouvement :
nous voici près des lieux d'où
nous nous sommes ébranlées
vers l'Assemblée !
Vous pouvez voir la maison
de celle à qui nous devons
cette réforme que viennent
d'adopter les citoyens :
notre Commandante !

[ANTISTROPHE]

Aussi, par ici
vaut-il mieux ne pas traîner
ni nous attarder longtemps
avec barbes aux mentons :
On pourrait être aperçues
par quelqu'un qui s'en irait
nous dénoncer !
Allons, hop ! venez ici,
à l'ombre de ce muret —
l'œil en coulisse... et le bon !

Changez-vous, redevenez
les femmes que vous étiez.
Dépêchez ! elle s'avance,
revenant devant nos yeux
au sortir de l'Assemblée,
notre Commandante ! Allons,
dépêchez-vous,
envoyez paître, vous toutes,
le maudit bouc qui vous pend
au menton ! Depuis le temps
vos joues souffrent de porter
ce machin barbare !

[*Elles ôtent leurs barbes. Gaillardine s'avance, avec une petite escorte féminine*]

GAILLARDINE

Le tour est joué, Mesdames ! Nous avons eu de la chance, et l'issue des événements est conforme à nos plans. Mais à présent, à toute vitesse, défaites-vous des manteaux, dépêtrez-vous des godillots, [*à une femme, en lui montrant les courroies des spartiates*]

de ce harnais de Sparte, ôte les brides, toi [1] !

Jetez vos bâtons !... [*Au Coryphée*] Mais non, à toi de leur faire rectifier leur tenue. Moi je veux me faufiler à l'intérieur, avant que mon mari me voie, et remettre son manteau où je l'ai pris, et tout ce que j'ai emporté d'autre.

[*Les femmes se débarrassent en hâte*]

LE CORYPHÉE

Tu vois, tout est déposé, tes ordres sont exécutés. A toi de nous donner tes autres instructions : qu'est-ce que nous devons faire, à ton idée, pour être utiles ? Nous t'obéirons sans faute : jamais je n'ai rencontré plus maîtresse femme que toi, je sais bien !

GAILLARDINE

Eh bien, attendez-moi, pour que, dans l'exercice des pouvoirs qui viennent de m'être conférés, je puisse profiter de vos conseils : là-bas, dans le tumulte et les périls, vous vous êtes vraiment conduites... en hommes !

1. Parodie d'un vers noble, où un héros donnait des ordres à son écuyer.

[*Elle va pour rentrer chez elle. Miravoine paraît sur la porte*]

MIRAVOINE

Dis donc, toi, d'où viens-tu, Gaillardine ?

GAILLARDINE

Qu'est-ce que ça peut te faire, mon bon ?

MIRAVOINE

Ce que ça peut me faire ? Sainte nitouche !...

GAILLARDINE [*prenant les devants*]

Tu ne vas pas dire que je sors de chez un amant ?

MIRAVOINE

Et peut-être pas de chez un seul !

GAILLARDINE

Tu as un moyen de preuve à ta disposition.

MIRAVOINE

Lequel ?

GAILLARDINE

Sens si mes cheveux sont parfumés.

MIRAVOINE

Hein ? comme si une femme ne pouvait pas se passer de parfum pour se faire f...

GAILLARDINE [*l'interrompant, très « grande dame »*]

Moi, en tout cas, jamais, mon pauvre ami !

MIRAVOINE

Alors pourquoi es-tu partie à la sauvette, avant l'aube, en me prenant mon manteau ?

GAILLARDINE

C'est une femme qui m'a fait appeler cette nuit, une amie très chère ; les douleurs l'avaient prise.

MIRAVOINE

Et alors ? tu ne pouvais pas m'expliquer, avant de filer ?

GAILLARDINE [*pathétique*]

Sans me soucier d'elle, en mal d'enfant comme elle était ? y songes-tu, mon homme ?

MIRAVOINE

Tu n'avais qu'un mot à dire. Il y a quelque chose de louche là-dedans.

GAILLARDINE

Ah, Dames[1] ! non ! Je suis partie comme j'étais ! Celle qui

1. *Litt. : par les deux Déesses,* Déméter et Perséphone.

m'a fait la commission me suppliait de la suivre dehors à tout prix.

MIRAVOINE

Et alors ? Tu n'aurais pas pu mettre ton manteau à toi ? Tu emportes ma pelure, tu me jettes ton caraco, et te voilà partie en me laissant comme un macchabée : il ne te manquait plus que de disposer une couronne et un vase funéraires !

GAILLARDINE

Il faisait froid ; je suis toute fluette et fragile... Alors pour me tenir chaud, c'est comme ça que je me suis emmitouflée. Toi, je t'ai laissé couché bien au chaud sous les couvertures, mon homme !

MIRAVOINE

Et mes souliers que tu as embarqués, pourquoi ça ? et mon bâton ?

GAILLARDINE

C'est pour protéger ton manteau [1] que j'ai pris tes souliers : je t'imitais en tapant des pieds et en cognant du bâton sur les cailloux.

MIRAVOINE

Sais-tu que tu m'as fait perdre un demi-boisseau de farine [2], que j'aurais gagné à l'Assemblée ?

GAILLARDINE

Ne te tracasse pas : elle a eu un gros garçon.

MIRAVOINE

L'Assemblée ?

GAILLARDINE

Mais non, parbleu ! l'amie chez qui je suis allée. Alors, il y a eu séance ?

MIRAVOINE

Mais oui, parbleu ! Tu ne savais pas ? Je te l'avais dit hier.

GAILLARDINE

Ah oui, maintenant je me le rappelle.

1. Contre les rôdeurs qui détroussent les noctambules ; elle prétend avoir voulu les intimider.

2. *Litt. : un hecteus* (un peu moins d'un décalitre), qu'il aurait pu acheter avec les trois oboles d'indemnité de séance.

MIRAVOINE

Et tu ne sais pas non plus ce qu'on a décidé ?

GAILLARDINE

Moi ? non parbleu !

MIRAVOINE [*d'un ton supérieur*]

Va, tu n'es bonne qu'à rester dans ton coin en grignotant des amuse-bouche[1] ! Et pourtant c'est à vos soins, paraît-il, que la ville est confiée.

GAILLARDINE

Pour quoi faire ? pour tisser ?

MIRAVOINE

Non pas certes ! pour gouverner.

GAILLARDINE

Gouverner quoi ?

MIRAVOINE

Toute l'administration de la cité, tout, architout.

[*Arrive Crachignol, qui s'approche sans prendre part tout de suite à la conversation*]

GAILLARDINE

Ah ! vivent les amours ! quel avenir de félicité s'ouvre pour Athènes !

MIRAVOINE

Comment ça ?

GAILLARDINE

Pour des tas de raisons : les gens sans vergogne ne seront plus en situation de la bafouer dorénavant, ni de se porter témoin[2], de se faire délateurs...

MIRAVOINE

Ah ! non, ne fais pas ça, pour l'amour du ciel ! Ne m'ôte pas le pain de la bouche !

CRACHIGNOL

Hé, sacré bonhomme, laisse parler ta femme !

1. *Litt. : Reste tranquille en grignotant des seiches.* Il y a sûrement là une expression proverbiale. Dès l'Antiquité on interprétait : Tu vas « vivre tranquille comme un coq en pâte ». Mais ce sens est tout à fait hors de propos : ce sont les hommes qui se tourneront les pouces (cf. v. 458 et suiv.). Je pense donc qu'il s'agit d'un trait burlesque de vanité masculine. Il dit à son épouse : « Tu n'entends rien à la politique ! » Il tombe bien !...

2. Une allusion de plus à la maladie processive des Athéniens. Cf. v. 657.

GAILLARDINE

... ni détrousseurs, ni d'être jaloux du voisin, ni de n'avoir rien à se mettre — des pauvres, il n'y en aura plus ! — ni d'injurier quelqu'un ni de le traîner en prison pour prêt sur gage.

CRACHIGNOL

Ventrebleu ! c'est grandiose ça, si seulement ça se vérifie !

GAILLARDINE

Eh bien, je vais exposer la chose, et si bien que tu me rendras témoignage, et que [*Montrant Miravoine*] même lui, il ne trouvera pas à me contredire.

LE CHŒUR

C'est le moment
de battre le rappel de tes esprits subtils :
Que la sagacité de ta riche cervelle
sache défendre tes amies !
C'est à notre commun bonheur
que va l'ingénieuse idée
que tu as eue : elle auréolera
de maints et maints bienfaits l'existence du peuple
dont tu es citoyenne.
Fais voir, c'est le moment, les effets qu'elle aura !
Car l'état de notre cité
requiert une initiative
qui soit habile, et inventive.
Prends garde seulement, pour venir à tes fins,
de ne reprendre rien
ni de ce qui s'est fait, ni de ce qui s'est dit
par le passé :
le réchauffé, le ressassé
le public a horreur de ça !

LE CORYPHÉE

Allons, sans plus tarder, aborde ton propos. Presse le mouvement : c'est ce qui a le plus d'attrait pour les specta teurs.

GAILLARDINE

Ma foi... que mes leçons soient excellentes, je n'en doute pas. Mais est-ce que le public consentira à tailler dans le neuf, à ne pas trop se confiner dans les anciens usages ? Voilà ce qui m'inquiète le plus.

vers 565-585

MIRAVOINE

Pour ce qui est de tailler dans le neuf, ne t'inquiète pas ! Procéder de la sorte, avec un parfait dédain pour tout ce qui est ancien, nous n'avons pas d'autre secret de gouvernement.

GAILLARDINE [*au public*]

Eh bien, qu'on s'abstienne de toute contradiction et de toute interruption avant d'être au fait du propos dont il s'agit, et d'avoir écouté l'orateur.

Je vais vous dire : il faut donner part à tous de toutes choses, en communauté ; égalité de ressources pour vivre, au lieu que l'un soit riche et l'autre pauvre, que l'un ait de vastes terres à cultiver, et l'autre pas même de quoi se faire ensevelir, l'un une foule d'esclaves à son service, et l'autre pas même un valet. Je pose une seule condition de vie, commune à tous, la même pour tous.

MIRAVOINE

Pas possible ? Commune à tous ? Merde alors !

GAILLARDINE

Manges-en d'abord, je prendrai ta suite[1] !

MIRAVOINE

Ah ! La merde aussi on la mettra en commun ?

GAILLARDINE

Mais non, sacrebleu ! C'est toi qui t'emballes et qui m'interromps ! Ce que j'allais dire, c'est : pour commencer, communauté de terres, de l'argent et de tous les avoirs personnels. Sur ce fonds commun, c'est nous qui vous nourrirons : à nous la gestion, le contrôle des dépenses, et la mise au point du Plan.

MIRAVOINE

Et pour celui dont l'avoir n'est pas en biens-fonds, mais en argent et en devises[2] ? cette fortune-là est invisible !

GAILLARDINE

Il la versera à la masse.

1. *Litt. : MIR. Commune à tous ? Comment cela ? GAILL. Tu boufferas de la merde avant moi !*

2. *Litt. : dariques,* pièces d'or de Perse qui tiraient leur nom de l'effigie du roi (Darius), comme nos louis.

MIRAVOINE

Et s'il ne la verse pas ? S'il fait un faux serment pour la garder, comme il en a déjà fait d'autres pour la gagner[1] ?

GAILLARDINE

Mais elle ne lui servira plus à rien de toute façon.

MIRAVOINE

Comment ça ?

GAILLARDINE

Le besoin n'imposera plus aucun labeur à aucun citoyen. Tout appartiendra à tous : pain, salaisons, galettes, pèlerines, vin, couronnes, pralines[2]. Ainsi quel avantage aura-t-on à ne pas verser ce qu'on a ? Creuse-toi bien, tu en vois un ? je t'écoute.

MIRAVOINE

Mais voyons, aujourd'hui, les plus voleurs, c'est bien ceux qui ont déjà tout ça à leur disposition[3] ?

GAILLARDINE

Dans le temps, oui, mon bon — quand nous suivions les lois du vieux temps. Mais à présent qu'on vivra sur le fonds de communauté, quel avantage aura-t-on à ne pas verser ce qu'on a ?

MIRAVOINE

Suppose un type qui avise une mignonne ; il la convoite, il veut la tromboner : c'est en puisant dans ses fonds privés qu'il pourra lui faire un cadeau. En fait de jouissance en communauté[4], il aura couché avec elle !

GAILLARDINE

Mais gratis il aura le droit de coucher avec ! J'institue aussi la communauté des femmes entre tous les hommes : pourra les mettre au lit avec lui et les engrosser qui voudra.

MIRAVOINE

Mais comment les empêcher de converger tous sur la plus fraîche et jolie pour essayer de lui foncer dedans ?

1. Nous lisons : κἂν, μὴ καταθείς, ψευδορκήσῃ ; κἀκτήσατο, etc. en attribuant tout le vers à Miravoine.

2. *Litt. : pois chiches*, que l'on grignotait tout en buvant.

3. La suite du raisonnement serait : donc quand tout le monde disposera de tout, tout le monde ne pensera plus qu'à voler tout le monde.

4. Double sens sur l'expression μετέχειν τῶν ἐκ κοινοῦ, jouir de ce qui est mis en commun.

GAILLARDINE

Les laides et les camuses auront leur place à côté de celles qui sont dans leur gloire : et qui désirera la belle commencera par s'envoyer l'affreuse.

MIRAVOINE

Mais nous autres, les vieux, si nous nous tapons les affreuses, comment veux-tu que nous soyons encore d'attaque pour l'étape suivante de ton programme ? Ça sera la débandade !

GAILLARDINE [*feignant de croire que son mari a peur d'être écharpé par les femmes, furieuses de se voir frustrées des caresses d'un si beau mâle*]

Elles ne feront pas la guerre, ne t'inquiète pas pour ta personne, n'aie pas peur[1] !

MIRAVOINE

Pas la guerre ? à quel propos ?

GAILLARDINE

Parce que tu n'auras pas couché avec elles ; tu es à l'abri d'un pareil ennui.

MIRAVOINE

Vu de votre côté, c'est assez bien conçu. Toutes mesures sont prises pour qu'il n'y ait pas de trou-madame vacant. Mais le truc-monsieur, qu'est-ce qu'il va faire ? Elles vont mettre le cap sur les beaux garçons : pour les moches, plus personne !

GAILLARDINE

Eh bien, les malfichus n'auront qu'à pister les bien tournés à la sortie de leurs festins, et les avoir à l'œil dans les lieux publics : les femmes n'auront pas le droit de coucher avec les beaux hommes, les bien plantés, avant d'avoir accordé leurs faveurs aux moches et aux nabots.

MIRAVOINE

Vrai ? C'est Lysicrate qui va lever le museau aussi haut que nos Adonis[2] !

1. Nous lisons, à partir de là : *ΒΛ*. Οὐχὶ μαχοῦνται ; — περὶ τοῦ ; *ΠΡ*. Τοῦ μὴ ξυγκαταδαρθεῖν. Οὐ σοὶ τοιοῦτον ὑπάρχει.

2. *Litt. : Le nez de Lysicrate sera aussi fier que celui des beaux hommes.* Ce Lysicrate semble avoir eu le nez en trompette. De toute façon, il avait des prétentions de séducteur, puisqu'il se teignait les cheveux (cf. v. 736).

GAILLARDINE

Oui, ma foi, bel astre[1] ! Et l'idée est démocratique : on fera gorge chaude des glorieux crâneurs aux doigts chargés de bagues, quand un galochard leur dira : « A toi l'honneur... de me laisser passer. Et tiens-toi en alerte : quand j'aurai fini mon affaire, je te cède la seconde resucée. »

MIRAVOINE

Mais avec un pareil système, comment chacun sera-t-il capable de reconnaître ses enfants à lui ?

GAILLARDINE

A quoi bon ? En tout homme d'âge, compte tenu de la chronologie, les jeunes verront leur propre père.

MIRAVOINE

Alors ils étrangleront, bravement et consciencieusement, à la file, tous les vieux, faute de savoir à quoi s'en tenir. A preuve : même maintenant où ils savent que c'est bien de leur père qu'il s'agit, ils l'étranglent[2] ! Qu'est-ce que ça sera quand ils ne sauront pas ! Ils se torcheront le cul à sa barbe !

GAILLARDINE

Non ! Ceux qui seront là ne permettront pas ça. Jusqu'ici, quand on rossait un vieux ils s'en fichaient bien : c'était celui des autres ! A présent, en entendant les horions, ils s'inquiéteront : « Si c'était lui, mon père, qui se fait rosser ? » et ils tomberont sur les auteurs de ces voies de fait.

MIRAVOINE

Ça se tient assez bien, en somme, ce que tu dis là ! Mais si Epicouros, ou bien Leucolophos[3], s'amène en m'appelant : « Papa ! »... quelle horreur d'avoir à entendre ça !

CRACHIGNOL

Ça serait bien moins horrible que s'il t'arrivait...

MIRAVOINE

Quoi donc ?

1. *Litt. : par Apollon !* Il y a une intention comique dans la référence à ce dieu à un moment où il est question de beauté masculine.
2. Allusion probable à une récente affaire de parricide.
3. Inconnus.

CRACHIGNOL

D'essuyer de la part d'Aristyllos des baisers qu'il prétendrait filiaux !

MIRAVOINE

Oh ! là là ! gare à lui ! ça lui coûterait cher.

CRACHIGNOL

Mais pour toi, quel parfum d'ambr...enoisie[1] !

GAILLARDINE

Non : ce type-là est venu au monde avant la réforme : tu n'as pas besoin d'avoir peur de ses baisers.

MIRAVOINE

Brr ! s'il m'avait fallu subir ça, quelle horreur ! [*Changeant de chapitre*] Et la terre ? Qui va la travailler ?

GAILLARDINE

Les esclaves. Tu n'auras plus d'autre souci que de t'en aller souper, tout guilleret, à l'heure où les ombres s'allongent[2].

MIRAVOINE

Et pour les habits ? Comment va-t-on s'en tirer ? C'est un problème qui vaut d'être posé.

GAILLARDINE

Ceux que vous avez, l'usage vous en sera laissé pour commencer. Quant à l'avenir, c'est nous qui fournirons le tissu.

MIRAVOINE

Encore une question : si les magistrats condamnent un type à l'amende, qu'est-ce qui se passera ? Où prendra-t-il de quoi la payer ? Au fonds commun ? Ça ne serait pas juste !

GAILLARDINE

D'abord, des procès, il n'y en aura plus !

1. *Litt. : de menthe.* Le mot καλαμίνθη implique calembour avec un relent fécal (μίνθος). Le nauséabond personnage dont il s'agit sera encore pris à partie dans le *Plutus*, v. 314.

2. *Litt. : quand l'*[*ombre de l'*]*index aura dix pieds.* Souvenir d'un cadran solaire archaïque, où l'heure se marquait non par la direction de l'ombre, mais par sa longueur : ici, décuple — l'index vertical ayant un pied de haut —, c'est-à-dire environ une demi-heure avant le coucher du soleil.

MIRAVOINE

Cette parole-là, chez nous, elle te perdra[1] !

CRACHIGNOL

Moi aussi, je suis de cet avis.

GAILLARDINE

Mais, mon pauvre vieux, pourquoi y en aura-t-il ?

MIRAVOINE

Pour des tas de raisons, sacrebleu ! D'abord et d'une : si quelqu'un renie ses dettes, pas vrai ?

GAILLARDINE

Mais le créancier, où aura-t-il trouvé l'argent de sa créance, puisque tout sera commun ? Il se désignerait lui-même comme voleur, pas vrai ?

CRACHIGNOL

Bonté divine ! c'est magistral ce que tu dis là !

MIRAVOINE [*à Crachignol*]

Bon ; mais qu'elle m'explique autre chose : pour les coups et blessures, comment paiera-t-on les dommages et intérêts, quand une bamboche tournera en bagarre ? [*A Gaillardine*] Là, tu es coincée, hein ?

GAILLARDINE

Par prélèvement sur la pitance. S'il voit rogner son menu, une autre fois, le type sera moins porté à se bagarrer pour un oui, pour un non : il aura reçu un coup à l'estomac.

MIRAVOINE

Et il n'y aura plus de voleurs non plus ?

GAILLARDINE

Pourquoi est-ce qu'on volerait, si on a part à tout ?

MIRAVOINE

On ne sera plus détroussé la nuit ?

CRACHIGNOL

Non, si tu restes chez toi dans ton lit !

GAILLARDINE

Et même si tu te promènes dehors comme avant — puisque tout le monde aura de quoi vivre !

1. Parce que les Athéniens n'admettront jamais de renoncer à ces procès qui sont leur pain quotidien.

MIRAVOINE

Et s'il y a quand même un détrousseur[1] ?

GAILLARDINE

On lui cédera de bon cœur : à quoi bon se battre ? la belle affaire ! on ira toucher une autre pelure, et meilleure, sur le stock de communauté.

MIRAVOINE

Et les gens ne joueront plus aux dés ?

GAILLARDINE

Pour quel enjeu le ferait-on ?

MIRAVOINE

Et pour tous les jours, quelle vie vas-tu nous faire ?

GAILLARDINE

Commune pour tous. J'entends faire de la ville un seul foyer, en brisant toutes les clôtures, sans aucune exception : qu'on puisse aller et venir, de tous chez tous !

MIRAVOINE

Et les repas, où les serviras-tu ?

GAILLARDINE

Tribunaux et portiques seront convertis en autant de réfectoires.

MIRAVOINE

Et la Tribune, à quoi servira-t-elle ?

GAILLARDINE

Ce sera un dressoir pour les pichets et les jarres. Et les gamins y monteront afin de célébrer les vaillants combattants ; et pour tous ceux qui se seront conduits en pleutres, leur couper l'appétit, de honte !

MIRAVOINE

Jour de dieu ! L'idée est jolie ! Mais les loges où on tire au sort, comment vas-tu les reconvertir[2] ?

GAILLARDINE

Je vais les installer sur la Place. Et alors, je rassemblerai

1. Je lis : *ΒΛ*. Ἦν δ' ἀποδύῃ γ' ; *ΠΡ*. Αὐτὸς δώσει.

2. Pour désigner parmi les citoyens ceux qui effectivement feraient fonction de juges, on les tirait au sort, et pour mettre un peu d'ordre dans cette cohue, on la canalisait en différents bureaux volants entre lesquels se répartissait le triage pour les divers tribunaux, selon dix lettres de l'alphabet.

tout le monde au pied de la statue d'Harmodius[1], et je ferai le tirage, jusqu'à ce que chacun soit informé, d'après la lettre qui lui sera échue, de l'endroit de son dîner, et y aille tout guilleret. La crieuse annoncera : « Pour ceux qui ont le R, rassemblement au portique Royal ; le S, à celui d'à côté. Pour ceux qui ont le H, rendez-vous à la Halle aux grains[2]. »

MIRAVOINE

Pour y hallebotter ?

GAILLARDINE

Mais non, voyons ! pour y dîner.

MIRAVOINE

Mais ceux qui resteront, sans être tombés sur une lettre où l'on dîne, ceux-là on les mettra tous à la porte[3] ?

GAILLARDINE

Mais non ! chez nous on ne verra rien de pareil !
nous fournirons de tout, à tous en abondance :
tout un chacun repartira couronne en tête
et torche en main, en bon pochard ! Et puis les femmes
aborderont aux carrefours les festoyeurs :
« Entrez chez nous vous trouverez à l'intérieur
une mignonne, et dans sa fleur ! » – « Et chez moi donc ! »
criera du haut de son balcon une autre hôtesse,
« et si jolie ! et blanche et nette ! Ah ! mais il faut
auparavant venir coucher avecque moi ! »
Et les vieux singes, pendus aux basques des beaux galants
et des blondins, viendront leur dire : « Où cours-tu, toi ?
C'est inutile : tu perds ton temps, reste où tu es !
Car ceux qui doivent de par la loi tirer leur coup
en préséance c'est les camards, c'est les affreux !
Quant à vous autres, pendant ce temps, vous pourrez bien

1. En réalité, le groupe des deux tyrannicides, Harmodius et Aristogiton, dressés sur la grand-place.

2. *Litt. : ceux du Bêta au portique basileion,... le Thêta... ceux du Kapna...* Cette dernière lettre n'est choisie que pour amener un calembour avec le verbe κάπτω, s'empiffrer. Le mot « hallebotter », adopté ici pour offrir un équivalent, est dans Rabelais avec le sens de grappiller (des raisins).

3. Je lis ἅπαντας. Tous les citoyens n'avaient évidemment pas la chance d'être tirés au sort pour siéger aux tribunaux, et gagner ainsi les trois oboles. Mais dans le nouveau régime, il n'y a plus procès, mais bombances ; et nul n'en sera exclu.

vous escrimer dans l'antichambre, pelant la tige
qui darde un gland et à laquelle pendent deux prunes[1] ! »
Hé bien, dites un peu, tous les deux, ça vous va ?

MIRAVOINE et CRACHIGNOL

Et comment !

GAILLARDINE

Alors moi, il faut que je me rende sur la Place pour réceptionner tout ce qui va affluer, après avoir pris une crieuse qui ait une bonne voix. C'est à moi, nécessairement, de m'occuper de ça, puisque j'ai été appelée à gouverner ; et d'organiser les repas de communauté, pour que vous inauguriez dès aujourd'hui vos bamboches.

MIRAVOINE

Déjà, on va bambocher ?

GAILLARDINE

Puisque je vous le dis ! Et puis, les ribaudes, toutes tant qu'elles sont, j'entends mettre fin à leur industrie.

MIRAVOINE

Pour quoi faire ?

CRACHIGNOL

Ça saute aux yeux : [*Montrant le Chœur*] pour réserver à ces dames la virile verdeur de nos jeunes gens.

GAILLARDINE

Et les esclaves, il ne faut pas non plus qu'en faisant toilette elles chipent aux femmes libres les délices d'alcôve qui leur seront dues : qu'elles se réservent pour les esclaves, et si elles s'épilent le cochonnet, que ce soit pour les peaux-de-bique[2] !

MIRAVOINE

Eh bien moi, je te fais escorte, je ne te quitte pas : je veux être la cible des regards, et entendre dire de moi : « C'est le mari de la Commandante ! Prestigieux personnage ! »

CRACHIGNOL

Et moi, pour apporter mon bataclan sur la Place, je vais préparer et inventorier mes possessions.

[*Il sort*]

1. L'image obscène est légèrement différente en grec.
2. C'est-à-dire pour les esclaves, qui portaient un grossier sayon de poil. Le sens de ce vers est discuté.

[DANSE DU CHŒUR]

[*Crachignol reparaît. Des serviteurs apportent au fur et à mesure divers ustensiles et objets, qu'ils déposent par terre. Il les met en ordre comme pour une procession, imitée de celle des Panathénées*]

CRACHIGNOL

Viens ici, Vannette[1], viens dehors, ma jolie, marcher bien joliment en tête de mes ustensiles ; tu feras la demoiselle porte-corbeille[2], poudrée à frimas par tant de sacs de farine que je t'ai versés de dessus !... La demoiselle de chaise ? à toi l'honneur, marmite, ici, sors ! Sapristi, tu es bien noiraude : on dirait que tu as fait mijoter la teinture dont Lysicrate[3] se noircit le poil !... Viens ici, et plante-toi près d'elle, toi, la dame d'atours[4] !... Allons, Dame-jeanne, tu feras la porteuse d'eau lustrale, là... Et toi, arrive, la cantatrice[5], toi qui m'as si souvent chanté la diane, la nuit, à des heures impossibles, pour m'expédier à l'Assemblée !... [*A un serviteur*] C'est toi qui as pris le plateau ? Avance ! apporte les rayons de miel, dépose les rameaux à côté ; les deux trépieds, mets-les dehors, et la burette ! Et maintenant, la vaisselle subalterne, la racaille, laissez-la aller comme elle voudra !

[*Entre un Voisin*]

LE VOISIN [*à part*]

Moi, déposer ce qui est à moi ? Je serais un pauvre type, alors ! je n'aurais pas deux sous de bon sens ! Pas question, morbleu ! jamais ! Je vais commencer par examiner les choses sur toutes les coutures, et m'informer.

Le fruit de ma sueur, produit de mon épargne
je ne vais pas l'envoyer comme ça en l'air, bêtement, à propos

1. *Litt. : bluteau* pour purifier la farine. Mais pour l'effet comique, il faut un féminin, comme en grec.

2. *Litt. : la canéphore,* noble jeune fille qui portait la corbeille sainte. Les autres représenteront les acolytes du cortège : *la porte-chaise, la dame d'atours, la porte-aiguière, la chanteuse cithariste, les porte-plateaux,* avec des offrandes diverses.

3. Cf. v. 630 n.

4. L'ustensile dont il s'agit n'est pas précisé.

5. *Litt. : la chanteuse à la cithare.* Il s'agit de la meule qui, tournée de grand matin par la servante, réveillait le bonhomme par sa cantilène.

de rien. Je veux tout d'abord tirer au clair le tour que prend cette affaire.

[*S'approchant de Crachignol*]

Dis donc, toi, qu'est-ce que ça signifie ce déballage d'ustensiles ? Tu déménages ? Ou bien tu vas les mettre en gage ?

CRACHIGNOL

Pas du tout.

LE VOISIN

Alors, pourquoi cet alignement ? Vous allez peut-être acheminer ça à la queue leu leu vers la salle des ventes[1] ?

CRACHIGNOL

Mais non. Je vais le déposer sur la place, pour en faire abandon à l'État, selon les prescriptions de la loi.

LE VOISIN

Tu vas les déposer ?

CRACHIGNOL

Parfaitement.

LE VOISIN

Divin Sauveur ! Alors, tu es un pauvre type !

CRACHIGNOL

Comment ?

LE VOISIN

Comment ? ça va de soi.

CRACHIGNOL

Quoi donc ? Est-ce qu'il ne faut pas que j'obéisse aux prescriptions ?

LE VOISIN

Quelles prescriptions ?

CRACHIGNOL

Celles de la loi.

LE VOISIN

De la loi ? Alors, tu es complètement cinglé.

CRACHIGNOL

Cinglé ?

LE VOISIN

Ben, voyons ! Tu es le dernier de tous les idiots.

CRACHIGNOL

Parce que je me conforme au règlement ?

1. *Litt. : chez Hiéron, le crieur public.*

LE VOISIN

Le règlement ! Est-ce qu'on doit s'y conformer quand on sait se conduire ?

CRACHIGNOL

C'est la première chose à faire.

LE VOISIN

Oui, quand on est un crétin.

CRACHIGNOL

Alors, toi, tu n'as pas l'intention d'abandonner ce que tu as ?

LE VOISIN

Pas de danger, avant que j'aie vu ce que décide le gros des gens.

CRACHIGNOL

Ça ne fait pas de doute. Ils sont prêts à faire abandon de leurs biens.

LE VOISIN

J'attends de le voir pour le croire.

CRACHIGNOL

En tout cas, c'est ce qu'ils disent dans les rues.

LE VOISIN

Ils le diront, oui !

CRACHIGNOL

Et même ils déclarent qu'ils vont les coltiner eux-mêmes !

LE VOISIN

Ils le déclareront, oui !

CRACHIGNOL

Tu nous assommes, à te méfier de tout.

LE VOISIN

Ils se méfieront, oui !

CRACHIGNOL

Que le feu du ciel t'arde !

LE VOISIN

Ils tarderont, oui ! Abandonner ce qu'on a ? Tu t'imagines qu'il y aura un homme de bon sens pour s'y résoudre ? Ce n'est pas dans nos traditions. La seule chose à faire, pour nous, c'est de recevoir, bon dieu ! D'ailleurs les dieux le font bien. A preuve, les mains de leurs statues : quand nous les supplions de nous donner leurs faveurs, ils sont là campés, tendant la paume en l'air. Ce n'est pas le geste de quelqu'un qui s'apprête à donner, mais à recevoir.

CRACHIGNOL

Fichu bonhomme, laisse-moi faire quelque chose d'utile. Tu vois, il faut que j'attache tout ça. Où est ma courroie ?

LE VOISIN

Sans blague ? Tu vas les porter ?

CRACHIGNOL

Oui, morbleu ; tiens, je ficelle déjà ensemble ces deux trépieds.

LE VOISIN

Au fou ! Tu n'attends même pas les autres pour voir ce qu'ils feront, et alors seulement...

CRACHIGNOL

Et alors quoi ?

LE VOISIN

Continuer à attendre, et puis après persévérer dans l'expectative.

CRACHIGNOL

Pour quoi faire ?

LE VOISIN

Des fois, s'il y avait un tremblement de terre, ou un météore inquiétant, ou une belette qui trotte en travers de la rue[1], ils cesseraient de porter au tas, eh, ahuri !

CRACHIGNOL

Je serais dans de beaux draps si je ne trouvais plus de place où déposer mon bataclan !

LE VOISIN

C'est donc ça ? Tu avais peur qu'on ne te laisse pas de place ? Ne t'inquiète pas, pour déposer, tu en auras toujours, même après-demain.

CRACHIGNOL

Pourquoi ?

LE VOISIN [*montrant les spectateurs*]

Je les connais : ils ont vite fait de voter à main levée ; mais après, ils renient ce qu'ils ont décidé.

1. Autant de signes de mauvais augure.

CRACHIGNOL

Ils apporteront, mon vieux !

LE VOISIN

Et s'ils ne fournissent pas, hein ?

CRACHIGNOL

Ne t'en fais pas, ils fourniront !

LE VOISIN

Et s'ils font de l'obstruction, hein ?

CRACHIGNOL

On leur tapera dessus.

LE VOISIN

Et s'ils sont les plus forts, hein ?

CRACHIGNOL

Je laisserai tomber et je m'en irai.

LE VOISIN

Et s'ils vendent tes affaires, hein ?

CRACHIGNOL

Eh ! crève la gueule ouverte !

LE VOISIN

Et si je crève la gueule ouverte, hein ?

CRACHIGNOL

Ça sera bien fait !

LE VOISIN

Alors, pour de bon, tu tiens à déposer tes biens ?

CRACHIGNOL

Oui. Et d'ailleurs, je vois bien que mes voisins le font.

LE VOISIN

Et comment ! Antisthène[1], par exemple, il porterait au tas ? Il pousserait plutôt sa crotte trente jours d'affilée, et plus, avant que ça lui chante !

CRACHIGNOL [*faisant mine de le rosser*]

Ça va barder !

LE VOISIN

Et Callimaque le poète, il portera au tas ?

1. Antisthène a les cordons de la bourse aussi serrés que le boyau culier, cf. v. 366 n.

CRACHIGNOL

Toujours plus que Callias[1] !

LE VOISIN [*prenant le public à témoin*]

Ce type-là est décidé à se délester de son avoir...

CRACHIGNOL [*l'interrompant, vexé*]

Tu dis des énormités.

LE VOISIN

Énormités ? Comme si tu ne voyais pas défiler sans arrêt des décrets de ce genre ! Tiens, ce fameux arrêté sur le prix du sel, tu sais ?

CRACHIGNOL

Oui...

LE VOISIN

Et ce fameux vote sur les pièces de bronze, tu sais ?

CRACHIGNOL

Même qu'elle m'a joué un vilain tour, à moi, cette monnaie-là ! Oui : j'avais vendu du raisin, alors je mets les voiles, les joues pleines de sous[2] ; je m'amène au marché pour acheter de la farine ; et alors, pas plus tôt mon sac mis à remplir, voilà-t-il pas que le crieur aboie : « Avis à tous ! Ne plus accepter le bronze, l'argent seul a cours ! »

LE VOISIN

Et dernièrement, est-ce qu'on n'a pas tous juré qu'elle ferait cinq cents millions[3] pour le Trésor, la taxe de deux et demi pour cent dont Euripide nous a gratifiés ? Sur le moment, tout le monde le traitait comme une idole, Euripide[4]. Oui, mais quand on s'est aperçu, à y mieux regarder, qu'on restait toujours dans le pétrin[5], et que ça ne faisait pas le compte, alors tout le monde l'a traité comme du fumier, Euripide !

1. Ce Callimaque, qui n'est pas connu, était évidemment un besogneux. Callias, qui avait été dans sa jeunesse l'homme le plus riche d'Athènes, s'était ruiné en prodigalités et en débauches, cf. *Ois.*, v. 285 n.
2. Cf. *Guêpes*, v. 609 n.
3. *Litt. : cinq cents talents.* Le promoteur de cet impôt sur le capital n'a rien à voir avec le poète.
4. *Litt. : le couvrait d'or* ; et plus loin : *le couvrait de poix.*
5. *Litt. : que c'était Corinthos fils de Zeus.* Formule proverbiale pour les vieilles rengaines sans efficacité. Cf. *Gren.*, v. 439 n.

CRACHIGNOL

Ce n'est pas pareil, mon vieux : à ce moment-là, c'est nous qui gouvernions ; maintenant, c'est les femmes.

LE VOISIN

Celles-là, je me tiendrai à carreau, morbleu : qu'elles ne viennent pas me pisser sur le portrait !

CRACHIGNOL

Je ne veux rien savoir de tes balivernes. [*A son esclave*] Hep, petit ! Apporte la hotte !

[*Entre, chaleureuse et solennelle, une femme, qui tient dans le nouveau régime la fonction de « crieuse publique »*]

LA CRIEUSE

Aux tables, citoyens !
Je vous invite tous — c'est le nouveau statut.
Allez, courez, tout droit chez notre Commandante,
pour qu'un tirage au sort vous assigne à chacun
la place où vous allez dîner. Tout est servi :
les tréteaux sont dressés, tout pleins de bonnes choses ;
pour vous coucher, coussins, tapis sont entassés ;
le vin, les échansons le versent et le brassent ;
les parfumeuses[1] font la haie, au garde-à-vous ;
galettes ? on les dore ;
couronnes ? on les tresse ;
pralines ? on les grille ;
marmites de purée
mijotent, par les soins des plus fraîches donzelles :
en galant cavalier, Sméos fait la vaisselle
aux dames, en léchant le fond de leurs écuelles[2].
Le vieux Barbon[3] s'avance, en cape, en escarpins,
à grands éclats de rire, avec un autre éphèbe :
il a mis au rancart capuche et godillots !
Ainsi donc, avancez ! Le panetier est là,
à son poste. Et à vous d'ouvrir vos entonnoirs !

1. Pour les banquets de fête, on se parfumait et se couronnait la tête. Les parfumeuses, comme les danseuses et musiciennes, rendaient aussi aux convives des services plus intimes.
2. Équivoque obscène, cf. *Cav.*, v. 1281 n.
3. *Litt. : Géron*, c'est-à-dire vieillard. C'est ici un nom propre, et celui qui le porte est effectivement âgé. Mais il est tout rajeuni par la bonne aubaine.

LE VOISIN

Soit, dans ces conditions, j'y vais. Pourquoi rester planté, puisque c'est l'État qui le veut ?

CRACHIGNOL

Et où vas-tu aller ? tu n'as pas déposé ton avoir !

LE VOISIN

Au dîner.

CRACHIGNOL

Pas question — à moins qu'elles n'aient perdu la tête là-bas : pas avant d'avoir apporté ce qui est à toi.

LE VOISIN

Mais je l'apporterai.

CRACHIGNOL

Quand ça ?

LE VOISIN [*rassurant et vague*]

S'il y a de l'accrochage, ce n'est pas de moi que ça viendra.

CRACHIGNOL

Explique-toi ?

LE VOISIN

Je veux dire que je ne serai pas le dernier. Il y en aura d'autres après moi.

CRACHIGNOL

Et tu vas aller tout de même au dîner ?

LE VOISIN

Que veux-tu ? il faut que j'en passe par là !

[*Cornélien*]

On doit, autant qu'on peut, payer de sa personne
pour servir son pays, quand on a du civisme !

CRACHIGNOL

Et si elles te refoulent, hein ?

LE VOISIN

Je foncerai tête baissée.

CRACHIGNOL

Et si elles te cognent dessus[1] ?

LE VOISIN

Nous leur ferons procès.

1. *Litt. : si elles te fouettent.* Les « agentes de police » seront armées du fouet, comme c'est la règle à Athènes pour ceux qui ont à faire respecter l'ordre dans la rue, sur les marchés ou dans les assemblées.

CRACHIGNOL

Et si elles te rient au nez ?

LE VOISIN

Je me posterai à l'entrée...

CRACHIGNOL

Et qu'est-ce que tu feras, dis-moi ?

LE VOISIN

Je raflerai les plats aux serveurs !

CRACHIGNOL [*inquiet*]

Alors, je prends les devants ! [*A ses esclaves*] Toi, Sicon, et toi, Parménon, chargez le fourbi !

LE VOISIN [*soudain très serviable*]

Allons, je t'aide à le porter, voyons !

CRACHIGNOL

Non, jamais de la vie ! Je me méfie : jusque par-devant la Commandante, quand je déposerai tout ça, tu prétendrais que c'est à toi !

[*Il s'en va avec ses esclaves, emportant tout son bataclan*]

LE VOISIN

Sacrebleu ! Il me faut pourtant un truc pour arriver de façon ou d'autre, tout en gardant ce qui est à moi, à participer au fricot de communauté avec ces gens-là... [*Il se frappe le front*] Parfait ! une idée lumineuse ! En route, à l'abordage, allons dîner, et ne perdons pas de temps !

[*Il s'en va*]

[INTERMÈDE, *chanté et dansé par le Chœur*]

[*La scène est désormais censée représenter une rue d'Athènes ; deux maisons se font face ; à la fenêtre de l'une se penche une Vieille Femme horriblement fardée, de l'autre une Jolie Fille*]

LA VIEILLE FEMME

Que diantre font les hommes ? Il n'en vient pas ! C'est pourtant l'heure, depuis longtemps ! Et moi, me voilà maquillée, poudrée, en belle robe jaune [1], et je reste plantée sans savoir que faire, en chantonnant à bouche fermée et en faisant la follette pour tâcher d'en harponner un au passage...

1. *Litt. : ayant mis une « crocote »*, robe couleur de safran. Cf. *Thesm.*, v. 138 n.

Muses venez, descendez sur mes lèvres,
et trouvez-moi quelque ariette bien lascive[1] !

[*Un flûtiste vient prendre place au pied de la scène*]

LA JOLIE FILLE

Ah ! tu as pris les devants pour t'accouder à ton poste, vieille carne ! Tu pensais grappiller à ton aise sur ma treille en mon absence, en chantant pour attirer le chaland ! Mais moi, si tu fais ça, je vais chanter de mon côté. Et si ça ennuie le public, tant pis : l'intermède ne manque pas de charme dans une comédie.

LA VIEILLE FEMME

Mets-toi le doigt aux lèvres[2], et qu'on ne te voie plus ! [*Au flûtiste*] Et toi l'homme aux pipeaux, mon mignon, prends ton flûtiau, et pousse un air qui nous fasse honneur à toi et à moi !

[*Musique de flûte*]

LA VIEILLE FEMME [*chantant*]

Si vous voulez vous donner du bon temps,
c'est avec moi qu'il faut venir coucher !
Oui, les tendrons manquent de savoir-faire :
C'est le secret des femmes d'âge mûr.
Nulle n'aurait plus que moi complaisance
pour mignoter mon tendre ami d'alcôve :
ce n'est pas moi qui m'en irais
papillonner autour d'un autre !

LA JOLIE FILLE [*chantant*]

Tais-toi, jalouse, et cesse de baver
sur les tendrons ; le charme des ivresses,
c'est dans le creux délicat de nos cuisses
qu'il prend racine, et c'est entre nos seins
qu'il vient fleurir ! Toi, peins-toi le museau,
épile-toi la broussaille, et prépare
ton lit pour l'hôte qui te lorgne,
ma vieille : c'est un lit de mort[3] *!*

1. *Litt. : du genre ionien*, cf. *Thesm.*, v. 163 n.
2. *Litt. : Cause avec celui-ci !* Et la Vieille dresse son médius en signe de dérision. Mais le geste, et le mot, appellent un sous-entendu obscène, qu'on comprendra d'après le v. 916.
3. Le mot « mort », θάνατος, est du masculin en grec. Ici s'amorce l'idée qui ne cessera d'être exploitée à satiété, deux cents vers durant : que les vieilles ne sont que des cadavres ambulants et ne sont plus bonnes à se coucher que dans les bras de la mort.

LA VIEILLE FEMME [*chantant*]

Si tu pouvais te déglinguer le trou-mamzelle,
voir ton pageot se démantibuler
quand tu voudras te faire fricoter!
Et sous tes draps trouver une couleuvre,
et n'avoir qu'elle à serrer sur ta couenne.
quand tu voudras baiser!

LA JOLIE FILLE [*chantant*]

Que vais-je devenir pauvrette?
Il n'est pas là, m'ami gentil!
Je suis laissée ici seulette,
car ma maman elle est partie!

[*Parlé*]

La suite et la fin du couplet, pas besoin de le chanter[1]!

... Mais quant à toi, mémé,
écoute mon conseil :
C'est à Hochet-Decuir[2]
qu'il te faut recourir :
pour trouver ton plaisir,
ne compte que sur toi —
c'est moi qui t'en conjure...
Voluptés de houris[3]
c'est ça qui te démange,
dis, vieille décatie?

[*Parlé*]

Et même tu te ferais bien lécher volontiers, on dirait, femme damnée[4]!

Mais onc tu ne me voleras
les ébats que je me promets,
ne pilleras ni grugeras
de leurs droits mes vertes années!

1. Sans doute parce qu'il s'agit d'une chansonnette bien connue que fredonnaient les racoleuses d'Athènes.

2. *Litt. : Aie recours à Orthagoras*, ce nom où la racine ὀρθ (debout, dressé) introduit un sous-entendu. Il s'agit non pas d'un homme, mais d'un objet, l'*olisbos*, dont il est question ailleurs chez Aristophane (*Lys.*, v. 110), chez Hérondas, etc.

3. *Litt. : ioniennes*, cf. plus haut v. 883.

4. *Litt. : et même tu as l'air de faire lambda* (initiale de λειχάζειν) *comme à Lesbos.*

LA VIEILLE FEMME

Chante toujours, penche ton museau, ma chatte[1] ! Personne ne t'approchera sans entrer d'abord chez moi !

LA JOLIE FILLE

Si c'est pour la levée du corps, d'accord ! C'est original ça, hein, vieux débris ?

LA VIEILLE FEMME

Plutôt rance !

LA JOLIE FILLE

Bien sûr ! pour une vieille gaupe, tout est rance[2] !

LA VIEILLE FEMME

Quand tu vas te ronger les poings, ce n'est pas ma vieillesse qui aura fait ça[3] !

LA JOLIE FILLE

Alors quoi ? Ton plâtre et ton vermillon, plutôt ?

LA VIEILLE FEMME

De quoi tu te mêles ? Tais-toi.

LA JOLIE FILLE

Pourquoi tu te penches, toi ?

LA VIEILLE FEMME

Moi, je chante une romance pour Crochecœur[4], mon bel ami.

LA JOLIE FILLE

Ah ! tu as un bel ami ? Et il ne s'appelle pas Croquemort ?

LA VIEILLE FEMME

Il se chargera de te le faire voir. Il va venir chez moi dans un instant... Tiens, c'est lui en personne.

[*On voit s'approcher un jeune élégant, une torche à la main*]

LA JOLIE FILLE

Ce n'est pas après toi qu'il soupire, sale peste !

LA VIEILLE FEMME

Que si bien !

1. *Litt. : comme une belette.* Cf. *Ach.*, v. 255 n.
2. Je fais de cette fin du v. 927 une réplique de la Jolie Fille.
3. C'est-à-dire : Quand j'aurai intercepté ton amant, c'est mon charme et mon savoir-faire (cf. v. 895) qui t'auront joué ce tour-là !
4. *Litt. : pour Épigenès,* nom d'homme, qui fera assonance au vers suivant avec celui de *Gérès* qu'on pourrait traduire : *Levieux.*

LA JOLIE FILLE

Penses-tu, eh ! croulante ! Mais il te le fera bien voir tout seul. Moi, je me retire.

[*Elle disparaît de sa fenêtre*]

LA VIEILLE FEMME

Et moi aussi. Ça t'apprendra que j'ai plus de dignité que toi !

[*Elle se recule un peu de l'embrasure, tandis que le Garçon s'approche de la maison de la Jolie Fille*]

LE GARÇON [*chantant*]

Ah ! si je pouvais coucher
avec cette belle enfant
sans avoir auparavant
ni vieillarde à embrocher
ni camarde à baratter !
La corvée est par trop rude !
Quelle indigne servitude !

LA VIEILLE FEMME [*chantant à mi-voix*]

Eh ! ma foi, tu gémiras,
mais tu me baratteras !
Crois-tu que ce soient chansons
du temps de ma Mère l'Oye[1] *?*
C'est la justice et la loi,
et tu l'exécuteras :
le peuple est roi, mon garçon !

[*Parlé*]

Voyons ! Je vais guetter ce qu'il va bien faire.

[*Elle se cache tout à fait*]

LE GARÇON

O dieux ! si je pouvais la trouver seule, ma belle ! J'ai bu la goutte, à l'abordage ! Depuis le temps que je la désire !

LA JOLIE FILLE [*réapparaissant, à part*]

Je l'ai bernée, la fichue vieille rombière ! Elle a filé ! Elle s'est imaginée que je resterais à l'intérieur ! [*Apercevant le*

1. *Litt. : du temps de Charixène,* expression proverbiale pour parler de radotages surannés.

Garçon] Ah! c'est lui, le voilà, celui dont nous parlions!

[*Elle chante*]

Viens à moi, mon bel amour!
Viens, ah! viens chercher séjour
entre mes bras, dans mon lit
pour toute une chaude nuit!
D'âpres feux je suis brûlée,
pantelante, ensorcelée
par tes beaux cheveux bouclés!
Ah! quel désir éperdu
me possède, répandu
dans ma chair qu'il a mordue!
Dieu d'Amour, je t'en supplie,
fais que mon ami joli
soit mon hôte dans mon lit!

LE GARÇON [*chantant*]

Viens à moi, ma belle amour,
viens à moi, descends, accours,
ouvre-moi ta porte, ou bien
je me pâme, je suis mort!
Seconde, à vifs coups de reins,
la fougue de mes desseins
dans l'assaut que je t'apprête!...
Vénus, pour cette fillette
tu me fais perdre la tête!...
Dieu d'Amour, je t'en supplie
fais que de m'amie jolie
je sois l'hôte dans son lit!

Mais non, les mots que j'exhale
sont trop pâles
pour répondre à la détresse
qui me presse!
O mon bijou, ma chérie,
je t'en prie,
Ouvre-moi, enlace-moi!
Vois, je souffre, et c'est par toi!

Mon beau souci, mon trésor
tout en or,
abeille de Vénus, fleur
des neuf Sœurs,

fille des Grâces, calice
de délices[1],
Ouvre-moi, enlace-moi !
Vois, je souffre, et c'est par toi !

[*Il frappe fébrilement à la porte de la Jolie Fille*]

LA VIEILLE FEMME [*sortant brusquement de chez elle*]

Hé là ! Tu frappes ? Qu'est-ce qu'il y a ? Ce serait-il moi que tu cherches ?

LE GARÇON

Où est-ce que tu prends ça ?

LA VIEILLE FEMME

Même que tu tambourinais à ma porte !

LE GARÇON

Moi ? plutôt crever !

LA VIEILLE FEMME

De qui es-tu en quête ici, la torche au poing ?

LE GARÇON

Je cherche un type qui est de Branlebourg[2].

LA VIEILLE FEMME

Qui ?

LE GARÇON

Pas Baisedru, non ? C'est sans doute lui que tu attends, toi.

LA VIEILLE FEMME [*l'attrapant par le bras et faisant tomber la torche*]

Ah ! Reine de Volupté[3] ! bon gré mal gré je te...

LE GARÇON [*se débattant*]

Non ! Aujourd'hui sont tenues hors d'ébats toutes parties au-dessus de soixante ans ! A été jugé qu'il y a lieu à surseoir. Ne retenons pour nous en saisir à bonne fin que celles qui ont moins de vingt ans[4].

1. Traduction légèrement modifiée pour la cadence : *Litt. : tige de Cypris, abeille des Muses, nourrissonne des Grâces, visage de Volupté.*
2. *Litt. : d'Anaphlyste... — Pas Sébinos ?* Cf. *Gren.*, v. 427 n.
3. *Litt. : par Aphrodite !*
4. Parodie du langage juridique.

LA VIEILLE FEMME

Ça, c'était bon sous l'ancien régime, mon chou ! A présent, question d'ébats, c'est nous qui passons les premières, de par la loi.

LE GARÇON

Elle ne force personne, la loi ! C'est comme pour jouer aux dés[1] !

LA VIEILLE FEMME

Mais quand elle te donne à dîner, la loi, ce n'est pas comme pour jouer aux dés !

LE GARÇON [*faisant l'innocent*]

Je ne sais pas ce que tu veux dire. [*Se dégageant*] Bref, c'est ici que j'ai à cogner du marteau[2].

LA VIEILLE FEMME

Quand tu en auras d'abord fait autant ici : pénètre en mon foyer !

LE GARÇON

Mais pour une vieille baudruche[3], nous ne sommes pas clients !

LA VIEILLE FEMME [*câline*]

Je sais bien que tu m'aimes ! [*Faisant l'oie blanche*] C'est que tu ne t'attendais pas à me trouver dehors ?... Allons, donne-moi ta bouche !

LE GARÇON

Tu en as de bonnes ! J'ai peur de ton amant !

LA VIEILLE FEMME

Qui donc ?

LE GARÇON

Ce décorateur génial[4]...

LA VIEILLE FEMME

Qui est-ce ?

1. Formule habituelle entre joueurs : « On est là pour s'amuser ! Ce n'est pas les travaux forcés ! » Mais le Garçon n'a rien objecté à la loi quand il s'est agi d'aller festoyer.
2. Ce vers et le suivant sont à double sens, par équivoque et sur κρούειν et sur θύρα.
3. *Litt. : un tamis* à farine, blanchi à force de servir.
4. *Litt. : ce peintre génial... de buires funéraires.* Il s'agit de lécythes décorés de peintures qu'on plaçait auprès des morts.

LE GARÇON

... en Pompes Funèbres ! Allons, va te cacher, qu'il ne te voie pas dehors !

LA VIEILLE FEMME [*minaudant, aguicheuse*]

Ce que tu as en tête, je le sais, je le sais bien !

LE GARÇON

Et moi, ce que tu as dans la tienne, sacrebleu !

LA VIEILLE FEMME

Au nom de Vénus, qui m'a vu naître sous son signe pour lui appartenir, je t'arrête. Halte-là !

LE GARÇON

Tu divagues, ma vieille !

LA VIEILLE FEMME [*de plus en plus autoritaire*]

Trêve de fariboles, je t'emmène sur mon matelas.

[*Elle veut l'entraîner chez elle*]

LE GARÇON [*aux spectateurs*]

Eh bien ! qu'avons-nous besoin d'acheter des grappins pour les seaux ? Il suffirait de descendre une vieille harpie comme celle-là au fond des puits pour les harponner !

LA VIEILLE FEMME

Ne te fiche pas de moi, misérable, et suis-moi dans ma chambre.

LE GARÇON

Je n'y suis pas tenu, si tu n'as pas payé au Trésor la taxe de deux pour mille de ma valeur.

LA VIEILLE FEMME

Par Vénus ma patronne ! tu n'y couperas pas ! J'aime tant coucher avec les garçons de ton âge !

LE GARÇON

Et moi, les femmes de ton âge, ça me dégoûte. Je ne céderai pas, jamais !

LA VIEILLE FEMME [*tirant un papier de sa manche*]

Mais il y a ça qui t'y forcera bien !

LE GARÇON

Ça ? qu'est-ce que c'est ?

LA VIEILLE FEMME

Le décret aux termes duquel tu dois m'emboîter le pas.

vers 996-1013

LE GARÇON

Fais lecture, que je voie ce qu'il dit.

LA VIEILLE FEMME

Bon, je t'en fais lecture. [*Solennelle*] « Nous, Assemblée des femmes décrétons : Si un homme jeune convoite une jeunette, il lui est interdit de se l'envoyer, qu'il n'ait préalablement carambolé la vieille. Que si, se refusant audit carambolage, il persiste nonobstant à convoiter la jeunesse, il sera pleinement licite aux femmes âgées d'opérer saisie et contrainte par corps à son endroit... sensible [1].

LE GARÇON

Oh ! là là ! C'est rocarambolesque [2] ce qui m'attend aujourd'hui !

LA VIEILLE FEMME

Il te faut obéir aux lois de notre code !

LE GARÇON

Mais si je me fais dégager par un confrère ou un copain qui viendra verser caution ?

LA VIEILLE FEMME

Mais la capacité légale d'un individu du sexe masculin est désormais limitée à un boisseau de grain [3].

LE GARÇON

Et une excuse sur parole, non ?

LA VIEILLE FEMME

Non, pas de faux-fuyants !

LE GARÇON

Mais j'invoquerai le cas d'exemption, comme négociant [4].

LA VIEILLE FEMME

Il t'en cuira !

1. *Litt. : de l'entraîner en le saisissant par le clou.*
2. *Litt. : Je vais devenir un Procruste.* Jeu de mots entre le nom du bandit célèbre et le verbe προκούειν, traduit ici par : caramboler.
3. A Athènes, les femmes n'avaient de capacité légale que très réduite. Maintenant qu'elles ont pris le pouvoir, c'est le tour des hommes d'être de « perpétuels mineurs ».
4. Les commerçants, à cause de leur utilité sociale, étant exemptés du service militaire, le Garçon essaie d'éviter par ce moyen le « service » pour lequel il est requis.

LE GARÇON

Alors, qu'est-ce qui me reste à faire ?

LA VIEILLE FEMME

A me suivre chez moi, et sur-le-champ.

LE GARÇON

Et il faut me soumettre à ce coup de force ?

LA VIEILLE FEMME

Tu l'as dit : un coup, de force [1].

LE GARÇON [*résigné*]

Eh bien, commence par étendre une jonchée de cinéraire [2], casse quatre sarments de vigne pour les placer sous ta dépouille, pose-toi une mentonnière, dispose les urnes, dépose le seau d'eau bénite devant ta porte.

LA VIEILLE FEMME [*coquette*]

Je gage... tu m'achèteras bien une couronne de fleurs [3] ?

LE GARÇON

Oui, parbleu ! mais je précise : des immortelles. J'ai idée que, à peine nous serons entrés, tu vas tomber en morceaux.

[*La Jolie fille sort de chez elle en courant*]

LA JOLIE FILLE

Holà ! Où est-ce que tu l'embarques ?

LA VIEILLE FEMME [*hautaine*]

Chez moi je l'introduis.

LA JOLIE FILLE

Tu es folle, dis-moi ? Il n'a pas l'ancienneté pour coucher avec toi, à son âge ! Tu serais plutôt sa mère que sa femme ! Et

1. *Litt. : C'est donc une nécessité pour moi ? — Oui, diomédéenne.* Formule proverbiale qui se retrouve dans Platon : particulièrement bien placée ici, puisque le brigand Diomède forçait, sous peine de mort, ceux qui tombaient entre ses mains à satisfaire les désirs insatiables de ses filles. On a cherché, pour cet effet comique, un équivalent.

2. *Litt. : de marjolaine.* Tous ces préparatifs sont en fait ceux de l'exposition solennelle qu'on faisait du mort, devant sa porte, avant les funérailles proprement dites. Cf. v. 905 n. Ce qui a été traduit, pour obtenir l'effet macabre, par mentonnière, ce sont des bandelettes qui ceignaient la tête.

3. Elle entend une couronne nuptiale. Le Garçon lui en promet une qui sera funéraire (*litt. : de cire*).

si vous instituez cette loi-là, on en verra des Œdipes : la terre en sera pleine !

LA VIEILLE FEMME

Ah ! salope ! C'est la jalousie qui te fait parler ! Qu'est-ce que tu vas chercher ?... Mais tu me le paieras !

[*Elle rentre chez elle*]

LE GARÇON [*à la Jolie fille*]

Dieu Sauveur ! quelles grâces je te dois, ma cocotte en sucre ! Tu m'as délivré de ce vieux débris. Eh bien, en échange de ce service, je vais te faire jouir ce soir d'une grosse grâce bien en chair !

[*Ils vont entrer chez la fille. Survient une autre vieille, plus horrible que la première*]

LA VIEILLE

Dis donc, toi, où est-ce que tu embarques ce garçon ? C'est illégal : c'est moi, la loi le dit en toutes lettres, qui dois coucher d'abord avec lui.

LE GARÇON

Oh ! là là ! Catastrophe ! D'où est-ce que tu pointes ton vilain nez, maudite carogne ? Ça va de mal en pis ! quelle calamiteuse !

LA VIEILLE

Par ici, marche !

[*Elle l'empoigne*]

LE GARÇON [*à la Jolie fille*]

Vois ! elle m'embarque de force ! Ne la laisse pas faire, je t'en supplie !

LA VIEILLE

Force de moi ? non pas : force de loi !

LE GARÇON

Non ! force de Grandgoule[1], de vampiresse pustulente et sanguinoleuse !

LA VIEILLE

Suis-moi, mon doucet, viens, dépêche, trêve de balivernes !

LE GARÇON

Voyons, laisse-moi d'abord m'écarter un moment, et rappe-

1. *Litt. : d'Empuse.* Cf. *Gren.*, v. 293 n.

ler à moi mon courage ! Sinon, tu vas me voir, ici même, à l'instant, tout conchier de male frousse...

LA VIEILLE

T'inquiète pas, marche : tu feras ton affaire à l'intérieur[1].

LE GARÇON [*à part*]

C'est bien ce qui me fait peur : cette affaire-là, c'est plus que je n'en veux. [*Haut*] Je te donnerai des répondants, deux, aux reins solides !

LA VIEILLE

Pas de répondants !

[*Elle l'emmène ; survient une troisième Vieillarde, encore plus hideuse, qui vocifère de loin*]

LA VIEILLARDE [*au Garçon*]

Où vas-tu ? où vas-tu avec cette femme ?

LE GARÇON [*sans l'avoir vue*]

Ce n'est pas moi qui vais ! On m'embarque ! Ah ! qui que tu sois, puisses-tu être comblée de mille joies, toi qui ne m'auras point laissé périr en victime ! [*L'apercevant*] O dieu fort ! O puissances paniques ! O génies frénétiques ! O Frères célestes[2] ! Ça va de mal en pis ! Quelle calamiteuse ! Dites, qu'est-ce que c'est que ça, je vous en conjure ? Qu'est-ce que c'est bien ? Une guenon toute plâtrée, ou une vieille trépassée qui serait revenue sur notre bord[3] ?

LA VIEILLARDE

Ne te fiche pas de moi, et suis-moi par ici.

LA VIEILLE

Non, par ici.

[*Elles tirent le Garçon chacune de son côté*]

LA VIEILLARDE

Je ne te lâcherai pas, rien à faire !

1. Il semble que le verbe χέζειν prête à une sorte de calembour, à cause de son emploi populaire au sens de « en voir de dures » (cf. « en baver »).

2. *Litt. : O Héraclès, ô Pans, ô Corybantes, ô Dioscures !* Le premier et le dernier appel évoquent des demi-dieux tueurs de monstres, les autres, les transports d'un effroi délirant.

3. *Litt. : ressuscitée de chez ceux qui sont plus nombreux que nous,* c'est-à-dire les morts.

LA VIEILLE

Moi non plus !

LE GARÇON

Vous allez m'écarteler, maudites carognes !

LA VIEILLE

Tu n'as qu'à me suivre, comme le veut la loi.

LA VIEILLARDE

Non, s'il se présente une autre vieille, encore plus affreuse.

LE GARÇON

Mais si vous commencez par me lessiver radicalement, voyons, comment pourrai-je approcher la belle que voilà ?

LA VIEILLARDE

Ça te regarde ; mais pour ce que je dis, il faut que tu obtempères.

LE GARÇON

Laquelle des deux dois-je bourrer la première, pour me libérer ?

LA VIEILLARDE

Tu le sais bien, non ? Arrive ici !

LE GARÇON

Qu'elle me lâche, alors, celle-là !

LA VIEILLE

Pas question ! Non, viens par ici !

LE GARÇON

A condition qu'elle me lâche, celle-ci !

LA VIEILLARDE

Non, je ne te lâcherai pas, morbleu !

LA VIEILLE

Ni moi non plus !

LE GARÇON

Eh bien, il y aurait du grabuge, si vous étiez passeurs !

LES VIEILLES

Pourquoi ?

LE GARÇON

A vous arracher les gens comme ça pour les embarquer, vous les mettriez en capilotade !

LA VIEILLE

Tais-toi, et viens ici !

LA VIEILLARDE

Non, morbleu ! chez moi !

LE GARÇON

Cette affaire-là relève évidemment du décret de Cannônos [1]. Pour que j'instrumente, la disjonction s'impose : dédoubler ma godille, et nager à deux avirons avec vous ? vous voyez le moyen ?

LA VIEILLE

Parfaitement : tu n'as qu'à bouffer une fricassée d'oignons [2]

LE GARÇON

Misère de moi, on m'entraîne, je suis déjà près du seuil...

LA VIEILLARDE [*à la Vieille*]

Ça ne t'avancera à rien : je foncerai tête baissée pour entrer avec toi.

LE GARÇON

Non, pour l'amour du Ciel ! J'aime mieux être la proie d'un fléau que de deux !

LA VIEILLARDE

Par l'enfer [3] ! Bon gré, mal gré...

LE GARÇON

Ah ! misère, et misère et misère, s'il faut m'escrimer, toute la nuit, tout le jour, sur une vieille carcasse de femelle, et après, une fois débarrassé d'elle, remettre ça sur une ribaude-crapaude aux babines boursuifflées [4] ! N'est-ce pas là triste misère ? Oui certes, accablante misère pour un homme ! O dieu de sauvegarde, quel cruel destin d'avoir à tirer ma coupe avec des morues pareilles ! Eh bien, si, comme il y a mille et mille chances, il m'arrive malheur, du fait de ces deux pouffiasses, en embouquant cette passe — qu'on m'enseve-

1. Décret ancien, assez mal connu, qui semble avoir stipulé pour certains cas que les inculpés du même procès comparaîtraient séparément.

2. L'oignon passait pour aphrodisiaque.

3. *Litt. : par Hécate !* déesse infernale.

4. Double jeu de mots sur φρύνη (*gourgandine* et *crapaud*) et sur λήκυθος (*flacon d'huile*, qui évoque la façon dont elle s'est « graissé le museau » comme dira Gorgibus, et *verrue, pustule*. Cf. Taillardat, *Les Images d'Aristophane*, 76).

lisse juste au goulet du chenal[1]. [*Montrant la Vieillarde*] Et celle-là, pour servir de pinacle en haut du monument, qu'on l'enduise de bitume toute vive, qu'on lui coule un manchon de plomb autour des pieds jusqu'aux chevilles, et qu'on la juche là-haut en guise d'urne funéraire !

[*Les deux Vieilles l'entraînent en se le disputant*]

INTERMÈDE : Danse du Chœur

[*Arrive, fort éméchée, la Servante de Gaillardine*]

LA SERVANTE

O peuple bienheureux, ô terre de bénédiction, ô suréminemment bienheureuse la patronne que j'ai, et vous toutes qui vous tenez devant nos portes, et vous tous nos voisins et confrères — et moi par-dessus le marché, moi la servante, avec les parfums dont ma tête est embaumée[2] ! Seigneur ! qu'ils sont suaves ! Mais celui qui les enfonce tous, c'est le vin des Iles[3] : ces flacons-là, leur bouquet monte à la tête, et il y reste, au lieu de s'évanouir et de s'évaporer comme pour les autres. Oui, rien n'est si bon, pour sûr, rien de rien, ma foi ! Tire, verse, brouille, mouille[4] ! Ça nous tiendra en joie toute la nuit, si nous choisissons bien celui qui a le meilleur fumet. Mais dites-moi, mes amies, où est mon maître — je veux dire le mari de ma dame et maîtresse ?

LE CORYPHÉE

Reste ici, et tu vas le retrouver, je pense.

LA SERVANTE

Tout juste : le voilà qui vient pour le dîner. [*Arrive Miravoine*] Salut, Maître, auréolé d'une radieuse félicité !

MIRAVOINE

Oui ? Moi ?

LA SERVANTE

Oui, grand dieu, toi, plus que personne au monde !
Qui te surpasserait en ta félicité,

1. Assuré de périr par obéissance aux lois de la patrie, l'héroïque garçon dicte ses dernières volontés ; qu'on lui élève un monument sur le lieu de son sacrifice ! Le morceau n'a d'ailleurs aucun sel...
2. Effet de la révolution (normalement seules les femmes libres usaient de parfums). Mais Gaillardine n'avait pas voulu cela, cf. v. 721-724.
3. *Litt. : de Thasos*, cru très réputé.
4. *Litt. : Mélange d'eau le vin pur*, selon la coutume grecque.

toi qui, seul et unique entre nos citoyens
dont le nombre s'élève à plus de trente mille,
restes le ventre creux !

LE CORYPHÉE

Comme tu dis : il a tous les bonheurs, cet homme-là, c'est clair !

LA SERVANTE [*à Miravoine*]

Hé, hé, où vas-tu ?

MIRAVOINE

Je me rends au dîner.

LA SERVANTE

Oui, dame ! mais tu seras largement le dernier. N'importe : ta femme me disait de t'attraper et de t'amener, et ces demoiselles avec toi. Du vin de Chypre [1], il y en a de reste, et toute la gamme des bonnes choses. Alors, ne tardez pas ; tous ceux dans le public qui nous voient d'un bon œil, et tous ceux dans le jury qui ne regardent pas ailleurs, qu'ils viennent avec nous : nous fournirons à tout.

MIRAVOINE [*solennel*]

Non : tout le monde ! Sois généreuse en ton appel, ne ferme la porte à personne, invite libéralement le barbon, le jouvenceau et le marmot ! Oui, un repas les attend, préparé à leur intention, tous tant qu'ils sont... [*Goguenard*] s'ils s'en retournent chez eux ! Quant à moi, je vais me dépêcher d'aller dîner.

[*Ramassant la torche du garçon et la brandissant*]

Tenez ! j'ai même le flambeau, ça tombe bien !

LA SERVANTE

Alors, qu'est-ce que tu as à lambiner, au lieu de les emmener avec toi ? Pendant que tu dévaleras, moi je vais pousser un petit couplet apéritif.

LE CORYPHÉE [*au public*]

Je voudrais suggérer une petite idée à mes juges [2] : ceux qui sont sages, qu'ils votent pour moi, en se rappelant tout ce que

1. *Litt. : de Chio*, autre cru très estimé.
2. Comme il le faisait autrefois dans la parabase, le Coryphée parle au nom d'Aristophane lui-même.

j'ai dit de sage ; et ceux qui aiment à rire, qu'ils votent pour moi, parce qu'ils ont eu de quoi rire. Ainsi, c'est à un vote quasi unanime que je vous invite, évidemment. Ne me rendez pas victime du tirage au sort qui m'a désigné pour commencer la journée[1]. Souvenez-vous bien de tout ça, et ne manquez pas à votre serment : jugez comme il faut l'ensemble de la série de pièces, sans imiter les façons des viles gourgandines, qui ne se souviennent jamais, dans toute la série de leurs clients, que des derniers !

LA SERVANTE

Holà ! holà ! c'est le moment,
si nous voulons, chères amies,
participer à cette affaire,
de nous rendre au banquet ! Je marque la cadence !

[*A Miravoine*]

Et toi aussi, lève les pieds,
pour danser la bourrée[2] !

MIRAVOINE

A tes ordres !

LA SERVANTE [*montrant le Chœur*]

Et celles-ci,
dont le ventre n'est que trop plat,
donne-leur le signal ; allons,
qu'elles gambillent lestement
au rythme de la danse !
Vous allez déguster sous peu :
du bigornocabillortolangoustabri-
cobouillabesturgeonpoulopococovin !
des escargodivoloventruffagogo,
babaorumsteckopom'letflambéchamel-
chipolatapiocanaralorangigo-
grivécrevissalmidperdripâtéd'alou-
et'ceteratir'larigot
tir'larigoguette[3] !
Tu as bien entendu ? Bon, alors, en vitesse en vitesse, procure-

1. Les comédies admises au concours étaient jouées successivement au cours de la journée.
2. *Litt. : à la mode crétique.*
3. Le mot grec, monstre de 78 syllabes, est fait d'un enchaînement hétéroclite de mets de toute espèce. On n'a pas respecté le détail des termes : ce qui compte, c'est le mouvement de cette « macaronade ».

toi une écuelle ! [*Goguenarde*] et cours en trombe te procurer du rata, si tu veux avoir de quoi dîner[1] !

MIRAVOINE [*furieux*]

Mais il y en a qui s'empiffrent !

LE CHŒUR

[*Il chante et danse joyeusement, en sortant, emmené par Miravoine*]

Allons, et que ça saute,
et haut ! ého !
Au banquet, oui, nous autres
on va, éha !
On aura, aïha ! le gros lot, aïho !
aïha ! aïho ! aïha ! aïho !

1. Elle retourne contre Miravoine sa grosse blague de tout à l'heure (v. 1148).

vers 1176-1183

Plutus

INTRODUCTION

Le *Plutus* fut joué en 388 : le règlement du concours ayant été modifié, cinq poètes, et non plus trois, se disputaient le prix, mais on ne sait qui l'emporta. Peut-être Aristophane avait-il donné, en 408, un premier *Plutus,* dont l'existence serait attestée par quelques allusions de lexicographes. Si la chose est vraie, c'est grand dommage que la pièce soit perdue, car la comparaison d'Aristophane à lui-même, à vingt ans de distance, sur un thème analogue, serait riche de sens, pour marquer les jalons de son évolution personnelle et de celle du genre.

Une foule de traits — caractères d'ensemble ou points de détail — rapprochent notre *Plutus* de *L'Assemblée des femmes* qui le précède de quatre ans : effacement du Chœur, et de son Coryphée, disparition de la parabase, escarmouches contre les mêmes hommes, Agyrrhios ou Néoclidès, reprise du thème de la vieille femelle acharnée à accaparer les complaisances d'un jeune homme ; communes particularités stylistiques ; et même, analogie de noms pour deux barbons (Chrémès et Chrémylos). Mieux : l'exorde de l'exposé qui est fait de la réforme communiste dans *L'Assemblée* (v. 590-593) amorce dans une certaine mesure la donnée du *Plutus :* il s'agit bien dans les deux cas de remédier au scandale de l'inégale ou inique répartition des richesses (la différence étant qu'il s'agit dans un cas d'une mesure législative supprimant la propriété privée, dans l'autre d'un coup de théâtre fantaisiste, par lequel L'Argent, devenu clairvoyant, abandonne les méchants pour se fixer dans la demeure des braves gens).

Décidément Aristophane ne s'occupe plus guère de l'actualité politique, ni de polémique littéraire. Est-ce à dire qu'il est hanté par le problème économique et social ? Serait-il passé de la comédie « événementielle », qui s'acharnait sur quelque tête de Turc plus ou moins arbitrairement choisie, à des pièces où sont mises en cause les structures mêmes de la société, dont elles suggèrent une refonte révolutionnaire ? C'est une interprétation qui aurait de quoi tenter tels intellectuels d'aujourd'hui. Mais en fait Aristophane n'est pas devenu progressiste. Sa philosophie de l'histoire, quand il en avait une, était résolument réactionnaire : les lendemains qui chantent, c'était pour lui le retour à avant-hier. S'il semble désabusé de cet espoir, ce n'est pas pour se lancer à présent dans la propagande « de gauche » : la revanche qu'il imagine contre les malheurs et les vilenies du temps, il la fabrique par pur artifice, il n'a garde de l'attendre ni de la préparer. Rien n'est moins révolutionnaire que le recours au miracle, et si les Athéniens, il y a vingt, trente, quarante ans ne se sont pas laissé dessiller les yeux par le poète, L'Argent, depuis toujours, et pour toujours, est encore plus aveugle qu'eux. En vérité, si *Plutus* est d'un « philosophe » c'est à la façon dont *Zadig* et *Candide* sont des contes philosophiques, mais avec moins de finesse et de mordant.

Il est, comme eux, sévère pour le désordre établi et pour le train général des choses, dont Zeus, bien indigne de ses titres de Sauveur et de Justicier, est allégrement rendu responsable. Mais la pièce ne se déroule pas sans flottements ni zigzags : si L'Argent n'est plus aveugle, quels seront les bénéficiaires ? il semble tantôt que ce seront seulement les honnêtes gens (et les sycophantes et autres canailles se verront dépouillés de leur richesse mal acquise), tantôt que tout le monde sera à son aise et qu'il n'y aura plus de pauvres. Est-il équitable et moral que le gigolo, qui vivait assez vilainement aux crochets d'une vieille, devienne riche tout à coup pour lui permettre de la bafouer ? Et si celle-ci est justement punie de ses dérèglements ridicules, pourquoi lui promet-on, pour finir, qu'elle retrouvera son amant ? Pourquoi la Pauvreté, pour prouver qu'elle est la bienfaitrice des hommes, ébauche-t-elle une distinction très remarquable (v. 548) entre elle-même et la misère noire et dégradante (c'est, après tout, celle que fait Péguy dans le *Jean Coste*), mais qui n'a aucune suite, pas plus que la solennelle menace sur laquelle elle s'éloigne : « En vérité, vous me regretterez » ?

C'est qu'Aristophane est fort embarrassé pour traiter son sujet. D'une part il veut soutenir la cause des pauvres et leur faire plaisir : c'est chez eux qu'il y a le plus de dignité, de courage, d'honnêteté, l'argent corrompt tout, les hommes ne s'enrichissent que parce qu'ils sont scélérats, et ne sont scélérats que parce qu'ils sont riches. Mais les pauvres, ce sont gens dont l'argent ferait le bonheur ; ils ne pensent qu'aux moyens de s'en procurer pour échapper à leur triste condition. Ainsi est-il impossible de ne pas faire conjointement et contradictoirement l'éloge et la dénonciation de la pauvreté, tout comme ceux de la richesse. Il est curieux d'observer que L'Argent et La Dèche peuvent se glorifier l'un et l'autre d'être à la source de tout ce qu'il y a de plus beau dans le labeur et l'industrie des hommes : l'un en les stimulant de son attrait, l'autre en les talonnant de ses rigueurs. Alors ?

Si Aristophane avait voulu se donner les gants d'un grave moraliste, ou d'un sociologue sérieux, le résultat serait donc décevant. Mais tel n'a jamais été son souci, pas plus dans le *Plutus* qu'ailleurs. Seulement autrefois il aurait « enlevé » ces difficultés-là à bride abattue, sa verve bouffonne n'aurait pas laissé au spectateur, et à peine au lecteur, le loisir de les sentir. Il aurait sans doute monté un formidable « combat de gueule » pour mettre aux prises directement le blême et âpre Dèche avec un Argent plein de faconde, sonnant et trébuchant. Le Chœur aurait marqué les points passionnément, divisé peut-être en deux groupes antagonistes, inexpiablement opposés, jusqu'à une stupéfiante réconciliation des deux adversaires, à qui un couplet final eût promis une ribambelle de beaux enfants, plantureux et débrouillards comme leur père, endurants et courageux comme leur mère... : des amours, risquerait-on, si l'on voulait s'amuser à imaginer une parodie du mythe que Socrate, dans le *Banquet*, en présence d'Aristophane, prête à Diotime de Mantinée... A un tel canevas, dont l'absurdité aurait été masquée par la cocasserie des « gags », le poète a préféré quelque chose de beaucoup plus terne : L'Argent, pauvre hère et souffre-douleur au début, n'acquiert pas de relief véritable quand il est ensuite dans sa gloire ; les dieux lésés se gardent bien d'envoyer une délégation aussi haute en couleur que celle qui venait à Coucouville dans *Les Oiseaux :* eux aussi ont perdu de leur mordant. Hermès n'est que le compère, pour cinq minutes, de ce Scapin un peu pâle qu'est Carion — bien pâle à côté du Xanthias des *Grenouilles* : le récit qu'il fait du miracle, même si l'on doit y deviner des intentions parodiques, fait longueur. En définitive le meilleur moment de la pièce, et de loin, est l'affrontement des deux bonshommes avec cette Dèche qui a été la fidèle compagne de leur vie et qu'ils répudient sans égards ni regrets.

Bref, devant cet Aristophane devenu tiède, nous regrettons les « étincelles crépitantes » et la fière « pétulance » de sa Muse de jadis (*Ach.*, v. 665-675) et nous sommes tentés de lui appliquer le dicton dont son Jeune Homme cingle la Vieille qui ne veut pas dételer :

> Tout passe ! il est loin, le temps des prouesses [1] !

Mais il faut se rappeler un trait curieux du destin posthume

1. V. 1002.

de notre poète : au XVIe siècle, avant que d'Aubignac et les générations classiques ne rejettent dans l'enfer « non seulement de la bassesse, mais de l'infamie » sa « licence pleine de fureur... sans autre conduite que son caprice et sa haine », on a su l'aimer — et c'est le *Plutus* qu'on préférait. Le docte et gaillard Ronsard, par exemple : il devait trouver là un ton agréablement intermédiaire entre les hardiesses « satyriques » ou diffamatoires — qu'il ne s'interdisait d'ailleurs pas lui-même — et l'accent sérieux qui tombe si aisément dans le conventionnel. Il avait même songé à le traduire, et nous avons gardé quelques dizaines de vers qui nous sont donnés comme se rattachant à ce projet. Est-ce un hasard s'il s'était arrêté d'abord à ceux qui sont les plus proches peut-être de la joie « rustique », de la verve bondissante des vertes années du poète ?

Hé, bons voisins, nos amis et compères
Qui habitez en ces proches repères,
Bons laboureurs, aimant peine et travail,
Qui avec nous, d'un oignon et d'un ail
Souvent mangez, venez et vous hâtez !
Marchez, courez, galopez et trottez !...

Ou bien à cette évocation des pouvoirs de l'Argent :

Et le Grand Turc est-il pas pur argent ?...
Les grands marchands de Venise et de Rome
Ne font-ils pas leur courretier cet homme ?
Et les soldats, les patrons des galères,
Les lansquenets, les moines, les mignons [1] ?...

Il y a plaisir, en vérité, à quitter Aristophane sur ces fragments d'une traduction « modernisée » d'il y a quatre siècles, qui a suffisamment re-vieilli pour que ce lui soit un charme de plus.

1. *Plutus*, v. 170-180 ; 189-193 ; 253-256.

ANALYSE

Carion, esclave d'un brave homme d'Athénien, Toussicard [*Chrémylos*], *est intrigué par la conduite de son maître (v. 1-17). Pourquoi celui-ci ramène-t-il de Delphes un vieillard inconnu, aveugle et crasseux (v. 18-25) ? C'est, lui répond Toussicard, que l'oracle lui a enjoint, pour assurer son bonheur et celui des siens, de s'attacher aux pas du premier homme qu'il rencontrerait en sortant du sanctuaire (v. 26-44). Mais qui peut bien être cet homme ? il faut le faire parler (v. 45-75). Le vieillard se décide à révéler qu'il est L'Argent, dieu de la richesse* [*Ploutos*]*; c'est Zeus, jaloux du bien qu'il pouvait faire aux hommes, qui l'a rendu aveugle (v. 75-92). Une idée géniale vient alors à Toussicard : si L'Argent voyait clair, il n'irait que chez les braves gens et tout irait au mieux (v. 93-115). L'Argent étant terrorisé devant l'idée de cette rébellion contre Zeus, Toussicard et Carion lui prouvent qu'il est en réalité le vrai roi des existences humaines, bien plus puissant que Zeus (v. 116-207). L'Argent se laisse convaincre : il entre chez Toussicard qui l'emmènera au temple d'Asclépios pour obtenir sa guérison (v. 208-252).*

Entre le Chœur : c'est un groupe de vieux bonshommes, des voisins, que Carion met au courant (v. 253-289). Chœur et valet se livrent à un intermède burlesque (v. 290-321). Toussicard ressort pour accueillir son ami Lœilauguet [*Blepsidémos*], *qui a eu vent d'une étrange nouvelle : Toussicard est devenu subitement très riche ! C'est sûrement, pense-t-il, qu'il a fait quelque mauvais coup (v. 322-390). Il finit pourtant par admettre l'incroyable aventure, et s'associe au projet de son ami (v. 391-414).*

Surgit alors, avec d'effroyables menaces, une femme en haillons : c'est La Dèche, qui leur reproche leur criminelle ingratitude, après tout ce qu'elle a fait pour eux (v. 415-455). Pour trancher la question, on décide d'instituer un débat en forme (v. 456-488). Contre Toussicard, qui déclare servir la justice et le bonheur de toute l'humanité, La Dèche prétend prouver que c'est elle qui est la source de toutes les activités par où la société assure son équilibre et sa prospérité (v. 489-556), ainsi que la santé du corps et les vertus de l'âme (v. 557-594). Les deux hommes la chassent avec sarcasmes (v. 595-618).

Après une danse du Chœur, qui tient lieu d'entracte, Carion reparaît, annonçant que L'Argent est guéri (v. 619-652). On lui fait raconter longuement comment les choses se sont passées (v. 653-770). Voici d'ailleurs, pour confirmer le miracle, le dieu lui-même, accompagné de son hôte qui le fait entrer (v. 771-801) dans sa maison, devenue, au dire de Carion, un paradis d'opulence (v. 802-822).

Commence alors le défilé des visites : d'abord un Honnête homme qui vient remercier le dieu de l'avoir tiré de la misère (v. 823-849) ; puis un Délateur, qui dénonce le scandale inqualifiable de cette nouvelle répartition des biens : il se fait rosser et chasser (v. 850-958) ; puis une Vieille, indignée : le joli garçon dont elle se payait les faveurs vient, maintenant qu'il est riche, de rompre avec elle de la façon la plus insultante; Toussicard goguenarde à ses dépens (v. 959-1037). Le Jeune Homme en question arrive à point pour achever de la bafouer (v. 1038-1096).

Mais la révolution a eu ses répercussions jusque chez les dieux. Hermès, patron de toutes les activités d'affaires, licites et illicites, vient crier famine : les hommes, n'ayant plus besoin de ses services, ne font plus de sacrifices. Il mendie à Carion une place au service de son maître (v. 1097-1170). Autre reconversion, celle du Prêtre de Zeus, qui passe sans scrupules au service du nouveau dieu sauveur et tout-puissant, L'Argent (v. 1171-1195). Et un cortège solennel et joyeux se forme pour aller introniser celui-ci pour toujours auprès d'Athéna, sur l'Acropole (v. 1196-1209).

PERSONNAGES :

CARION, esclave de Toussicard.
TOUSSICARD (Chrémylos), vieillard athénien.
L'ARGENT (Ploutos), dieu — aveugle — de la richesse.
CHŒUR de paysans.
LŒILAUGUET (Blepsidémos), voisin et ami de Toussicard.
LA DÈCHE, déesse de la pauvreté.
LA FEMME de Toussicard.
UN HONNÊTE HOMME.
UN MOUCHARD.
UNE VIEILLE.
UN JEUNE HOMME.
HERMÈS, dieu.
UN PRÊTRE de Zeus.
COMPARSES : le fils de l'Honnête homme ; un témoin amené par le Mouchard ; une servante.

[*La scène est à Athènes, sur une place, devant la maison de Toussicard*]

[*Entre un étrange cortège : en tête un vieillard crasseux et tâtonnant, derrière lui Toussicard ; enfin Carion, qui semble à bout de patience. Ils ont des couronnes de laurier sur la tête*]

CARION

Dieu du ciel et dieux du ciel ! Quelle misère de tomber sous les ordres d'un maître qui n'a pas la tête sur les épaules ! Une supposition que le serviteur ait donné les avis les plus judicieux : si mon patron juge bon de ne pas les suivre, fatalement les ennuis ricochent sur ledit serviteur ! Quant à sa personne même, sa mauvaise étoile veut que ce ne soit pas lui qui ait le privilège d'en disposer : c'est son acheteur ! Eh oui ! c'est comme ça ! Mais Loxias[1], qui

du haut d'un trépied d'or dispense ses oracles,

j'ai bien le droit de lui faire reproche, ce coup-ci ! Il est médecin, il est devin, et calé (on le dit) — et il a renvoyé mon maître avec la cervelle détraquée : le voilà qui a emboîté le pas à un aveugle, et qui le suit ! tout le contraire de ce qui serait normal ! C'est nous autres, avec les yeux que nous avons, qui guidons les aveugles ! Lui, il le suit, et moi il me force à le suivre, et encore sans répondre à mes questions : motus et bouche cousue !

[*Se tournant brusquement vers son maître*] Alors moi, rien à faire, patron : je ne la fermerai pas, d'ici que tu m'aies expliqué pourquoi nous suivons cet homme ! Oui, je t'empoisonnerai et tu ne pourras pas me rosser, avec la couronne que je porte[2].

TOUSSICARD

Non, ma foi — mais je te l'enlèverai si tu m'embêtes, et il t'en cuira d'autant plus !

CARION

Des blagues ! Je continuerai, jusqu'à ce que tu m'aies expliqué. Qui c'est-il donc, ce type-là ? C'est pour ton bien que je demande ça, par pur dévouement.

TOUSSICARD

Eh bien, je n'aurai pas de secret pour toi, car de tous mes

1. Loxias (« l'Oblique ») est le surnom d'Apollon, en particulier dans ses fonctions d'oracle.

2. Ceux qui étaient allés consulter l'oracle de Delphes portaient jusqu'à leur retour chez eux une couronne de laurier qui donnait à leur personne un caractère sacré.

serviteurs, je sais que c'est sur toi que je peux compter le plus... pour me friponner ! Moi, qui étais pieux envers les dieux et juste envers les hommes, j'étais dans le malheur et la pauvreté.

CARION

Je ne le sais que trop.

TOUSSICARD

D'autres, ils étaient riches : des gens pour qui rien n'est sacré, des grands parleurs, des mouchards, des canailles...

CARION

D'accord.

TOUSSICARD

Je suis donc allé interroger l'oracle du dieu. Ma propre vie de pauvre bougre, elle est maintenant presque au bout de son rouleau, je pense. Mais c'est pour mon fils — le seul que j'aie, tu le sais — que je voulais consulter : doit-il prendre une autre ligne de conduite, se faire truand, scélérat, vaurien fini ? Car j'en suis venu à penser que c'est ça qui réussit dans la vie.

CARION

Et alors ?
Qu'a proféré Phébus dedans ses tabernacles[1] ?

TOUSSICARD

Tu vas savoir. Le dieu s'est exprimé très clairement : le premier que je rencontrerais en sortant de chez lui, il m'a enjoint de ne plus le lâcher, et d'obtenir qu'il me suive jusque chez moi.

CARION [*qui commence à comprendre*]

Et qui tu rencontres le premier... ? [*Geste vers L'Argent*]

TOUSSICARD

Lui.

CARION

Et alors ? tu ne comprends pas ce qu'il voulait dire, le dieu ? Tu es le dernier des nigauds. C'est évident : il t'invite à exercer ton fils aux façons du cru.

TOUSSICARD

Qu'est-ce qui te fait juger ça ?

1. *Litt. : du milieu de ses guirlandes ?*

CARION

C'est qu'il y a une constatation qui saute aux yeux, même d'un aveugle : on trouve un solide profit à s'exercer à toute vauriennerie par le temps qui court !

TOUSSICARD

Non, impossible que l'oracle penche dans ce sens-là. Il a une portée plus haute. Et si cet homme nous disait qui il peut bien être, et pourquoi il est venu avec nous jusqu'ici, ce qu'il attend, cela nous apprendrait quel est le sens de notre oracle.

CARION [*secouant le vieillard*]

Hé, toi ! vas-tu dire qui tu es ? Ou s'il faut que je prenne les mesures *ad hoc ?* Faudra que tu le dises, et plus vite que ça !

L'ARGENT

Moi ? Va te faire pendre ! voilà ce que je te dis !

CARION [*à Toussicard, en faisant semblant de croire que l'autre s'est nommé*]

Hein ? tu as compris son identité ?

TOUSSICARD

C'est à toi qu'il répond comme ça, pas à moi. Tu t'y prenais comme un nigaud et un rustaud pour l'interroger. [*A L'Argent*] Dis, si tu es sensible aux procédés d'un homme qui a le cœur sur la main, réponds-moi, à moi.

L'ARGENT

Moi, je te dis d'aller te faire assommer.

CARION [*à Toussicard*]

Empoche le présage : il te vient de l'homme de Dieu !

TOUSSICARD [*au vieillard, qui commence à l'irriter, lui aussi*]

Bonne mère ! fini de rire, mon vieux !

CARION

Si tu ne parles pas, je vais y aller en brute, abruti, pour te liquider !

L'ARGENT

Laissez-moi tranquille, tous les deux, les gars !

TOUSSICARD

Compte là-dessus !

CARION

C'est bien ce que je dis qui est le mieux, patron. Je vais liquider le lascar brutalement : je l'emporte en haut d'un à-pic, je le pose là et je m'en vais, pour qu'il se casse la margoulette en tombant de là-haut.

TOUSSICARD

Vas-y, enlève-le, vite ! [*Ils l'empoignent*]

L'ARGENT

Ne faites pas ça !

TOUSSICARD

Vas-tu parler ?

L'ARGENT

Mais si vous apprenez qui je suis, je sais bien que vous allez me maltraiter et me séquestrer !

TOUSSICARD

C'est bien ce que nous ferons, morbleu, si tu t'obstines !

L'ARGENT

Lâchez-moi d'abord !

[*Ils le lâchent*]

TOUSSICARD

Voilà : on te lâche.

L'ARGENT

Eh bien, écoutez, puisque je vois bien qu'il faut révéler ce que j'étais disposé à cacher. Je suis L'Argent.

CARION

Ah ! le saligaud ! Y a pas plus rossard en ce bas monde ! Tu étais L'Argent et tu ne le disais pas ?

TOUSSICARD

Toi, L'Argent ? Dans cet état calamiteux ! O Phébus Apollon, ô dieux, ô puissances célestes ! ô Zeus ! tu dis ? Lui, pour de bon, c'est toi ?

L'ARGENT

Oui.

TOUSSICARD

Lui ? toi-même ?

L'ARGENT

Archimoi archimême.

TOUSSICARD

Et d'où est-ce que tu viens, dis, crasseux comme ça ?

L'ARGENT

Je sors de chez Patroclès [1], qui ne s'est pas lavé depuis le jour de sa naissance.

1. Ce Patroclès est peut-être celui que nous savons avoir été le frère de Socrate. La crasse, en ce cas, serait de famille, cf. *Ois.*, v. 1554.

TOUSSICARD

Et ton infirmité, comment est-ce arrivé ? Explique-moi.

L'ARGENT

C'est à Zeus que je dois ça, dans sa hargne envers les hommes. Quand j'étais encore gamin, je l'ai menacé de n'aller que chez les gens honnêtes, sages, et de conduite rangée. Alors il m'a rendu aveugle, pour que je ne puisse plus en reconnaître aucun : tant il a de hargne pour les braves gens !

TOUSSICARD

Et pourtant, s'il est honoré, c'est bien aux braves gens qu'il le doit, aux gens honnêtes, et rien qu'à eux.

L'ARGENT

D'accord.

TOUSSICARD

Alors, dis-moi un peu : si tu y voyais de nouveau comme avant, tu éviterais les fripouilles ?

L'ARGENT

C'est moi qui te le dis !

TOUSSICARD

Et tu irais chez les honnêtes gens ?

L'ARGENT

Pour sûr ! Il y a si longtemps que je n'en ai vu !

CARION [*regardant le public*]

Rien d'étonnant ! Moi non plus, et pourtant j'ai des yeux !

L'ARGENT

Laissez-moi aller à présent : ce que vous vouliez de moi, vous le savez.

TOUSSICARD

Fichtre non ! Nous allons nous cramponner à toi de plus belle !

L'ARGENT

Je le disais bien, que vous alliez me faire des ennuis !

TOUSSICARD

Mais toi, ne te bute pas, je t'en supplie, ne me quitte pas ! Tu peux chercher, tu ne trouveras pas un homme qui sache mieux se conduire.

CARION [*au public*]

Parbleu, il n'a pas son pareil — sauf moi !

vers 86-106

L'ARGENT

Ils disent tous ça. Mais quand je me laisse prendre, et que L'Argent, ils l'ont, c'est bien simple : il n'y a pas de pires canailles !

TOUSSICARD

C'est bien comme ça que ça se passe. Mais tous les gens ne sont pas méchants...

L'ARGENT

Tu as raison, pas tous : architous !

CARION [*à part*]

Tu vas dérouiller !

TOUSSICARD

Mais toi, est-ce que tu te rends compte de tous les avantages que tu auras à rester chez nous ? écoute bien, je vais te les apprendre. [*Baissant la voix*] J'espère... oui, j'espère bien (je dis : avec l'aide du ciel) te guérir les yeux et te faire retrouver la vue.

L'ARGENT

Jamais de la vie ! Ne fais pas ça ! Je ne veux pas recouvrer la vue.

TOUSSICARD [*éberlué*]

Tu dis ?

CARION [*au public*]

Cet homme-là, il a la vocation du malheur !

L'ARGENT

Zeus... s'il apprenait les folies que vous échafaudez, je suis bien sûr qu'il m'écrabouillerait !

TOUSSICARD

C'est bien déjà ce qu'il fait, quand il te laisse rôder au hasard en te cognant partout.

L'ARGENT

Je ne sais pas ; mais devant lui je tremble d'épouvante.

TOUSSICARD

Pas possible ? Tu es donc le plus froussard de tous les dieux ? Qu'est-ce que tu crois ? Le trône et les foudres de Zeus ne vaudront plus un jeton si tu retrouves la vue, ne serait-ce que pour un quart d'heure !

L'ARGENT

Ne dis pas ça, malheureux !

TOUSSICARD

Calme-toi. Je vais te prouver que tu es beaucoup plus puissant que Zeus.

vers 107-129

L'ARGENT

Toi ? moi ?

TOUSSICARD

Oui, parbleu, et tout de suite : [*A Carion*] par quel moyen Zeus gouverne-t-il les autres dieux ?

CARION

Par espèces sonnantes : il en regorge.

TOUSSICARD

Bon. Eh bien, qui les lui fournit ?

CARION [*montrant L'Argent*]

Lui.

TOUSSICARD

Et les sacrifices qu'on lui fait, c'est grâce à qui ? A lui, pas vrai ?

CARION

Parbleu ! et ce qu'on implore, c'est d'avoir de l'argent, tout crûment.

TOUSSICARD

Donc [*Montrant L'Argent*] c'est de lui que tout ça dépend. Et ça lui serait facile, s'il voulait, d'y mettre fin.

L'ARGENT

Et pourquoi donc ?

TOUSSICARD

Parce que plus un mortel ne ferait offrande de rien, ni bœuf, ni tartelette, rien de rien, si tu ne voulais pas.

L'ARGENT

Comment ?

TOUSSICARD

Comment ? Pas moyen d'acheter, voyons, si tu n'es pas là — oui, toi ! — pour offrir de quoi. Donc la puissance de Zeus, s'il t'embête, tu l'anéantiras, à toi tout seul.

L'ARGENT

Qu'est-ce que tu dis ? Les sacrifices qu'on lui fait, c'est grâce à moi ?

TOUSSICARD

Bien sûr. Et tout ce qui a de l'éclat, de la beauté, du charme, c'est toi qui en es la source pour les hommes : tout est aux ordres de l'argent.

CARION

Exemple : il a suffi de quat' sous de pécune pour faire de moi l'esclave que je suis : avant, j'étais un homme libre.

TOUSSICARD

Et les catins de Corinthe ! On dit que si par hasard c'est un pauvre bougre qui leur fait des avances, elles n'y font même pas attention ; mais si c'est un richard, elles arrondissent tout de suite la fesse vers lui.

CARION

Et les garçons ! On dit qu'ils en font juste autant ; ce n'est pas à leurs amoureux qu'ils pensent, c'est à l'argent.

TOUSSICARD

Les professionnels, pas ceux qui sont honnêtes ! Ils ne demandent pas d'argent, les honnêtes.

CARION

Alors quoi donc ?

TOUSSICARD

Qui un beau cheval, qui des chiens de chasse.

CARION

C'est peut-être qu'ils ont honte de demander de l'argent : ils s'expriment de façon à camoufler leur fripouillerie.

TOUSSICARD

Et tous les arts et métiers dont les humains ont découvert le secret, ça vient de toi ! L'un taille le cuir, assis dans son échoppe, l'autre travaille les métaux précieux — et c'est toi qui les lui fournis...

CARION

L'un détrousse les gens, l'autre les cambriole...

TOUSSICARD

L'un est teinturier...

CARION

L'autre décrasse les toisons...

TOUSSICARD

L'un est tanneur...

CARION

L'autre vend des oignons... Et le cocu, ma foi, c'est à cause de toi qu'il arrache le poil au gigolo qui s'est fait prendre[1].

L'ARGENT

Pauvre de moi, qui ne savais rien de tout ça, depuis le temps !

CARION

Et le Shah de Perse ! Ce n'est pas à cause de lui qu'il fait le faraud ? Et l'Assemblée ! Ce n'est pas à cause de lui qu'elle se réunit ?

TOUSSICARD

Et puis encore ! Pour l'escadre, ce n'est pas toi qui recrutes les équipages, dis-moi ?

CARION

Et le bataillon de légionnaires qui est à Corinthe ? Ce n'est pas lui qui l'entretient ? Et Pamphile, ce n'est pas à cause de lui qu'il risque des tripot...ées[2] ?

TOUSSICARD

Et le marchand d'aiguilles[3], dans le même sac que Pamphile !

CARION

Et Agyrrhios[4] ! S'il est si pétaradant, ce n'est pas à cause de toi ?

TOUSSICARD

Et Philepsios ! Ce n'est pas pour l'amour de toi qu'il fait ses boniments ? Et l'alliance avec l'Égypte[5], ce n'est pas à cause de toi ? Et Laïs ! ce n'est pas à cause de toi qu'elle est amoureuse de Philonidès ?

CARION

Et la tour à Timothée[6] ?

1. Cf. *Nuées*, v. 1083 n. Il s'agit ici, pour l'époux bafoué, non de venger la morale, mais d'obtenir du coupable une indemnité en espèces.

2. Pamphilos, stratège, était accusé de prévarication. Il y a un jeu de mots sur κλαύσεται (« on va l'étriller »), mot dont les deux premières lettres font attendre : « C'est un voleur. »

3. Inconnu.

4. Cf. *Ass.*, v. 184 n.

5. Athènes voyait d'un très bon œil la rébellion d'Evagoras, roi de Salamine de Chypre, soutenu par l'Égypte, contre le roi de Perse.

6. Fils de Conon ; riche personnage qui devait s'être fait construire une superbe demeure, qu'on appelait « la tour à Timothée ».

TOUSSICARD [*à Carion*]

Si elle pouvait te tomber dessus ! [*A L'Argent*] Et les affaires, ce n'est pas par toi qu'elles se font toutes ? C'est toi seul, et tout seul, qui es à l'origine de tout, le mauvais comme le bon, n'en doute pas.

CARION

En tout cas, pour la guerre, le vainqueur, à tous les coups, c'est celui dans le plateau de qui il est assis, lui : un point c'est tout.

L'ARGENT

Moi ? à moi tout seul je suis si puissant que ça ?

TOUSSICARD

Oui, parbleu ! et encore bien plus ! C'est si vrai qu'on n'a jamais vu personne être rassasié de toi. Pour tout le reste, il vient un moment où on n'a plus faim : d'amour...

CARION

Et de pain...

TOUSSICARD

De musique...

CARION

Et de sucreries.

TOUSSICARD

D'honneur...

CARION

Et de pâtisseries.

TOUSSICARD

De prouesses...

CARION

Et de pâtes de fruits.

TOUSSICARD

D'ambition...

CARION

Et de biscuits.

TOUSSICARD

De hauts grades...

CARION

Et de lentilles.

TOUSSICARD

Mais de toi, jamais personne ne s'est rassasié. Si quelqu'un a reçu treize millions[1], il n'en est que plus acharné à en obtenir seize ; et s'il y réussit, il en veut quarante : « Sans quoi, déclare-t-il, cette vie pour moi n'est pas une vie. »

L'ARGENT

C'est très joli, je vois bien, ce que vous dites tous les deux. Il n'y a qu'une chose que je redoute...

TOUSSICARD

A propos de quoi, explique ?

L'ARGENT

Cette puissance que je possède, à vous entendre, comment arriverai-je à être maître de m'en servir ?

TOUSSICARD

Mais voyons ! quelle question !... Il est vrai que, de l'avis de tout le monde qui dit Argent dit frousse intense[2] !

L'ARGENT

Pas du tout ! C'est un cambrioleur qui a fait courir cette calomnie. Il a dû se faufiler un jour dans ma maison sans rien pouvoir emporter, parce qu'il n'a trouvé rien de rien qui ne fût sous clé. Alors il a taxé de frousse mon esprit de précaution.

TOUSSICARD

Alors, ne te fais pas de mauvais sang : si tu te montres toi-même un homme résolu et entreprenant, je te rendrai la vue, et plus perçante que celle du lynx[3].

L'ARGENT

Et comment pourras-tu le faire, simple mortel que tu es ?

TOUSSICARD

J'ai un solide espoir, qui me vient des paroles que m'a dites Phébus
en personne, agitant son pythique laurier.

L'ARGENT

Lui aussi est donc dans le secret ?

1. *Litt. : treize talents,* etc.
2. Application amusante de la vieille histoire du *Savetier et du Financier.*
3. *Litt. : que Lyncée,* héros légendaire de la conquête de la Toison d'Or.

TOUSSICARD

Bien sûr.

L'ARGENT

Prenez garde...

TOUSSICARD

Ne te tracasse de rien, mon brave. Mets-toi bien dans la tête que, dussé-je y périr, j'en viendrai à bout, moi !

CARION [*ironique, à son maître*]

Et moi aussi, si tu permets.

TOUSSICARD

Et bien d'autres alliés viendront nous épauler : tous les honnêtes gens qui avaient leur assiette vide.

L'ARGENT

Oh là là ! Piètres alliés que tu me proposes !

TOUSSICARD

Non pas, s'ils recommencent à avoir de nouveau de l'argent ! [*A Carion*] Allons, toi, va, cours vite...

CARION

Quoi faire ? j'écoute.

TOUSSICARD

Appeler les paysans mes copains ; tu les trouveras sans doute aux champs en train de trimer. Dis-leur à chacun personnellement de venir ici recevoir avec nous, pour sa quote part, L'Argent qui vient de nous arriver.

CARION

Bon, en route. [*Montrant un récipient qu'il tient en main*] Mais ces abattis-là, que quelqu'un de la maison se charge de les rentrer[1].

TOUSSICARD

C'est moi qui prendrai ce soin. Trotte, dépêche-toi. [*Carion s'en va*] Et toi, Argent tout-puissant qui règnes au-dessus de tous les dieux, entre ici avec moi. Entre : voici la maison que

1. Il s'agit de morceaux provenant des victimes de sacrifices. On en rapportait du temple pour ses parents et amis. L'emploi du verbe εἰσφέρειν doit sans doute faire écarter une interprétation plus séduisante, qui serait celle-ci : CARION [*montrant L'Argent*] « Mais ce petit vieux-là, que quelqu'un se charge de le faire entrer » (entendez : car c'est un fin morceau à se mettre sous la dent, et à ne pas laisser échapper).

tu dois aujourd'hui — juste ou pas juste — combler de richesse.

L'ARGENT

Ah ! c'est bien chaque fois à contrecœur, je te jure, que j'entre dans une maison étrangère : je n'en ai jamais rien récolté de bon. Si je suis tombé sur quelqu'un qui serre les cordons de la bourse, il a tôt fait de m'enterrer tout au fond d'un trou ; et qu'un brave homme de ses amis vienne le trouver pour lui demander quatre sous, il proteste qu'il ne m'a jamais vu. Et si je suis tombé chez une tête brûlée, je suis jeté au ruisseau — les filles, les dés — et flanqué à la porte, tout plumé, en un rien de temps.

TOUSSICARD

C'est que tu n'es jamais tombé sur un homme raisonnable. Or moi, ma méthode, c'est, en somme, d'être toujours raisonnable. J'aime serrer la dépense, comme pas un, mais aussi bien faire des frais, quand il faut. Allons, entrons. Je veux te faire voir à ma femme et à mon fils : un fils unique, l'être que je chéris le plus au monde... après toi.

L'ARGENT

Je me fie à toi.

TOUSSICARD

Bien sûr : qui aurait l'idée de ne pas te dire la vérité ?

[*Ils entrent tous deux chez Toussicard. Survient Carion accompagné d'un groupe de paysans qui forment le Chœur*]

CARION

O vous qui tant de fois vous êtes régalés
du même plat de sarriette [1]
que mon patron, vous ses amis,
les gens de son village, acharnés travailleurs,
faites vite, pressez, venez, dépêchez-vous !
Ce n'est plus le moment de traîner : il nous faut
votre présence, à la minute, et votre appui !

LE CORYPHÉE

Dis donc, tu ne nous vois pas ? depuis le temps qu'on fonce,

1. Nourriture des pauvres gens, qui ramassaient cette herbe dans la campagne.

et de bon cœur autant que tu peux l'attendre de nous. On n'a guère de forces, on n'est plus jeunes ! Mais toi, tu prétends nous faire cavaler, et tu ne nous as même pas encore dit pourquoi ton patron nous a convoqués !

CARION

Il y a bel âge que je vous le dis, non ? C'est toi qui n'écoutes pas ! Mon patron assure que vous allez tous couler des jours délicieux : finie la vie ratatinée et morose !

LE CORYPHÉE

Allons donc ! qu'est-ce que c'est que cette affaire-là ? D'où pêche-t-il cette assurance ?

CARION

Il vient de rappliquer, chenapans, avec un vieux bonhomme, crasseux, croulant, piteux, raviné, décati, édenté... et je crois bien, juste ciel ! qu'il est aussi galeux [1]...

LE CORYPHÉE

Quelle nouvelle ! tu parles d'or ?... Comment dis-tu ça ? répète-moi tes éclaircissements... Il croule sous les richesses, le type qui est arrivé ?

CARION

Mais non : sous les calamités séniles, voilà ce que je dis.

LE CORYPHÉE [*furieux et menaçant*]

Dis donc, en voilà une fantaisie ! Et là-dessus, tu te figures que tu vas tirer ton épingle du jeu — surtout quand j'ai un bâton ?

CARION

Quoi ? Vous imaginez que c'est mon genre ? que je ne suis né capable que de ça, en tout et pour tout ? Je ne peux rien dire de bon, à votre idée ?

LE CORYPHÉE

Ce qu'il le prend de haut, le fripouillard ! Mais tes chevilles, elles crient : « A nous les fers ! à nous les chaînes, c'est ça qu'il nous faut ! »

CARION

Et toi, au croque-mort ! C'est ton numéro qui est sorti, pour

1. Je lis, comme Van Herwerden, ψωρόν. Le mot ψωλόν est ici tout à fait hors de place. La correction a de plus l'avantage d'amener la plaisante erreur des vieux paysans durs d'oreille, qui, ahuris de ce torrent d'adjectifs, n'en retiennent que l'idée de monceau (σωρόν) d'or. (L'effet a été transposé, dans la traduction, sur κυφόν, traduit par « croulant ».)

le tribunal des ombres[1] ! Qu'est-ce que tu attends ? Charon t'offre le jeton !

LE CORYPHÉE

Va te faire étriper ! Tu n'es qu'un mufle, un farceur-né ! Tu nous as monté une fumisterie et tu t'obstines à ne pas vouloir nous en donner le fin mot. Nous, on est éreintés, on n'a pas de temps à perdre, et on a quand même rappliqué de si bon cœur, en passant par-dessus force plants de sarriette[2] !

CARION

Allons, soit, mes braves, je vais tout vous dire. C'est L'Argent que mon maître a ramené avec lui : il va vous rendre bien argentés.

LE CORYPHÉE

Pour de bon ? C'est-il possible ? Tous ? A nous L'Argent ?

CARION

Parbleu ! Même que vous serez des Midas[3] [*A part*] s'il vous pousse des oreilles d'âne.

LE CORYPHÉE

Ah ! quelle veine ! ah ! quelle aubaine ! Je veux danser d'allégresse, si tu dis la vérité pour de bon !

[STROPHE I] CARION [*chantant et dansant*]

Alors moi, ce que j'ai en tête[4]
— tagada ! ioup ! hop ! —
C'est d'endosser le rôle du Cyclope.
Et mes deux pieds sauront vous jouer des claquettes
pour vous conduire ! Allez, mes agneaux, explosez,
multipliant l'écho de ma voix. Oui, bêlez
la bê...ile mê...lodie
que bêlent les brebis et les biques puantes.
Suivez-moi bien, dégainés, haut les queues !
et vous allez vous goberger,
vieux boucs !

1. *Litt. : Ta lettre qui te désigne pour aller juger dans le cercueil.* On tirait au sort celles des dix tribus — marquées de A à K — qui devaient fournir les juges sur les divers tribunaux. Cf. *Ass.*, v. 681 n.
2. Entendez : Sans nous arrêter pour les cueillir. Cf. v. 253 n.
3. Le nom de Midas était proverbial, comme celui de Crésus, pour parler d'opulence. On connaît la fable de ses oreilles d'âne.
4. Les deux premiers couplets parodient l'épisode célèbre du Cyclope, repris en particulier par Euripide et Philoxène.

[ANTISTROPHE I] LE CORYPHÉE [*idem*]

Et nous, on va se mettre en quête
— tagada ! ioup ! hop ! —
de l'attaquer, tout bêlants, ton Cyclope !
Ce besacier crasseux rapportait sa cueillette,
des herbes de garrigue, humides de rosée...
Ce meneur de troupeaux, il s'est laissé soûler !
Tout de go, l'étourdi,
va s'endormir, et nous, toute affaire cessante,
mettant au feu un gigantesque pieu
dans son œil on va le plonger,
et plouc !

[STROPHE II] CARION [*idem*]

Mais moi je ferai la Circé[1] *:*
avec les bouillons qu'elle avait brassés,
à Corinthe un jour elle obtint
que les copains de Philonide[2] *ingurgitassent,*
pétris par sa main en fouace,
merde et crottin,
— comme s'ils étaient des gorets !
En tous points je l'imiterai.
Et vous, avec délice et tendres grognements,
allez, petits cochons, suivez votre maman !

[ANTISTROPHE II] LE CORYPHÉE

Alors ma foi, toi la Circé,
avec les bouillons que tu sais brasser,
toi qui par philtre oses prétendre
embrener les copains, nous ferons nos délices,
de prendre pour modèle Ulysse[3] *:*
On va te prendre,
ensuite on te pend par les couilles,
et ton museau, on le barbouille
de fiente, comme un bouc ! Toi[4]*, le gosier béant*
tu pourras dire : « Ah ! mes cochons ! suivez maman ! »

CARION

Allons, assez duré les quolibets ! cessons !

1. Ces deux couplets parodient l'épisode de Circé dans l'*Odyssée.*
2. Le nom de Philonide est substitué à celui d'Ulysse, pour blaguer la façon dont il s'était laissé envoûter par les charmes de la courtisane Laïs, qui était corinthienne. Cf. v. 171.
3. *Litt. : le fils de Laërte.*
4. Le texte ajoute : *comme Arystillos.* Cf. *Ass.*, v. 647.

vous, changez d'air et de chanson ;
et moi, je vais aller
chiper en douce à mon patron
de la viande et du pain :
j'entends à l'avenir avoir les joues calées
pour me mettre au turbin.

[*Il rentre*]

INTERMÈDE : Danse du Chœur.

TOUSSICARD [*sortant de chez lui*]

« Bonjour » ? Pour vous accueillir, ce terme-là, mes chers voisins, serait aujourd'hui dans ma bouche caduc et dépassé... [*Avec une joyeuse cordialité*] Je vous ouvre mes bras, pour être venus de si bon cœur, au pas de chasseur et sans musarder ! Tâchez d'être encore au coude à coude avec moi pour le reste, et d'être pour de bon les sauveurs de notre dieu !

LE CORYPHÉE

N'aie pas peur : tu verras briller en mon regard, je le dis tout net, une bravoure surhumaine[1] ! Ça serait un peu fort, quand je savais si bien me bagarrer, chaque fois, à l'Assemblée, pour trois oboles[2], si je laissais L'Argent en personne passer en d'autres mains !

TOUSSICARD

Tiens, j'aperçois justement Lœilauguet qui s'approche. Évidemment il a eu vent de l'affaire : voyez de quel pas il se hâte !

[*Entre Lœilauguet, agité et soucieux*]

LŒILAUGUET [*à part*]

Qu'est-ce que ça peut être que cette histoire ? Par quelle source et par quel moyen Toussicard est-il subitement devenu si bien argenté ? Je n'arrive pas à y croire. Et pourtant, saperlipopette, chez les coiffeurs, les clients ne parlaient que de l'enrichissement subit du bonhomme... Mais précisément, il y a ça qui m'ahurit : cette façon, quand il est dans une bonne passe, d'envoyer chercher ses amis ! Ce n'est pas comme ça qu'on se comporte chez nous !

1. *Litt. : le regard d'Arès,* dieu des batailles.
2. C'était l'allocation dont bénéficiaient depuis quelques années, sur l'initiative d'Agyrrhios, les citoyens qui participaient aux séances. Cf. *Ass.*, v. 184 n. et 308-310.

TOUSSICARD [*venant à sa rencontre chaleureusement*]

Allons, je vais parler à cœur ouvert, ma foi ! Lœilauguet ! Nous sommes en meilleure passe qu'hier ! aussi bien, je t'offre d'en avoir ta part : tu es de mes amis.

LŒILAUGUET

C'est donc vrai ce qu'on dit ? tu es devenu riche ?

TOUSSICARD

Disons que je le serai dans très peu de temps, s'il plaît au ciel. Car l'affaire... hum... l'affaire est hasardeuse.

LŒILAUGUET

En quel sens ?...

TOUSSICARD

En ce sens que...

LŒILAUGUET

Parle, accouche ! qu'est-ce que tu veux bien dire ?

TOUSSICARD

En cas de succès, c'est le bonheur à perpétuité. En cas d'échec, c'est le lessivage intégral.

LŒILAUGUET

Elle n'a pas bon aspect, ta marchandise, elle ne me plaît pas. Devenir comme ça tout soudain super-richissime, et là-dessus être dans les transes, c'est le trait d'un homme dont la conduite ne dit rien de bon.

TOUSSICARD

Comment, rien de bon ?

LŒILAUGUET

Et si tu as volé, morbleu ? Si tu reviens de là-bas avec de l'or ou de l'argent pris dans le trésor du dieu, et qu'à présent tu aies du remords, peut-être ?...

TOUSSICARD [*indigné*]

O Apollon ! ô Bon sauveur ! Non, je n'ai pas fait ça, grand dieu !

LŒILAUGUET

Trêve de fariboles, mon bon ! Je sais tout, bel et bien.

TOUSSICARD

Ne va pas me soupçonner d'une chose pareille !

LŒILAUGUET [*mi-justicier, mi-indulgent, pour le faire avouer*]

Bah ! il n'y a rien, chez personne, qui soit absolument à

l'abri de la contagion. Devant le profit, personne ne résiste.

TOUSSICARD

Sainte Mère ! c'est toi qui es malade, je pense !

LŒILAUGUET [*les yeux au ciel*]

Comme il est changé ! Elle est loin sa conduite d'antan !

TOUSSICARD

Ma parole, tu es maboul, mon bonhomme !

LŒILAUGUET

Même son regard qui ne tient pas en place, et qui dénonce évidemment en lui un malfaiteur !

TOUSSICARD

Je sais ce que tu crailles : tu crois que j'ai commis un larcin, et tu cherches à obtenir ta part !

LŒILAUGUET

Je cherche à obtenir ma part ? de quoi ?

TOUSSICARD [*continuant*]

Or tu n'es pas du tout au fait : le cas est différent.

LŒILAUGUET

Ce n'est pas un larcin ? Alors, un vol à main armée ?

TOUSSICARD

Tu es mûr pour le cabanon.

LŒILAUGUET

Alors, tu ne t'es pas approprié le bien d'autrui ?

TOUSSICARD

Mais non, voyons !

LŒILAUGUET

Ça alors ! Ventrebleu, où donner de la tête ? La vérité, il ne veut pas la dire !

TOUSSICARD

C'est que tu m'accuses avant de me laisser te mettre au courant !

LŒILAUGUET [*à mi-voix*]

Écoute, mon cher, moi je veux bien t'arranger la chose aux moindres frais, avant que toute la ville soit informée : je clorai le bec aux orateurs en les gavant de pépettes.

TOUSSICARD

Ouais ! une combine d'ami ! Fichtre ! Je vois ça d'ici :

là où tu dépenserais trois[1], tu me compterais douze !

LŒILAUGUET

Je vois d'ici quelqu'un, blotti sur les marches, implorer le tribunal[2], sa femme et ses petits enfants près de lui : une réplique aux *Héraclides* de Pamphilos[3], copie en tous points conforme !

TOUSSICARD

Mais non, espèce d'abruti ! Je ne m'occuperai que des honnêtes gens, pour les rendre tout plein riches.

LŒILAUGUET

Tu dis ? Tu as fait main basse sur de grosses sommes ?

TOUSSICARD

Oh ! là là ! quel supplice tu me fais subir ! J'en crèverai !

LŒILAUGUET

C'est plutôt toi, ce me semble, qui te prépares ce sort-là !

TOUSSICARD

Mais non, gredin, puisque j'ai L'Argent !

LŒILAUGUET

Toi ? l'argent ? lequel ?

TOUSSICARD

Le dieu Argent, soi-même !

LŒILAUGUET

Et où est-il ?

TOUSSICARD [*montrant sa porte*]

Là-dedans.

LŒILAUGUET

Où ?

TOUSSICARD

Chez moi.

LŒILAUGUET

Chez toi ?

1. *Litt. : trois mines.*
2. *Litt. : tenant un rameau de supplication.* Il faisait partie des rites d'imploration d'avoir en main une branche d'olivier. Lœilauguet veut dire que son ami, inculpé de vol, ne pourra qu'implorer l'indulgence des juges.
3. Peintre, maître d'Apelle (rien à voir avec son homonyme du v. 174). Le tableau, exposé au Portique, montrait les enfants d'Héraclès demandant secours à Athènes contre Eurysthée.

TOUSSICARD

Parfaitement.

LŒILAUGUET

Va-t'en au diable ! L'Argent, chez toi ?

TOUSSICARD

Eh oui, bons dieux !

LŒILAUGUET

Tu dis la vérité ?

TOUSSICARD

Oui bien !

LŒILAUGUET

Sur ce que tu as de plus sacré à ton foyer [1] ?

TOUSSICARD

Oui, le ciel m'en soit témoin.

LŒILAUGUET

Celui qui est sur nos têtes [2] ?

TOUSSICARD

Oui. Et s'il y en a un autre, je l'atteste aussi.

LŒILAUGUET

Et tu n'envoies pas ton hôte chez nous, faire la tournée de tes amis ?

TOUSSICARD

Les choses n'en sont pas encore à ce point-là.

LŒILAUGUET

Pas au point de le partager ?

TOUSSICARD

Fichtre non ! Il faut d'abord...

LŒILAUGUET

Quoi ?

TOUSSICARD

Nous débrouiller tous les deux pour qu'il y voie.

LŒILAUGUET

Nous ? Qu'il y voie ? qui ? explique-toi.

TOUSSICARD

L'Argent, qu'il y voie comme avant ; il faut trouver un moyen.

1. *Litt. : sur Hestia,* déesse du foyer.
2. *Litt. : Oui, par Posidon ! — Celui de la mer !*

LŒILAUGUET

Parce que, pour de bon, il est aveugle ?

TOUSSICARD

Oui, sacrebleu !

LŒILAUGUET

Pas étonnant, alors, s'il n'est jamais venu chez moi !

TOUSSICARD

Mais à présent, si les dieux le permettent, il y viendra !

LŒILAUGUET

Tu aurais bien dû faire venir un médecin !

TOUSSICARD

Tu en connais un, de médecin, en ville, à présent ? Point d'honoraires, point de praticiens !

LŒILAUGUET

Regardons bien.

[*Ils font mine de chercher des yeux dans le public*]

TOUSSICARD

Non, il n'y en a pas.

LŒILAUGUET

Moi non plus je n'en vois pas.

TOUSSICARD

Tonnerre ! pas un ! Mais il reste le plan que je mûrissais depuis longtemps : lui faire passer la nuit dans le sanctuaire d'Asclépios [1]. C'est le mieux.

LŒILAUGUET

Et de loin, ma foi ! [*Surexcité par ce projet*] Allons, ne lambine pas ! vas-y ! et que ça saute ! Ça sera au moins quelque chose que tu feras !

TOUSSICARD

Bon. J'y vais.

LŒILAUGUET

Dépêche-toi !

TOUSSICARD

Qu'est-ce que je fais d'autre ?

[*Il va pour sortir, mais se heurte à La Dèche, déguenillée et furibarde, qui leur barre à tous deux le chemin*]

1. Cf. *Guêpes*, v. 1123 n.

LA DÈCHE

Tisons d'iniquité, sacrilège, impies,
avortons humains, gueux,
où donc, où fuyez-vous ? pourquoi ?
Restez ici tous deux !

LŒILAUGUET

Bigre !

LA DÈCHE

Atrocement je vais, atroces malfaiteurs,
vous écraser ! Car le forfait que vous osez,
il est intolérable, et jamais, non jamais,
homme ni dieu n'en a commis de si énorme !
C'en est fait de vos vies !

TOUSSICARD

Et qui es-tu, toi ? Tu as la mine bien blême !

LŒILAUGUET

C'est peut-être une Furie, échappée d'une tragédie ? Il y a bien quelque chose d'égaré et de tragique dans son regard.

TOUSSICARD

Mais non : elle n'a pas de torches...

LŒILAUGUET [*reprenant courage*]

Alors, tant pis pour elle !

LA DÈCHE [*hautaine*]

Pour qui me prenez-vous ?

TOUSSICARD

Pour une gargotière, une marchande de soupe... Sans ça tu n'aurais pas braillé si fort contre nous, alors qu'on ne t'a rien fait !

LA DÈCHE

Vraiment ? Ce n'est pas me traiter de la façon la plus noire, de prétendre me chasser de tous les horizons ?

TOUSSICARD

Il te reste toujours le puits aux oubliettes [1] ! Mais tu aurais mieux fait de dire d'entrée qui tu es.

LA DÈCHE

Je suis celle qui vous fera payer aujourd'hui même l'entreprise que vous formez de me faire disparaître d'ici !

1. *Litt. : le barathre.* Cf. *Gren.*, v. 574 n.

LŒILAUGUET

Ça serait-il la cabaretière du coin, celle qui me carotte à tous les coups sur ses chopines ?

LA DÈCHE

Je suis La Dèche,
qui depuis tant d'années vis en votre logis !

LŒILAUGUET

Dieu garde[1] ! divinités célestes ! où se sauver ?

TOUSSICARD

Dis donc, qu'est-ce qui te prend, bourrique ? Tu es le dernier des froussards ! Veux-tu bien rester m'appuyer ?

LŒILAUGUET

Jamais de la vie !

TOUSSICARD

Veux-tu rester ? Deux hommes, devant une femme, et nous nous sauvons ?

LŒILAUGUET

Mais, c'est La Dèche, malheureux, le plus funeste animal qu'il y ait dans toute la création !

TOUSSICARD

Tiens ferme, je t'en supplie, tiens ferme !

LŒILAUGUET

Fichtre non ! Ne compte pas sur moi !

TOUSSICARD

Et pourtant, je te dis... ce sera forfaiture, la plus noire qui puisse être, et de loin, si nous abandonnons seul et sans défense notre dieu, si nous nous sauvons n'importe où, pris de panique devant cette femme, sans soutenir le bon combat !

LŒILAUGUET

Sur quelles armes, sur quelle force compter pour le faire ?
Est-il une cuirasse, est-il un bouclier
qu'elle ne fasse mettre au clou[2], la carogne ?

1. *Litt. : O Apollon !* particulièrement invoqué contre les périls.
2. Les pauvres sont forcés de mettre en gage leurs biens. Ils sont désarmés.

TOUSSICARD

N'aie pas peur ! Tu peux me croire : par son seul pouvoir notre dieu mettrait en déroute toutes les manigances de celle-là !

LA DÈCHE

Vous avez encore le toupet de souffler mot, pourritures ! quand vous êtes pris la main dans le sac de vos ignominies !

TOUSSICARD

Et toi, gibier de male mort, pourquoi te mets-tu dans notre chemin ? Agonir deux types qui n'ont pas l'ombre d'un tort envers toi !

LA DÈCHE

Vous trouvez que ce n'est pas me porter tort, grands dieux, d'essayer de rendre la vue à L'Argent ?

TOUSSICARD

Eh bien quoi ? Quel tort te faisons-nous si nous répandons le bien parmi tous les hommes ?

LA DÈCHE

Et quel bien pourriez-vous imaginer ?

TOUSSICARD

Lequel ? pour commencer, ton bannissement de la Grèce...

LA DÈCHE

Moi ? me bannir ? Quel plus grand tort pourriez-vous faire aux hommes ? Vous en voyez un ?

TOUSSICARD

Tu veux le savoir ? Ce serait de surseoir à cette mesure, et de l'oublier.

LA DÈCHE

Eh bien, précisément : je consens à discuter avec vous sur ce terrain pour commencer. Si je démontre que moi seule je suis la source de tout ce qui vous arrive de bon, que c'est moi qui vous fais vivre... [*Geste pour faire deviner le sort des deux hommes*] et sinon, vous serez libres d'agir à votre guise.

TOUSSICARD

Tu oses soutenir des choses pareilles, carogne ?

LA DÈCHE

Oui, et écoute pour ta gouverne. Je pense être capable de

prouver sans la moindre difficulté que tu fais une erreur complète si tu prétends enrichir les honnêtes gens.

TOUSSICARD

A moi les matraques et les carcans, à la rescousse[1] !

LA DÈCHE

Je te prie de ne pas bramer avant de savoir ! En voilà des cris !

TOUSSICARD

Est-ce qu'on peut s'empêcher de crier haro, quand on entend des choses pareilles ?

LA DÈCHE

Oui, si on a de la cervelle.

TOUSSICARD

Et alors, quelle peine est-ce que je requerrai contre toi si tu perds ?

LA DÈCHE

Celle que tu voudras.

TOUSSICARD

C'est parfait.

LA DÈCHE

Mais la même clause se retournera contre vous si vous êtes battus.

TOUSSICARD [*à Lœilauguet*]

Voyons... Vingt males morts, tu penses que ça fait le compte ?

LŒILAUGUET

Pour elle, oui. Pour nous, deux suffiront largement.

LA DÈCHE

Alors, faites vos bagages en vitesse : car nul ne saurait conserver un argument valable à m'opposer.

LE CORYPHÉE

Allons, pour le coup, il faudrait bien que vous plaidiez en habiles gens : de quoi lui opposer une contradiction victorieuse, sans flancher ni offrir la moindre prise !

TOUSSICARD

Eh bien, à mon avis, il y a une idée qui s'impose avec évidence uniformément à tous les esprits : la justice veut que

1. Ces supplices sont ceux que méritent les odieux propos de La Dèche.

pas, ils sont trop !) qui nous bourdonnent autour des oreilles, nous harcèlent, et nous réveillent avec leur refrain : « Tu vas avoir faim ! lève-toi ! » Et par-dessus le marché, pour vêtement, une guenille ; pour lit, une paillasse pleine de punaises qui nous empêchent de fermer l'œil quand on veut dormir ; pour tapis, une natte pourrie ; pour oreiller, un gros caillou sous la tête ; comme nourriture : au lieu de pain, des pousses de guimauve ; au lieu de galette, des fanes de raves ; pour escabeau, le cul d'un cruchon cassé ; pour pétrin, le creux d'un baril démantibulé lui aussi. Le voilà, présenté par mes soins, l'étalage de tous les bonheurs dont les hommes te sont redevables !

LA DÈCHE

Ce n'est pas ma vie à moi que tu viens de décrire pour la démolir, c'est celle des clochards.

TOUSSICARD

Mais nous disons bien : « La Dèche et la Clochardise, c'est les deux sœurs », ça va de soi !

LA DÈCHE

Pour vous autres, parce que pour vous, libérateur et tyran [1], c'est tout un ! Non, ma vie à moi n'a rien à voir avec cet état-là, grâce au Ciel, pas de danger ! La vie du clochard, celle que tu décris, c'est vivre sans avoir rien à soi ; celle du pauvre, c'est une vie d'épargne, de travail assidu, sans avoir de superflu, mais sans manquer du nécessaire.

TOUSSICARD

Bonté divine ! Le beau paradis que tu nous dépeins là ! liarder et trimer toute une vie pour ne pas laisser de quoi se faire enterrer !

LA DÈCHE

Tu essaies de me railler et de me ridiculiser : tu ferais bien mieux de songer à être sérieux ; ainsi, tu ne comprends pas que je rends les hommes meilleurs, d'esprit, comme de corps, que L'Argent ne sait le faire. Avec lui, ils sont podagres, ventripotents, fessus, d'une obésité insultante ; avec moi : minces, taille-de-guêpe, et ils donnent du fil à retordre à leurs ennemis

1. *Litt. : Thrasybule et Denys,* le premier, grand serviteur d'Athènes, sa patrie, le second, tyran de Syracuse.

TOUSSICARD

C'est en leur serrant la ceinture, sans doute, que tu leur procures cette taille de guêpe !

LA DÈCHE

Passons maintenant à la santé morale : sachez, pour votre gouverne, que chez moi c'est le séjour de la retenue, chez L'Argent, celui du dérèglement.

TOUSSICARD

Voler et percer les murailles, c'est en effet le comble de la retenue !

LA DÈCHE

Regarde plutôt dans la politique, ceux qui prennent la parole : tant qu'ils sont dans la dèche, ils se conduisent proprement envers le peuple et envers l'État. Mais quand ils ont gagné bien de l'argent sur la communauté, du coup, les voilà devenus des fripouilles : ils complotent contre la démocratie, et agissent en ennemis du peuple.

TOUSSICARD

Ça, c'est la vraie vérité que tu dis là, malgré ta langue de vipère ! Mais ne te fais pas d'illusions : ça ne réduira pas la douloureuse que tu auras à payer... Te mêler de nous persuader que mieux vaut la dèche que l'argent !

LA DÈCHE

Et toi tu restes incapable de me réfuter là-dessus : tu dis des calembredaines et tu te bats les flancs !

TOUSSICARD

Mais comment se fait-il que tout le monde cherche à t'échapper ?

LA DÈCHE

C'est que je les rends meilleurs ! Tu n'as qu'à voir par exemple avec les enfants : ils cherchent à échapper à leur père, qui ne pense qu'à leur plus grand bien. Tant un juste discernement est chose difficile !

TOUSSICARD

Et Zeus, alors ? Est-ce que tu prétendras qu'il ne sait pas discerner correctement ce qui est le meilleur ? Lui aussi, il a la richesse.

LŒILAUGUET [*montrant La Dèche*]

Et elle, il la relègue chez nous !

LA DÈCHE

Allons donc ! Vous avez tous deux sur la jugeote une taie

vraiment antédiluvienne[1] ! Zeus, il est dans la dèche, ça va de soi ! C'est ce dont je vais à l'instant vous faire la démonstration lumineuse. S'il était riche, comment se fait-il qu'en prenant l'initiative de créer les Jeux Olympiques, où il rassemble tous les quatre ans la Grèce entière, comment se fait-il qu'il ait décerné aux athlètes, pour la proclamation de leur victoire, une couronne d'olivier sauvage ? C'est une couronne d'or qui s'imposerait, s'il était riche !

TOUSSICARD

Est-ce qu'il ne fait pas plutôt voir par là, ça va de soi, quel prix il accorde à sa richesse ? Il l'économise, il ne veut pas en dépenser une miette. En mettant de la camelote au front des vainqueurs, il laisse ses richesses bien tranquilles au fond de ses coffres.

LA DÈCHE

C'est bien plus hideux que la dèche, ce que tu prétends lui faire endosser : au sein de l'opulence, une rapacité aussi sordide !

TOUSSICARD

Eh bien, qu'il t'envoie crever où tu voudras, Zeus, après t'avoir décerné une couronne d'olivier sauvage !

LA DÈCHE

Dire que vous avez le front de me soutenir en face que la source de tout ce que vous avez de bon, ce n'est pas la dèche !

TOUSSICARD

C'est à l'hospice de la Part-Dieu[2] qu'il faut demander ce qui vaut mieux, d'être riche ou d'être pauvre. On te dira que les riches, ceux qui ont de quoi, offrent un repas chaque mois, et que les pauvres le raflent avant même que les plats soient déposés

Allez, va te faire pendre !
Clos ton bec, et plus un mot !
Tu ne me convaincras pas,
même si tu me convaincs !

1. *Litt. : une chassie qui date de Cronos* ; cf. *Nuées*, v. 398 n.
2. *Litt. : à Hécate.* On déposait chaque mois dans la rue, à l'honneur de la déesse, des aliments — d'ailleurs de basse qualité — dont profitaient les miséreux. Coutume analogue à celle de la « part à Dieu », qui a laissé sa trace dans la toponymie lyonnaise.

LA DÈCHE

O Citoyens d'Argos, oyez ce qu'il profère[1] !

TOUSSICARD

Tu ferais mieux d'invoquer
Claquedent[2] ton compagnon !

LA DÈCHE

Que vais-je devenir, infortunée ?...

TOUSSICARD

Va-t'en au diable, en vitesse !
Débarrasse-nous de toi !

LA DÈCHE

En quel lieu de la terre irai-je m'exiler ?

TOUSSICARD

Dans un cul-de-basse-fosse !
Hop ! que ça ne traîne pas,
allons, exécute-toi !

LA DÈCHE

En vérité, je vous le dis,
vous me rappellerez un jour ici, vous deux !

[*Elle s'en va*]

TOUSSICARD

Ce jour-là, tu reviendras,
mais à présent, va au diable !
Moi, je préfère être riche
et te laisser t'arracher
tous les cheveux de ta tête
en gémissant à longs cris !

LŒILAUGUET

Et moi, sacrebleu ! Je veux
être riche, et bambocher
avec ma femme et mes gosses ;
et, sortant du bain, luisant
de graisse et de propreté,
péter sous le nez à ceux
qui travaillent de leurs bras,
et à madame La Dèche !

1. Vers d'Euripide. Cf. *Cav.*, v. 813.
2. *Litt. : Pauson* ; cf. *Ach.*, v. 854 ; *Thesm*, v. 949.

TOUSSICARD

Ouf ! nous y voilà ! Elle a filé, la gueuse ! Nous deux, maintenant, à toute vitesse, emmenons notre dieu passer la nuit dans le sanctuaire d'Asclépios.

LŒILAUGUET

Oui, et ne lambinons pas, qu'il ne vienne pas encore quelqu'un d'autre pour nous empêcher de vaquer à tout ce que nous avons devant nous à faire.

TOUSSICARD [*appelant*]

Carion, mon garçon, tu devrais porter dehors les bagages et amener L'Argent lui-même — tu connais les usages. Pense bien à tout : c'est préparé à l'intérieur.

[*Carion sort, chargé de paquets et conduisant L'Argent par la main. Ils s'éloignent tous quatre*]

INTERMÈDE : Danse du Chœur

[*Rentre Carion, seul. Il a un air à la fois joyeux et solennel, et porte une couronne*]

CARION

O vous qui tant de fois, aux jours des grandes fêtes [1],
n'eûtes, dignes vieillards, que deux ou trois mouillettes
à tremper au brouet de vos maigres marmites,
quel bonheur est le vôtre !
Quelle félicité pour vous, et pour les autres,
tous ceux dont le partage est la bonne conduite !

LE CORYPHÉE

De ceux qui te sont chers, qu'en est-il, noble cœur ?
Tu sembles arriver devant nous en porteur
d'une bonne nouvelle !

CARION

Mon maître nage au sein du plus parfait bonheur,
et L'Argent, plus encore !
Ses yeux étaient éteints, ils sont ressuscités !
Sa prunelle à nouveau s'inonde de clarté !
Oui, le dieu guérisseur
a daigné l'exaucer de ses douces faveurs !

LE CORYPHÉE

Parole de liesse !
Clamons notre allégresse !

1. *Litt. : Aux fêtes de Thésée,* héros national d'Athènes.

CARION [*même ton solennel*]

Légitime liesse.

[*brusquement goguenard*]

Mais si tu n'étais pas d'accord, ça serait la même chose !

LE CORYPHÉE [*toujours éperdu de joie*]

J'exalterai le nom du dieu,
et je le bénirai dans sa progéniture,
éblouissant flambeau des pauvres créatures,
le grand Asclépios !

LA FEMME DE TOUSSICARD
[*se précipitant hors de la maison*]

Qu'est-ce donc que ces cris ? Une bonne nouvelle ?
Ah ! depuis si longtemps je soupire après elle,
cloîtrée ici dedans, en attendant cet homme !

CARION

Vite, vite, apporte du vin, la patronne ! Il faut que tu arroses ça aussi (d'autant que c'est une activité qui te plaît beaucoup...). Je t'apporte d'un seul coup tout ce qu'il y a de bon dans la vie !

LA FEMME [*lui voyant les mains vides*]

Et où est-ce ?

CARION

Sur le bout de ma langue. Tu vas savoir.

LA FEMME

Eh bien ? déballe une bonne fois ce que tu as à dire ! Dépêche !

CARION

Bon, écoute. Je vais te détailler toute l'affaire, du début jusqu'à la fin [1].

LA FEMME

Ah ! non, pas jusqu'à la faim ! Très peu pour moi !

CARION

Pas jusqu'à la fin des faims ? C'est ça que je t'apporte !

1. *Litt. : des pieds à la tête — Non, pas sur ma tête ! — Tu ne veux pas les bonheurs qui viennent de nous échoir ? — Oui, mais pas les ennuis.* Ce passage exploite un double jeu de mots, sur πράγματα (*affaires* et *ennuis*) et sur εἰς κεφάλην (locution courante au sens de : *que ça te retombe sur le nez*). Il a fallu transposer tout différemment la drôlerie.

LA FEMME

Ah ! bon, cette fin-là, c'est différent.

CARION

Dans les parvis divins à peine nous entrâmes[1],
en conduisant notre homme (alors si misérable,
qui rayonne à présent d'un bonheur sans exemple),
au bassin d'eau de mer d'abord nous le menâmes,
et puis nous l'y baignâmes...

LA FEMME

Sapristi ! un vrai bonheur pour le vieux bonhomme, ce bain de mer froid !

CARION

Du dieu le sanctuaire ensuite nous gagnâmes,
et quand sur un autel nous eûmes consacré
notre gâteau votif et propitiatoire
que dévora le feu du divin Métallurge[2],
pour qu'il dormît en paix notre Argent déposâmes
comme il était séant[3]. Et chacun d'entre nous
s'arrangea pour lui-même un lit de feuilles sèches.

LA FEMME

Il y avait d'autres pèlerins venus implorer le dieu ?

CARION

Oui. Un d'abord, Néoclidès[4] ; il est aveugle, mais comme voleur, il bat les records de tous ceux qui y voient ! Et puis un tas d'autres, avec toutes sortes de maladies.

Après le couvre-feu, nous fûmes invités
à chercher le sommeil. Le ministre du dieu
nous dit, si quelque bruit se faisait percevoir,
de garder le silence. Et nous nous étendîmes,
tous en ordre parfait. Mais je ne pus dormir...

Certaine marmite de gruau me mettait dans tous mes états : elle était posée pas bien loin de la tête d'une petite vieille, et j'avais une sacrée envie de ramper jusqu'à elle... et puis, je

1. Tout le début du récit de Carion est truffé de réminiscences. Il parle comme un messager de tragédie.
2. *Litt. : d'Héphaïstos.*
3. Ils font coucher le vieux. Mais la phrase suggère un second sens très tentant : « Nous avons, comme il était prudent, bien serré notre argent dans nos vêtements. » Carion est bien placé pour savoir que les filous abondent dans ce genre de rassemblement.
4. CF. *Ass.*, v. 254.

lève les yeux, et je vois le prêtre en train de rafler de la sainte table les macarons et les figues sèches. Après quoi il fit la ronde autour de tous les autels, pour voir si par hasard il n'y serait pas resté un gâteau — et alors il le... consacrait en le fourrant dans son sac. Moi donc, persuadé que c'était là une pratique de haute dévotion, je me dresse, et je mets le cap sur la marmite à gruau...

LA FEMME

Misérable individu ! Tu ne redoutais pas le dieu ?

CARION

Que si, grands dieux ! J'avais peur de le voir, avec ses fanfreluches, venir me souffler la marmite ! Au prêtre on connaît le dieu : j'avais compris !... Voilà-t-il pas que la vieille entend le bruit que je faisais... Elle lève le bras... Alors je siffle, et j'y plante mes dents comme si j'étais un serpent à bajoues [1]. Aussitôt, elle retire le bras, et se retrouve couchée ; tout emmitouflée, elle se tient coite, après avoir lâché, dans sa frousse, un pet plus aigre qu'un pet de lapin [2]. Alors moi, cette fois, je bâfre une grosse affaire de gruau. Après quoi, une fois fait le plein, je me mis au repos.

LA FEMME

Et le dieu ? Il ne venait pas vous visiter ?

CARION

Pas encore. Mais alors, ma foi, j'ai fait autre chose de bien rigolo. Au moment où il approchait, j'ai lâché un pet, un gros énorme : j'avais le ventre ballonné.

LA FEMME

Ça l'a tout de suite dégoûté de toi, j'imagine ?

CARION

Non. Mais Guérinette [3], qui l'accompagnait, en rougit. Et Panacée se détourna en se pinçant le nez. Ce n'est pas vapeurs d'encens, quand je pète !

1. Le culte d'Asclépios était lié au totem du serpent (il nous en reste aujourd'hui le caducée comme emblème médical et pharmaceutique). On élevait dans ses temples des serpents, d'une espèce d'ailleurs inoffensive, dite « à bajoues ».
2. *Litt. : de belette.*
3. *Litt. : Iaso,* qui était, avec Panacée, et d'autres, une divinité auxiliaire d'Asclépios.

LA FEMME

Et Lui ?

CARION

Ma foi, il ne s'en est même pas soucié.

LA FEMME

Qu'est-ce que tu dis ? Ce serait un vilain rustre, ce dieu !

CARION

Ma foi, je ne dis pas ça. Mais c'est un mâchemerde.

LA FEMME

Malheureux !

CARION

Je me blottis alors aussitôt dans mes voiles.
J'étais saisi de peur. Mais lui, faisant sa ronde
de chaque maladie inspectait les symptômes
fort scrupuleusement. Puis un garçon posa
près de lui un mortier de pierre, et un pilon
et un coffret.

LA FEMME

De pierre ?

CARION

Mais non, morbleu ! pas le coffret.

LA FEMME

Et comment as-tu pu voir ça, gibier de gibet ? Tu dis que tu avais la tête voilée ?

CARION

A travers ma houppelande : elle avait des hublots, et à revendre, morbleu ! D'abord et pour commencer, comme remède pour Néoclidès il se mit à triturer un emplâtre : il jette trois têtes d'ail[1] dans le mortier, et il les écrase en les malaxant avec du jus de figuier et d'euphorbe, et comme excipient du vinaigre extra-fort[2]. Et il lui applique cette pommade sur les paupières (retournées au préalable pour aviver la douleur). L'autre braille, hurle, bondit pour s'échapper... Mais le dieu lui dit en riant : « Reste ici avec ton emplâtre, tiens-toi tranquille. Je t'aurai guéri de courir les Assemblées pour y jurer tes grands dieux ! »

1. *Litt. : d'ail de Ténos,* une île de la mer Égée.

2. *Litt. : de Sphettos,* bourg d'Attique. Pour ce singulier collyre, cf. *Ass.*, v. 397-406.

LA FEMME

Quel bienfaiteur de la patrie, ce dieu ! il est rudement bien inspiré !

CARION

Après ça, il s'installe au chevet de L'Argent. Il commence par lui palper la tête, et puis il prend un linge bien propre et lui essuie le tour des paupières ; Panacée lui étend un drap pourpre sur la tête et sur tout le visage. Alors le dieu siffle, et du temple jaillissent deux serpents d'une taille prodigieuse.

LA FEMME

Dieux bons !

CARION

Ils se glissent doucement sous le drap pourpre, et lui lèchent le tour des paupières (autant que je pouvais me rendre compte). Et, en moins de temps qu'il ne t'en faut pour sécher trois litres de vin, L'Argent était debout, et il y voyait !

Quant à moi, le bonheur me fit battre des mains.
Je réveillai le maître. Et le dieu aussitôt,
s'éclipsa dans le temple ainsi que les reptiles.

Et ceux qui étaient couchés près de L'Argent, tu penses s'ils le félicitaient ! De toute la nuit ils n'ont plus refermé l'œil, jusqu'au point du jour. Et moi, je louais et glorifiais le dieu, d'avoir si vite fait recouvrer la vue à L'Argent — et d'avoir rendu Néoclidès encore plus aveugle !

LA FEMME

Quels pouvoirs sont les tiens, ô Seigneur souverain ! Mais dis-moi, où est-ce qu'il est, L'Argent ?

CARION

Il vient.

Mais autour de ses pas se pressait une foule prodigieuse. Ceux qui, honnêtes gens qu'ils étaient, tiraient jusqu'ici le diable par la queue, le félicitaient, lui serraient tous la main, dans leur joie. Tandis que les riches, et les gros possédants dont le train de vie reposait sur la malhonnêteté, lui fronçaient les sourcils tout en se renfrognant. Les autres, parderrière,

l'accompagnaient, couronne en tête et rire aux lèvres,
en bénissant le ciel. Et le sol résonnait

au rythme cadencé que marquaient les vieillards avec leurs godillots !

Alleluia ! Allons, tous et tous, d'un seul cœur
faites des entrechats, des danses et des rondes :
quand vous rentrerez chez vous, plus personne
ne vous attendra pour vous annoncer :
« Nous n'avons plus rien au garde-manger ! »

LA FEMME

Bonté divine ! Moi aussi, pour cette bonne nouvelle, je veux te couronner, d'un diadème de petits fours ! En voilà une nouvelle !

CARION

Alors, tu n'as plus de temps à perdre : nos gens sont déjà là tout près, à notre porte.

LA FEMME

Bon, c'est ça, je rentre et je vais apporter de quoi souhaiter la bienvenue, à notre service, à ces deux yeux tout neufs !

CARION

Et moi je veux aller à leur rencontre.

[*Il repart, tandis que la Femme de Toussicard rentre chez elle*]

INTERMÈDE : Danse du Chœur.

[*Arrive L'Argent, méconnaissable : il marche seul en tête, avec un air de majesté et d'autorité. Derrière lui se bousculent Toussicard, Carion et des comparses*]

L'ARGENT [*s'arrêtant, et semblant poursuivre tout haut une prière et un examen de conscience intérieurs*]

Oui, au Soleil d'abord, j'adresse mes hommages,
puis au fief glorieux de l'illustre Pallas,
et à tout le terroir des enfants de Cécrops[1]
qui m'ont ouvert leurs bras...

Je rougis de mes errements ! Avec quels hommes j'étais acoquiné sans m'en douter ! Et ceux qui étaient dignes de m'avoir chez eux, je les fuyais, dans mon ignorance ! Malheu-

1. C'est-à-dire Athènes et l'Attique

reux que j'étais ! d'un côté comme de l'autre j'étais dans mon tort. Mais me voici converti, retourné du tout au tout, et je montrerai désormais à tous les humains que c'est sans le vouloir que je me prostituais aux méchants.

TOUSSICARD [*se débattant contre une nuée d'empressés*]

Fiche-moi la paix ! Au diable ! Quelle plaie, les amis qui font tout à coup leur apparition quand on a du bonheur ! Ils vous bourrent les côtes, ils vous font des bleus sur les tibias, pour faire montre à qui mieux mieux de leurs chaleureux sentiments ! Pas un type qui m'ait épargné ses salutations ! Quelle cohue pour se presser tout autour de moi sur la place, tous ces vieux !

LA FEMME [*sortant de chez elle avec un plateau de friandises*]

Ah ! mon chéri, mon homme, bonjour ! [*A L'Argent*] Et à toi aussi, bonjour ! Voyons, que je répande entre tes mains, comme le veut l'usage, les offrandes que j'ai apportées.

L'ARGENT

Garde-t'en bien. Au moment où j'entre en votre logis pour la première fois depuis que j'y vois de nouveau, il n'est pas séant que j'en fasse sortir le moindre présent. C'est à moi bien plutôt d'en apporter.

LA FEMME

Ainsi, vraiment, tu n'accepterais pas mes offrandes ?

L'ARGENT

A l'intérieur seulement, près du foyer, comme le veut l'usage. [*Au public*] Et puis, ça nous épargnera aussi de nous voir reprocher des procédés de bas étage : il n'est pas séant, quand on fait jouer une pièce, de faire pleuvoir sur les spectateurs des figues et des croquignoles [1]... En passer par là pour leur arracher des rires !

LA FEMME

Tu as tout à fait raison ; regarde Dexinicos [2] ! il se levait déjà pour rafler les figues !

[*Ils rentrent*]

1. Cf. *Guêpes*, v. 58.
2. Inconnu.

INTERMÈDE : Danse du Chœur

[*Carion sort de la maison*]

CARION

Quel délice, Messieurs, de filer le parfait bonheur, surtout quand on n'a rien eu à débourser pour ça ! Sans avoir rien fait de mal, nous avons vu fondre sur la maison une avalanche de félicités [1]. La huche déborde de blanche farine, les amphores, de vin noir au bouquet suave. Tous nos placards sont bondés d'argent et d'or, c'est mirobolant. La cuve regorge d'huile, et de parfums tous nos flacons, et de figues sèches la soupente. Pas une burette, pas un plat, pas un coquemard qui ne soit à présent en bronze, et nos planches à poisson vermoulues, elles sont en argent. Et la lanterne, tout d'un coup, la voilà en ivoire ! Nous autres, à l'office, c'est avec des jaunets qu'on joue à pair et impair, des pièces d'or ! Et comme torche-cul, on ne prend plus des cailloux, on prend chaque fois une tête d'ail [2] — comme des nababs ! Ce que c'est que d'être riche : on se la coule douce !

Et maintenant le patron, couronne en tête, est en train de sacrifier un porc, un bouc et un bélier. Moi j'ai été chassé dehors par la fumée, je ne pouvais plus y tenir là-dedans, tant ça me piquait les paupières !

[*Arrive un Honnête Homme, accompagné de son jeune fils*]

L'HONNÊTE HOMME

Suis-moi, gamin. Allons trouver le dieu.

CARION

Hé, qui est-ce qui s'approche là ?

L'HONNÊTE HOMME

Un homme qui naguère avait bien de la misère, et aujourd'hui a bien du bonheur.

CARION

Pour sûr, tu fais partie des honnêtes gens, ça se voit.

L'HONNÊTE HOMME

Parfaitement.

CARION

Et alors ? tu désires ?

1. Nous suivons van Leeuwen pour déplacer le v. 805 bis un peu plus bas, après le v. 818.
2. L'ail était une denrée très recherchée.

L'HONNÊTE HOMME

Je suis venu trouver le dieu, parce que je lui dois d'immenses bienfaits. Je tenais de mon père une fortune rondelette, que j'employais à secourir ceux de mes amis qui étaient dans le besoin. Je pensais que c'était là chose utile pour l'avenir.

CARION

Et alors, bien sûr, tu as eu vite fait de te trouver à court !

L'HONNÊTE HOMME

Exactement.

CARION

En conséquence de quoi tu étais dans la misère.

L'HONNÊTE HOMME

Exactement. Et je m'imaginais que ceux qui, dans le besoin, avaient joui de mes bienfaits, j'aurais en eux de vrais amis, sur qui compter si un jour j'y tombais moi-même. Mais ils m'évitaient, et faisaient mine de ne plus me voir.

CARION

Et même, ils ricanaient à tes dépens, j'en suis sûr.

L'HONNÊTE HOMME

Exactement.

CARION

C'est que le sirocco soufflait sur ton train de vie[1] : c'est ça qui t'a perdu.

L'HONNÊTE HOMME

Mais à présent, c'est changé ! Et voilà pourquoi je suis venu ici, pour faire au dieu mes dévotions, comme il est juste.

CARION

Mais cette souquenille, au nom du ciel, qu'est-ce que ça veut dire, là, sur le bras du gamin qui t'accompagne ? Dis-moi ?

L'HONNÊTE HOMME

C'est aussi pour la déposer en ex-voto que je suis venu.

1. On songe aux vers de Rutebeuf : « Ce sont amis que vent emporte, Et il ventait devant ma porte : les emporta. » — Je donne ce vers à Carion, en lisant : σ'ἀπωλέσεν.

CARION

Est-ce que ce serait celle que tu portais pour l'initiation majeure[1] ?

L'HONNÊTE HOMME

Non, c'est celle dans laquelle j'ai grelotté treize ans durant.

CARION

Et les souliers ?

L'HONNÊTE HOMME

Eux aussi ont enduré avec moi les hivers.

CARION

Alors tu les apportes aussi en ex-voto ?

L'HONNÊTE HOMME

Oui, parbleu.

CARION

Charmants présents que tu es venu faire au dieu !

[*Survient un Mouchard, accompagné d'un comparse*]

LE MOUCHARD

Hélas, misère de moi ! J'ai tout perdu, infortuné... Ah ! triple malheureux, et quadruple, et quintuple, et dodécuple et centuplement centuple ! Oh là là !

Cette coupe que m'offre à vider le destin
est trop forte en alcool...

CARION

Dieux bons ! et toi surtout, Apollon protecteur !
quel désastre a bien pu survenir à cet homme-là ?

LE MOUCHARD

Est-ce que ça n'est pas épouvantable, cette affaire-là ? J'ai perdu tout ce que j'avais dans ma maison, à cause de ce fichu dieu ! Ah ! il redeviendra aveugle comme il était, si je retrouve encore des juges à Athènes !

L'HONNÊTE HOMME

Moi, je crois que je vois à peu près de quoi il retourne. Ce pèlerin, c'est un homme pour qui ça va mal — mais il a l'air d'un faux jeton.

CARION

Alors, sacrebleu, c'est bien fait s'il est flanqué en l'air !

1. A Eleusis. Cf. *Gren.*, v. 404-407.

LE MOUCHARD

Où donc, où donc est-il, ce lascar qui s'engageait à nous rendre tous riches, à lui tout seul, à l'instant, s'il se remettait à voir clair ? Ce qu'il a fait, c'est bien plutôt d'en ratiboiser quelques-uns !

CARION

Et à qui est-ce qu'il a fait ça ?

LE MOUCHARD

A moi qui vous parle.

CARION

Tu faisais partie des gredins et bandits ?

LE MOUCHARD

Mais non, sacrebleu ! C'est vous qui ne respirez rien de bon... Sûr et certain, c'est vous qui avez mon argent.

CARION

Bonne Mère ! quelle brute, cet intrus, ce mouchard ! Il est atteint de fringale, c'est évident.

LE MOUCHARD [*à Carion*]

Toi, va-t'en sur la place, et plus vite que ça ! Il faut qu'on te passe à la question là-bas, sur la roue, pour te faire avouer tes fredaines !

CARION [*menaçant*]

C'est toi qui vas te faire caresser !

L'HONNÊTE HOMME

O Zeus sauveur ! quelle dette de gratitude tous les Grecs auront envers votre dieu, s'il casse seulement les reins à ces sales mouchards !

LE MOUCHARD

Ah ! funérailles ! Toi aussi tu te mets de la partie pour me narguer ? Du reste, où as-tu pris ce vêtement ? Hier je te voyais n'avoir qu'une minable souquenille !

L'HONNÊTE HOMME

Cause toujours : je m'en moque ! Je porte au doigt une amulette [1] que j'ai payée rubis sur l'ongle à Eudamos.

CARION

Mais on n'en vend pas qui préserve de la dent d'un mouchard...

1. *Litt. : je porte une bague que j'ai payée une drachme à Eudamos.* Ce personnage, mi-apothicaire, mi-sorcier, débitait des talismans contre la morsure des bêtes venimeuses.

LE MOUCHARD [*à son compagnon*]

Si ce n'est pas là un outrage caractérisé ?... [*A ses deux adversaires*] Vous gouaillez, mais vous n'avez toujours pas dit ce que vous fabriquez ici. Tels que je vous vois, ce n'est rien de bon, ce que vous avez en tête.

CARION

Ma foi non, rien de bon pour ta peau en tout cas, sois-en sûr !

LE MOUCHARD

Je vois : c'est à mes frais que vous allez dîner, sacrebleu !

L'HONNÊTE HOMME

Ah ! si tu pouvais crever, aussi vrai que tu le dis, toi et ton témoin !

CARION

Et le ventre vide !

LE MOUCHARD

Vous niez ? sacrés salopards ! Il y a dans cette maison un énorme stock de poissons frits et de viandes rôties. [*Reniflant*] Snf ? Snf ? Snf ? Snf ? Snf ? Snf ?

CARION

Misérable, tu renifles quelque chose ?

L'HONNÊTE HOMME

L'air du temps [1], sans doute !

LE MOUCHARD

Seigneur tout-puissant ! dieux du ciel ! est-ce qu'on peut tolérer ça ? Ces gens-là m'abreuvent d'outrages ! Ah ! quel crève-cœur de voir l'homme de bien que je suis, tout dévoué à la patrie, se faire traiter de façon indigne !

L'HONNÊTE HOMME

Toi, dévoué à la patrie ? toi, un homme de bien ?

LE MOUCHARD

Plus que nul autre !

L'HONNÊTE HOMME

Eh bien, une question : réponds-moi.

LE MOUCHARD

Quoi donc ?

L'HONNÊTE HOMME

Tu travailles la terre ?

1. *Litt. : Le froid de l'air.*

LE MOUCHARD

Pas si fou ! Pour qui me prends-tu ?

L'HONNÊTE HOMME

Tu es commerçant ?

LE MOUCHARD

Oui... du moins ça me sert de paravent à l'occasion[1].

L'HONNÊTE HOMME

Enfin, voyons, tu as appris un métier ?

LE MARCHAND

Non, parbleu !

L'HONNÊTE HOMME

Alors comment vivais-tu, et de quoi, sans rien faire ?

LE MOUCHARD

Je suis inspecteur-contrôleur pour les affaires de l'État et des particuliers, sans exception.

L'HONNÊTE HOMME

Toi ? Qu'est-ce qui te prend de te mêler de ça ?

LE MOUCHARD

C'est la vocation que je me sens.

L'HONNÊTE HOMME

Et le moyen que tu sois un homme de bien, bandit, si tu te fais détester en intervenant là où tu n'as rien à faire ?

LE MOUCHARD

Je n'ai que faire de servir ma patrie, espèce de buse, autant qu'il est en mon pouvoir ?

L'HONNÊTE HOMME

C'est lui rendre service, de fourrer ton nez partout ?

LE MOUCHARD

C'est agir pour la sauvegarde des lois établies, en ne permettant pas qu'on y manque.

L'HONNÊTE HOMME

Est-ce qu'il n'y a pas tout exprès des juges, officiellement chargés d'y veiller ?

LE MOUCHARD

Mais à qui le soin de porter accusation ?

1. L'état de négociant comportait certains privilèges en matière de procédure judiciaire. Cf. *Ass.*, v. 1027 n.

L'HONNÊTE HOMME

A tout venant.

LE MOUCHARD

Eh bien, justement : c'est moi qui viens ! Et voilà comment les intérêts de l'État sont de mon ressort.

L'HONNÊTE HOMME

Diantre ! C'est un fichu répondant qu'ils ont là ! Tu ne pouvais pas vivre tranquille, sans te donner tant de mal ?

LE MOUCHARD

Mais c'est une vie de sot bétail que tu me proposes... Si on ne peut pas faire état de quelque occupation !...

L'HONNÊTE HOMME

Et tu ne voudrais pas en apprendre une autre ?

LE MOUCHARD

Pas même si tu me faisais cadeau de L'Argent qui est chez vous, et des trésors de Golconde[1].

CARION [*intervenant*]

Pose ton manteau, en vitesse !

L'HONNÊTE HOMME [*au Mouchard, qui a méprisé l'injonction*]

Dis donc ! C'est à toi qu'il s'adresse !

CARION

Et puis déchausse-toi !

L'HONNÊTE HOMME [*même jeu*]

Tout ça, c'est à toi que ça s'adresse !

LE MOUCHARD

Approchez seulement de moi, l'un ou l'autre ! Avis à tout venant !

CARION [*s'approchant*]

Eh bien justement : c'est moi qui viens.

LE MOUCHARD

Misère de moi ! On me détrousse, en plein jour !

CARION

C'est que tu t'arroges des droits sur les affaires d'autrui pour te nourrir.

1. *Litt. : et du silphium de Battos.* Expression proverbiale. Battos avait fondé la ville de Cyrène, autour de laquelle le silphium poussait en abondance.

LE MOUCHARD [*à son témoin*]

Tu vois ce qu'il fait ? Je te prends à témoin. [*Le témoin s'enfuit*]

CARION

Bah ! il est loin, il s'est débiné, le témoin dont tu te flanquais !

LE MOUCHARD

Oh là là ! je suis coincé, tout seul !

CARION

Attends un peu pour brailler !

[*Il le rosse*]

LE MOUCHARD

Oh là là ! R-oh là là !

CARION [*à l'Honnête Homme*]

Passe-moi la souquenille, que je la lui colle sur le dos, à ce mouchard !

L'HONNÊTE HOMME

Non. Elle est consacrée à L'Argent. C'est un vœu de longue date.

CARION

Et alors ? Tu vois une plus belle suite à y donner que d'appendre ta friperie aux épaules d'une fripouille, d'un bandit ? L'Argent, c'est des pelisses qu'il sied de lui donner comme parure.

L'HONNÊTE HOMME

Et des godasses, qu'est-ce qu'on en fera, dis-moi ?

CARION

Elles ? je vais à la minute les lui clouer sur le front, comme sur une souche d'olivier votif.

LE MOUCHARD

Je quitte la place : je vois que vous êtes bien plus forts que moi. Mais si je trouve un poteau — même pourri [1] — pour me donner un coup de main, avant demain, je le ferai expier, votre dieu qui est si fort : il sape ouvertement à lui seul et de

1. *Litt. : un soutien, même en bois de figuier.* Double jeu de mots, en écho à l'idée de l'olivier votif, arbre « immortel » et vénérable, auquel on accrochait des ex-voto. Le bois de figuier, de très mauvaise qualité, est vil et méprisable. Et son nom même (σύκινος) évoque l'activité du délateur (συκοφάντης). Cf. *Guêpes,* v. 145, etc.

son chef, les assises de la démocratie, sans l'aveu du Conseil ni de l'Assemblée des citoyens.

L'HONNÊTE HOMME

Et maintenant que tu te promènes avec mon harnais, trotte-toi aux bains publics ; quand tu y seras, prends la tête de la file, et chauffe-toi[1]. Cette place-là, c'est moi qui l'occupais naguère.

[*Le Mouchard s'enfuit*]

CARION

Mais le patron le flanquera dehors en le traînant par les roupettes. Rien qu'à le voir, il se rendra compte que c'est un faux jeton ! Et maintenant, entrons, pour que tu fasses tes dévotions au dieu.

[*Ils entrent*]

INTERMÈDE : Danse du Chœur

[*Entre une Vieille, fardée et minaudière, suivie d'une servante*]

LA VIEILLE

Dites-moi, chers amis à la tête chenue, sommes-nous arrivées au logis de cette espèce de nouveau dieu, ou bien avons-nous fait totalement fausse route ?

LE CORYPHÉE

Tu y es, sache-le : à sa porte, ô jouvencelle ! C'est mignon tout plein ta façon de t'informer.

LA VIEILLE

Or çà, je vais donc héler quelqu'un de la maison.

TOUSSICARD [*sortant de chez lui*]

Pas besoin : je suis sorti tout seul. Tu devrais me dire le motif exact de ta visite.

LA VIEILLE

C'est abominable, c'est contre tout droit, mon bon ami, ce que j'ai à subir depuis que cette espèce de dieu s'est mis à voir clair ! Il m'a rendu la vie invivable !

TOUSSICARD

De quoi s'agit-il ? Est-ce que par hasard tu étais aussi moucharde toi, dans le secteur féminin ?

1. Les pauvres hères allaient chercher un peu de chaleur près des étuves.

LA VIEILLE

Grand dieu, non !

TOUSSICARD

Alors, c'est que tu n'attendais pas que ce soit ton tour pour approcher des urnes... tes babines [1] ?

LA VIEILLE

Tu te railles de moi, pauvre victime au cœur broyé...

TOUSSICARD

Comment, broyé ? Vas-tu t'expliquer pour de bon ?

LA VIEILLE

Écoute : j'avais un damoiseau... quel amour ! Il était pauvre, mais quel joli minois ! et beau ! et galant ! A mon moindre désir, il faisait n'importe quoi pour moi, avec une gentillesse ! une prévenance ! Et moi, en retour, j'étais aux petits soins pour lui, en toutes choses.

TOUSSICARD

Et qu'est ce qu'il sollicitait de toi, au juste, à chaque fois ?

LA VIEILLE

Pas grand-chose : il était avec moi d'une discrétion comme on n'en voit pas ; il me demandait vingt pièces d'argent par-ci, pour un manteau, huit par-là, pour des chaussures [2]. Il me disait aussi de faire emplette d'une petite tunique par-ci, pour sa sœur, d'un petit manteau par-là, pour sa mère. Ou encore il me demandait deux setiers de blé.

TOUSSICARD

Jour de dieu ! pas grand-chose, en effet, ce que tu dis là ! Il était discret, c'est sûr.

LA VIEILLE

Et encore, ce n'était pas par amour du profit. Il prétendait que c'était par amour pour moi, de façon à penser à moi en portant mon manteau.

1. *Litt. : sans que ta lettre eût été tirée au sort, tu... buvais ?* Nouvelle allusion aux fraudes par lesquelles certains touchaient plus souvent qu'à leur tour les allocations prévues pour ceux qui siégeaient dans les tribunaux. Mais une pirouette en fin de phrase ramène brusquement le thème rebattu du sexe faible adonné aux boissons fortes.
2. *Litt. : vingt drachmes... huit drachmes... quatre médimnes...*

TOUSSICARD

Tu parles d'un type ! Un amour pareil, on n'a jamais vu ça !

LA VIEILLE

Mais aujourd'hui, le chenapan, il n'est plus dans les mêmes sentiments ! Le voilà bien changé, du tout au tout ! Je lui avais envoyé [*Montrant les objets que porte la servante*] cette tarte, et les autres friandises qui sont sur le plateau, en lui faisant comprendre que je viendrais vers le soir...

[*Elle fond en larmes*]

TOUSSICARD

Qu'est-ce qu'il a fait, dis-moi ?

LA VIEILLE

Il m'a renvoyé le tout, en y ajoutant ces oublies [1] — et à condition que je n'irais plus jamais là-bas. Et par-dessus le marché, il m'a fait dire en me les renvoyant :

« Tout passe ! Il est loin, le temps des prouesses [2] ! »

TOUSSICARD

Voilà un garçon qui a du savoir-vivre, c'est sûr ! Somme toute, maintenant qu'il est riche, il n'aime plus le brouet. Avant ça, la dèche le faisait se régaler de n'importe quoi.

LA VIEILLE

C'est ça ; et tous les jours que Dieu fait, il venait sans cesse à ma porte.

TOUSSICARD

Pour te rendre ses... derniers devoirs [3] ?

LA VIEILLE

Mais non : parce qu'il brûlait d'entendre seulement ma voix.

TOUSSICARD [*à part*]

Ou plutôt de récolter quelque chose.

LA VIEILLE

Et s'il me voyait chagrine, il me donnait de petits noms : ma poulette, ma tourterelle...

1. Le texte donne ici le nom d'un gâteau. Le terme n'apparaît pas ailleurs chez Aristophane, et doit cacher une malice.
2. *Litt.* : « *Jadis les Milésiens étaient des preux.* » Formule proverbiale pour dire : « Les beaux jours n'ont qu'un temps. »
3. *Litt.* : *pour la levée du corps ?* Cf. *Ass.*, v. 926, 2030 et suiv

TOUSSICARD [*à part*]

Après quoi il t'entreprenait pour une paire de chaussures.

LA VIEILLE

Un jour que j'allais aux Grands Mystères, dans ma calèche — ma foi, sous prétexte d'une œillade qu'un homme m'avait lancée, il m'a rouée de coups toute la journée. Ah! le cher enfant, quel rude coup de jalousie!

TOUSSICARD [*à part*]

C'est, apparemment, qu'il préférait avoir le ratelier pour lui tout seul.

LA VIEILLE

Et il disait que j'avais les mains les plus jolies du monde...

TOUSSICARD [*à part*]

Oui, quand elles lui allongeaient vingt pièces!

LA VIEILLE

... que ma personne fleurait bon et suave...

TOUSSICARD [*à part*]

Si tu lui versais du vin des Iles[1], évidemment, parbleu!

LA VIEILLE

... que mon regard était si tendre, si beau...

TOUSSICARD [*à part*]

Pas empoté, ce type-là! Il s'y entendait à dévorer les provisions d'une vieille bique en mal de bouc!

LA VIEILLE

Bref, le dieu ne se conduit pas bien du tout, mon bon ami, lui qui prétend venir en aide à tous ceux à qui l'on fait du tort.

TOUSSICARD

Et qu'est-ce qu'il doit faire? Parle : et ce sera fait.

LA VIEILLE

Qu'il force — ce n'est que juste, mon dieu! — celui pour qui j'ai eu des bontés à me conserver les siennes en retour. Faute de quoi, la justice veut qu'il soit privé de toute faveur[2].

TOUSSICARD

Mais il te payait bien sa dette, nuit après nuit?

1. *Litt. : de Thasos.*
2. Je lis ce vers : Ἢ μηδ᾽ ὁτιοῦν ἀγαθὸν δικαιός ἐστ᾽ ἔχειν.

LA VIEILLE

Il disait que jamais il ne m'abandonnerait, jusqu'à mon dernier soupir.

TOUSSICARD

D'accord : aujourd'hui, il pense que tu l'as rendu.

LA VIEILLE

C'est vrai : à force de souffrir, je suis consumée, mon bon ami !

TOUSSICARD [*à part*]

Mais non : vermoulue, plutôt, à mon avis.

LA VIEILLE

Tu me ferais passer par le trou d'une bague !

TOUSSICARD [*à part*]

Tu serais plutôt à ramasser à la petite cuiller[1] !

LA VIEILLE

Mais voici justement le jouvenceau qui se présente : c'est lui que je mets en accusation depuis une heure. On dirait qu'il va en bamboche, de ce pas !

TOUSSICARD

Ça m'en a tout l'air : le voilà en route couronne en tête et flambeau en main.

[*Arrive un Jeune Homme, élégant et désinvolte*]

LE JEUNE HOMME

Mes hommages.

LA VIEILLE

Qu'est-ce qu'il dit ?

LE JEUNE HOMME

Antique objet de mes amours ! Comme te voilà chenue ! ça s'est fait bien vite, juste ciel !

LA VIEILLE

Malheureuse ! Avoir à essuyer des brutalités pareilles !

TOUSSICARD [*goguenard*]

Il y a longtemps qu'il ne t'a pas vue, on dirait.

LA VIEILLE

Quoi, longtemps ? Misérable ! Hier il était chez moi !

1. *Litt. : Oui si cet anneau se trouvait être une « tèlia »* (ou, en lisant τηλίας : *celui d'une « tèlia »*). Ce mot désigne divers objets (crible, planche à pain, couvercle) dont aucun ne donne un sens satisfaisant. Mais le vers a nécessairement le sens général qu'offre notre traduction.

TOUSSICARD

Alors, pour lui, c'est le contraire de la règle générale : quand il est soûl, on dirait qu'il a la vue plus nette.

LA VIEILLE

Non. C'est un caractère à foucades : il est toujours comme ça.

LE JEUNE HOMME

O Seigneur à la barbe d'écume[1] ! O dieux de vétusté ! que de rides elle a sur la figure !

[*Il approche d'elle sa torche, comme pour la voir de plus près*]

LA VIEILLE

Holà ! ho ! ta torche ! ne l'approche pas de moi !

TOUSSICARD

Elle a raison, ma foi. Qu'une seule étincelle l'atteigne, et elle flambera comme un vieux rameau séché[2].

LE JEUNE HOMME [*faisant l'aimable*]

Veux-tu — depuis le temps... — venir faire joujou avec moi ?

LA VIEILLE [*rougissante*]

Où ça, polisson ?

LE JEUNE HOMME

Ici. Tu prends des noisettes...

LA VIEILLE [*déconcertée*]

Pour jouer à quoi ?

LE JEUNE HOMME

A : « Combien est-ce que j'ai de... dents[3] ? »

TOUSSICARD

Eh bien ça, je saurai deviner moi aussi. Elle en a trois, ou quatre peut-être.

LE JEUNE HOMME

Tu as perdu[4] : une seule, une molaire unique, pour tout bagage !

1. *Litt.* *Posidon-marin.* Ce dieu est volontiers invoqué comme patron des vieilles gens. Cf. *Ach.*, v. 682.
2. *Litt. : une vieille « irésione »*. Cf. *Cav.*, v. 729 n.
3. Le vrai jeu, cher aux galopins et au petit peuple, était une sorte de « mourre ». Il fallait deviner combien l'autre avait de noisettes ou de cailloux dans sa main fermée.
4. *Litt. : Paie !*

LA VIEILLE

Tu te conduis comme le dernier des derniers ! Tu ne sais pas ce que tu dis, ma parole ! Tu me traites comme eau de vaisselle, devant tout le monde !

LE JEUNE HOMME

Ça te ferait pourtant du bien si on te lessivait un peu.

TOUSSICARD

Jamais de la vie ! Pour le moment on peut encore la bazarder en solde. Mais si on la décape de son plâtre, tu verras s'étaler le délabrement de sa façade.

LA VIEILLE

Toi, un homme d'âge... ! tu ne sais pas ce que tu dis, ma parole !

LE JEUNE HOMME

Mais non, c'est plutôt qu'il te conte fleurette, qui sait ? Il te palpe les nichons, en croyant que je ne vois pas.

LA VIEILLE

Oh ! Beauté divine[1] ! à moi ? Mais non, vilain dégoûtant !

TOUSSICARD

Oh ! Funérailles[2] ! mais non, voyons. [*A part*] Je ne suis pas fou ! [*Au Jeune Homme*] Seulement, j'entends que tu t'abstiennes de mauvais procédés envers cette gamine.

LE JEUNE HOMME

Moi ? Je l'aime à la folie !

TOUSSICARD

Pourtant, elle t'accuse.

LE JEUNE HOMME

Elle m'accuse ? de quoi ?

TOUSSICARD

D'outrage envers elle, et de dire :
« Tout passe, il est loin le temps des prouesses ! »

LE JEUNE HOMME [*grand et généreux*]

Cette femme, moi, je ne te la disputerai pas.

TOUSSICARD

Pourquoi ?

LE JEUNE HOMME

J'en rougirais. C'est devant ton âge que je m'incline ; car

1. *Litt. : par Aphrodite !*
2. *Litt. : par Hécate !* déesse du royaume des morts.

jamais je n'aurais permis à un autre de me faire ça. Alors, tu peux partir content, emporte-la, ta gamine!

TOUSSICARD

Ah! je vois, je vois ce que tu as en tête : tu ne daignes plus continuer tes relations avec elle, peut-être? Est-ce que tu te figures qu'on va te le permettre[1]?

LE JEUNE HOMME

Pas question que j'adresse la parole à une femme qui s'est fait crever la paillasse [*Montrant d'un grand geste tout le public*] par ces treize mille clients-là!

TOUSSICARD

Ça ne fait rien : puisque tu ne dédaignais pas de boire ce vint-là, il faut vider ton verre jusqu'à la lie.

LE JEUNE HOMME

La lie, elle a rudement mal vieilli : croupie, avariée!

TOUSSICARD

Tu n'as qu'à filtrer, pour remédier à tous ces inconvénients. Allons, entre!

LE JEUNE HOMME

On verra. Mais je veux aller faire offrande au dieu de ces couronnes que je porte.

LA VIEILLE

Et moi aussi, je veux lui dire un mot.

LE JEUNE HOMME

Et moi alors... je n'entre pas!

TOUSSICARD

Du cran! n'aie pas peur. Elle ne te violera pas!

LE JEUNE HOMME

Après tout, tu as bien raison : il y a assez longtemps que je la calfate!

LA VIEILLE [*au Jeune Homme*]

Marche, j'entre sur tes talons.

[*Ils entrent tous deux*]

TOUSSICARD

Tudieu quelle énergie, cette rombière, pour ne pas décoller de son gigolo : une vraie bernicle!

[*Il entre à son tour*]

1. J'attribue ces mots non pas à la Vieille, mais à Toussicard.

INTERMÈDE : Danse du Chœur

[*Entre Hermès, qui frappe à la porte de Toussicard. Carion ouvre brusquement. Hermès recule et est caché par le vantail*]

CARION

Qui est-ce qui frappe à la porte ? Hein ? quoi ?... Personne, on dirait ?... [*Comme s'il grondait une fillette turbulente*] Tu as donc envie d'une tannée, mamzelle la porte ? tu sauras pourquoi tu geins !

[*Il lance une bourrade à la porte et s'apprête à rentrer*]

HERMÈS [*s'avançant*]

Hé, Carion ! C'est à toi que je veux parler. Attends un peu.

CARION

Dis donc, mon bonhomme, c'est toi qui frappais à la porte si fort que ça ?

HERMÈS

Mon dieu, non — mais j'allais le faire ; et tu m'as devancé en l'ouvrant. Allons, fais-moi venir ton patron, vite ! galope ! lui, et puis sa femme, et puis ses enfants, et puis ses domestiques, et puis son chien, et puis toi-même, et puis son cochon !

CARION

Dis donc, qu'est-ce qui arrive ?

HERMÈS

C'est Zeus, maraud, qui veut ne faire de vous qu'une seule fricassée, et vous engloutir tous et tous au fin fond des abîmes !

CARION [*à part*]

Un pareil messager de malheur, on lui coupe la langue ! [*Haut*] Mais pourquoi a-t-il de si noirs desseins contre nous ?

HERMÈS

Parce que vous avez perpétré le plus horrible des forfaits. Depuis l'heure et la minute où L'Argent s'est mis à voir clair, plus personne n'offre plus ni encens, ni laurier, ni galette, ni victimes, [*Mimique*] plus ça ! pour nous autres, pauvres dieux !

vers 1097-1116

CARION

Parbleu ! Et on ne nous y prendra plus ! Vous vous occupiez trop mal de nous !

HERMÈS

Les autres dieux, ça me laisse tiède ! Mais moi ! Je suis mort ! je suis assassiné !

CARION

Excellente idée !

HERMÈS

Avant, chez les cabaretières, j'avais toutes sortes de bonnes choses : dès l'aube, du raisiné[1], du miel, des figues sèches : tout ce qui convient au régime d'Hermès. A présent, je reste en panne, le pied en l'air[2], le ventre vide !

CARION

Et alors ? C'est bien fait, puisqu'il t'arrivait de les faire écoper d'une amende, celles qui te régalaient si bien !

HERMÈS

Hélas, hélas ! quelle misère ! hélas ! la tourte qu'on me sortait du four le 4 de chaque mois[3] !

CARION

Tu regrettes l'absente, et tes appels se perdent !

HERMÈS

Hélas ! le gigot dont je me gobergeais !

CARION

Danse la gigue sur une outre, ici, en plein air[4] !

HERMÈS

Et les entrailles fumantes dont je me gobergeais !

CARION

Tu souffres douleur d'entrailles, on dirait ? ça vrille ?

HERMÈS

Hélas, les rasades copieusement dosées[5] ! Quelles bordées !

1. *Litt. : du gâteau de vin.*
2. Parce qu'il ne trouve plus où « descendre » pour se restaurer.
3. C'était le jour de sa naissance.
4. La danse sur des outres huilées était un jeu rustique (dont parle Virgile dans les *Géorgiques*), avec jeu de mots entre κωλή et ἀσκωλιάζω.
5. *Litt. : à mélange égal* (d'eau et de vin).

CARION [*lâchant un pet tonitruant*]

Sirote celle-ci, et trotte-toi, hein ? dégage !

HERMÈS [*suppliant*]

Pour ton vieil ami, dis, tu feras bien quelque chose ?

CARION

Si c'est une chose qui soit en mon pouvoir.

HERMÈS

Si tu me faisais cadeau, pour ma bouffe, d'un pain doré à point, et d'un plantureux morceau de viande sur celles dont vous faites sacrifice là-dedans ?

CARION

L'autorisation de sortie est refusée.

HERMÈS

Pourtant, quand tu chipais un petit quelque chose dans les armoires de ton patron, c'est bien moi, chaque fois, qui faisais qu'on ne te voyait pas !

CARION

A condition de prélever ta part personnelle, flibustier ! Ça se soldait pour toi par un chausson doré à point !

HERMÈS

Mais en fin de compte c'est dans ta panse à toi qu'il descendait !

CARION

C'est que tu n'étais pas là pour prendre ta part de la rossée quand j'étais pris pour cette friponnerie !

HERMÈS

Respecte l'Amnistie, si tu as combattu pour la Libération[1] ! Allons, au nom des dieux, fais-moi place à votre foyer !

CARION

Alors, tu plaqueras les dieux pour rester ici ?

HERMÈS

Oui : il fait bien meilleur vivre chez vous !

CARION

Comment ? C'est de la désertion ! Tu trouves ça élégant ?

1. *Litt. : Si tu as fait la prise de Phylé,* succès remporté par Thrasybule sur les Trente. L'année suivante, ce régime oligarchique soutenu par Sparte était renversé, et l'accord signé entre les deux partis stipulait une amnistie.

HERMÈS

Où l'on a son bonheur, on trouve sa patrie !

CARION

Mais à quoi pourrais-tu nous être bon, si tu es ici ?

HERMÈS

Postez-moi près de la porte : je ferai le planton [1].

CARION

Le planton ? Nous n'avons pas besoin qu'on nous en plante !

HERMÈS

Embauchez-moi pour le marché !

CARION

Mais on est riches ! Qu'avons-nous besoin d'un marchandeur [2] ?

HERMÈS

Alors, comme finassier !

CARION

Finassier ! Jamais de la vie ! Nous n'avons plus que faire de finasserie ! A nous la droiture dans les procédés !

HERMÈS

Alors, comme pilote !

CARION

Mais notre dieu y voit à présent ! Dans ces conditions, nous n'avons plus besoin de personne pour nous piloter.

HERMÈS

Eh bien, je dirigerai des compétitions. Tu as encore à y redire ? L'Argent, ce qu'il peut faire de plus idoine, c'est de financer des concours artistiques et gymniques.

CARION

Ce qu'il fait bon avoir bien des cordes à son arc [3] ! Il a fini

1. *Litt. : que je fasse le « tourneur de gonds ». — ... Nous n'avons pas besoin de « tours »* !

2. *Litt. : d'un Hermès revendeur.* Tout ce passage fait allusion aux diverses spécialités d'Hermès, comme gardien du seuil, dieu du commerce, dieu de la roublardise, conducteur des morts dans l'au-delà, patron de compétitions diverses.

3. *Litt. : de nombreuses dénominations ;* cf. n. précédente.

par trouver sa petite pitance. Pas étonnant si ceux qui font les juges mettent souvent tant de zèle à figurer sur plusieurs listes[1] !

HERMÈS

Alors, tope ? Je peux entrer ?

CARION

Oui, et va toi-même au puits rincer les tripes, pour donner tout de suite bonne impression de tes services.

[*Hermès entre, Carion le suit — Survient un prêtre de Zeus*]

LE PRÊTRE

Qui pourrait m'indiquer où est au juste Toussicard ?

TOUSSICARD [*sortant*]

Quoi donc, mon brave ? Comment va ?

LE PRÊTRE

Mal, il n'y a pas l'ombre d'un doute : depuis que ton diable d'Argent s'est mis à voir clair, c'est famine pour moi, je suis mort ! Plus rien pour me caler l'estomac, moi, prêtre de Zeus sauveur !

TOUSSICARD

Et quel en est le motif, pour l'amour des dieux ?

LE PRÊTRE

Plus personne ne croit devoir offrir ce sacrifice !

TOUSSICARD

Pourquoi ?

LE PRÊTRE

Parce qu'ils ont tous de l'argent ! Avant, quand ils n'avaient rien, il y avait bien toujours un marchand, rentré sain et sauf, pour faire un sacrifice d'action de grâces ; ou un prévenu après acquittement ; ou quelqu'un qui voulait se ménager la faveur du Ciel ; et il m'invitait, moi le prêtre. A présent, plus un sacrifice, plus rien ! Personne ne met le pied chez nous, sauf pour y déposer des crottes : ça, il y en a, il y en a — à la pelle !

TOUSSICARD [*à part*]

Eh bien, tu n'as qu'à prélever ta dîme sur ces offrandes-là !

1. *Litt. : à être inscrit sous plusieurs lettres.* Pratique frauduleuse qui multipliait les chances d'être désigné. Cf. v. 277 n.

LE PRÊTRE

Dans ces conditions, le Zeus sauveur, moi aussi je décide de l'envoyer bouler, pour fixer ici mon domicile.

TOUSSICARD

Ne t'en fais pas, tout ira très bien — avec la grâce du dieu. [*Avec un clin d'œil*] Le vrai dieu sauveur, il est ici ! Il n'a eu besoin de personne pour venir !

LE PRÊTRE

Alors je vois que tout est pour le mieux.

TOUSSICARD

Et nous allons l'introniser à l'instant même : attends une minute. L'Argent trônera de nouveau là où il était jadis, commis à la garde perpétuelle du sanctuaire de la déesse[1] ! Allons, qu'on me donne ici des flambeaux allumés, pour que tu les portes, toi, en ouvrant le cortège du dieu.

LE PRÊTRE

Parfait ; c'est tout indiqué.

TOUSSICARD

Que L'Argent sorte ! appelez-le !

[*On apporte des torches. L'Argent sort de la maison, suivi de la Vieille*]

LA VIEILLE

Et moi, qu'est-ce que je vais faire ?

TOUSSICARD

Prends les marmites qui vont nous servir au rite d'intronisation. Porte-les sur ta tête avec solennité. Tu t'es déjà mise en robe brodée, d'avance.

LA VIEILLE

Et la petite affaire pour laquelle j'étais venue ?

TOUSSICARD

Tout s'arrangera, va ! Il viendra te trouver ce soir, ton gigolo !

LA VIEILLE

Alors, ma foi, si tu me garantis qu'il viendra me trouver, bon, je porterai les marmites.

1. Comme dans les temps heureux où le trésor de la cité d'Athènes, sur l'Acropole, regorgeait d'or.

TOUSSICARD

Eh bien, c'est le monde à l'envers, pour ces marmites ! Les autres marmites, on y fait sauter les poulets cocotte, mais celles-ci, c'est une vieille cocotte qui va les faire sauter sur sa tête[1] !

[*Le cortège se forme pour sortir*]

LE CORYPHÉE

Nous non plus, il n'y a plus lieu de nous attarder. Retirons-nous. Il nous faut prendre rang dans le cortège, derrière eux, et les suivre en chantant.

[*Tout le monde sort, joyeusement et en bon ordre*]

1. *Litt. : Pour les autres marmites, la « vieille » est au-dessus ; ici c'est au-dessus de la vieille, en haut, que sont les marmites.* Les Grecs appelaient « vieille » (γραῦς) la peau ridée ou l'écume qui se forment à la surface des liquides.